# 죽어도 살아남기

매사를 어둡게만 보지 말라.

아무 것도 먹지 못한 채 1000 Km를 걷다.

고된 노동에 대한 보상은 미네랄이 풍부한 뮈슬리.

서바이벌을 위해서는 묶인 채 깊은 물 속으로 자신을 던져보라.

비행기 추락을 대비한 가상훈련.

재활용 가구를 다듬어서 만든 나의 선박.

리오니그로 강에서 뗏목 여행을 하다.

세네갈에서 브라질까지 페달보트를 타고 여행하다.

뱃머리는 떨어져 나가고, 후미는 가라앉고, 그러나 자일은 결코 놓지 않은 채……
서바이벌을 위한 삼박자가 고루 갖춰진 상황이다.

여행 동료인 미하엘과의 예상치 못한 이별.

강도들에 의한 살인.

에리트레아와 전쟁 중인 에티오피아를 여행하다.

이슬람 문화는 길손을 환대하는 원칙에 철저하다.

브라질 인디언인 야노마미 마을에서 : 우리의 생활방식과 극단적 대조를 이룬다.

의사가 되어 간경변 환자를 돌보는 클라우스 데나르트.

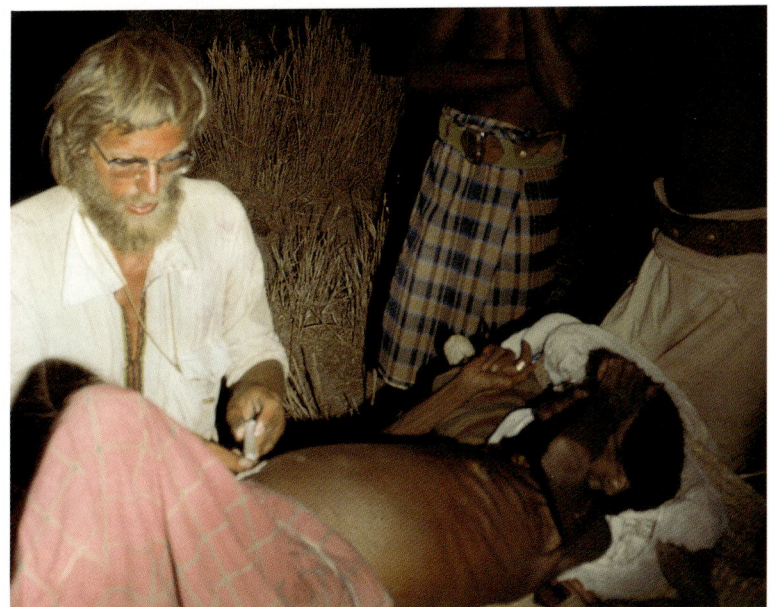

다나킬 사막에서 : 낙타와 물 그리고 현지인 가이드는 필수다.

수렁에 빠진 낙타 구하기.

사냥허가증도 무기도 없이 오직 참을성과 용기만으로 : 나의 일행이었던 안티예 부르크의 모습.

배고픔 : 높은 지각을 가진 동물을 사냥하는 것은 논쟁의 여지가 있다.

어느 포토제닉한 거미와 함께 찍은 기념사진.

4.5 미터 길이의 근육 덩어리를 손아귀에 쥐고.

이번에는 물의 손아귀에 던져진 뤼디거!

뜻밖의 월척 : 거의 내 페달보트만큼이나 컸다.

추위를 극복하기 위한 훈련.

뜨겁고 춥고…….

모닥불은 정신을 위한 낭만.

# 죽어도
# 살아남기

뤼디거 네베르크 지음
윤진희 옮김

한문화

**나를 말한다**

# 뤼디거 네베르크Rüdiger Neberg는 누구인가?

1935년 별자리도 없고 종교도 없이 태어났다. 16세가 되던 1951년 자전거로 지구를 반 바퀴 도는 최초의 서바이벌 여행을 감행했다. 1960년에는 여행 중에 아랍 감옥에 갇히는 아슬아슬한 사건을 겪었다. 30세가 되던 1965년에 생업인 제과점을 창업했다. 제과점을 운영하는 동안에도 나의 여행은 계속되었다. 1970년과 72년 그리고 75년 3회에 걸쳐 에티오피아의 나일강을 횡단했고, 1976년에는 에티오피아의 오모 리버를, 이어 1977년에는 에티오피아의 다나킬 사막을 여행했다. 이때의 사막 체험은 훗날 서바이벌에 대한 책을 쓰는 데 많은 도움이 되었다.

1980년은 내 인생에 있어 중요한 전환점이 된 해다. 1980년 브라질의 열대우림을 탐험하는 과정에서 알게 된 야노마미 부족의 삶은 나를 단순한 서바이버에서 인권운동가로 탈바꿈시켰다. 그들은 금광업자와 그 배후인 상인과 정치가들에게 생존의 위협을 받으며 어렵게 살고 있었다. 하지만 백인에 대한 적대감이 있으리라는 예상과는 달리, 야노마미 부족은 나를 따스하게 맞아주었다. 함께 지내며 그들의 삶에 대한 존경심이 싹텄다. 나는 그때까지 운영하던 작은 공장을 팔아치우고 'TARGET'라는 이름의 인권구호단체를 만들어 세계에 그들이 겪는 생존의 위협을 알리기 시작했다. 야노마미 운동은 국제적인 연대로 발전했고 브라질 정부는 그들을 보호하기 위해 금 채굴을 중단시켰다. 1995년에는 그들을 돕는 병원도 설립되었다. 이 과정에서 '의미 있는 모험'이 내 삶의 지표가 되었다. 1980년은 내 삶에서 '죽을 때까지의 인권운동'이 시작된 해다. 야노마미 문제가 상당 부분 해결이 되어, 현재는 아네테 베버와 함께 여성 할례 인습에 대한 반대 운동을 하고 있다. 나의 목표는 카이로 법률학자들과 메카의 사우디아라비아인들이 "여성 할례는 신에 대한 모독"이라는 입장을 천명하도록 하는 것이다. 인샬라! 홈페이지 www.target-human-rights.com을 방문하면 더 자세한 내용을 알 수 있다.

서바이벌 여행은 계속되고 있다. 그것은 내가 숨쉬는 공기니까! 1981년에는 독일을 걸어서 여행했다. 그 가운데 함부르크에서 오버스트도르프까지 1천 킬로미터는 식량 없는 행군이었다. 1986년에는 재활용 가구로 만든 뗏목을 타고 구동독에서 북해까지 여행했다. 6명의 청소년과 함께한 여행이었다. 1987년에는 페달보트를 이용해서, 2000년에는 전나무 통나무를 타고 대서양을 횡단했다. 1996년에 경험한 '호주 대륙 600Km 도보 경주'도 빼놓을 수 없는 서바이벌 체험이다. 호주 원주민 애보리진, 그리고 미국 철인경기 선수를 상대로 한 경주였다.

1920년부터 2002년까지 나는 15개의 TV 프로그램에 출연했으며, 19권의 책을 출간했다. 그리고 태어나서 지금까지 신체의 적잖은 부분을 상실했는데, 그것은 정맥류 4m, 맹장, 편도선, 치아 몇 개, 다수의 머리카락, 청력의 80%, 시력의 15%, 근육의 40%, 그리고 음경표피다.

작은 오류는 저절로 고쳐진다.
하지만 커다란 오류는 우리의 무덤이 될 것이다.

– 에버하르트 파니츠

반드시 그렇지는 않다.

– 뤼디거 네베르크

# 냉철한 인식과 드라이한 유머

뉴델리에 폭설이 내린다. 대형 우박이 도쿄를 초토화시킨다. 토네이도가 LA의 마천루들을 무차별 파괴한다. 해일이 뉴욕을 덮치더니 이내 무서운 속도로 얼어붙기 시작한다. 위태롭게 펄럭이던 미국 국기가 순식간에 동결되는 장면은 새로이 도래한 빙하 위에 얼음 조각으로 변한 채 안쓰럽게 솟아있던 자유의 여신상 횃불과 더불어 《투모로우》(롤랜드 에머리히, 2003)라는 할리우드 블록버스터 영화가 우리에게 선사한 잊을 수 없는 비극적 이미지다.

《투모로우》는 결코 훌륭한 영화가 아니다. 하지만 나는 이 영화를 보면서 많은 생각을 했다. 첫째, 할리우드도 이제 정말 끝장이로군. 아이디어는 고갈되었고 드라마는 형편없으니 팔아먹을 것이라곤 오직 시각효과뿐일 수밖에. 둘째, 새로운 빙하기가 도래한다는 것은 결코 과장이 아닐 거야. 결국 인간이 만들어낸 이 잘난 문명과 문화는 모두 '간빙기의 낙서'가 되어버리겠군. 셋째, 인류가 멸종한다고 할 때 최후까지 살아남는 부류는 결국 모험가와 산악인이 되겠군. 영화 속에 등장하는 저 숱한 군중들은 도대체 '서바이벌'이라는 단어를 들어본 적이나 있을까?

이 영화의 내용이 현실화되었다고 가정해보자. 당신은 영화 속의 캐릭터들이 사용하는 장비와 기술에 대하여 얼마나 알고 있는가? 가령 당신은 GPS가 무엇이고 그것을 어떻게 사용하는지 알고 있는가? 로프를 사리는 방법과 그것으로 동행을 확보하는 방법은? 위급한 상황과 맞닥뜨려 배낭을 꾸릴 때 무거운 것을 아래에 넣어야 되는지 가벼운 것을 아래에 넣어야 되는지는? 카라비너의 사용법은? 썰매를 끄는 방법은? 체온을 유지하는 방법은?

단순히 영화일 뿐이라고 지레 손사래를 쳐버린다면 당신은 지나치게 낙천적인 사람이다. 우리가 살고 있는 '지금 이곳'은 어처구니없을 만큼 위험으로 가득 찬 세상이다. 삼풍백화점은 무너지고 대구지하철은 화염에 휩싸인다. 성수대교는 갑자기 두 동강이 나고 계곡물은 순식간에 불어나며 아파트 뒷산은 뜬금없이 사태를 일으킨다. 게다가 이 위대한 참여정부는 전 국민을 피랍과 살해의 위협 속으로 내몰고 이슬람 근본주의자들은 공공연히 대한민국에 대한 테러를 예고하고 있다. 우리가 언제든 '원치 않는 위험과 죽음'에 직면하고 있다는 것은 인정하기는 싫지만 에누리 없는 현실이다.

서바이벌이란 무엇인가? 원치 않는 위험과 죽음에 맞서 싸우는 방법이다. 나는 오래 전부터 서바이벌이라는 주제에 관심이 많았다. 암벽등반 도중 추락사하고 싶지 않기 때문이다. 고산지대에서 저체온증으로 죽고 싶지 않기 때문이다. 오지에서 길을 잃었을 때 굶어죽고 싶지 않기 때문이다. 아파트에 화재가 났을 때 불에 타죽고 싶지 않기 때문이다. 해외여행 도중 뜻하지 않은 오해를 불러일으키거나 국경을 넘다가 체포되거나 일군의 광신도들에게 납치되어 개죽음을 당하고 싶지 않기 때문이다.

　우리는 슬프게도 서바이벌에 관심을 갖는다는 것이 과대망상이 아니라 현실에 대한 냉철한 인식이 되는 험악한 시대를 살아가고 있다. 원치 않는 위험과 죽음에 맞서게 될 때 살아남는다는 것은 형이상학적 토론의 대상이 아니라 동물적 본능의 욕망이 된다. 하지만 욕망만으로 해결할 수 있는 문제는 많지 않다. 올바른 철학과 적절한 장비와 숙련된 기술이 필요하다. 죽음을 원한다면 더 이상 토론할 필요가 없다. 하지만 생존본능에 따라 죽음과 맞서 싸우기를 원한다면 철학과 장비와 기술을 갖춰야만 한다. 그것이 바로 서바이벌이다.

이 분야에 대한 국내 최초의 본격적인 저서로는 아마도 손경석의 《서바이벌》(서문당, 1987)을 꼽아야 될 것이다. 현재의 시점에서 보자면 시대에 뒤진 감도 없지 않지만 당시로선 대단히 선구적인 업적이었다. 최근에 출간된 주목할만한 저서로는 존 와이즈맨의 《SAS서바이벌》(솔, 2003)을 들 수 있다. 야생 편과 도시 편으로 나뉘어진 이 불후의 명저는 저 유명한 영국특수부대 SAS의 정규교재로서 전 세계 모험가와 산악인들에게 절대적인 지지를 얻고 있다. 9.11테러 이후에는 일반인들에게도 널리 읽혀져 밀리언셀러로 등극하기도 했다.

뤼디거 네베르크의 《죽어도 살아남기》는 지금까지 출간된 수많은 서바이벌 책들의 연장선상에 있으면서 그것을 뛰어넘는다. 이 책의 특징이자 매혹은 가장 엄혹한 상황에 대한 대처방안을 지극히 유머러스한 에세이의 틀 안에 담아냈다는 것이다. 손경석이나 존 와이즈맨의 저서는 일종의 사전에 가깝다. 반면 뤼디거 네베르크의 《죽어도 살아남기》는 명백한 에세이다. 전자가 사용자(user)를 위한 것이라면 후자는 독자(reader)를 위한 것이다. 어떤 스타일의 책이 일반 독자들에게 보다 편안하게 다가설 수 있는가는 명약관화하다.

서바이벌 매뉴얼의 사용자로서의 나는 《죽어도 살아남기》에 소개되어 있는 뤼디거 네베르크만의 독창적인 비법에 찬탄을 금치 못한다. 에세이 독자로서의 나는 이 책에 피력되어 있는 그의 능청스러운 화법에 배를 잡고 구른다. 그에게는 치열한 모험가 못지않게 자유분방한 배낭여행자의 면모가 있다. 맙소사, 호텔에 강도가 들면 계속 자는 척하고, 국경을 넘을 땐 중요물품을 콘돔에 넣어 바세린을 바른 항문 속으로 밀어 넣고, 홀로 조난당했을 때는 넬슨 만델라를 떠올리며 자신을 위로하라고?

뤼디거 네베르크는 현실에 대한 냉철한 인식과 드라이한 유머를 동시에 갖추고 있는 세계 최강의 서바이버임에 틀림없다. 그의 놀라운 모험 편력과 엉뚱한 기행일지를 보면 찬탄과 웃음이 절로 터져 나온다. 게다가 제3세계 원주민들에 대한 태도나 환경보호에 대한 치열한 의지에서 확인할 수 있듯 '정치적으로 올바른' 사람이기도 하다. 이토록 멋진 서바이버의 유쾌한 에세이를 국내에 소개할 수 있게 된 것을 영광으로 생각한다. 이 책의 독자들은 배를 잡고 웃으며 서바이벌의 기본을 탄탄히 익히게 되는 경이로운 체험을 하게 될 것이다.

심 산(시나리오작가, 〈심산의 마운틴 오딧세이〉 저자)

머리말

# 삶을 노련하게 컨트롤하는 기술

《살아남는 기술》이라는 제목의 서바이벌 지침서를 쓴 것이 20여 년 전의
일이다. 그 책은 독일어권에서 서바이벌이라는 분야를 광범위하게 다룬
첫 번째 실용서로서 베스트셀러가 되면서 일대 서바이벌 바람을 불러일
으켰다. 그 이후로 이 분야에서도 여러 작가들의 다양한 책이 출판되었다.
서바이벌은 사회에 폭넓게 수용되며 붐을 일으켰고 하나의 개념으로 자
리를 확고히 굳히면서 독자적인 자기 분야를 확립하게 되었다. 계속해서
서바이벌은 일찍 찾아온 죽음으로부터 피해 갈 수 있는 노하우를 개발하
는 한편 그것을 축적해 가고 있다.

　나 또한 지난 몇 해 동안 겪은 새로운 서바이벌의 경험들을 모아 몇 권의
책을 더 펴냈다. 《집 밖에서의 서바이벌 모험》《의학 서바이벌》《서바이벌
훈련》《서바이벌 백과사전》그리고 《가장 좋은 서바이벌 방법》 등이 있다.

　그 외에도 대서양 항해나 호주 대륙 6백 킬로미터 도보 경주를 통해 확
실히 경험한, 바다와 사막에서의 서바이벌 책도 있다. 야노마미 부족<sup>브라질</sup>
의 베네수엘라 국경 부근 아마존 삼림지대에 거주하는 원주민 인디언 부족이 살고 있는 브라질 밀림
으로의 여행은 정글을 더욱 많이 이해할 수 있는 계기가 되었다.

다른 생존법 가이드북과 마찬가지로, 이 책 또한 서바이벌에 관심 있는 사
람들이 여행지에서나 집에서 자신의 삶을 노련하게 컨트롤할 수 있도록
하는 데 그 목적이 있다. 또한 이 책은 자주 부딪치는 불필요한 사회의 구
속으로부터 자유로워질 수 있는 가능성을 보여 주고자 한다. 개인의 취향
을 살려 가능성을 계발하며, 자신감을 키우고, 자기 능력의 한계를 신장시
키고, 삶에 새로운 의미와 충족감을 부여하는 것에도 그 목적이 있다. 그
리고 이 모든 것은 여유 있고 침착한 태도로 훈련에 임할 때 가능하다.

설령 당신이 살아남고 싶긴 하지만 영원히 살고 싶은 건 아니라고 해도 절망할 필요는 없다. 이 책은 사고에 의한 죽음을 막는 것이지 영생*을 시켜 주는 책은 아니니 말이다. 또 그런 사람들은 일부러 자신의 약점을 만들고 그로 인한 위험을 기꺼이 감수하려 하지 않을까. 그런 사람들에게는 이 책의 일부는 읽지 말고 그냥 건너뛸 것을 제안한다.

어쩌면 가장 큰 불행은 완벽주의자에게 돌아가는 것인지도 모른다. '계획이 치밀하면 할수록 우연이 더 중요한 역할을 하게 된다'라는 독일 작가 페터 륌코프의 말처럼. 알다시피 자연은 곳곳에 복병을 숨겨 두고 있다. 이것은 나를 비롯한 독자들 모두에게도 도무지 불가항력이다. 그 어떤 트릭으로도 어쩔 수 없는 머피의 법칙이 있다. 머피의 법칙이란 머릿속에서 상상하는 불운은 반드시 일어난다는 것이다. 그것도 가장 불리한 시점에서! 아무리 준비를 잘했어도 소용이 없다. 일상에서 한 가지 예를 들어 보자. 슈퍼에서 시간이 없어 가장 짧은 줄 후미에 섰는데 그 줄이 하필이면 가장 천천히 줄어든다. 다른 줄로 옮겨도 별 도움이 되지 않는다. 줄을 옮기면 그 줄이 또 줄어들 생각을 안 하는 것이다.

머리말은 이 정도면 충분하다. 더 이상 할 말이 없다. 왜냐하면 내용 없는 말이 길어지기 마련이니까. 그리고 모든 일에 대해 콩 놔라 팥 놔라 하는 사람은 어디서나 대접을 못 받는 법인데, 그런 사람이 되고 싶지는 않으니까.

뤼디거
2002년 여름 라우스도르프에서

# 차 례

# 여행에 앞서

# 여행의 선택

# 외국에서 살아남기

## 낯선 자연 속으로

## 자연에서 살아남기

## 인간이라는 적에 맞서서

## 노화와 죽음을 바라보며

# 여행에 앞서

## 1. 주의!

이 책에 소개된 모든 훈련은 매우 조심스럽게 실행해야 한다. 죽음의 위험에서 살아남기 위해 훈련을 하다가 자칫하면 목숨을 잃을 수 있기 때문이다. 이것은 주부들을 대상으로 한 에어로빅 강습이 아니라 스턴트 특수반 강습이다. 그러니 아주 사소한 것부터 시작하되, 스스로를 과신하지 않으며, 주의사항을 항상 명심해야 한다. 수영을 전혀 못하는 사람이 처음부터 깊은 물에서 수영을 배우지 않듯, 이 훈련을 할 때도 한 발 한 발 천천히 배워 나가는 자세가 필요하다. 이 중에서 어떤 훈련은 반드시 응급 구조 교육을 받은 친구가 옆에서 대기하고 있는 상태에서 실시하도록 한다.

성공보다 안전이 중요하다는 것을 명심한다. 우리는 살아남는 법을 배우려는 것이지 죽는 법을 배우려는 것이 아니다. 우리는 '죽어도 살아남기'를 원한다.

## 2. 여행 계획

처음에는 여행에 대해 막연히 생각만 한다. 그때는 이런저런 생각들이 떠올랐다 금세 사라지곤 하는데, 그 일이 지속적으로 반복되면서 기분이 좋아지고 가슴이 설렌다. 그러다가 어느 순간 한 가지 생각에 사로잡히게 되고 결국 결심을 한다. 이제 구체적으로 계획을 세울 때가 된 것이다.

계획을 세우는 일은 여행 자체만큼이나 재미있다. 그러나 막상 책상 앞에 앉고보니 알지 못하는 것들이 너무 많다. 기후, 그곳에 살고 있는 동물, 동반할 사람, 장비, 자신의 부족한 면 등의 모든 사항들을 정확히 알아야 계획을 성공적으로 이룰 수 있다.

내 경험에서 예 하나를 들겠다.

나는 대서양을 횡단하기로 했다. 여객선이나 비행기를 타고 건너는 것이 아니라 혼자서 페달보트를 타고 건너는 것이었다. 이때 무엇이 가장 큰 어려움인지 쉽게 짐작할 수 있었다. 우선 나는 항해 경험이 전혀 없었으며, 바다에 대해 두려움을 가지고 있었고, 뱃멀미를 했다. 게다가 망망대해를 횡단할 만한 페달보트를 만들어 본 적도 없었다. 그러나 이 모든 것들이 나에게는 장애가 아니라 도전해 볼 만한 흥미 거리로 받아들여졌다.

단 며칠 만에 모든 전략을 세웠다. 물에 대한 공포는 해군항공대와 특전잠수대가 받는 특수 훈련을 통해 개선하기로 했다. 그 특수 훈련은 사람을 물고기로 만들려는 듯 고문에 가까웠다. 그곳에서 받은 40가지 훈련 모두가 페달보트와는 별로 상관없을지 모르지만 물에 대한 불안감을 감소시키기에는 충분했다. 그럼에도 나의 불안감이 완전히 사라지지는 않았다. 이는 훈련 조교의 책임이 아니라 나의 심리 탓으로, 나는 절대로 물고기가 아님을 잘 알고 있었기 때문이다.

뱃멀미는 약으로 해결하기로 했다. 독일우편국에서 속성 과정으로 통신 자격증을 땄으며, 항해술은 퇴임 선장으로부터 배웠다. 어떤 배가 필요한지 구체적으로 보여 준 것도 그였다.

그는 "화장실로 따라오게나"라고 말했다. 그는 조그만 스티로폼 조각을 바지 주머니에서 꺼내더니 잘게 부수어 변기 속에 넣었다. 그러고는 변기 물을 내렸다.

"저것이 허리케인이라네! 바다가 야수처럼 사나워지지. 저 스티로폼이 자네 배가 되는 거야."

설명을 해 주어서 다행이었다. 그 설명이 없었다면 그를 이상한 사람이라고 생각했을 테니까.

물이 한차례 빠져나가고 남아 있던 물도 마침내 잔잔해졌다. 그때 스티로폼은 쓸려 내려가지 않고 조각 하나하나가 그대로 물위에 동동 떠 있었다.

"배는 바로 저래야 하네. 부서지지도 않고 가라앉지도 않는 배여야 한단 말이지."

그 말에 따라 요트 조선소에서 내가 탈 페달보트를 완성하였다. 이러한 과정을 거쳐 페달보트 여행은 커다란 차질 없이 끝낼 수 있었다.

물론 여행 준비는 잘해야 한다. 그러나 지나침은 모자라느니만 못하다. 여행 계획을 도와 달라고 편지를 보내 온 17세의 세 친구가 그랬다. "사력을 다해야 할 어마어마한 모험을 계획하고 있습니다. 일단 자전거와 텐트만 준비했는데요, 이밖에 갖추어야 할 장비 목록을 알려 주시면 고맙겠습니다. 특히 시중에서 구할 수 없어서 사전에 주문해야 할 특수 장비가 있는지 궁금합니다. 어떤 무기가 필요한지도 중요한 문제입니다."

덧붙여 서바이벌 훈련도 알려 달라고 했다. "극한의 상황이라면 뭐가 있을까요? 만약의 경우에 충분히 대비해야 우리 셋이 모두 살아 돌아올 수 있을 테니까요."

그들이 도대체 어떤 일을 계획하고 있는지 긴장하면서 계속 읽어 내려갔다.

"많이 바쁘실 테니, 답장은 천천히 주셔도 됩니다. 아무리 빨라도 3년 후에나 여행을 하게 될 테니 말입니다. 준비를 잘하는 것이 성공의 지름길 아니겠습니까."

그때까지도 그들이 어디로 떠날 예정인지는 비밀로 남아 있었다.

나는 본래 답장 쓰는 것을 좋아한다. 내 책에서 언급되지 않은 질문을 던지는 편지일 경우에는 더욱 그러하다. 그러나 게으르고 무능한 사람을 위해 여행이나 훈련 계획을 대신 짜 주지는 않는다. 여행사가 아니니까.

세 명의 젊은 모험가들은 모두 편지 말미에 서명을 했다. 그리고 추신으로 덧붙이기를, "어디로 갈 예정인지 쓰는 것을 잊어 버렸군요. 우리는 2주 동안 프랑스를 여행할 예정입니다."


## 3. 모험이란 무엇인가?

사전에 의하면 '모험'이란 위험을 무릅쓴 특별한 경험, 과감한 시도를 의미한다. 모험을 하는 데는 새로운 것을 발견하는 즐거움, 활동에 대한 충동, 모험심, 신기록에 대한 집착, 위험에 대한 도전의식, 자연에서의 삶에 대한 그리움 등 여러 가지 이유가 있다. 그리고 단지 다른 사람에게 멋있어 보이기 위해서 하는 사람도 있다. 지루함이나 세상에 대한 호기심도 동기가 될 수 있다. 사람들은 사회의 인습에 의해 마비되는 느낌을 받으며 그로부터 자유로워지고 싶어한다. 완벽히 혼자가 되었을 때 자신의 내면을 보고 싶어하는 것이다. 하루하루 똑같은 일상생활에 힘겨워하는 수많은 사람들로부터 떨어져서 그리고 안전한 곳에 있다는 생각으로부터도 멀어져서.

물론 사람마다 모험에 대한 생각에는 차이가 있다. 어떤 사람은 정원에 텐트를 쳐 놓고 하룻밤 자는 것만으로도 모험을 충분히 경험할 수 있다. 그는 쥐와 유령 소리 때문에 밤새 한숨도 잘 수가 없었던 것이다. 반면 가을에 헬기를 타고 알래스카에 가서 도끼와 총만으로 겨울을 보내고 난 뒤 이듬해 겨울이 빨리 다시 오기만을 기다리는 사람도 있다.

그러므로 '모험'의 정의를 내리거나 가치를 평가하는 것은 그리 중요하지 않다. 자신의 한계를 넘어서 새로운 세계를 개척했으며 무언가에 도전했다는 느낌이 들었다면 그것이 모험이다. 무엇보다도 중요한 것은 모험을 진정으로 원하고, 계획하고, 이행하고, 견뎌 내는 것이다. 이 책은 아직도 주저하고 있는 많은 사람들에게 더 넓은 세계로 나아가라는 자극을 주고, 예상치 못했던 위험한 상황을 무사히 넘기고 귀환할 수 있도록 도움을 줄 것이다. 그뿐 아니라 더 많은 것을 시험해 보게 하고 서바이벌 지식과 폭넓은 경험 없이는 결코 생각지도 못했을 목표를 세우게 하는 계기가 될 수도 있다.

나의 경우에는 모험과 특별한 의미가 있는 어떤 일이 결합되었을 때 더욱 큰 도전심과 성취감을 맛볼 수 있었다. 브라질의 열대우림을 횡단하여 야노마미 인디언 지역에 갔던 여행이 그랬다. 그 여행은 아메리카 대륙에 지금까지 살아남은 원주민 중 가장 큰 집단이라는 단순한 호기심에서 시작되었다. 그런데 나는 그곳에서 금광업자에 의해 위협을 받으며 살아가는 인디언들의 산 증인이 되었다. 인디언들은 침입자들과 그 배후를 든든히 지켜 주고 있는 상인, 정치가, 군인 등의 마피아 같은 인물들에게 대항조차 못하고 있었다.

백인들과의 나쁜 경험이 특히 많았음에도 불구하고 이들은 나를 반갑게 맞이해 주었다. 그때 참여의식, 환대에 대한 고마움, 완전히 색다르며 반드시 보존되어야 할 그들 삶에 대한 존경심이 시작되었다. 그 순간이 인생의 전환점이 되리라고는 전혀 생각하지 못했다. 나는 결국 그때까지 운영하던 작은 공장을 팔아 치우고, TARGET<sup>영어로 '목표'를 의미</sup>이라는 이름의 인권구호단체를 창립하게 되었다.

'의미 있는 모험'이 내 삶의 지표가 되었다. 세계 각처에 야노마미의 존재와 그들이 받고 있는 생존 위협을 알리면서 20년 동안 보호 활동을 벌여 왔다.

야노마미 운동이 국제적 연대로 발전하리라고는 상상도 못했다. 그러나 그러한 일이 실제로 일어났다. 브라질 정부는 그들을 보호하기 위한 움직임을 시작했고 금 채굴도 정지되었다. 이제 더 이상 내가 할 일이 없었기에 새로운 일을 찾아 나섰다. 그것은 여성 할례 인습에 대한 반대 운동에 참여하는 것이었다. 홈페이지(www.target-human-rights.com)를 방문해서 내가 지금 무슨 말을 하는지 직접 확인해 보기 바란다.

이렇게 많은 시간을 들여 사회 운동에 참여할 수 있는 사람은 매우 드물 것이다. 그리고 반드시 마음속 깊이 흡족한 모험을 경험해야 한다는 법도 없다. 깨어 있는 시각을 가지고 여행을 하는 것이 제일 중요하다. 그러면 살아 있는 동안 다 해결할 수 없을 만큼 많은 생각 거리와 과제를 안고 돌아오게 될 것이다.

아홉 살짜리 꼬마가 나에게 물었다. "겁난 적은 한 번도 없었나요?"

"왜 없었겠니. 어릴 때 무섭던 것은 이제 겁나지 않지만, 그래도 가끔 겁을 먹는단다. 겁이 나는 건 신체에서 경보 신호를 보내는 것이라서 매우 중요하지. 겁이 없다면 위험을 깨닫지도 못하고, 그럼 결국 죽을 수도 있는 거야."

"그런 뜻이 아니란 말예요." 꼬마가 내 말을 가로막았다. "더 이상 할 만한 모험이 떠오르지 않을 수도 있잖아요. 그것이 겁나지 않냐구요."

"그런 뜻이었다면 안심해라. 겁을 먹고 있는 건 오히려 '모험' 이란 녀석들일 거야. 내가 67세나 됐기 때문에 더 이상 그들과 만나지 못하고 죽지 않을까 싶어 그쪽에서 잔뜩 겁을 먹고 있단다."

## 4. 여행 파트너 찾기

"슬픔은 나누면 반이 되고 기쁨은 나누면 배가 된다."

이 속담대로라면 여행에는 동행이 있어야 한다. 그래야 위기는 함께 헤쳐 나가고 기쁨은 함께 나눌 수 있다.

그러나 천성적으로 독불장군이어서 타협을 좋아하지 않거나 이기적인 사람이라면 차라리 혼자 떠나는 것이 상책이다. 당신이 그런 사람이라면 이번 장은 그냥 넘겨도 좋다.

파트너를 찾기는 어렵고 또 운이 좋아야 한다. 그것은 여행 중에 더 쉬울 수도 있다. 여행 중 만난 사람은 혼자서 여행하는 것도 개의치 않는 사람일 테니. 그러니 함께 여행해 보자. 그러다가 영 아니다 싶으면 그냥 헤어지면 그만이다. 이보다 더 간단한 일은 없다.

나는 예전에는 일간지에 동행을 구하는 광고를 냈었고 대개 성공했다. 그 광고를 보고 몽상가, 제 정신이 아닌 사람, 호기심 많은 사람, 딱 마음에 드는 사람 등 별의별 사람이 다 전화를 한다. 그중 최종 후보로 선발된 몇 몇 사람과 만나 본다. 자주 가는 여행 장비점의 게시판을 통해 동행을 찾을 수도 있다. 여행 강연회에 참여하여 파트너가 될 만한 사람을 직접 찾아볼 수도 있다.

그러나 신청한 사람이 한 사람 밖에 없다고 해서 그 사람의 자질을 완전히 확인해 보지 않은 채 파트너로 선택하지는 말아라. 왠지 찜찜한 기분이 든다면 차라리 혼자 떠나는 편이 낫다. 서로 맞지 않는 사람과 함께 떠나는 여행만큼 사람을 지치게 만드는 것도 드물다. 모험이 악몽으로 바뀔 수 있다. 잘못된 선택을 피하기 위해, 며칠 간 함께 행군을 해 보거나 주말에 서바이벌 훈련을 해 본다.

서로 의견이 다를 때는 충분히 토론한다. 상대방이 자신의 의견을 어떤 식으로 말하는지가 중요하다. 독선적이거나 감정적이지 않으며 타협할 자세가 되어 있는가? 스포츠맨십이 있고 외교적이며 평화적인가? 요리를 할 수 있고, 총을 쏘거나 도살과 낚시를 할 수 있고, 사진이나 비디오를 찍을 수 있고, 외국어를 할 수 있는가? 이외에도 여러 사항을 대화를 통해 사전에 확인한다.

그러나 무엇보다도 중요한 것은, 나와 비슷한 사람을 찾는 것이다. 나와 비슷한 사람을 찾기 위해서는 첫 만남이 중요하다. 직업, 취미, 가족, 이성 관계, 이전에 주로 즐겨 했던 일 등에 대해 묻는다. 그러다 보면 어느 순간 그 사람이 나와 비슷한 부류인지 아닌지 느낌이 올 것이다. 판단이 잘 서지 않을 때는 포기하는 것도 한 가지 방법이다.

파트너가 동성이냐 이성이냐 하는 것도 매우 중요하다. 둘 다 독신이고 목숨이 걸린 위험한 여행이 아니라면 이성 파트너를 선택해 단둘이 떠나는 여행이 이상적일 수 있다. 성적인 이유 때문이기도 하지만, 서로 간에 호감이나 그 이상의 감정이 강하게 작용하여 여행에 대한 집중력이 높아지기 때문이다. 여자와 남자가 힘들고 긴 여정을 함께하면 마음속으로부터 서로에 대한 강한 결합이 생긴다.

세 명이 같이 떠나는 여행은 매우 위험하다. 이런 경우 대부분 편이 갈리게 된다. 남자 둘에 여자 한 명 혹은 여자 둘에 남자 한 명이 함께하는 여행도 위험하긴 마찬가지다. 오랜 기간 긴장 상태가 지속되면서 균형이 깨진다. 다른 두 사람이 한패가 되어서 당신을 따돌려도 개의치 않을 만큼 스스로가 강한지 생각해 본다.

계획을 세우는 초기 단계에서 대부분의 사람들은 과도할 정도의 열성을 보인다. 그러나 그런 열성은 오래가지 않는다. 나 또한 여행을 준비하면서 여러 번 그런 경험을 했는데, 다행히도 파트너로 최종 결정된 사람 중에는 그런 사람이 없었다. 헤어질 수 있는 마지막 기회에는 반드시 헤어졌다.

## 파트너와의 안 좋은 기억 1

나에게 아무런 말도 없이 온갖 인쇄매체에 기고하고 기자회견을 열어, 우리가 '인류 역사상 가장 험난하고 흥미진진한 모험 중 하나'를 계획하고 있다고 떠들어댄 사람이 있었다. 여행 아이디어나 사전 준비, 재정적 문제 중에서 그 사람이 해결한 것은 하나도 없었다. 그는 남들이 다 만들어 놓은 배에 무임승차하려는 꼴이었다.

'지금껏 아무도 이런 생각을 하지 못했습니다' 혹은 '서바이벌 전문가 두 명이 목표 지점에 도착할지는 그 누구도 예측할 수 없습니다' 따위의 말로 호기심을 자극했다. '그러나 야노마미 인디언과 그들의 거주 지역의 세계문화유산 채택을 취지로 하고 있기에 인류역사상 그 어떤 모험보다도 정당합니다'라고 주장했다. 그리고 나서 이 '선행에 목숨을 건 자신'을 위해 후원금을 받았다. 나는 전혀 모르는 비밀계좌로. 이 정도면 지켜야 할 선을 분명히 넘은 것이다.

## 파트너와의 안 좋은 기억 2

또 다른 경우에는 아프리카에서 시험 기간을 거쳐 본 후 그 사람과 곧바로 헤어졌다. 그는 경멸의 눈빛으로 아프리카의 가난한 사람들을 내려보았다. "저 사람들이 저렇게 사는 건 전부 자기 책임이오. 모든 사람은 창조될 때 이미 어디에서 무엇으로 태어날지를 스스로 결정한다고 믿소. 나는 잘살고 싶었기에 독일에 있는 우리 집을 선택한 것이고, 여기 사람들은 아프리카에서의 이런 삶을 선택한 것이오."

그래서 나도 결정했다. 이런 사람과는 빨리 헤어져야 한다고. 시간이 지날수록 그는 헤어질 이유를 더 많이 제공했다. 그를 포함한 일행은 모리타니의 수도 누악쇼트에서 간신히 호텔 방을 얻을 수 있었다. 그와 아네테가 한 방을 쓰게 되었는데, 그 방에는 좁은 침대 하나와 수건만한 양탄자 하나 밖에 없었다. 그는 알라신이 자신을 위해 이 침대를 마련한 것이라고 굳게 믿고 있었다. "당신은 바닥에 깔린 양탄자 위에서 자도록 하시오. 그렇지 않으면 나는 내일 파김치가 되어서 움직일 수 없을 것 같으니. 이해해 주리라 믿소."

아네테는 그 말이 무슨 뜻인지 이해했다. 그리고 이런 사람과는 결코 오랫동안 무언가를 함께 해 나갈 수 없다는 사실을 깨달았다. 이 남자는 전형적인 이기주의자였던 것이다.

그가 철저한 회교국인 모리타니에서 위통을 홀떡 벗고 시내를 배회하면서 기분 좋게 맥주를 마셨을 때, 드디어 최후의 한도를 넘어 버렸다. 그는 말문이 막혀 쳐다보는 나에게 "나는 독일인이지 이슬람교도가 아니지 않소"라고 말했다. "이런 게 싫다면 그건 그 사람들 사정이죠."

그것은 내 사정이기도 하다는 것을 그는 완전히 잊고 있었다.

## 5. 용기, 만용, 불안, 공황

여행을 위해 반드시 갖추어야 할 것이 있다. 그것은 '용기' 다. 결정하는 용기, 행동하는 용기, 자기 반성의 용기. 용기는 언제 어디서나 필요하다. 용기가 있다는 말은 빠르고 확실한 판단력을 갖추고 있으며 정신적 유연성과 집중력이 있다는 것을 의미한다.

망설이고, 겁이 많고, 신경이 날카로운 사람은 여행에 지장을 준다. 다른 한편, 용기 있는 사람은 여행을 진전시키지만, 만용을 부리는 사람은 대개 여행을 불행으로 이끈다.

모험 가득한 여행을 계획하는 사람은 무언가를 경험하고 싶어한다. 시험해 보고, 주장해 보고, 능력의 한계를 알고 싶어한다. 그 외에도 수많은 이유가 있을 수 있다. 혹은 아무 기대 없이 여행을 떠났다가 위험한 상황이 닥칠 수도 있다. 예상치 못한 위험에 방어, 공격, 도주, 체념 등 나름대로의 방식에 따라 반응한다. 그러나 생각할 시간이 충분한 경우에는 공포가 덮칠 수도 있다.

공포가 없는 삶이란 존재하지 않는다. 공포는 신체의 건강한 반응이다. 공포를 모른다면 위험한 상황에 불필요하게 자신을 노출하고, 결국 그 때문에 죽게 될 것이다. 공포로 인해 사람은 조심하게 된다. 여행 파트너가 자신은 전혀 공포를 모른다고 말한다면, 그 사람은 지금 당신을 속이고 있는 것이다. 그는 영웅인 양 떠들어 대면서 자신이 중요한 존재임을 거듭먹거리는 인물이다. 이런 인물은 조심해야 한다. 누구나 공포의 대상을 가지고 있다.

습관, 경험, 훈련 등을 통해 부분적으로 공포심을 없애거나 줄일 수 있지만 완전히 사라지게 할 수는 없다. 절망적인 순간에 그 공포심은 다시 돌아오게 마련이다.

공포 전에 몸이 먼저 놀라는 경우가 많다. 이는 건강한 신체 반응이다. 갑자기 총소리가 나면 몸을 움찔 움츠리게 된다. 0.01초 내에 간뇌에서 경고 벨이 울린다. 아드레날린이 만들어지고, 심장 박동이 빨라지고, 혈압이 높아진다. 초고속으로 대응이나 도피, 준비 자세가 갖추어진다. 심장 소리가 들릴 듯 커지고, 입 안이 바싹 마르고, 소변이 마렵고 종종 정말로 오줌을 싸기도 한다. 부끄러워할 필요가 없다. 씻으면 되니까.

그러나 무서움과 걱정이 무기력이나 공황 상태로 발전되었을 때는 문제 가 된다. 한 사람의 공황 상태가 전체에 확산될 때 문제는 더욱 심각해진다. 이때 여행을 주도한 사람이 능력을 발휘해야 한다. 그들을 위로하거나 실 제로 필요한 도움을 줄 수 있어야 하고, 안정제(수면제)나 플라시보, 즉 위 약偽藥, 가짜 약을 환자에게 주어 진짜 약처럼 믿게 만듦으로써 약효를 발휘하게 하는 것 효과도 때로는 요긴하 다. 공포로 인해 이성을 잃었다면 그 사람을 묶어 두는 것도 필요하다.

혼자 있는 상태에서 그러한 공황이 찾아온다면 시작 단계에서 억눌러야 한다. 10번 정도 심호흡을 한다. '지금까지 모두 해냈잖아' 하는 식으로 자 신의 강한 정신력에 대해 생각한다. 혹은 '할 수 있어' '반드시 집으로 돌 아가야 해' 등의 문구를 되뇌어 본다.

이런 방식도 도움이 되지 않는다면 비장의 카드를 사용한다. '나의 이런 모습을 보면 뤼디거지은이 자신을 이름가 어떻게 생각하겠어?'라고 자문해 보는 것이다.


## 6. 계약

동반자를 구했다. 여행의 성공 여부는 이제 당신과 파트너에게 달려 있다. 돈, 시간, 꿈을 투자했는데 사흘 후에 모든 게 휴지조각이 되길 바라는가. 이 여행의 아이디어도 당신 것이고 정보를 모으고 자료를 찾은 것도 당신 이다. 스폰서가 있다면 그들에 대한 책임도 져야 한다. 석사 논문, 잡지 투 고, 영화, 강연, 책 등을 목표로 하고 있다면 그 결과물을 얻기 위해 노력해 야 한다. 이때 파트너가 어떻게 하느냐에 따라 당신 계획의 성공 여부가 달 려 있을 수도 있다.

파트너와의 관계를 보다 명확히 하기 위해 계약을 체결하는 것이 좋다.

파트너가 아무리 호감 가는 사람이고 그래서 계약이 마치 불신임 투표처럼 보일 수 있을지라도 확실하게 하는 것이 좋다. 극단적인 상황에서 어떤 행동을 보일지 그건 누구도 알 수 없는 일이기 때문이다. 그래서 나는 다음과 같은 내용의 계약서를 꼭 작성한다.

### ▶ 동반자
인적 사항과 함께 전화번호, 계좌번호, 사망할 경우 필요한 가족과 상속자의 주소를 기입한다.

### ▶ 출발−기간−목표지
언제 어디서 출발하는가? 일정 기간이 되면 끝나는 여행인가 아니면 목표가 달성되어야 끝나는 여행인가? 이동 수단은 자동차, 요트, 개 썰매를 이용하는가 혹은 걸어서 가는 여행인가?

### ▶ 과제
여행을 하면서 학문적인 자료를 수집하고, 사진이나 영상물을 찍고, 식물을 채집하고, 산꼭대기에 오르는 등 수천 가지의 일을 할 수 있다. 구체적으로 누가 어떤 일을 책임지고 맡을 것인가? '요리는 피테 전담'이라고 규정해서는 절대 안 된다. '피테가 요리한다. 그러나 누구든 서로 도와야 한다'라고 정한다.

여행을 마치고 나서 누가 책을 쓸 것인가? 누가 영상 담당인가? 세 명이 각각 자기의 영화를 찍는 것은 불가능한 일이다. 사공이 많으면 배가 산으로 간다고 했다. 전문가가 한 명 동행한다면 그 사람을 전적으로 믿어야 한다. 그러나 촬영기사만 데려 가고 감독 역할은 스스로 해야 할 경우 물론 이야기가 달라진다.

스폰서 계약을 할 경우에는 여행 파트너 모두가 이 계약에 동의해야 한다. 여행을 주도한 사람은 스폰서의 로고를 셔츠와 이마와 가슴에 달았는데 나머지 사람들은 다른 방식으로 로고를 달고 나타나거나, 심지어 다른 스폰서와 협상하는 일이 생겨서는 안 된다. 그러니 사전에 장비, 여행의 스타일과 모토 등을 확실하게 정해야 한다. 여행에는 목적에 합당한 제목이 있어야 한다. '푸른 나일강 탐사' 혹은 '맨발로 세계를' 하는 식으로.

### ▶ 경비와 장비 분담

파트너와 동등한 관계에서 하는 여행이라면 경비를 똑같이 부담해야 한다. 경비를 적게 내는 사람에게는 그만큼 결정권이 적게 주어진다. 돈을 지불해야 하는 상황이 생길 때마다 즉시 나눠서 지불한다. 그래야 복잡한 계산이나 번거로운 회계를 줄일 수 있다. 즉석에서 지불하지 않는 사람은 나중에도 지불하지 않을 수 있다. 계산에 어두운 사람으로 인해 돈을 확실하게 계산하는 사람들이 피해를 보아서는 안 된다.

각자 어떤 준비물을 가져올 것인가? 텐트, 보트, 사진기 등을 가지고 있는 사람이 있다. 모두가 비슷한 정도의 가치가 되는 물건을 가져온다. 어떤 사람은 고가의 영사기를 가져오는데, 어떤 사람은 나침반 하나 달랑 들고 오는 것은 좋지 않다. 돈을 모아 함께 물건을 마련한 경우에는 나중에 누가 그 물건을 소유할 것인가? 개인 짐(배낭, 침낭 등)은 각자 가져오는 것으로 할 것인가?

물건이 없어질 경우, 모두가 함께 이 책임을 질 것인가 아니면 보험에 들 것인가? 보험에 든다면 어떤 조건으로 가입할 것인가? 병이 났을 경우는 어떻게 하는가? 각자 자신의 책임하에 여행을 할 것인가 아니면 한 사람이 책임을 질 것인가 등을 정한다.

### ▶ 이익 배분

소득이 있을 경우에는 동등하게 나누어야 한다. 잡지 기사, 인터뷰, 영상물 판매 등으로 소득이 생길 수 있다. 지금까지 여행에 대한 아이디어와 사전 계획의 대부분은 나 개인의 것이었기에 책을 쓸 수 있는 권한과 그에 따른 인세는 내 고유 권한이었다. 그러나 강연의 경우 강연료는 강연자 혼자서 갖는다.

특정 회사로부터 물건을 기증 받았을 경우에는 어떻게 할 것인가? 그 물건을 팔아서 생긴 돈을 나눌 것인가? 각자 그중에서 원하는 물건을 갖도록 할 것인가?

일정 기간이 지나면 계약도 해지되어야 한다. 나는 '돌아온 후 1년'을 그 기간으로 잡는다. 여행이 좋았다면 자연스럽게 평생 친구로 남게 될 것이다.

파트너 중 한 명이 사망했을 경우에는 상속자의 발언권을 인정해 주어야 한다.

### ▶ 자산 관리

필름 원본은 누구의 소유이고, 복사할 수 있는 권한은 누구에게 있는가? 사본은 어떤 용도로 사용 가능한가? 사본을 만드는 데 드는 비용은 누가 부담할 것인가? 스폰서로부터 받아서 함께 사용했던 장비(보트, 위성전화기 등)는 누가 가질 것인가?

### ▶ 탈퇴와 제명

누구나 언제든지 탈퇴할 수 있다. 불평 많고 비협조적이며 싸우기 좋아하는 사람과 함께 여행할 이유가 없다. 이는 모든 사람에게 고통을 주는 것이며 결국에는 여행을 망칠 수 있다.

여행 전이나 도중에 떨어져 나가는 사람은 환불을 요구할 수 없다. 그러나 병이나 사고 때문인 경우는 예외다. 본인의 의사가 아니더라도, 약속을 지키지 않았거나 전체에게 손해를 끼치는 경우 제명시킬 수 있다.

### ▶ 일반적인 사항

의견이 다를 경우 어떻게 조정할 것인지 미리 정할 수 있다. 투표를 할 것인지, 제비를 뽑을 것인지 등을 정한다.

모험 중에는 별의별 일이 다 닥칠 수 있다. 지금까지 나는 운 좋게도 파트너와 큰 문제 없이 여행할 수 있었다. 그리고 그중 몇몇과는 몇 십 년 지기로 지내고 있다.

내 원칙은 간단하다. 서로 동등함을 인정하는 것이다. 소규모 단체는 모두가 함께 책임을 지고 참여할 때 발전할 수 있다. 변호사를 통한 계약을 추천한다. 그렇지 않으면 서로 간에 문제가 생겼을 경우 계약서 작성의 허점으로 봉변을 당할 수 있다. 가장 이상적인 팀은 관계를 확실히 하고 계약서에 서명한 뒤 다시는 계약서를 꺼내 볼 필요가 없는 경우다.


## 7. 스폰서

"…… 레나테와 저는 곧 결혼할 예정입니다. 신혼여행을 흔히들 가는 곳으로 가고 싶지 않습니다. 그래서 베스트팔렌의 그로나우에서 하르츠의 칼렌 아스텐까지 걸어서 갈 계획을 세웠습니다. 대략 계산해 보니 3주가 걸릴 듯합니다.

그런데 호텔 비용(레나테가 숲에서 자는 것을 원하지 않거든요)이 그리 싼 편이 아니라 비용이 문제가 됩니다. 우리를 도울 수 있는 스폰서를 추천해 주실 수 있겠습니까? 우리는 여행 사진을 제공하여 이에 대해 보답할 생각입니다.

그리고 질문이 하나 더 있습니다. 어떻게 하면 대중매체와 연결될 수 있을까요? 우리의 여행은 분명 좋은 이야깃거리가 될 것입니다."

나야 이런 편지를 가끔씩 받지만, 스폰서의 경우는 날마다 수십 통씩을 받는다. 독일 시사 주간지 슈테른의 편집인이 한 번은 이런 말을 했다. "매우 특별한 일을 계획하고 있다며 우리에게 연락해 오는 모든 몽상가들에게 그들이 원하는 만큼의 선불을 지불했다면, 우리 회사는 이미 오래 전에 파산했을 겁니다. 그 사람들 중 기껏해야 5% 정도만이 정말 그들의 계획을 실천하지요."

스폰서로부터 돈을 받고자 하는 사람은 그만큼 보답을 해야 한다. 대충

구두로 정해서는 안 되고, 구속력이 있는 계약을 해야 한다. 거기에서는 스폰서가 얼마의 액수를 혹은 어떤 물건을 언제 제공할지 확실하게 규정해야 한다. 선불을 지불할 수 있는지, 다음번 지불은 언제 할지, 여행자는 그 대가로 무엇을 해야 하는지도 정한다. 가장 일반적인 경우는 여행 장비를 무료로 공급 받거나 임대 받고, 후에 그 장비가 보이는 사진이나 영상물을 제공하는 것이다. 드물기는 하지만, 기업의 로고를 여기저기 붙여야하는 경우도 있다.

여행 관련 장비를 광고하면 그 탐험가에게도 신뢰감이 생긴다. 그러나 여행과 별로 관계없는 맥도날드 같은 회사의 로고를 텐트에 광고한다면 그 탐험가에게는 왠지 믿음이 가지 않는다.

요즘은 스폰서를 구하는 것이 유행이다. 완전 초보 탐험가조차도 다른 사람의 경제적 지원 없이는 여행할 수 없다고 생각한다. 그러나 일단 성과를 보여 준 다음 비로소 이에 대한 평가와 지원을 요청하는 태도가 필요하다.

매우 독특하거나, 사상 최초의 시도거나, 앞으로도 있을 것 같지 않은 전무후무한 시도일 경우 스폰서를 구할 수 있는 공산이 크다. 보는 사람으로 하여금 호기심, 흥미, 감탄, 공감, 무서움을 불러일으키는 것, 위험하고 실패할 수도 있는 것 혹은 성적인 면이 곁들여진 것이어야 한다. 'A에서 B까지 가는 2만 번째 자전거 횡단'은 식상하다. 변속 장치가 48단까지 있는 자전거든, 변속 장치가 전혀 없는 자전거든 이는 더 이상 관심의 대상이 아니다.


## 8. 생존 훈련

여행을 떠나기 전에 하는 일반적인 준비 외에 생존 훈련도 반드시 필요하다. 특히 위험한 도전, 흥분을 불러일으키는 모험을 찾아 나서는 모험가나 익스트림 여행자에게는 필수다. 생존 훈련은 안전성을 높일 뿐 아니라 건

강도 향상시킨다. 게다가 이 훈련을 통해 여행 전부터 여행의 즐거움을 맘껏 누리게 되니, 여행의 기쁨이 길어지는 효과까지 있다.

사실 이 책에 나와 있는 모든 것이 넓은 의미에서 생존 훈련에 속한다. 그러나 이 장에서 말하는 생존 훈련은 신체적 단련과 몇 가지 기술적인 훈련을 말한다.

여행 성격에 따라 훈련 내용도 달라져야 한다. 6천 킬로미터의 산을 오르고자 하는 사람이라면 추위와 산소 부족 상태를 경험해 보아야 한다. 사막으로 가고자 한다면 사우나나 빵집의 커다란 화덕 안에서 더위를 경험해 보아야 한다. 아르베트 푹스는 북극으로 처음 여행 가기 전에 장비를 모두 가지고 식품 도매상의 대형 냉장고에 들어가서 영하 40℃의 상태를 경험해 보았다고 한다. 그는 선풍기를 틀어서 체감온도를 더욱 낮게 만들었다.

계속 반복해야 하는 훈련이 있다. 조깅이나 행군, 자전거 타기, 수영 등이다. 총 쏘기나 함정 만들기 등은 가끔 한다. 그리고 맨손으로 산돼지를 잡거나 자신의 피를 미끼로 사용해 물고기를 잡는 것 등은 평생 한 번 해볼까 말까 한 일이다.

무엇보다도 중요한 것은 운동으로 건강한 신체를 유지하는 일이다. 숲에서 하는 장거리 달리기는 매우 이상적인 운동이다. 처음부터 무리하면 안 된다. 트레이닝복과 운동화를 착용하고 평평한 땅에서 2km 달리기로 시작해서 10km까지 서서히 늘려 나간다. 익숙해지면, 등산화로 바꿔 신고 여행에 꼭 필요한 짐을 5kg가량으로 만들어 메고 달린다. 짐은 몸에 딱 붙게 멘다. 짐이 가벼우면 운동 효과가 적고, 너무 무거우면 관절이 상할 수 있다.

이 책을 읽는 당신의 예상과 다를지 몰라도, 나는 훈련을 즉흥적으로 부담 없고 재미있게 했지 매일 광적으로 악착같이 하지 않았다. 훈련하고 싶으면 그때 했던 것이다. 그리고 매일 하고 싶으면 그대로 따랐다.

목숨이 위태로울 때는 도망치는 것도 한 가지 방법이다. 편한 길을 피하고 험한 길을 가로질러 달려라. 막대기, 돌, 울타리, 담을 넘어 다니고 웅덩이와 강을 건너 다녀라. 추울 때나 더울 때, 비가 오거나 맑을 때, 밤에도 연습을 해 본다.

배낭과의 마찰로 살갗이 쓸리거나 까져도 참아 본다. 실제 상황에서라면 어차피 멈춰 서서 배낭을 다시 멜 수 없을 테니까. 배낭을 일부러 불편하게 싸거나 신발 안에 돌멩이를 하나 넣어 볼 수도 있다. 심장이 건강하다면 완전히 녹초가 될 때까지 달려 보라. 죽어서 쓰러지는 일은 없을 것이다. 그 전에 신체에서 반응이 나타난다.

목표를 달성하고 나면 차가운 물속으로 뛰어들어라. 물이 얼어 있다면 얼음에 구멍을 뚫고 뛰어든다. 땀으로 범벅이 된 몸을 이런 식으로 잠깐 식히면 사우나 효과를 얻을 수 있으며, 감기에 대한 면역성도 커진다.

늪이나 하천은 몸을 감추는 연습을 하기에 좋은 장소다. 연습을 쉽게 하기 위해 바지 주머니에 돌을 넣는다. 숨을 쉬기 위해서는 잠수용 호흡관이나 갈대 줄기, 속이 빈 라일락 나무줄기, 대나무 등을 사용할 수 있다. 목욕이 끝나면 불을 피운다. 이는 훈련을 마무리하는 단계로, 사람을 매우 편안하게 만든다.

특별히 훈련할 시간이 없다면 일상생활에서 손쉽게 할 수 있는 운동을 찾아본다. 자전거를 탄다든지, 엘리베이터 대신 계단을 이용한다든지, 물건을 들 때 팔을 수평으로 펼쳐 든다. 지나가는 사람들이 그렇게 걷는 당신을 보고 웃는다면 가볍게 되받아 웃어 주라. 웃음은 건강에 좋으며, 사람 사이를 연결시켜 주는 가장 가까운 길이기도 하다.

겨울에는 북극이나 남극지방을 대비한 훈련을 할 수 있다. 밤을 따뜻하게 보낼 수 있도록 이글루 만드는 법을 연습한다(166쪽 '극지 서바이벌 훈련' 참조). 이글루 짓기는 정말 쉽다. 눈이 충분히 쌓여 있지 않으면 나무 상자나 종이 상자를 이용해 얼음덩이를 만들어라.

이글루를 만드느라 땀을 흘린 뒤에는 수영을 하러 간다. 얼음에 구멍을 내면 훌륭한 욕탕이 된다. 이렇듯 자연은 다양한 기회와 새로움을 제공한다. 의지만 있으면 일상생활을 풍부한 경험의 장으로 만들 수 있다.

친구들과 함께 하는 훈련에서는 약한 사람에 대한 배려가 필요하다. 한 팀을 이루는 구성원 중 가장 약한 사람을 통해 그 팀이 어느 정도 강한지 알 수 있다. 쇠사슬이나 사다리가 그러하듯이. 자연에 대한 배려도 필요하다. 자연에 아무 흔적도 남기지 않는 것이 가장 이상적이다.

주말 훈련이라면 함정 만들기, 비상 무기 만들기, 경보 장치 만들기, 불 피우기 등 간단하지만 실용적인 기술부터 연습한다. 자연에서 먹을 것을 채집해 본다. 정체를 알 수 없는 식물을 먹어 보고, 곤충도 먹어 보면서 거부감을 극복하는 훈련을 한다. 벌레, 파리, 물벼룩, 거미, 구더기 등이 때로는 단백질과 지방을 공급해 주는 음식물이 된다. 벌레는 별로 영리하거나 빠르지 않고, 다른 야생동물처럼 법적으로 보호하고 있지도 않으므로 서바이버의 기본 양식이 된다. 차에 치어 납작하게 눌린 쥐를 걷어 김말이

## 신체를 완벽하게 지배하는 달인들

갠지스강에서 한 고행자를 만난 적이 있다. 그가 붉은색 물을 마시고는 기도하자 그 붉은 물이 그대로 소변으로 나와 버렸다.

우리는 생각했다. '아하! 저 사람, 방광에 문제가 있는 환자로군. 어차피 피 오줌을 누는데 그걸 이용해 돈을 버는 거야. 똑똑하네.'

그를 계속해서 의심의 눈초리로 쳐다보다가 결국 "이것도 마셔 보겠습니까? 초록색도 가능하죠?"라고 제안했다. 스스로를 매우 똑똑하다고 생각하면서 식용색소를 내놓았다.

그는 아무 표정 없이 우리를 쳐다보았다. 마치 우리 말을 듣지도, 이해하지도 못한 것처럼. 그러더니 아무 말 없이 그 색소를 받아 마셨다. 그리고 2분 후에 갠지스강에 녹색 소변을 보았다. 잔디처럼 푸른빛이었다!

또 다른 고행자는 고기를 자르는 칼에 매달리고, 검으로 몸을 찌르고, 몇 달 동안 금식하고, 바늘판 위에서 자고, 이글거리는 목탄 위에 눕고, 5m의 천을 먹은 뒤 도로 뱉어 낸다. 자신의 신체를 완벽하게 지배하고 있는 것이다. 나로서는 이루고 싶지도 않고, 이룰 수도 없는 목표다.

처럼 돌돌 만 뒤 맛있게 먹을 수 있다면, 어느 나라에 가서든 음식 때문에 고생하지는 않을 것이다.

이와 비슷하거나 조금 더 심한 것들이 훈련 프로그램에 포함되어 있다. 이 책을 읽고 나면 더 많은 응용법을 찾아낼 수 있을 것이다. 어느 날 당신과 내가 국도에서 만나게 될지도 모른다. 차에 치어 뜨거운 아스팔트 위에 납작해진 고슴도치를 긁어내어 껍질을 벗겨 굽고, 바늘이 붙은 껍데기로는 빗이나 목걸이, 권투 장갑을 만들고 있는 당신을 보게 된다면 나는 부러움에 미칠 지경이 될 것이다.


## 9. 자발성 훈련

신체와 더불어 정신을 위한 훈련도 필요하며, 이는 신체 훈련만큼이나 중요하다. 아니, 정신 훈련이 더 중요한 경우가 많다. 신체와 정신 모두를 훈련하여 서로 보완할 수 있다면 최강이 될 것이다.

외국에 있다고 상상해 보자. 6급 호텔이다. 다음날 아침 5시에 공항으로 가야 하기 때문에, 4시에는 일어나야 한다. 비행기를 놓치면 일주일 동안 이 시골 마을에서 하릴없이 빈둥대야 한다. 호텔 직원이 깨워 주겠다고 약속했지만 믿음직스럽지 못하다. 호텔에 어울리게 그도 6급 직원이다. 자명종은 없다. 호텔 직원도 자명종이 없기는 마찬가지다. 저녁에 침대에 누워 4시에 기상해야 한다는 생각을 한다. 절대로 늦잠을 자서는 안 된다. 그러면 다음날 신기하게도 그 시간에 일어나게 된다. 내가 물어본 사람들은 모두 이런 경험을 해 보았다고 한다.

이것이 바로 자발성 훈련의 한 형태다. 자발성 훈련은 독일 정신과 의사 J. H. 슐츠가 개발한 심리 요법으로, 정신 집중 훈련을 통해 특정 신체 기능을 통제하는 것을 목적으로 한다. 이는 언뜻 보기에는 영향을 미칠 수 없을 것 같은 자율신경계를 지배하는 것이며, 정신이 육체를 통제하는 것을 의미한다.

나는 자발성 훈련에 관심이 있으며, 익스트림 여행을 준비하기 위해 그것이 매우 중요하다고 생각한다. 목표에 대한 확신이 없는 사람에게는 더욱 자발성 훈련이 필요하다. 이 훈련을 통해 반 기절한 상태고, 살이 뼈에서 너덜거려 SOS를 보내야 하는 열악한 상황에서 견딜 힘을 얻을 수 있다.

1980년, 아르베트 푹스가 혼자 걸어서 북극지방을 행군할 계획을 세웠을 때, 그는 자발성 훈련을 했다. 마음속 깊이 그는 '나는 걷는 걸 좋아한다. 가볍고 편하게 걷는다. 한 걸음 한 걸음이 소중하다. 마을이 나타날 때까지 전진이다'라고 내내 되뇌었다.

계속해서 걷고 또 걸어야 한다는 것이 문제였다. 다른 사람과의 대화로 기분을 전환할 수도 없고, 내내 똑같은 풍경에, 생명체라고는 전혀 볼 수 없는 단조로움……. 그의 생각과 기억, 꿈 외에는 아무것도 없다. 그렇게 두 달을 보내야 한다!

아르베트 푹스는 이 기술을 배우기 위해 고향인 바트 브람슈테트에서 의사 라인홀트의 지도를 받았다. 라인홀트는 60살의 매우 생기 있고 활달한 사람이다. 그는 아르베트 푹스의 북극 탐험에 대한 기사를 읽고 나서 자발성 훈련을 돕겠다고 선뜻 나섰다.

"많은 사람이 자발성 훈련으로 엄청난 고통에서 단번에 벗어날 수 있었다고 합니다. 그러나 유전, 대인 관계, 가족, 직업, 환경 등과 관련한 심리적 고통일 경우에만 효과를 볼 수 있습니다. 모든 병의 70%는 심리적인 요인에 의한 것이고, 나머지 30%만이 신체적인 요인에 의한 것이지요. 뼈가 부러졌거나 이가 상해서 생기는 고통은 자발성 훈련으로도 사라지지 않습니다."

처음 두 시간은 쉽다. 어두운 방에 들어가 침대에 눕는다. 베개를 베어 머리를 몸보다 약간 높게 하고, 몸은 가벼운 이불로 덮는다. 긴장을 풀고 편안하게 누워 있는다. 그러고 나서는 '나는 지금 매우 편안하게 긴장을 풀고 누워 있다'라고 속으로 말한다. 2분쯤 지나면 안정감이 올 것이다. 그렇게 첫 단계인 "무게 느끼기"를 시작한다. '팔이 무겁다, 팔의 무게가 느껴진다'라고 말한다.

두 번째 단계는 '온기 체험'이다. '손이 따뜻해진다'라고 몰입하면서 숨을 내쉴 때 몸에서 나간 온기가 팔을 감싸고 손가락을 데우는 상상을 한다. 그러면 정말로 따뜻해진 손가락을 느낄 수 있을 것이다. 이는 생리학적으로 볼 때 모세혈관이 확장되어 더 많은 혈액이 흐르기 때문에 일어나는 현상으로 해석될 수 있다. 이 연습을 통해서, 운동을 하고 났을 때와 같은 발열 효과를 볼 수 있다. 다리도 똑같은 방식으로 연습한다.

팔을 10회 정도 큰 원을 그리며 흔들어 온기가 생기게 할 수도 있다. 그러나 라인홀트는 "이 두 가지 방식에는 커다란 차이가 있습니다. 내가 방금 말했듯, 고통의 70%는 몸과 마음의 부조화로 인해 발생합니다. 신체와 근육의 긴장을 완화시키면 자율신경계도 이완됩니다. 이로써 몸과 마음의 조화가 이루어지고 마음의 고통이 해소될 수 있지요"라고 말한다.

자발성 훈련은 독일 정신과 의사 J.H. 슐츠가 개발한 심리 요법으로, 정신 집중 훈련을 통해 신체 기능을 통제하는 것이 목적이다.

이 훈련을 통해 느끼는 온기는 착각이 아니다. 실제로 체온이 올라간다.

거의 움직이지 못하는 상태로 1백19일 동안 조립식 배에서 보낸 한네스 린데만에게 이 훈련은 매우 중요한 것이었다. 계속해서 앉아만 있으므로 혈액 순환이 되지 않는 부분이 생기는데, 그는 이 훈련을 통해 몸 구석구석까지 피를 보낼 수가 있었던 것이다.

이 연습은 일주일에 세 번 10분씩 한다. 긴장을 이완시키는 단계에서 잠재의식에 '나는 걷는 걸 좋아한다!' 혹은 '서쪽으로 가야 살 수 있다'라는 식의 짧고 명료한 문장을 내내 주입시킨다.

자발성 훈련의 다음 단계는 심장, 머리, 위 등 신체 기관에 영향을 미치는 훈련이다. 책을 통해서 배우거나 혹은 자발성 훈련을 제공하고 있는 기관에서 정식으로 배울 수 있다. 관련 서적, 학원, 수련 단체, 평생교육원 등에서 더 자세한 정보를 얻을 수도 있다.

자발성 훈련에 대해 아르베트와 나는 상당히 회의적이었다. 이는 수많은 신비주의자, 점쟁이, 점성술사, 그리고 몇몇 자연치료사의 탓이 크다.

그러나 아르베트가 초반에 보이던 회의적인 태도는 자신이 직접 효과를 경험해 보고 나서는 금세 사라졌다. 그는 북극에서의 오랜 행군 동안 차가워진 다리에 온기를 보내는 데 효과를 보았다.

"신발이 좋지 않거나 물구덩이에 빠지면 온기 훈련도 큰 효과를 발휘하지 못할 것이다. 그럴 경우에는 그저 '마을이 나타날 때까지 전진!' 이라는 문구 하나로 스스로를 위로할 수밖에!" 라고 아르베트는 말했다.

자발성 훈련이라는 개념이 없었을 때도 사람들은 무의식적으로 이를 행했다. 이는 너무나 자연스런 현상이었다. 라인홀트는 말한다. "만약 어떤 사람을 너무 사모하게 되면 그 사람 꿈을 꾸고, 한밤중에 깨어나서도 그 사람 생각을 하며, 하루 종일 그 사람 외에 다른 것에는 집중할 수가 없습니다. 그때 당신은 모든 장애도 넘어 서게 됩니다."

이 사람의 말이 맞다. 나는 온통 페달보트를 타고 대서양을 건널 생각뿐이었다. 난파, 추위, 바닷물, 해적, 다른 배와의 충돌, 바닷물에 빠지는 등 가능한 모든 위험에 대해 끊임없이 상상해 보았다. 밤이고 낮이고 여행의 포로가 되었고, 모든 위험에 대해서도 비장의 카드를 가지고 있다고 믿었다. 만일 어떤 특정한 위험에 대해 그러한 비장의 카드가 없다고 느껴질 때는 전문가의 자문을 받았다. 내가 바다에 도전할 수 있고 바다의 파트너가 될 수 있다는 느낌이 들 때까지 그랬던 것이다. 지금까지 바다와 나는 세 번 만나 즐거운 시간을 함께 보낼 수 있었다. 한 번은 페달보트, 그 다음에는 대나무 뗏목, 마지막에는 전나무 통나무를 타고.

나는 자발성 훈련이 서바이벌을 위해 반드시 필요한 것이라고 생각한다. 게다가 이는 어디서나 실행할 수 있고 돈을 주고 사야 하는 것도 아니니 금상첨화가 아닐 수 없다.


## 10. 모든 것을 잃어버렸을 때를 위한 훈련

배가 난파하여 단번에 장비를 모두 잃게 되었다. 혹은 강도의 습격에서 몸만 겨우 빠져나올 수 있었다. 모두 잃어버렸고, 간신히 목숨만 붙어 있다. 그 상태로 혼자 남았다. 그렇다고 낙심하지 말아라. 당신은 첫 번째 마을까지 살아서 갈 수 있는 모든 조건을 갖추고 있는 셈이니, 오히려 기뻐하라. 당신은 죽을 수도 있었다.

일단 숨을 몇 번 깊이 쉬고 현재 상태를 체크한다. 다치지도 않았다. 대부분의 경우에는 자기가 현재 있는 곳이 어딘지, 어느 길로 가야 하는지, 사람이 있는 곳까지 어느 정도 걸릴지 알고 있다. 2주가 걸린다고 하더라도 걱정할 필요가 없다. 자연을 보라. 당신보다도 가진 것이 없는 수천의 동물이 이곳에서 살고 있지 않은가.

위에 언급한 상황은 쉽게 모의 연습할 수 있다. 한 사흘 정도 들어가 있을 숲은 쉽게 찾을 수 있다. 처음에는 미풍양속을 해치지 않도록 옷과 신을 착용한다. 아주 작은 도구 하나도 비상사태에서는 큰 도움이 된다. 그러나 마지막에는 실오라기 하나 걸치지 않고서도 잘 살아남을 수 있게 될 것이다.

이 책을 통해 장시간 음식이 없이도 살아남을 수 있다는 것을 알게 될 것이다. 음식은 전혀 문제가 되지 않는다. 셋째 날 즈음에는 고통스러운 허기가 사라지고, 그로부터 3주 동안은 몸에 저장되어 있는 영양분으로 사는 데 아무런 지장이 없다. 처음에는 지방, 그 다음엔 근육이 소모된다. 신체를 얼마나 움직이느냐에 따라 달라지지만 따뜻한 지역에서는 대체로 3주 이상 살 수 있다.

며칠 간 굶은 사람에게서는 처음에 불쾌한 구취가 난다는 것을 주지하자. 그러면 풀잎을 씹어라. 박하 잎이 가장 좋다. 하지만 혼자일 경우에는 무슨 상관이랴. 자기 입내를 자기가 맡을 수 있는 것도 아닌데.

음식을 먹지 못하면 추위도 문제가 되므로, 체온이 떨어지지 않도록 해야 한다. 사실 음식물은 체온을 37℃로 유지하기 위해 제일 많이 소모된다. 대머리인 경우에는 머리를 덮어 준다. 발보다 머리를 따뜻하게 하는 것이 체온 유지에 훨씬 효과적이다. 체온은 대부분 머리를 통해 발산되기 때문이다.

추운 지방에서는 체온을 유지하기 위해 바지 끝과 소매 끝을 묶는다. 끈,

식물의 줄기, 나무뿌리를 이용한다. 옷 속에는 마른 풀이나 나뭇잎을 가득 채운다. 종이가 가장 좋지만, 모든 것을 잃은 상황에서 종이가 어디 있겠는가. 그렇게 든든한 방한복이 완성되었다. 이제는 침낭이나 보온 매트 없이도 밤을 잘 견딜 수 있을 것이다.

다음으로는 돌도끼(191쪽 '대용 장비' 참조)를 만들고, 이것으로 다시 땅 파기에 알맞은 막대기를 만들어라. 도구를 이용하여 무덤 비슷하게 땅을 판다. 파낸 흙을 구덩이 주변에 모아 쌓으면 보호벽이 된다. 깊이가 60㎝ 정도 되면 풀과 낙엽을 가득 채우고 안으로 들어간다. 20㎝ 정도 두께의 풀은 요처럼 아래에 깔고 나머지 풀은 이불처럼 덮고 눕는다. 땅으로부터의 냉기에 더 신경 써야 한다(눈 위에서는 반대).

강둑이 수직벽이라면, 그 벽에 이글루 모양의 굴을 만들어라. 입구는 작게, 지붕 부분은 돔처럼 둥글게 해야 쉽게 무너지지 않는다.

비가 오면 지붕이 있는 잠자리가 필요하다. 그러므로 나무 밑에서 야영을 하거나 숲에서 잠자리를 찾는 것이 좋다. 숲은 숨어 있기에도 좋은 장소며 나뭇가지가 어느 정도 비를 막아 준다. 들판에서 자면 추워서 제대로 잠을 잘 수 없을 뿐만 아니라 이슬 때문에 흠뻑 젖게 된다.

비상 숙소, 무기를 임시방편으로 만들기, 식수와 음식 마련하기, 수렵, 고기잡이, 불 피우기, 방향 찾기, 도망치기 등을 맨손으로 해결하는 방법도 이 훈련에 포함된다. 그것이 어떻게 가능한지는 앞으로 각각 해당 부분에서 설명하겠다.


## 11. 신체의 청결

신체의 청결만 잘 유지해도 질병의 절반은 예방할 수 있다. 몸이 지저분하면 쉽게 병들게 된다. 이는 평상시에도 중요한 원칙이지만 위험한 상황에서는 특히 중요하다. 물과 비누로 몸을 씻는 것이 가장 기본이다. 아무리 작은 상처라도 불결하면 심각한 상처나 병으로 악화될 수 있다.

물이 부족하다면 물 한 주전자로 우선 얼굴을 닦고 그 다음에는 손, 발, 성기 부분 순으로 닦는다. 아침에는 이슬을 받아 쓸 수 있다. 물의 양이 머리를 감을 정도가 되지 않으면 빗으로 머리를 정돈한다.

손톱은 너무 길면 부러져서 핀셋 역할을 할 수 없으므로 손가락 끝을 넘지 않도록 한다. 발톱도 길면 걷거나 디딜 때 장애물로 인해 쉽게 상처가 날 수 있으니 가급적 발가락 끝을 넘지 않도록 한다. 가위가 없다면 칼을 이용한다. 칼도 없으면 납작하고 거친 돌을 이용해 갈아 낸다.

적당한 일광욕도 위생에 있어 중요하다. 햇볕은 화농균을 죽이고 기타 균류, 수포진을 제거하는 데도 좋다. 해수욕과 일광욕을 함께 하면 더 높은 효과를 볼 수 있다.

햇볕에 장시간 노출되면 피부가 탈 수 있는데, 그때 선크림이 없으면 옷이나 그늘로 피부를 보호해야 한다. 오랜 시간에 걸쳐 일광욕을 조금씩 진행하면 자외선에 대한 면역성도 자연스럽게 길러진다.

옷에도 주의를 기울여야 한다. 해충과 벌레는 더러운 옷과 지저분한 사람을 좋아한다. 더러운 옷은 탁탁 털어 햇볕 아래 널어놓는다.

마지막으로, 충분한 잠이 편안함과 건강을 유지하는 데 있어 매우 중요한 요소임을 항상 명심한다.


## 12. 영양학

올바른 식생활은 위생, 운동, 유전과 더불어 건강에 결정적인 영향을 미치는 요소다. 세계보건기구(WHO)는 채식 위주의 식단을 이상적인 식생활로 추천한다. 매일 과일이나 야채 600g, 곡물 700g을 섭취하는데, 이때 곡물은 가능한 정제되지 않은 것일수록 좋다.

신선한 음식을 골고루 섭취하기만 하면 영양소와 더불어 인간이 살아가는 데 필요한 무기질, 비타민, 섬유질 등의 미량 원소도 충분히 공급받을 수 있다.

세계보건기구는 또한 소금은 하루 6g, 설탕은 극소량만 섭취할 것을 추천한다. 달게 먹고 싶으면 차라리 꿀을 넣어라. 그리고 육류보다는 생선이나 새고기를 먹도록 하며, 이것도 하루에 80g 이상은 먹지 않는다. 특히 동물성 지방(비계, 생크림, 버터 등), 술(일주일에 포도주 100g까지만), 튀기거나 훈제한 음식, 가공식품, 상한 음식, 소금에 절인 음식은 피한다.

나이가 들수록 정상 체중에서 5kg 이상 초과되지 않도록 식습관을 관리하고 더불어 꾸준히 운동을 해야 한다. 당신이 지금 비만이라면, 초과된 몸무게만큼의 돌을 배낭에 넣고 12시간을 움직여 보라. 그러면 비만이 몸에 얼마나 부담을 주는지 알게 될 것이다.


## 13. 단어장

세상의 모든 언어에 통달하는 것은 불가능하다. 모든 민족은 자신의 언어를 가지고 있으며 대부분의 경우 그 말밖에 할 줄 모른다. 그 나라 사람들의 정서를 이해하고 친절한 말 몇 마디 할 수 있다면 여행이 훨씬 편해진다. 발음은 조금 틀려도 괜찮다. 타국에서 생활하는 외국인의 예를 보자. 5년 동안 그 나라에 살면서도 말을 거의 못하는 사람보다는 말을 잘하는 외국인을 더 친근하게 느낄 것이다. 말을 거의 못한다는 것은 그 나라에 대해 무관심하다는 뜻일 수도 있기 때문이다.

사전이나 여행용 외국어 교재를 통해 익힐 수 있는 언어는 매우 한정되어 있다. 그에 비해 도움이 될 만한 사람을 찾기는 훨씬 수월하다. 가고자 하는 나라에서 온 교민, 교사, 상인, 무역업자, 공무원, 선교사 등을 주변에서 찾아라. 그들이 단어장을 만드는 데 도움을 줄 것이다.

내가 말하는 단어장은 1백여 개의 단어를 정리한 것이다. 가장 자주 쓰이는 기본 어휘는 1백 개 정도에 불과하다. 그 기본 어휘를 활용하여 어휘력을 늘릴 수 있다. 1천 개 단어만 알면 보통 문서의 80%쯤 이해할 수 있다는 사실은 당신에게 용기를 줄 것이다.

여행하는 사람은 누구나 자신만의 단어장을 만들어야 한다. 뱀을 잡으러 간다면 '뱀'이라는 단어를 반드시 알아야 한다. 에스키모에게 이 단어는 별로 중요하지 않다. 그곳에서는 이글루, 말린 고기, 눈, 얼음, 추위 등의 단어가 중요하다. 사막에서는 낙타, 야자수, 모래, 물 등의 단어가 중요하다. 짧은 여정을 위해 문법과 필기법까지 배울 필요는 없다. 발음 나는 그대로 써라.

내가 추천하는 기본 단어들을 여기 소개하겠다.

가깝다, 가지고 있다, 갈색, 강, 검은색, 경찰, 고기, 고맙습니다, 과일, 그리고, 길, 나, 나쁘다, 남자, 낮, 너희들, 노란색, 누구, 다리[橋], 단어, 달, 달걀, 당신(너), 더 많이, 덥다, 도움, 돈, 동물, 똑바로 ~로(방향), 마시다, 많이, 말하다, 먹거리, 목마름, 무기, 무엇, 물, 물건, 물고기, 미안합니다, 빠르다, 반대, 빨간색, 밤, 빵, 배고픔, 배우다, 별, 부탁합니다, 비싸다, 사람, 산, 설탕, 소금, 싫다, 아니다, 아이, 아프다, 안녕하세요, 안녕히 가세요, 야채, 약, 어디, 어제, 언제, 얼마, 얼마나, 여기, 여자, 오늘, 오른쪽, 왜, 왼쪽, 우리, 우체국, 원하다, 음식, 응(예), 의사, 이리 와, 있습니까, 자다, 작다, 저기, 저리 가, 좋다, 집, 차, 천천히, 춥다, 충분하다, 크다, 파란색, 편지, 하고 싶다, 하고 싶지 않다, 할 수 있다, 해, 호수, 화장실, 흰색

이에 덧붙여 숫자 0에서 21까지와 30, 40, 50, 60, 70, 80, 90, 100, 1000도 알아둔다. 그러나 게으름뱅이용 단어장은 인사말 두 개(만날 때와 헤어질 때)와 숫자 그리고 '얼마예요?'와 '고맙습니다'면 족하다.


## 14. 정보 수집

여행 시간과 비용을 절약하고 성공적인 여행을 원한다면, 여행 전에 정보를 수집하는 것이 필수다. 일부는 집에서, 그 나머지는 여행지에 도착해서

할 수 있다.

책이나 여행사를 통해 혹은 여행 대상 국가나 그와 비슷한 국가의 기행문을 통해 정보를 얻을 수 있다. 인류학 서적을 읽거나 민속박물관을 방문해 봐도 좋을 것이다. 특별한 계획을 가진 여행자에게는 외교공관에서 도움을 주기도 한다.

무역회사와 선교사는 매우 좋은 정보원이다. 또한 나와 비슷한 것을 시도해 본 사람이 있다면 그 또한 좋은 정보원이다. 이들을 만나 꼬치꼬치 캐묻는다. 절대로 해서는 안 되는 동작, 금기 사항, 좋아하는 선물 등 생각지도 못했던 일에 대한 조언을 받을 수도 있다. 이에 따라 배낭의 내용물도 달라진다.

현지에서는 동포나 전문 가이드가 도움을 줄 것이다. 그들 중에는 조심스럽게 이야기를 하는 사람이 있는가 하면, 허풍선이, 거짓말쟁이, 마구잡이, 겁쟁이 등도 있다. 그러므로 그들의 말을 곧이곧대로 믿지는 말아라. 어쨌든 판단은 당신의 몫이다. 대부분의 현지인은 자신의 생활 범위에 대해서만 알고 있기에 모험가의 관점에서 설명하지 않는다. 또는 그들은 오랜 종족 전쟁으로 인한 편견을 가지고 있을 수 있다. 미신이나 교육 부족으로 인해 '악귀가 있다' '인디언은 잔인한 살인자다' 하는 식의 고정관념을 가지고 있을 수도 있다.

비자, 환전, 예방접종, 정치 상황 등에 대한 문제를 사전에 준비해 두는 것도 정보 수집에 포함된다. 위험 지대였던 곳이 여전히 통행 불가능한지 알고 싶으면 외무부에 연락해 물어보면 된다.


## 15. 여행 장비

전문가는 자신의 여행을 위해 어떤 장비가 필요한지 안다. 현미경인지, 개썰매인지, 고도 측정기인지, 어류도감인지……. 그러므로 여기서는 일반적인 사항만 언급하겠다.

여행 장비에 관한 한 지금까지 커다란 발전이 있었다. 그래서 필요한 장비는 무엇이든 다 구할 수 있게 되었다. 여행 장비 전문점에 가면 필요한 모든 것을 구할 수 있다.

함께 여행하는 경우, 여러 명이 가져오는 기계 종류는 가급적 비슷한 유형으로 챙겨 오도록 한다. 예를 들면 위성항법장치(GPS), 카메라, 무기 등의 경우가 그러하다. 그러면 모두 다른 사람의 기계까지 손쉽게 다룰 수 있으며 고장 난 경우 부품을 교환해 쓸 수도 있다.

옷에 관해서는 카탈로그가 큰 도움이 된다. 어떤 재료로 만든 옷이 좋은지, 그것은 각각 어떤 장점과 단점이 있는지, 가격은 얼마 정도인지, 가벼운지 혹은 무거운지, 신발은 가죽과 합성수지 중 어느 것이 더 좋은지, 안경은 유리와 플라스틱 중 어느 것이 좋은지 등을 카탈로그를 보고 판단할 수 있다.

원시림으로 여행 가는 사람에게 굽 높은 신발을 추천하는 일이 종종 있다. "그곳에는 뱀이 우글거리니 이렇게 높은 신발을 신어야 합니다"라고 말하면서. 사막에서도 "신발 속에 모래가 계속 들어가기 때문에 발이 온통 상처투성이랍니다"라며 전문점 직원이 굽 높은 신발을 추천하기도 한다. 그들은 현지에 한 번도 가 본 적이 없거나, 비싼 신발을 팔면 샌들을 팔았을 때보다 보수를 더 많이 받는 것이 분명하다. 모든 것에 있어 원칙이 있다. 인디언이나 유목민들이 굽 높은 신발을 신는 걸 보았나? 그들은 50년을 살면서 어떻게 뱀에게 물리지도 않고, 발이 모래 때문에 상처투성이가 되지도 않았을까 생각해 보라. 그들의 옷과 신발은 실용적이다. 그런 점을 고려한다면, 밀림에서는 축축하게 젖어 무겁고 냄새나고 무좀균이 들끓는 신발보다는 맨발이나 샌들이 낫다. 사막에서도 모래가 발바닥과 신발 사이를 쉽게 빠져나가고, 발바닥에 땀이 고이지 않고, 장시간 걸어도 물집이 생기지 않는 샌들을 신는 것이 좋다.

손목시계에 대해 말해 보자. 값비싼 고급 시계는 필요 없다. 여행시에는 저렴한 것으로 준비한다. 값이 싸다고 해서 시간이 틀리거나 하지는 않는다. 단, 약을 자주 갈아 주어야 하는 시계는 절대 안 된다. 저렴한 시계는 여행을 마치고 나서 특히 도움을 많이 주었던 고마운 현지인에게 선물로 주거나 혹은 지불 수단으로 쓸 수 있다는 장점도 있다.

비닐이나 방수천을 텐트로 사용할 수 있을지 잘 고려해 본다. 잠잘 때 체온을 유지시켜 주는 것은 침낭과 매트지 텐트가 아니다. 텐트는 바람과 호기심 많은 사람들의 시선을 막아 주는 역할만 할 뿐이다. 그러나 황폐한 지역과 위험한 동물이 있는 지역에서는 텐트를 치는 것이 좋다. 또한 작업용 장갑 몇 켤레를 준비하는 것도 좋다.

어떤 장비는 현지에서 더 저렴하게 살 수 있다. 예를 들면 브라질에서 낫이 그러하다. 비행장에서 필요 없는 짐 때문에 중량 초과로 추가 요금을 지불하는 것보다는 현지에서 물건을 구입하는 편이 낫다.

모기약도 현지에 가서 구입하자. 핀란드 모기를 벌벌 떨게 했던 모기약이라 해도 우간다 모기는 코웃음을 칠 수도 있다.

가족 사진과 고향 사진은 항상 긍정적인 효과를 가져온다. 대화를 위한 좋은 소재를 제공해 주며 신뢰감을 높여 주는 효과가 있다.

서바이버를 위한 원칙 한 가지는 절제, 즉 무엇이든 최소한으로 제한하는 것이다. 필요한 여행 장비를 나열해 보긴 했지만, 정말로 이것들이 모두 필요한가? 식사 도구로는 숟가락 하나로 충분하지 않은가? 여행 중에는 짐을 1g이라도 줄일 필요가 있다. 보통은 여행이 끝나고 나서야 필요 없이 가지고 온 물건이 무엇인지 깨닫곤 한다. 그렇다면 다음번에도 똑같은 실책을 범하지 않도록 이를 써 놓는다.


## 16. 서바이벌 세트

극한 상황에서 살아남기 위한 최소한의 장비가 무엇인지, 서바이벌 세트를 보면 알 수 있다. 모든 장비를 잃어버려 일주일 동안 서바이벌 세트에만 의존한 채 지내 보면 행복을 위해 필요한 것이 얼마나 적은지 깨닫게 될 것이다. 그러나 경험이 많은 서바이버는 서바이벌 세트마저 필요하지 않다는 것을 알고 있다. 그는 '정신적인 서바이벌 세트'에 의존한다.

문명의 이기를 많이 소지할수록 편하다는 것은 두말하면 잔소리다. 그러나 위험한 상황에서는 도망치는 데 방해가 되지 않고, 살아서 집으로 돌아갈 수 있도록 짐을 최소한으로 제한하여야 한다. 서바이벌 세트는 항상 허리춤에 차고 다닌다. 난파나 강도 등 그 어떤 이유로 모든 장비를 잃는다 해도 서바이벌 세트만은 항상 지니고 있어야 한다. 서바이벌 세트는 몸의 일부분이지 장비가 아니다. 잘 때도 풀어 놓지 않는다.

단어장과 마찬가지로, 서바이벌 세트도 각자 상황에 맞춰 구성해야 한다. 남자인지 여자인지, 나이가 적은지 많은지, 초보자인지 전문가인지, 사막인지 열대우림인지 등에 따라 내용물이 달라진다. 나는 지금까지 똑같은 서바이벌 세트를 가지고 두 번 여행한 적이 없다. 반드시 허리띠 모양이어야 할 필요도 없다. 셔츠 칼라에 옷핀만 꽂아 놓아도 위험한 상황에서는 무기가 될 수 있다. 특히 여성은 성폭력 등의 위험 상황에서 유용하게 쓸 수 있다. 서바이벌 세트는 라이터와 칼 등 수시로 필요한 품목과 말라리아 약이나 탐폰 등 가끔 사용하는 품목으로 나뉜다.

나는 서바이벌 세트를 대략 다음과 같이 구성한다. 바지 허리띠에는 돈을 넣는 주머니를 덧댄다. 다른 사람이 보기에는 그저 평범한 허리띠처럼 보이지만, 허리띠 안쪽에 돈지갑이 달린 것이다. 그러나 돈은 가능한 한 여러 곳에 나눠 보관한다. 일반 돈지갑에는 오히려 제일 조금 넣어 둔다. 시중에서 다양한 종류의 여행용 지갑을 구할 수 있다. 스스로 만들 수도 있다. 손목이나 장딴지에 차는 돈지갑, 양말이나 신발에 넣는 주머니, 맨살

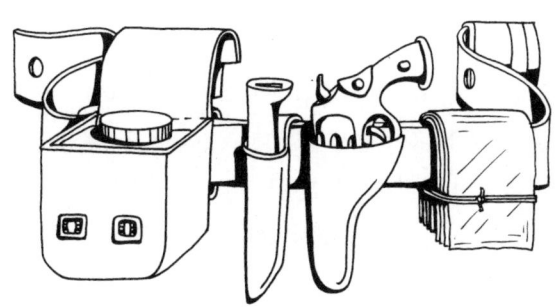

위에 띠처럼 두를 수 있는 주머니 그리고 누구나 다 알고 있는 가슴에 매는 돈 주머니 등이 있다. 항공권과 여권, 예방접종 증명서도 가슴 주머니에 넣어 둔다.

납작한 신발 끈을 5㎜의 페를론<sup>합성섬유의 일종으로 "거미줄보다 가늘고, 강철보다 강하다"는 나일론 계열이다.</sup> 끈으로 바꾸면 서바이벌 신발이 되는 셈이다. 이 끈으로 활을 만들 수도 있고 불을 피울 때도 요긴하게 쓸 수 있다.

서바이벌 세트는 본래 허리띠처럼 되어 있어, 쉽게 허리에 둘렀다 풀었다 할 수 있다. 나는 군부대에서 쓰는 합성수지 허리띠를 즐겨 썼는데, 그것은 물건을 아무리 많이 달아도 찌부러지지 않을 정도로 튼튼하다. 이 허리띠의 버클은 쉽게 열고 닫을 수 있는 장점이 있다. 그러나 자일을 타고 내려올 때 몸무게를 버티기에는 약하다. 조금 더 견고하게 하려면 불에 달군 못으로 버클 양쪽에 직경 10㎜ 정도 되는 구멍을 뚫어 그 구멍으로 직경 8㎜의 줄을 통과시키고 고리 매듭(147쪽 '매듭 만들기' 참조)을 지어 허리띠가 갑자기 풀리지 않도록 단단히 묶는다. 이때 그 구멍의 관통면이 날카롭지 않도록 다듬어야 줄이 끊어지지 않는다. 허리띠에 직경 3~5㎜의 밧줄을 20m 정도 둘둘 감는다. 가능하다면 밧줄은 길수록 좋다. 서바이벌 세트에는 칼, 방수 손전등, 위성항법장치 등을 단다.

그 외에도 허리띠에 가벼운 합성수지 주머니를 하나 단다. 그 안에 다시 방수가 되는 플라스틱 용기를 한두 개 넣고, 거기에다가 약이나 라이터를 비롯해 젖으면 안 되는 것들을 몽땅 집어넣는다. 플라스틱 용기를 가지고 있으면 물에 빠졌을 때 부력이 생긴다는 부차적인 장점까지 얻게 된다.

여기 그 외에도 필요할 만한 물품들을 소개한다. 말라리아 약, 진통제, 항생제, 항우울제인 캅타곤, 음용수 살균제, 라이터, 소독약, 낚싯바늘, 활에 쓰는 끈, 낚시 목줄(리더)이나 수선에 쓸 수 있는 가는 철사, 바느질용 실과 바늘, 실, 못, 가위, 종이, 연필, 가운데 구멍이 난 신호용 금속 거울, 나침반, 지도, 내수 성냥, 의료용 실과 바늘, 국소마취약과 주사기, 거즈, 아연화연고 고약, 일회용 반창고, 삼각 붕대, 핀셋, 쇠톱, 티라이트, 알루미늄 포일, 기저귀 등등.

이렇게 심각한 물건만 준비할 필요는 없다. 위안 받고 싶을 때나 상념에 빠져 있을 때 종종 사랑하는 사람의 사진이나 작은 하모니카가 항우울제보다 더 큰 효과를 가져올 수 있다.

어떤 사람에게는 중요한 것이 다른 사람에게는 아무 소용이 없을 수 있다. 코르크를 매우 중요하게 생각하는 사람을 본 적이 있다. 그는 코르크를 초에 대 그을음을 만든 뒤 그 검댕을 얼굴에 칠해 밤에 보이지 않도록 위장을 했다.

아킬레스건 바로 옆 맨살에 반창고를 붙이는 아이디어도 매우 좋다. 그 반창고 위에 외과용 메스처럼 날카로운 부싯돌 박편을 놓고 그 위에 다시 반창고를 붙이면 포로로 붙잡힌 상황에서 최후로 쓸 수 있는 무기를 마련할 수 있다. 이 무기는 엑스레이 검사에서도 나타나지 않으며 몸을 뒤질 때도 그저 평범한 반창고로 보고 넘길 것이다.

청산가리와 수면제도 반드시 챙기도록 한다! 고통스러운 종말을 스스로 빨리 끝내기 위해서 뿐만 아니라, 도저히 탈출구가 보이지 않는 상황에서 용기를 얻고 적들에게 맞서기 위한 도구로 쓰일 수 있다.


## 17. 정신적 서바이벌 세트

서바이벌 세트보다 더 중요한 게 '정신적 서바이벌 세트' 다. 보이지도 않고, 만질 수도 없으며, 타인에게 절대로 빼앗기지 않는, 항상 지니고 다닐 수 있는 서바이벌 세트다.

'정신적 서바이벌 세트' 는 위험한 상황에서 굳건히 당신 곁을 지키며, 당신에게 필요한 자신감을 주고, 다른 사람들이 공황 상태에 빠지거나 쓰러지는 상황에서도 침착하게 견딜 수 있는 힘을 준다.

이것은 서바이벌에 대한 풍부한 지식과 다양한 훈련 경험을 통해 마련할 수 있다. 그러므로 이 책에서 제안하고 있는 훈련을 머릿속에 저장하는 것뿐만 아니라 실질적으로 연습을 해 보는 것이 매우 중요하다. 그렇게 해야 훈련의 효과에 대해 확신을 가질 수 있으며, 필요한 때에 곧바로 적용할 수 있다. 마음이 몸보다 덜 중요한 것이 아니며, 둘은 서로 뗄 래야 뗄 수 없는 관계고, 하나 없이는 다른 하나도 제 역할을 해낼 수 없다. 산을 옮기기 위해서는 근육만이 아니라 믿음도 필요하다는 것을 당신도 잘 알 것이다.

목숨이 경각에 달린 상황은 생각보다 빨리 다가온다. 이때 깊은 숨을 몇 번 쉬고 이 책에 있는 내용을 기억해 내는 것이 큰 도움이 될 것이다. 그 내용이란 바로 몇 주일 동안 음식 없이도 살 수 있다는 사실이고 추위와 목마름, 외로움을 어떻게 참아 낼 수 있는지, 사람을 어떻게 매수할 수 있는지, 비상용 무기는 어떻게 만드는지, 어떻게 숨거나 도망치는지 등의 방법이다. 이것은 당신이 살아남을 확률을 높여 줄 것이다. 나는 무기를 든 강도의 습격을 스물두 번 겪었고 매번 살아남았다. 대부분의 경우 서바이벌 트릭의 도움으로 그리고 몇 번은 행운 덕에 살아남았다. 그러나 처음부터 운에 모든 것을 맡기면 운은 오지 않는다. 운은 스스로 찾아나서야 오는 것이다.

목숨이 달린 위급 상황에서 심장이 뛰고, 땀이 쏟아지고, 소변이 마렵고, 실제로 바지에 오줌을 싸기도 하고, 속이 거북하고, 잠이 안 오고, 무서움을 느끼는 등의 신체 변화가 일어나지만 마음만 굳게 다져 먹으면 그 모든 변화를 통제할 수 있다. 그뿐 아니라 여행하는 내내 따라다니는 자기 자신의 게으름이나 비열함까지도 통제할 수 있게 된다.


## 18. 소소한 장비들

남자든 여자든, 어릴 때부터 공중전화를 걸 수 있는 동전 몇 개와 자신의 주소와 이름이 적힌 종이쪽지 하나를 주머니에 넣고 다니는 습관을 기른다. 반창고도 함께 가지고 다니면 더 좋다.

좀 더 자라서 지갑이 생기면 돈 이외에 신분증, 연필, 메모지, 옷핀, 종이성냥, 전화카드 그리고 휴대폰과 주머니칼을 넣고 다닌다. 50가지 다양한 기능을 가진 스위스 칼이어야 할 필요는 없다. 날카롭기만 하다면, 그저 칼날 하나만 있어도 상관없다. 칼 하나가 병따개, 가위, 코르크 따개 등 모든 기능을 대신할 수 있다.

짐에 여유가 있는 사람은 손수건을 하나 가져가고, 악천후를 대비해 나침반과 제일 가벼운 구명 덮개도 챙기자.

친구 한 명이 가족과 함께 4륜구동 중형 트럭을 타고 아프리카 일주를 떠날 때, 나는 액막이를 하나 선물했다. 닭 뼈와 두꺼비 껍질로 만들어 악귀를 쫓는 그런 액막이가 아니라, 매우 실용적인 것이었다. 정말 위험한 상황에서만 열어 보라고 했기에 그는 그 안에 무엇이 들어 있는지 알 수 없었다.

방수가 되는 조그맣고 긴 원통형의 플라스틱 약통에 내 사진과 쪽지를 넣었고, 거기에는 "지금 이 글을 읽는 순간 나에게 어떤 도움이든 청할 수 있다"고 썼다. 그리고 진통제 2알과 몸과 마음이 탈진되어 있을 때 먹는 항우울제를 넣었다. 난관을 일시적으로나마 모면할 수 있도록 1백 달러 지폐도 함께 넣었다. 그 정도면 몇 번 따뜻한 식사를 할 수 있고, 사람을 매수할 수 있고, 나에게 전화를 해서 상황을 설명하고 도움을 청할 수도 있다. 그렇다면 나는 매우 신속하게 송금을 해 주거나, 곧 출발하는 비행기를 타고 즉각 그를 찾아갈 것이다.

그 통을 가죽으로 둘러 꿰매고 구슬과 끈으로 장식했다. 그리고 은빛 철사를 뱀 모양으로 감았다. 단순히 행운의 마스코트처럼 보이도록. 목에 걸려 있는 부적까지 뺏을 정도로 무정한 강도는 많지 않을 테니까.


## 19. 외딴 곳에 사는 사람을 위한 저장 창고

불행은 생각지도 못한 상황에서 돌발적으로 찾아온다. 텔레비전 뉴스는 이제 믿을 수 없다. 몇 미터씩 내린 눈 때문에 물자 공급이 끊기고, 홍수로 세상과 단절되고, 폭풍이 지붕을 날려 버렸다. 혹은 어떤 폭도가 전쟁을 일으킨다. 아무 준비도 되어 있지 않은 상태에서 고립되어 버렸다. 전기가 끊기거나 기름이 떨어져 춥다. 비상사태가 닥친 것이다.

외따로 사는 사람일수록 언제나 저장 창고를 잘 준비해 두어야 한다. 오지의 농부에게는 당연한 일이지만 물질문명의 혜택을 충분히 누리던 우리 같은 사람에게는 중요하고도 어려운 일이다. 이 일이 하찮게 여겨지지 않도록 여기 몇 가지 목록을 추천한다.

기름이 필요 없는 난방기구와 8주일 분량의 연료, 따뜻한 옷가지, 침낭, 새 건전지가 들어 있는 라디오, 가정상비약, 손전등, 초, 성냥, 필기도구, 발광 신호, 무기, 캠핑용 버너, 휘발유, 삽, 도끼, 톱, 공구 등.

식수는 이끼가 끼지 않도록 햇빛이 차단되는 통에 담고 필요할 경우 오래 보관할 수 있도록 살균제를 사용한다. 쌀, 귀리, 밀가루, 설탕, 식물성 기름, (야채, 생선, 고기 등의) 통조림, 코코아, 차, 커피, 말린 과일, 비스킷, 인스턴트식품 등. 여기에다 제일 좋아하는 음식을 한두 가지 덧붙인다. 가끔씩 즐길 때도 있어야 하니까.

이 내용물은 모두 먼지, 열, 물에 변질되지 않도록 완전 밀폐되는 플라스틱 통이나 알루미늄 상자에 담아 보관한다. 내용물에 대한 설명과 날짜를 적어 두고 종종 새것으로 바꿔 준다.


## 20. 짐 싸기

배낭에 짐을 한꺼번에 쓸어 넣고 한번 툭툭 흔들어 준 다음 훌쩍 떠날 수도 있다. 그런 사람은 이 내용을 읽을 필요가 없다. 잘 싼 짐은 잘 정리된 책상처럼 언제든지 쉽게 물건을 찾을 수 있어야 한다. 여권에서부터 속옷까지.

짐을 싸는 것은 목록에서부터 시작된다. 귀중품은 갑자기 서둘러 도망치게 될 때를 대비해 항상 몸에 지닌다. 서바이벌 세트도 마찬가지다. 서바이벌 세트는 예비용 심장이고 아드레날린의 원천이다. 그리고 나머지는 배낭에 차곡차곡 넣는다. 색이 다른 비닐봉지 여러 개를 준비하면 매우 유용하다. 물건을 분류해 같은 종류는 같은 봉지에 넣는다. 구급약 봉지, 음식 봉지, 세척용품 봉지 등의 방식으로.

또 다른 방법은 하루에도 몇 번씩 필요로 하는 것(음식과 식기도구)과 밤에 잘 때만 필요로 하는 것(침낭, 옷가지) 그리고 거의 쓰이지 않는 것(예비 의류)으로 나누는 방법이다.

절대로 젖어서는 안 되는 물건은 방수가 되는 봉지에 넣어 밀봉한다.

가벼운 것은 배낭 밑으로, 무거운 것은 위로 쌓아 넣는다. 그런 다음 비와 먼지를 막기 위해 방수가 되는 봉지로 짐 전체를 싼다. 배낭은 허리 부분의 끈을 이용해 몸에 바싹 붙여 멘다. 배낭이 흔들리거나 행군의 리듬을 방해해서는 안 된다. 힘을 필요 이상으로 많이 소모하게 되기 때문이다. 그리고 비상 상황에서는 배낭을 단번에 풀 수 있어야 한다.

꼭 비싼 배낭이어야 하는 것은 아니다. 직각에 가까운 굵은 나뭇가지 2개로 직접 지게를 만들어 쓸 수도 있고, 직각으로 구부린 3㎜ 두께의 알루미늄 판이나 하다못해 청바지로도 배낭 대용품을 만들 수 있다. 어떤 배낭을 쓰든 어깨에 쿠션을 충분히 대는 것이 제일 중요하다.

출발 전 마지막으로 할 일 중 매우 중요한 일이 하나 있다. 꾸린 짐 중에서 절반 정도는 빼도 괜찮을지 신중하게 검토해 보는 것이다. 대부분의 경우, 사람들은 짐을 필요 이상으로 많이 싼다. 그리고 이를 여행이 끝날 무렵에서야 깨닫게 된다. 그러나 짐을 분실하거나 도둑맞았을 때 혹은 자기 짐이 다른 사람 것과 바뀌는 사고를 겪고 나면 그 사실을 좀 더 일찍 깨달을 수도 있다. 그러니 될 수 있으면 처음부터 집에 두고 가자.

# 여행의 선택

## 21. 여행은 다양하다

사람이 모두가 다르듯 여행의 종류도 매우 다양하다. 혼자 하는 여행이 있고 단체 여행도 있다. 여행사를 통한 패키지여행이 있는가 하면, 배낭여행이 있다. 어떤 사람은 편안함을 중시하고, 어떤 사람은 그런 기대 없이 떠난다. 어떤 사람은 호기심 때문에 여행하고, 어떤 사람은 신기록을 위해 여행한다. 모든 것을 여행지에 맞춰 준비하면서 그곳 언어를 배울 수도 있고, 현지에서 통역을 고용할 수도 있고, 스스로 준비한 단어장 하나로 버틸 수도 있다. 동에 번쩍 서에 번쩍 맹목적으로 옮겨 다니다가 여행이 끝나면 휘발유 가격 외에는 아무것도 기억하지 못하는 사람도 있다.

모든 여행이 이렇듯 다양하지만 한 가지 공통점이 있다. 여행을 통해 마음의 눈이 넓어진다는 것이다. 다른 방식의 삶을 이해하고 관용을 배우게 된다.

여행은 지리적인 경계만이 아니라 머릿속에 있는 경계도 넘을 수 있는 기회를 준다. 여행은 이 지구가 얼마나 다양하며 그 다양성이 얼마나 중요한지 알려 줌으로써 여러 민족이 하나되어 성장하게 한다.

살아가면서 여행 방법도 바뀐다. 젊어서는 자동차 편승이나 자전거로 여행하던 사람도 나이가 들면 다른 이동 수단을 선호할 것이다. 과거에는 더 많은 나라를 들러 보려고 애쓰던 사람도 나중에는 어느 한 나라를 선호하고 그 나라만 가고자 할 수도 있다. 그곳에 친구가 있거나, 그곳이 자신에게 가장 잘 맞는다거나 하는 이유로. 그리고 어느 날 아예 그곳으로 이주해 버릴 수도 있다.

깨어 있는 시각으로 여행하는 사람들도 많이 있다. 인도의 고아가 어떤 절망적인 상황에서 자라고 있는지, 브라질의 빈민들은 그곳에서 태어났다는 이유만으로 평생 가난과 노예 신세로 살아야 하는 운명임을 보게 된다. 그래서 어떤 이들은 바로 그곳에서 편안한 삶을 포기한 채 사회운동을 하기도 한다.

'의미 있는 모험'은 나의 원칙이기도 하다. 처음부터 그것을 목적으로 여행을 시작한 것은 아니었다. 본래 여행 동기는 호기심, 모험심, 위험에의 도전의식이었다. 그러나 브라질 여행 중 야노마미 인디언이 불법 금채광업자 수천 명에 의해 무방비로 당하고 있는 모습을 보게 되었고, 그것을 계기로 나의 사회 참여는 시작되었다.

백인들과 좋지 않은 경험을 많이 했음에도 불구하고 나에게 친절함을 베푸는 야노마미 인디언들의 모습을 보며, 힘이 닿는 한 어떤 수단을 써서라도 그들을 돕겠다고 결심했다. 나는 출판물을 이용하고 대중매체에 파급 효과가 큰 이벤트를 벌였다.

기존의 조직에 성금을 내는 것 말고도 또 다른 많은 방식으로 참여 활동을 할 수 있다는 것을 사람들이 안다면, 새로운 시각을 가지고 여행을 하거나 자신만의 프로젝트를 추진할 수도 있다. 물론 개인의 힘만으로 한 민족을 살리거나 사하라 사막에 급수 시설을 갖출 수는 없다. 다만 몰두하여 가능한 프로젝트 하나만 완성하더라고 당신은 완전히 새로운 차원의 삶과 충족감을 경험하게 될 것이다.

## 22. 비행기

예전에는 배를 타고 함부르크에서 케냐의 몸바사까지 가는 데 석 달이 걸렸다고 한다. 그러나 오늘날에는 루프트한자 항공기를 타고 7시간이면 갈 수 있다. 비행기는 가장 빠르고 안전한 교통수단이다. 그리고 가장 저렴하다. 다른 교통수단을 이용하면 훨씬 비싸고, 도보 여행도 그 시간을 따져 보면 결국 더 비싸다.

비행기가 한 번 추락하면 대중매체는 대서특필하면서 항공사를 거의 생매장 시킨다. 그러나 수많은 비행기가 매일 날아다니고 있지만 추락하지 않고 있다는 그 안전성에 대해서는 언급하지 않는다. 자동차에 비하면 비행기 사고율은 아주 낮다. 승객 수백만 명 중 한 사람이 혈전증으로 비행기 안에서 사망하자, 비행기 좌석이 너무 좁으므로 비행기 내부 시설을 전부 개선해야 한다고 비난한다.

물론 정맥류靜脈瘤로 정맥이 손가락 굵기만큼 확장된 사람이 12시간 논스톱 비행기의 좁은 의자에 앉아 발도 편히 펼 수 없고 제대로 움직이지도 못한다면, 혈행血行에 결코 좋을 리가 없다. 가뜩이나 혈액순환이 안 좋은 사람의 혈관이 압박을 받고 있다면 혈전에 의한 사망 사고는 어디서든 일어날 수 있다. 편히 쉴 수 있는 그 사람의 집에서도.

혈액순환에 문제가 있는 사람이라면 비행기보다는 배를 염두에 둘 필요가 있다. 아니면 다리를 편히 뻗을 수 있는 일등석을 고려해 보는 것도 좋다.

그럼에도 불구하고 생명에 위협을 느낀다면 반드시 배를 타야 한다. 배 안에는 침대도 있고 어디든 자유롭게 다닐 수도 있다. 그러면 정맥도 훨씬 편안함을 느낄 것이다. 도착지까지 하루가 더 걸리더라도 저승에 도착하는 것보다는 목적지에 도착하는 것이 낫지 않겠는가.

항공기 승객에게 일반적으로 생길 수 있는 불편함은 옆에 앉은 사람이 심한 입내를 풍긴다든지, 취한 사람이 계속해서 떠든다든지, 아이가 귀에 대고 계속 운다든지 하는 것이다. 이럴 때는 머리를 돌리거나 귀마개와 안대를 착용하는 것이 도움이 될 것이다. 진통제나 수면제를 미리 준비해서 탑승하거나, 이 기나긴 비행도 언젠가는 끝이 보일 것이라는 생각으로 위안을 삼을 수도 있다. 지금까지 어떤 비행기도 하늘에 영원히 머물러 있던 적이 없다는 것은 확실하다.

항공기 납치 사건이 일어나면 그 좁은 좌석은 도저히 참을 수 없는 정도가 된다. 도망칠 수도 없고 숨을 곳도 없는 데다가, 납치범들이 어떤 행동을 할지 예측할 수 없다. 당신이 할 수 있는 것이라곤 절대로 눈에 띄지 않는 것이다. 눈에 띄는 사람은 극한 상황에서 우선적으로 살해된다. 중재자의 역할을 자청할 필요도 없고, 납치범의 이성에 호소할 필요도 없다. 어떠한 간섭도, 어떠한 선동도 하지 말아라.

범죄자는 엄청나게 긴장하고 있으며 실수로 나온 기침 소리만으로도 극도로 흥분된 행동을 보일 수 있다. 착륙하고 나면 상황은 더욱 심각해진다. 엔진도 꺼지고, 에어컨도 꺼지고, 출구는 닫혀 있다. 화장실 물은 넘치고, 많은 사람들이 겁에 질려 바지에 일을 보았다. 이런 상황에서는 자연스런 현상이다. 냄새가 진동하고, 공기는 질식할 정도로 덥고, 산소도 부족하다.

납치범이 단 한 명이더라도 그에게 대항하는 것은 매우 위험하다. 훈련을 잘 받은 전문가가 무기를 가지고 그 비행기를 탔다면 한번 시도해 볼 만하다. 그러나 그런 경우는 드물다. 그 방어가 성공적이기 위해서는 단 한 번의 타격, 단 한 번의 총격으로 완벽하게 끝내야 한다. 납치범이 안전핀을 뺀 수류탄을 들고 있다면 그나마도 안 된다. 0.1초라도 납치범이 대응할 시간을 주어서는 안 된다.

인질 중 다른 사람들보다 먼저 풀려날 가능성이 있는 사람은 아이를 데리고 있는 엄마와 중환자다. 그러므로 당신이 진짜처럼 심장발작을 연기할 수 있다면 그것으로 살아남을 수도 있을 것이다.

인질로 잡혀 있는 상태에서 외부로부터의 구출 작전이 이루어진다면 그 또한 위험한 상황이다. 다음 두 가지를 명심하도록 한다. 구조대는 매우 긴장된 상태이며 그들의 공격은 예상치 못하게 이뤄진다는 것이다. 폭탄이 문을 부수고 연막탄과 최루탄이 터진다. 그런 상황에서 구조대는 누가 납치범이고 누가 인질인지 구분하기조차 힘들다. 납치범은 전체를 바라보기 위해 앉지 않고 서 있기 때문에, 구조대는 서 있는 사람을 제일 먼저 쏜다. 그러니 좌석에 앉아 몸을 바싹 숙이거나 바닥에 최대한 납작하게 엎드린다.

그렇지만 이런 1백만분의 1에 불과한 예외 상황을 제외한다면 비행기만큼 안전한 교통 수단도 없다.


## 23. 도보 여행

걷는 속도는 사람마다 다르지만 보통 시속 5km 정도 된다. 걸어서 여행하는 하이킹은 그 나라와 그곳 사람을 아는 데 가장 좋은 방법이다. 도보 여행자는 차를 살 돈도 없고, 새로운 나라를 경험하기 위해 일부러 고생을 하는 활동적인 사람으로 받아들여지기 때문에 현지 사람들이 특별히 친절하게 대해 주곤 한다. 어느 집에서든 이 낯선 사람에게 문을 열어 줄 것이다.

걷는 것은 물론 매우 고달픈 일이다. 짐을 잔뜩 짊어지고 잘해야 하루에 40km를 갈 수 있을 뿐이다. 그것도 지형과 날씨가 괜찮고 발에 물집이 여기저기 생기지 않았을 때의 일이다.

도보 여행자는 항상 짐을 최소한으로 줄이기 위해 머리를 잘 써야 한다. 짐의 무게는 10kg이 가장 이상적이다. 그러나 추운 지역일수록 짐이 더 많아진다. 따뜻하게 입을 옷가지도 그렇지만 식량도 더 많이 필요하다. 열대 우림에서는 옷가지와 물이 그리 필요치 않기 때문에 짐의 무게는 5kg이면 충분하다. 짐이 무거우면 날이 갈수록 지치고 여행의 즐거움도 느낄 수 없게 될 것이다.

짐이 무거울 때는 하루 행군량을 40km에서 20km로 줄인다. 짐의 무게에 따라 행군 속도를 조절하여야 하며, 45분마다 15분씩 휴식한다. 휴식할 때는 짐을 다 내려놓은 채 편하게 앉아 다리를 높이 올린다. 한창 더운 대

낮에는 좀 더 오래 쉬면서 식사를 하거나 잠을 잔다. 수건을 얼굴에 덮고 자면 깊이 잘 수 있고 파리 때문에 귀찮은 일도 없을 것이다.

수건을 목에 두르면 땀이 목에서 흘러내리지 않아서 좋다. 모자나 이마에 두르는 띠도 땀이 흘러내리지 않게 해 준다.

무릎 관절에 무리를 주지 않으려면 지팡이를 이용한다. 망원경처럼 넣었다 뺐다 하면서 길이를 조절할 수 있는 것이 좋다. 산을 오를 때는 내려갈 때보다 지팡이 길이가 짧아야 한다.

지팡이는 꼭 돈을 주고 살 필요가 없다. 직접 만들면 돈을 절약할 수 있을 뿐만 아니라 나중에 필요 없어지면 쉽게 버릴 수 있다는 장점이 있다. 지팡이 윗부분에 고리 모양으로 손잡이를 만들어 붙이면 잡거나 걸어 두기에 편하다. 이러한 고리 손잡이를 8자 모양으로 만들어 위쪽과 아래쪽 두 곳에 붙이면, 잡는 위치에 따라 지팡이의 길이가 조절되는 효과를 얻을 수 있다.

평지를 다닐 때는 배낭 대신 작은 카트를 이용하는 것이 좋다. 그 카트는 폭이 조절되는 것으로, 몸에 지니고 다니기에 편하고 좁은 골목길을 다니는 데도 문제가 없어야 한다. 카트를 끌고 다니면 짐이 50kg쯤 되더라도 별 문제가 되지 않는다.

산을 넘게 될 경우 현지에서 짐꾼을 구하는 편이 낫지 않을까 고려해 본다. 아니면 당나귀를 데리고 다니는 것도 생각해 볼 수 있다. 당나귀는 힘이 세고 다루기 쉬우며 참을성이 많다. 그리고 나중에 필요 없어지면 팔거나 선물할 수도 있다.

주인 없는 물건은 아무것도 없다. 특히 콜롬비아, 예멘, 아프가니스탄 등의 나라에서는 서로 다른 반군이나 종족 사이에 자신의 영역을 정확히 구분하고 있음을 명심한다. 그런 지역에서는 그 지역을 잘 아는 안내인 없이는 절대로 다니지 않아야 한다. 안내인은 각 영역과 그 주인을 잘 알 뿐 아니라 자기가 살기 위해서라도 위험한 지역은 지나가지 않을 테니 안전을 보장받을 수 있다. 안내인 없이는 강도를 당하거나 심지어 살해될 위험이 항상 도사리고 있다.

## 24. 자동차 얻어 타기

### ▶ 여행자 입장에서

히치하이크는 전 세계적으로 널리 알려져 있는 여행법이다. 북부 유럽에서는 공짜로 여행할 수 있는 기회가 되기도 하지만 먼 외국에서는 돈이 든다. 그리고 히치하이크가 금지되어 있는 나라도 있다. 이러한 정보는 사전에 알아두어야 한다. 남의 자동차를 얻어 타고 여행하는 사람은 걸어서 행군하는 사람보다 적은 비용을 들이고도 빨리 앞서 갈 수 있다는 장점이 있다. 여기에 성공하기 위해서는 다음의 원칙을 지키도록 한다.

운전자가 멀리서도 알아볼 수 있도록 서 있어야, 그가 당신의 인상을 보고 차를 세워 줄지를 결정할 수 있다. 고속도로나 정차 금지 구역에 서 있지 않는다. 선글라스를 쓰지 않는다. 깔끔한 차림으로 있어야 하며 절대로 비를 맞으면서 기다리지 않는다. 낯선 사람 때문에 자신의 차가 더러워지는 것을 좋아할 사람은 아무도 없다.

자동차를 얻어 타기 좋은 장소는 주로 휴게소, 신호등 옆, 주유소 등이다. 그런 곳에서 직접 대면해 보아야 운전자가 낯선 당신을 자기 차에 태우기가 더 수월해지기 때문이다.

짐은 앞에 두고 서 있는다. 되도록이면 짐을 전부 다 보이지 말고 일부분만, 그것도 제일 깔끔한 쪽을 보여 준다. 짐 보따리가 많을수록 차가 멈출 확률은 줄어든다. 당신이 운전자의 입장이 되어 생각해 보라.

목적지를 종이에 크고 명확하게 써서 들고 있으면 운전자와 당신이 시간을 낭비하는 일이 적어질 것이다.

미심쩍을 경우에는 사례비를 확실히 묻는다. 그래야 나중에 문제가 생기지 않는다. 히치하이크라 하더라도 사례비를 받는 것을 당연하게 받아들이는 나라들이 많다.

차 안에 두 사람이 타고 있으면 절대로 타지 말아라. 특히 한 사람은 옆에, 한 사람은 뒤에 있을 경우 당신은 무방비 상태가 된다. 여자들은 더 더욱 조심해야 한다. 그러므로 여자들은 둘이 모여서 차를 얻어 타는 편이 낫다. 물론 더 오래 기다릴 각오는 해야 한다. 여성들은 항상 어떤 무기라도 지니고 다녀야 한다. 블라우스 칼라에 꽂고 다니는 옷핀이어도 좋다. 남성 운전자는 여자에게 수작을 걸려고 하고, 여자에 대해서는 남자보다 겁을 덜 내기 때문에 히치하이크는 여자들에게 더 유리하다.

차를 타고 보니 운전자가 술에 취해 있거나 괴팍한 운전 솜씨를 뽐내려 한다면 용무를 봐야 하니 잠깐 세워 달라고 부탁한다. 차를 세우면 배낭을 들고 재빨리 도망간다. 그럴 때를 대비해 배낭을 절대로 트렁크에 싣지 않으며 짐은 가급적 무릎에 올려놓고 휴게소의 음식점에 갈 때도 들고 간다. 당신이 화장실에 간 사이에 운전자가 도망을 갈 수도 있는 일이다. 만약의 경우를 대비해 자동차 번호를 적어 놓는다. 운전자가 불쾌감을 표시하면 그것이 당신의 취미라고 둘러대라. 우표 수집처럼 당신은 자동차 번호를 모은다고.

만약 남의 차에 타고 국경을 넘게 된다면 당신 여권에 그 자동차에 대한 사항이 기입되지 않도록 유의하여야 한다. 그렇지 않으면 출국할 때 사태가 복잡해질 수 있고 이를 수습하느라 많은 돈을 지불해야 한다.

### ▶ 운전자 입장에서

운전자도 자동차를 얻어 타는 여행자만큼이나 위험하다. 히치하이크는 양쪽 모두 위험을 무릅쓰는 일이다. 당신 차에 탄 사람이 범죄자나, 담배를 꼭 피워야 하는 사람이거나, 지나치게 말이 많아서 피곤하게 할 수도 있다. 그렇다면 다음 휴게소에서 그 사람이 내려야 할 이유를 만들어 낸다. 왠지 의심이 간다면 신분증을 보여 달라고 요구하라. 이에 대해 주저하는 태도를 보이면 내리라고 하라.

인상이 좋든 나쁘든, 옆자리가 비었는데 뒷자리에 앉게 해서는 안 된다. 뒤에서 낚싯줄로 목을 감아 2초 내에 실신하게 하는 건 누워서 떡 먹기다. 절대로 빠져나갈 수 없다.

옆에 탄 사람이 예쁜 여자라도 조심해야 한다. 그렇지 않으면 어떤 운전자처럼 다음과 같은 일을 당할 수 있다. 그 여성 운전자는 자기 차에 낯선 여행자를 태우지 않는다는 원칙을 가지고 있었다. 그런데 금방이라도 비가 흩뿌릴 듯한 날씨에 차가 거의 다니지 않는 매우 한산한 길에서 한 여자가 차를 잡고 있었다. 그래서 예외적으로 이 낯선 사람을 태운 것이다. 동정심 때문에. 차를 세우자 그 여행자는 뒷좌석에 짐을 싣고는 거기 앉으면 안 되느냐고 물었다. "몇 년 전 교통사고를 당했는데, 그때 가까스로 살아남았거든요. 그 이후로 조수석에 앉는게 무서워요." "그럼 뒤에 앉으세요. 앞좌석을 앞쪽으로 기울이면 뒤로 타실 수 있어요."

그 여행자는 의자를 앞으로 밀었다. 순간 운전자는 기겁을 하고 말았다. 의자를 앞으로 미느라 옷소매가 올라가면서 털이 숭숭한 남자의 팔이 보인 것이다.

이 운전자는 정신을 차리고, "죄송한데, 깜빡이등이 고장 난 것 같거든요. 어느 쪽이 고장 났는지 잠깐 봐 주실 수 있겠어요?"라고 말했다.

**운전자를 위한 또 하나의 철칙은 낯선 여행자를 차에 태운 채 절대로 국경을 넘지 않는다는 것이다!**

그 여행자가 차의 앞부분을 살펴보고 그 다음 뒤쪽을 보려고 돌아가는 순간 운전자는 힘껏 가속 페달을 밟아 줄행랑을 쳤다. 옆문은 저절로 세차게 닫혀버리고, 뒤에 남은 것은 길길이 뛰는 여행자와 타이어 마찰로 인한 연기뿐이었다.

완전히 기진맥진하여 귀가한 그녀는 여행자가 뒷좌석에 던져두었던 가방이 생각나서 급히 열어 보았다. 그 안에는 지갑도, 신분증도 아무것도 들어 있지 않았다. 단지 묵직한 쇠망치만 하나 들어 있을 뿐.

운전자를 위한 또 하나의 철칙은 낯선 여행자를 자동차에 태운 채 절대로 국경을 넘지 않는다는 것이다! 그 사람이 짐을 모두 가지고 일단 내리도록 한 뒤 국경을 지나서 다시 태운다. 아무리 작은 짐이라도 절대 차에 싣고 국경을 넘는 일이 없도록 한다! 짐에 마약이나 밀수품이 있거나, 위조 신분증을 소지한 사람이라면 당신한테도 커다란 문제가 생길 수 있다. 마약 밀매로 사형을 당하는 나라도 있다. 그러니 이 부분에서 타협이란 절대로 없어야 한다.

## 25. 자전거

자전거를 타고 하는 여행은 육체노동이 필요하다는 점에서 히치하이킹 여행과 다르고, 기동성이 높다는 점에서 도보여행과도 다르다. 자전거 여행자는 히치하이킹 여행자가 느끼는 자유로움과 함께 도보 여행자가 느끼는 노동에 대한 자부심도 얻게 된다. 그러나 이 세 가지 여행 방식은 모두 경비가 저렴하다는 공통점을 가지고 있다. 텐트에서 자고 현지 음식을 저렴한 가격에 구할 수 있다면 1유로 정도로 하루를 지낼 수 있다. 거기에 1센트만 더해도 호화로운 여행이 되는 셈이다.

자전거로는 비교적 빠른 속도로 다니면서 다른 보통 여행객들에 비해 그 나라에 대해 잘 알 수 있다. 도보 여행자처럼 자전거 여행자도 현지인의 진심 어린 환대를 받는다. 나도 젊은 시절 자전거를 타고 여행을 다녔다. 그러니 이 모두가 체험에서 나온 말들이다. 그 여행의 절반은 유럽 그리고 나머지 절반은 아시아, 북아프리카와 남아프리카였다.

자전거 도로가 있는 곳은 드물다. 대부분 난폭하기 짝이 없는 일반 차도 위를 달려야 한다. 차도 위에서는 당신이 제일 약자다. 달리는 자동차와의 간격이 채 1㎝도 되지 않을 때가 있다. 물론 살아남기에는 충분하다. 그러나 그 간격이 0이 되면 불행한 사태가 발생한다. 긍정적으로 받아들여라. 헬멧과 파상풍 예방접종 효과를 시험해 볼 수 있는 절호의 기회로 받아들여라!

자전거 운전자는 차도에 있는 토끼와도 같은 존재다. 한시라도 방심하면 언제든 잡아먹힐 수 있는 것이다. 고속으로 질주하는 자동차 때문에 맞바람이 드센 것도 힘든데, 마치 모든 차량이 배기가스, 먼지, 흙탕물 등으로 당신을 골탕먹이려는 것만 같다. 또한 바싹 달라붙거나, 빵빵대거나, 급정거를 해서 당신을 놀라게 하는 데 재미를 느끼는 운전자도 있다. 이런 괴팍한 운전자가 있다는 사실을 항상 인지하고 있어야 한다. 계속 백미러를 살피면서 주의와 양보를 앞세우는 것이 최선의 대응책이다. 다행히도 괴팍한 운전자는 극히 적다. 경적을 누르면서 지나가는 대부분의 운전자는 당신에게 주의를 주거나 인사하는 것이다. 긍정적으로 받아들이고 당신도 살짝 인사를 해 주어라.

여기서 바로 자전거 세계일주 여행자의 첫 번째 원칙이 나온다. 조심하는 것이 빨리 가는 것보다 중요하다!

두 번째 원칙은 자전거 안전에 관한 한 최신의 기준에 맞추어야 한다는 것이다! 전조등, 거리 유지 도구, 경적, 2개의 브레이크, 바퀴에 붙이는 반사등, 페달, 바퀴 진흙받이, 옷, 2개의 백미러 그리고 머리보다 훨씬 위쪽에 다는 삼각깃발 등이 필요하다. 눈에 잘 띌 수 있는 것이라면 주저 없이 달아라. 그런 것들은 그리 무게도 나가지 않는다.

변속기는 너무 좋을 필요가 없다. 18단 변속이면 충분하며 5단 변속도 괜찮다. 그리고 너무 좋은 자전거 부품은 외국에서 구하기 힘들거나 아예 구할 수 없다는 사실을 명심한다.

알루미늄 자전거는 추천하고 싶지 않다. 점점 늘어나는 짐과 울퉁불퉁한 도로 때문에 쉽게 부러질 수 있다. 알루미늄 자전거는 자체 무게가 가볍지만 부러졌을 때 알루미늄 용접을 할 수 있는 곳이 거의 없다는 단점도 있다. 그러니 몸체는 철제가 좋고 산악자전거면 더욱 좋다.

수리를 하게 될 경우를 대비해 부속품을 충분히 준비하자. 다른 곳에서 사면 품질이 엉망일 경우가 많다. 그런 부속품에는 금속 볼트와 너트, 나사 제조용 탭, 바퀴살, 브레이크 줄, 전선 취합 장치, 철사, 체인 부속 등이 있다.

가장 필요한 부품은 튜브를 때우는 데 필요한 조각이다. 흔히 살 수 있는 조각은 우표 정도의 접착력밖에 없어 순간접착제와 옷핀을 이용해야 겨우 붙는 정도다. 튜브에 생긴 미세한 틈새는 우유 한 컵이면 해결할 수 있다. 공기구멍을 통해 튜브 안에 우유를 부어 넣고 그대로 한참 두면 단백질이 튜브 전체의 틈새로 들어가서 막아 준다. 50번 정도 수선을 하고 나면 튜브를 갈고, 1만 킬로미터를 달리고 나면 타이어를 갈아 준다. 그러나 이는 도로의 상태에 따라 조금씩 달라질 수 있다. 가급적 예비 타이어를 가지고 다니거나 행선지가 정해져 있는 경우에는 믿을 만한 사람에게 그리로 타이어를 보내 달라고 부탁한다. 타이어가 다 닳아 버리기 전까지 여러 번 기워야 할 것이다.

공구, 펌프 그리고 쇠줄로 된 튼튼한 자물쇠도 두 개 필요하다. 자전거의 앞바퀴와 뒷바퀴를 따로따로 채워 두기 위해 두 개가 필요한데, 그렇지 않으면 순식간에 앞바퀴나 뒷바퀴가 사라져 버릴 것이다. 도난경보기를 이용하는 것도 좋은 방법이다. 무겁지도 않으며, 꼭 필요한 순간에 130dB의 소음을 낸다. 이러한 경보기는 야영할 때 특히 필요하다.

자전거는 절대로 시야에서 놓치지 않아야 한다. 자물쇠 2개를 채워 놔도 전문가는 금세 뜯어낼 수 있다. 잠깐이라면 차라리 친절한 상인에게 맡겨 두는 편이 낫다. 그리고 잘 때는 호텔 방에까지 들고 들어간다. 호텔 직원이 이를 허락하지 않는다면, 코웃음을 치고 다른 호텔로 가면 그만이다. 호텔의 90%는 이를 허락할 것이다.

자전거를 타고 세계여행을 하려면 집에서부터 미리 자전거에 관한 충분한 경험과 훈련을 거쳐야 한다. 어떤 자전거가 적당한지, 하루에 어느 정도 달릴 수 있는지, 짐은 어떻게 나누어 실을 수 있는지 등을 알아야 한다. 안장 높이는 자전거를 탈 때 다리를 쫙 펼 수 있을 정도는 되어야 쉽게 피곤해지지 않는다는 것도 알아야 한다. 그 외에도 자전거를 오래 타면 어디가 쉽게 아픈지 미리 알 수 있어야 한다.

우선 '늑대' 라고 불리는 낭창狼瘡 lupus biciclettae은 악명 높다. 이것은 오래 앉아 있어서 엉덩이가 헐어 버리는 증세다. 자전거 여행시 가장 중요한 부분인 엉덩이에 아침에 출발할 때부터 하루 두세 번 정도 고체 유지油脂를 두껍게 발라 준다. 상처가 나서 고생하는 것보다는 예방하는 편이 좋을 것이다. 그럼에도 불구하고 상처가 났다면 밀가루와 베이비파우더를 섞어 발라 주면 좋다.

팔이 피곤해지고 손가락이 가려운 것도 문제다. 자전거를 탈 때는 몸으로 불어오는 역풍을 최소화하고 페달을 힘껏 밟기 위해 몸을 앞으로 숙이게 마련이다. 그러다 보니 팔이 구부러지고 뻣뻣해지는 것이다. 이 때문에 혈액순환 장애가 생기고 손가락에는 근질거리는 느낌이 든다. 우선 장갑이 있으면 좋고, 또한 손을 놓지 않고도 허리를 세워서 쉴 수 있도록 설계된 핸들이 필요하다.

기술적인 부분 외에도, 민족 간의 교류를 가능케 하는 인간적인 부분이 경시되어서는 안 된다. 자전거 앞쪽에 현지 국기와 당신 모국의 국기를 하나씩 매달고 달려 보라. 신기하게도 현지 사람들의 마음이 활짝 열린다. 한번 직접 시험해 보라.


## 26. 오토바이, 자동차, 택시, 버스

현지인들은 차량을 가지고 여행하는 사람에 대해 도보나 자전거 여행자, 히치하이킹 여행자와는 완전히 다른 평가를 내린다. 자가용을 타고 여행하는 사람은 돈이 많다고 생각한다. 그도 크게 틀린 말은 아니다. 차를 타고 여행하는 사람이 기름을 한 번 넣는 데 내는 돈은 종종 현지 가정의 아버지가 성실하고 힘든 노동으로 버는 1년치 임금과 맞먹기도 한다. 신용카드가 아직은 일반적인 지불 수단이 아니기 때문에 기름을 넣기 위한 현금을 항상 가지고 다녀야 한다. 게다가 차가 언제 고장 날지 모르므로 수리비도 준비해 놓고 있어야 한다. 그러므로 자동차 여행자는 일반적인 주의 사항에 덧붙여 그들만의 특별한 주의 사항을 알아둘 필요가 있다.

차를 수리할 경우 반드시 옆에 서서 지켜본다. 그렇지 않으면 고장 난 부품을 수리하는 데 고물을 쓰는 것은 물론 멀쩡한 다른 부분들까지도 고물로 바꿔 놓을 수 있다.

쉽게 고장 나는 부품은 미리 준비해서 가지고 간다. 혼자서 먼 길을 갈 경우에는 예비 연료통을 하나 준비하며, 연료는 '고급'만 넣는다. 삽, 도끼, 톱, 소화기, 튼튼한 케이블 여러 개와 케이블 윈치, 거즈 붕대, 부목夾木, (빛이 투과되지 않는) 물통과 무기 등이 필수 준비물이다. 자동차에(전조등에까지) 창살을 치고 차 안을 볼 수 없도록 창문에는 커튼을 단다.

차 문은 반드시 잠가 놓는다! 당신이 차에서 1m 정도 떨어진 노천 카페에 앉아 있다고 해도 예외가 아니다. 당신의 관심이나 주의를 다른 데로 쏠리게 하기는 매우 쉽다. 시간을 물어보거나, 일부러 살짝 부딪치고 나서 호들갑스럽게 사과를 하거나, 동전을 거슬러 줄 수 있는지 묻거나, 음료수를 흘리거나, 당신 바로 옆에서 소매치기나 싸움이나 허위 교통사고를 목격하게 한다. 그렇게 당신이 잠시 눈을 돌린 순간에 당신 차는 사라져 버린다. 자동차 안의 물건을 훔치거나 자동차 자체를 훔치는 것은 어디서든 볼 수 있는 흔한 범죄다. 그러니 귀중품을 좌석에 올려놓는 일이 없어야 한다. 조수석 서랍은 비우고 일부러 열어 놓는다. 라디오는 휴대용을 가지고 다니며, 카페에 갈 때도 들고 간다.

밤에는 경찰서나 군부대 앞, 당신이 묵는 집 마당, 경비원이 있는 곳 등 안전한 장소에 주차한다. 창문은 닫아 두고, 핸들에는 잠금 장치를 하고, 도난경보기를 켜 놓는다.

차도 눈에 띄게 꾸미는 것이 좋다. 그렇다고 고급스럽게 치장을 해서는 안 되고, 낙서 같은 것으로 눈에 확 띄어야 한다. 어디서나 볼 수 있는 평범한 자동차가 절도범이 선호하는 대상이다.

자동차가 완전히 파손되었을 때는 곧바로 현지 공관에 문의한다. 입국할 때 가지고 온 차가 출국할 때 없으면 세관에 엄청난 돈을 내야 한다. 이는 새 차 가격의 세 배에 해당할 수도 있다. 세관원의 눈으로 보면, 당신은 그곳에 차를 가져와 판 셈이다. 그러면 더 이상 어떤 말도 통하지 않는다. 그렇지 않다는 것을 당신 쪽에서 확실히 증명할 수 있어야 한다.

여행 중 운전할 때는 알코올성 음료를 한 방울도 마셔서는 안 된다. 술로 인해 반응이 느려지기도 하고, 몇몇 국가에서는 음주 운전이 살인처럼 취급받기도 한다. 졸음 운전 또한 주의해야 한다. 운전자는 깜빡 잠이 드는 것에 대해 자각하지 못하기 때문에 위험하다. 하품이 나고, 이유 없이 깜짝 놀라게 되고, 차선을 벗어나는 것 등이 몸으로부터 오는 경고 신호다. 그 다음에는 소위 '터널 시각' 증상이 나타난다. 길의 좌우 풍경이 식별되지 않고 그저 몽롱한 벽들처럼 보이는 것이다. 어떤 때는 차도가 위로 올라오는 듯한 느낌이 든다고 한다. 이때는 음악 방송보다는 차라리 멘트가 있는 방송을 듣는 것이 낫다. 그러나 라디오를 아예 끈 다음 창문을 열고, 다음번에 나타나는 주차장에 차를 세우는 데만 집중하는 것이 더 좋다. 5분 정도 신선한 공기를 마시며 체조를 하면 좋은 효과를 볼 수 있을 것이다. 그러나 무엇보다 좋은 방법은 잠깐 잠을 청하는 것이다.

택시를 탈 때도 아무 택시나 무조건 타서는 안 된다. 당신이 택시를 선택한 것이 아니라 택시 기사가 당신 앞에 차를 세웠을 경우에는 더욱 그러하다. 택시는 당신이 선택한다. 그래야 기사의 표적이 되는 위험을 줄일 수 있다. 가난한 나라일수록 이러한 위험은 더 크다. 호텔에서 머문다면 호텔 수위에게 택시를 불러 달라고 부탁한다. 그들은 사람을 볼 줄 안다.

버스가 가장 저렴한 교통수단이기 때문에 젊은 사람들은 버스를 선호한다. 그러나 버스는 좁고, 냄새나고, 덥고, 음악은 시끄럽고, 사람들은 벼룩 때문에 몸을 계속 긁어 댄다. 멀미를 하는 승객도 있고 심지어 구토를 하기도 한다.

버스 내부와 버스 정류장은 좀도둑에게 사랑받는 사냥터다. 혼잡한 인파, 어수선한 주변, 모두가 설 곳과 앉을 곳에 신경이 집중되어 있는 사이 아무도 모르게 면도칼로 가방을 찢는 것은 어렵지 않다. 짐을 잘 간수하는 것이 특히 중요하다. 배낭은 앞으로 메고, 자리에 앉았을 때는 무릎에 올려놓는다. 바지나 점퍼 주머니는 모두 잠그고, 돈은 가슴 주머니에 넣어 둔다. 꼭 필요한 만큼의 동전만 세어 금방 꺼낼 수 있게 준비한다.

좀 더 대담한 도둑은 국도에 매복해 있다. 완전 무장한 갱들이 승객의 목에서 귀금속을 빼앗고, 손목에서 시계를 빼앗고, 반항하는 사람은 목줄기를 따 버린다. 이러한 범죄는 전 세계 어디서나 일어난다.


## 27. 교통사고

먼 이국에서 사람을 치는 교통사고에 연루되었다면 무조건 도망쳐라. 누구의 잘못이든 상관없다. 일단은 가까운 경찰서로 도망치는 게 가장 좋지만, 그렇다고 해서 문제가 해결된다는 보장은 없다. 그들이 흥분한 군중으로부터 당신을 보호해 줄 수는 있으나 판사로부터 보호해 줄 수는 없다. 무조건 당신이 유죄라고 할 수 있다. 정말로 당신의 실책이든 아니든 말이다. "네가 이 나라에 오지 않았다면 이 사고는 일어나지 않았을 거다. 그러니까 무조건 네 잘못이다." 어떻게 보면 아주 틀린 말도 아니다.

발칸 지역에서 아이를 치어 죽인 어떤 사람의 일이 생각난다. 순식간에 사람들이 흥분했고 분위기가 험악해져 갔다. 그는 도망치는 것이 아님을 알리기 위해 부인을 사고 현장에 남겨 두고 경찰서로 갔다. 일종의 담보였던 셈이다. 잠시 후 경찰과 함께 사고 현장으로 돌아와 보니 아무도 없었다. 오직 그의 부인만이 남아 있었다. 나무에 목이 매인 채로.

이런 나라에서는 차를 빌리면서 운전수까지 고용하는 편이 나을 수도 있다. 운전수는 자국의 풍습과 국민성을 잘 알 것이며, 그가 잘못했을 경우 당신이 책임질 필요가 없다.

아시아의 어느 나라에서는 막 죽은 사람을 차 앞으로 굴려 놓고는, 이 외국인이 차로 치어 죽였다고 소리를 지르더라는 이야기를 들은 적이 있다. 엄청난 배상금을 받아 내기 위해서.

**차를 빌린다면 운전수까지 고용하는 편이 나을 수도 있다. 운전수는 자국의 풍습과 국민성을 잘 안다.**

사고를 조사하러 나온 경찰이 왠지 의심스럽다면 조서에 서명하기 전에 무슨 내용이 쓰여 있는지 반드시 확인하라. 운 나쁘면 모든 것이 당신의 책임이라고 쓰인 내용에 사인을 할 수도 있다. 그렇게 되면 배상금에 위자료까지 엄청나게 지불해야 한다.

찻길에 (나무, 돌 등의) 장애물이 길을 막고 있으면 조심하라. 함정일 수 있다. 장애물을 인지하고 났을 때는 이미 늦은 것이다. 급정거를 하고 도망치기 위해 차를 돌리면, 바로 그 지점에 강도떼가 숨어 있다. 그러고는 당신을 크리스마스 때 잡는 거위처럼 끌어낼 것이다. 그들의 무기 앞에 당신은 무력하다. 믿을 만한 현지 사람에게 당신이 가고자 하는 경로를 알려 주고 그 구간이 안전한지 사전에 알아보게 하라. 만일 위험하다고 하면 그곳을 지나는 것을 아예 포기하든지 경찰의 보호를 요청한다. 아무도 없는 길에 사람이 쓰러져 있더라도 정차하지 말아라. 그것도 함정일 수 있다. 차라리 마을에 도착하자마자 경찰서로 가거나 전화로 신고한다.

이러한 잔인하고 파렴치한 폭력에 대해 내가 해 줄 수 있는 충고는 오직 하나다. 최악의 상황을 염두에 두라. 그리고 생각만큼 심각하지 않을 때 이를 기뻐하라.

특수한 교통사고 중의 하나가 터널 안에서 일어난다. 충돌, 화재, 아비규환, 이 모든 것이 순식간에 일어난다. 터널 안의 강한 공기 흐름은 불길을 용접용 버너만큼이나 거세게 만든다. 철골과 시멘트 구조물이 무너진다. 어디로도 도망칠 수 없다.

터널로 진입할 때는 전조등을 켠다. 터널로 들어갈 때는 특별히 집중해야 하며 신호등과 교통표지판 등을 눈여겨본다. 앞 차와의 안전거리를 확보하고 터널 안에서도 들을 수 있는 라디오 방송을 켠다. 자동차 연료는 충분히 있어야 하며 환기 기능을 차량 내 통풍 기능으로 전환한다. 차가 밀리면 즉시 경고등을 켜고, 시동을 끄고, 아직 라디오를 켜지 않았다면 지금이라도 켠다. 터널 안에서는 절대로 중앙선을 넘지 않으며 차를 돌리는 일도 없어야 한다.

차가 고장 나면 비상등을 켜고 오른쪽 차선으로 최대한 바싹 붙어 달리다가 되도록 갓길의 주차 공간에 세운다. 차를 멈추고 나면 반드시 오른쪽 문으로 내려 비상 전화를 찾는다.

터널에서 불이 난 경우에는 재빨리 움직여야 한다. 가능한 한 차를 바깥쪽에 바싹 붙여 세우고 시동을 끈다. 열쇠는 그대로 꽂아 두고, 손전등이 있다면 든 채로 바람이 부는 방향을 따라, 즉 바람과 함께 사라진다. 불길은 폭발적으로 번지며 다가올 것이다.

연기가 심할 경우에도 터널 안 비상 피신처를 찾는다. 긴 터널은 보통 아래쪽에서 신선한 공기가 올라오므로 몸은 숙인 자세를 유지해야 한다. 그곳의 환기 기능이 고장 나지 않았다는 전제하에서 하는 이야기다.

당신은 지금까지 모두 잘해냈다. 저기 터널 끝에 보이는 불빛이 이리로 질주해 오는 자동차의 전조등만 아니라면.

# 외국에서
# 살아남기

## 28. 국경 넘기

국경선을 넘는 순간의 몇 초, 국경선 양편 거리 몇 밀리미터 사이에 법률이 확연하게 달라진다.

 귀걸이를 한쪽에만 한 남자는 동성애자로, 긴 머리를 하나로 묶은 남자는 방탕하거나 반항하는 자로, 앞가슴이 파인 옷이나 청바지를 입은 여자는 매춘부로 치부될 수 있다. 그러므로 여행 전에 미리 충분한 정보를 얻고 그 나라 상황에 적응할 필요가 있다. 여행사, 외무부, 주변에 살고 있는 외국인에게서 정보를 얻는다. 큰 소리로 떠들며 맥주를 마시거나 뭐든지 아는 척하는 태도는 가급적 삼간다. 공공장소에서 연인과 서로 애무하는 것도 조심한다. 주머니에 칼이나 드라이버가 들어 있는 것으로도 불법 무기 소지 죄가 적용될 수 있다. 벌금이 경찰의 주 수입원인 나라에서는 자동차 속도 위반이 엄격하게 처벌된다. 그러니 규정 속도를 정확히 지켜라.

 여행하고 있는 나라의 정치나 종교 체제가 마음에 들지 않더라도 이는 혼자서만 생각하라. 표현의 자유를 믿고 단순히 비판을 위한 비판을 하는 것은 대단히 위험하다. 연행될 때 공권력에 대한 모독이나 반항 행위를 보이면 감옥에 갇히게 된다. 그 안에서 몇 년을 보낼 수도 있다.

사진 촬영 금지는 반드시 준수한다. 멀리 보이는 정부청사, 경찰청 혹은 길거리에서 볼 수 있는 평범한 경찰 한 명, 이러한 것을 찍는다면 당신은 첩보원으로 오해받을 수 있다. 필름만 빼앗으면 차라리 다행이라고 생각하라. 최대한 공손하게 사과를 하고 즉각 필름을 빼서 직접 주어라. 그리고 선처를 호소하라. 상황에 따라서는 뇌물을 줄 수도 있다. 몇 달씩 감옥에 갇혀 있지 않으려면, 매수하는 방법도 배워야 한다(364쪽 '돈으로 매수하기' 참조).

국경을 넘을 때 누군가 당신의 차 안이나 차 밑 혹은 짐 사이에 몰래 밀수품을 넣지는 않는지 유의한다. 아무리 적은 양의 마약이라도 발견되면 심한 경우에는 사형이 언도될 수 있다. 여권 심사 후 입국 확인 도장을 받았는지 반드시 살펴본다. 그리고 당신이 차를 가지고 국경을 넘는다는 확인 도장이 찍혀 있는지도 반드시 확인한다.


## 29. 밀수

그 어디에서든 밀수는 범법 행위로 처벌받는다. 세관원이 모르는 비밀 장소란 없다. 밀수품에 따라서 물건을 압수당하고 벌금을 내는 데서 그치는 경우도 있다. 그러나 귀중한 시간을 교도소에서 보내고 영원히 그 나라에 입국 금지 되는 경우도 있다.

그럼에도 밀수를 해야만 하는 때가 있다. 무기에서부터 사람까지 다양한 품목을. 예를 들어 어떤 특정한 여행을 위해 무기 하나가 반드시 있어야 하는데, 총포 소지 허가를 받는 데 너무 오래 걸리거나 그 신청이 기각되었거나 아니면 처음부터 아예 허가가 불가능한 경우도 있다.

사랑하는 사람이 철의 장막 저편에 구금되어 투옥될 것이 거의 확실하다면 그를 데리고 몰래 국경을 넘는 수밖에 없다. 요즘은 위조 여권과 밀입국 브로커를 통해 쉽게 해결할 수 있다.

공항에서는 X선 검사가 철저해지고 그 성능도 더욱 발달하고 있기에 밀수는 점점 어려워지고 있다. 비행기 납치나 테러 행위 등에 대한 우려로 인해 짐 검사는 필수가 되었다.

그러나 육로를 통해 국경을 넘을 경우에는 다르다. 기차나 차를 타고 넘는 것은 훨씬 쉽다. 그곳에서는 X선 검사도 없으며 아직도 직접 손으로 확인하기 때문이다.

경비 정도에 따라서 소위 '녹색 국경'을 넘을 수 있는 곳도 있다. 그러니까 자연물로 이루어진 국경을 넘는 것이다. 그러나 이때는 그 지대를 잘 알아야 한다. 철조망이 어떻게 이어지는지, 지뢰나 부비트랩, 적외선 감지 경보 장치 등이 설치되어 있는지 등을 알아야 한다.

종종 자연이 도움이 되기도 한다. 밤에 산이나 강을 넘는 것은 한눈에 다 드러나는 평지로 넘는 것보다 유리하다. 물론 국경 수비 병사들의 습관을 미리 잘 알아야지, 무작정 뛰어들면 안 된다. 수비대 병사가 통상적으로 보초를 도는 길에서 벗어난 길을 택해야 한다.

에티오피아에서 아즈락 강을 항해할 때, 우리는 모두가 리볼버 권총과 소총을 한 자루씩 소지하고자 했으나 허가를 받지 못한 상태였다. 그래서 우리가 직접 만든 보트의 벽 안에 무기를 넣었다. 금속탐지기로 검문할 수도 있으므로 배의 모서리 부분과 모든 밧줄 고리를 금속으로 처리했다. 게다가 탐험 장비를 화려하고 특이하게 칠해 놓아 아무리 까다로운 세관원도 산만해질 수밖에 없게 만들어 놓았다. 하여튼 우리는 무사히 통과할 수 있었다.

새로운 이야기는 아니지만 비교적 덜 알려져 있는 것이 '장 주머니'다. 마이크로필름을 반드시 국외로 밀반출하고자 한다면 이를 작은 플라스틱 통이나 콘돔에 넣어 바셀린을 매끄럽게 잘 바른 뒤 항문을 통해 장으로 밀어 넣는 것이다. 그러기 전에 장을 깨끗하게 비우는 것이 좋다.

작은 물건을 밀수할 때는 입 안에 넣어 오거나, 아니면 꿀꺽 삼켜 버리고 나서 배설을 통해 빼내는 사람도 있다.

여자들은 두 다리 사이에 비밀 장소를 가지고 있다. 특히 생리를 하는 동안에는 마이크로필름을 탐폰과 함께 넣을 수 있다. 누구도 피 묻은 탐폰까지 의심하지는 않을 것이다.

어린아이의 기저귀나 옷에 밀수품을 넣는 것은 매우 위험하다. 그럴 경우 부모를 문책하는 것으로 끝나지 않는다. 부모에게 양육 능력이 없다고 간주하여 아이를 빼앗아 고아원으로 보낼 수 있다. 나이가 좀 든 아이들은 어른과 똑같이 처벌을 받기도 한다.

일회용 반창고나 깁스 속, 머리카락 속에도 물건을 넣어 밀수할 수 있다. 그러나 어떤 방법도 새롭지 않고 안전하지도 않다. 이는 행운만이 결정할 문제다.

## 밀수꾼의 천재적인 방법

한 남자가 손수레에 모래를 잔뜩 싣고 국경을 넘었다. 지극히 평범한 건축용 모래였다. 며칠 후 똑같은 행동을 하자 세관원은 의심을 하기 시작했다. 그래서 모래를 체에 걸러 보았다. 그러나 평범한 모래일 뿐 아무것도 드러나지 않았다.

"분명 우리를 속이고 있어"라고 한 세관원이 말했다. "처음 몇 번은 진짜 모래를 가지고 올 거야. 그럼 우리가 체에 걸러 볼 테고 아무것도 나오지 않겠지. 그러다가 우리가 더 이상 체에 거르지 않게 되면 그때 밀수를 하는 거야."

"바퀴나 손잡이에 숨겼을지도 몰라"라고 다른 사람이 말하며 승진을 꿈꿨다. 그러나 아무리 철저히 조사해 보아도 아무것도 나오지 않았다. 모래를 나르는 사람은 조사받는 동안 참을성 있게 기다렸다. 언제나 가볍게 미소를 지었으며 다음날이면 어김없이 모래 한 짐을 싣고 왔다. 세관원들은 절망스러웠다. 그래서 그들도 특단의 대책을 세웠다.

"당신이 무언가 밀수하고 있다는 사실을 알고 있소. 우리는 반드시 밝혀 낼 것이요. 언제나 행운이 따르리라고 기대하지 마시오. 우리는 매일 당신의 손수레를 낱낱이 분해하고 수색할 테니." 세관원은 흘러내리는 이마의 땀을 닦

으며 조심스럽게 덧붙였다. "만약 당신이 우리에게 협조를 한다면 몰라
도······."

"제가 어떻게 협조해야 하죠?"

"당신이 매일 무엇을 밀수하는 건지 말해 주면 당신의 무죄를 인정해 주겠
소. 그리고 앞으로도 당신이 밀수를 계속할 수 있도록 하겠소. 우리는 단지 다
른 사람도 당신과 똑같은 방식으로 밀수하는 것을 막고 싶을 뿐이오."

그는 이 제안에 대해 한참 생각하더니 결국 세관원을 믿기로 하고 대답했
다. "아주 간단합니다. 저는 손수레를 밀수한답니다"라고.


## 30. 돈 감추기

돈을 감추는 데 있어 가장 중요한 철칙은 한꺼번에 한 곳에 보관하지 않는
다는 것이다.

어느 정도 큰 도시에서는 큰 금액은 신용카드와 여행자수표로 지불이
가능하고 적은 금액만 현금으로 내면 된다. 그러나 안전하다고 하는 여행
자수표도 절대 한 묶음으로 지니고 다니면 안 된다. 여행자수표가 도난당
할 경우, 그 사인을 위조하여 현금으로 교환할 수 있다. 현금으로 교환할
때 여권 제시를 요구하지 않는 경우도 빈번하기 때문이다.

은행에서 여행자수표를 발부하면서 제시한 사항들을 지키는 것이 무엇
보다도 중요하다. 꼼꼼하게 기록하고 분실했을 경우에는 바로 신고하는
것 등이 그것이다.

현금은 여러 곳에 나눠 지닌 다음 쪽지에 그에 대한 기록을 남긴다.

가슴 주머니와 돈을 넣는 허리띠는 전통적으로 많이 쓰이는 보관 장소
다. 이 두 가지 방식은 필수라고 할 수 있다. 그리고 맨살에 두르는 널찍한
띠로 소위 '전대'라 불리는 것이 있다. 여기에는 여권도 넣을 수 있다.

발목과 손목에 매는 지갑도 많이 쓰인다. 허리띠에 매되 바지 안쪽에 숨기는 방법도 있다. 지갑은 대부분 손수 쉽게 만들 수 있다. 디자인이 중요한 것이 아니라 용도가 중요하다. 양말, 신발 굽, 가발 안쪽, 모자 안, 속옷 등에 주머니를 옷핀으로 달아 고정한다.

이와 더불어 반드시 통상적인 돈지갑도 준비하도록 한다. 습격을 당했을 때 제일 먼저 돈지갑을 뒤질 수 있게 말이다. 그리고 그 안에 적어도 10달러는 들어 있어야 한다. 돈이 하나도 없는 여행객이 있다고는 아무도 믿지 않을 테니. 시간이 많은 강도라면 당신을 샅샅이 뒤질 테고, 그렇지 않다면 화가 나서 폭행을 가할 것이다. 아무것도 가지고 있지 않은 것이 가장 위험하다.

밤에 혼자서 어두운 거리를 다니는 사람이나 낮에 빈민가를, 심지어 사진을 찍으면서 돌아다니는 사람은 연이어 두 번이나 습격을 당하더라도 놀라운 일이 아니다. 그러므로 강도를 한 번 당하고 나면 다시 10달러를 준비해 둔다. 강도는 옷을 다 벗겨 놓고 전부 조사하는 것이 아니라 재빨리 지갑을 빼앗아 많든 적든 소득을 올리는 것이 목적이다.


## 31. 나라마다 다른 풍습

엄마는 우유를 먹고 난 아이가 트림을 하면 좋아한다. 그 아이가 커서 식사 후에 트림을 하면 엄마는 야단을 친다. 그러나 이 아이가 더 커서 베두인 사람 집에 초대를 받아 음식을 먹고 난 뒤 트림을 하지 않으면 이 아이는 주인을 모욕한 것이다. 베두인 사람들은 크고 분명하게 트림을 한다. 그것이 음식에 대한 찬사다. 이처럼 똑같은 행동이 여러 가지로 해석될 수 있다.

나라가 다르면 풍습도 다르다. 이것이 여행을 하는 가장 큰 이유다. 모든 곳이 우리가 사는 곳과 똑같다면 여행을 떠날 필요가 없다. 그러나 현실은 그렇지 않기에 타지에 대한 매력을 느끼는 것이고 관광 붐이 일어나는 것이다. 그러나 그 때문에 다른 사람의 심기를 건드릴 수 있고 그래서 심지어 감옥으로 보내지거나 사형 당할 수도 있다.

어떤 사람이 당신에게 '꺼져!' 를 의미하는 손짓을 해 보인다. 당신은 싸우고 싶지 않기에 자리에서 물러난다. 그 사람의 심사를 건드린 일이 없기에 그 사람의 행동이 이상하다고 생각한다. 아마도 외국인을 싫어하는 사람이겠지 싶다. 그러나 당신이 도망갈수록 그 사람의 손짓이 더욱 급해진다. '빨리 꺼져!' 라는 의미라고 생각하면서 급기야 달리기 시작한다. 그런데 그 사람이 웃으면서 따라온다. 뒤를 돌아보며 당신은 당황스럽다. 당신에게 꺼지라고 손짓한 그 사람의 얼굴에는 적개심보다는 친절함이 깃들어 있다. 주변 사람들도 웃는다. 결국 그는 당신을 따라잡고 당신은 오해였다는 것을 알게 된다. 당신이 '꺼져!' 라고 알고 있는 손짓이 여기서는 '이리 와!' 를 의미한다는 것을 말이다.

우체국에 가서 "1디나르짜리 우표 있습니까?" 라고 묻는다. 직원은 고개를 끄떡한다. 그러고는 당신을 쳐다보지도 않고 다음 손님에게로 돌아선다. 그렇게 해서 당신은 중동의 몇 나라에서는 머리를 끄덕이는 것이 '아니오' 를 의미한다는 것을 알게 된다.

이러한 사소한 오해 때문에 서로 대화할 수 있는 기회가 사라지기도 한다. 잠수부 사이에서 오케이를 의미하는 손동작을 해 보라. 당신은 그 손짓을 위해 엄지와 검지로 원을 만들고 나머지 손가락들은 펼 것이다. 그런데 이것이 중동의 몇 나라와 이탈리아에서는 '엿 먹어!' 를, 프랑스에서는 '아무 쓸모없는 놈' 을 의미한다. 그러니 문제가 생기는 게 당연하다. 인도네시아에서는 아이가 귀엽다고 머리를 쓰다듬어 주는 행동이 나쁜 귀신을 목 위로 올라오게 하는 것을 의미한다. 싱가포르에 가서 길거리에 담배꽁초를 버리면 벌금으로 2백 싱가포르 달러를 내야 한다. 인도의 한 도시에서는 바람에 날아가는 지폐를 잡기 위해 발로 밟는 것이 불경죄에 해당한다. 거기 그려진 왕의 용안을 발로 밟은 것이다. 18개월 옥살이다.

호주에서는 나무에 소변을 보는 행위가 물을 주는 좋은 의도로 해석되는 것이 아니라 공중도덕을 어기는 행위로 치부된다. 이슬람 국가에서는 여자에게 길을 묻지 말아라. 여자에게 말을 거는 것조차 희롱으로 받아들여져 목숨을 잃을 수 있다.

보통 암시장에서의 환율이 훨씬 유리하다. 그러나 조심하라! 당신에게 유리할수록 그 나라에는 손해가 된다. 그러니 그렇게 환전하다 걸리면 그만큼 심한 처벌을 받는다. 그 외에도 암시장에서의 거래는 주로 어두운 곳에서 서둘러 이뤄지다 보니 거스름돈을 적게 받거나 위조 지폐를 받을 수도 있다. 혹은 지폐를 교묘히 잘 접어서 한 장을 두 장처럼 보이게 할 수도 있다.

오해의 종류는 국가의 숫자만큼이나 다양하다. 모든 나라의 관습과 악습을 꿰뚫고 있을 수는 없다. 그래서 기본 원칙을 지키는 것이 필요하다.

가장 중요한 원칙은 민감해야 하며, 눈치가 빨라야 하고, 함부로 나서지 않으며, 깨어 있는 시각을 가지고 여행해야 한다는 것이다. 자기 민족의 특성을 드러내지 않으며 개방적이고 세계시민다운 태도를 보이도록 한다. 인사를 할 때도 무조건 손을 내밀지 말고 다른 사람들이 어떻게 하는지 주의 깊게 지켜본 뒤 그들이 하는 대로 예의 있게 따라한다. 중동 일부 국가에서는 악수를 할 때 절대 왼손을 사용하지 않는다. 왼손은 볼일을 보고 나서 씻는 일을 하는 부정한 손이다.

기초 단어 몇 가지를 배우는 것도 추천할 만하다. 최소 1백 단어는 알아야 하며(60쪽 '단어장' 참조), 문법을 몰라도 단어 1천 개만 알면 어느 정도 대화를 할 수 있다. 이를 배워야 하는 이유는, 언어상의 오해로 문제가 많이 생기기 때문이다. 1백 단어를 알고 이를 겸손과 신중함으로 보완한다면, 자신이 저질렀을 수 있는 실수에 대해 사과할 수 있다.

주의를 기울였음에도 불구하고 실수를 저지를 수 있다. 그 결과 생명의 위협을 느낀다면 주변에 있는 사람들에게 구원을 요청하라. 특히 노인, 즉 현명한 사람들에게 요청하라. 집 안으로, 베두인의 천막으로 도망쳐라. 그 집의 주인 앞에 무릎을 꿇고 옷자락에 입을 맞추고 도움을 청하라. 특히 이슬람의 도덕인 '부족의 명예' 때문에라도 그는 당신을 도울 것이다.

건물 안으로 피신했다면 "도와주세요"라고 소리 지르는 대신 "불이야!"

하고 외쳐라. 그러면 그 건물에 얼마나 많은 사람들이 있었는지 그리고 그들이 얼마나 빨리 뛰쳐나오는지 놀라게 될 것이다.

당신이 외국에서 주의해야 할 사항에 대해서는 여행사나 외무부를 통해 알 수 있다. 여행사나 외무부에서는 당신이 가려는 나라에서 막 쿠데타가 일어났는지, 그 나라의 세관과 환전소에서는 어떤 점에 유의해야 하는지, 그리고 어떤 행동을 하면 처벌을 받는지 등에 대해 가장 빨리 알 수 있다.


## 32. 국가의 횡포

나라마다 국민의 윤리와 풍속만 다른 것이 아니다. 독재 정부, 범죄적 정부, 인권을 깡그리 무시하는 정부 등 정부도 다양하다.

그들의 손아귀에 걸려들었다면 참으로 슬픈 일이다! 실제로 잘못이 있든 없든 무사히 빠져나오기란 거의 불가능하다. 일순간 당신은 모든 권리를 빼앗기게 된다. 정부는 자신의 부족한 면과 무능력으로부터 국민의 주의를 돌리기 위해 '범죄자'와 '성공'을 필요로 한다. 마음만 먹는다면 어떤 구실을 붙여서든 당신을 체포할 수 있다.

국경을 넘는 순간 분위기가 심상찮음을 느낄 수가 있다. 호기심이나 즐거움보다는 두려움과 공격성을 더 많이 느끼게 된다. 곳곳에서 군복과 무기를 볼 수 있으며, 플래카드마다 갖가지 표어들이 쓰여 있고, 신문 첫 장에는 독재자의 사진이 보인다. 시장에서 아무리 조그만 점포를 운영하는 사람이라도 점포 어딘가에 독재자의 사진을 붙여 놓고 있다.

이러한 경향이 보인다면 조심하라. 당신의 의견은 혼자서만 생각하고 남들 앞에서 말하지 말아라. 광신적인 사람이 말을 걸면 차분하게 인내심을 갖고 "정치에 관심이 없습니다. 저는 그냥 여기 놀러 왔는 걸요"라며 입을 다물어라.

좌파 국가든 우파 국가든 혹은 단지 혼란스러운 국가든 간에, 법치국가를 이루지 못한 국가는 많은 공통점을 가지고 있다. 모든 교육기관과 대중매체에서 증오를 설파한다. 자본주의에 대한 증오, 악한 적에 대한 증오, 이웃국가에 대한 증오……. 적이 있기 때문에 국가는 이렇게 엄격할 수밖에 없다고 한다. 청소년은 의무적으로 무기를 다루는 훈련을 받으며, 자살 테러를 위해 영웅 신화와 순교 정신을 배운다. 야당을 인정하지 않는 유일하고 완벽한 정당의 일당독재에 대한 세뇌가 이뤄지며, 염탐과 체포와 재판이 마구잡이로 이뤄진다.

구금 시설은 인간의 존엄성을 전혀 고려하지 않은 수준이며 고문(383쪽 '고문' 참조)받고, 처형 당하고, 살해 당하는 일이 다반사다. 살해되는 경우는 자살로 발표된다. 가족은 뿔뿔이 흩어지고 아이들은 강제로 입양된다. 통치자 외에는 어느 누구도 권리가 없다. 외국인인 당신에게 문제가 생긴다면 변호사를 선임해 주기는커녕 현지 외교공관에 당신의 연행을 통지조차 하지 않을 수 있다.


## 33. 혼자 여행하는 여자

혼자 여행하는 여자는 여행에 대해 남자와는 다른 자세를 가져야 한다. 남자든 여자든 상관없이 겪을 수 있는 위험에 덧붙여, 여성에게는 성희롱이나 성폭력을 당할 위험까지 있기 때문이다.

혼자서 여행을 하는 여자에게는 무엇보다도 카리스마, 자신 있는 태도, 지식 등으로 이루어진 건전한 자의식과 자신감이 필요하다. 아는 것이 힘이다. 필요 없이 주변을 두리번거리지 않고 오직 목표를 향해 가며, 다른 사람과 눈이 마주쳤을 때도 쉽게 웃지 않는 여자는 음탕한 남자들을 불안하게 한다. 여자의 자신만만한 태도는 남자들에게 겁을 준다. 그러나 이와는 반대로 멀리서 보아도 불안해하고, 수줍고, 겁내고 있는 게 한눈에 드러나는 여자는 남자들에게 자극을 준다. 이는 곧 남자들의 사냥 충동을 부추긴다.

자신감은 인성 계발의 문제다. 아름다움과 교양도 도움이 될 수 있으나 결정적이지는 않다. 그리고 자신감 못잖게 중요한 것이 호신술이다. 호신술은 학원이나 문화단체 등에서 배울 수 있다.

여성은 멀리 여행을 떠나기 전에 일단 자기 나라에서 그리고 가까운 이웃 나라에서 여행 경험을 쌓을 필요가 있다. 고국에서는 언어로 인한 문제가 없고, 벌어진 상황이나 주변 사람을 더 잘 판단할 수 있고, 남자들의 심리를 더 잘 알기 때문에 그들을 다루기가 좀 더 수월하다.

나는 여자들과 여행을 함께 가기도 했으며, 지구 반 바퀴를 여행한 여자도 여행 도중 많이 만나 보았다. 그들은 가끔 위험한 일을 맞닥뜨리기는 했지만 정말 심각한 위협을 경험하지는 않았다고 했다. 위험한 상황을 몇 번 겪고 나면 그만큼 경험도 풍부해진다. 아무 경험 없이 여행을 떠났던 사람이 전문가가 되어서 돌아온다.

격투기 훈련도 필요하다. 그러나 상대방이 이성이 아닌 생식기에 지배당하고, 더군다나 적이 다수일 경우 실질적으로 별 도움이 되지 못할 수도 있다. 이런 상황에서는 여자든 남자든 무기가 필요하다. 무기와 건강한 신체는 이상적인 조화를 이룬다. 가스총, 경보기, 항상 품에 넣고 다니는 작은 칼 그리고

**남녀가 함께 여행을 하면 쉽게 자동차 편승을 할 수 있고, 검문에서 오래 기다리지 않아도 되며, 현지인들의 신뢰를 얻는 데 유리하다.**

마지막 비장의 무기로는 칼라에 항상 꽂고 다니는 옷핀이 있다. 옷핀으로 찔린 음경은 바람 빠질 때의 풍선과 똑같은 모양을 하게 된다. 물론 반드시 성기를 찌를 필요는 없다. 오히려 그것이 더 힘들 수 있다. 그러면 관자놀이나 눈을 찌르도록 한다. 절대로 사정을 봐주면 안 된다. 처음 한 방으로 상대를 무력하게 만들어야 한다(323쪽 '성폭행' 참조).

계속되는 희롱을 피하기 위해서는 둘이서 여행을 하는 것도 좋다. 동성이든 이성이든 상관없다. 여행 도중에 동반자를 찾는 편이 더 쉬울 수도 있다. 여행 도중 만나는 여자는 당신과 같은 입장에 있는 사람이다. 그 사람도 단독 여행을 시도했고 당신처럼 흥미진진한 일들을 겪었다. 경험담을 이야기하는 것만으로도 며칠 동안은 지루하지 않을 것이다. 서로의 경험을 들으면 도움이 된다. 여자 둘이 여행한다고 위험이 훨씬 덜하다고 말할

수는 없겠지만, 그래도 적어도 둘이 서로 의지할 수 있다.

그러나 무엇보다도, 이성이 함께 하는 여행이 더 안전하다. '부부'라고 내세우면서 함께 여행을 하면 집적거리는 놈들이 훨씬 적다. 그러나 남자 동행이 있다고 해서 목숨을 보장 받을 수 있는 것은 아니다. 남편 앞에서 부인을 성폭행하고 나서 두 사람을 모두 살해하는 경우도 있다. 하지만 그런 일은 거의 없다.

남자는 여자와 함께 여행을 하면 쉽게 자동차 편승을 할 수 있고, 검문에서 오래 기다리지 않아도 되며, 현지인들의 신뢰를 쉽게 얻을 수 있다는 이점이 있다. 여행 동반자와 잘 맞지 않으면 헤어지고 다시 각자의 길을 가면 된다. 어렵게 생각할 필요가 없다.

사람과 별로 어울리고 싶지 않고 혼자서 황야를 횡단하고자 하는 여자들 중 덩치 크고 사납게 생긴 개를 동행으로 데리고 다니는 사람도 있다. 그러나 문명화된 도시에서는 그리 추천할 만하지 않다. 더군다나 이슬람 국가에서는 절대로 개를 데리고 여행하지 말아라. 그곳에서 개는 부정한 것을 의미한다.

옷차림을 구질구질하게 하고 다니라고 말하는 사람도 있다. 그러나 나는 그 말에 동의하지 않는다. 그런 모습은 오히려 그녀를 '주인 없는' 들짐승처럼 함부로 건드려도 괜찮다고 판단하게 한다. 그리고 그런 차림으로 돌아다니면 멋있는 여자에게는 접근도 못하던 녀석들이 건들거리며 다가올 것이다. 그러니 그보다는 그곳의 평범한 여성들이 입는 옷을 입는 것이 더 낫다. 맨살이 보여서는 안 되는 곳이라면 베일이나 스카프로 덮는다. 설령 그런 의상이 당신의 신념과 맞지 않는다고 해도 현지에 적응하는 것이 급선무다. 흥미진진한 경험으로 받아들여라.

군인이나 경찰을 조심하라. "그들이 제일 무서운 사람들이지요"라고 세계 여행 경험이 많은 메히트힐트 호른이 말한다. "그들은 여자와 동침하기 위해 상대의 무력함과 자신의 권력을 잔인하게 이용할 줄 압니다."

## 34. 외국에서의 결혼생활

인종이 다른 사람들끼리는 서로 강하게 끌리는 부분이 있다. 어쩌면 신이 인간의 근친혼을 막기 위해 그렇게 만들어 놓았는지도 모른다. 카리브해 출신의 날씬하고 갈색 피부를 가진 혼혈인이나 빛나는 눈을 가진 정열적인 아랍인은 매우 매력적으로 보인다. 그들은 눈에 잘 띄고, 많은 사람이 그들을 보며 감탄한다. 그래서 이런 이색적인 사람을 차지하여 자신의 매력을 나타내고 싶어할 수도 있다.

여행 중 알게 된 사람과 사귀게 된 경우 합리적인 판단력을 잃지 말아야 한다. 아르헨티나에서 만난 남자가 자신이 외국인 여자에게도 매력적이라는 것을 친구들에게 과시하기 위해 당신에게 접근한 것인지, 알래스카에서 온 노동자가 고향에는 여자가 크게 부족하기 때문에 당신에게 접근한 것은 아닌지 잘 판단해야 한다. 단기간의 관계만을 원한다면 상관이 없다. 서로 좋아하고 즐거우면 그뿐, 그러다가 열정이 사라지면 서로 다른 길을 가면 그만이다.

그러나 다른 인종과의 결혼은 아직까지 전 세계적으로 그리 환영받지 못한다. 그런 좋지 않은 선입관에 대해 알고 이를 감수하며 살아갈 마음의 준비가 필요하다.

그가 정말 나를 사랑하고 있는가? 아니면 빈곤에서 벗어나기 위해 나와 결혼하려는 것은 아닌가? 결혼 후 여자의 나라에서 살기를 원하는가, 남자의 나라에서 살기를 원하는가? 국적을 유지할 수 있는가, 상대방의 국적으로 바꿔야 하는가? 종교를 개종해야 하고 그의 가족 전통에 복종해야 하는가?

이것 하나만은 절대 명심하고 있어야 한다. 각 국가와 인종마다 전통과 문화가 다르다. 이슬람 국가에서 여자는 가족이 동반하지 않거나 얼굴을 가리지 않은 채 집을 나갈 수 없다. 자신에 관한 모든 결정권이 시어머니에게 넘겨진다. 하녀 신세가 되어 매를 맞을 수도 있으며, 언제든 남편이 다른 여자와 결혼할 수도 있고, 언제든 아무 이유 없이 헤어질 수 있으며,

아들은 중요하고 딸은 아무것도 아니며 그리고 마지막으로 여성 할례를 당할 수도 있다는 사실까지 수용할 수 있어야 한다. 저녁에 친구를 만날 때 남편은 부인을 데리고 나가지 않는다. 많은 여자들이 자기와 결혼할 남자는 그런 남자들과 다르고 절대로 그런 일이 없으리라고 생각한다. 그러나 그것은 착각이다.

노르트라인 베스트팔렌 주 출신의 모니카도 그랬다. 그녀는 수단에서 독일로 의학을 공부하러 온 압달라를 학교에서 만났다. 첫눈에 반한 사랑이었다. 다른 사람들의 시선은 전혀 문제가 되지 않았으며 남들의 충고도 들리지 않았다. 압달라는 지적인 사람이었기에 그를 믿었다. 피부색이 다른 것 말고는 그를 독일사람과 구분할 수가 없었다. 그녀는 우수한 성적으로 학업을 마쳤다. 압달라와의 관계를 반대하는 사람은 모두 질투심 때문이라고 모니카는 생각했다. 두 사람은 결혼했고 딸을 낳았다. 압달라는 행복하다고 했다. "딸이 하나 더 있었으면 좋겠다"고 말할 정도였다.

압달라의 분만실 실습이 끝나고 나서 그들은 수단으로 이주했다. "수단에는 의사가 많이 필요해. 독일에서보다는 그곳에서 할 일이 더 많을 거야"라고 그는 말했다.

그러나 수단에 도착하고 나면서부터 모든 것이 달라졌다. 아들이 없다는 것 때문에 갑자기 가족 관계에 문제가 생겼다. 딸에 대해서는 한 마디도 할 수 없었으며 온통 아들에 대한 이야기뿐이었다. 시어머니는 "여기 우리 문화에서는 아들이 딸보다 중요하다"며 아들을 낳으라고 압력을 넣었다. 압달라 또한 완전히 다른 사람이 되어 그들의 문화를 강요했다.

모니카가 둘째아이를 임신했을 때 검사를 해 보니 아들이라고 했다. 압달라는 당연히 손수 아들을 받았다. "제왕절개를 해야 할 것 같아"라며 모니카를 전신마취했다.

모니카가 마취에서 깨어났을 때 그녀의 남편은 전문인다운 솜씨로 아이를 받아 냈을 뿐 아니라, 전문인다운 솜씨로 모니카의 성기 바깥 부분을 잘라내고 질을 꿰매 놓았다. 소변을 볼 수 있을 정도의 구멍만 남겨 놓고. 아들을 낳았으니 임무를 완수한 그 성기는 더 이상 필요치 않은 것이다.

모니카는 딸을 데리고 독일로 도망쳤지만 아들은 그곳에 남겨 두어야 했다. 이러한 무서운 사태로부터 자신을 어떻게 보호할 수 있는가? 외국인과 결혼을 하기에 앞서 긍정적인 면과 부정적인 면을 모두 알아 두어야 한다. 외무부와 사회복지부를 통해 당신의 개인적인 상황과 해당 국가의 상황에 맞는 도움을 받을 수 있다. 외국인과 결혼한 여자들이 자신의 운명을 이야기하는 책도 많이 있으니 충분히 읽어 보라.

국제결혼을 확실히 결정했다면 법률에 따라 자신의 국가에서 한다. 그리고 국적을 절대 포기하지 말아라. 이는 나중에 매우 가치 있는 자산이 될 것이다. 이민을 가기 전에 여벌로 여권 하나를 더 신청하라. 이 여권에 대해서는 어느 누구에게도 말하지 않고 잘 숨겨 두어야 한다. 그러면 남편이 자신의 고국에서 당신의 여권을 빼앗더라도 숨겨 둔 여권으로 귀국할 수있을 것이다.

**국제결혼을 해서 이민을 간다면 여벌로 여권 하나를 더 신청하라. 그러면 남편이 자신의 고국에서 당신의 여권을 빼앗더라도 숨겨 둔 여권으로 귀국할 수 있다.**

절친한 친구와 둘 사이의 암호를 정하는 것도 좋다. 전화 통화나 편지로 정말 잘 지내고 있는지 아니면 갇혀 있는 신세여서 도망치는 것을 도와주어야 하는 상황인지 알 수 있도록 말이다. (395쪽 '탈출' 참조)

결혼을 결정한 여자가 지켜야 할 가장 중요한 수칙은, 결혼 전에 남자의 가족을 방문해 보는 것이다. 어떤 이유에서든 이것이 불가능하다면 차라리 결혼을 포기하라. 양심에 거리낌이 없는 사람이라면 자기 가족을 적당한 시기에 소개시켜 줄 것이다. 그리고 반드시 그들의 나라에 가서 사는 모습을 직접 보아야 한다. 그의 나라를 방문해 보면, 당신은 앞으로 얼굴을 모두 차도르로 가리고 다녀야 하며, 그의 하녀이자 전시품이자 물주로 살아야 한다는 것을 확인하게 될 수도 있다.

결혼할 사람의 고향을 방문하고 나면 훨씬 성숙한 결정을 내릴 수 있을 것이다. 그곳에서 어떤 삶이 당신을 기다리고 있는지, 자신의 정체성을 부정하고 당신의 고국에서는 당연하게 받아들여지는 남녀 간의 평등을 포기하면서까지 결혼할 가치가 있는지 알게 될 것이다.

## 35. 안전한 섹스를 위한 기본 수칙

"꺼져, 이 임질 환자야!"라고 케냐의 한 도시에서 매춘부가 남자에게 소리를 질렀다. 그러자 그 남자는 다가서려다 말고 얼른 발길을 돌려 사람들 속으로 사라졌다.

"그 남자가 임질 환자인지 어떻게 알았어요? 그 남자가 당신을 전에도 찾아온 적이 있었나요?"라고 물었다. "아니요. 그 사람 바지 지퍼 부분에 파리가 잔뜩 몰려 있잖아요. 파리는 고름을 좇아 다니거든요."

성병을 진단하는 일이 언제나 이렇게 간단하고 정확하다면 쉽게 대처할 수 있을 것이다. 금욕하거나 콘돔을 사용하면 된다. 임질의 경우에는 항생제를 쓰면 문제가 해결될 것이다. 에이즈와 비교할 때 임질은 사소한 병에 지나지 않는다.

임질을 예방하기 위해서는 섹스 전에 페니실린 연고를 음경에 바르고 성 관계가 끝나면 씻어 낸다. 그리고 나서 다시 한번 페니실린 연고나 분말을 발라 준다.

항생제가 없는 사람은 방부제나 혹은 도수 높은 술로 소독한다. 아니면 적어도 뜨거운 물로 씻는다. 뜨거운 물도 없는 사람은 성기의 물기를 없앤 뒤 햇볕에 말린다. 해는 안 보이고 달만 휘영청 하다면 나로서도 어쩔 수 없다.

성 관계를 통해서만 병이 옮는 것은 아니다. 여행자 중 몇몇은 부족한 여행 경비를 매혈로 충당하기도 한다. 그러나 후진국 병원들의 위생 상태를 아는 사람이라면 그 근처에는 얼씬도 하지 않을 것이다. 심지어 자신이 수혈을 받아야 하는 경우라도.

(에이즈를 제외한) 성병에 있어 불행 중 다행은, 발병 초기에는 귀찮긴 하지만 그 고통이 참을 만하다는 것이다. 임질은 파리가 성가시고, 매독은 분화구 모양의 상처가 눈에 거슬린다. 그러다가 이것들도 저절로 사라지는데, 그렇다고 병이 완치됐다는 것을 의미하지는 않는다. 2단계로 넘어간 것일 뿐이다. 본격적인 고통이 시작되기 전에 약국이나 병원에 가 보아

야 한다. 페니실린으로 치료할 수 있으나 그 약에 알레르기가 있는 사람은 설폰아미드를 사용한다.

환자 자신의 자각 증세 없이 그냥 지나가는 병도 많다. 지금까지의 치료 방법에 대해 면역이 생기면 병원체는 다른 형태로 모양을 바꿔 새로운 병을 만든다. 성기 부분의 진균성 질환 대부분이 이에 해당한다. "여기 아디스아바바에는 적어도 2백 가지의 알 수 없는 성병이 있습니다"라고 에티오피아에서 근무하는 한 스위스 의사가 말했다.

게다가 오늘날엔 에이즈에 감염될 위험성도 무척 높다. 적도 남쪽 아프리카 지역에서의 성 관계는 모든 여행객에게 금기 사항이다. 겉으로 보아서는 멀쩡한 사람이 에이즈 양성 반응을 보일 수 있다. 그렇게 되면 그와 동침했던 당신도 언젠가 양성이 되고, 덕분에 당신 인생은 어둠침침한 음성이 될 것이다.

여행 중 성 관계의 악영향이 질병의 감염만은 아니다. 동성이나 이성과 자유롭게 관계를 맺는 것이 많은 나라에서 받아들여지지 않고 있다. 그로 인해 종종 상대방의 가족 중 한 사람이 가문의 명예를 지켜야 한다는 이유로 당신을 살해할 수 있다. 죄책감을 느끼거나 해명할 사이도 없이 당신은 이미 죽은 목숨이 될 것이다. 혼외 정사의 의심이 조금만 생겨도 독살하고, 돌로 쳐 죽이고, 물에 빠뜨려 죽이고, 토막내 죽이고, 생매장시키고, 먹을 것을 거의 주지 않아 서서히 죽게 만든다.

여행 도중 현지인과 정말로 성 관계를 맺고 싶다면, 돈을 조금 들여서라도 그가 진찰을 받게 하고 만약 병이 있으면 치료도 받게 한다. 혼자만 하라고 하면 불쾌할 수도 있으니 함께 진찰을 받는다. 혹시 아는가? 그 사람은 건강한데 당신이 병에 걸려 있을지.

여자의 경우 원하지 않는 임신을 어떻게 예방할 수 있을지 미리 잘 생각해야 한다. 물론 콘돔이라는 피임용구가 있다. 이는 에이즈 감염 위험 때문에라도 의무적으로 착용해야 한다. 그러나 다른 피임용구와 마찬가지로 콘돔도 100% 안전하지는 않다. 콘돔의 크기가 너무 크거나 작을 수 있다. 아시아인들과 유럽인들의 사이즈가 다르다. 그렇다고 미니에서부터 초대형까지, 장미향에서 딸기향까지 콘돔 세트를 준비해 갈 것인가? 차라리 콘돔과 함께 다른 피임 방법도 사용하는 것이 좋다.

피임약을 복용하는 것은 여러 가지 이유에서 조심할 필요가 있다. 특히 장기간 여행하는 경우에는 더욱 그러하다. 시차도 생각해야 한다. 유럽에서 저녁 8시 뉴스 시간에 피임약을 먹었다면 인도에서는 새벽 2시에 먹어야 한다. 안데스 산맥에서 야생동물을 잡아먹다가 비위가 상해 토했다면 분명 피임약도 같이 나왔을 것이다. 아니면 설사 때문에 그대로 배설되어 버렸을 수도 있다. 원래 복용하던 피임약과 똑같은 것을 여행 중에도 살 수 있는지, 아니면 몇 킬로그램씩 들고 가야 하는지, 낮의 폭염과 밤의 혹한에도 변질되지 않는지 등도 알아야 한다.

생리를 할 경우에는 탐폰도 피임약만큼이나 중요하다. 아무 곳에서나 살 수 없기 때문에 종종 솜으로 대체해야 한다. 솜은 어디서나 살 수 있다. 솜을 그대로 쓰거나 탐폰처럼 말아서 사용할 수 있다.

생리 중에는 여행 계획도 이에 맞춰야 한다. 몇 시간 동안 화장실에 가지도 못하고 만원버스에서 견딜 수 있는가? 차라리 출발을 며칠 미루는 편이 낫지 않을까? 또한 후각이 발달한 곰, 늑대, 하이에나 등의 야생동물은 멀리 떨어진 곳에서도 피냄새를 감지한다. 그러면 당사자 한 사람뿐 아니라 함께 있는 모든 사람이 위험해질 수 있다. 그러니 생리를 할 때는 청결 유지에 특히 신경을 써야 하고, 사용한 탐폰은 야영지로부터 멀리 떨어진 곳에 묻는다.

생리하는 게 단점만은 아니다. 예를 들어 사진 촬영을 위해 북극곰을 카메라 앞으로 꼬셔 내는 데는 생리를 하는 여자가 적격이다. 낚시에도 이용할 수 있다. 미끼를 딴 데서 구할 필요 없이 탐폰을 재활용하면 된다.

## 36. 규율

총성이 난다. 당신이나 파트너가 총탄에 맞았다. 그 순간부터 여행 일정은 원래 계획에서 완전히 틀어진다. 일행 중 한 명의 다리가 부러졌는데,

마을까지 가려면 아직 멀었다. 이런 상황에서는 비만 내려도 분위기가 침울해진다.

처음의 의도와 계획대로 진행되는 여행은 거의 없다. 그래서 응급조치뿐만 아니라 정신을 가다듬고 임기응변을 발휘할 수 있는 능력, 신체와 정신의 훈련 등이 필요하다. 이러한 능력은 힘든 상황이 오래 지속될수록 더욱 진가를 발휘한다. 그러므로 사고를 당했을 때에 대비해 연습을 해 보라. 이론만으로는 안 된다. 경험이 중요하다.

위기 상황에서 혼자 여행하는 사람은 장단점을 모두 가지고 있다. 장점은 완벽하게 독립적인 상태라는 것이다. 훨씬 자유로우며 토론이나 투표를 하느라 오랜 시간을 들일 필요가 없다. 누구에게 변명을 늘어놓을 필요도 없다. 음식과 물이 부족할 때는 여럿보다 혼자인 것이 낫다. 싸움도 시기도 질투도 없다. 약한 사람을 더 배려해야 할 의무도 없다. 그러나 심하게 다쳤을 때는 스스로 그 상황에서 벗어나는 데 상당히 많은 제약이 따른다. 꼼짝도 할 수 없는 상태에서 동물들의 습격을 받을 수 있다. 혼자 있으면 쉽게 절망하고 체념이나 자포자기에까지 이를 수 있다.

단체일 경우에는 다르다. 각자의 다양한 성격이 부딪친다. 약자에 대한 배려가 필요하며 개인의 자유는 제한을 받는다. 도망칠 수도 없다. 자신을 감추는 것이 쉽지 않다.

그러나 그룹의 장점은 서로 도울 수 있으며 뭉치면 강해진다는 것이다. 뗏목을 만들기 위해 나무를 나르는 일이건 정신적인 도움이 필요한 일이건 마찬가지다. 개개인의 지식과 장점이 다른 사람의 부족한 면을 채워 준다. 함께 하면 두려움도 잘 이겨낼 수 있다.

사고가 났을 때 결국 이를 잘 헤쳐 나갈지 혹은 목숨을 잃게 될지는, 그 사고의 심각성에만 달린 것이 아니라 행운과 규율에도 달려 있다.

사태를 수습할 생각은 않고 그냥 내버려두는 것이 제일 나쁜 방법이다. 개인적으로든 단체 내에서든 누구 한 사람이 지휘를 할 것인지, 아니면 각자 갈 길을 갈 것인지 빨리 정해야 한다. 싸움과 공황 상태는 피해야 한다. 그로 인해 쓸데 없이 힘만 빠지게 된다. 하루 일과는 의미 있는 과제와 성취 가능한 목표로 이루어져야 한다.

때때로 힘들겠지만, 언제나 올바른 태도를 지니려는 노력을 아끼지 말아야 한다. 함께 여행하는 사람들이 모두 당신의 마음에 들 수는 없다. 그러나 그런 사람들을 통해 당신의 포용력과 주체성을 증명해 보일 수 있다. 자신의 부족함을 깨닫고 자신보다 뛰어난 사람을 인정할 줄 알아야 한다.

규율은 정확한 기상 시간, 신체의 청결 유지, 절제된 식사, 시간 지키기 등 사소한 것에서부터 시작해 하루 일정을 정확하게 지키고 예상치 못했던 일이 불시에 일어나도 차분하게 반응하는 것에서 완결된다.

서바이벌의 대가는 고난이 닥쳐도 실망하지 않고 새로운 도전으로 반갑게 맞이한다. 고난을 극복하는 능력을 통해 그가 참으로 큰 그릇인지를 알 수 있다. 위험한 상황에서 동반자들이 우왕좌왕하고 서로 책임을 회피하려 한다면, 쓸데없이 에너지를 낭비하지 말고 작별을 고하라. 그들과 함께 여행하느니 차라리 혼자가 낫다.

능력의 한계에 부딪치는 순간도 있을 것이다. 탈출을 위해 24시간 동안 내내 추격 당하면서, 목숨이 위태로운 상태에서 물도 마시지 못하고 잠깐의 휴식도 없이…… 그런 상황에서는 앞으로 무슨 일이 닥치든 일단 백기를 들고 포기해 버리고 싶을 것이다.

이러한 상황이 일어나지 않으리라는 보장이 없다. 이럴 때를 위해 약을 준비하여야 하며 신경쇠약이나 탈진 기미가 보일라치면 재빨리 약을 먹는다. 오랫동안 참고 견뎌야 하며 예민해진 신경을 무디게 할 필요가 있을 때는 리탈린을 복용한다. 혹은 약효가 강한 수면제를 복용하는 것도 좋다. 이 경우 단점은 반사신경을 무디게 한다는 것이다.

젖먹던 힘까지 꺼내 써야 하는 상황에서는 항우울제인 캅타곤, 카페인 함유 진통제, 커피, 모르핀 등을 사용한다. 정확한 것은 담당의사나 약사에게 문의하자. 적당한 약을 조제해 줄 것이다.

그러나 싸움에서 이기고, 난관을 극복하고, 승리하는 것은 언제나 약이나 완력보다는 의지에 달려 있다는 사실을 명심하도록 한다. '포기'는 곧 '실패'를 의미한다.

# 37. 가난

이 세상에 빈곤이 얼마나 광범위하게 그리고 얼마나 심각한 정도로 퍼져 있는지 모르는 여행자가 있을까? 빈곤에는 여러 가지 이유가 있다. 기후의 악조건, 혼란하고 부패한 정부, 근면성, 신뢰감, 끈기에 대한 민족성 등을 꼽을 수 있다.

그러나 가난에 찌든 국민이 스스로의 힘으로 가난에서 벗어날 가능성은 거의 없다. 그들은 학교 근처에도 가 보지 못했으며 한 번도 배불리 먹어 본 적이 없다. 3세부터 이미 자기 먹을 건 알아서 찾아 먹어야 했다. 이른 아침, 불을 지른 쓰레기장에 가서 누군가가 버린 음식쓰레기를 불길 속에서 끄집어내야 한다. 그렇게 하루 하루를 살아간다. 이 비참한 생활에서 벗어나기 위해서는 공부를 하는 것이 제일 좋은 방법이지만 학교에 갈 시간도 돈도 없다.

먹을 것을 구하면 귀가한다. 집은 두꺼운 종이와 나무판자로 만들었고, 가구는 하나도 없으며, 벽에는 벽지 대신 신문을 발라 놓았다. 그나마 식수를 구하기 위해 몇 킬로미터씩 가지 않아도 되는 사람들은 혜택 받은 사람들이다.

전혀 나아질 가능성은 보이지 않고 착취 당하고 혹사 당하며 굶주리는 이들, 누구에게 도움이나 정당한 대우를 기대할 수 없는 이들은 목숨을 부지할 수 있는 최소한의 권리만 가지고 있다. 그래서 목숨을 부지하기 위해 할 수 있는 일은 다 한다. 훔치고 살인을 저지른다. 국가의 법률과는 상관없이 생명체로서의 자신의 권리를 따른다.

인도에서는 부모가 딸의 몸을 절단하는 일이 그리 드물지 않다. 팔을 자르고 눈을 빼낸다. 이렇게 불구의 몸으로 길거리에 나가 구걸을 하면 동정을 더 많이 받을 수 있기 때문이다. 잔인한 말이긴 하지만, 이런 경우 돈을 주지 말아야 한다. 돈을 준다고 해서 그 아이의 비참함이 줄어들지 않는다. 오히려 그 반대가 될 수 있다. 그런 아이가 힘들게 일을 하는 아빠보다도 더 많이 번다는 것을 알게 되고, 그러면 그 가족의 주 수입원은 그 아이가 되는 것이다. 동정을 받기에는 나이가 너무 많아지고 다른 어린 형제 자매들이 더 돈을 잘 벌어 오면 가족들로부터 쫓겨나거나 살해된다.

태국 노동부의 한 당국자는 "방콕에는 어린아이들이 노예처럼 일하는 공장과 사창가가 3천여 개에 달합니다. 이러한 공장 하나에 어린아이들이 50명씩만 있다고 해도 전체적으로 15만 명이 되는 거죠"라고 말한다.

경찰은 이런 공장에서 5세에서 15세 사이의 여자아이 49명과 남자아이 14명을 구해 냈다. 그들 중 몇 명은 이미 몇 년째 그 공장에서 일하고 있었다. 휴가도 없고, 외출도 없고, 월급도 없다. 아침 5시에 일과가 시작되며 저녁 11시에 끝난다. 하루 2회 밥 한 그릇과 채소 반찬을 먹는다. 일이 끝나고 나면 방에 갇혀 시멘트 바닥에서 잠을 잔다. 일주일에 한 번 씻을 물을 받는다. 이 아이들은 부모들이 약 5만 원 정도를 받고 팔아 버린 아이들이다. 그러나 경찰 또한 이 아이들 편이 아니다. 경찰은 그들에게 돈을 더 많이 주는 사람들 편이다. 그렇지 않으면 이 사람들도 살아가기가 힘들다.

여행객이 깨끗한 셔츠를 입었다는 이유 하나만으로도 가난한 이들이 이 셔츠를 뺏을 충분한 이유가 된다. 여행하는 사람은 이런 사실을 반드시 알고 있어야 한다. 그러면 여행하는 태도도 많이 달라질 것이다.

한편으로는 더 조심하게 되며, 다른 한편으로는 어렵게 살아가는 사람들을 도울 자세를 갖추게 된다. 또한 타인의 노동을 이용한 후에는 정당한 대가를 지불하게 된다. 값을 깎거나 현지 가격에 정확히 맞추는 게 아니라 조금 더 줄 수도 있는 것이다. 독재 정부가 이들을 돕지는 않고 자기 자신만 살찌운다 하더라도, 노동에 대한 최소한의 보상은 해 주어야 한다. 아침에 거울을 들여다보면서 부끄럽지 않고 싶다면…….

## 38. 통솔 방식

혼자 여행하는 사람은 독립적으로 자신의 의지에 따라 행동할 수 있다. 그러나 두 사람 이상이 되면서부터는 상대방에 대한 배려가 반드시 필요하다. 특정 목적을 달성하고자 하는 단체는 통솔 방식을 공유하고 있어야 한다. 이는 여행뿐 아니라 소풍, 직장 생활, 일시적으로 구성된 단체 등 모든 경우에 해당된다.

군 부대에서의 작전 상황이라면 지도 방식도 그에 맞게 권위적이어야 한다. 한 사람이 전체의 성공과 안전 그리고 생명을 책임져야 할 경우에는 언제나 그렇다.

권위적인 지도 방식은 위기 상황에서 긴 토론으로 시간을 버리지 않아도 된다는 장점을 가지고 있다. 지도자가 결정을 내리면 모두가 그 결정에 따른다. 자질이 있는 사람이 지도자가 되었다면 그 단체에게도 이득이 되는 일이다. 용기, 공명정대, 경험, 신체적 강인함, 전문 지식 등의 실력을 바탕으로 지도자를 선택한다. 그 단체의 존경과 인정을 받을 수 있는 사람이며 또한 언제든지 다른 사람이 선택될 수도 있다면 전혀 문제가 되지 않는다.

그러나 지도자 스스로가 강제로 그 자리에 오르고 지도자 외에는 어느 누구도 발언권이 없는 권위적인 지도 방식은 많은 단점을 지니고 있다. 그럼에도 불구하고 국경수비대, 경찰, 군대 등의 단체에서는 다른 지도 방식이 없다. 부하는 자신의 생각을 말할 수 없으며 명령을 수행하는 임무만 갖고 있다. 무조건 복종해야 한다.

내 여행에서는 언제나 협력 관계의 민주적인 지도 방식만 있었다. 모든 참가자가 동등해야 그 속에서 누구나 자유롭게 자신의 실력을 펼쳐 보이고 최고의 성과도 이룰 수 있다. 문제가 생기면 이에 대해 토론을 했고, 결정이 나지 않으면 표결로 해결했다. 투표 결과가 양편에 똑같이 나오면 제비뽑기를 하든지 혹은 여행 계획과 경비 부담이 주로 나에 의한 것이었다면 내 의견을 따르기도 했다.

각자의 업무, 장비, 기술적 사용, 여행에 대한 평가 등은 회의를 통해 결정하였다(44쪽 '계약' 참조). 영상 담당, 사진 담당, 실험 담당, 항해 담당 등 각자 자기의 업무가 있지만 언제든지 서로가 서로를 돕는 것을 원칙으로 한다.

협력 관계에서도 대립 상황이 생길 수 있다. 그럴 때는 언제든지 자기의 길을 갈 자유가 보장되어 있다. 특히 누군가 갑자기 겁을 먹고 되돌아가기를 원하면 그렇게 했다.

또 다른 지도 방식이 있다. '상관 없어' 스타일이다. 이는 지도자의 무능력과 소속원들의 자유방임주의의 혼합체다. 언뜻 보기에는 관용처럼 보이지만, 결국 누구나 자기 마음대로 할 수 있게 한다는 것이다. 그 결과 혼란과 방종이 확산된다. 뚜렷한 목표나 합의점도 없으며 혼란스러울 뿐이다. 여기서 이러한 방식에 대해 설명하는 건 종이조차 아까운 일이다.


## 39. 위기 상황에서의 자세

한순간에 판단 능력을 잃을 수 있다. 1975년 나일강 항해 중에 내 친구 미하엘이 바로 내 눈앞에서 총에 맞았을 때 내가 그랬던 것처럼……. 몸은 광속처럼 빠르게 반응한다. 잠깐이라도 주저하다가는 다음은 내 차례라는 것을 알고 있기 때문이다.

지금까지 나는 22번 강도의 습격을 받았지만 행운과 서바이벌 지식으로 살아남았다. 각자 다른 방향으로 도망쳐도 신체의 반응은 똑같이 빛처럼 빠르고 결연하다. 곰 같은 결사적인 힘이 발휘된다.

살인 현장에서만 그런 극단적인 반응을 보이는 것은 아니다. 일행과 떨어졌거나, 길을 잃었거나, 녹초가 될 정도로 힘을 다 소모했거나, 범죄의 목격자가 되거나, 억울하게 감옥에 갇히거나, 고문을 받거나, 수면 부족, 갈증이나 굶주림, 심한 상처를 입었거나 할 때도 충분히 그럴 수 있다.

이런 경우 자신이 할 수 있는 일이 아무것도 없다고 생각하면 몸이 굳어버리고, 무기력해지며, 자포자기하는 일까지 생기게 된다. 반면 강한 정신력(자발성 훈련)을 가졌거나 실질적인 훈련이나 경험을 통한 위험 대처 능력을 지닌 사람은 최고의 컨디션을 유지한다.

위기 상황에서는 극단적인 신경과민, 발한, 빠른 호흡과 심장박동, 입이 마르는 증세, 소변이나 대변 욕구, 나아가 실제 배설, 구토, 불면, 생각의 정지 등의 증상들이 나타난다.

어떤 사람은 투덜거리고 울거나 소리를 지르기도 한다. 일시적 기억상실 증세를 보이기도 하며 옆 사람에게 무조건 매달리는 사람도 있다. 히스테리 증세를 보이고 충격으로 멍하니 앞만 보고 있거나 공황 상태가 되기도 한다. 그렇게 하면 다른 사람까지 불행하게 만든다. 위기 상황은 각각의 상황마다 다르게 진행되며 또한 사람마다 서로 다르게 반응한다는 점이 제일 큰 문제다.

우선 가능한 한 위험을 피하라. 판단 능력이 아직 있고, 자신의 약점을 자각할 수 있다면 난관을 극복할 수 있다. 인식 능력은 위험에서 벗어날 수 있는 길을 마련해 준다. 눈을 감고 몇 번 심호흡을 하라. 그것만으로도 큰 효과를 볼 수 있다. 당신은 아직 살아 있다. 목숨을 절대 쉽게 내어 주지는 않을 것이다.

가능하다면 다른 사람들을 돕는다. 그가 자기 연민에 빠지지 않게 하면서 장점을 자극하고, 위로한다. 참을성과 감정이입 능력이 필요하다. 당신도 비슷한 느낌을 경험했으며 많이 겁난다고 말하라. 가능하면 가까운 곳에 머물면서, 대화를 나눌 때는 가벼운 신체 접촉을 한다. 쉬면서 잠시 숨을 돌리게 한다. 그가 할 수 있는 작은 일을 부탁한다. 그렇게 그의 자신감을 되살려 줄 수 있다. 그가 공포에 빠져 다른 사람에게까지 악영향을 끼칠 수 있다고 생각되었을 때만 격리시킨다. 다쳤으면 상처를 정성껏 돌보고, 미량의 알코올성 음료나 위약 효과를 이용한다(43쪽 '용기, 만용, 불안, 공황' 참조).

불안과 무기력 상태가 결합되면 과호흡 증후군이 나타날 수 있다. 마치 산소가 모자라 숨을 쉴 수 없는 것처럼 몸을 헐떡인다. 그러나 실은 그와 정반대다. 산소는 충분하지만 내뿜는 이산화탄소의 양이 너무 많은 것이다.

이때는 잠깐 동안 비닐봉지를 머리에 씌우고 몸부림치는 사람을 완력으로 제어한다. 반항이 심하겠지만 그렇게라도 해서 자신이 내뿜은 이산화탄소를 다시 마시도록 해야 한다.

그렇게 진정시킨 뒤 약을 준다. 케타네스트는 쇼크와 공황을 이겨 내는 데 도움을 준다. 거의 무반응 상태가 될 정도로 조용해진다. 강한 안정제나 수면제도 좋다. 기분을 좋게 해 주는 캅타곤을 주는 것도 좋다.

생각지 못했던 사고가 생기고 준비된 물건이 전혀 없다면 사용할 수 있는 모든 것을 활용하라. 한두 번 세게 뺨을 때리거나, 찬물 한 바가지를 뿌리거나, 술 한모금을 먹이거나, 묶거나, 재갈을 물리거나 한다. 애썼음에도 불구하고 제어되지 않는다면, 그 때문에 다른 사람들까지 생명이 위험해진다면, 최후의 방법을 선택한다. 그를 남겨 두고 떠나는 것이다. 다른 사람들이라도 살아야 할 게 아닌가. 나중에 데리러 올 수 없다 하더라도 모든 것을 운명에 맡길 수밖에 없다.

포로로 잡혀 있는데, 아직은 이성적인 판단 능력이 있고, 고문을 받으면서 죽게 될 고통스런 종말에 대해 공포를 느끼고 있으며, 이 공포가 정말 근거가 있다면, 그래서 안락사를 시켜 줄 것을 당신에게 요구한다면, 당신은 절대적인 판단 불능 상태에 빠지게 될 것이다. 이는 악몽과도 같다. 너무도 끔찍하기 때문에 모두가 당신을 외면할 것이다. 누구도 책임을 떠맡거나 책임의 일부분이라도 공유하고 싶지 않은 것이다. 그런 입장이 되어 보라. 그 순간처럼 외롭고 혼자 버려진 듯한 느낌을 갖게 되는 일도 드물 것이다. 그러한 현장에 있어 본 사람만이 이때 결정을 내리는 것이 얼마나 어려운지 이해할 수 있다. 나 또한 이런 상황에 대해서는 아무 충고도 해 줄 수가 없다.

## 40. 본능

자연과 동물 그리고 야생에서 살아가는 사람들의 위협을 받으며 황야를 횡단하는 사람은 그들을 만났을 때 공격해야 할지 줄행랑을 쳐야 할지, 웃어야 할지 울어야 할지, 모습을 드러내 보여야 할지 숨어 있어야 할지 등을 결정하는 데 있어 종종 본능에 의지해야 한다.

용기는 어디서나 가치 있는 것으로 평가되며 용감한 행동은 모든 민족에게 좋은 인상을 준다. 그러나 용기는 반드시 이성과 함께 드러나야 한다. 사람이 그립다고 해서 아무 부락에나 들어가면 안 된다는 것이다. 그들은 착취당하는 빈민 지역에서의 삶을 더 이상 견딜 수 없어 고향을 떠나온 사람들일 수도 있다. 그들은 나쁜 경험을 너무 많이 했기 때문에 사람을 믿지 않는다. 혹은 당신을 죽여도 손해 볼 것이 전혀 없는 범죄자들일 수도 있다. 또는 금에 대한 정보를 누구에게도 누설하고 싶지 않은 금 채굴꾼일 수도 있다. 독재 국가에서는 당신이 만나는 그들이 정권 쪽인지, 아니면 반정부 세력인지 판단하기 어려운 경우도 있다. 조심해야 할 충분한 이유가 된다.

꼭 필요한 경우가 아니라면 이런 사람들을 만나지 않도록 한다. 혹시 개나 밖에서 놀던 아이들, 당신 때문에 놀란 비둘기 때문에 당신의 존재를 알리는 일이 없도록 멀찍이 우회하라. 이곳에 사는 사람들은 자기들 나름의 '안테나'가 있다. 조심하라.

그 사람들과 만나고자 할 경우에도 너무 성급한 태도를 보이지 말아라. 한동안 사람들을 관찰하고 그들의 입장이 되어 본다. 차분하게 판단한다. 만약 어떤 사람이 당신 앞에 문득 나타났는데 이 사람이 혼자인지 범죄 집단의 첩자인지 확신이 서지 않는다면 어떻게 하겠는가?

자신을 한 번 내려다보고 스스로의 외모에 대해 판단해 보자. 당신이 믿을 만해 보이는가? 단정한가? 무기를 지녔는가?

아무 소리도 없이 사람들에게 접근하는 일이 없어야 한다. 당신이 다가오고 있다는 것을 적당한 방법으로 알린다. 셔츠를 벗어 흔들고, 손을 높이 들어 손뼉을 치고, 크게 소리를 친 뒤 제자리에 선다. 노래를 하거나 하모니카를 분다. 미소를 지어야 하며 모자는 벗는다. 선글라스는 반드시 벗는다. 무기가 없다는 것을 분명하게 보여 준다. 짐과 무기는 몇 미터 밖에 감춰 둔다. 너무 멀리 두어서는 안 된다. 필요할 때 재빨리 집어들 수 있는 거리여야 한다.

사람들에게 판단할 시간을 주어라. 그들은 차분하게 당신을 살펴보고 자신들의 무기를 장전할 시간이 필요하다. "몰래 잠입하는 사람은 적이다. 시끄럽게 접근하는 사람은 친구다." 남미의 인디언들은 그렇게 생각한다. 물론 우리도 마찬가지다. 낮에 초인종을 누르고 문구멍을 통해 자기 모습을 볼 수 있도록 하는 사람은 밤에 캄캄한 정원으로 몰래 잠입하는 사람과 분명 다르다.

부락에 인기척이 전혀 없다 해도 함부로 돌아다니지 말고, 크게 소리쳐서 사람을 불러라. 어딘가에 환자, 노인 혹은 아이나 여자가 있을 수 있다. 특히 여자의 경우 당신을 피한다면 절대로 그들에게 말을 걸지 말아라. 그리고 그들이 분명하게 "이리 오라!"거나 "꺼지라!"고 할 때까지 기다린다.

이들은 손님에 대한 환대와 이웃과의 화목을 중시하기 때문에 대부분 환영하는 태도를 취한다. 그들이 '이리 오라!'는 표현을 하면 천천히, 조심스럽고도 조용하게 다가선다. 마치 항복을 하듯 손은 머리 위로 올린다. 성급하고 애매한 동작은 피한다. 파리가 귀찮게 달려들어도 쳐내거나 하지 않는다. 무기를 꺼내려는 동작으로 오해할 수 있다.

미소를 지어라. 미소는 사람과 사람 사이를 연결해 주는 다리다. 눈도 같이 웃으면 신뢰감을 더 줄 수 있다. 그러나 이러한 충고는 남성들에게만 해당된다. 여성이 이렇게 웃으면 자신에게 접근해도 좋다는 의미로 이해될 수 있기 때문이다.

그들 부족의 아이들에게 친절하고 노인들에게는 공손해라. 남자들에게 접근할 때는 미소를 지어라. 눈을 피하지 말고, 그들이 인사하면 머리를 숙여 인사하라. 악수는 그들이 먼저 손을 내밀었을 경우에만 한다. 그들이 위협을 느낄 수 있으니 너무 가까이 다가서지 말아라.

사람이 많이 모여 있을수록 유리하다. 상대편이 혼자면 겁을 먹고 총을 쏠 수도 있다. 그러나 여럿일 경우에는 당신에 대해 겁을 먹지 않는다. 일단 그들의 친절함에 호소하라. 목이 마르고 피곤하다는 동작을 해 보인다. 아픈 척할 수도 있는데, 그들에게 부담을 느끼게 할 정도면 안 된다. 아이들이 좋아하는 칭찬을 하고, 부모들에게는 찬사를 보낸다. 그리고 나면 주위를 감싸고 있던 살얼음이 저절로 녹아내릴 것이다. 아이들을 내 편으로 만들면 어른도 자연스럽게 따라오게 된다는 원칙은 어느 나라에서나 마찬가지다.

그들에게 인정을 받았다 싶으면 몇몇 사람들을 데리고 당신의 짐을 가지러 간다. 짐을 하나하나 설명한다. 위협적인 물건이 없다는 것을 보여 준다. 꼭 필요하지 않은 물건이라면 그들에게 선물로 나눠 준다.

혹은 처음부터 의사라고 소개하라. 환자와 의사가 최우선으로 보호받는 사람들이다. 의술에 대해 많이 아는 것이 중요한 건 아니다. 당신의 모국어로 조용히 환자에게 말을 걸어라. 환자 스스로 어디가 아픈지 설명하게 하는데, 이때 비관적인 태도나 불안한 태도를 보이지 않아야 한다.

눈동자를 살펴보고, 마사지를 해 주고, 상대방의 마음을 다 안다는 듯이 어깨를 몇 번 툭툭 쳐 주고, 서로 볼을 맞대는 것은 어느 나라에서도 악의로 받아들여지지 않는다.

약을 나눠 준다면 그들로부터 신뢰를 얻게 될 것이다. 간단한 진통제가 있다면 그것을 주고, 없다면 설탕, 소금, 밀가루 등을 섞어 약을 만들어 낸다.

약을 줄 때는 절대로 금방 건네 주지 않는다. 환자에게 치료에 대한 확신을 주기 위해 연극을 해라. 체

> 아무리 손님 대접이 좋아도 당신은 언젠가 그곳을 떠나야 한다. "최고의 생선과 손님이라도 사흘이 지나면 냄새가 난다"는 말이 있다.

온과 맥박을 잰다. 낯선 기구들을 꺼내 놓은 뒤 의약 기구인 것처럼 들여다보고, 일반 사전이 의학책인 것처럼 뒤져 본다. 병원에서 의사가 하는 것을 조금만 주의 깊게 지켜보면 모두 배울 수 있는 트릭들이다. 병원에 가면 엑스레이를 찍고, 소변 검사를 하고, 피를 뽑는 등 이런저런 검사를 한 다음에 결국 진통제 하나 달랑 주고 집으로 돌려보낸다. 당신이 대단한 실력파라서 그 실력으로 환자를 돕는 것이며, 약은 부차적인 것으로 간주되어야 한다. 그렇지 않으면 당신을 제거하고 약만 강제로 빼앗으려는 일이 생길 수 있다.

현지인이 어떤 선물을 가장 귀하게 여기는지 알면 좋다. 예전에 한 사람은 옷을 걸치지 않고 사는 인디언에게 옷을 선물했다가 살해를 당할 뻔하기도 했다. 그들은 "백인의 옷에서 죽음이 온다"고 믿었기 때문이다.

당신이 기계를 만지는 데 소질이 있다면 무기를 고쳐 주는 것으로 보답하라. 공작 솜씨가 좋다면 아이들에게 종이학, 연, 팽이, 공, 구슬 등 장난감을 만들어 줘라. 작은 것이 큰 효과를 가져올 것이다. 게임을 하고, 하모니카를 연주하고, 고향에서 가져간 사진을 보여 주고, 마술을 보여 줘라. 춤, 곡예, 팬터마임도 좋고, 당신의 머리카락이나 대머리를 만져 보게 해도 좋다.

아무리 손님 대접이 좋다고 하더라도 당신은 언젠가 그곳을 떠나야 한다. 당신은 누구에게도 부담스러운 존재가 되어서는 안 된다. 아랍 속담에 "최고의 생선과 손님이라도 사흘이 지나면 냄새가 난다"는 말이 있다. 그렇게 되는 일이 없도록 한다. 종종 3시간으로 족한 경우도 있다.


## 41. 환대

손님에 대한 환대는 대부분의 나라에서 선행으로 꼽힌다. 이슬람 국가에서는 이를 거의 신성시하는 경향까지 있다. 그러나 안타깝게도, 물질이 풍요로운 문명 국가일수록 사람에 대한 환대가 사라져 가고 있다.

손님에 대한 환대가 없었다면 예전에는 대부분의 민족이 여행을 할 수 없었을 것이다. 여행객에게는 물과 음식을, 가축에게는 사료를 대접하고 자신들의 구역을 안전하게 통과하도록 배려해 주는 것이 가장과 족장에게는 최고의 영예였으며, 종교적 의무였고, 당연한 일로 간주되었다.

이러한 후한 대접이 없었다면 나는 지금 살아 있지도 못했을 것이다.

여행지에서 만난 사람들의 태도는 처음부터 나를 매료시켰고 강한 인상을 남겼다. 가난에 찌든 사람들조차도 비록 자신은 쫄쫄 굶고 집이 좁아 문 밖에 나가 자는 한이 있더라도 나를 집으로 초대하여 먹을 것과 잠자리를 제공해 주는 데 주저하지 않았다. 내가 선물이나 사진으로, 또는 조그만 도움으로, 그리고 아주 드문 일이긴 하지만 돈으로 보답할 수 있었을 때 나는 얼마나 기뻤던가. 그리고 귀국해서는 반드시 편지를 보냈다.

외국인이 우리나라에 찾아왔을 때 입장을 바꿔 생각해 보자. 모두가 냉정하게 지나치는 도심의 인파 속에서 헤매고 있는 외국인, 다정한 표정 하나에도 기뻐하는 외국인을 만나면 그들에게 다가가 무슨 도움이 필요한지 물어보아라. 쉬운 말과 동작으로 그리고 약도를 그려서 길을 설명해 주어라. 그래도 잘 이해하지 못하면 버스 정류장, 기차역, 시외로 빠지는 간선도로까지 동행하라. 당신도 그들의 나라에 가면 똑같은 경험을 하게 될 것이다.

## 감동을 선물한 브라질의 한 어부

40세의 한 브라질 어부는 해변 가까이에서 조난당한 배와 나를 발견해 건져 내고, 그 후로 정성을 다하여 나를 돌봐 주었다. 그리고 헤어질 때는 "나한테 편지 한 장 보내 주겠소? 평생 편지를 받아 본 적이 없다오"라는 소박한 요구를 했다. 물론 나는 그의 소원을 들어주었다.

2년 뒤, 그의 집을 다시 찾아갔다. 그의 집에는 내가 보낸 편지와 사진들이 마치 중요한 전시물인 듯 가장 잘 보이는 벽에 떡하니 걸려 있었다. 그것들은 하도 많이 만져서 '골동품'이 되어버린 모습이었다. 주변 사람들도 이 사진을 수없이 많이 보았음에 틀림없다. 내가 길에 나가 인사를 하면 모두가 나를 알아보고는 소리를 지르면서 어부의 집을 가리켰다. 사람을 행복하게 만들기가 이렇게 쉬울 수도 있다. 보답으로 돈을 주는 경우는 매우 드물다. 오히려 돈은 다른 사람의 기분을 상하게 만들 수도 있다. 아이들이나 부인에게 선물하는 것은 매우 좋은 방법이다.

## 42. 외국인에 대한 적개심

외국인을 환대하는 사람이 있는가 하면, 그와 반대로 적대하는 사람도 있다. 외국인에 대한 적대감은 세계 어느 곳에나 있다. 국내 문제에 쏠려 있는 관심을 돌리려는 국가의 술책이 그 원인일 때도 있다. 외국인에 대한 적개심은 폭동이나 전쟁을 일으키고, 과대망상증과 팽창주의에 대한 욕구를 만족시켜 주기도 한다.

그 옛날에는 주로 경작지, 통행권, 야생동물, 여자 등이 이웃간 싸움의 원인이었다. 그러나 오늘날에는 이웃집 나뭇가지가 담장을 넘어왔다고 혹은 이웃집 연못의 개구리가 밤 10시가 지나도 개굴거린다고(물론 신경 질 나는 일이기는 하다) 서로 증오하고 소송을 제기한다.

국가적인 차원에서는 국경, 물 사용, 천연자원, 관세, 선교 행위 등이 싸움의 원인이 된다. 원리는 간단하다. 이웃 나라는 나쁜 편이고 우리 나라는 좋은 편이다. 소수민족들 중 자기 민족을 '사람'이라고 칭하는 나라가 많다. 그들에게 다른 민족은 사람이 아니다. 불구대천의 원수, 국경 분쟁, 종교적 맹신주의 같은 것들은 언제나 존재해 왔고, 앞으로도 항상 존재할 것이다. 냉소적인 사람들은 증오와 전쟁이 인구 과밀을 막기 위한 자연의 섭리라고 이죽거리기도 한다. 싸울 마음만 있다면 핑계야 언제 어디서든 찾아낼 수 있다.

대부분 제일 가까운 이웃이 적이 된다. 그러면서 그보다 좀 더 멀리 있는 이웃은 저절로 친구가 된다. 이러한 원리는 인류의 역사만큼이나 오래된 역사를 가지고 있다. 봉건영주들의 영지가 합쳐져 하나의 국가가 되기까지 인류 역사만큼의 오랜 시간이 소요되었으며, 유럽연합을 창설하는 데 또 몇 세대가 걸렸다. 전통적인 외국인 혐오자들에게는 이런 것이 당연히 탐탁치 않을 것이다. 그들은 자신의 가치를 높이기 위해 적을 필요로 하기 때문이다.

여행자들은 이를 인식하고 있어야 한다. 세계 어느 곳에서나 선입관과 편견이 있게 마련이다. 잘사는 나라에서 왔다는 이유로, 교육을 받았다는 이유로, 다른 피부색을 지녔다는 이유로 질투나 미움을 받을 수 있다. 혹은 그들이 수백 년 동안 당신 나라의 지배를 받았고, 이교도라고 무시 받았고, 착취당했기 때문에 당신을 증오할 수도 있다.

그렇다면 더 세심한 마음가짐으로 여행을 해야 한다. 그리고 각 나라마다 문화가 다르고, 그들의 문화 또한 존중해 주어야 한다는 사실을 깨달아야 한다. 적개심에 대해 예의 바른 모습으로 설득력 있게 대처해야 한다. 세상 모든 사람이 우리와 똑같거나 혹은 그들과 똑같다면 이 세상은 얼마나 지루하겠는가? 그런 세상은 지루한 정도를 넘어서 가히 살인적일 것이다. 왜냐하면 다양성과 다문화만이 우리 다음 세대에게 살 만한 미래를 보장해 줄 수 있기 때문이다.

## 43. 호텔

모든 사람이 직접 흙을 파내어 만든 구덩이나 텐트에서 잠을 자고 싶어하는 것은 아니다. 그리고 이 방법들이 어디서나 가능한 것도 아니다. 그래서 호텔이 있다. 지구 끝 작은 마을에도 호텔은 있다. 호텔이 아니면 민박집이라도 있다. 경찰서, 교회, 가게에서 물어보면 쉽게 알 수 있다.

이렇게 사람을 통해 직접 소개 받은 숙박시설은 습격을 당할 확률이 적다. 그러나 도둑을 맞을 수는 있다. 이는 고급 호텔의 경우도 마찬가지다. 서로가 서로를 아는 조그만 마을에서 가족이 운영하는 집이라면 믿을 만하다. 그럼에도 귀중품은 절대로 보이게 두어서는 안 된다. 누가 방문의 열쇠를 복사해서 가지고 있을지도 모르는 이이다. 돈과 신분증을 잃어버리면 심각한 상황에 처할 수 있다. 여권이 없으면 인간 대접은커녕 생명체 대접도 받지 못하는 무법 국가에서는 더욱 그러하다.

그러니 일단 현금은 최대한 줄인다. 현금보다는 여행자수표가 낫다. 심각한 상황에서 현지 당국과 자국 외교공관에 제시할 수 있도록 신분증 복사본을 항상 몸에 지니고 다닌다.

방에 금고가 있을 경우 가장 중요한 물건들을 넣어 보관한다. 그러나 비밀번호를 당신이 조합할 수 있을 때만 이러한 금고를 사용한다. 열쇠로만 잠그는 금고라면 호텔 로비의 금고를 이용하는 편이 낫다. 호텔 금고에 맡길 경우에는 반드시 맡긴 물건의 상세한 목록을 받는다. 그러나 호텔 금고도 100% 안전하다고는 할 수 없다. 방의 금고도, 호텔 금고도 없는 경우에는 방 안에서 숨길 만한 곳을 찾아보자. 매트리스는 도둑이 제일 먼저 보는 곳이니 피하자.

특히 혼자 여행하는 여자는 밤에 안쪽에서 문과 창문을 잠글 수 있도록 튼튼한 빗장과 나사를 가지고 다니는 것이 좋다. 덧붙여서 문 앞에는 가구를 세워 둔다. 의자로 문 손잡이가 돌아가지 않게 하고, 떨어지면 소리가 날 만한 물건을 놓아 비상경보 역할을 맡긴다. 저렴한 숙박시설에만 머물려면 시중에서 파는 휴대용 경보기를 마련하자. 휴대용 경보기는 가볍고 작으며 깊이 잠든 귀머거리도 깨울 만큼 효과가 좋다. 눈에 보이지 않는 선을 건드리면 삑삑 소리를 낸다.

낮 동안에도 방 안에 있을 때는 방문을 항상 잠근다. 언제든 낯선 사람이 들어올 수 있다. 그러면 당신은 완전히 혼자고 거기에는 목격자도 한 명 없다.

자는데 방 안에서 사람 기척이 느껴지면 계속 자는 척해라. 침입자는 싸울 자세가 되어 있는 반면 당신은 이불 때문에 움직임조차 자유롭지 못하다. 당신을 이불로 눌러 질식시키는 것은 시간 문제다. 더구나 당신은 그를 상대하려면 몸을 일으켜야 하는 단점도 있다. 그는 폭력적이며 무엇보다도 무기를 가지고 있다. 그에게는 몇 년 감옥에 갇혀 있어야 하는 일이지만 당신에게는 몇 유로가 달린 문제일 뿐이다. 빨리 훔치고 가 버리게 하라. 잃은 돈은 수업료나 통행세 정도로 생각하라.

# 낯선 자연 속으로

## 44. 사막

물과 식물을 비롯한 먹거리는 원시림에는 풍부하지만 사막에서는 거의 볼 수 없다. 사막과 열대우림의 공통점은 더위뿐이다. 그러나 사막의 더위는 우림과는 달리 건조하다. 그래서 언뜻 보기에는 땀이 나지 않는 것 같다. 그렇지만 실은 땀을 많이 흘리고 있다. 이는 사막에서 느껴지는 갈증을 통해 잘 알 수 있다. 그리고 갈증을 해소하는 것이 사막에서의 주된 문제다.

햇볕이 뜨거워 체온을 유지하는 데 열량이 거의 쓰이지 않으므로 영양 섭취를 걱정할 필요가 적다. 사막에서 영양분은 거의 육체노동을 위해서 필요할 뿐이다. 이는 변온동물이 체온 유지를 위해 영양분을 필요로 하지 않는 것과 비슷하다. 처음에는 배고픔을 느끼겠지만, 그것은 사흘만 지나면 사라진다.

사막의 길은 돌이나 모래로 이루어져 있으며 가시가 많고 때로는 산악 지역이다. 위성항법장치(GPS) 따위가 없어도 방향을 찾기는 쉽다. 낮에는 해를 보고, 밤에는 별자리를 보면서 방향을 잡을 수 있다. 대부분의 경우 사막은 광활하게 열려 있다. 밀림처럼 사방이 수풀로 우거진 좁은 공간이 아니다. 사막에서는 지평선들이 보이고 발자국은 오랫동안 남아 있다.

계속되는 물 부족만 아니라면! 물 부족을 잘 극복해 내는 것이 가장 중요한 일이다. 사막을 건널 때는 여행 안내인이 필요하다. 안내인은 어느 우물에서 확실히 물이 나오고 어느 우물에서는 물이 나오지 않는지 아주 잘 알고 있으며, 맨손으로도 물을 찾을 수 있는 곳을 알고, 지금 어디에 물과 가축의 젖을 지닌 유목 부족이 머물러 있는지도 알고 있다. 안내인은 가축의 등에 싣고 가야 할 짐이 무엇인지, 어떤 부족에게는 도움을 청해도 되고 어떤 부족은 피해 가야 하는지도 알고 있다. 이런 안내인이 있다면 두려울 것이 없다. 그렇지만 당신도 안내인과 함께 생각하고 행동해야 한다. 여행 도중 안내인이 죽을 수도 있다. 그렇다면 당신은 혼자서 이 자연의 용광로에서 빠져나와야 하는 것이다.

**사막을 가로지를 때는 앞뒤로 행렬을 만든다. 앞 차가 모래에 빠지면 뒤 차는 즉시 멈춰 서서 앞 차를 끌어내야 하기 때문이다.**

또한 자동차로 사막을 달리다가 갑자기 함정에 빠져 버린다면 대체 안내인이 무슨 소용이 있겠는가? 아직 한 번도 당신을 곤란한 상황에 빠뜨린 적이 없고, 눈을 감고도 분해했다가 조립할 수 있을 정도로 익숙한 자동차를 타고도 그런 일을 당할 수 있다. 자신도 모르는 사이에 자동차 피스톤이 부식되었을 수 있고, 차가 모래 구덩이에 가라앉을 수 있고, 그 길을 과소평가했기에 자동차 연료가 바닥났을 수도 있다. 사막에서 이런 일은 수없이 많이 일어난다.

오래 전에 자동차 두 대를 타고 이집트 내의 리비아 사막을 가로질러 달렸던 독일인들의 예를 보자. 그들은 카이로를 출발해 카타라 분지를 거쳐 시바 오아시스까지 가고자 했다. 이 지방을 잘 아는 사람이 모래 구덩이의 위험에 대해 경고했다. 그렇지만 그 독일인들은 자동차가 두 대라면 그리 위험하지 않을 것이라는 결론을 내리고 그 길을 떠났다. 그러나 그들은 실수를 했다. 자동차 2대가 거리를 두고 앞뒤로 달려야 앞서 가던 차가 모래 구덩이에 빠져도 뒤에 오는 차가 앞 차를 끌어낼 수 있는데, 이들은 옆으로 나란히 서서 달렸던 것이다.

어쨌든 이 차들은 둘 다 모래 구덩이에 빠져 버렸다. 마지막에 찍은 사진들과 흙을 파낸 자국을 보면, 이들이 빠져나오려고 얼마나 처절하게 애를 썼는지 알 수 있다.

차라리 시원한 저녁까지 자동차 그늘에서 기다리다가 차를 파내는 편이 나았다. 그러나 당황한 나머지 이들은 즉시 셔츠를 벗어 던지고 태양이 작열하는 가운데 모래를 파내기 시작했다. 그들은 물도 그리 많이 가지고 있지 않았다. 이 물을 순식간에 마셔 버렸고 다 땀으로 흘렀다.

태양은 무자비했다. 해는 아침 정각 6시에 떠서 저녁 6시에 졌다. 다음 날 아침 9시가 되자 더는 견딜 수 없을 지경이 되었다. 열심히 중노동을 한 사람들은 더욱 그랬다. 자동차 바퀴가 계속 제자리에서만 헛돌자 이들은 놀라서 허둥대기 시작했다. 햇볕이 쨍쨍 내리쬐는데 자동차 안에서 넋 놓고 앉아 있는 사람이 있는가 하면 발버둥치는 사람도 있었다. 그렇게 그들은 단 하루 만에 탈수 증세로 사망했다.

늘 그렇듯이 이 사고도 타산지석으로 삼을 수 있다. 사막을 가로지를 때는 앞뒤로 행렬을 만든다. 최소한 두 마리의 낙타나 두 대의 자동차로 사막을 횡단한다. 나란히 가는 것이 아니라 앞뒤로 가야 한다. 뒷사람은 앞사람의 흔적을 따라간다.

앞 차가 모래에 빠지면 뒤 차는 즉시 멈춰 서서 앞 차를 끌어내야 한다. 이때 자동차 연료를 절약하기 위해서 우선 모래를 최대한 많이 옆으로 퍼낸다. 차를 끌어내는 것이 처음부터 어렵고 물도 충분하지 않다면, 저녁까지 기다렸다가 서늘해졌을 때 일을 계속한다. 저녁에 다시 시도했는데도 차를 끌어낼 수 없다면 그 차는 포기한 채 뒤에 있던 차를 타고 간다. 도와줄 사람도 하나 없이 혼자서 여행 중이고 주변에 나무나 바위도 없어 줄을 걸어 빠져나갈 수도 없다면, 비상용 타이어를 줄을 거는 닻으로 사용할 수 있다. 타이어에 줄을 묶은 뒤 구덩이를 깊게 파서 거기에 타이어를 묻는다. 그러면 타이어에 연결된 줄을 잡고 빠져나올 수 있다.

모래 위를 달릴 때는 타이어의 바람을 조금 빼서 자동차와 땅과의 접촉 부위를 넓힌다. 물론 가능하다면 모래용 타이어를 다는 것이 좋다. 모래용 타이어는 손수레 바퀴처럼 세로로만 홈이 나 있다. 모래에서 빠져나와 '단단한 땅'에 도착했다면 즉각 타이어에 바람을 넣는다. 그렇지 않으면 불필요하게 타이어가 빨리 닳는다. 그러므로 배터리로 작동하는 펌프를 가져간다. 예전에 어느 아랍 사람이 자전거 펌프로 트럭 타이어 바람을 넣는 장면을 본 적이 있다. 당연히 그 젊은이도 바람이 좌악 빠져 버렸다.

짐이 너무 많아서 차가 가라앉는 것이라면 그 짐을 내려야 한다. 베두인 부족의 격언에는 "죽어서 부자 되느니 살아서 가난한 게 낫다"라는 말도 있다.

차를 포기하고 곧바로 걷기 시작한 사람들에 대한 이야기도 있다. 그런데 그들은 당황한 나머지 그들을 살릴 수도 있었을 엔진 냉각수를 가져가는 것을 잊었다. 회오리바람이 그들의 흔적을 지워 버렸다. 게다가 그들은 자신들의 출발 지점, 경로, 목표 지점에 대해서 누구에게도 알리지 않았다. 이는 사막을 여행하는 사람에게는 매우 중요한 의무사항인데도 말이다. 그들이 알리지 않았음에도 불구하고 수색이 시작되었다. 자동차는 헬기 위에서도 쉽게 발견되었다. 그러나 그 남자들은 며칠 후에야 새까맣게 타고 바짝 마른 시체로 발견되었다.

리비아 남부에서 길을 잃은 또 다른 사람은 그래도 냉각수를 가져가는 것은 잊지 않았다. 그는 나중에 "물맛은 물론 좋지 않았다. 그러나 나는 그 물맛이 녹 때문이고 오랫동안 물탱크에 있어서 그렇다고 판단했다. 처음에는 그 물을 마시기가 꺼림칙했지만, 갈증 때문에 눈앞이 캄캄하게 되었을 때 그 물을 꿀꺽 삼켜 버렸다"고 회상한다.

그러나 이 물을 마시기 힘들 만큼 버려 놓은 것은 녹 때문이거나 물이 오래되어서가 아니다. 그것은 그가 고향에서 넣어 온 독성이 있는 부동액 때문이다. 부동액은 아프리카에서는 필요가 없다.

그는 이 물을 마신 후에 정말로 의식을 잃고 그 위험한 혼합액의 일부를 토해 냈다. 그것이 그를 살린 것이나 다름없다. 그가 죽지 않고 살아남은 것은 순전히 우연이었다. 리비아 군의 공군 조종사 한 명이 번쩍거리는 자동차와 그 자동차의 냉각수 탱크가 열려 있는 것을 발견했다. 그는 이 구역질나는 탱크에 코를 대고 냄새를 맡아 본 뒤 발자국을 쫓아갔다. 그는 사고를 당한 사람의 입에 우선 소금물을 흘려 넣었다. 그래서 다시 한번 속을 비워 낼 수 있었던 것이다. 그러고는 신선한 물을 마시도록 했고 즉각 트리폴리의 병원으로 후송시켰다. 그래서 큰 후유증 없이 살아남을 수 있었다. 그렇지만 이렇게 무사히 빠져나올 확률은 극히 적다. 사막은 무자비하다. 거기서는 물, 그늘, 바람이 생명을 유지시켜 준다.


## 45. 물 구하기

마른 풀과 옷을 밤에 널어놓으면, 아침에는 습기를 잔뜩 머금는다. 아침에 이것들을 투명한 비닐봉지에 담아 묶어서 햇볕 아래 둔다. 그러면 금방 물이 증발하면서 봉지 안쪽에 물방울이 맺혔다가 흘러내린다. 그렇게 흐른 물이 다시 옷으로 흡수되지 않도록 하기 위해서, 옷을 나뭇가지에 걸친 뒤 비닐을 아래쪽으로 늘어뜨린다. 그래야 가지 아래로 물이 고인다. 물론 이렇게 만들어진 물은 증류수기 때문에 소변이나 바닷물과 마찬가지로 그대로 마셔서는 안 된다. 증류수는 입, 식도, 위를 거쳐 혈관까지 이르는 길에서 만나는 무기질을 모두 몸으로부터 빼앗아 자신이 흡수해 버린다. 그로 인해 몸은 치명적인 손상을 입는다. 그러나 모래를 조금만 넣어 휘저으면 소금이 용해되어서 마실 수 있는 물이 된다.

그러나 소금물은 신장을 막히게 한다. 집에서처럼 식사를 잘 챙겨 먹을 경우에는 약간의 소변, 소금물, 증류수 등을 마셔도 큰 문제가 생기지 않는다. 몸이 그 정도는 감당해 낼 수 있다.

하여튼 비닐봉지를 이용하는 것은 매우 좋은 방법이다. 사바나에서는 햇빛을 향하고 있는, 나뭇잎이 많은 가지에 봉지를 씌워 공기가 통하지 않게 묶어 두는 방법도 있다. 잎은 수분을 땀처럼 흘릴 것이다.

저녁에는 최대한 큰 구덩이를 판다. 다 완성되면, 아침마다 거기에 풀과 나뭇잎 혹은 소변, 땀, 더러운 물, 이슬을 머금은 옷가지, 심지어 송장 등 가능한 한 모든 것을 쓸어 넣는다. 그리고 그 위에 구덩이만큼 큰 비닐을 덮어 놓는다. 가운데 부분에 돌을 올려놓아 깔때기 모양이 되도록 한다. 그리고 돌 바로 아래쪽에 냄비를 놓는다. 냄비 안에 약간의 모래를 넣어 두면 증류수를 곧바로 먹을 수 있다. 목이 많이 마른 사람은 가는 호스 하나를 밖으로 나오게 설치한다. 그리고 호스 끝을 일단 묶어 둔다.

구덩이 바깥으로 놓여 있는 비닐은 바람이 통하지 않게 모래로 덮는다. 그렇지 않으면 물의 양이 많이 줄어든다. 태양이 뜨면 모든 물체들이 수분을 내보내고 심지어 바짝 말라 보이던 모래에서도 물기가 생기며, 그렇게 비닐 아래(가장 차가운 지점) 수분이 맺혔다가 냄비로 떨어진다. 더 이상 목마름을 참을 수 없다면 호스의 매듭을 풀고 물을 마신다. 원한다면, 까짓거, 샤워라도 하라. 다 마시고 나면 다음번을 위해 호스 끝을 다시 묶어 둔

다. 이와 같은 도구, 즉 비닐, 냄비, 돌로 빗물도 받을 수 있다.

목이 마를 때 건강한 두 개의 손이나 삽만 있으면, 물을 찾아 땅을 팔 수 있다. 그러나 아무 데나 파는 것이 아니다. 노려야 할 곳이 따로 있다. 예를 들어, 말라 있는 강바닥, 즉 와디<sup>우기에만 형성되는 하천, 북아프리카와 아랍 지역에서 볼 수 있다</sup>의 바깥쪽 굴곡이나 풀이 자라고 있는 골짜기 바닥 등을 파야 한다.

나무에 열대 덩굴이 얽혀 있다면, 땅 위의 덩굴 부분을 잘라 낸 다음 2m쯤 올라가서 다시 덩굴에 상처를 낸다. 만일 거기에 물이 담겨 있다면 수돗물처럼 콸콸 쏟아질 것이다.

또 모기가 모이거나 새가 주위를 날아다니거나 그리 오래되지 않은 동물의 발자국이 보이면 물 웅덩이가 있을 가능성이 있다. 주로 곡물을 먹는 새가 보인다면 근처에 물이 있을 확률이 높다. 곡물은 갈증을 일으키기 때문이다.

비둘기의 경우도 마찬가지다. 낮에는 멀리 날아다니지만 밤에는 물을 찾는다. 가볍게, 빠르게 날고 있다면 아직 물 웅덩이로 날아가는 중이다. 나는 게 힘들어 보이고 이 나무에서 저 나무로 낮게 날아다닌다면 물로 배를 가득 채우고 돌아오는 길이 분명하다. 이때 비둘기들은 맹금으로부터 공격받기 쉽다. 저녁에 날쌔게 날아 내려오는 맹금이 보인다면 비둘기가 근처에 있음을 알리는 표시일 수 있다. 벌은 물에서 5㎞ 이상 떨어지는 일

이 드물다. 그러니 벌을 따라가라. 호주에서는 말벌 비슷한 메이슨 파리가 물이 가까이 있음을 알려 주는 신호로 통한다. 그들은 집을 짓기 위해 잔뜩 젖은 진흙을 필요로 하기 때문이다. 흑개미가 무리를 지어 나무 둥지를 오르면 이 나무에는 틀림없이 물 저장 창고가 있다. 가는 호스, 풀 한 묶음, 천을 이용해 물을 훔쳐낼 수 있다. 당신이 동물애호가라서 동물을 살리기 위해 자신의 목숨을 기꺼이 희생할 의향이 아니라면.

호주에 있는 흰 카카두관모가 있는 앵무새의 일종도 물 가까이에 산다. 시끄러운 소리를 내면서 무리를 지어 다니는 이들을 못 보거나 못 듣고 지나치는 일은 없을 것이다.

캥거루, 토끼, 뱀, 가젤 영양, 메뚜기 등은 물에 대해 아무 정보도 주지 못한다. 그들은 장기간 동안 물 없이도 버틸 수 있으며 건조한 지대의 먼 길을 끄떡없이 이동할 수 있다. 날아다니는 맹금들도 마찬가지다. 그들은 물을 찾아 먼 길을 날아갈 수 있다.

바오밥나무나 그와 비슷하게 껍질이 딱딱한 나무들은 움푹 팬 곳에 공간을 가지고 있다. 밤에는 나무에 이슬이 흐르기 때문에 저장된 물은 상당히 오랜 시간 보존된다.

산이 보이면 그쪽으로 간다. 뾰족뾰족한 바위에 나 있는 틈이나 구멍에는 빗물과 이슬이 남아 있다. 호스를 이용해 틈 깊숙이 있는 물까지 마실 수 있다. 호스가 없으면 대신 셔츠를 이용해 물을 빨아들인다. 그리고 그 물을 입 안에 짜 넣는다. 혹은 젖은 셔츠를 입음으로써 몸을 차게 하여 땀이 나는 것을 막을 수 있다. 젖은 모래에서도 천으로 물을 채집할 수 있다.

장티푸스균이나 기생충이 들어 있을 수 있는 오염된 물을 매우 촘촘한 천이나 모래에 여러 번 걸러 낸다. 그렇게 여과된 물을 숯가루(장작불을 피우고 난 뒤 다 탄 나무에서 긁어 낸 가루)에 한번 더 거른다. 가능하다면 물을 끓여 세균을 죽이는 것이 좋다.

약품을 이용해 멸균할 수도 있다. 그러나 약품은 유해한 박테리아뿐 아니라 유익한 박테리아도 죽인다. 화학 반응을 통해 먹을 수 있게 만든 물은 장기적으로 보면 우리의 몸 안에 부정적인 영향을 미쳐 병이 나게 할 수 있다.

필터는 사거나 직접 만들 수도 있다. 용기로는 양동이, 계량 용기 등을

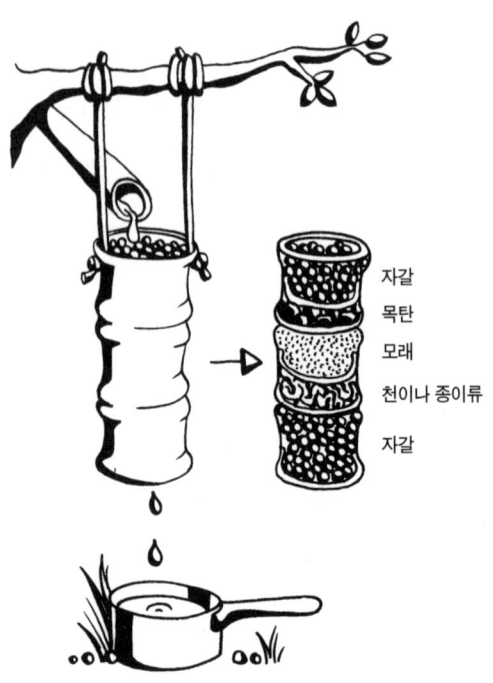

자갈
목탄
모래
천이나 종이류
자갈

사용할 수 있다. 용기를 세운 뒤 밑 부분에 아주 작은 구멍을 하나 뚫는다. 천, 고운 자갈이나 모래, 숯, 모래 등을 차곡차곡 채운다. 더러운 물을 부어 몇 분 동안 필터에 머물러 있게 한다. 물이 쉽게 빠져나가지 않도록 구멍의 크기는 5mm가 넘지 않아야 한다. 천과 모래는 세척 효과를 가지고 있다. 숯은 박테리아를 죽인다. 화학적인 오염 물질은 이러한 필터에는 걸러지지 않으므로, 이 과정을 거친 뒤 별도로 물을 끓여야 한다.

심지어 해변에서도 식수를 찾을 수 있다. 해변에서 멀어질수록 그곳에서 파낸 물의 소금기는 줄어든다. 더위 때문에 많은 식물이 물을 땅 밑 열매나 뿌리에 저장한다. 두들겨 부수거나 으깨서 물을 천에 받는다. 즙이 우윳빛이면 조심해야 한다(252쪽 '식물성 비상 식량' 참조).

땅속의 나무뿌리와 뿌리열매에는 물이 풍부하다. 뿌리는 특히 아침 시간에는 깊은 곳으로부터 물을 끌어온다. 나무줄기 가까운 부분에서 뿌리를 1m 정도 잘라 그릇에 세워 둔다. 그러면 수도처럼 물이 흐를 것이다. 나뭇잎에서 나온 즙은 마셔서는 안 되지만, 뿌리에서 나온 물은 마실 수 있다. 뿌리를 1m 이상 자르는 것은 별로 효과가 없다.

봄에는 자작나무 가지를 베어 낸다. 그러면 낮 동안에 잘린 부분에서 마실 수 있는 물이 나온다. 그러나 우윳빛의 물이 나온다면 마시지 않는 것이 좋다. 우윳빛 즙은 부식성이 강해 눈에 닿으면 심한 경우 장님이 될 수도 있다.

냄비와 땔감이 충분하다면 마실 수 없는 물도 증류시켜 유독 물질, 소금, 화학 성분을 쉽게 제거할 수 있다. 물을 가득 넣은 냄비 한가운데에 빈 깡통을 넣는다. 깡통이 움직이지 않도록 돌을 넣어 고정시킨다. 냄비 뚜껑을 거꾸로 덮어 깔때기 모양으로 깡통 위에 놓는다. 그러면 물이 끓으면서 깡통으로 물이 모인다.

냄비를 알루미늄 포일이나 비닐로 덮으면 더욱 효율적이다. 이 경우 열에 의해 덮개가 녹아내릴 수 있으므로 조심해야 하며, 불을 줄이거나 여러 겹의 종이로 보호막을 만들 수 있다. 여러 겹으로 접은 수건을 냄비에 덮어도 좋다. 수건이 물을 흡수해서 충분히 젖었다고 생각되면 수건을 짜서

물을 받을 수 있다.

물을 어떻게 구하느냐보다 더 중요한 것은 몸에 저장된 물을 어떻게 관리하느냐 하는 것이다. 햇볕을 피하고 필요 없는 움직임은 삼간다. 말하는 데도 물이 소모된다. 얼굴에는 면 마스크를, 머리에는 폭이 넓은 스카프를 항상 착용한다. 옷도 바람이 통하는 면 소재로 두세 겹 겹쳐 입는다.

땀을 많이 흘리면 염분을 잃게 되므로 이를 보충해 주어야 한다. 약간의 소금은 종종 진통제나 빵 한 조각보다 큰 효과를 가져온다. 식량에 관해 한 가지 숙지해야 할 것은, 목이 마를 때 절대로 음식물을 먹어서는 안 된다는 것이다. 음식물은 몸속의 수분을 빼앗는다.

더위와 갈증을 참지 못하고 물을 마구 마시는 경향이 있다. 물이 부족할 때는 그것도 문제다. 이럴 때 마신 물은 곧바로 땀으로 발산되기 때문이다. 베두인족의 황금률을 명심하라. 물은 아주 조금씩 자주 마신다. 물을 삼키기 전에 입 안을 충분히 헹군 뒤 넘긴다. 갈증은 입천장이 마르기 때문에 생기는 것이다. 갈증이 날 때는 차갑거나 미지근한 물보다는 뜨거운 차가 더 낫다. 땀이 나는 상황에서 뜨거운 차를 마신다는 것이 논리적으로 안 맞는 것처럼 느껴지겠지만, 실제로는 뜨거운 차가 몸에 더 좋다.

순전히 생물학적인 관점에서 보자면, 갈증이란 신체가 활동을 제대로 하기 위해 수분을 받아들이려고 하는 욕구다. 신체는 대소변, 피부 호흡과 폐 호흡 등을 통해 계속해서 수분을 잃는다. 유리에 대고 숨을 쉬어 보면 숨을 쉴 때 얼마나 많은 수분이 몸에서 나가는지 쉽게 알 수 있다.

온도가 10℃인 그늘에서 시간당 1.14ℓ의 수분을 잃는다. 3시간이면 3.5ℓ, 즉 자기 체중의 10%를 잃게 되는 것이다. 이런 경우 갈증은 물론이고 신체적인 장애까지 올 수 있다. 입은 바짝 마르고 침을 삼키는 것조차 불가능하다. 목소리가 거칠어지고 쉰다. 구강 점막, 인후 점막, 눈이 빨개지고, 맥박이 빨라지고, 몽롱하고, 모든 것에 무관심해진다. 갑자기 아무 소리도 들리지 않고 강한 통증이 느껴진다. 미칠 것만 같다. 여기서 2%만 수분을 더 잃고 게다가 일사병까지 겹치면 죽게 된다. 목말라 죽은 사람의 모습은 매우 참혹하다. 얼굴은 까맣고 여기저기 움푹 들어가 있다. 마치 타 죽은 사람 같다. 선선한 곳에는 일사병이 없기 때문에 수분을 20% 잃을 때까지 생존할 수 있다.

한마디로 요약하자면, 전혀 예측하지 못했던 심한 갈증의 상황에서는 신체의 수분을 최대한 잃지 않아야 하고, 이 사실만 알고 있어도 생존 가능성이 다소 높아진다. 그 다음에 물을 만들어야 한다. 이는 정말 중요하기 때문에 아무리 강조해도 지나치지 않다.


## 46. 산불

숲이나 초원지대의 화재는 어제오늘의 일이 아니다. 자연에 의한 것일 때도 있지만, 현지인들이 농경지 정리를 위해 들판에 불을 놓은 것일 수도 있다. 그곳에서의 화재는 가히 천재지변과 맞먹을 정도의 위력이다. 바람이 세게 불면 불은 질주하는 말보다도 빠른 속도로 번진다. 도망치느라 쓸데없이 기력을 모두 소모하느니 차라리 다른 방법을 찾는 편이 낫다. 화재의 위험이 있는 지역에서는 항상 주의를 늦추지 않고 있어야 재빨리 대응할 수 있다. 불이 날 기미가 조금이라도 보일라치면 지체하지 말고 곧바로 움직여라. 공포에 질려 그 자리에 얼어붙어 있는다면 결과는 뻔하다.

화재가 난 상황에서 가장 위험한 것은 불 자체가 아니라 정면으로 불어닥치는 열기다. 이때는 바위 뒤, 바닥에 난 구멍 속, 나무 뒤, 냇가나 연못에 숨어라.

불길 중에서 가장 빠른 속도로 번지는 것은 풀밭에서 불이 난 경우다. 건초 더미에 불이 붙은 것처럼 그것은 순식간에 일어났다 사라진다. 오로지 이 경우에만 그리고 다른 탈출 방법이 도저히 없고 그 지역을 한눈에 파악할 수 있을 때만, 불길을 뚫고 반대편으로 뛰어간다. 만일 덤불이 있다면 걸려 넘어져서 불에 탈 위험이 높다는 것을 명심해라.

불을 피할 때는 낮은 쪽을 향해 뛰어라. 불은 아래보다 위쪽으로 더 빨리 번진다. 불꽃이 거의 발뒤꿈치에 다다른 지경이라면 풀이 제일 적은 지대에 엎드려라. 젖은 옷으로 몸을 최대한 많이 덮어라. 플라스틱으로는 절대로 덮지 말아라. 순식간에 녹아 흐른 플라스틱이 당신마저 플라스틱 인형으로 만들어 버릴 것이다. 덮고 있는 옷에 불이 붙었다고 해서 벌떡 일어나 도망가지 말아라. 달리면 바람 때문에 불이 더 세게 타오른다. 그럴 때는 불을 끄기 위해 바닥에 뒹굴어라. 젖은 덮개가 아직 있다면 그것으로 불을 꺼라.

연기가 심할 경우 낮은 바닥에 엎드려 숨 쉴 구멍을 찾아라. 코를 땅에 대고 숨을 쉬어라. 시원하고 신선한 공기를 마실 수 있을 것이다. 급박한 상황이 아니라면 구덩이를 파고 들어가 불길이 위로 지나갈 때까지 기다린다.

불을 미리 인식하기만 하면 살아남을 확률은 매우 높다. 바람의 방향에 따라서, 불길이 번지는 소리는 기차가 다가오는 소리처럼 확실히 들리기도 한다. 멀찍이서 불길이 번져 오고 있음을 알게 되었다면, 재빨리 당신이 먼저 불을 놓아라. 불이 빨리 번지도록 만들고, 어느 정도 거리를 두면서 그 불을 따라가라. 이게 바로 '맞불작전'이다. 당신이 서 있는 자리와 다가오는 불길 가운데에 불을 놓는다. 커다란 불길이 맞불을 삼키면서 생기는 열기로 급격한 기류 변화가 생긴다. 두 불이 서로를 향해 맹렬히 달려가는 것이다. 그러나 당신이 서 있는 땅은 무사하다.

화재의 상황에서도 정신력이 중요하다. 당신 이전에도 수없이 많은 사람들이 돌발적인 화재를 당했으며 그때 적절한 대응을 취해 살아남을 수 있었다는 것을 명심한다.

또한 화재의 위험이 있는 지역에서는 모닥불을 피울 때 매우 조심해야 한다. 여기서는 화재 예방 규칙을 철저히 지켜야 한다. 불을 피울 장소 주변에 풀이 있어서는 안 되며, 모닥불 주변은 돌로 둘러싸야 한다. 만약을 위해 화재를 진화할 수 있는 물을 충분히 마련해 놓아야 하며, 소방을 담당하는 사람이 한 명 이상 있어야 한다. 출발 전에는 흙으로 불을 충분히 덮고 그 위에 물을 뿌린다. 그렇지 않으면 음식 익히기를 포기하고 차라리 요리가 필요하지 않은 음식을 먹어라. 그때 콘플레이크는 좋은 식량이 될 것이다.


## 47. 산악지대

평야에서 사는 사람에게 산은 매우 매혹적이다. 산 정상을 구름이 덮으면 그 산은 마치 우주로 통하는 입구처럼 보이거나, 외부의 공격을 막아 주는 거대한 성곽처럼 보인다. 전쟁 중에는 산악지역을 점령하는 것이 늘 어려운 문제였다. 바위 하나마다 적이 매복해 있거나 함정이 놓여 있을 수 있다. 산에서는 접근을 막기도 쉽다.

그러나 등산은 그리 쉬운 일이 아니다. 똑바로 뻗은 길은 거의 없고 구불구불하거나 돌투성이다. 마찬가지로 농사짓기도 힘들다. 바위 사이에 농토 한 평 만들고 또 경작하는 일은 버겁기만 하다.

초원을 여행할 경우에는 아침부터 이미 저녁에 여행할 지역의 경치가 어떨지 뻔히 알 수 있지만, 등산객은 산을 하나 넘을 때마다 새로운 시야와 놀라움을 경험하게 된다. 이는 때로는 좋지 않은 상황을 만든다. 불현듯 구름이 산등성이를 덮고 순식간에 날씨가 요동을 치며 한바탕 눈이나 비를 쏟아 붓는다.

그러나 등산 외에도 산은 많은 가능성을 제공한다. 래프팅, 스키, 썰매, 등반, 글라이더 비행 등 그 수를 헤아리기 어려울 정도로 많다. 그러므로 여행 목표로 산악지대를 선택한 사람은 평야지대로 요양을 가는 사람과는 준비부터 달라야 한다. 등반의 경우부터 시작해 보자.

## 48. 등반

정복이 불가능해 보이든, 경외심과 존경심을 저절로 불러일으키든, 미꾸라지처럼 매끄럽거나 꺼칠꺼칠해 보이든, 하늘을 향해 치솟아 있는 절벽이라면 이제는 어느 것도 정복하지 못할 것이 없다.

반드시 클라이밍을 위해서가 아니라, 단지 여행 도중에 산이 있어 넘어야 하는 여행자도 기본 지식은 가지고 있어야 한다. 혼자서 세계 여행을 하는 사람은 암벽 타기나 그와 비슷한 일을 예상보다 빨리 그리고 자주 대면하게 된다. 도시의 어느 골방에 갇혔을 때, 위기 상황에서 줄을 타고 내려와야 할 때, 산악 기술은 당신의 생명을 구해 줄 것이다. 훈련된 암벽등반가에게는 어떤 벽도, 나무도, 급류도, 절벽도 극복하지 못할 장애물이란 없다. 몇 가지 트릭만 알면 된다. 이는 아주 쉬운 것들이다.

암벽 코스에서는 자일, 하켄<sub>등반시 바위 틈에 끼우는 쐐기</sub>, 도르래, 사다리 등을 가장 유용하게 사용하고 작은 크랙<sub>바위의 균열</sub>, 스탠스<sub>발을 디딜 수 있는 곳</sub>, 침니<sub>몸의 전부나 대부분이 들어갈 정도의 수직의 바위 틈</sub>, 거친 바위 표면 등을 잘 활용하는 법을 배운다. 암벽 타기는 6층에 사는 이웃 사람이 열쇠를 잃어버렸거나, 어린아이를 나무에서 내려야 하거나, 외국에서 혼자 외로이 감옥의 높은 장벽 안에서 비참하게 살아야 하는 경우 등, 사회에서도 두루 필요할 수 있다.

등산가의 강연에 반나절만 참여해도 상당히 많은 지식을 얻을 수 있다. 깎아지른 듯한 절벽도 더 이상은 방해물이 아니라 도전, 사고력 시험, 스포츠가 된다. 등반 지식은 자신감을 갖게 해 준다.

암벽타기 연습장이 연습하기에 가장 이상적인 곳이다. 암벽타기 연습장은 실내외에 마련되어 있고 초보자를 위해 다양한 난이도의 강좌를 제공하기도 한다. 딱히 시간을 내어 연습장을 찾을 수 없는 사람은 집 벽을 암벽으로 개조할 수도 있다. 망치, 끌, 드릴만 있으면 벽을 깨거나 쪼아서 크랙, 홀드<sup>손으로 잡거나 발로 디딜 수 있도록 약간 나온 부분</sup>, 스탠스를 만들 수 있다. 만일 벽을 '훼사' 시키고 싶지 않거나 그럴 수 없는 경우라면, 벽에 홀드와 스탠스만 설치한다. 전문점에 가면 대용품을 쉽게 구할 수 있다. 마지막에는 하켄을 단단히 고정하고 확보<sup>등반시 몸의 균형과 안전을 유지하는 행위</sup>용 자일을 연결한다.

반드시 비싼 홀드를 살 필요도 없다. 동네에 버려 놓은 가구나 가제도구

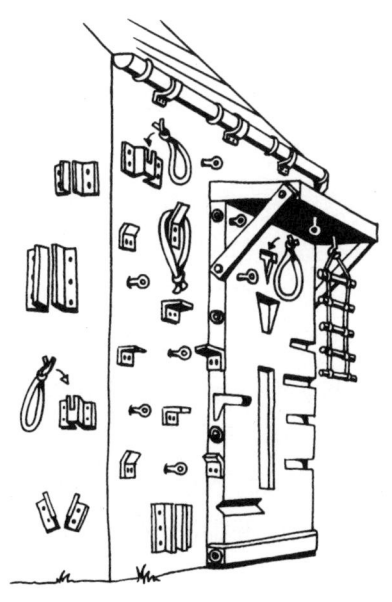

를 살펴보면 그 가운데 쓸 만한 재료들이 꽤 있다. 수도관이나 꺾쇠<sup>직각으로</sup> <sup>만나는 두 모서리를 연결하는 쇠붙이</sup>를 쇠톱으로 길이 10㎝ 정도씩 잘라서, 볼트를 이용해 벽에 다양한 기울기로 고정하면 된다. 또한 1m마다 링하켄을 고정하여 안전을 확보할 수 있고, 오버행<sup>각도가 수직을 넘어 앞으로 쓰러질 듯한 암벽</sup>이나 테라스<sup>암벽 일부가 선반처럼 돌출되어 등반 중 쉴 수 있는 평평한 장소</sup>도 쉽게 만들 수 있다. 그러면 인공 암벽이 완성된다. 내가 학교 교장이라면 체육관에 반드시 인공 암벽을 만들어 놓았을 것이다.

집 벽에다가 이런 것을 설치하라고 하면 망설이겠지만, 두꺼운 나무판에 암벽 도구를 설치하는 것은 누구나 할 수 있다. 이 인공 암벽은 반드시 벽에 기대어 놓고 사용한다. 이렇게 이동식 알프스가 완성되었다.

이른바 '프리 클라이밍', 즉 아무 보조 도구 없이 암벽을 타기 위해서는 더 많은 힘과 연습과 경험이 필요하다. 그러니까 이것은 프로들의 세계인 셈이다.

초보자는 밋밋한 수직 벽에 달려 있는 아주 조그만 보조 도구 하나하나가 얼마나 큰 도움이 되는지 깨닫게 될 것이다. 하켄을 설치하는 법과 줄사다리, 밧줄 고리, 너트<sup>쐐기 모양의 금속 확보물</sup> 등의 보조 도구를 이용하는 법을 배운다. 현수하강<sup>도구 없이 자일을 몸에 감고 아래로 내려오는 기술</sup>과 확보하는 법을 배운다. 서바이버는 반드시 최신판 등산 전문서를 구해 보도록 한다.

다음의 그림들은 어디에 기어오르거나 기어내려올 때 즉흥적으로 쉽게 쓸 수 있는 방법들을 보여 주고 있다.

그러나 갖가지 정보들보다 중요한 것은 암벽을 실제로 타 보는 것이다. 여기에는 줄사다리 2개, 안전벨트<sup>몸의 하중을 효과적으로 분산시키기 위해 엉덩이에 거는 벨트</sup>, 짧은 확보용 자일 2개, 카라비너<sup>하켄이나 기타 확보물 설치 시 자일을 통과시켜 쓰는 등반구</sup> 6개가 필요하다. 카라비너만 빼고 나머지는 어디서나 임시방편으로 만들어 낼 수 있다.

샀거나 직접 만든 안전벨트를 착용하고 벽 앞에 선다. 안전벨트가 없으면 두꺼운 밧줄을 배에 둘러 이용할 수 있다. 줄사다리는 지름 5㎜ 이상 되는 일반 로프를 사용해 만든다. 그리고 등반용 자일로는 지름 12㎜ 이상

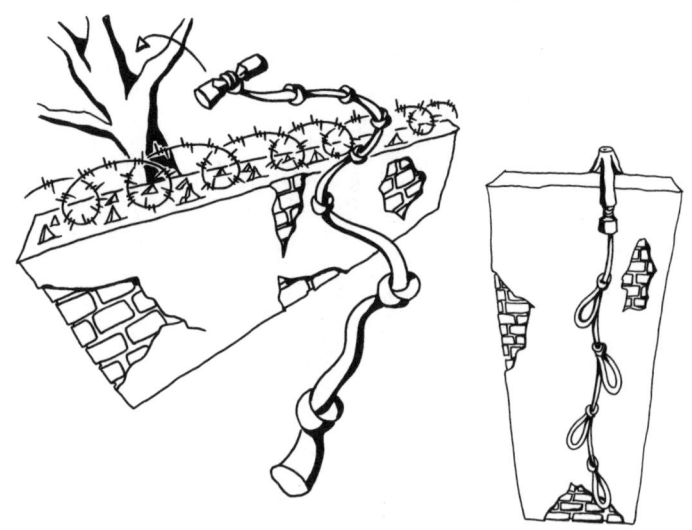

투척한 후 줄을 잡아당겨 배 따위를 이동시키는 닻

크랙에서의 '핸드 홀드'

좁은 침니 사이로 기어 올라가기

프루지크 매듭 사다리

나무줄기 사다리 이용하기

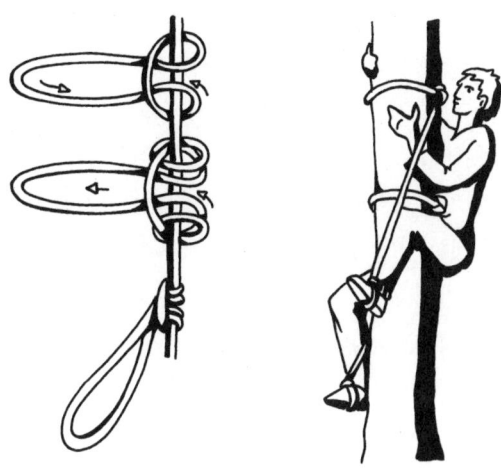

프루지크 매듭을 이용하여 오르고 내려오기

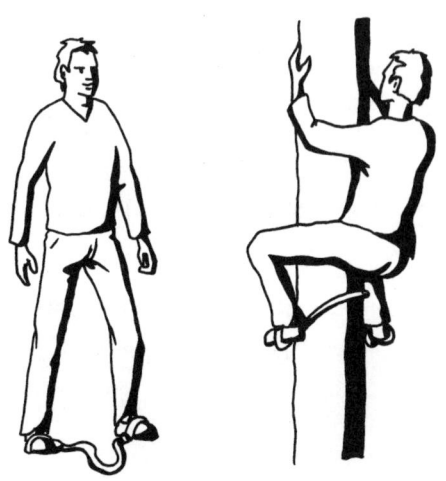

짧은 끈 이용해 기어오르기

의 나일론 자일을 사용한다. 나일론 자일은 매우 질기며 추락하는 경우에도 어느 정도 탄력성을 유지한다.

합성섬유 자일은 천연섬유 자일(대마나 사이잘 섬유)과는 달리 물에 젖어도 금방 마른다. 그렇지만 손이 자일에서 미끄러지는 경우에 쉽게 화상을 입을 수 있다. 천연섬유 자일은 습기가 많으면 늘어나지만 합성섬유 자일은 수축한다. 자일은 절대로 날카로운 모서리에 마찰되지 않도록 한다! 자일에 매듭을 짓는 것도 가능하면 피하라. 매듭은 자일 강도를 50% 감소시킨다.

안전벨트 한쪽에 5단 줄사다리(A)와 확보용 자일(A)을 묶고, 다른쪽에도 줄사다리(B)와 자일(B)을 묶는다. 줄사다리는 길이 1m 밧줄로 허리띠에 묶으며, 확보용 자일에는 매듭이 여러 개 달려 있어야 한다. 우선 손이 닿는 곳 중에서 가장 높은 곳의 카라비너(1)에 사다리 A와 자일 A를 건다. 이제 사다리 A를 세 계단 올라가서 자일 A의 길이를 줄인다. 언제나 바위 부근에 서 있어야 하고 힘을 낭비하지 않도록 한다. 다음 단계로 사다리 B와 자일 B를 그 다음 높이에 있는 카라비너(2)에 끼운다. 이제 사다리 B로 옮겨 타면서, 사다리 A는 카라비너(1)에서 풀어 낸다. 그러나 자일 A는 그 때문에 더는 못 올라갈 상황이 될 때까지 카라비너(1)에서 풀어 내지 않는다. 가능하면 언제나 이중으로 안전 조치를 취하는 것이 좋다. 사다리 B로 완전히 옮겨간 후에 사다리 A를 그 다음 높이의 카라비너(3)에 끼운다. 그렇게 힘겹지만, 한 걸음 한 걸음 행복하게 저 높은 곳을 향해 가는 것이다.

암벽에 카라비너가 미리 설치되어 있지 않다면 당신이 가지고 가서 작은 크랙 사이에 박아 넣는다. 크랙도 직접 만들어야 한다. 망치로 바위에 휴대용 드릴을 박아 넣은 다음에 계속해서 돌린다. 그러나 돌발적인 상황에서 이런 장비들을 가지고 있을 가능성은 극히 적으므로, 임기응변이 필요하다.

## 49. 현수하강(도구 없이 자일을 몸에 감고 아래로 내려오는 기술)

산에 올라간 사람은 언젠가 다시 내려와야 한다. 그런데 내려오는 길이 없다고 가정하자. 그때는 당신이 기어 올라간 그 방법으로 다시 기어 내려와야 한다. 하켄과 사다리를 이용하든지, 힘과 기술만으로 해내든지. 그러나 만일 자일이 하나 있다면 이것을 타고 내려올 수 있다.

이러한 경우를 대비하여, 자일을 타고 내려오는 기술 두 가지를 배워 보자. 자일만 있는 경우와 자일, 카라비너, 안전벨트 또는 허리벨트가 있는 경우다.

현수하강의 경우, 그림에서 보듯 자일을 출발 장소의 고정점에 묶고 특수한 방식으로 자신의 몸에 둘둘 감는다. 오른손으로는 위에서 내려오는 자일을 잡아 중심을 유지하고, 왼손으로는 하강 속도를 조절한다. 이 기술

은 힘이 많이 들지 않는다. 이 기술에서 가장 중요한 것은 미끄러질 때 (특히 합성섬유 자일의 경우) 마찰열이 발생하므로 옷을 두툼하게 입어야 한다는 점이다. 윗옷의 칼라를 반드시 세워 목이 데이지 않도록 보호하고, 옷을 얇게 입은 사람은 천천히 하강해야 한다. 장갑도 끼는 것이 좋다. 아래에 도착하면 자일을 끌어내린다.

자일을 타고 내려오는 두 번째 기술은 안전벨트나 튼튼한 허리벨트 그리고 카라비너가 있어야 가능하다. 이 방법의 장점은 몸을 데일 염려가 없다는 것이다. 수영복만 입고 자일을 타도 끄떡없다.

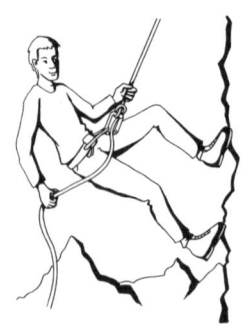

자일의 한쪽 끝을 어디엔가 고정시키고 나머지 끝은 바닥을 향해 늘어뜨린다. 그리고 자일에 몸을 고정시킨다. 현수하강처럼 오른손으로는 자일 위쪽을 잡고 왼손으로는 속도를 조절한다. 이 기술에 있어 가장 중요한 것은 자일과 카라비너를 연결하는 매듭이다. 그 모양은 다음의 그림을 통해 알 수 있다.

이렇게 내려오면 엘리베이터처럼 빠른 속도를 낼 수 있지만 정지를 할 때 과열이 될 수 있으므로 장갑을 끼는 것이 좋다.


## 50. 매듭 만들기

자일을 타고 내려오는 기술과 더불어 매듭 기술도 매우 중요하다. 매듭에는 수백 종류가 있다. 단순히 장식을 위한 매듭도 있지만 어떤 목적을 위한 매듭도 있다. 그중 많이 쓰이는 9가지를 소개하고자 한다.

**1. 고리 매듭(보울라인 매듭)** 모든 매듭과 자일 뭉치의 제왕으로, 이 매듭은 모두가 필수적으로 배워야 한다. 방구석에만 처박혀 있는 사람도, 텔레비전 앞에서만 모험을 즐기는 사람도 마찬가지다. 자일이 흠뻑 젖었을 때도, 차를 견인하고 난 후에도 쉽게 풀리는 장점이 있다. 무언가를 잃어버리지 않기 위해 이 매듭으로 고정할 수 있고, 자일 두 개를 묶어 고리를 만들 수도 있다. 무엇보다 이 매듭은 위험한 상황에서 당신의 목숨을 구할 수도 있다. 그러므로 이 매듭은 눈을 감고서도 할 수 있을 정도가 되어야 한다. 이 매듭을 만드는 법은 아래 그림에서 볼 수 있다.

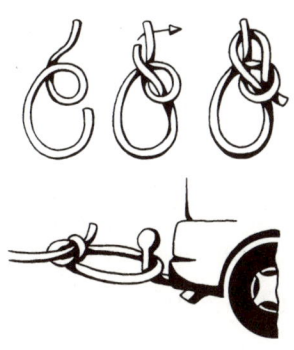

**2. 8자 매듭** 손에서 자일이 미끄러지지 않도록 하기 위해 신속하게 자일을 꼬아 만든다. 또 자일로 무언가를 끌어당길 때도 필요하다.

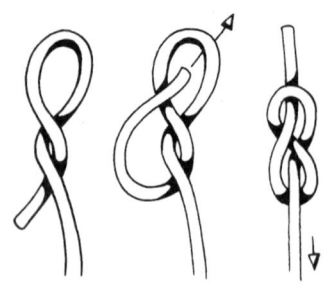

**3. 걸기 매듭(프루지크 매듭)** 나무나 자일을 기어오를 때 사용하는 매듭으로, 아이젠날카로운 발톱이 달렸으며 등산화 밑에 부착하는 금속제 기구. 빙벽 및 암벽 등반에 사용과 같은 용도로 쓰이며, 서바이버에게는 엘리베이터와 같은 것이다.

**4. 외과의사 매듭(외과결찰)** 모르는 사람이 없을 정도로 간단한 매듭이다. 노끈으로 소포를 묶을 때, 처음 묶인 매듭(절반매듭)이 풀어지지 않도록 잡아줄 사람이 아무도 없을 때 쓰는 방법이다. 수술실에서 상처를 꿰맬 때도 똑같은 상황이 벌어진다. 외과의사 매듭은 저절로 고정이 되므로 다른 사람의 손을 빌릴 필요가 없다. 이를 확실히 고정시키기 위해서는 그 위에 절반 매듭을 짓는다.

## 5. 절반 매듭

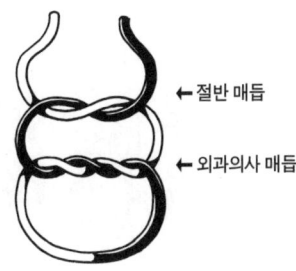

← 절반 매듭

← 외과의사 매듭

**6. 감아매기 매듭(클로브히치 매듭)** 물건의 분실을 막기 위해 고정시킬 때 사용된다. 항해를 하는 사람에게 특히 중요한데, 세게 당길수록 더 강하게 고정된다. 줄사다리에서 발판을 고정할 때도 사용된다.

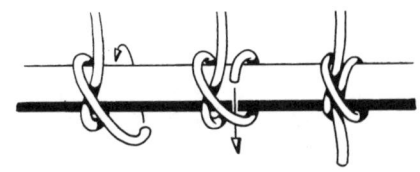

**7. 어부 매듭(피셔맨즈 매듭, 닻 매듭)** 듬성듬성하고 느슨하게 짜여진 나일론 줄 등에 갈고리를 고정하는 데 쓰인다.

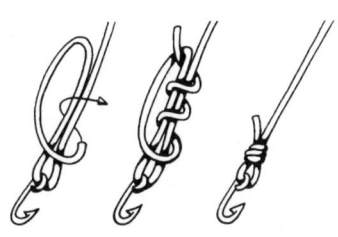

**8. 사각매듭(평매듭, 맞매듭, 바른매듭)** 강도가 비슷한 자일들을 서로 연결하는 데 사용된다.

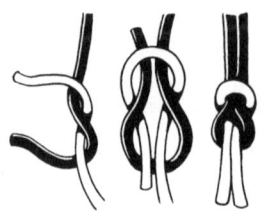

**9. 교수형 매듭(에반스 매듭)** 아무리 해도 앞의 매듭들을 제대로 배울 수 없는 사람들에게 이 매듭을 추천한다. 이 매듭은 스스로 세상과 이별을 고하고 싶은 사람을 위한 것이다.

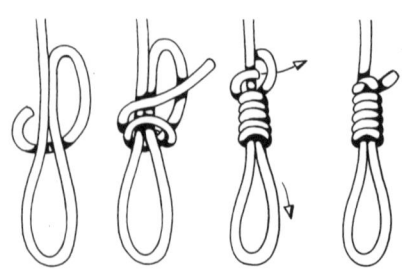

이미 앞에서도 말했듯이 매듭에는 수백 종류가 있다. 그중에는 꼭 필요한 매듭과 그렇지 않은 매듭도 있다.

한번은 너무 서둘러 매듭을 만들다가 마치 고르디우스의 매듭처럼 도저히 다시 풀 수 없는 매듭이 되어 버린 적이 있었다. 그때 나는 알렉산더 대왕처럼 단칼에 이를 잘라 버렸다. 그 이후로 칼과 자일이 실과 바늘처럼 뗄래야 뗄 수 없는 사이라는 것을 알았다.

## 51. 눈사태

산에 대해 말하려면 눈사태의 위험에 대해서도 알아야 한다. 겨울 동안 내린 눈이 쌓여 거대한 눈덩이가 되었다면, 이것이 언제든지 굴러 떨어질 수 있음을 염두에 두어야 한다. 경사가 30°를 넘으면 눈사태의 위험은 급격히 높아진다. 언덕이 가파를수록 눈사태의 위험도 그만큼 높다. 응달 쪽 비탈이 양달 쪽 비탈보다 위험하다.

눈사태의 원인은 새로 내린 눈, 비, 바람, 강추위, 햇볕, 얼음과 눈을 녹이는 따뜻한 날씨 등이다. 아슬아슬한 순간에는 소리만 한번 크게 내도 눈사태가 일어날 수 있다. 눈사태 위험 지역을 지나가는 것보다는 차라리 빙 돌아가는 것이 현명하다. 움푹한 지대나 눈 덮인 경사면 아래를 지나기보다는 산등성이를 타거나 가파르지 않은 지대를 선택하라. 부득이하게 눈사태의 위험이 있는 지역을 지나가야 한다면 25m 정도 길이의 어두운 색 끈을 몸에 둘러 뒤로 늘어뜨린다. 당신이 만약 눈 속에 매몰되었을 때 이 끈은 당신을 찾는 단서가 될 것이다. 눈에 갇힐 경우를 대비해 옷은 따뜻하게 입어라.

스키를 타던 중에 사고를 당했다면 바운딩을 열어 스키화를 플레이트에서 벗겨 내고 폴대에서 손을 떼라.

여러 명이 함께 여행하는 경우 위험 구역을 지날 때는 반드시 한 사람씩 지나가며 그동안 나머지 사람들은 안전한 구역에서 대기한다. 동행자 모두 각자 매몰자 탐지기, 눈사태용 삽, 이동식 고층 기상 관측 장비 등을 지니고 있어야 한다.

눈사태가 나면 신속하게 대처해야 한다. 눈사태가 일어난 지역의 위쪽에 있을 때는 스키 플레이트나 폴대를 바닥 깊숙이 꽂고 그것에 의지해 몸을 어느 정도 지탱할 수 있을 것이다. 눈에 휩쓸려 떠내려갈 때는 배낭, 스키 플레이트, 등산용 지팡이 등 모든 짐을 버린다. 위로 뛰어오르거나 눈에서 헤엄치면서 표면에 떠 있으려면, 차츰 눈사태의 바깥쪽으로 이동하려면, 움직임이 자유로워야 하기 때문이다. 가능하면 돌출된 바위나 나무를 향해 간다.

그것이 불가능하고 눈더미에 휩쓸려 있는 상태라면 즉각 몸을 공처럼 구부린다. 즉 무릎을 가슴께로 끌어당기고 팔로 얼굴을 감싼다. 눈덩이의 흐름이 멈추고 나면, 팔로 숨을 쉴 공간을 확보하고, 팔을 들어 눈덩이를 파헤친 뒤 갇힌 곳에서 빠져나오기를 시도해 볼 수 있다. 이때 가장 중요한 것은 어디가 위쪽이고 어디가 아래쪽인지 알아야 한다는 것이다. 이는 입에서 침을 흘러내리게 해서 침이 흐르는 방향으로 짐작할 수 있다.

혼자서 빠져나올 수 없을 때는 누군가 도우러 올 때까지 체력과 산소를 아껴야 한다. 공포감을 떨치고 침착하게 행동한다. 구조대의 발소리나 소음이 들릴 때는 소리를 질러 도움을 요청한다.

눈사태가 난 직후 죽는 사람은 다섯 중 한 명이다. 나머지는 충분히 살아남을 기회가 있다. 그러나 조난당한 지 5시간이 지나면 살아 나올 확률은 0에 가까워진다. 1시간이 지나면 조난자 중 반이, 2시간이 지나면 1/4이 죽는다. 주된 사인은 질식사과 동사다.

조난을 당한 사람과 함께 갔던 동행자는 조난자가 어디에서 눈더미에 쓸려 내려가기 시작했고, 어디에서 그 사람을 마지막으로 보았으며, 그 사람을 덮친 눈이 어디까지 쓸려 내려갔는지 정확히 기억하도록 한다. 그의 목숨을 구해 내느냐 못 하느냐는 시간과의 싸움이다.


## 52. 뇌우

뇌우는 두 가지 측면에서 위험하다. 한 가지는 급격히 불어난 강물에 휩쓸려 떠내려갈 수 있다는 점인데, 이때는 될 수 있는 대로 강 근처에 가지 말아야 한다. 또 다른 위험은 목숨을 앗아갈 수도 있는 번개다. 번개는 전 세계에서 하루에도 8백만 번 일어난다고 한다. 가까이에서 낙뢰를 지켜본 사람만이 그 위력이 어느 정도인지 알 수 있다.

나는 대서양 항해 도중 뇌우의 중심에 있어 본 적이 있다. 내가 타고 있는 통나무 주변으로 사정없이 번개가 내리쳤다. 그 모습을 보면서 바다 속 물고기들이 모두 생선구이가 되었을 것이라고 생각했다. 나는 합성섬유로 만든 텐트 속에 웅크려 앉아서 대자연에 대한 경외심으로 몸을 떨었다. 몸에 번개를 맞는 것뿐만 아니라, 번개가 만들어 낸 지전류<sup>지표면에 평행한 방향</sup>으로, 지표면 위아래로 흐르는 자연 전류도 생명에 위협적이라는 사실을 그때 알았다.

인간의 몸은 대부분 수분으로 이루어져 있고 아주 성능이 좋은 전도체기 때문에, 번개를 끌어들이는 피뢰침과 같은 역할을 한다. 높은 곳에 올라서 있을 때, 탁 트인 평지에서 그 자신이 유일하게 솟아오른 물체일 경우에는 더욱 그렇다. 번개가 칠 때는 습기가 있는 땅이나 개울, 폭포, 호수 등 물이 있는 곳은 피하라. 튀어나온 바위, 몸이 벽에 닿을 수밖에 없는 작은 동굴, 혼자 서 있는 높은 나무, 돛대 등도 피하라. 최소 1.5m 깊이의 바위틈이나 쭈그린 사람과 입구, 천장, 뒷벽까지의 거리가 각각 1.5m 이상이 되는 동굴 등은 좋은 피신 장소다. 플라스틱 통이나 돌덩이 등 비전도성 물체 위에 앉아 있으면 더욱 안전하다.

자동차는 뇌우로부터 가장 안전한 장소지만, 항상 차 곁에 있을 때만 번개가 치는 것은 아니다. 그러므로 재빠르게 번개로부터 안전한 곳을 만들어 내야 한다. 알루미늄 포일만 있으면 쉽게 만들 수 있다. 몸을 최대한 웅크리고 나서 물기가 없는 알루미늄 포일로 몸 전체를 덮는다. 그런 상태로 땅에 발을 딛고 있으면 된다.


## 53. 열대우림

그곳의 자연은 충만하고 다양하다. 한 발 내디딜 때마다 새로운 것이 있다. 시야가 사방으로 막혀 있어, 위로도 둘레로도 멀리 볼 수 없다. 생명의 근원이자 먹이사슬의 원본인 그곳을 나는 사랑한다.

그곳에 발을 딛는 순간 사람은 먹이사슬 관계에서 그 일부가 된다. 포식자가 될 수도 있지만 그 반대의 상황에 처할 수도 있다. 모든 감각은 예민해진다. 그러나 일부러 이곳을 찾아 들어온 사람은 사고로 우연히 이곳에 빠져든 사람에 비해 매우 유리한 상황이다. 여행자는 예방접종을 비롯해 (황달, 말라리아 등의) 풍토병에 대비해 조치를 했을 것이고, 필요한 경험을 쌓았을 것이다.

열대우림의 주민이나 인디언들은 그곳 생태계에 완전히 동화되어 있다. 그들과 함께 밀림을 견딜 수 있으려면, 최소한 칼 하나와 해먹<sup>나무 사이에 달아매는 침대</sup>, 비를 막는 처마, 모기장이 필요하다. 여기서는 이런 것이 있어야 낭패를 보지 않는다.

밀림 지역에서 갈증과 추위는 큰 문제가 되지 않는다. 땀이 계속해서 나지만 갈증은 많이 느끼지 않는다. 공기 중 습도가 높기 때문에 증발이 천천히 일어나기 때문이다. 또한 공기 중 수분으로 인해 피부는 항상 축축하게 젖은 상태다. 갈증을 느낄 경우에도 조금만 찾아 나서면 개울, 시냇물, 나뭇잎에 고여 있는 물, 열대 덩굴을 쉽게 찾을 수 있다. 열대 덩굴의 물이라고 해서 모두 마실 수 있는 것은 아니다. 그러나 식수를 구분해 내기는 쉽다. 덩굴을 가슴 높이 정도에서 사탕수수 베는 칼로 베어 낸다. 그러고는 최대한 높은 곳에 칼집을 낸다. 그러면 수도에서 물이 흐르듯 시원하고 맛있는 물이 쏟아질 것이다.

추위는 상대적인 것이다. 열대우림의 온도는 16℃ 이하로 내려가지 않는다. 행군을 했거나 무더운 날씨에는 이 정도도 덥게 느껴진다. 그러나 옷을 별로 걸치지 않고 해먹에 편안하게 누워 있으면 이 정도로도 추위가 느껴질 수 있다. 이때는 얇은 이불 하나로 훨씬 따뜻하게 지낼 수 있다.

대체로 더운 기후지만 따뜻한 옷도 챙겨야 한다. 더군다나 몇 시간 동안 빠르게 달리는 지붕 없는 보트에 앉아 있어야 한다면 방수 망토, 판초<sup>남미 원주민의 외투로, 직사각형인 모직물 중앙에 구멍이 뚫려 있고 등산용 우의로 많이 쓰임</sup> 혹은 폴라폴리스 윗도리를 준비한다. 이것들은 쉽게 마르고, 포용보다도 따뜻하다.

열대우림에서 갈증과 추위는 거의 문제가 되지 않는 데 비해, 그리 만만찮은 것이 바로 곤충이다. 낮 동안에는 거의 헬리콥터만큼 크고 공격적인 파리나 말미잘만큼 작지만 몹시 성가시게 구는 파리와 싸워야 한다. 그놈들이 사라지면 모기가 달려든다. 결코 혼자 있을 시간이 없다. 흰개미, 거미, 전갈, 말벌, 벌들까지 당신 곁을 맴돌 것이다. 이때 비싼 살충제보다는 차라리 긴팔옷, 모자, 안면 망사 등으로 보호한다. 잠깐 잘 때도 해먹과 모기장은 필수다.

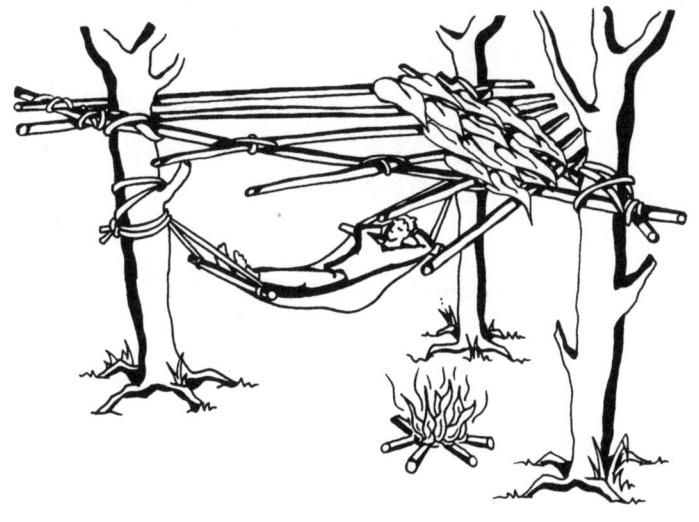

재를 이용하는 것도 좋다. 몸에 온통 새까맣게 재를 바른다. 외모가 우스워 보일 테고 인디언은 당신이 전투 중이라고 여길 수도 있겠지만, 어쨌든 불을 싫어하는 많은 곤충들에게 쇼크를 주는 효과가 있다. 만일 몸에 바르는 분무액을 사용하려면 집에서 가지고 간 것보다는 현지에서 산 것이 낫다. 경우에 따라 총에 바르는 오일, 진흙, 석유, 향수, 곤충 기피제, 살충제, 개박하, 마늘 등이 도움이 되기도 한다. 이것들이 몸 냄새보다 강한 냄새를 내야 한다는 것이 제일 중요하다.

그렇게 할 수 있는 도구가 전혀 없다면 바위 위나 흰 모래사장에 잠자리를 마련한다. 날벌레들의 공격을 막기 위해서는 수건을 얼굴에 두르고 양옆에 모깃불을 피우고 잔다. 이렇게 하면 곤충뿐 아니라 큰 짐승도 접근하지 못한다.

세 명이 잘 때는 삼각형 모양으로 누워 잔다. 중앙에는 불을 피우고 불 주변에는 돌을 두른다. 장작이 다 타서 더 넣을 때는 겉에서 안쪽으로 밀어 넣는다. 단체로 여행할 때 중요한 점은, 절대로 혼자서 다니지 않는다는 것이다. 적어도 둘씩 짝지어 다녀야 한 사람에게 문제가 생겼을 때 다른 사람이 도울 수 있다. 혼자서는 다리가 부러졌거나 뱀에게 물렸을 때 살아남을 공산이 거의 없다. 소리를 지르거나 흔적을 남겨도 마치 방음 처리된 양탄자처럼 숲이 모든 것을 삼켜 버릴 것이다.

해먹은 쉽게 만들 수 있다. 열대 덩굴과 나무 내피는 인조 로프처럼 튼튼하다. 너무 두꺼우면 그 섬유질들을 가늘게 쪼갠다. 이러한 섬유질 다발의 양 끝을 묶은 다음 서너 군데 정도 가로 방향으로 줄을 짜 넣으면 완성된다.

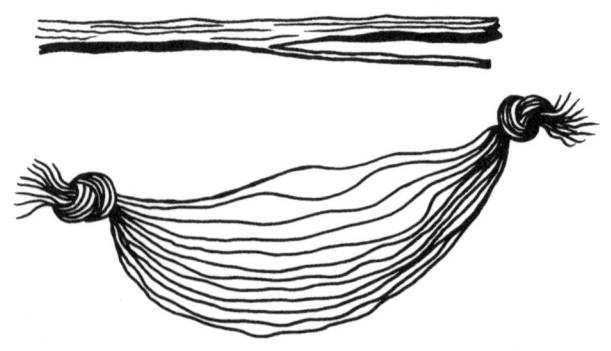

곧고 굵은 나뭇가지로도 잠자리를 만들 수 있다. 일단 나뭇가지 10개 정도를 세로로 나란히 놓고 그 위에 다소 짧은 나뭇가지 두 개를 가로로 놓는다. 가는 열대 덩굴로 이들을 얽어매고 2개의 튼튼한 열대 덩굴로 나무에 묶는다. 아니면 이 잠자리를 4개의 Y자 버팀목에 걸쳐 놓는다. 벌레가 기어 올라오지 않도록 버팀목에 재를 뿌리거나 석유를 적신 천을 감는다.

더운 곳에서는 추운 곳보다 배고픔을 덜 느낀다. 온도가 높기 때문에 체온을 유지하는 데 필요한 칼로리가 적게 든다. 단지 근육 운동, 즉 심장 박동이나 행군 등을 위해서 어느 정도의 칼로리가 필요할 뿐이다. 그러니 먹을 것을 채집하느라 시간을 낭비할 필요가 없다. 몸에 저장되어 있는 지방으로도 충분히 살 수 있으니 그냥 전진하라.

　재규어와 야생돼지 등 원시림의 네 발 달린 동물은 사람을 공격하려기보다 오히려 꺼린다. 그들이 피할 시간만 주면 된다. 그들은 오로지 새끼들을 데리고 있거나 궁지에 몰린 느낌이 들 때, 또는 선제공격을 받았을 때 이를 방어하기 위해 공격을 한다. 그러니 숲을 지날 때는 지팡이로 나무를 툭툭 치거나 노래를 불러 사람이 지나간다는 것을 알려야 한다. 그래도 공격을 하는 동물이 있다면 아마도 음치인 당신 노래를 더는 못 들어 주겠다는, 특별히 음악에 조예가 깊은 동물일 것이다. 독사 또한 위험하다. 뱀은 들을 수 없기 때문에 발로 땅을 쿵쿵 구르며 걸어야 한다. 그래야 뱀이 땅의 진동을 느끼고 사라진다.

　사람도 위험하기는 마찬가지다. 문명의 주변을 서성거리며 혼자 사는 사람은 항상 방어 준비가 된 상태다. 그는 어쩌면 피땀 흘려 황무지를 개간한 개척자로, 그 땅을 노리는 인간이나 동물로부터 보호하기 위해 만반의 준비를 하고 있을지도 모른다. 아니면 자신이 저지른 범죄 때문에 사람을 피해 살아야 하는 사람일 수도 있다. 이유 여하를 막론하고, 그들은 당신이 자신들의 자유나 생존을 위협한다는 느낌이 들면 살인도 서슴지 않을 것이다(114쪽 '본능' 참조).

## 자라 보고 놀란 가슴 솥뚜껑 보고 놀란다더니!……

브라질의 금광 지역에 갔을 때였다. 금광업자들은 나를 염탐꾼이자 인디언의 친구로, 즉 자신들의 방해꾼으로 보았다. 그들은 적이라 느껴지는 사람에 대해 무자비하게 공격한다. 한밤중에 깜짝 놀라 일어났는데, 어둠 속에서 한 무리가 나를 향해 소리 없이 다가오고 있는 것이 보였다. 손에는 횃불과 손전등을 들고. 그들은 살금살금 움직였다. 이렇게 상대가 많을 때는 도망치는 수밖에 도리가 없다. 일일이 장비를 챙길 시간이 없다. 맨몸으로 달리는 게 오히려 더 빠르다.

내가 잠자리에서 곯아떨어지지 않고 있었던 것이 얼마나 다행인지! 무기는 오른손 바로 밑 신발 위에 놓여 있었고 손전등과 칼은 신발 안에 있었다. 나머지 장비는 모두 내 발치에 있었다.

선두에서 횃불을 든 사람들이 바싹 다가왔다. 마치 물에 빠진 사람이 지푸라기라도 잡듯 칼과 총을 잡았다. 들리지 않게 조용히 옆으로 굴러 해먹에서 내려와 모기장에서 빠져나왔다. 횃불 타는 소리와 내 심장 소리 외에는 아무 소리도 들리지 않았다. 나는 완전히 혼자였다. 절대 혼자 다니지 말라는 원칙을 어긴 것이다. 그러나 혼자일 때의 장점은 누군가를 깨우고, 주의를 주고, 배려할 필요가 없다는 것이다. 나무 뒤로 숨었다. 그러는 사이 잠이 완전히 깼고 모기장의 방해 없이 모든 것을 뚜렷하게 볼 수 있었다. 그때서야 '앗!' 하고 깨달았다. 손전등 불빛과 횃불은 금광업자들의 것이 아니었다. 마실 나온 반딧불들이었다.

처음으로 숲에서 밤을 보내면 겁이 날 수밖에 없다. 주위는 쥐 죽은 듯 조용하다. 가끔은 모기 소리나 개구리 소리가 난다. 그리고 어딘가에서 나뭇가지 부러지는 소리가 들린다. 동물 소리인가? 사람 소리인가? 이 모든 소리보다 더 크게 들리는 것은 자기 자신의 쿵쿵거리는 심장 소리다.

밤에 잠자리에서 일어나 용변을 보아야 하는 경우에도 질서 있는 시스템을 유지하는 게 좋다. 물론 해먹에 누운 채 몸만 옆으로 굴려 소변을 볼 수도 있다. 그러나 위생과 규율과 자존심 때문에라도 모기장에서 몇 발자국 떨어진 곳에서 일을 보아야 한다. 그러한 것들 때문에 마음가짐이 조금씩 흐트러지는 것이다.

어두울 때 일을 보러 가려면, 우선 바닥을 비춰 보라. 이미 잠자리 주위 5m 안의 관목들은 다 쳐 버렸기 때문에 바닥이 한눈에 들어올 것이다. 특히 작은 나무는 해먹에서 떨어졌을 때 찔릴 수도 있기 때문에 베어 낸다. 일어나서 바닥을 몇 번 쿵쿵 굴러 주면, 아직 그 주변에서 얼쩡거리던 뱀이 놀라 도망칠 것이다.

숲에서는 잠깐만 자고 일어나도 개운하다. 산소가 많기 때문이기도 하고 해먹 때문이기도 하다. 긴 행군을 하고 난 뒤 발을 높이 올려놓으면 푹 쉴 수 있다. 그렇게 다리에 몰려 있던 피가 몸으로 되돌아간다. 푹 파인 해먹 때문에 자세가 불편하면 해먹의 대각선 방향으로 눕는다. 그러면 몸이 수평으로 된다.

지리도 잘 모르는 밀림을 한밤중에 행군하는 것은 피하는 것이 좋으며, 사실 거의 불가능하기도 하다. 그럼에도 야간 행군이 꼭 필요한 경우에는 모두 각자의 배낭에 작은 등을 단다. 누군가가 뒤쫓아 오는 것 같을 때는 불을 피우지 말아라.

짐을 모두 놔둔 채 간신히 도주하긴 했지만 하늘도 보이지 않고 사방을 분간하기 어려울 때가 있다. 그렇다고 해도 절망하지 말아라. 그때는 개울에 도달할 때까지 계속해서 아래 방향으로 내려간다. 개울을 만나면 그것을 따라 하류로 내려간다. 곧 당신은 또 다른 개울이 흘러드는 것을 보게 된다. 그러다 보면 개울은 어디에선가 강으로 흘러 들어가고, 그곳에서는 수영을 하거나 배를 탈 수도 있을 것이다. 이제 수영 보조 기구를 만든다. 그렇게 가다 보면 때로는 자신이 원하는 것보다도 훨씬 빨리 문명 지역에 이르게 된다. 나무는 보이지 않고 소음과 매연만 가득 찬 그 문명에……

## 54. 극지방

등산가들은 다음과 같은 경구를 알고 있다. "추위는 막을 수 있으나 더위는 막지 못한다. 추위에 떠는 사람은 게으르거나 멍청한 것이다." 그들이 오르는 높은 산은 극지와 같은 기후 조건이기 때문에 그들은 여기에 대해 잘 알고 있으리라. "추우면 옷을 두껍게 입으면 된다. 옷이 있는데 그걸 입지 않는다면 게으른 것이다. 옷이 없다면 멍청한 것이고 그에 대한 대가로 추위에 떨어 봐야 한다."

극지방의 추위는 혹독하다. 오줌을 누면 오줌 줄기가 땅에 닿기도 전에 와삭와삭 소리를 내며 얼어 버린다. 바지를 제대로 입으려면 그 얼음 줄기를 발로 차 버려야 한다. 여기서 실수를 저지른다면 사막에서보다 더 빨리 죽게 된다. 영하 40℃의 날씨, 바람, 얼음, 눈, 식량 부족, 불균형한 영양 섭취, 북극곰이 출몰하고 풀 한 포기 없으며, 몇 달 간 지속되는 밤 혹은 낮, 빛이 강렬하게 번들거리고, 마을도 길도 없고, 그렇게 '고독' 그 자체다.

다른 여행도 모두 마찬가지지만, 여기서는 반드시 지켜야 할 세 가지 규칙이 있다.

1. 준비를 잘해야 한다.
2. 사고가 발생하는 즉시 제대로 대처해야 한다.
3. 적절한 구조 방법을 활용해야 한다.

자신이 여행하고자 하는 지역의 특수한 문제들에 대해 정확한 지식을 갖는 것이 그 준비에 속한다. 필요한 옷가지를 준비한다. 음식물은 가볍고

(건조식품), 영양가가 높고, 고열량인 것으로 충분히 준비한다. 예정한 날짜보다 넉넉히 계산해서 준비한다.

물 걱정은 할 필요 없다. 눈을 그릇에 담아 녹이면 된다. 눈을 그대로 먹으면 체온을 빼앗겨 결국 체내 열량을 잃게 되므로 반드시 녹여서 마시도록 한다. 이때 한 가지 주의할 것은 이 물을 그대로 마셔서는 안 된다는 것이다. 눈(증류수)은 체내 무기질을 빼앗아 간다. 그러므로 그냥 마시기보다는 수프, 차, 국물, 즙 등을 만들어 마신다.

극지대 탐험가는 일반적으로 매일 2ℓ 가량의 음료를 마셔야 한다. 이 중에서 커피가 1/3 이상이 되면 안 된다. 커피는 몸에서 물과 온기를 빼앗아 가기 때문이다. 이는 알코올성 음료도 마찬가지다. 술은 몸의 혈관을 넓히고 혈액순환을 활발하게 하기 때문에 몸을 덥히는 것처럼 느껴지지만 실제로는 이와 정반대다. 열은 피부를 통해 곧바로 공기 중으로 빠져나간다. 술 취한 사람은 금세 몸이 식는다. 그래서 술 취한 사람을 돌보지 않고 추운 곳에 그대로 두면 자다가 얼어 죽을 수 있다.

눈이 없으면 얼음이 있다. 바닷물이 얼어서 된 얼음은 먹을 수도, 마실 수도 없다. 그렇지만 공기 중에 오래 노출되어 있던 얼음덩어리라면, 공기 중 습기가 그 표면에 달라붙어 '담수'가 덮여 있게 된다.

극지방에서는 혼자 여행해서는 안 된다. 얼음이 갈라진 틈에 빠지거나 발을 삐거나 빙판이 깨질 위험이 높기 때문이다. 그러니 믿을 만한 동행이 꼭 필요하다. 더 나아가 바다에 떠 있는 얼음 위에서나 빙하 지역에서는 최소한 3인이 함께 여행해야 한다. 밧줄로 서로를 연결해 안전 장치가 되어 주어야 하기 때문이다. 얼음에 균열이 많아 위험한 지역이라면 반드시 얼음용 피켈로 계속 더듬어 가거나, 스키를 탄 사람이 앞서 가야 한다. 얼음 균열이 많은 지역에서 야영을 위해 장소를 물색할 때는 특별히 신중해야 한다.

몸이 얼기 시작하면 체조를 하거나 잠깐 뛰거나 짐을 조금 지고 걷는다. 그렇지만 지나치게 땀이 날 정도까지 해서는 안 된다. 땀은 체온을 빠르게 빼앗아 가므로 동사의 위험이 높아진다. 옷이 땀으로 젖었다면 갈아입는다. 두꺼운 셔츠 하나보다는 얇은 셔츠 3개를 겹쳐 입는 편이 낫다. 천과 천 사이에 공기가 생겨서 두꺼운 옷 한 벌보다 보온 효과가 더 높은 것이다.

많이 입기보다는 차라리 적게 입어라. 그러면 땀을 덜 흘리게 되므로 옷을 자주 갈아입을 필요가 없다. 옷에 기름이나 지방이 묻지 않도록 한다. 이들은 옷의 섬유조직을 부식시키거나 천을 뻣뻣하게 만들어 옷에 구멍을 낼 수 있다.

신발은 원래 자기가 신던 크기보다 2㎝ 정도 큰 것을 고른다. 그래야 발가락을 꼼지락거려 움직일 수 있다. 양말도 여러 켤레 겹겹이 신는데, 바깥쪽으로 겹쳐 신는 양말일수록 치수가 커야 한다. 그렇지 않으면 양말에 주름이 지고 발가락을 움직이기가 불편하다.

눈은 고글로 보호하는 것이 원칙이다. 비상시에는 어떠한 재료로든 눈을 덮을 수 있는 것을 만들고 거기에 작은 눈구멍을 낸다. 얼음과 눈에 반사되는 빛의 밝기는 눈이 견딜 수 있는 밝기보다 몇 배나 더 밝다. 여기에 주의하지 않으면 눈에서 눈물이 나고 염증이 생기며 통증이 심해지다가 설맹<sup>雪盲</sup> 등으로 눈이 보이지 않게 될 수

**극지대 탐험가는 일반적으로 매일 2ℓ 가량의 음료를 마셔야 한다. 이중에서 커피가 1/3 이상이 되면 안 된다.**

있다. 앞이 보이지 않으면 길을 찾지 못하고 얼음 사이의 틈으로 빠질 수 있기 때문에 자신뿐 아니라 동료들까지 위험하게 된다. 안경 외에도 안면 보호구를 써서 보호하거나 검댕을 칠해 얼굴을 검게 만들어야 한다. 검은 색은 열을 흡수한다.

모자는 두껍고 따뜻한 것을 쓴다. 체온의 60%는 머리를 통해 방출되는데, 이는 머리의 혈액순환이 특히 활발하기 때문이다. 대머리는 그만큼 더 체열이 많이 방출된다. 머리는 몸의 다른 부분보다 피 순환이 더 잘되는 특수한 메커니즘을 가지고 있다. 특히 식량이 적을 때는 이에 주의한다. 열이 빠져나가는 만큼 이를 보충하기 위해 식량이 더 필요하기 때문이다.

영하 30℃ 이하의 건조한 추위에서나 영하 5℃ 이하의 습윤한 추위에서는 얼굴을 안면 보호구로 보호하는 것이 필수다. 그럼에도 불구하고 얼굴이 얼려고 한다면 얼굴 근육을 움직여서 혈액순환을 돕도록 하라.

고통을 느낄 수 있다면 당신은 아직은 온전한 상태다. 그렇지만 어느 순간 감각이 사라지고 그 부분이 허옇게 변한다면 즉각 그 부분을 집중적으로 데우고, 움직이고, 따뜻하게 감싸야 한다.

물에 빠질 경우 동사의 위험이 가장 크다. 물은 공기보다 25배 빠르게 체열을 빼앗아 간다. 얼음이 깨지는 위험은 해안, 즉 육붕<sup>陸棚, 해안을 둘러싼 얕은 바다</sup> 지역에서 특히 크다. 파도나 조수는 거대한 빙산을 몇 초만에 깨뜨릴 수 있다. 이러한 빙산은 대부분 바다 방향으로 흐른다. 바다표범이 얼음 바닥에 뚫은 숨구멍이 얼음으로 얇게 덮여 있는 곳이나 바다 쪽으로의 모서리 등도 위험하다. 따라서 바다의 얼음 위에서 야영을 해서는 안 된다.

이렇게 조심했는데도 물속에 빠졌다면 옷을 입은 채 있는다. 그 추위에서 살아남을 수만 있다면, 그 옷은 약간의 부력을 제공하고 몸이 완전히 식어 버리지 않도록 한다. 이제 당신에게는 불과 몇 분의 시간밖에 남지 않은 것이다. 수영을 잘하는 사람이라도 얼음물에서는 최대 2백 미터를 헤엄치면 죽게 된다. 다행히 얼음 위로 올라올 수 있다면 눈 위에서 구른다. 눈이 물기를 흡수하기 때문에 다소 물기를 건조시킬 수 있다. 그러고 나서 움직이기 시작하라! 뜀박질을 시작하라! 살아남기 위해 달려라! 그래야만 얼어 죽지 않는다.

동료도 없고 옷, 불, 햇볕도 없고 그리고 체력마저 소진되었다면 그대로 동사하게 된다. 때로는 체온이 20℃까지 내려가야지 죽는다는 사실에 아마도 놀랄 것이다. 평소 체온에서 2℃만 내려가도 이미 몸을 움직이기 어렵게 되고, 그 다음부터 몸이 식는 것은 빠르게 진행된다. 그리고 잠이 든 상태에서 죽게 된다.

극지에서 허기 때문에 서서히 얼어 죽는 경우도 있다. 얼어 가면서 점차 피곤을 느끼고 졸음이 쏟아진다. 사고력이 점차 마비되고 정신을 잃게 된다. 맥박, 심장박동, 호흡은 거의 정지되고 몸은 얼음처럼 차가워진다. 처음에 졸음이 쏟아질 때 근육을 계속 움직여야 살아날 수 있다.

사고를 당해 체온을 잃은 사람은 즉각 따뜻한 실내나 불 옆에 옮기고 두꺼운 옷을 입힌다. 마실 수만 있다면 따뜻한 음료를 준다. 이 경우에는 진한 커피가 효과적이다. 그리고 혈액순환 촉진제와 강심제가 있다면 먹이고, 인공호흡을 통해 숨을 좀 더 잘 쉴 수 있도록 돕는다.

국부 동상의 경우는 조금 다르게 다루어야 한다. 코, 귀, 손가락, 발가락, 다리 등, 사지를 비롯해 몸의 튀어나온 부분은 모두 해당된다. 몸의 일부분이 몇 시간에 걸쳐 딱딱하고 허옇게 얼어붙었다고 하더라도 완전히 포기해 버릴 필요는 없다. 그렇지만 아마도 남은 일생 동안 그 부분에 있어 조직 파괴와 만성적 국소 혈행 장애를 겪게 될 것이다. 우선 얼어붙은 신체 주위를 마사지하여 혈액순환을 촉진한다. 언 부분에 오줌을 누고, (가능하다면) 허벅지 사이나 겨드랑이 아래에 끼운다. 동료들이나 개들의 몸에 대고 문지른다. 또한 눈을 대고 문지르는 것도 놀라운 효과를 가져온다.

극지 모험가는 피부와 혈액순환을 자극하는 동상 연고를 가지고 다녀야 한다. 냉온수로 번갈아 목욕을 하면 고통을 완화시킬 수 있다. 회생한 신체 부분은 앞으로 몇 년 간은 특별히 주의를 기울여 추위로부터 보호해야 한다. 신체의 한 부분이 완전히 괴사壞死했다면 부득이 이를 절단할 수밖에 없다. 의사가 곁에 없다면 스스로 해야 한다. 여기서 그나마 좋은 점이라면 얼어서 마비되어 버린 부분은 고통 없이 절단할 수 있다는 것이다.

자신의 건강을 세심하게 챙기는 것처럼 장비 역시 성실하게 다루어야 한다. 그중 어느 것도 아무렇게나 굴러다니게 해서는 안 된다. 순식간에 바람에 날려 사라질 수도 있다. 그러므로 모든 것을 수직으로 세워서 함께 모아 놓은 뒤 형광 끈으로 표시해 두는 것이 좋다. 짐을 꾸리거나 행진할 때 식료품, 연료, 구명도구, 텐트, 의약품 등을 썰매 한 곳이나, 배낭 하나, 텐트 한군데에 몰아 두어서는 안 된다. 모두 균등하게 나누어 따로따로 보관한다. 오직 하나밖에 없는 물건이라면, 맨 끝에 있는 썰매나 맨 뒤에 오는 사람이 운반한다.

돌아오는 길을 위해 식료품 창고를 만드는 경우 몇 킬로미터마다 표시를 해 두어야 한다. 눈속임을 위해 그 창고 이외의 다른 곳에도 표시를 한다.

개를 데리고 갈 경우 그 개에 대해 잘 알아야 한다. 허스키 종을 비롯하여 극지방의 개들은 그들만의 규칙을 가지고 있다. 이들은 길들여지지 않는 야성을 간직하고 있으며 무리를 지어 다니는 동물이다. 인간이 기르긴 하지만 늑대의 피가 흐르고 있다. 그러므로 허스키 종은 가축이기보다는 야생동물에 가깝다고 보아야 한다. 그들에게는 우두머리 짐승과 주인이 있어야 한다. 야영지에서는 따로따로 나누어서 묶어 둔다.

그 개들을 별로 겪어 보지 않았다면 시야에서 놓치거나 등을 보여서는 절대로 안 된다. 이 개들은 항상 배가 고파 있기 때문에 그 어떤 것에도 덤벼들 수 있다. 당신도 공격을 받을 수 있다.

아무 곳에나 용변을 보지 말고 시베리아식 화장실을 이용한다. 즉 이글루나 짐들을 등지고 쭈그리고 앉아서 양손에 몽둥이를 든 채로 용변을 본다. 이는 개나 늑대를 막기 위한 것이기도 하고 다른 한편으로는 얼어붙은 오줌 줄기를 깨기 위해서이기도 하다.

만일 행진이 오래 되어 말린 생선도 떨어져 간다면 개들에게 아직은 영양가가 남아 있는 당신의 대변을 제공한다. 아주 극심한 식량난에 빠졌다면 가장 약한 개부터 도살해서 나머지 개들을 먹인다. 그러면 다른 개들을 살릴 수 있지만, 한 마리가 없어졌기 때문에 썰매를 끄는 힘은 약해진다.

**물에 빠질 경우 동사의 위험이 가장 크다. 물은 공기보다 25배 빠르게 체열을 빼앗아 간다. 살아남으려면 무조건 달려라!**

짐이 제대로 얹혀 있는지 늘 살펴본다. 짐이 떨어지는 것을 알 수 있도록 한 사람은 항상 맨 끝에 따라간다. 짐을 썰매에 다시 꼭 붙들어 맬 때는 맨손으로 금속 부분을 만지지 않도록 주의한다. 특히 즉각 동상을 일으킬 수 있는 기름, 석유, 휘발유 등을 다룰 때 주의하라.

극지방 주변의 국가들은 여행자들에게 매우 엄격한 의무 조항을 부여한다. 그들은 모든 장비를 검사하고 엄청난 금액의 보험료를 요구한다. 그 이유는 혹시나 구조 작전을 하게 되면 수백만 달러의 지출이 생기기 때문이다. 그러므로 개인 여행자는 이러한 보험료를 지불하기가 거의 불가능하고 스폰서도 찾기 어렵다.

## 55. 극지 서바이벌 훈련

극지 여행을 언제나 꿈꿔 왔지만 금전적 이유나 극지방에 대한 경외심 때문에 가 보지 못한 사람도 있을 것이다. 물론 극지를 정말로 한번 가 보려고 마음먹은 사람도 있다. 이런 사람들은 여행을 떠나기 전에 그와 비슷한 상황에서 극지 훈련을 해 볼 수 있다.

북극과 남극 모두에 있어 전문가인 아르베트 푹스는 맨 처음 극지방으로 모험을 떠나기 전에 자신의 모든 장비를 식품 도매상의 초저온 냉장고에 넣고 영하 42℃에서 체험해 보았다고 한다. 더욱이 선풍기까지 틀어 체감 온도를 낮췄고(바람이 불어 추위가 심해지는 현상을 '냉각 요인'이라고 한다), 불은 석유 램프만 가지고 들어갔다.

그는 그곳에서 하룻밤을 보내고 나서, 추위가 심한 지역에서는 침낭도 별로 도움이 되지 않으며 신발에 난 조그만 구멍 하나도 바늘로 찌르는 듯한 추위를 느끼게 한다는 사실을 깨달았다고 한다. 여행 도중에 이런 사실을 깨닫는다면 그때는 이미 늦었다. 베를린에는 여행 장비 전문점에 냉동 창고가 있다. 극지에 도달하기 전에 먼저 체험해 본다.

돈을 조금만 내면, 몸에 좋은 강추위 쇼크도 경험해 볼 수 있다. 독일 슐레지비히-홀슈타인 주 카펠른에 있는 냉동 창고에서는 자그마치 영하 110℃를 체험할 수 있다. 그곳에서는 입김이 얼고 말도 할 수 없을 정도다.

여기서는 모자, 안면 보호대, 신발을 착용하고, 콘돔까지 끼운 채 자신의 신체에게 인내심을 가르칠 수 있다. 60초에서 90초 동안…… 지금까지 최장 기록은 5분이다. 와들와들 떨리는 3백 초다. 이를 경험하고 나면 마치 새로 태어난 것 같을 것이다. 사실 죽을 수도 있는 온도니 그렇게 느끼는 것이 이상한 일도 아니다. 모순된 말처럼 들릴지 모르지만 강추위 쇼크는 류머티즘, 피부병, 척추 관련 병 등에 좋고 전반적으로 편안함을 느끼게 하는 효과가 있다.

극지방 서바이벌 훈련에는 이글루를 만드는 것도 포함된다. 이글루에 앉아 본 경험이 있는 사람이라면 눈의 보온 효과가 얼마나 큰지, 이 반구형의 집이 얼마나 빨리 따뜻해지는지 알 것이다. 한 자루의 초가 전하는 온기나 한 사람이 발산하는 체열만 있어도 내부는 금세 안락하고 따뜻해진다.

눈이 쌓여 있지 않은 곳에서도 이글루를 만들 수 있다. 얼어붙은 호수를 얇게 덮고 있는 눈을 눈삽으로 밀어 모아서 튼튼한 상자 안에 넣고 네모나게 만든다. 눈이 잘 뭉쳐지지 않으면 물을 사용한다.

집을 만들 만큼 충분한 개수의 눈벽돌이 마련되면 우선 그중 몇 개를 땅 위에 둥글게 둘러놓는다. 이때 눈벽돌들 사이의 틈새가 많이 벌어지지 않게 바싹 붙여 놓아야 한다. 그리고 눈을 시멘트처럼 틈새에 바른다. 집 짓는 사람은 집 안쪽에서 작업을 한다. 둥글게 원이 이루어지는 부분에서 눈벽돌 세 개 정도를 일정한 기울기가 되도록 (긴 칼이나 날카로운 나무판 모서리 등으로) 잘라 낸다. 첫 번째 눈벽돌의 한쪽 끝은 높이가 거의 없도록 하고, 점점 높이를 높이다가, 마지막 눈벽돌의 반대쪽 끝은 원래 눈벽돌 높이가 되도록 하는 것이다. 아니면 처음부터 이런 모양의 눈벽돌을 만들 수도 있다.

그러고 나면 그 첫 번째 (가장 작은) 눈벽돌 위에 보통 모양의 네모난 눈벽돌을 하나 올려놓고 그렇게 계속 쌓아 올린다. 그러면 나선형으로 눈벽이

올라가게 된다. 도와주는 사람이 있다면 눈벽돌을 바깥에서 안으로 건네준다. 집 안에서 눈벽돌을 쌓는 사람은 눈덩이가 서로 잘 붙고, 위로 올라갈수록 돔 모양으로 좁아지도록 각별히 유의한다. 눈의 접착력에 따라, 눈이 얼 수 있도록 중간에 휴식 시간을 갖거나 담수를 조금씩 뿌려야 할 수도 있다. 물론 극지방에서는 그런 수고를 할 필요가 없다. 마지막 눈벽돌은 두껍고 둥근 판 모양으로 준비한다. 마지막 눈벽돌을 머리 위로 들어올린 뒤 구멍에 눈벽돌을 맞춰 끼운다. 이렇게 해서 사방이 완전히 막힌 반구형의 이글루가 완성되었다. 작업을 끝마친 다음 이글루 안에서 칼로 벽에 구멍을 내면서 바깥으로 나온다. 이렇게 '문'이 만들어진다. 이 문은 되도록 작아야 한다. 그리고 그 앞에는 눈으로 만든 방풍벽을 설치해야 한다.

이제 내부 인테리어 공사가 시작된다. 정중앙에는 상이 놓이고 지붕 위쪽에는 숨구멍을 한두 개 뚫어 준다. 이는 질소 성분을 함유한 따뜻한 입김을 방출하는 통로인데, 이 구멍이 있어야 천장의 빙결 속도가 느려진다.

눈은 전혀 없고 얼음 덩어리만 있는 경우에도 이러한 반원형 주택을 만들 수 있다. 마치 벽돌로 만들 듯이. 이글루를 완벽하게 만들 시간이 없는 사람이라도 최소한 방풍벽은 쌓아야 한다. 이 정도도 만들지 않는 게으른 사람들은 분명 난관에 부딪혀 구조대를 출동하게 만들 것이다.

그 다음 도끼로 얼음판에 구멍 내는 방법을 익히자. 태울 것이 많이 있는 사람은 열로 얼음을 녹여 구멍을 만들 수도 있다. (불에 타지 않는) 젖은 나무를 작은 뗏목 형태로 만든 뒤 그 위에 불을 피운다. 불 아래에서 얼음이 녹으면 계속해서 물을 퍼내야 한다. 불이 얼음을 완전히 녹여 구멍이 생길 때까지.

그렇게 만들어진 얼음 구멍에서 상쾌한 목욕을 할 수 있다. 처음 들어가면 심장마비에 걸릴 것 같을 것이다. 그래서 구멍에서 번개처럼 빠져나오게 된다. 그러나 그 상태로 1분만 지나도, 그러니까 피가 몸 전체를 한 번 순환하고 나면 따뜻한 느낌이 들고, 이번에는 물속에 들어가도 처음처럼 차가운 느낌이 들지 않는다. 적어도 1분에서 5분 정도 물속에 머무른다. 그러고 나서 얼음 위에서 맨발로 조깅을 하면 따뜻함을 유지하면서 몸을 말릴 수 있다.

처음 얼음 구멍으로부터 4m 떨어진 곳에 구멍을 하나 더 낸다. 긴 막대를 이용해 얼음 밑으로 줄을 밀어 넣어, 줄이 두 구멍 사이의 얼음판을 두르도록 하고 줄 양끝을 묶는다. 이 줄이 빙빙 돌아가면 안 된다. 이 줄은 잘못해서 구멍에 빠졌을 때 또 다른 구멍으로 나올 수 있도록 길을 안내할 것이다.

얼음 구멍은 목욕뿐 아니라 낚시에도 유익하다. 물고기는 빛을 따른다. 특히 바다에 사는 물고기들에게 이런 경향이 더 강하다. 추를 묶은 긴 줄에 바늘을 다는데, (바다에) 물고기가 많으면 바늘을 여러 개 단다. 낚싯바늘에 거는 미끼로는 인조 미끼보다 자연산 미끼가 더 효과적이다. 그러고 나서 물고기가 바늘을 물 때까지 줄을 위아래로 계속해서 움직인다.

물고기가 잘 물지 않아 몇 시간을 기다려야 한다면 무인 낚싯대를 만들라. 그럼 멀리서도 물고기가 입질을 했는지 알 수 있다.

## 56. 해양지대

지구상의 70%가 물로 덮여 있다. 유감스럽게도 이 물에는 염분이 있어 먹을 수는 없다. 그렇지만 인간은 배와 잠수도구를 이용해 바다를 정복하기 위해 노력해 왔으며 또 어느 정도 성과도 얻었다.

배가 난파되면 '물'이라는 것이 당신에게는 익숙한 물질이 아님을 알게 될 것이다. 안전한 해안가에서 1시간 정도 수영을 즐기는 것하고는 다르다. 그러나 지금은 배가 침몰했고, 말 그대로 당신 목까지 물이 차 있다. 생사의 기로에 선 것이다.

익스트림 스포츠나 난파 모험에 대한 예는 무궁무진하게 많다. 우선 한네스 린데만의 예를 보자. 그는 수개월 동안 바다에 혼자 떠 있는 모험에 도전했다. 돛이 하나 달린 페달보트를 가지고 그는 아프리카에서 카리브해까지 1백19일 간 항해했다. 보트에는 음식과 약간의 식수가 있었다. 그리고 종종 생선을 잡아먹었다. 그러나 그는 몸을 자유롭게 움직일 수 없었다. 1백19일 간 그는 보트 바닥에 엉덩이를 붙인 채 쭈그리고 앉아 있어야 했다.

바다에서 가장 오래 버틴 기록은 림푼이라는 중국인이 가지고 있다. 그는 뱃사람이었는데 1백33일 동안 혼자서 뗏목을 타고 다니다가 구조되었다. 그중 50일 동안은 식량이 있었지만 83일 간(이는 3개월에 해당된다!)은 물고기, 물새, 새우, 홍합을 먹고 비를 받아 마시며 버텼다.

난파자에게 가장 큰 적은 차갑고 소금기 있는 물인데, 이는 특히 바람이 불면 더욱 그렇다. 물은 순식간에 체열을 앗아 간다. 체온과 수온 간의 차이가 클수록 저체온증으로 죽게 될 확률도 높아진다.

온도가 높은 상황에서 수영 보조 도구나 구명도구 없이 수영하는 것이 불가피하다면, 차분하게 제자리에서 수영하는 편이 낫다. 옷은 반드시 착용한다. 옷은 부력을 제공하고 상어나 자외선을 막아 주며 특히 체온을 유지시켜 준다. 33℃의 따뜻한 물이라고 해도 12시간이 지나면 얼어 죽을 것만 같을 것이다.

옷을 가지고 수영 보조 도구를 만들어 낼 수 있다는 것을 명심한다. 이런 용도로는 너무 꽉 끼지 않는 원피스슈트가 가장 이상적이다. 그렇지만 셔츠도 좋다. 옷의 어깨 부분에 바람을 불어넣으면, 몸을 떠받쳐 주기 때문에 힘을 아낄 수 있다. 옷을 가슴 아래까지 열고 칼라를 세워 손으로 움켜

쥐고는 목에 대고 누른다. 숨을 깊이 들이마신 뒤 팔 아래로 숨을 내쉬어 등 쪽으로 바람을 불어넣는다. 목 부분은 밀폐된 상태를 계속 유지한다. 이런 과정을 몇 차례 반복한다. 물론 능숙한 사람은 단 한 번만으로 이를 해낼 수 있다. 그러면 부력이 생겨 물위에 떠 있게 된다. 능숙한 사람이라면 원피스슈트 전체에 공기를 채워 넣고, 부풀어 오른 옷 속에서 수면을 둥둥 떠다니며 잠깐씩 잠들 수 있을 정도가 된다.

몇 시간 동안 헤엄을 쳐야 할 경우에는 콘돔이나 비닐봉지 같은 작은 도구들이 커다란 도움이 된다. 아니면 양동이를 뒤집어 놓는 것도 좋다. 부력이 조금이라도 더 생기면 살아남을 기회는 몇 배로 늘어난다.

그렇게 힘을 절약하면서 제자리에서 떠 있으면 상어를 막기도 훨씬 쉽다. 왜냐하면 수영을 해서 앞으로 나아가는 경우에는 뒤에 따라오는 큰 물고기가 당신의 움직임을 부주의, 나약함, 불안이나 도주 따위로 해석하고 공격할 수 있기 때문이다.

잠수경, 호흡관, 오리발 등의 보조 도구가 있다면 물아래에서도 볼 수 있기 때문에 공격에 제때 대비할 수가 있다.

구명보트에는 항상 작살이 같이 있다. 작살은 낚싯대보다 중요하다. 작살은 강력한 작살대와 창, 안전줄로 되어 있다. 작살을 던질 때는 항상 한쪽 끝을 보트에 묶는다. 작살에 맞은 물고기의 힘은 상상을 초월한다. 풀려 나가는 줄을 손으로 멈추려 한다면 손이 심하게 긁히고 화상을 입을 수도 있다. 바다에서는 가급적 상처 입지 않도록 조심해야 한다. 소금물에서는 상처가 잘 아물지 않는다.

작살을 사용할 때는 물의 굴절각을 고려한다. 창을 찌르기 전에 미리 그 굴절각을 파악한다. 물고기가 바로 아래에 있을 때 수직으로 내려 찌르면 굴절각이 생기지 않으므로 그때를 찾는 것도 요령이다.

물고기를 빼내기 위해서는 예리한 칼이나 톱날이 붙은 칼이 좋다. 그 칼은 항상 몸에 지니고 다녀야 한다. 잃어버려서는 안 되는 물건은 모두 마찬가지다. 몸에 지닐 수 없는 물건은 보트에 묶는다.

물고기는 충분하다. 때로는 보트 위로 뛰어드는 물고기도 있다. 날치나 그를 따라오는 다른 물고기들이 그렇다. 염통, 간, 유즙阮汁, 알, 비장 등이 가장 맛있다. 이것들은 비타민 C가 풍부하므로 괴혈병을 방지한다. 생선의 붉은 살이 흰 살보다 좋다. 내장은 바닷물에 살짝 적셔 간을 맞출 수 있다.

독이 있는 물고기 때문에 겁낼 필요는 없다. 바다 한가운데서 그런 것을 만날 위험은 거의 없다고 해도 과언이 아니다. 그래도 의심이 가거든 몸에 가시가 많이 나 있거나 물고기답지 않은 모양을 한 것은 먹지 않는 편이 낫다. 뱀장어도 전형적인 물고기 모양은 아니지만, 당신이 뱀장어 정도는 알아볼 것이라 믿는다. 게다가 뱀장어는 바다의 수면에서 헤엄치지도 않는다.

배 밑바닥에 금세 달라붙기 시작하는 조개류는 날것으로 먹을 수 있다. 해초나 플랑크톤, 해조류 등도 (끓이면) 맛이 좋다. 그러나 이것을 먹으면 목이 마르다. 그래서 담수로 잘 씻어 소금기를 제거해야 한다. 그렇다고 해도 이것을 먹고는 물을 몇 잔 마셔야 할 것이다.

위기에 처해 어쩔 줄 모르다가 결국 바닷물을 마셨을 경우에는 신장에 문제가 생긴다. 갈증이 심해질수록 신장은 더 막히고 죽음은 더 고통스럽게 된다. 목이 말라 죽기 직전에는 부종浮腫이 생긴다. 이는 신체 조직이 부어오르는 것이다. 손가락으로 부종을 누르면 살이 움푹 들어가서 다시 나오지 않는다. 갈증으로 죽는 것은 처참하다. 사방이 물인 바다 위에서 목이 말라 미치게 된다.

대서양을 횡단하는 많은 사람들에 따르면, 위급한 경우에 생선살을 쥐어짜서 물을 구할 수 있다고 한다. 그러나 이 말은 틀렸다. 내가 시험해 본 결과, 거기서 짜낸 생선 체액은 구역질이 나고 단백질이 포함되어 있었다. 입은 순간접착제를 바른 것처럼 끈적끈적하게 붙어 버리고 오히려 갈증을 더 불러일으켰다.

빗물을 받는 도구가 중요한데 방수천, 밤에 이슬이 내려앉는 평평한 지붕, 냄비, 접시, 그릇 등 모든 것이 사용될 수 있다. 작은 용기에 더 많은 빗물을 받고 싶다면, 옷을 다 벗은 채 용기 안에 들어가서 빗물과 접촉하는 면적을 넓힌다. 그러면 빗물은 몸을 타고 그릇 안으로 흘러 들어갈 것이

다. 낚싯대, 작살, 줄 등도 그릇의 표면을 확장시켜서 더 많은 물을 얻을 수 있게 해 준다.

연료가 충분하다면 바닷물을 끓여 수증기를 릴낚싯대 관에 통과시켜 다시 액화시킨다. 거기에 아주 약간의 바닷물을 섞으면 마실 수 있다.

미쳐 버렸거나 탈진한 사람은 줄로 배에 묶어야 한다. 그들의 상태는 일시적인 것이다. 다시 마시고, 먹고, 잠을 자면 상태가 호전된다. 이렇게 몸을 묶는 것은 혼자 여행하거나 폭풍우가 몰아칠 때 특히 필요하다. 한밤중에 배에서 바다로 떨어진 사람을 다시 찾아내기란 거의 불가능하다.

바다를 횡단할 때 나는 언제나 몸을 배에 묶었고, 이와 더불어 생존의 확률을 더 높이기 위해 물에 뜨는 1백 미터 길이의 밧줄을 끌고 다녔다. 그리고 밧줄 끝에는 반사등이 부착된 부표를 달았다. 이 밧줄을 키에 단단히 잡아매서 유사시에 키를 둘둘 말면 보트가 설 수 있도록 한 것이다. 배를 멈추는 것이 매우 중요하다. 시속 2㎞ 이상으로 달리는 배에 끌려가는 것은

위험하다. 이때는 즉시 등을 아래로 대고 누운 뒤 머리를 가슴 쪽으로 들어 뱃머리처럼 만든다. 그래야만 몸이 두 동강이 나는 사태를 피하고 수면 위에서 살아남을 수 있다.

배가 지나간다고 해도 조난당한 당신을 보지 못할 수 있다. 그 배의 선원들은 조난자를 찾기 위해 항상 두리번거리고 있는 것이 아니다. 때로는 자동항법장치로 항해하는 배일 수도 있고 또 갑판실 선교船橋에 나와 있는 사람이 아무도 없을 수도 있다.

그들의 눈에 띄려면 행운이 따라야 한다. 낮 동안에는 오렌지색 연막탄이나 검은 연기(기름이나 플라스틱을 태운다)를 만들면 좀 더 쉽게 발견될 수 있다. 백기를 내걸거나 보트 색깔이 노란색, 빨간색, 오렌지색, 흰색 등 눈에 잘 띈다면 마찬가지로 도움이 된다. 이런 색깔들은 푸른 바닷물과 잘 구분되어서 멀리서도 잘 보인다. 밤에는 불빛 신호(로켓, 손전등, 횃불 등)가 효과적이다. 손전등으로는 SOS에 해당하는 모스부호를 보낼 수 있다. 이는 짧게 세 번, 길게 세 번, 짧게 세 번 보내는 것이다.

밤에는 낮보다 더 많은 배를 볼 수 있다. 지평선 너머에 있는 배의 불빛까지 볼 수 있기 때문이다.

구조대에 발견되기 위한 가장 좋은 보조 도구는 메가폰이다. 여기에는 예비 배터리도 있어야 한다. 태양 에너지로 충전할 수 있는 것이면 더욱 좋다. 이는 구조를 요청할 수 있는 가장 확실한 방법이다. 이 신호가 미치는 지역은 한정되어 있어서, 이는 시야가 미치는 거리와 비슷한 정도다. 그러나 돛대에 높이 올라갈수록 볼 수 있는 거리와 들리는 거리가 모두 넓어진다. 높은 곳에서 보내는 구조 신호는 지평선 너머의 배들에게까지도 들린다.

이상의 위급 상황을 통해, 완벽하게 장비를 갖춘 구명보트가 얼마나 중요한지 알게 되었을 것이다. 구명보트는 침몰하지 않도록 만들어져야 한다. 고무로 만든 보트는 여러 개의 공기실을 갖춰야 공기가 한꺼번에 빠져나가지 않는다. 구명보트 안에는 땜질 도구들이나 공기 펌프가 갖춰져 있어야 한다. 모선이 가라앉기 시작할 때서야 혼비백산하여 손에 잡히는 대로 물에 던져 넣는 일이 생겨서는 안 된다. 구명보트는 언제든지 투척할 수 있는 상태로, 또한 그 자체로 부족함 없이 항해할 수 있는 배여야 한다.

보트에 탈 수 있는 인원보다 조난자가 많다면 약한 사람들을 보트 안에 태운다. 나머지 사람들은 보트를 잡고 물위에 떠 있는다. 이러한 방식으로 많은 사람을 구할 수 있다. 물속에서 얼마나 오래 견딜 수 있는지는 물의 온도에 따라 다르다.

보트에 비치된 장비의 목록과 조난시 행동 요령(171쪽 '해양지대' 참조)을 보트에 두는 것도 좋다. 조난자 중에 전문가가 없을 수도 있기 때문이다. 그 장비는 수시로 점검한다.

급한 상황에서 돛이 없다면, 일어서서 스스로 돛이 된다. 물로부터 위로 솟아오른 것은 무엇이든 돛이 될 수 있다. 바람이 잘못된 방향으로 배를 몰고 간다면 물위로 솟아오른 것을 모두 걷어서 바닥에 눕혀 놓는다.

바다에서 음식물 조달은 둘째 문제다. 거기에서는 쉽게 고기잡이를 할 수 있기 때문이다. 바다의 모든 물고기들은 서행하는 보트에 호기심을 보인다. 탁 트인 광대한 바다에서 배는 물고기를 끌어들이는 자석과 같다. 게다가 그런 바다에서 물고기들은 냄비나 작살을 구경해 본 적도 없다. 그러니 필요한 것은 오로지 참을성뿐이다. 처음 몇 번 실패하면서 방법을 터득하게 되고, 결국엔 성공할 것이다. 내가 대서양을 횡단한 세 번의 경험(페달보트, 대나무 뗏목, 통나무)에 따르면, 한밤중에 불빛을 비추어 작살로 잡는 것이 가장 성공 확률이 높았다. 달빛이 밝아서 방해가 되지 않는다면 갑판의 조명으로 물고기들이 몰려든다.

그러므로 바다 서바이벌 세트를 지참하도록 하자. 여기에는 낚시도구 (크고 작은 낚싯바늘, 철사, 다양한 굵기의 낚싯줄), 인공 미끼, 금속 미끼 등이 들어간다. 그 외에 신호 도구, 바닷물 염분 제거 도구, 식수, 탄수화물과 지방이 풍부한 음식, 구명조끼 등이 필요하다.

바람을 막아 줄 옷도 중요하다. 바람이 불면 몸이 차갑게 식으면서 건조해지기 때문이다. 몸이 식으면 음식이 필요하고, 몸이 말라 버리면 마실 물이 필요하게 된다. 그러나 거기에 식수는 없다. 그러므로 옷은 음식과 물을 보완해 주는 중요한 요소다. 비옷 역시 몸이 온기와 수분을 잃지 않도록 돕는다. 또한 비옷으로 바람과 햇볕과 비를 막고 빗물을 모을 수도 있다. 그리고 돛으로도 쓰인다. 구명보트를 돛단배로 바꾸려면 밧줄, 돛대로 쓸 튼튼한 기둥, 작은 노, 키 등이 중요하다.

만일 식수가 부족한데 날씨가 견딜 만하다면, 살갗에서 땀이 증발하는 것을 줄여 갈증을 크게 감소시킬 수 있다. 이를 위해서는 옷을 바닷물에 적셔야 한다.

또 다른 긴급 장비는 다음과 같다. 위성항법장치(GPS) 2대, 나침반 하나, 부근 해안에 대한 책, 해도, 시계, 구명조끼, 무기(184쪽 '해적' 참조), 멀미약, 전등 등이다. 냄비와 버너가 있다면 더욱 좋다.

사방이 막히고 갑판이 있는 구명보트는 추운 지역에서 바람과 비를 막는데는 좋다. 그렇지만 콧물이 흐르고 구토를 불러일으킨다. 신선한 공기가 없고 수평선이 보이지 않는 이러한 닫힌 공간에서는 빨리 뱃멀미를 느끼게 된다. 물론 밖으로 토할 수 있는 구멍은 있다. 그렇지만 경험에 따르자면, 많은 사람들은 그 자리에서 꼼짝도 못한 채 눈앞에 있는 모든 것 위에다가 토해 놓기 마련이다. 토해 놓은 음식의 냄새는 가뜩이나 속이 좋지 않은 다른 사람들에게까지 영향을 미친다. 그 다음은 완벽한 구토의 축제다. 심지어 바다에서 잔뼈가 굵은 뱃사람도 이 집단 광기에 동참하게 된다.

물론 뱃멀미가 부정적인 측면만 있는 것은 아니다. 뱃멀미에는 믿을 수 없을 만치 좋은 점도 있다. 우선은 토하고 나면 해방된 것처럼 기분이 좋아진다는 것이다. 거의 끝내준다고나 할까. 그리고는 졸음이 쏟아지는데, 상황이 허락한다면 졸음에 굴복하는 편이 상책이다.

두 번째 좋은 점은 식욕이 싹 달아난다는 점이다. 체중 감량에도 효과가 있다.

세 번째 좋은 점은 항상 주변에 물고기가 우글거린다는 것이다. 물고기들은 생각할 것이다. '하루 세 번 먹이를 주는 사람이 또 있네!'라고. 줄을 선 물고기를 그저 집어먹고 다시 토하면 된다. 그러면 물고기들은 토한 것들을 주워 먹고 사람은 다시 물고기를 잡는다. 자연의 순환이다. 그리고 지루한 시간을 보낼 수 있는 재미있는 방법이기도 하다.

나는 이런 상황들에 대해 잘 알고 있다. 나는 늘 뱃멀미를 했기 때문이다. 뱃멀미는 그러니까 내 고약한 취미와 같다. 그러다가 언젠가부터 귀 뒤에 붙이는 멀미약을 사용했다. 천상의 평화!!! 허리케인이 불어와도 비웃어 주고, 파도가 빌딩 높이로 몰아쳐도 끄떡없다. 의기양양해서 바람을 향해 오줌까지 눈다. 그 약효가 다할 때까지는……. 사흘이 지나면 약효가 사라진다. 그 다음에 새로 멀미약을 붙였을 때 시력 장애가 왔다. 그러한 부작용이 있

> **보트에 탈 수 있는 인원보다 조난자가 많다면 약한 사람들을 보트 안에 태운다. 나머지 사람들은 보트를 잡고 물위에 떠 있는다.**

을 수 있다는 것은 약의 설명서에도 들어 있었지만, 이제 그 설명서를 더 이상 읽을 수 없게 되었다.

뱃멀미를 막는 또 다른 방법은 천으로 손목 띠를 만들어 그 띠에 작은 구슬을 박는 것이다. 그것은 누구나 만들 수 있다. 이것을 손목에 부착하고 구슬로 혈자리를 눌러 준다.

생강을 씹으면 도움이 된다, 미리 물구나무서기를 하거나 유원지에서 회전하는 놀이기구를 통해 훈련을 하면 된다 등 말들이 많지만, 대개의 경우 뱃멀미는 사흘이 지나면 사라진다. 훈련을 하건 하지 않건, 뱃멀미 약을 복용하건 하지 않건…….

물에서 문명의 쓰레기나 황금빛 모자반 풀이 떠오르거나, 군함새나 제비갈매기와 같은 새들이 점점 많아지거나, 파리가 귀찮게 굴기 시작하면,

이제 육지가 가까워지는 것이다. 때로는 육지가 가까워지는 것을 물이 더럽거나 물이 얕아지면서 밝은 색을 띠는 것을 보고 알게 된다. 그때까지 충실하게 따라오던 물고기들도 다시 바다 한가운데로 돌아간다. 그러나 상륙하는 일이 결코 쉽지만은 않다. 해안 앞에는 종종 배를 산산조각 낼 만한 암초들이 버티고 있다.

바다에서의 서바이벌을 연습했고 이를 위한 강습을 들었던 조난자라면 위험한 실제 상황에서 좀 더 여유 있게 대처할 수 있을 것이며, 그래서 이에 대해 전혀 생각해 보지도 않았고 돌발적으로 조난을 당한 사람과는 천양지차일 것이다.


## 57. 해양 서바이벌 훈련

이런 상황을 가정해 보자. 손발이 결박되고 온몸이 꽁꽁 묶인 채 바다로 던져진다면 어떻게 될까? 배와 연결된 긴 줄에 묶여 바다에 던져지고 곧이어 배에 의해 질질 끌려간다면? 아마도 순식간에 몸이 절단되고 익사해 버릴 것이다. 몇 초 안에 일어나는 일이다. 자일과 배의 속도는 그를 바다 깊은 곳으로 끌어 내린다. 거기서 그는 방류닻뱃머리의 방향을 잡기 위해 둥근 나무나 천으로 만들어 바다에 띄우는 장치처럼 움직인다. 방류닻으로 인생을 마치고 싶은 사람이 어디 있겠는가?

이제 이런 상황을 생각해 보자. 몇 시간 동안 튜브도 구명조끼도 없이 물위에 떠서 구조대를 기다렸고, 유서를 쓰고 싶어도 펜이라고는 찾아볼 수 없는 상황이 몇몇 사람을 미치게 하고, 결국 죽음에까지 이르렀다. 자신의 경험을 널리 알리지도 못하고 저세상으로 가다니, 참으로 안타까운 일이다.

이러한 상황들 그리고 또 다른 상황들을 극복하기 위해, 뱃사람들은 모두 살아 있을 때 해양 서바이벌 훈련을 해 보아야 한다. 물속에서는 육지에서보다 짧은 순간에도 더 많은 일이 일어나기 때문에 해양 서바이벌 훈련을 할 때는 전문가의 도움을 받는 것이 좋다. 해양 서바이벌 훈련에서 사람은 물고기가 되어야 한다. 이 훈련을 통해 물에 대한 두려움이란 그저 심리적인 현상일 뿐이고 전혀 필요한 것이 아니라는 사실을 알게 될 것이다.

나는 운 좋게도 해군항공대와 특전잠수대의 훈련에 몇 번 참여할 기회가 있었다. 사람 능력의 한계가 어디까지인지 알게 되는 것은 참으로 놀라운 일이었다. 해군 부대에서 경험했던 것들이 내가 직접 만든 페달보트, 대나무 뗏목, 통나무 등을 타고 대양을 항해할 때 많은 도움이 되었다.

일단 물에 적응하는 훈련부터 시작한다. 힘을 아끼면서 수영하기, 셔츠나 원피스슈트를 부풀린 채 수영하기, 사다리를 타고 물속으로 들어가서 참을 수 있을 만큼 최대한 오랫동안 잠수하기(숨을 들이쉬고 멈춘다. 공포심 극복하기), 물속에서 수경 속에 든 물 빼내기 등을 훈련한다. 끈을 타고 물에서부터 5m 높이 다이빙대까지 오르는 훈련부터 난이도가 좀 높아진다. 추 역할을 하는 허리띠를 두르고 바다 속 5m 깊이에서 하는 행군은 매우 흥미롭다. 이는 마치 도망치려는데 한 발자국도 앞으로 갈 수 없는 악몽을 꾸는 듯하다.

항구 근처에 가면 산소통 없이 허파의 힘으로만 배 밑을 헤엄쳐 다니는 연습을 할 수 있다. 그것도 낮이 아니라 밤에, 작은 요트 아래가 아니라 원양어선 같은 거대한 배 아래를 통과해야 한다. 단, 그것이 불법이 될 수도 있으므로 사전에 알아보아야 한다.

닻줄을 밟고 배로 넘어 들어가는 연습을 한다. 쥐처럼 들락날락한다. 물속에서 직진해서 세 개의 시멘트 기둥을 지나고 좌회전해서 두 개의 기둥을 지난다. 물론 이 모든 것은 허파의 힘만으로 해야 한다. 사치라고 할 수 있는 것은 오로지 오리발과 수경밖에 없다. 이런 훈련은 절대로 혼자 해서는 안 된다. 그렇지 않으면 당신도 순식간에 바다 위를 떠다니는 기름이나 해파리, 해초, 죽은 갈매기, 썩은 생선, 콘돔 등과 같은 신세가 될 것이다.

이런 연습도 필요하다. 옷을 입은 채 손이 등 뒤로 묶여 있다. 발도 단단히 묶여 있다. 게다가 숨을 막 내쉬자마자 물속에 던져진다. 얼이 나가지 않은 상태라면 사람은 저절로 물위로 뜬다는 사실을 기억할 것이다. 이때는 등을 물 쪽으로 향하는 배영 자세를 유지해야 한다. 이것 역시 사지를

마음대로 움직일 수 없는 상태이므로 쉽지 않다. 머리는 가슴 쪽을 향해 당기고, 묶인 종아리를 위아래로 젓는다. 물고기처럼, 올챙이처럼, 인어처럼, 그렇게 배를 향해 헤엄칠 수 있다.

통 속에 감금된 채 물속에 던져질 수도 있다. 5m 깊이의 물이다. 15분이면 통 안에는 물이 가득 찬다. 그에 따라 압력도 높아진다. 그때는 내부와 외부의 압력이 같아질 때까지 기다려야 한다. 코를 막고 입으로 숨을 쉰다. 물이 꽉 차기 전에 남아 있는 마지막 공기까지 한껏 들이쉬고 나서 숨을 멈춘다. 내부에 물이 가득 차면 통을 부수기가 쉬워진다. 그 뒤 물위로 떠오르면 된다. 자동차나 비행기에 갇혔을 때도 마찬가지 요령으로 빠져나온다. 훈련의 강도를 높여, 밤에 물에 빠지는 연습을 한다. 이는 평형감각과 촉각을 향상시키기 위한 연습이다.

물속에서 옷 벗기, 난파선에서 탈출하기, 낙하산을 타고 바다에 떨어졌을 때 끈에서 벗어나기 등을 연습하고 나면 해양 서바이벌이 매우 특별한 훈련이라는 사실을 깨달을 수 있을 것이다. 또한 이 훈련은 위험하기도 하다. 그러나 바다에서 무언가를 해 보려는 사람에게 해양 서바이벌 훈련은 필수적이며 또한 도전해 볼 만한 스포츠기도 하다.

## 58. 잠수

배가 난파된 경우에만 문제가 되는 것은 아니다. 수중 다이빙을 하는 사람도 항상 주의하여야 한다. 상어, 가오리, 물뱀, 곰치가 위험한 것이 아니라

태만과 실수가 더 위험하다.

잠수용 막대 없이는 절대 잠수하지 말아라. 잠수 막대는 손잡이가 있는 130㎝ 길이의 막대다. 이 막대는 손으로 다루기 힘들 정도로 길거나 너무 짧지 않다. 이 막대의 끝은 약간 날카로운 금속으로 되어 있으며 들고 있는 것만으로도 용기를 얻게 된다. 이것은 낯선 물체나 생물을 건드려 볼 때, 호기심 많은 생명체가 자꾸 달려들 때 방어용으로 쓰인다.

물속에서는 모든 것이 실제보다 3분의 1 정도 더 크고 가깝게 보인다는 것을 잠수하는 사람은 알고 있어야 한다.

건강하고 몸의 상태가 좋은 사람만 물속에 들어간다는 것이 잠수에 있어 기본적인 원칙이다. 너무 배가 부르거나 고픈 상태에서도 잠수하지 않는다. 물속에서의 의사 소통은 국제적인 수신호로 하며, 상대방이 준비되어 있지 않은 상태에서 절대로 건드리거나 하지 않는다. 상대방이 놀라 치명적인 결과를 가져올 수 있다.

작살총을 가지고 물속에 들어갔다면 이를 조심스럽게 다뤄야 한다. 한 순간도 작살총이 사람을 향하게 해서는 안 된다. 작살은 밀도가 높은 수중에서 작동되도록 만들어졌기 때문에 밀도가 낮은 공기 중에서는 매우 위험하므로 안전장치는 반드시 물속에서만 푼다. 추위가 느껴지면 곧바로 물위로 올라간다.

물속 깊이 잠수(스쿠버다이빙)하는 사람은 압력이 감소하는 시점에 대해 잘 알 것이다. 몸이 압력 차이에 적응할 시간을 주지 않고 너무 빨리 물위로 떠오르면 그 악명 높은 감압병<sup>주변 기압의 저하에 따라 생기는 신체 증상으로 중이염, 복통, 관절통, 흉통, 호흡곤란 등</sup> 내지 죽음을 맞이하게 된다. 그러니 스쿠버다이빙을 배우려는 사람은 이에 대해 충분한 지식을 쌓아야 하며 반드시 강습을 받아야 한다.

깊은 물이나 탁한 물에 잠수하는 사람은 짝을 이뤄 잠수해야 한다. 1m 길이의 두꺼운 밧줄(가는 줄은 안 된다)로 서로의 손목을 묶는다. 그러나 매듭을 너무 세게 묶지 않아야 필요한 경우에 쉽게 풀 수 있다.

## 59. 해적

그들은 밤이고 낮이고 아무 때나 찾아온다. 그들의 무기는 기관총, 대전차 로켓포, 척탄통擲彈筒 등이다. 그들의 성공 비결은 교활함, 기습, 폭력, 잔인함이다. 피해자는 살해된다. 싸움 도중에 죽기도 하지만, 살아 있다면 묶여서 산 채로 바다에 던져진다. 여자들은 좀 더 오래 살 수 있다. 성폭행을 당하기 때문이다. 인질로서 이용될 수 있는 사람만 살아남는다.

이것이 현재의 해적 행위다. 이 분야도 성업 중이라, 관광 산업과 비슷한 성장률을 기록하고 있다. 국제해양사무소(IMB)에 의하면 1999년에 2백30건의 해적 사건이 있었으며, 2000년도에는 4백69건을 기록했다. 통계에 포함되지 않는 경우도 많다.

해적 행위는 보통 배에 실은 짐을 훔치는 것에서 끝나지 않는다. 조그만 요트에서 화물선에 이르기까지, 배의 크기를 불문하고 배를 통째로 훔치기도 한다. 배를 탈취하고 나서 맨 처음 하는 일은 배의 이름을 바꾸는 것이다. 그리고 나서 서류들을 조작한다. 그렇게 이전에 있던 배는 영원히 사라지게 된다. 빈곤한 해적들로서는 조그만 연안 어선의 하루 어획 소득 정도만 얻을 수 있어도, 이렇게 살인을 저지르거나 나름대로 위험을 무릅쓸 만한 이유가 된다.

습격은 대체로 몇 가지 같은 방식으로 이뤄진다. 어떤 해적들은 고속정을 타고 와서는 선원들을 겁주기 위해 사정없이 총을 난사한다. 그러고는 가장 취약한 부분인 중갑판에 갈고리가 달린 밧줄 사다리를 걸고 배에 오른다. SOS 신호에 다른 배들이 반응하기도 전에 이미 범죄자들은 자취도 없이 사라져 버린다.

그들은 사람들이 방어를 하지 않고 선교船橋에 숨어 있다는 것을 안다. 잃어버린 짐은 어차피 보험으로 해결된다. 무엇 때문에 방어를 하겠는가? 반면 공격하는 사람은 어떤 컨테이너에 어느 정도 가치의 물건이 있는지 정확히 안다. 세관원, 항만 직원, 경찰, 수로 안내인 등이 이미 해적들에게 정확한 정보를 주었기 때문이다. 이들은 나중에 수입을 나누어 갖는다. 심지어 배를 함께 타고 있는 사람 중에도 해적을 위해 일하는 사람이 있을 수 있다. 이런 일을 해서 받는 수익금은 복권 당첨금만큼 많은 금액이다. 계속되는 저임금에 굶기를 밥 먹듯이 하는 사람이 한 번의 야합으로 10년 동안 뼛골 빠지게 일을 해도 모을 수 없는 금액을 받는다. 북회귀선과 남회귀선 사이의 나라들에서 이 사업은 5백 년 전과 같은 호황을 누리고 있다.

배 전체를 약탈해 가는 경우에는 선교船橋에 숨는 것도 별 도움이 되지 않는다. 도끼로 한 번만 내려치면 문은 열리고, 그러고 나면 선원의 운명은 신의 손에 달리게 된다!

어선을 타고 나타나는 해적들도 있다. 그들은 엔진 고장이라고 속이면서 도움을 청한다. 이런 경우에는 모선에 있는 작은 배를 타고 최대 두 명까지만 노를 저어 건너오라고 한다. 그들이 있는 배로 가는 일은 절대로 없어야 한다! 특히 혼자 있는 경우에는 차라리 무선으로 구조 요청을 해 주고 그 배는 멀리한다.

또한 배가 난파되었다며 노 젓는 작은 배를 타고 접근하는 해적도 있다. 그 작은 배에 관심을 두고 있는 사이 다른 방향에서 그들의 동료가 쾌속정을 타고 질주해 달려온다. 사람이 많이 타고 있고 휘발유통이 많이 달린 쾌속정은 언제나 의심해야 한다. 한밤중에 항구로 들어오는 배도 의심해야 한다. 또 밤에 항구로 들어와 닻을 내리고 있는 배도 의심해 보아야 한다. 바나나를 가득 실었거나 포대를 실어 놓고 큰 배에 물건을 팔려는 것처럼 보이는 경우에도 해적들이 가장한 것일 수 있으니 조심한다. 충분히 가까워졌다 싶으면 그 포대 밑에서 단단히 무장한 남자들이 나타난다.

해적이 모든 면에서 우월해 보일지라도 방어할 방법은 있다. 배는 하나의 성곽이다. 상대편은 난간을 타고 올라야 한다. 이때가 그들이 가장 약한 순간이다. 밧줄사다리를 타고 배 위에 오르기 위해 두 손이 모두 바쁘다. 이 순간을 이용해야 한다. 도끼로, 도끼가 없다면 삽으로라도 힘을 가득 실어 사정없이 내려친다면 해적의 침입을 막을 수 있다. 이때 머리를 절대로 난간 밖으로 빼지 않아야 한다. 그렇지 않으면 역습을 당할 것이다. 이들이 언제 어디서 나타날지 알 수 없으니 선박의 이물과 고물 모두에 보

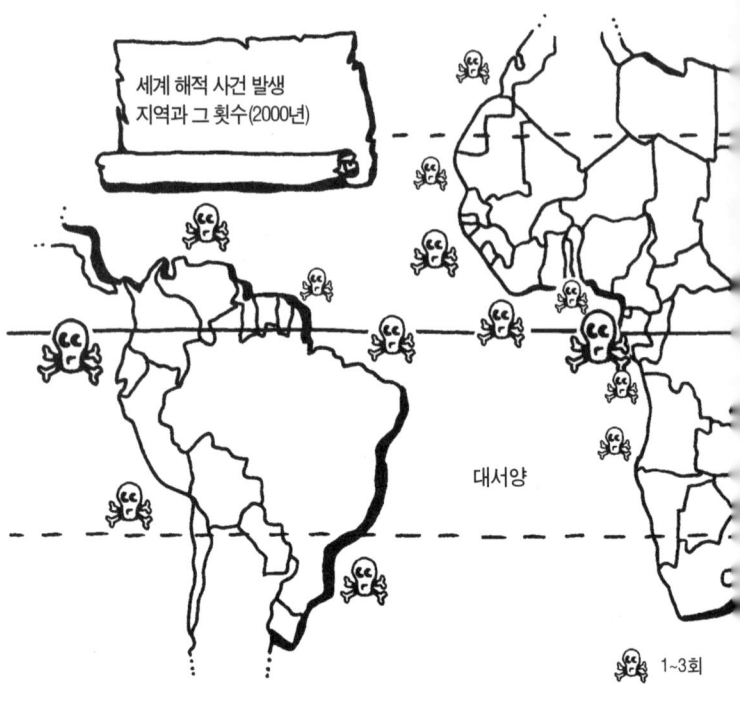

세계 해적 사건 발생
지역과 그 횟수(2000년)

대서양

1~3회

초를 세워 해적이 나타나면 즉각 신호를 보내게 한다. 이런 비상사태는 미리 훈련을 통해 익히도록 한다.

선교船橋에 이르는 길은 잠가라. 도끼 따위로 열리지 않게 해 놓아야 해적이 일단 배에 침입했더라도 쉽게 열리지 않는다. 배의 가치가 수백만 달러에 이른다는 것을 상기한다면, 배의 안전을 위해서는 돈을 아끼지 말아야 할 것이다. 중요한 문은 모두 금고문 같아야 한다. 배는 성곽과 같아야 하며 선원은 군인처럼 교육을 받아야 한다.

그러므로 불침번不寢番과 무기 소지는 방어의 전제조건이 된다. 무기는 위험 지역을 통과하는 배에게는 필수다. 무기는 절대로 보이지 않게 그러나 언제든지 꺼내어 쓸 수 있는 위치에 지닌다.

여러 대의 배가 대열을 지어 항해하는 것이 최선의 예방책이다. 다른 배

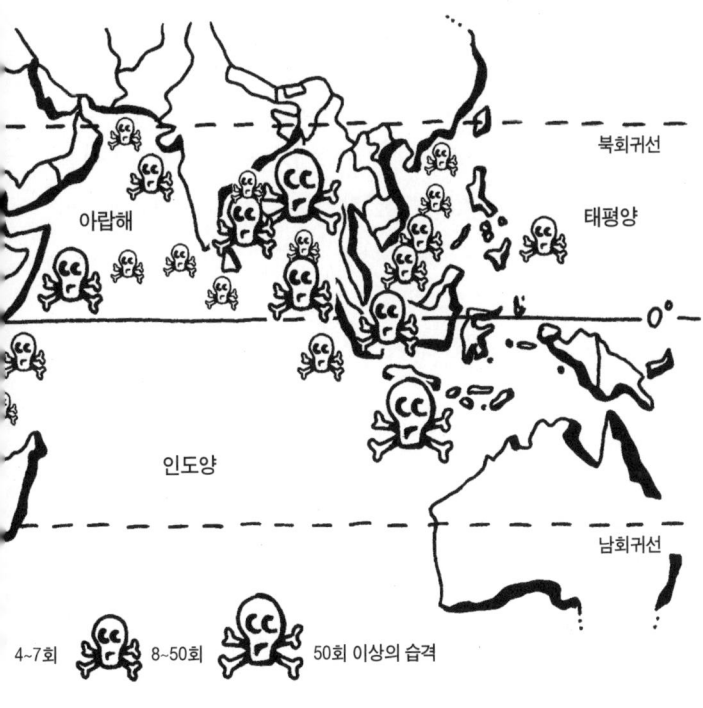

아랍해 태평양

북회귀선

인도양

남회귀선

4~7회  8~50회  50회 이상의 습격

와 계속해서 무선통신을 하는 것은 물론이고 야간투시경, 적외선 탐지기, 열감지카메라, 반사경, 고압전기 충격기, 난간과 닻줄 보호판, 이동식 비디오카메라, 배의 둥근 창문에는 창살 등을 갖추어야 한다. 해적은 상대방이 방어 태세를 갖추고 있음을 알면 대부분 그냥 돌아간다.

그럼에도 해적이 배에 올라왔다면 배를 잃을 건 뻔하다. 그 배는 새로운 이름을 얻게 될 것이며, 그 자리에 있던 증인들은 모두 바다에 버려질 것이다. 이때 최소한 배라도 다시 빼앗고 싶다면 위성항법장치(GPS)로 계속해서 정확한 위치를 전달하고 자동으로 SOS 신호를 보내는 담뱃갑만한 송신기를 갑판에 숨긴다.

혼자서나 소수가 항해를 할 경우에는 특히 위험하다. 무기는 의무적으로 지녀야 하며 번잡스럽게 이리저리 다닐 필요가 있다. 의심스러운 보트가 나타나거나 낯선 사람이 말을 걸어오면 마치 다른 사람들과 함께 있는 것처럼 허공에 대고 대화를 해라. 그리고 한번 기분 좋게 웃어 주는 것을 잊지 말아라. 그래야 당신이 속이는 것이 아니라고 믿게 된다.

두 사람이 항해하는 경우에는 옷을 자주 갈아입는다든지 밑에 있는 사람에게 소리를 지른다든지, 냄비뚜껑을 시끄럽게 열었다 닫았다 한다든지 하는 식으로 여러 사람이 있는 듯이 보이게 하라. 어떤 사람은 집에서 여러 사람들이 함께 어울려 떠드는 소리를 녹음해서 항해하는 동안 내내 틀어 놓았다고 한다.

절약을 최우선으로 하는 사람이라면 화염병 몇 개를 준비한다. 이것은 가장 저렴하면서도 효과적인 무기다. 화염병을 미처 준비하지 못했다면 배에 휘발유를 뿌리고 신호탄으로 불을 붙인다. 이 효력은 뛰어날 뿐 아니라 색깔도 매력적이어서 사진으로 남기고 싶을 정도일 것이다. 직접 경험해 보아야만 알 수 있다.

# 자연에서
# 살아남기

## 60. 고독

고독은 슬그머니 다가온다. 고독은 갑자기 다가온다. 고독을 즐기는 사람
도 있지만 그렇지 않은 사람도 있다. 어떤 사람은 더불어 사는 삶에 잘 적
응할 수 없기 때문에 고독을 편안하게 느낀다. 그러나 어떤 사람은 이로 인
해 절망하고 자살하기까지 한다.

원칙적으로 인간은 사회적 동물이다. 함께 있는 것을 좋아하고, 집단의
규칙에 복종하며, 위계질서 속에서 자신의 위치를 찾고 안온함과 충족감
을 느낀다. 그러나 때때로 편안함으로부터 벗어나서 새로운 체험을 하고
싶어 몸이 근질근질할 수도 있다. 그들은 극한의 상황을 혼자서도 헤쳐 나
갈 수 있을지 알고 싶다. 또한 혼자서 모든 일을 잘 해낼 수 있으며, 그러기
에 충분히 강인하다는 것을 확인하고자 한다.

그래서 알래스카의 숲 속이나 아프리카의 초원에 텐트를 세운다. 그곳
은 잠시나마 고향이 되고, 자기 자신을 되찾을 수 있는 가능성을 제시하
며, 사회 규범으로부터 해방을 가져다 준다. 그리고 나서 계획에 따라 고

189

독으로부터 다시 문명으로, 친구들이 있고 안전한 곳으로 돌아온다. 이러한 경험들을 통해서 많은 사람들은 고향의 고마움을 깨닫게 된다.

자발적으로 고독을 택한 사람은 이에 대해 준비되어 있다. 그는 오히려 이를 휴식으로 느낀다. 그러나 절친한 친구의 갑작스런 죽음, 배의 난파로 인한 무인도 생활, 언제 석방될지 모르는 구금 등으로 인해 갑자기 덮쳐 오는 외로움은 견디기 어려울 뿐 아니라 매우 심각한 문제를 불러일으킬 수 있다.

고독은 죽음에 이르는 병이 될 수 있다. 스스로를 세상으로부터 버림받고 사랑받지 못하는 불필요한 인간이라고 느낄 때, 삶에 의미를 부여해 줄 수 있는 직업이나 목표가 없을 때, 사람은 쉽게 절망하고 파멸해 간다.

그러나 이 책에서는 우리 사회의 일반적인 고독이 아니라 여행 중 갑자기 직면하게 되는 고독에 대해 다룬다. 고독 때문에 불안과 공포에 휩싸여 본연의 모습을 잃어버리면 상황은 더욱 어려워진다. 그럼에도 불구하고 이런 감정들은 없애거나 억누르기가 어렵다. 따라서 (항해자나 사막 탐험자처럼) 모험을 찾아 떠나는 사람은 여행을 떠나기 전에 갑작스럽게 혼자 있게 될 상황에 대해 다각도로 고민해 보아야 한다. 그렇다면 이러한 상황이 실제로 일어날 경우 침착하게 대처할 수 있다. 최악의 상황을 미리 염두에 두라. 그러면 그럭저럭 나쁜 상황에 대해서는 오히려 기뻐하게 될 것이다.

우선 숨을 깊이 들이마셔라! "살아남겠다. 살아남아 여기서 빠져나갈 것이다! 이겨 낼 수 있다. 다른 사람들은 더 어려운 상황에서도 견뎌 냈다"라고 스스로에게 되뇌인다. 믿음이 있으면 산도 움직일 수 있다. 체력과 의지와 장비 중 무엇이 얼마나 남아 있는지 곰곰이 생각해 보라. 남아 있는 것들을 잘 활용할 수 있다면 살아남기 위한 첫걸음을 내딛은 것이다.

(부상이나 구금 등으로) 한 발짝도 못 움직이더라도 매일 자신에게 과제를 부여하고 이를 수행해야 한다. 그렇지 않으면 도무지 시간이 흘러가질 않는다. 위험한 동물로부터 방어할 수 있는 장치를 해 두거나, 체조, 단어 암기, 몸의 청결 유지, 주변 지리 파악, 장난감이나 탈출을 위한 도구 제작 등 할 수 있다. 또 글을 써 볼 수도 있고 친구들과 대화하던 장면을 돌이켜 볼

수도 있다. 집을 개축하기 위한 계획을 세워 볼 수도 있다. 고독 속에서 허물어지지만 않으면 된다. 고독을 극복하는 것은 의지와 상상력의 문제다.

거의 30년 동안 투옥되었던 넬슨 만델라를 떠올리는 것도 도움이 될 것이다. 그는 언뜻 보기에 살아남을 기회도 없고 버림받은 것 같았으나 결코 포기하지 않았기에, 결국 남아프리카 공화국 대통령이 되었다. 그는 나의 우상이다.


## 61. 대용 장비

여행 중 갑자기 장비를 모두 잃어버렸다고 가정하자. 강도가 덮쳤을 수도 있고, 배가 기울어져 모두 바다에 빠져 버렸을 수도 있다. 이제는 오로지 몸에 걸치고 있는 옷밖에 남은 것이 없다.

언제 구조될지 모르는 상황에서, 즉석에서 여러 가지 장비를 만들어 낼 수 있다. 이런 대용 장비가 있다면 생존의 가능성이 훨씬 높아진다. 투석기 하나가 목숨을 구하는 무기가 되고, 끝을 뾰족하게 깎은 나무가 고기 잡는 연장이 될 수 있다.

모든 장비를 잃어버리는 불행한 상황에 처했을 때 가장 먼저 필요한 것은 도끼와 칼이다. 이들은 만들기 쉽다. 석기시대 방식으로 하면 된다. 차돌이 여기에 가장 적합하지만, 그것이 없다면 흔히 구할 수 있는 다른 돌들로도 도끼와 칼을 만들 수 있다.

먼저, 축구공 크기의 돌을 두 손으로 들고 가급적이면 이 돌보다 더 큰 다른 돌 위에 전력을 다해 던진다. 그렇지만 '꽝' 하고 아스팔트에 던져 버리듯이 하는 것이 아니라, '칙' 하고 성냥을 성냥갑에 긋듯이 모서리와 모서리가 부딪히게 한다. 그러면 파편이 많이 튈 것이다. 이 파편들은 모두 매우 날카롭다. 큰 것은 도끼로 쓰고 작은 것은 식칼, 해부도, 화살촉 등으로 쓴다.

도끼 자루 역할을 하는 것은 우리의 팔이다. 손을 다치지 않으려면 잔디

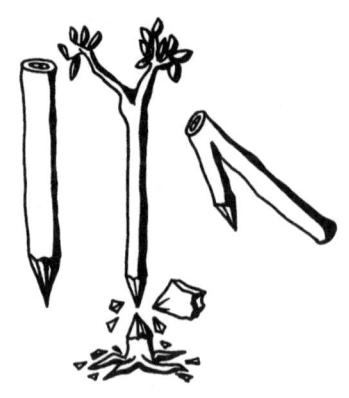

한 덩어리나 티셔츠, 장갑 등을 이용해 감싸도록 한다.

도끼로 가장 먼저 할 일은 땅 파는 막대를 만드는 것이다. 비버가 하는 것처럼 나뭇가지가 부러질 때까지 그 둘레를 둥글게 깎는다. 이렇게 만든 굴착용 막대로는 한랭한 지역에서 잠을 자기 위해 무덤 비슷한 구덩이를 팔 수 있다. 지표면 아래가 더 따뜻하기 때문이다. 아니면 동굴을 만들 수도 있다. 구덩이나 동굴 속에는 방한용 오리털처럼 나뭇잎이나 잔디를 깔아야 한다. 곧은 나뭇가지를 뾰족하게 만들면 폭이 좁은 부삽으로 사용할 수 있다. 아니면 한쪽 끝이 조금 짧은 V자 모양의 나뭇가지를 깎아서 쟁기로 이용할 수도 있다. 이때는 V자 중에서 짧은 쪽 가지를 뾰족하게 간다. 당신은 땅 파는 막대가 얼마나 다양하게 쓰이는지 놀랄 것이다.

짐승을 잡기 위해 함정을 팔 때도 막대기가 유용하다. 그리고 더러운 물이 옆으로 흘러 나가도록 구덩이를 팔 수도 있다. 나무뿌리를 파내서 끈으로 쓸 수도 있다. 아니면 밭을 일굴 수도 있다. 이 정도면 막대기 하나로 마을을 건설할 수 있을 정도가 아닌가! 이러한 일들을 맨손으로 하려면 1분도 지나지 않아 손톱이 전부 다 망가질 것이다. 막대기로는 더 여러 가지 일을 할 수 있을 뿐 아니라, 며칠 동안 계속 사용할 수 있다.

작고 날카로운 돌의 파편들은 칼로 이용할 수 있는데, 이것들은 때로 진짜 칼보다 더 날카롭다. 그리고 깨진 유리 조각이나 깡통 뚜껑도 급할 경우 유용한 칼이 된다.

말오줌대나 대나무로는 가는 관을 만들 수 있다. 이 관을 빨대처럼 이용하여 얕은 웅덩이에 고여 있는 물을 마실 수 있다. 아니면 물 밑에 숨었을 때 숨을 쉬기 위한 대롱으로 사용할 수 있다.

특히 중요한 도구는 끈이다. 끈은 많을수록 좋다. 가죽 한 조각으로도 매듭이 없는 긴 가죽끈을 만들 수 있다. 적절한 이유가 없는 한 끈은 절대로 자르지 않는다. 짧은 줄이라도 만약의 경우를 대비해서 잘 보관해 둔다. 줄의 한쪽 끝만 사용할 일도 자주 있고, 줄 여러 개를 묶어 긴 줄을 만들어 쓸 수도 있다.

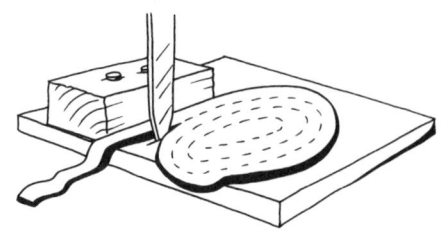

줄을 꼬는 기술이 특히 중요하다. 이 기술을 한번 배워 두면 자신감을 가질 수 있고 위급한 경우에 즉시 활용할 수 있다.

삼, 머리카락, 산세비에리아, 사이잘 마, 야자 껍질, 가죽, 넝쿨식물, 면화, 아마, 잔디, 짚, 나무뿌리와 속껍질, 종려나무 잎 등의 섬유질은 꼬아서 줄로 사용하기에 좋다. 종려나무 잎은 뾰족한 끝에서부터 반을 갈라서 줄로 만들 수 있다. 그리고 동물의 힘줄이나 창자도 줄로 이용할 수 있고, 심지어 화장지를 꼬아서 줄을 만들 수도 있다.

잘라 낸 산세비에리아 잎을 매끄러운 바닥에 놓은 다음 둥근 나무로 물컹물컹해지도록 두드린다. 이 물컹해진 것을 얇게 밀어 펴면 거의 죽 상태가 된다. 반죽 안에는 긴 섬유질이 많이 들어 있을 것이다. 이들을 비슷한 두께씩 나눠 8가닥으로 묶는다. 더 두꺼운 쪽 끝을 잡고 엄지손톱으로 섬유질들을 훑어 내린다. 두꺼운 쪽에서 가는 쪽으로 1㎝씩 천천히 긁어낸다. 동시에 양동이에 담겨 있는 물에 계속 씻는다. 그러면 결국 하얀 머리카락 같은 묶음 8개가 만들어진다.

이 8개의 묶음을 두 묶음씩 잡아 좀 더 두꺼운 줄 네 가닥을 만든다. 그중 두 가닥을 V자 모양으로 허벅지 위에 올려놓고 그 두 가닥이 만나는 곳을

오른쪽 엄지손가락으로 세게 누른다. 왼쪽 손바닥으로는 그 두 줄을 같은 방향으로 굴린다. 그러면 이 줄들이 나사처럼 돌아가면서 서로 꼬인다. 어느 정도의 꼬여지면, 꾹 누르고 있던 끝 부분도 같이 돌아가면서 꼬일 것이다. 이렇게 하면 Y자 모양이 만들어진다. 이제 오른손 손가락으로 Y자의 중심 부분, 즉 세 선이 만나는 중간 지점을 누르고, 왼손 손바닥으로는 계속 굴린다. 이렇게 손을 움직여 가며 1cm씩 천천히 줄을 엮는다.

아직 꼬이지 않는 부분이 10cm 정도 남았을 때, 그 부분에 다른 줄 2가닥을 올려놓고 함께 꼰다면 좀 더 긴 줄을 만들 수 있다. 이런 방식을 통해 그 줄을 얼마든지 길게 만들 수 있다.

굵은 줄이 필요하다면 이미 만들어진 줄 두 가닥을 위에 설명한 것처럼 V자가 되도록 나란히 놓고 또 한 번 꼰다. 이것이 모두 끝나면 줄을 평평하게 펼쳐 놓고 말린다. 다 마른 뒤, 들쑥날쑥 튀어나온 가는 솜털들을 잘라 낸다.

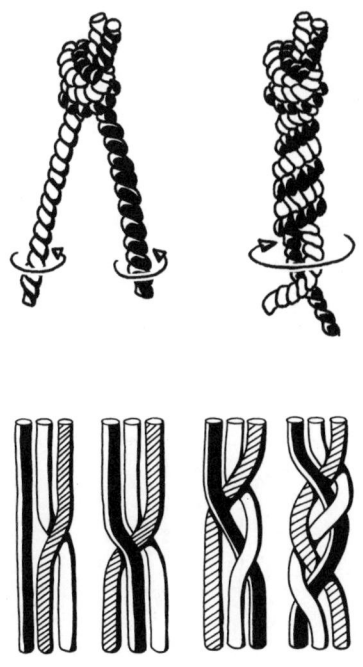

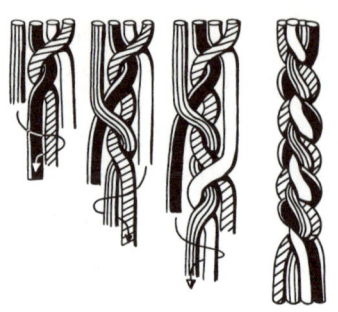

　기본 재료가 되는 줄들이 굵다면(덩굴, 뿌리, 가죽 끈, 천 조각 등) 이것들로 더 굵은 줄을 만들 수 있다. 소개한 그림들은 각각 줄을 2가닥, 3가닥, 4가닥 함께 엮는 방법이다.


## 62. 기타 대용품

돌도끼로 많은 것들을 만들 수 있다. 목발 같은 것부터 작은 목조 가옥까지. 물론 집을 만들 때는 반드시 돌도끼에 자루를 끼워 팔을 보호한다.
　다음과 같은 대용품들을 스스로 만들 수 있다.

**1. 목발** Y자 나무를 꺾은 뒤 겨드랑이 부위에 천을 대고 끈으로 감는다.

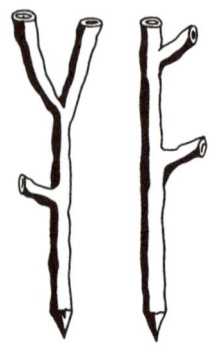

**2. 들것** 사람 키보다 조금 크고 튼튼한 나무 기둥을 두 개 구해서 가지런히 놓은 뒤, 윗도리를 위아래로 두 개 입힌다. 팔은 나무 기둥에 감는다.

**3. 끌개** 사람이 누울 수 있는 크기의 Y자 나뭇가지를 꺾어 잔가지들을 가로놓은 뒤 끈으로 묶는다. 넓은 나뭇잎이나 풀잎으로 덮어 푹신하게 한다.

**4. 지게** 나뭇가지를 세워 삼각형 모양으로 묶은 다음, 삼각형의 밑면에 물건을 올릴 수 있도록 다시 나뭇가지를 대고 묶는다. 어깨 끈을 만든다.

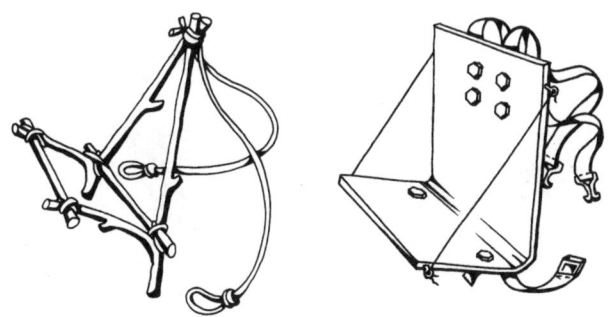

**5. 배낭** 바지의 허리 부분을 끈으로 묶고 그 끈을 양쪽 어깨에 늘어뜨린 뒤, 다시 바지의 끝단을 각각 묶는다.

**6. 잠금장치** 작은 나무토막을 절구공이 모양으로 깎아 끼우거나, 가죽 조각을 돌돌 말아 구멍을 뚫은 뒤 끈을 꿴다.

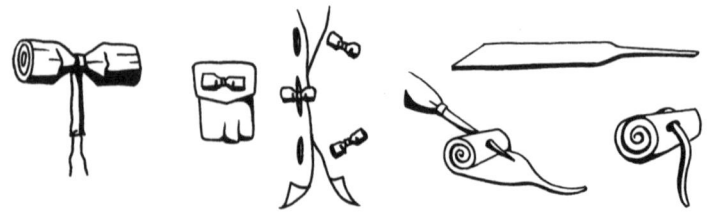

**7. 해먹** 나무줄기를 두드려 얻은 섬유질을 여러 겹 묶는다. 또는 곧은 나무를 여러 개 가로로 묶어 만든다.

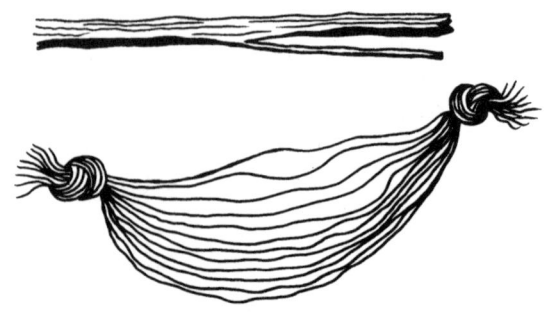

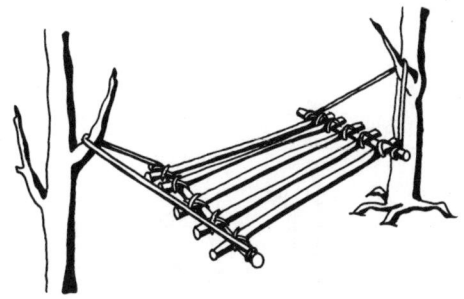

**8. 썰매** 산타할아버지를 떠올리며, 당신의 상상력을 최대한 동원해 보라.

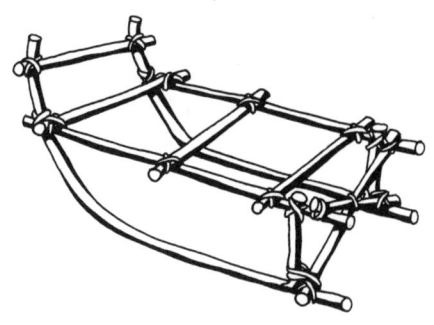

**9. 보트** 50cm 길이의 나무를 여러 개 마련한 뒤 둥글게 세워 두고 그 사이에 끈을 여러 겹 끼운다. 방수 천으로 그것들을 감싼다.

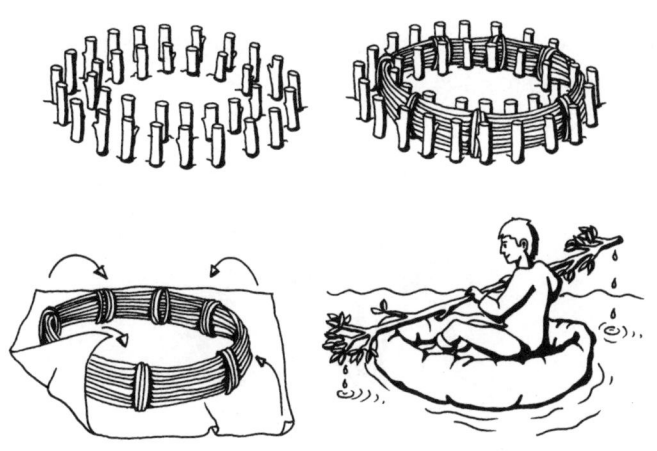

**10. 망치** 큰 나무의 줄기를 통째로 베어 낸 뒤, 자루를 마련해서 그 둘을 끈으로 묶는다.

**11. 발싸개** 천을 삼각형으로 접은 뒤 발을 올려놓는다. 앞쪽 꼭지점은 발등으로 올리고, 양쪽 꼭지점은 뒤꿈치를 감싸면서 발목 부분에서 묶는다.

**12. 마분지나 플라스틱 신발** 마분지나 플라스틱을 상자 모양으로 만든 다음 발을 놓고 사방을 아무린 뒤 끈으로 묶는다.

**13. 타이어 신발** 발보다 조금 큼직하게 타이어를 오려 낸 뒤 양옆에 구멍을 뚫고, 튜브를 가늘게 잘라 고무줄처럼 만든 끈을 꿴다.

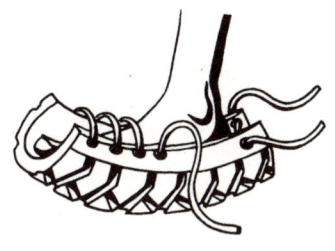

## 63. 기후

여행, 특히 극한의 여행에서 날씨는 중요한 의미를 가진다. 항해자, 등반가, 도망자, 군사전략가 등의 공통점은 모두 내일의 기상 상태를 알아야만 한다는 점이다.

라디오가 있다면 현지 일기예보를 들을 수 있다. 그러나 라디오가 없거나 현지 언어를 모른다면 부득이하게 자연적인 징후에 의존할 수밖에 없다. 이는 기상학자들의 예보만큼이나 확실하다.

고집스러운 사람들은 (겉보기에는) 날씨에 전혀 신경 쓰지 않는다. 그들은 "나쁜 날씨란 없다. 오직 날씨에 어울리지 않는 옷차림이 있을 뿐이다"라고 말한다. 틀린 말은 아니지만, 그것은 산책 나온 사람에게만 해당하는 말이다. 항해자, 등반가, 군사전략가 등에게는 그 말이 별로 도움이 안 된다. 그들은 폭풍이 올 것인지 바람이 잠잠해질 것인지, 비가 올 것인지 해가 비칠 것인지, 하늘이 캄캄할 것인지 별이나 달이 뜰 것인지에 대해 정확히 알아야 한다. 이런 문제에 있어 전혀 근심하지 않는 것은 오로지 비관주의자들뿐이다. 왜냐하면 그들은 최악의 상황을 예측하고 그보다 조금이라도 덜한 불행에 대해 만족하기 때문이다.

저녁 혹은 밤이 시작될 무렵, 바람은 잔잔한데 낮은 지대에 안개가 깔려 있으면 추위가 몰려올 조짐이다. 바람이 잠잠한 겨울날에 하늘 높이 안개가 생기면 마찬가지로 매우 추워질 것이다. 아침 노을이 황갈색으로 물드는 것 또한 추위가 심해질 것을 예고한다.

흐리거나 눈비가 올 징후는 다음과 같다.

1. 새털구름이나 층층이 쌓이는 적운積雲이 빠르게 나타날 때
2. 서풍과 남풍 혹은 오랫동안 계속되던 평온한 바람의 방향이 갑자기 변할 때
3. 골짜기는 청명한데 고지대의 시야가 흐릴 때
4. 먼 곳의 물체들이 갑자기 가까이 보일 때
5. 바위벽과 자갈들이 축축해질 때(비나 눈)
6. 이슬이 생기지 않을 때(비)
7. 낙조가 누럴 때(폭풍우)
8. 별이 깜빡거릴 때(비나 눈)
9. 달무리나 해무리(흐린 날씨와 강우나 강설 계속)가 질 때
10. 바람이 잠잠한 가운데 비가 오고 모닥불 연기가 기어가듯 낮게 피어오를 때(계속되는 비)

그리고 짐승들은 좋은 기상예보관이다. 제비가 낮게 날고, 개구리나 물고기가 튀어 오르면 악천후의 징조다.

뇌우는 오전에 적운이 빨리 생겨나거나, 갑작스레 무더워지거나, 바람이 자신을 향해 세차게 불어오는 것으로 예측할 수 있다.

첫 번째 번개가 번쩍한 뒤 천둥소리가 들릴 때까지 몇 초 걸리는지를 잰다. 3초만에 들렸다면 번개가 생겨난 장소는 여기부터 1km 떨어진 곳이다. 천둥소리가 12초 후에 들린다면 이는 4km 떨어진 것이다. 바람이 관찰자 쪽으로 불어오고 있다면 뇌우는 6분 후에 도착할 것이다. 그런 바람은 시속 40~80km 정도로 불기 때문이다. 모든 것을 튼튼히 잡아매고 비가 들이치지 않게 하기에 충분한 시간이다.

쾌청한 일기를 걱정할 필요는 없지만, 알아두면 다음 일정을 잡는 데 도움이 된다. 좋은 날씨를 예고하는 징후는 높은 지역에서 저녁 안개가 피어

오르거나 새털구름이 생기고, 그 아래 적운이 엄청나게 빠른 속도로 밀려 드는 것이다. 아니면 (대부분의 경우) 저녁노을이다. 저녁이나 이른 밤에 이슬이 많이 생기거나, 해가 뜬 후에야 사라지는 아침 안개, 낮은 지역은 흐리고 높은 지역은 맑은 경우에도 그렇다. 수직으로 피어오르는 연기, 높이 나는 제비와 개굴거리는 개구리 등도 좋은 날씨를 예고한다.

## 64. 위장술

위장은 그 지역의 환경에 적응하는 것이다. 사냥할 때, 도주할 때, 몰래 다가갈 때, 불안이나 공포를 안겨 주려 할 때 이는 목숨만큼 중요하다. 아니면 사람들 사이에서 자신을 알아보지 못하게 할 때도 유용하다. 위장은 자연 도구와 인공 도구를 통해 가능하다. 많은 동물들이 이런 기술을 훌륭하게 구사하며, 그들로부터 많은 것을 배울 수 있다. 그 나머지는 이 책에서 배운다.

야외에서 눈에 띄지 않으려면 완벽하게 조용해야 한다. 어떠한 소리도 내지 않아야 하고 움직여서도 안 된다. 그렇지만 움직일 필요가 있을 때는 달팽이도 부러워할 정도로 느리게 움직인다.

개가 쫓아오면 몸 냄새를 바꿔야 한다. 자신의 체취보다 강한 냄새를 풍길 수 있는 동물의 똥, 기름, 재, 진흙 등을 이용한다. 쉽게 주변에서 구할 수 있는 것을 두껍게 몸에 바른다.

자연 속에서 위장하기 위해서는 주변의 나뭇가지들을 이용한다. 그렇게 스스로 덤불이 되는 것이다. 이를 완벽하게 해내려면 나뭇가지를 옷에다가 매달지 말고 수직으로 세워 옷 속으로 꽂아야 한다. 몸의 형태를 완전히 숨기고 식물과 혼동될 만큼 비슷하게 보여야 한다. 물론 이때 눈에 잘 띄는 의복은 금물이다. 만일 옷이 눈에 잘 띈다면 진흙, 뭉개진 잔디, 재, 검댕 등으로 문지른다. 숲 속의 사냥꾼은 녹색 옷을 입고 군인은 세 가지 색의 위장복을 입는다. 눈 속에서 바다표범에게 살금살금 다가가는 이누이트족은 흰 옷을 입고 하얀 가면을 쓴다. 쫓기는 사람이나 몰래 다가가는 사람은 (칼, 단추, 총 등) 번쩍이거나 빛을 반사하는 것을 지녀서는 안 된다.

　밤에는 위장이 비교적 용이하다. 물론 추격자가 적외선 탐지기만 갖고 있지 않다면……. 악천후도 위장에 도움이 되는데, 악천후가 심할수록 더욱 좋다. 이는 쉽게 흔적을 지워 버리기 때문이다. 좋은 날씨에 도망치는 사람은 발자국을 남기지 않도록 주의해야 한다. 신발에 헝겊을 두르거나 신발 앞쪽이 뒤를 향하도록 거꾸로 신는다. 돌이 많은 지역을 주로 이용하고, 자연에 있는 모든 지형지물 즉 덤불, 구릉, 고랑, 초원, 응달 등을 활용한다.

　또 다른 위장 수단으로는 위장복, (머리, 몸 혹은 둘 다 덮기 위한) 위장망僞裝網, (눈앞을 보호하기 위한) 위장 부채, (기어갈 때 머리를 보호하는) 위장 모자, (천천히 전방으로 나아갈 때 몸 전체를 은폐하는) 차폐 터널, (녹색, 갈색, 검은색) 색연필 등이 있다. 은폐용 색연필로는 밝은 색 피부를 눈에 띄지 않도록 하고 얼굴의 윤곽이 잘 보이지 않게 만든다. 굵은 선이나 점을 찍어 얼굴이 달라 보이게 하는 것이다. 목도 반드시 칠한다!

얼굴에 칠하는 은폐 물감으로는 피(붉은색), 숯(검은색), 갈색 흙이나 커피(갈색), 뭉갠 잔디나 나뭇잎(녹색) 등이 쓰인다. 급한 경우에는 이런 재료에 물을 섞어 죽으로 만들어 바른다.

망사 셔츠가 있으면 여기에 작은 가지들을 꽂을 수 있다. 묶을 끈이 많다면 자신의 몸에 끈을 둘둘 만 다음 거기에 가지를 꽂는다. 아니면 그 줄로 마치 은폐용 화환 같은 것을 만들어 몸을 감아 버린다. 이것에서 부스럭거리는 소리가 나서는 안 되고, 기어갈 때 방해가 되거나 떨어져서도 안 된다.

가장 귀중한 위장 도구는 주변 환경에 완벽하게 동화되는 것이다. 쫓아오는 사람의 옷과 언어, 문화, 행동에 완전히 동화된다. 언어에 재능이 있다면 더욱 쉽다. 어떤 경우라도 확실하고 자신 있게 행동하라.

또 다른 방법은 자신을 바꾸는 것이다. 머리색, 머리 길이와 형태를 바꾸고 가발을 사용하거나, 화장품, 안경, 수염, 모자 등을 이용하고, 걸음걸이와 음성 및 기타 중요한 특성 등을 바꾼다. 사마귀나 흉터 등의 특징은 너무 눈에 띄므로 적당하지 않다. 제복은 특히 효과적이다. 제복을 입으면 그에 맞는 행동이나 경례법 등을 알아야 한다. 장교의 옷을 입고 여기저기 어슬렁거릴 수는 없으며, 계급이 낮은 제복을 입고 상관을 향해 거만하게 웃으며 "안녕" 하고 인사할 수도 없다. 이것만으로도 '무기징역' 감이다.

## 65. 숙소

저녁의 잠자리는 나그네를 위한 호텔이자, 빨리 들어가 쉴 수 있는 곳이며, 쫓기는 자의 피신처고, 외부와의 차단 공간이다. 그곳은 기운을 차리고, 숨 돌릴 수 있는 휴식과 안전을 제공한다. 당신은 텐트가 없을 때 잠잘 곳을 만드는 방법을 알아야 한다. 자연에는 엄청나게 다양한 건축 자재들이 있다. 동물들이 어떻게 집을 만드는지 잘 관찰해 본다.

어떤 잠자리든 공통적인 점 하나는 제때에 준비해 놓아야 한다는 것이

다. 너무 어두워져 얼렁뚱땅 만든 집 안에서 밤새 비와 추위에 시달려야 하는 것처럼 화나는 일도 없다. 이와 마찬가지로 중요한 것 또 하나는 홍수, 인간, 짐승 등으로부터 안전한 장소여야 한다는 점이다.

추운 지역을 여행할 때는 텐트, 따뜻한 침낭, 보온매트를 가져가야 하지만 따뜻하거나 더운 지역으로 갈 때는 합성수지 타폴린타르를 칠한 방수천만 있으면 된다. 그러나 위험한 동물들이 도사리고 있는 곳이라면 다른 것들이 필요하다. 텐트 주변에 관목들로 보호막을 치거나, 경보 시설, 감시하는 개가 필요하다. 물론 셋 다 있으면 금상첨화겠지만 셋 중 하나만 소리를 내도 이에 대응할 시간을 벌 수 있다.

두꺼운 방수천을 가지고 갈지, 아니면 얇은 방수천을 가지고 갈지를 결정하는 데는 어떤 운송수단을 사용할 것인지가 변수다. 자동차가 있으면 무거운 것도 괜찮다. 그러나 혼자서 가는 사람은 폴리에스테르처럼 매우 가벼운 소재로 만든 것이 더 낫다. 아니면 시중에서 흔히 구할 수 있는 저렴한 방수 덮개나 알루미늄 인명구조용 덮개도 좋다. 중요한 것은 비와 바람을 막아 줄 수 있어야 한다는 점이다.

타폴린은 매우 다양한 용도로 쓰일 수 있는 장점이 있다. 바람과 햇빛, 비로부터 보호해 줄 뿐만 아니라 나무 사이에 펼쳐 천막을 치면 경치를 내다볼 수 있는 자리가 된다. 텐트는 외부의 기습에 대응하기가 어렵다는 단점이 있다. 나일강 여행 중에 나는 텐트의 네 벽에 작은 구멍을 만들었다. 이것은 바깥쪽에서는 들여다보기 어렵고 안쪽에서는 내다보기 좋은 형태였다. 이는 어느 정도 안도감을 주었다. 나는 요즘에는 여행을 떠날 때 폴리우레탄 비닐만 가지고 간다. 이것은 지붕으로 덮는 데만 사용되는 것이 아니라 작은 보트나 해먹으로도 사용할 수 있고, 빗물을 받거나 판초, 배낭, 욕조, 밧줄 등으로 사용할 수 있다. 그리고 힘든 하루를 보내고 난 후 차를 끓일 때도 쓰인다.

돌발적인 사고에 대비해서, 도망갈 때 들고 갈 가방을 늘 같은 자리에 준비해 둔다. 칼은 오른편에 두고 손전등은 왼편에 두며 총기는 머리 아래에, 가방은 발밑에, 서바이벌 세트는 돌려서 배 위에 올려놓는다.

천막이나 텐트만으로는 온기를 얻을 수 없기 때문에 별도로 침낭이 필요하다. 그러나 따로 준비해 가지 않았을 때는 자연에 널린 재료들을 이용해 잠자리를 만들어야 한다. 울창한 나무나 넘어져 있는 나무, 바위, 돌출된 바위, 동굴, 돌, 크고 작은 나뭇가지, 잔디 등을 가지고 조금만 솜씨를 부리면 잠자리를 만들 수 있다.

넘어져 있는 나무는 이미 그 자체로 잠자리 역할을 충분히 해낸다. 그러므로 여기에서는 그것을 제외하고, 단지 건축자재만 구할 수 있는 경우에

대해 이야기하겠다. 나무 막대로 뼈대를 만들거나 이를 얼기설기 엮은 다음, 여기에 넓적한 나무, 잔디, 갈대, 잎이 달린 나뭇가지 등을 덮는다. 이때 지붕의 경사가 40~60° 정도가 되도록 하는 것이 중요하다. 경사는 급할수록 좋다. 그러면 지붕으로 비가 새더라도 빗방울이 잠자는 사람 위로 직접 떨어지지 않고 물받이 냄비로 흘러 떨어지게 된다. 가장 이상적인 지붕은 대나무를 반으로 쪼개 엮은 것이다.

보온매트 또한 물이 새지 않는 지붕만큼 중요하다. 바람으로 인해 또는 머리를 통해 온기를 빼앗기듯, 바닥을 통해서도 온기를 빼앗긴다. 그러므로 모자를 쓰고 보온 매트를 깔아야 한다. 그런 것이 없다면 두꺼운 잔디, 부식토나 가는 나뭇가지들을 매트처럼 바닥에 깐다. 이들은 적어도 15cm 두께는 되어야 한다. 잠자리로 쓰는 구덩이는 기온이 0℃ 안팎일 때는 최소한 1m 깊이로 파고 맨 위까지 나뭇잎, 잔디, 갈대로 채운다. 그곳에 누워 있으면 밤 사이에 체온을 잃지 않을 것이다.

몸이 식지 않도록 하는데 또 다른 좋은 방법은, 옷과 옷 사이에 종이, 갈대, 건초, 아니면 싱싱한 잔디나 나뭇잎을 채워 넣는 것이다. 그러면 마치 오리털 파카를 입은 것처럼 따뜻하다. 바지 가랑이와 소매는 묶어 봉한다. 발은 종이로 둘둘 말고 그 위에 양말을 신으면 좋다. 발이 차가우면 잠을 깊이 자지 못한다.

눈이 많이 있는 지역에서는 잠자리 구덩이를 만들기가 오히려 쉽다. 두꺼운 눈 위에 누워 허우적거리면서 1m 정도 깊이로 들어간다. 그런 다음에는 면적을 넓힌다. 그리고 아치 형태로 덮개를 만든다. 평평한 지붕과는 달리 아치형 지붕은 잘 무너지지 않기 때문이다. 숨구멍을 두 개 남겨 두고 입구까지 다시 눈덩이로 막아 버린다.

잠자리 없이 며칠을 보내야 한다면 이글루를 지어 보는 것도 좋다. 그것은 예상보다 쉽다(166쪽 '극지 서바이벌 훈련' 참조).

극지방에서는 힘들게 이글루를 만들어야 하지만, 밀림에서는 잠자리를 쉽게 마련할 수 있다. 밀림에서는 해먹, 처마, 모기장이면 충분하다. 체온 유지를 위해서는 옷이나 얇은 이불 정도만 있으면 된다.

가장 이상적인 지붕은 대나무를
반으로 쪼개 엮은 것이다.

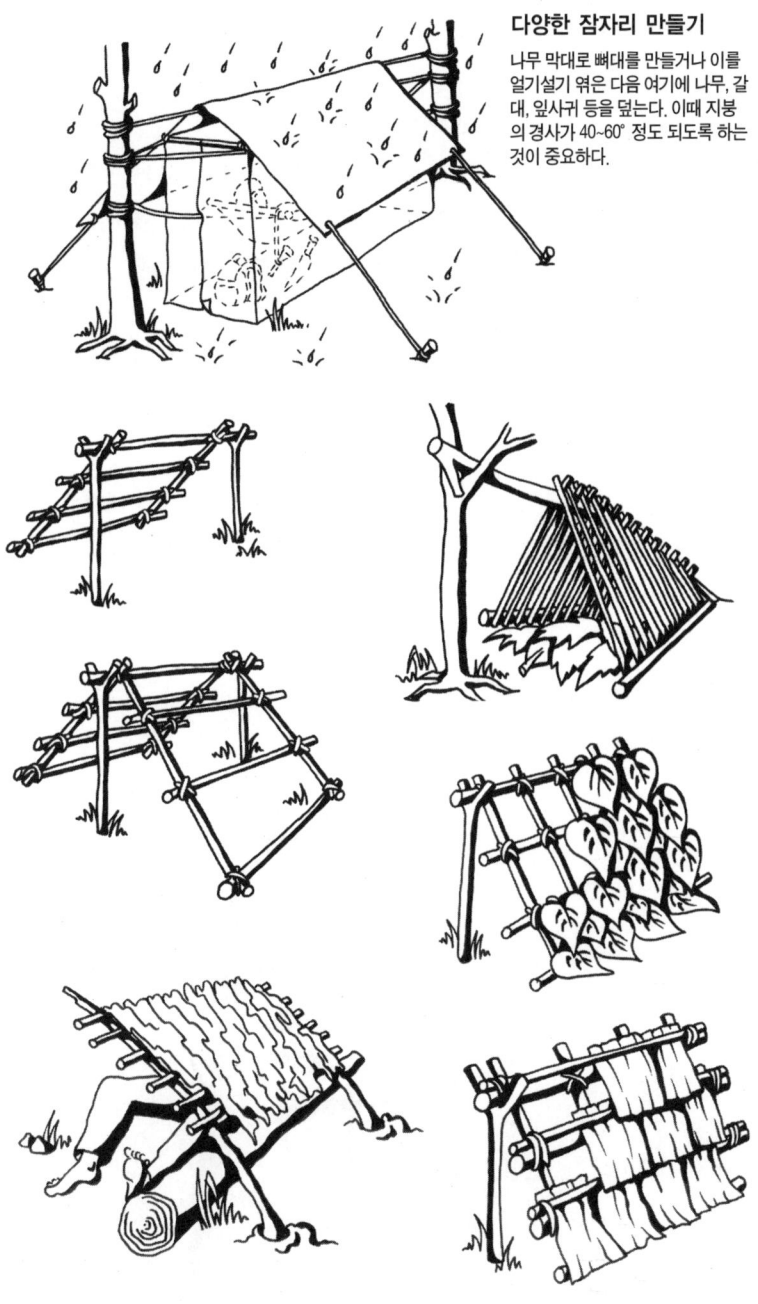

## 다양한 잠자리 만들기

나무 막대로 뼈대를 만들거나 이를 얼기설기 엮은 다음 여기에 나무, 갈대, 잎사귀 등을 덮는다. 이때 지붕의 경사가 40~60° 정도 되도록 하는 것이 중요하다.

해먹은 급한 경우 여러 개의 덩굴 줄기로 직접 만들어 볼 수 있다. 아니면 굵은 나뭇가지를 모아 누울 자리를 만든 뒤 나무에 걸거나 Y자 모양의 버팀목에 걸쳐 놓는다(153쪽 '열대우림' 참조).

이때 중요한 것은 결코 축축한 옷을 입은 채 잠자리에 누우면 안 된다는 것이다. 비에 젖었거나 땀에 젖었거나 마찬가지다. 열대우림에서는 비가 오면 옷을 벗어야 한다. 피부가 옷에 비해 훨씬 빨리 마르기 때문에 젖은 옷으로 인해 체온을 빼앗길 수 있다.

도망 중인 경우 나무 위에서 잠을 자야 할 수도 있다. 나무 아래에 아무런 흔적도 남기지 않고 나뭇가지 속으로 몸을 완전히 숨길 수 있다면 이는 상대적으로 매우 안전하다. 잠자기에 적당한 가지는 충분히 있다. 잠을 자다가 떨어지지 않기 위해서 나무에 몸을 잘 묶는다. 그러나 그 상태에서 발견된다면 당신은 덫에 갇힌 것이나 다름없다.

다리에 피가 몰리는 것을 막으려면 끈으로 고리를 만들어 발을 올려놓는다. 허벅지는 가지 위에 올리지 않고 마치 의자에 앉아 있을 때처럼 허공에서 자유롭게 움직일 수 있어야 한다.

나무 위에서 잘 경우 개미나 흰개미가 귀찮게 하는 경우가 많다. 이들은 단지 평온함을 방해할 뿐 아니라 정신까지 잃게 만들 수 있다. 쫓기는 경우가 아니라면 연기를 피워 개미와 날벌레 등을 퇴치할 수 있다.

## 66. 위험한 상황에서의 잠자리

위협을 받고 있는 상황에서 잠자리를 마련해야 한다면 앞서 서술한 잠자리와는 완전히 다른 기준이 필요하다. 이런 경우 불리한 점은 보통의 경우처럼 자유롭게 그 지역을 둘러볼 수 없다는 것이다. 여럿일 경우에는 함께 모여 있어야 하고 (크게) 이야기를 나누어서는 안 되며 흔적을 남기지 않아야 한다. 서둘러야 함에도 불구하고 이런 제한 때문에 느려질 수밖에 없다.

위험이 아주 가까이에 와 있다면 사실 밤새 걸어서 도망을 쳐야 한다. 만약 추격자들이 개를 데리고 있다면 길 곳곳에 후춧가루나 고춧가루를 여러 차례 뿌려 준다. 개들의 코에 이것이 들어가면 개들은 당신의 냄새 따위는 더 이상 쫓지 못하게 된다.

개들을 따돌리는 또 다른 방법은 자기의 발자국을 여러 번 산만하게 찍어 놓는 것이다. 다시 말해 8자 모양이나 원을 그려 움직이다가 여기서 벗어난다. 목발을 짚고 걷는 것도 한 가지 방법인데, 이것은 자국이 잘 남기 때문에 돌이 많은 지역에서만 유효하다(목발은 두 갈래로 갈라진 나뭇가지로 쉽게 만들 수 있다). 그리고 시냇물이나 강물을 가로질러 이동하여 자신의 흔적을 지워 버릴 수도 있다. 동행이 있다면 먼저 몇 명이 앞서 나가면서 발자국이 돌이나 흐르는 물에서 끝나도록 한다. 나머지 사람들은 발자국을 지우면서 가던 도중 옆쪽으로 빠진다. 가짜 발자국을 남기는 사람들은 여러 차례 앞뒤로 왔다 갔다 하고, 오락가락 걷기를 반복하여 발자국을 많이 만든다. 발자국을 없애기 위해서는 발을 헝겊으로 싸거나 나뭇잎이 달려 있는 가지들을 모아서 발자국을 쓸어 내면 된다.

잠자리를 설치할 때 불을 피워서도 안 되고 이야기를 해서도 안 된다. 그 상태에서 추위와 배고픔을 견뎌야 하며 대화는 여러 가지 수신호로만 나눌 수 있다. 식수를 구하기 쉬운 곳에 자리를 정해야 하지만 식수를 길어오는 것이 눈에 띄지 않는 장소여야 한다. 지형지물을 엄폐에 활용하도록 하며, 이때 엄폐물은 가능한 변화시키지 말고 자연 그대로 이용한다. 공중에서 내려다볼 때도 눈에 띄지 않아야 한다. 상대에 따라, 헬기 착륙지나 자동차 접근로가 주변에 없도록 주의를 기울여야 한다.

사방에 보초를 세워 경계한다. 위험할 경우에는 신호용 줄로 다른 사람에게 소리 없이 알린다. 그 신호를 알아차린 사람은 다시 줄을 잡아당겨 이를 인식했다는 신호를 보초에게 보내야 한다. 보초 교대 시간을 정하고 그대로 지켜야 한다. 어두울 때는 암호를 정한다. 이는 신호용 줄을 리듬에 따라 잡아당기면 된다. 보초 외에도 주변을 탐색하는 수색대를 파견한다.

숙소에서는 철의 규율이 지켜져야 하는데, 그중 하나는 도주를 위한 짐이 항상 꾸려져서 손이 닿는 곳에 놓여 있고 서바이벌 세트는 항상 몸에 부착하고 있어야 한다는 점이다.

모든 일에 대해 구성원 전체가 알고 있어야 한다. 기습을 받을 경우 대응 방법에 대해서도 정확히 이야기를 나누어야 한다.

다시 행군을 시작할 때는 머물렀던 자리에 어떠한 흔적도 남아 있어서는 안 된다. 물론 이 경우에도 허위로 흔적을 남기고 강바닥에서 행군 방향을 바꿀 수 있다. 아니면 나무에 줄을 걸어 이동할 수도 있다(303쪽 '장애물 통과하기' 참조).

## 67. 동물의 위험

동물은 두려움의 대상이 아니다. 대부분의 경우 동물의 위험성이 과장되어 있다. 동물은 인간보다 예측 가능한 대상이다. 물론 곤충은 예외다. 곤충은 가장 위험한 존재다.

대강의 규칙을 이야기해 보자면, 불안감을 불러일으키는 낯선 동물은 피하는 것이 상책이다. 그렇지만 덩치가 큰 동물일 때는 무조건 피하는 것만이 능사는 아니다. 그런 행동은 오히려 당신을 따라와서 습격하도록 부추길 수도 있기 때문이다. 그 대신에 동물에게 말을 걸면서 천천히 위험 지역에서 벗어난다. 가능하면 눈을 들여다보고 웃으며 이야기하고, 너무 겁먹은 모습을 보이지 않는다.

작은 동물일 경우에는 다음의 원칙을 기억하라. 동작이 느리고 겉보기에 아무 방어 능력이 없어 보여 쉽게 잡을 수 있을 것 같은 경우에도 위험할 수 있다는 것이다. 이에 대한 전형적인 예는 민첩한 개구리와 느린 두꺼비다. 두꺼비는 살갗에 독을 가지고 있다.

▶ **곰** 곰은 매우 위험하다. 곰은 강하고 겁이 없으며 여러 조건상 인간을 훨씬 능가하기 때문이다. 북쪽 지역에는 북극곰, 흑곰, 불곰, 북아메리카 산 큰곰 등이 있다. 만일 운이 좋으면(혹은 운이 없으면?) 한 녀석도 볼 수 없을 것이다. 덕분에 위험에 처할 일은 없겠지만, 평생 잊지 못할 경험 또한 못해 볼 것이다. 차라리 곰을 만나려고 노력하라.

곰은 호기심이 많고 영리하며, 아주 예외적인 경우에만 인간에게 위험한 동물이다. 대부분의 사고는 지레 겁을 집어먹은 사람들의 경솔한 행동

때문에 일어난다. 인간의 두려움 때문에 많은 곰들이 살해되고 있다.

원칙적으로 다른 동물들과 마찬가지로 곰은 인간을 피한다. 그러나 곰이 사람을 피하려면 어느 정도의 시간이 필요하다. 그러므로 곰이 출몰하는 지역에서는 소리를 많이 내면서 걸어라. 노래를 부르거나 크게 이야기를 하거나 배낭에 종을 달고 다녀라. 특히 어미곰과 새끼곰이 함께 있는 곳에는 절대 접근하지 말아라. 무성한 덤불 사이를 다닐 경우에는 당신이 바람을 등지고 있어야 곰이 제때에 당신의 냄새를 맡을 수 있다.

곰은 편안하게 길 위로 가는 것을 좋아한다. 그러니까 길 위에 텐트를 치지 말아라. 동물이나 물고기 죽은 것, 쓰레기 근처에도 텐트를 치지 않도록 한다. 음식물은 나무와 나무 사이에 최소한 6m 높이로 줄을 치고 매단다. 단, 숙소에서 5백 미터 정도 떨어진 곳이라야 한다. 당신이 낚시를 하는데 곰이 나타난다면 낚싯대를 즉각 놓아 버리든지 낚싯줄을 끊어 버린다. 물고기가 버둥거리는 것이 눈에 띄지 않도록 해야 한다.

**곰이 사람을 공격하는 것은 매우 드물다. 알래스카에서 지난 85년간 곰 때문에 죽은 사람이 20명에 불과할 정도다.**

곰이 너무 가까이에 와 있다면 가만히 서 있어라. 곰이 공격을 가하는 것은 드문 경우다. 알래스카에서 지난 85년 간 곰 때문에 죽은 사람이 20명에 불과할 정도다. 곰에게 당신이 인간임을 보여 주어라. 큰 목소리로, 그러나 차분하게 이야기를 하라. 팔을 들었다 내려놓았다 하여 곰이 그 위치에서 당신이 정말 인간이라는 것을 알게 하라. 그러면 곰은 더 이상 가까이 접근하지 않을 것이다.

곰이 뒷발로 선다면 호기심이 생긴 것이다. 곰이 당신을 아직 충분히 알아보지 못한 것이다. 당신에게 동행이 있다면 그를 어깨 위에 올린다. 웃옷을 열고 그것을 활짝 펼쳐 보인다. 그러면 당신들은 더 커 보이고 강한 인상을 주게 된다. 얼굴은 곰을 향한 채 뒷걸음질치면서 천천히 빠져나간다. 곰이 따라오면 제자리에 멈춘다. 종종 곰은 공격할 것처럼 다가오다가 3m 정도 거리를 남기고는 멈춰 버린다. 그때 당신은 곰처럼 대담해야 한다. 절대로 뛰면 안 된다. 달리기에서는 곰이 훨씬 빠르다. 땅 위에서나 물에서나 나무 위에서나 마찬가지다. 곰은 시속 55㎞ 속도로 뛴다. 팔을 계속 움직이면서 곰과 이야기를 나눈다. 그러면 곰은 당신을 가만히 놔둘 것이다.

곰이 당신의 말을 이해하지 못하고 계속 다가온다면 목소리를 더 높이고 좀 더 공격적이 되어라. 당신이 불안해하지 않는다는 사실을 알면 곰은 동요하게 된다. 냄비를 소리 나게 두드려라. 절대 곰의 으르렁거리는 소리를 흉내 내지는 말아라. 그리고 째지는 목소리로 소리 지르면 안 된다.

곰이 계속 가까이 온다면 곰은 당신을 사랑하여 끌어안으려는 것이다. 그러면 곰이 있는 지역에서 파는 후추 스프레이를 뿌려라. 그러나 바람 방향을 거슬러 뿌리면 당신 자신이 후추를 뒤집어쓰게 되니 주의한다. 곰의 눈과 코를 겨냥하라. 곰이 1m 앞으로 다가설 때까지 기다렸다가 그때서야 후추를 뿌린다.

스프레이가 없는 상태에서 곰의 공격을 받는다면 항복할 수밖에 없다. 땅에 엎드려 죽은 척한다. 몸을 둥글게 말고 목덜미는 손으로 보호한다. 곰이 눈앞에서 완전히 사라지고 발걸음 소리마저 들리지 않으면 그때 천천히 도망가라. 만일 곰이 계속 공격한다면 그 녀석은 당신을 자신의 먹거리로 여기는 것이다. 그러면 온갖 수단과 방법을 가리지 말고 대항하라.

오직 이러한 극단적인 위험에서만 무기 사용이 정당화된다. 그러나 알래스카의 많은 국립공원에서는 총기 소지가 금지되어 있다. 그리고 일단 무기를 써야 한다면 이는 곰을 단번에 죽일 수 있는 대형 총포류여야 한다. 부상 당한 곰은 그 어떤 것보다도 위험하기 때문이다. 죽은 곰의 가죽과 두개골은 담당 관청에 제출한다.

운이 없어서 곰에게 희생이 되었다면 가족들이 꼭 나에게 알려 주도록 미리 당부해 두자. 그러면 곰의 희생자 수를 20명에서 21명으로 수정해야 하니까.


▶ **육식어** 육식어가 공격성이 강한 것은 사실이지만 그에 대한 평판은 (대부분의 다른 동물도 그렇듯이) 실제보다 훨씬 더 악독하게 나 있다. 육식어는 (우리 인간들의 판단으로는) 못된 표정을 짓고 있어서 사람을 겁에 질리

게 만든다. 그리고 호기심이 많다. 그렇지만 인간에 대한 공격 의지는 적다. 그러나 잠수부가 작살로 잡은 물고기를 지니고 있으면 자극을 받는다. 이때 잠수부는 재빨리 물고기를 버려야 한다. 네오프렌 옷과 튼튼한 물고기 방어용 작대기가 어느 정도 도움이 된다. 작대기는 130㎝ 길이쯤 되고 끝 부분은 번쩍이지 않는 금속제여야 한다.

▶ **벌** 이 녀석들의 침은 아플 뿐 아니라 혈관이나 기도를 붓게 하여 생명을 위협한다. 또한 벌에 여러 차례 쏘이면 알러지 반응을 일으켜 위험하다. 말벌은 독침 네 번으로 인간을 죽일 수 있다. 특히 살인벌은 더 위험하다. 이들은 이탈리아 벌과 아프리카 벌을 교배시킨 종으로, 작지만 쉽게 자극을 받고 공격적이다. 이들은 떼로 몰려다니면서 특히 낮은 소음에 반응한다. 매우 위험한 이 벌의 공격으로 1994년 브라질에서는 4명이 사망하고 미국에서는 1백 명이 사망했다.

벌에 쏘이면 일단 침을 제거하고 암모니아수를 발라 준다. 그리고 알코올과 항알레르기 연고로 찜질을 하는 것도 좋다. 심장이 뛰고 어지럼증이 나면 칼슘을 뿌리고 강심제를 투여한다. 진한 커피는 좋지만 알코올성 음료는 좋지 않다. 조용히 누워서 쉰다.

▶ **벼룩, 이, 빈대** 이들은 아주 성가시게 사람을 괴롭힌다. 이놈들이 물면 아주 가려운 데다 금세 2차감염을 유발하기도 한다. 2차감염으로 습진, 종양, 여러 가지 열병 증상이 있다. 일단은 청결함을 유지하는 것이 필요하다. 그리고 옷을 삶거나 DDT, 방충제와 같은 화학약품을 사용해도 좋다. 그런 것들이 없다면 옷을 연기에 쐬어 벌레를 몰아내고 뜨거운 햇볕 아래 바짝 말리는 것이 좋다(여러 차례 뒤집는다). 그리고 이 옷은 최소 40일 간 입지 않아야 한다. 이의 경우에는 머리카락을 자르거나 아주 촘촘한 (참)빗으로 빗으면 효과가 있다.

▶ **황열모기** 황열은 열대지방에서 볼 수 있는 풍토병인데 예방주사를 통

해 예방할 수 있다. 예방 효과는 10년 간 지속된다. 이 모기를 피하는 법은 아래 '학질 모기' 부분에 적혀 있다.

▶ **고양이과 맹수** 이들을 만나면 곰을 만났을 때와 비슷하게 대처한다. 무기가 없다면 이놈들을 이기기 어렵다. 그러나 인간에게는 사유하는 능력이 있다. 이 맹수들도 인간을 먹이로 여기기보다는 오히려 겁을 낸다. 단지 인간의 맛을 알고 좋아하는 놈들만 예외일 뿐이다. 그러므로 당신은 맹수로부터 피하고 맹수들이 도망갈 기회를 주어야 한다. 밤에는 불을 피워 습격을 미연에 방지하고, 아카시아 나뭇가지로 높고 두터운 벽을 세운다.

▶ **상어** 따뜻한 물속은 상어의 영토다. 이들은 수온이 18℃ 이상이면 활동적이 된다. 전문 잠수부가 아닌 한 상어의 모든 종류를 알지 못하기 때문에, 상어를 보면 모두 위험하다고 생각하고 조심스럽게 행동하기 마련이다. 그러나 대부분의 상어는 식인 상어가 아니다. 상어가 반드시 배가 고파서 나타나는 것도 아니다. 상어는 호기심이 많은 데다가 지각이 발달하여 수십 킬로미터 반경 안의 모든 것에 관심을 갖는다. 특히 소음이나 피 냄새에 민감하므로 생리 중인 여성은 물에 들어가지 않도록 한다.

상어가 당신을 발견하기 전에 당신이 먼저 상어를 발견할 수 있어야 한다. 모든 상어가 그림책에 나오는 것처럼 등지느러미를 수면 위로 내보이는 것은 아니다. 수면 아래를 볼 수 있으려면 잠수경을 준비해야 한다. 상어는 처음에는 크게 원을 그리다가 점점 그 원을 좁혀 온다. 그 녀석이 등을 굽히고 흥분하는 모습을 보이면 곧 공격이 시작될 것이다. 그때는 끝에 금속이 달려 있는 약 130㎝ 길이의 단단한 잠수막대를 지니고 있으면 좋다. 그것을 가지고 상어에게 헤엄쳐 가서 자신이 전혀 겁내고 있지 않음을 과시한다. 만일 그것으로 상어를 찔러야 한다면 코, 눈, 아가미, 배를 찔러라. 그 부분이 상어에게 가장 충격을 준다. 그러고는 소리를 지른다. 상어는 이 두 가지 모두에 익숙하지 않을 것이다. 막대기가 없다면 팔과 다리로 공격한다.

물속에서 여러 명 중에 한 사람이 피를 흘리고 있으면 다치지 않은 사람들이 그를 보호하기 위해 그의 둘레에 원형으로 둘러서서 손에 손을 잡고 바깥쪽으로 향한다. 만일 많은 사람들이 피를 흘리고 있고 자신이 유일하게 다치지 않았다면 (난파의 경우) 도망치는 것 외에는 도리가 없다. 천천히 그러나 힘차게 수영을 하며 매우 건강한 생명체인 것처럼 보이도록 한다. 상어를 등지고 도망쳐서는 절대 안 된다. 마치 집사가 귀족 앞에서 물러날 때처럼, 뒤로 의연하게 물러나면서 눈으로는 상어를 바라본다.

▶ **개, 여우, 하이에나, 늑대** 이들의 강점은 후각, 청각 그리고 지구력이다. 이들의 후각은 인간보다 34배 뛰어나며, 청각은 인간이 전혀 듣지 못하는 주파수까지 들을 수 있을 정도로 발달해 있다. 특히 이 동물들은 어둠 속에서도 볼 수 있다.

사막, 아스팔트, 백사장 등 건조한 길로 도망가야 그들을 속일 수 있다. 개는 공기 중 습도가 높고, 바람이 적으며, 흐린 날에 풀이 무성한 땅 위에 있는 발자국을 가장 오래 추적할 수 있다. 적어도 24시간 동안 추적이 가능하다. 발자국은 공기가 메마르고, 바람이 많으며, 햇볕이 강할수록 더 빨리 사라진다. 또한 비가 많이 오면 곧 씻겨 버린다. 개에게 쫓기고 있다면 이 모든 것을 알고 있어야 한다.

만일 다른 동물들의 발자국을 따라가다가 성큼 뛰어서 옆으로 벗어날 수 있다면 뒤따르던 개는 인간의 발자국을 놓치게 되는데, 이는 동물의 발자국 냄새가 인간의 냄새보다 훨씬 진하기 때문이다.

개들을 혼동시키는 또 다른 방법은 자신의 발자국을 여러 차례 가로질러 가는 것이다. 이를 위해 8자 모양으로 왔다 갔다 하다가 그 길을 벗어난다. 개들은 시력으로도 흔적을 찾아갈 수 있기 때문에 발자국이 확연하게 드러나 보이지 않아야 한다.

냄새가 심한 다른 물질들(휘발유, 경유, 석유, 마늘, 동물 분뇨, 담배 즙, 재 등)로 자신의 냄새를 지우는 것도 좋다. 이것을 특히 다리와 신발에 문질러야 효과가 좋다. 후춧가루, 고춧가루, 겨자 가루를 뿌리면 추격하던 개

들은 사흘 동안은 초죽음이 될 것이다. 이 가루를 마른 땅바닥에 뿌려야 개가 코를 킁킁거릴 때 코 점막까지 들어갈 수 있다.

만일 훈련을 받고 사람을 공격하는 데 굶주려 있는 사나운 개라면 곧바로 공격해 올 것이다. 마치 어뢰처럼 거침없이 달려드는 것이다. 그렇다면 후추 스프레이나 몽둥이, 칼, 총기 등으로 방어하는 수밖에 없다. 만일 가능하다면 개가 물 수 있는 것을 내보인다. 예를 들어 옷을 벗어 팔에 둘둘 감은 다음에 내보인다. 그렇지 않으면 셰퍼드 같은 개는 한입에 당신의 팔을 물어 뜯어낼 것이다. 개의 턱 힘은 인간보다 3~7배 정도 강하다.

일단 개에게 물려 있는 상태라면 개의 코 부분을 칼이나 곤봉, 돌 등으로 찍거나 눈을 도려내도록 하라. 그렇게 해야 개는 자신의 희생물을 놓아줄 것이다. 개의 아랫도리를 걷어차도 싸움을 더 이상 못할 지경이 된다. 절대로 넘어져서는 안 된다. 넘어지면 개는 더욱 공격적으로 되고 개에게서 벗어날 가능성은 더 희박해진다.

여러 마리의 개가 쫓아온다면 상황은 더욱 심각해진다. 작은 개 한 마리도 도망자의 발뒤꿈치를 물어뜯어서 도망자가 투항하도록 할 수 있다. 개는 이럴 때 무척 몸이 날쌔다. 그러한 개를 때리려고 하면 물 때만큼이나 재빠르게 놓았다가, 사람이 도망치려고 하면 다시 문다. 게다가 개가 짖으면 추격자들이 당신의 위치를 알고 찾아올 것이다.

야생으로 살아가는 개과의 동물들, 즉 늑대, 하이에나, 들개 등의 경우는 다르다. 그들은 곧바로 달려들지 않고 웅크린 채 주변을 맴돈다. 으르렁거리며 자신의 무리를 불러 모으고, 기회가 생길 때까지 더욱 신중하게 인내심을 가지고 기다린다. 그들은 하루 종일 쫓아오기도 한다. 대개 그들은 낮에는 거리를 유지하다가 밤에 덤벼든다.

총기가 있다면 경고 사격을 할 수 있다. 대개의 경우 이것은 효과가 있다. 동물들은 대부분 총소리를 들으면 생명의 위협을 느끼고 도망친다. 효과가 없다면 한 마리를 쏘아 죽여서 다른 놈들이 그 시체를 배부르게 뜯어먹기를 기대하라. 그렇지 않다면 불을 두세 개 피우고 그 가운데 자리를 잡고 있든지, 무성한 나무줄기 사이에서 구조대를 기다린다.

이제 여우가 남았다. 여우는 보통 겁이 많다. 그래서 그들이 위험한 것은 광견병에 걸렸을 때밖에 없다. 이상한 행동을 보이는 동물(여우가 아닐 경우에도)에게 물렸을 때는 항상 광견병에 감염될 위험이 있다. 그렇다면 즉시 의사를 찾아가야 한다. 물린 뒤 닷새가 지나도 증상이 나타나지 않으면 운이 좋은 것이다. 광견병 감염 후 치료하지 않으면 대부분 사망한다.

개에 의한 또 다른 위험 하나는 소위 여우 촌충(혹은 개 촌충)이다. 촌충을 가진 동물들이 똥과 오줌을 누었을 때, 거기에 있는 촌충 알로 인해 당신도 촌충에 감염될 수 있다. 이런 지역에서는 예를 들어 블루베리를 채집할 때 촌충 알이 붙은 열매를 만질 수 있다. 집에서 기르는 개도 숲 속 산책 도중에 킁킁거리다 알을 들이마시고 사람과 접촉하면서 이 알을 옮길 수 있다. 위장에서 애벌레가 나오고, 장의 점막에 구멍을 뚫고, 결국 모세혈관 조직 특히 간의 모세혈관에 이른다. 수포 모양의 유충은 어린아이 머리 크기까지 불어날 수도 있고 종양 비슷하게 퍼져 나간다. 감염된 사람은 식욕 부진, 구토, 압박감, 윗배의 통증 등에 시달린다. 이 병은 치료하기도 어렵다.

▶ **악어** 겁 많은 악어도 있고 공격적인 악어도 있다. 남미의 카이만과 호

주의 담수淡水 악어는 겁이 많은 편이어서 사람을 피한다. 그러나 아프리카 악어와 호주 해안의 염수鹽水 악어는 그 자체로 무시무시한 무기라고 보면 된다. 이들의 전투 경험은 자그마치 2억 년에 이른다. 그리고 이들은 상어에 버금가는 매우 발달한 지각 체계를 가지고 있다. 물속에서도 1백 미터 바깥에서 지나가는 사람을 느낄 수 있다고 한다. 악어는 물의 흔들림 한 점 없이 그 사람을 따라간다.

그 엄청난 크기(7m에 이른다)에도 불구하고! 가엾은 희생자가 충분히 가까워졌다고 판단하면 악어는 시속 18㎞ 속도로 물속에서 뛰쳐나와 사람을 덮친다. 심한 허기를 느낄 때면 50m 이상 쫓아오기도 한다. 악어의 몸놀림이 빠르기 때문에 그럴 경우에는 상황이 난감해진다.

그러니 위험해 보이는 물에서는 절대 수영을 하지 않는다. 배에서 발을 물에 담그지 말고, 생선 찌꺼기를 물에 버리지 말고, 몸을 뱃전 밖으로 내밀지도 않는다. 배는 잘 뒤집어지지 않는 배여야 한다. 악어가 물에서 배로 뛰어드는 경우도 있기 때문이다. 당신은 악어를 보지 못하더라도 악어는 당신을 볼 수 있고 그 위치를 정확히 파악할 수 있다.

**악어는 상어에 버금가는 매우 발달한 지각 체계를 가지고 있다. 물속에서도 1백미터 바깥에서 지나가는 사람을 느낄 수 있다.**

악어가 다가오는 것이 보이면 딱딱한 등껍질에 대고 경고 사격을 한다. 총이 없다면 악어가 잘 들을 수 있게 큰 소리를 내며 노로 수면을 철퍽거린다. 그러면 대부분의 경우 악어는 물속으로 잠수해 버린다. 그래도 여전히 가까이 온다면 코 위에 한 방을 먹인다.

캠핑을 할 때는 잠자리를 물로부터 최소한 1백 미터 떨어진 곳에 설치하고, 관목으로 주변을 두르며(이는 위급한 경우에 경보 신호로 작용한다), 불을 피우거나 불침번을 세운다. 손전등을 비추면 어둠 속에서 마치 자동차 후미등처럼 번쩍이는 악어의 눈을 명확하게 볼 수 있다. 악어는 몇 시간 동안 미동도 하지 않고 숨어 있을 수 있다.

결코 같은 장소에서 두 번 이상 물을 길어 오면 안 된다. 아니면 물을 긷거나 수영을 하거나 몸을 씻을 때에 깊이 20㎝ 정도의 얕은 곳을 고른다.

아이들과 가축들은 반드시 물로부터 멀리 있도록 한다. 악어는 영리하고 참을성이 많다.

낚시를 할 경우에는 물로부터 적어도 3m 거리를 유지해야 한다. 한 손에는 낚싯대를 잡고 다른 손에는 앞부분을 헝겊으로 싼 단단한 막대기를 든다. 악어가 나타나면 가장 가까운데 있는 것을 물기 마련인데, 그때 눈에 잘 띄는 그 헝겊이 희생될 것이다.

악어에게 물렸다면…… 그 다음은 신경 쓸 필요 없다. 악어는 순식간에 당신을 통째로 집어삼켜 버리니까. 시계나 장식품 그리고 머리카락 외에는 그야말로 아무것도 남기지 않을 것이다.

▶ **학질모기** 말라리아를 옮기는 학질모기는 매우 위험하다. 말라리아 위험 지역으로 여행할 의향이라면 반드시 예방접종이 가능한 병원이나 열대병 전문의에게 문의해야 한다. 전 세계적으로 약 복용이 대폭 늘어나면서 말라리아 병원균도 저항력이 강해졌고 그래서 점점 더 독한 약이 필요하게 되었기 때문이다. 예방약은 제때, 정기적으로 복용해야 한다. 그러므로 요일이 표시되는 시계가 있으면 좋고, 여행에 함께 가는 사람들이 모두 같은 요일에 약을 복용한다면 더욱 좋다. 그러면 서로 다른 사람이 약 복용을 잊지 않게 해 줄 수 있다. 그리고 여행에서 돌아왔다고 해도 2주일 후까지는 약을 계속 먹어야 한다.

예방약을 복용하는 것도 중요하지만 항상 경계를 늦춰서는 안 된다. 말라리아는 이미 병이 번져 있는 곳에서, 여러 종류의 모기 또는 환자를 매개로 하여 건강한 사람에게 전염된다. 낮에는 모기들이 활동을 하지 않으므로 날이 저물기 전에 겹겹이 쳐 놓은 모기장 안으로 도망쳐야 안전하다. 방 안에서 자는 사람은 방에 살충제를 뿌리고 창문에 모기장을 친다.

일단 감염되면 갑자기 열이 41℃까지 오르고 오한이 든다. 그런 뒤 열이 사라지면서 땀이 나기 시작한다. 며칠에 한 번씩 이런 과정이 반복되며, 심한 두통과 관절통을 느끼고, 입맛을 잃으며, 설사를 한다. 또 비장과 간에 통증을 느끼며, 심장근육이 손상되고, 오줌은 짙은 황색, 안색은 옅은 황색이 되며, 생리 불순, 체중 감소 등의 현상이 나타난다. 특히 열대성 말라리아의 경우 빨리 치료하지 않으면 혼수상태를 거쳐 죽음에 이를 수 있다. 어떤 종류의 말라리아에 걸렸는지 알아보려면 피검사를 해야 하므로, 말라리아 즉석 검사기를 지참해야 한다. 이는 문외한이라도 금방 사용할 수 있는 검사용 시험지다.

말라리아 회복에 도움이 되는 음식으로는 파파야, 우유 그리고 간장 회복약 등이 있다.

말라리아 감염 지역에서 돌아온 뒤 시간이 많이 흘렀더라도 위에서 말한 증상들이 나타나면 말라리아 감염 가능성에 대해 의심해 보아야 한다.

▶ **곰치** 이 물고기는 뱀장어처럼 생겼고 4m 길이까지 자라나며 따뜻한 바다에 서식한다. 곰치는 위협을 느끼면 공격적으로 반응하면서 사정없이 물어뜯는다. 그 날카로운 이빨에 독은 없지만 마치 더러운 주사바늘처럼 2차감염을 유발해 패혈증을 일으킬 수 있다.

▶ **피라니아** 이 물고기는 사람이 물속으로 침범해 오면 순식간에 덤벼들어 그 사람을 뜯어 먹어 버린다고 알려져 있다. 그러나 이는 엉터리 이야기에 불과하다. 그 말이 맞는다면 남미의 강변에 사는 원주민들과 인디언들은 지금 아무도 살아남지 못했을 것이다. 이들은 매일 강에서 목욕을 하는 사람들이다. 물론 피라니아가 당신을 공격할 수도 있다. 그러나 이는 당신이 무언가 잘못을 저질렀을 경우에만 해당한다. 피라니아는 강물을 담당하고 있는 보건소라고 할 수 있다. 그들은 병든 것과 죽은 것들을 먹어치운다. 무언가 방해가 되는 것처럼 보이는 것은 모조리 먹어치운다. 그러니 당신이 건강한 생명체로 보일 수 있다면 염려할 필요 없다. 그러나 시체처럼 꼼짝 않고 떠 있다면 피라니아는 시험 삼아 당신 몸을 뜯어먹으려 들 것이다. 그리고 나면 그 다음은 순식간에 일이 벌어진다. 첫 물고기가 뜯어먹는 움직임, 피 냄새 그리고 물에 퍼져 가는 붉은색 등은 피라니아들을 자극한다. 이들은 화살처럼 빠르게 달려들어 모두 함께 물

어뜯기 시작한다. 그 이빨은 면도날과 같다. 그들은 조그만 상어떼로 돌변한다. 그리고 잠시 후면 해골만 남게 된다.

피라니아는 붉은색에 반응하므로 빨간 수영복이나 산호 목걸이 등은 피한다. 물론 피라니아를 낚으려는 경우는 다르다. 그럴 때는 자동차 깜빡이만으로도 충분하다. 또는 빨간 천 한 조각이나 빨간 깃털 등을 미끼로 사용해 물위에서 채찍질하듯 내리쳤다가 당긴다. 그러면 피라니아가 줄줄이 매달려 나올 것이다. 낚싯줄은 쉽게 끊어 버릴 수 있으므로 두껍고 튼튼한 철사를 사용한다. 주의하라! 이 물고기는 뭍에 올라와서도 낚시꾼을 물어뜯는다.

▶ **가오리**  피라니아보다는 오히려 가오리가 사고를 더 많이 일으킨다. 가오리는 강의 모래 바닥을 쑤시고 들어가 있어 좀처럼 보이지 않는다. 그 상태에서 먹이를 기다린다. 가오리가 먼저 당신을 발견했다면 꼬리로 채찍처럼 당신을 갈길 것이다. 꼬리 끝의 독침은 매우 치유하기 힘든 상처를 남긴다. 또 어떤 종류의 가오리는 2백50볼트에 달하는 전기 충격을 가한다. 여기 당한 사람은 정신을 잃고 익사할 수 있다.

가오리가 있을 만한 물에서는 성큼성큼 걷지 말고 모래 속으로 발을 질질 끌면서 걷는다. 그러면 가오리는 옆으로 쑥 들어오는 발 때문에 놀라 도망갈 것이다.

▶ **뱀**  뱀은 약 3천 종에 달하는데 그중 독을 지니고 있는 것은 10% 정도다. 그리고 독사에게 물린 경우에도 대부분은 그 결과가 미미한데, 이는 뱀이 자신을 방어할 뿐 상대를 죽이려 들지 않기 때문이다. 상대가 자신이 원하는 먹이가 아닐 때 뱀은 독의 양을 줄일 수 있다. 그렇지만 독사가 무는 경우 중에서 1/4은 위험하다. 그러므로 이에 대해 숙지하고 있을 필요가 있다.

뱀을 보면 일단 도망가라. 어떠한 뱀도 인간보다 빠르지 않기 때문에 이것은 어렵지 않다. 뱀은 오로지 무는 순간에만 빠르다. 즉 뱀은 자기 몸길이의 1/3 정도 거리에서만 빠른 속도로 움직일 수 있다. 그리고 뱀은 대부분 사람이 뱀을 잡으려 할 때 문다.

보통의 경우 뱀은 인간이 접근해 오는 것을 느끼면 몸을 숨긴다. 뱀은 소리를 듣지는 못하지만 배에 민감한 신경을 가지고 있어 땅의 흔들림을 느낄 수 있다. 그리고 뱀은 예민한 혀로 냄새도 잘 맡는다. 그러므로 튼튼한 신발과 장갑, 긴 바지를 입은 채 반드시 발을 쿵쿵 구르면서 걷는다. 여기저기 구멍을 쑤셔 대면 안 되고, 아침에 일어나서 신발을 신을 때는 혹시 뱀이 거기 들어 있지 않은지 잘 확인한다.

많은 뱀들이 날이 저물 무렵이나 밤에 활동하기 때문에 밤에 이동할 경우에는 될 수 있으면 손전등을 지참한다. 뱀이 숨을 곳을 없애기 위해 텐트 근처의 풀이나 덤불 등은 모두 베어 없앤다. 뱀은 냉혈동물이라 따뜻한 (그러나 뜨겁지는 않은) 장소를 좋아한다. 예를 들어 뱀은 당신이 잘 덮혀 놓

## 뱀에게 물리면 '놀라서' 죽는 일이 더 많다

한 여성이 남아프리카산 독사에 물린 적이 있다. 이 살모사에 제대로 물리면 백이면 백 사망한다. 그녀는 당연히 겁에 질렸다. 물린 다리가 퉁퉁 부어올랐고 출혈도 심했다. 그녀는 공포로 소리를 지르며 간질처럼 발작하였고, 마치 허리가 부러진 것처럼 몸을 웅크렸다. 하지만 혈청은 이미 다 떨어진 상태였다. 그녀가 심장마비로 죽는 것은 시간문제였다. 그때 구급약장에서 요리에 쓰는 소금 용액 앰풀을 하나 발견했다. 이것은 독을 없애는 데 전혀 쓸모없는 것이었다. 아니, 혹시 쓸모가 있을까?

그녀에게 달려가 앰풀을 눈앞에 흔들어 보이며 소리쳤다. "여기 하나 찾았어요."

그리고 근육에 소금물을 주사하자 그녀는 곧 긴장을 풀고 차분해졌다. 공포로 목숨을 잃을 수 있는 상황에서 소금물의 위약 효과로 목숨을 구할 수 있었던 것이다.

은 침낭 속을 좋아한다.

　물론 쉬운 일은 아니겠지만, 뱀에게 물리면 최대한 침착해야 한다. 나는 독사에 세 번 물렸지만 아직 죽지 않았다. 세계보건기구 통계에 의하면, 뱀에게 물려 죽는 경우는 대부분 독 때문이 아니라 공포로 인한 혈액순환 장애 때문이라고 한다.

　뱀에게 물리면 우선 위험 지역을 벗어나야 재차 물리지 않는다. 뱀에 물렸을 때 몽둥이로 뱀의 등을 후려쳐 단방에 죽일 수 있다면 다행이지만, 그렇지 않다고 해도 뱀을 쫓아가느라고 시간을 낭비하면 안 된다. 만일 독이 혈관 속으로 흘러 들어갔다면 매우 빠르게 작용하기 때문이다. 그러나 뱀을 산채로건 죽여서건 잡는 데 성공했다면 병원으로 가져가서 그 뱀독의 종류에 맞는 혈청주사를 고를 수 있도록 한다. 뱀을 생포하기 위해서는 새총 모양의 나뭇가지를 이용해 뱀의 머리 바로 뒷부분을 누르고 그곳을 손으로 잡아 든다.

　뱀의 독은 크게 두 종류로 나뉜다. 살모사 독은 혈관을 확장시키고 다공질로 만들며 혈전을 생성한다. 물린 곳이 부풀어 오르고 극심한 고통이 뒤따른다. 그러다가 혈액순환이 정지되고 사망에 이른다. 만일 이러한 독의 양이 많지 않다면 몸은 이를 스스로 치유할 수 있다. 그러나 이 경우에도 이미 파괴되어 버린 조직과 혈관은 복구되지 않는다.

　또 다른 종류의 독은 중추신경을 마비시킨다. 코브라나 맘바뱀에게 물리면 도움을 요청하려 해도 혀가 말을 듣지 않는다. 혼자서 주사를 놓으려 해도 손이 뇌의 명령을 따르지 않는다. 그러다가 결국 폐가 운동하지 않아 질식사하게 된다. 그렇게 되기 전에 누군가 인공호흡을 실시하면 살 수도 있다.

혈청이 없다면 뱀에게 물린 곳과 심장 사이를 묶어 준다. 단 맥박은 짚어 볼 수 있도록 해야 한다. 피가 흐르지 않으면 조직이 괴사할 수 있으므로 20분마다 묶은 곳을 다소 느슨하게 한다. 그렇게 하면 물린 곳 부근에만 독이 머물러 있도록 할 수 있다. 만일 물린 곳에서 피가 흐르고 많이 부어오르면서 격심한 고통이 따른다면, 이제는 그 부분을 잘라 내는 수밖에 없다.

만일 혈청이 있다면 뱀에게 물린 즉시 주사해야 한다. 한번 파괴된 조직은 복구되지 않으므로 혈청 주사는 빠를수록 좋다. 마치 산이 알칼리를 중화시키듯이 혈청은 독을 중화시킨다. 뱀이 어둠 속에서 여러 차례 물고 즉각 사라졌기 때문에 그 뱀의 종류를 전혀 알 수 없었다면, 소위 다목적 혈청을 사용한다. 예를 들어 '중앙아프리카용' 혈청 같은 식이다. 그러면 이 지역 대부분의 뱀 독에 효과를 보이고, 뱀뿐 아니라 거미나 전갈의 독에 대해서도 효능이 있다. 물론 이 경우는 비교적 많은 양을 주사해야 하는데, 이는 최소한 $40cm^3$은 되어야 한다. 오로지 한 가지 종류의 독에만 효과가 있는 단일 혈청의 경우에는 대개 $10cm^3$만 주사해도 된다. 이 혈청은 오직 한 종류의 독에만 작용한다는 단점이 있지만, 더 효과적이다.

모든 혈청은 냉각 보존해야 한다는 단점을 가지고 있다. 그러나 3개월 이내의 여행이라면 실온에서도 문제가 없다. 혈청을 사용하기 전에 항상 물처럼 맑은지를 확인한다. 만약 혈청이 우윳빛으로 변했거나 솜털 같은 게 둥둥 떠다닌다면 사용할 수 없다. 가능하면 혈청은 정맥에 직접 주사해야 한다. 피부 아래나 근육에 주사할 경우에는 효력이 느리게 나타난다.

예전에는 뱀에게 물린 곳을 째는 방법을 종종 추천하였으나 사실 그것은 적절하지 못하다. 그리고 피를 빨아내는 것도 권장하고 싶지 않다. 이 경우 피를 세차게 빨아야 하는데, 그러다가 구강 출혈을 일으킬 수 있기 때문이다. 그래서 피를 빠는 사람의 뇌와 중추신경으로 흘러 들어가는 것이다. 그러나 그 방법밖에는 다른 방법이 없을 때, 피를 빤 사람은 즉각 독을 뱉어 내야 독이 구강 점막이나 출혈 부위를 통해 체내로 들어오지 못한다.

빨아내는 것보다 더 좋은 방법은 세기를 조절할 수 있는 진공 펌프를 이용하는 것이다. 이 펌프는 벌레에 물렸을 때는 약하게 작동시키고 뱀에 물렸을 때는 강하게 작동시킬 수 있다. 이 방법은 뱀에 물린 곳에서 입으로 독을 빨 때보다 더 잘 뽑을 수 있다.

독의 효과를 항상 금방 느끼는 것은 아니다. 그것이 독사였는지 독 없는 뱀이었는지는 물린 사람의 살에 남아 있는 뱀의 이빨 자국을 보면 알 수 있다. 독사는 굵은 이빨 자국이 나란히 2개 나타나고, 독 없는 뱀의 경우에는 여러 개의 이빨 자국이 U자 모양으로 배열되어 있다.

독사도 위험하지만 거대한 뱀이 사람 몸을 조이는 것 역시 위험하다. 무심코 뱀에게 너무 가까이 접근하면 이런 일이 생길 수 있다. 3m 이상 되는 뱀들은 아기를 그냥 삼켜 버리고, 성인은 몸뚱이를 휘감아 질식사시킬 수

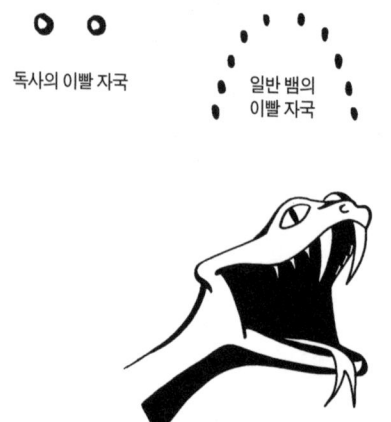

독사의 이빨 자국  일반 뱀의 이빨 자국

있다. 그들은 몸을 휘감으면서 날카로운 이빨로 목을 공격한다. 만일 한 손이라도 쓸 수 있다면 뱀의 눈을 찔러서 뱀이 스스로 몸을 풀기를 기대할 수밖에 없다. 아니면 뱀의 꼬리 부분에서 등뼈로 올라오는 부분을 힘껏 내려쳐 몸뚱이를 부러뜨려 볼 수도 있다. 뱀의 몸은 아래쪽이 가늘기 때문에

이런 방법이 통할 수 있다. 그러면 즉각 몸을 풀어 줄 것이다.

## 뱀의 조르기 기술

나는 엄호하는 사람들을 주변에 대기시킨 가운데 4.5m 길이의 구렁이로 시험해 본 적이 있다. 내가 그 녀석의 안전거리 안으로, 즉 1.5m 정도까지 접근해 가자 공격을 해 왔다. 그놈은 재빠르게 고개를 빼어 들고는, 두툼하게 보호대를 감은 나의 목을 바늘처럼 날카로운 이빨로 공격했다. 그와 동시에 꼬리로는 내 몸을 힘차게 감았다. 나는 팔도 함께 묶인 채 바닥으로 쓰러졌다.

몸을 묶는 힘을 느끼는 첫 순간에는 '겨우 이 정도야?' 라는 생각이 들었다. 나는 뱀이 내 허파로부터 공기를 쥐어 짜낼 것이라고 생각했던 것이다. 마치 타이어에서 공기가 빼내는 것처럼. 그러나 뱀은 그런 짓을 하지 않았다. 단지 내가 숨을 내뱉기를 기다렸다가 숨을 내쉰 그만큼 더 조여 왔다. 그러자 그 압력 때문에 숨을 들이쉬는 것이 불가능해졌다. 그런 상황에서 숨을 들이쉬기 위해 나는 더 깊이 숨을 내쉬어야 했다. 그러자 뱀은 즉시 더욱 조여 왔다. 마치 강철로 된 태엽처럼. 나는 정확히 60초 후에 완전히 초죽음이 되었다. 친구가 뱀을 꼬리부터 떼 내 나를 풀어주었다. 이럴 때 도와줄 친구가 옆에 없는 사람은 재수가 없다고 하겠다.

▶ **전갈** 전갈은 돌 아래 산다. 꼬리 끝에 독침이 있는데 이는 두 가지 경우에만 사용된다. 먹잇감인 동물을 잡을 때와 위협을 느낄 때다. 그러므로 전갈을 성가시게 하지 않는 게 좋다. 전갈은 가위 모양으로 생긴 앞발로 희생물을 움켜쥔다. 그리고 꼬리를 앞으로 빠르게 움직여 찌른다. 그것은 뱀이 물 때처럼 신속하다. 대부분의 경우 심하게 아픈 것 외에는 별다른 증상을 보이지 않는다. 마치 말벌에게 쏘인 것 같다. 그러나 매우 위험한 독을 가진 놈도 있으므로, 전갈에 찔리면 침착함을 유지하면서 뱀에게

물렸을 때처럼 대처하라.

▶ **거미** 거미는 생김새가 공포심을 불러일으키지만 사실 유용한 일을 하는 곤충이다. 거미는 탁월한 솜씨로 그물을 만들어 성가신 벌레들을 제거해 준다. 그중 조심해야 할 것은 독을 가진 몇몇 거미들이다. 이들을 함부로 건드리면 위험하니, 온난한 지역에서는 절대로 구멍 속이나 나무줄기를 만지지 않는다. 거미는 그런 곳에 있는 것을 좋아한다. 거미에게 물리면 뱀에게 물렸을 때와 같이 행동하라.

▶ **진드기** 이 벌레는 대부분 무해하지만 몇몇 종류는 목숨을 앗아갈 수도 있다. 이 벌레는 아프리카 회귀열, 해안열, 담즙열, 텍사스열 등을 전염시킨다. 또 유럽에서는 치명적인 뇌막염을 전염시킨다. 독일에서만도 매년 6만 명이 피해를 입는다. 그러므로 진드기는 모두 위험한 것으로 보고 그녀석에게 물리지 않도록 주의해야 한다. 물렸을 때는 가능한 한 빨리 떼어 내야 한다.

진드기는 여러 해 동안 영양분 없이도 살 수 있다. 그래서 숙주宿主를 찾아내 배가 터지도록 피를 빨아먹을 수 있는 기회를 참을성 있게 기다린다. 진드기는 덤불이나 바닥에 앉아 기다리다가 숙주가 될 생명체가 덤불을 지나가거나 앉아 있으면 꽉 움켜쥐거나 재빠르게 그리로 기어간다. 그들의 지각 능력은 수십 미터의 먼 거리까지 감지할 수 있을 정도다. 진드기가 물어도 전혀 아픔을 느끼지 못한다. 진드기가 아주 작은 경우(0.5mm)에는 이미 오래 전에 물려서 피를 충분히 빨아 먹힌 다음에야 이를 깨닫곤 한다. 그러면 진드기는 몇 배로 커진다. 몇몇 종류는 콩만한 크기가 되기도 한다. 그들은 배가 부르면 저절로 떨어진다.

진드기 출몰 지역에서는 밤에 방충망을 친다. 낮에 밀림을 행진할 때는 옷을 입지 않고 가면서 진드기가 물지 않았는지 계속 확인하는 것이 좋다. 그러나 일단 진드기가 물었다면 몸에서 간단히 떼어 낼 수가 없고, 끝이 뾰족한 핀셋(약국에서는 진드기용 핀셋을 판매한다)으로 가능한 한 머리 가까이를 잡아서 똑바로 뽑아내야 한다. 이때 진드기를 눌러 버리면 감염되어 있는 진드기 몸속 물질을 스스로에게 주사하는 결과가 될 수도 있으므로 주의한다. 진드기를 뽑아낼 때 검은 부분이 살 속에 남아 있을 수 있는데 이것은 이 벌레의 집게로, 위험하지 않다. 물린 부분은 곧 소독해야 한다. 물린 후 며칠 내에 열이나 두통이 생기면 의사를 찾아간다. 특히 상처 주변이 둥글게 붉어진다면 반드시 의사를 찾아야 한다.

## 68. 흔적 수색하기

발자국을 찾을 수 있는 사람은 낯선 땅을 여행하는 사람들에게 있어서 수색견보다 더 중요하다. 강력계 형사가 돋보기, 현미경, DNA 분석으로 해내는 일을 현지인들은 모든 감각과 경험을 조합하여 해낸다.

흔적을 찾는 일은 사냥을 할 때 특히 중요하다. 아니면 오랫동안 고립되어 있다가 문명으로 돌아가려 할 때 필요하다. 상황에 따라 그 흔적들은 여행자를 다른 사람들에게 인도할 수 있고, 만약 그가 사람들로부터 위협을 느낀다면 그들을 피해 갈 수 있도록 해 주기도 한다.

흔적을 해석하는 데 있어서는 그것이 얼마나 오래된 것인지를 알아내는 일이 중요하다. 오래 전의 흔적은 동물이나 사람들이 이미 사라져서 이 근처에 없음을 의미한다. 날씨에 따라 오래된 발자국이 새것처럼 보이기도 하고 비와 바람, 햇볕이 발자국을 뒤죽박죽으로 만든다면 얼마 되지 않은 것이 오래된 것처럼 보이기도 한다. 그러므로 발자국을 해석할 때는 몇 시간 전부터 혹은 며칠 전부터의 날씨도 고려해야 한다. 그럼에도 불구하고 종종 대략적인 해석밖에 하지 못할 수도 있다.

개가 있으면 발자국을 쉽사리 쫓아갈 수 있다. 그러나 개들에게도 능력의 한계는 있다(214쪽 '동물의 위협' 참조).

시간을 알아내는 것이 관건이라면, 서로 비교해 볼 수 있도록 그 옆에 자신의 발자국을 만들어 본다. 그 발자국의 보폭을 통해 발자국의 주인공이 아직 힘이 넘치는지 여부를 알아낼 수 있다. 그리고 그 발자국의 걸음걸이와 찍혀 있는 깊이를 당신이 지금 막 찍어 본 발자국과 비교해 봄으로써 그가 짐을 지고 있는지 여부도 알 수 있다.

발자국이 여러 개라면 신발 모양, 신발 크기, 보폭, 걸음걸이의 좌우 넓이, 발자국들 서로 간의 위치, 발자국이 축에 대해 가지는 각도 등을 통해 서로 구별한다. 땅바닥에 발자국이 확실하게 남아 있을수록 이러한 조사는 쉬워진다. 그러니까 진흙에서는 조사가 쉽고 모래는 어려우며 바위에서는 불가능하다.

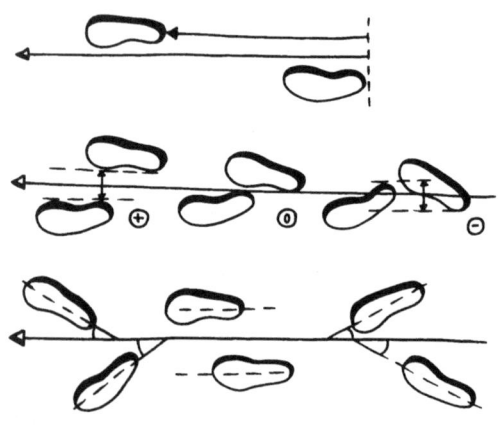

발자국을 알기 어려운 곳에서는 다른 흔적들에 주의를 기울여야 한다. 부러진 나뭇가지, 덤불을 통과할 때에 흩어진 이슬, 밟힌 식물, 흐트러진 거미줄, 오래된 모닥불, 톱질이나 도끼질 자국, 용변, 버린 것이나 떨어뜨린 것들, 야영 장소, 쓰레기 등이 그것이다. 이러한 단서는 모두 전체적인 인상을 만드는 데 도움이 된다.

흔적을 찾아가는 것은 매우 어렵고 시간도 많이 걸리기 때문에, 이러한 노력을 기울일 만한 일인가를 먼저 따져 본다. 그럴 만한 가치가 없다면 그냥 포기해 버려라. 하지만 친구를 죽인 살인자라면 끈질기고 빈틈없이, 이 세상 끝까지라도 쫓아가라.

## 아는 만큼 보인다

흔적을 읽는 기술은 책을 읽는 기술과 비견할 만하다. 브라질 인디언들과 있을 때 내가 한 친구에게 책을 읽어 주자, 인디언은 대체 내가 어떻게 그런 것들을 전부 알고 이야기하는지 놀라워했다.

"여기 전부 쓰여 있어요"라고 책의 글자를 가리키며 내가 대답하자, "어디요? 하얀 종이 위에 지지분한 것들만 가득 있는데……"라고 그는 말했다.

그 인디언과 함께 밀림을 지나갈 때 나는 또 한번 당황하여 할 말을 잊었다. 내 눈에는 아무런 흔적도 띄지 않았는데 그는 무언가를 살피며 자신 있고 빠른 걸음으로 앞서 가는 것이었다.

한 베트남 사람은 나와 함께 걸어가면서 그쪽으로 눈길 한 번 던지지 않는 것 같았는데 "저기 외국인이 용변을 봤구먼" 하고 말했다. 그는 변의 성분, 색깔, 묽기가 현지인의 것과 다르다는 점에서 이를 알아차린 것이다.


## 69. 수렵 기법

사냥에 성공하려면 야생동물보다 지능적이어야 한다. 그들에 대해 잘 알아야 하고 그 흔적들을 구별하는 데 능숙해야 한다(수렵 강습에 가거나 수렵 입문서 등을 보라). 그러면 동물들의 오감 지각 능력이 인간보다 훨씬 뛰어나다는 사실과, 인간은 그 부족한 지각 능력을 적절한 노하우로 보완해야만 사냥에 성공할 수 있다는 사실을 알게 될 것이다.

사냥할 때 옷은 주변 환경에 맞춰 입는다. 별도의 위장 도구가 없다면 주변의 관목들로 위장한다. 자기 자신이 덤불이 되고 자연의 일부가 되어야 야생동물에게 위험한 존재로 여겨지지 않는다. 적어도 사냥감인 동물의 똥이나 오줌을 몸에 칠해야 한다. 이것은 그 동물이 물을 마시는 곳이나 자주 지나다니는 길에서 구할 수 있다. 이렇게 하여 당신 몸에서 풍기는 사람 냄새를 없앨 수 있다.

그리고 아무 소리도 내지 말아야 한다. 무언가 쩔렁거리거나 번쩍거리거나 하여 동물들로 하여금 낯선 존재가 자신의 영토 내에 들어왔다는 것을 알아차리게 해서는 안 된다. 그러므로 총기류, 사진기, 칼, 지퍼 등을 움직이면 안 되고 번쩍거리는 물건은 윤기가 나지 않게 만든다.

여기저기 헤매고 돌아다니는 것보다는 한군데 매복해서 진득하게 기다리는 편이 더 낫다. 덤불, 땅굴 속이나 나무 위에 숨어서 끈기 있게 기다리면 사냥에 성공할 수 있을 것이다. 특히 어둠 속에서 강렬한 손전등 불빛으로 사냥을 하면 효과적이다. 한밤중에 배를 타고 조용히 강둑을 따라 하류로 흘러 내려가면서 가끔씩 강 언덕의 숲에 불을 비춰 보면 야행성 동물들을 볼 수 있다. 그 동물들의 눈은 자전거 후미등처럼 빨갛게 빛을 반사한다. 그들은 멈춰 서서 잠시 동안 무관심한 것처럼 불빛 쪽을 바라볼 것이다. 손전등을 총에 부착하거나, 입에 물거나, 다른 사람이 당신 대신 손전등을 들도록 한다.

강변에서 불을 피우면 몇몇 종류의 물고기들이 당신 가까이로 몰려올 것이다. 그때 작살로 잡으면 된다. 그리고 굴에 사는 포유류 동물은 굴을 파내서 잡는다. 물론 그 전에 다른 출입구는 모두 막아 버리거나 그물을 설치해야 한다.

오랫동안 앉아 기다려도 성과가 없다면 엄폐물을 이용하고 맞바람을 맞으며 살금살금 기어서 접근한다. 바람을 등지고 기어간다면 결코 성공할 수 없다. 동물은 수 킬로미터 밖에서도 냄새를 맡는다. 그리고 그 녀석이 사냥꾼이 움직이는 것을 보게 해서는 안 된다. 동물이 풀을 뜯어먹을 때 움직여야 하며, 언제 고개를 들어 살피는지를 잘 알아야 한다. 고개를 들기 이전에 당신은 이미 움직임을 멈춰야 한다.

위장용 의복이 없다면 덤불이나 잎이 달려 있는 나뭇가지를 방패처럼 들어 앞을 가린다. 사냥한 동물의 털을 뒤집어쓰는 것은 천혜의 위장 수단이다. 이는 인간의 냄새를 지워 주고 의심이 많은 동물의 주의를 끌지 않는다.

가죽을 뒤집어쓰고 다가갈 때 결코 일직선으로 가서는 안 된다. 당신은

# 독수리 속이기

동물의 감각이 얼마나 탁월한지를 경험한 적이 있다. 나는 스스로를 독수리에게 미끼로 제공하였다. 독수리들이 나를 둘러싸고 그들의 연회를 시작하려는 그 장면을 사진으로 찍고 싶다는 어처구니 없는 이유에서였다. 한 친구가 나를 도와 망원렌즈를 가지고 멀리 떨어져 숨어 있었다. 독수리가 나를 쪼려고 할 때 벌떡 일어나서 그들을 쫓아 버리면 그다지 문제될 게 없을 것 같았다.

내가 원하는 만큼 많은 수의 독수리들이 공중에 높이 떠서 빙빙 돌고 있었다. 나는 부상 당하고 탈진한 것처럼 연기했다. 녹초가 된 것처럼 비틀거리면서 여러 번 무너지듯이 쓰러졌다가 다시 온 힘을 다해 일어나고, 비틀거리며 빙빙 돌다가 앞으로 기어가기도 했다. 몸에는 짐승의 피를 발랐고 고기 몇 조각도 마치 나의 살인 것처럼 그럴 듯하게 몸에 붙여 두었다. 그리고 나는 마침내 완전히 허물어져 죽음의 고통을 연기했다.

고맙게도 1시간쯤 흐르자 그중 한 마리가 내려앉았다. 그렇지만 유감스럽게도 내 근처에 앉은 것이 아니라, 아주 조심스럽게 멀찌감치 떨어져 앉았다. 거기 웅크리고 앉아 나를 넘겨다 보고 있었다. 미동도 하지 않고 내게 무관심한 것처럼. 또 한 마리가 거기에 합류했다. 그러고는 아무 일도 일어나지 않았다.

그러는 와중에 나는 햇볕에 익어 가고 있었다. 그 독수리들이 극심한 허기를 느끼리라고 생각한 건 착각이었다. 진짜 배가 고팠던 것은 거기서 윙윙거리던 쇠파리 떼뿐이었다. 그 녀석들은 파렴치하게도 수천 마리가 몰려들어 내게 지옥 같은 고통을 안겨 주었다. 내 땀과 몸에 바른 피가 그들을 끌어들인 것이다. 그놈들은 윙윙거리고 꿈틀거리며 기어다녔다. 미칠 것 같았다. 파리들은 내 몸 중 자신들이 머물 수 있는 모든 곳에서 행패를 부렸다. 나의 귀와 눈으로 기어들어갔다. 눈을 감을 수는 있었지만 그러자면 독수리를 관찰하는 것은 포기해야 했다. 울고 싶은 심정이었다. 파리들은 계속 더욱더 무례하게 양쪽 귀로 쑤시고 들어왔다. 귀가 웅웅 울렸다. 몸은 꼼짝하지 않으면서 눈치 채이지 않을 정도로 입김을 불어서 적어도 제일 설치는 놈들이라도 얼굴에서 쫓아내 보려고 했다. 그렇지만 파리들은 내가 꼼짝 못한다는 사실을 잘 알고 있는 것 같았고, 그래서 나의 땀투성이 얼굴을 핥아먹는 데 엄청난 재미를 느끼는 것 같았다. 나는 그놈들의 잔칫상이었다.

나중에 한 영국인 독수리 연구가가 말했다. "건강한 생명체가 하는 행동, 즉 숨을 몰아쉬거나 몸을 조금 움찔하는 것만으로도 독수리는 당신이 여전히 살아 있다는 걸 알아차렸을 겁니다"라고. 그들은 4천 미터 높이에서도 지상의 먹이를 찾아내며, 아무리 작은 움직임이라도 알아차린다는 것이다. 게다가 몸이 무거워 날아오르는 데 많은 시간이 걸리는 독수리 같은 새들은 땅 위에서는 상당히 무력하기 때문에 그 약점을 끝없는 인내와 신중함으로 보완한다고 했다.

결국 나는 자포자기한 심정으로 "꺼져 버려!"라고 욕을 내뱉고 주먹을 휘둘러 대면서 실험을 끝냈다. 내 몸에 붙은 살코기들에는 파리가 슬어 놓은 알들로 가득했다. 그걸 몸에서 떼어 내고 나는 강물로 뛰어들었다. 파리들은 내 둘레를 돌며 분노의 외침을 질러 대고 있었고, 두 마리의 독수리는 멀찍이서 왔다 갔다 하면서 내게 비웃음을 보냈다.

그 동물에 대해 무관심한 것처럼 보여야 한다. 지그재그로 걷거나 뒤로도 걸으며, 풀을 뜯어먹고 쉬거나 냄새 맡는 것처럼 보이게 한다. 눈과 눈이 마주치는 것은 피한다. 나뭇잎을 조금 집적거리고 잔디를 쩝쩝거리며 다섯 걸음이나 세 걸음 앞으로 다가가다가 훌쩍 뛰기도 한다. 한마디로 당신은 짐승 같은 행동을 해야 한다. 짐승의 소리를 흉내 낼 수 있다면 절반은 성공한 것이다.

육식동물을 유인하려면 살아 있거나 죽은 미끼를 그 앞에 둔다. 고약한 냄새가 나는 살코기여도 좋다. 미끼를 놓기 전에 그 고기를 끌고 인근 지역을 돌아다니면 냄새가 멀리 퍼지기 때문에 더 큰 효과를 볼 수 있다. 북극곰은 태운 비곗살로 유혹한다.

물새를 잡았다면 그 가죽을 통째로 벗겨 낸다. 그 머리 부분을 당신이 뒤

집어쓴다면, 다른 새들이 놀라지 않게 그들에게 접근할 수 있다. 그 물새 탈의 가슴 부분에 눈구멍을 만들어서 바깥을 내다볼 수 있게 한다. 숨을 쉴 수 있도록 호흡관을 물고 이리저리 오가며 접근한다. 가까이 접근하는 데 성공했다면 물아래에서 그 새의 다리를 붙들어 물밑으로 잡아끈 뒤 목을 비틀어 버린다. 이런 식으로 매우 많은 동물을 사냥할 수 있다.

동물이 상처를 입은 상태로 도망쳤다면 넉넉히 기다리다가 1시간 후에나 따라간다. 만일 금세 그 뒤를 밟기 시작하면 동물은 공포에 질려 있는 힘껏 멀리 도망갈 것이다.


## 70. 덫 만들기

사냥을 하려는데 총기가 없다면 덫을 놓아야 한다. 덫의 종류는 무궁무진하다. 이것은 살 수도 있고 직접 만들 수도 있다. 모험을 즐기는 이라면 위급한 때에 이를 임기응변으로 만들어 내는 데 관심이 많을 것이다.

덫 놓기는 대부분 끈기와 인내를 필요로 한다. 덫을 설치한 첫날 밤에 동물이 걸려드는 경우는 드물다. 물론 야생동물이 아주 많은 지역이거나, 물마시는 곳이 단 한 군데뿐이거나, 동물들이 매우 많이 오가는 길을 포착했다면 이야기는 달라진다. 적당한 장소를 고르는 것은 완벽하게 위장하는 것만큼이나 중요하다. 사용한 재료의 냄새와 색깔을 숨기는 것도 필수불가결한 일이다. 덫은 그 주변 환경과 하나가 되어야 한다. 사냥꾼은 자신의 냄새조차 그곳에 남겨서는 안 된다. 물론 그것은 쉬운 일이 아니다. 시간이 어느 정도 지나고 바람이 불어야 이런 의심스러운 냄새가 사라질 테고 그래야 동물들은 더 이상 의심을 하지 않게 된다. 덫은 한군데 오래 머무는 사람에게 적당한 장치다. 덫 설치는 생존을 위한 트레이닝에 반드시 포함된다. 여기서 중요한 것은 덫을 작동시키는 기동 장치의 절묘한 메커니즘을 익히는 것이다.

여기서는 그림으로 충분히 설명이 가능한 몇 가지 유형의 덫에 대해서

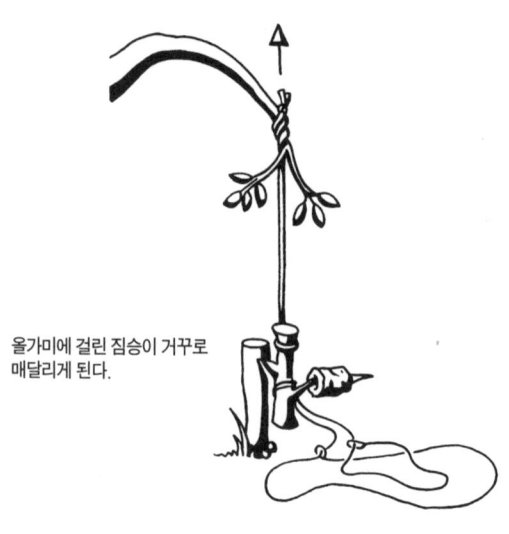

올가미에 걸린 짐승이 거꾸로
매달리게 된다.

조류를 잡기에 적당한 덫.

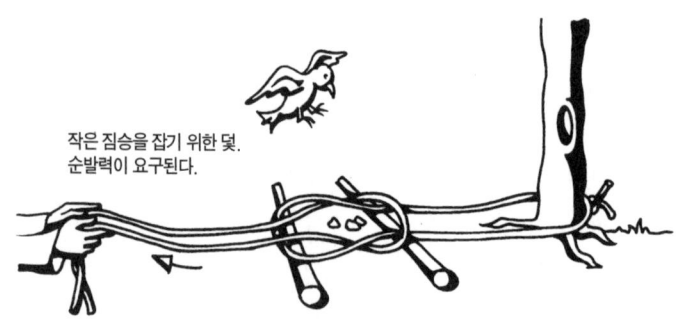

작은 짐승을 잡기 위한 덫.
순발력이 요구된다.

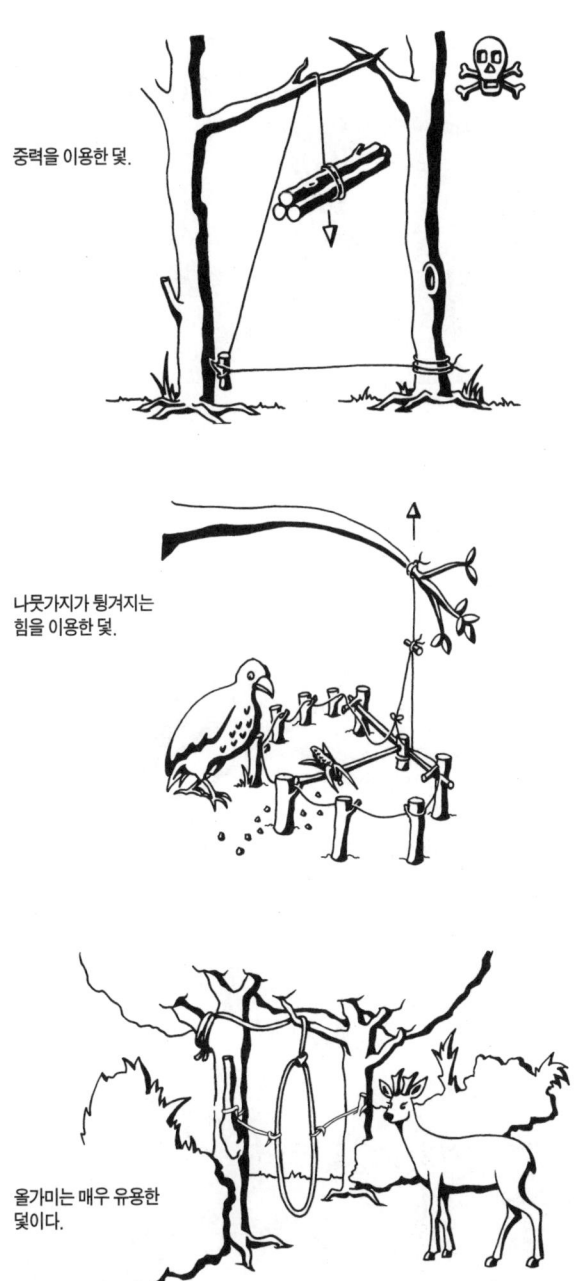

중력을 이용한 덫.

나뭇가지가 튕겨지는
힘을 이용한 덫.

올가미는 매우 유용한
덫이다.

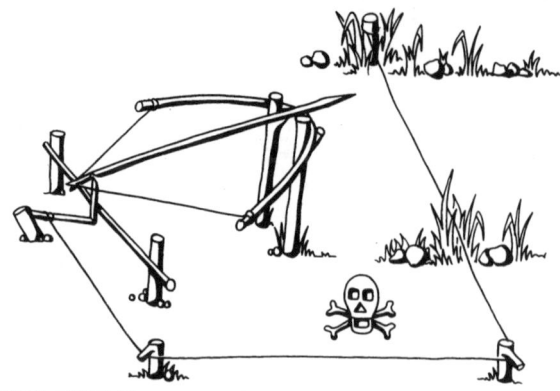

덫을 작동시키는 기동 장치의
절묘한 메커니즘.

덩치 큰 동물을 잡는 데도
무리가 없다.

죽음에 직면하여 필사적이
된 동물이라 해도 끊을 수
없을 정도의 튼튼한 밧줄
을 사용한다.

GEHRICHTUNG

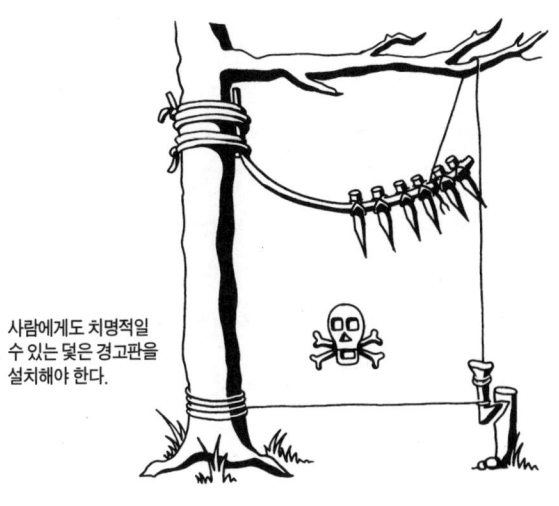

사람에게도 치명적일
수 있는 덫은 경고판을
설치해야 한다.

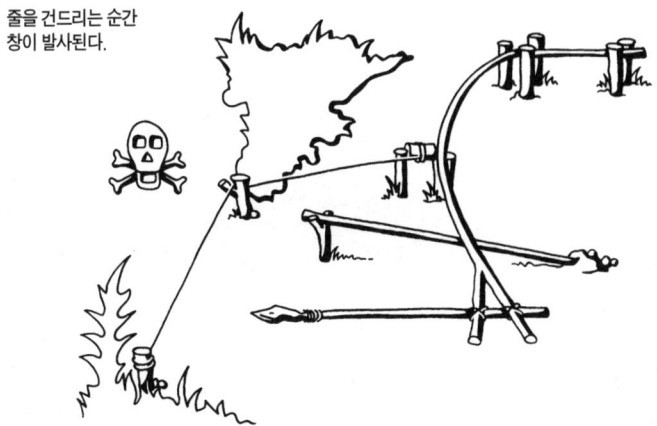

줄을 건드리는 순간
창이 발사된다.

만 설명하겠다. 배고픈 사람들이 특별한 장비 없이도 설치할 수 있는 4가지 기본 유형이 있다. 사람에게도 치명적일 수 있는 덫은 경고판을 설치해야 한다.

함정이든 올가미를 이용한 것이든 포획하려는 동물에 맞게 만들어야 한다. 1m 깊이의 구덩이로 산돼지를 잡을 수는 없다. 죽음에 직면하여 필사적이 된 생명체의 힘을 결코 과소평가하지 말아라. 이들은 몇 미터씩 뛰어오르고 두꺼운 줄도 끊어 버리며 덫에서 풀려나기 위해 자신의 발을 물어 잘라내기도 한다. 덫에 걸린 동물이 불필요하게 오래 고통을 겪지 않게 하려면, 설치한 덫을 매일 점검해야 한다.

함정은 동물이 많이 오가는 길, 물이 있는 근처, 먹이를 먹는 장소에 설치한다. 함정을 파내어 생긴 흙은 멀리 운반하여 치운다. 동물들은 자신이 오가는 지역에 대해 잘 알고 있기 때문에 사소한 변화라도 생기면 의심을 갖는다. 그러면 어떤 동물도 덫에 걸리지 않는다. 함정을 원추형으로 만들면 거기에 빠진 동물이 기어 나올 수 없기 때문에 사냥 효과가 높아진다.

바닥에 끝이 날카로운 기둥을 박아 두면 동물이 함정에 빠지는 순간 죽게 만들 수 있다. 하지만 이는 극한 상황에서만 사용할 것을 권한다.

바닥에 끝이 날카로운 기둥을 박아 두면 동물이 함정에 빠지는 순간 죽게 만들 수 있다. 함정에 이러한 기둥을 설치하는 것은 동물 학대에 해당하기 때문에 극한 상황에서만 사용할 것을 권한다. 만일 그렇지 않다면 기둥을 박지 않은 함정을 파되 단지 조금 더 깊게 파서 거기 빠진 동물이 밖으로 뛰쳐나오지 못하게 만들어라.

덫의 유형 중 올가미는 매우 중요하며 유용하다. 올가미 재료(노끈, 철사, 자일)는 모든 서바이벌 세트에 포함되어 있다. 올가미는 동물이 알아보지 못하되 반드시 그리로 지날 수밖에 없도록 설치해야 한다. 올가미 주변에 덤불을 늘어놓으면 그 주변으로 지나갈 수 없을 것이다. 동물도 인간이나 마찬가지로 게으르다. 위험을 깨닫지 못하는 한 편한 길을 택하고, 덤불을 피하려고 하고 그래서 결국 함정으로 걸어 들어가게 된다. 이때 그 주변에서 볼 수 없는 나뭇가지는 절대로 사용하지 말아라.

덫을 만들 때는 모든 과정에서 장갑을 낀다. 당신 옷에서 모닥불 냄새가 나지 않도록 주의한다. 불에 그을린 냄새는 모든 동물에게 경계령을 내리고 도주하도록 만든다. 동물 똥을 모아 몸에 바르면 인간의 냄새가 효과적으로 제거된다. 기후가 적당하다면 옷을 벗고 맨살에 동물 똥을 바른 채 일을 한다.

풀줄기 따위로 올가미가 벌어져 있도록 고정해 놓는다. 진흙으로 줄이 보이지 않게 덮는다. 올가미 안에 걸려든 동물은 빠져나가기 위해 젖 먹던 힘까지 다할 것이다. 그러면서 저절로 목이 졸려 죽게 된다. 아니면 위로 튀어 오르는 올가미를 만든다. 그러면 나뭇가지가 펼쳐지면서 올가미를 잡아당겨 사냥감을 죽인다.

육류를 미끼로 동물을 꼬드길 때는 미끼를 그 지역에서 이리저리 끌고 다녀 그 흔적과 냄새가 가급적 넓은 지역에 남게 한다. 교미기에 수컷을 잡았다면, 그 정관에서 분비물을 채취해 덫이나 미끼에 조금씩 발라 다른 동물들을 유인한다. 이는 이 수컷의 경쟁 상대인 다른 수컷과 발정기의 모든 암컷에게 효과가 있다.

마지막으로 아프리카에서의 예를 들어 보자. 거기서는 동물이 물을 먹으러 올 때까지 갈대로 호흡관을 만들어 물속에 숨어서 기다린다. 그 동물이 물을 먹기 위해 고개를 숙일 때 움켜잡는다. 운이 좋으면 영양이 올 수도 있고 재수가 없으면 코끼리가 온다. 단, 당신보다 힘이 세고 성질이 고약한 동물이 왔다면 그때는 순순히 보낸다. 섣불리 그들의 발목을 잡았다가 크게 다치거나 오히려 그들의 먹이가 되는 수가 있다.

## 71. 역겨움을 극복하는 법

정말로 구역질을 해야 할 경우도 있지만, 그렇지 않은 경우도 있다. 구역질을 해야 할 경우란 '몸을 해칠 수 있으니 더 이상 부담을 주지 말아라'는 몸 자체의 경고다. 눈, 코, 혀 등이 모두 곤두서고 경보가 울린다. 자꾸 메스껍고 소름이 돋는다. 그것은 분뇨 때문일 수도 있고 썩어 가는 음식물 때문일 수도 있다.

그밖에 근거 없는 역겨움이 있다. 그것은 사회적으로 형성된 것으로서, 위기에 처해 있을 때는 이런 틀에서 벗어날 수 있어야 한다. 또한 위급한 상황이 아니더라도 얌전한 사람들을 엽기적인 방식으로 곯려 주려면 자신은 이런 역겨움에서 벗어나야 한다.

구토를 일으키게 하는 대상은 사람마다 각각 다르다. 사람들이 모두 서로 다른 것처럼 그를 멈칫하게 하는 것도 다 다르다. 그것은 회교도에게는 삼겹살이고, 독일의 고급 미식가에게는 맥도날드 햄버거와 같은 인스턴트 식품이며, 내게는 바이에른식 돼지 족발이다. 그리고 곤충이나 벌레를 먹어야 한다면 거의 대부분의 사람이 구역질을 해댈 것이다. 그러나 이들은 아사 직전의 사람들에게는 최고의 식량이다. 곤충이나 벌레는 잡기가 아주 쉬울 뿐만 아니라 농약 걱정할 필요가 없으며, 야생에서 자유롭게 돌아다니면서 먹이를 찾아 먹기 때문에 최고의 건강식품 중 하나다. 곤충, 생선, 야생동물, 이 순서대로 이들은 최고의 고단백 식품이 된다. 이는 식품영양학자들도 추천하는 바다.

그러나 나이팅게일의 혓바닥을 먹는 데 익숙해졌다면 이제는 파리를 먹어 보자. 아주 간단하다. 이것은 모든 여행 준비에 있어 거의 기본 훈련, 즉 서바이벌 초급반에 해당된다. 파리가 더럽거나 그다지 해로울 이유는 없다. 물론 파리가 금방 똥 덩어리로부터 날아올랐다면 박테리아에 감염되어 있을 수 있지만, 대부분의 박테리아는 위산에 의해 죽는다. 티푸스 예방주사를 맞지 않았기에 특별히 안전 조치를 취하고 싶다면, 파리를 익히면 된다. 취향이 섬세한 초보자라면 버터를 조금 넣고 양념을 하는 게 좋다.

벌레도 마찬가지다. 두꺼운 놈이건 길쭉한 놈이건, 미끌미끌하건 마디가 있건, 분홍색이건 시체처럼 창백하건 간에 나 역시 그놈들을 별로 좋아하지는 않는다. 게다가 그 벌레들이 조각나 있으면 더 끔찍하다. 그렇지만 그것들을 물속에 불리고 그 위장 속 내용물(모래, 부식토, 오물 등)을 깔끔하게 빼내고, 조각을 내어 버터를 넣거나 양념을 치거나 구워서 먹는다면, 맹세컨대 그밖에 다른 것은 먹고 싶지도 않게 된다. 그리고 통통한 벌레 한 마리에는 소시지보다도 먹을 게 많다.

좀 더 입맛 당기는 것에 대해 이야기해 보자. 메뚜기를 잊지 말자. 이 동물이 아프리카의 많은 사람들에게 영양분을 제공해 준다는 사실을 일단 소개해야겠다. 그들은 메뚜기를 아주 맛있게 먹는다. 왜 우리는 그러면 안 되는가? 심리적인 연습을 엄청나게 해야만 하는 것도 아니다. 그저 메뚜기를 죽여서 뒷다리를 떼어 내고(뒷다리에는 미늘이 달려 있다) 그냥 꿀꺽 삼키면 된다. 눈을 감고 먹으면 도토리 같은 느낌이 든다. 바삭바삭하고 기름기가 많고, 그야말로 견과류를 먹는 듯한 느낌이다. 구역질을 극복하는 데 있어 아직 초보자라면 메뚜기로 시작해서 차츰차츰 쥐로 발전해 가도록 한다.

집쥐와 사향뒤쥐를 구별해야 한다. 집쥐는 잡식성이다. 순수 육식동물과 마찬가지로 이런 동물은 선모충을 가지고 있을 수 있는데, 이는 쥐에게는 해를 끼치지 않지만 인간은 사망에 이를 수도 있다. 그러므로 집쥐는 잘 굽거나 삶아야 한다. 그러면 가장 집요한 선모충도 영양가 많은 단백질로 변하는 기적이 일어난다.

# 멧돼지를 사냥하는 가장 좋은 방법

아프리카에서는 물속에 숨어 갈대로 숨대롱을 만들어 숨을 쉬면서 동물이 물을 먹으러 올 때까지 기다린다. 그러다가 동물이 물을 먹기 위해 고개를 숙일 때 움켜잡는다. 운이 좋으면 영양이 올 수도 있고 재수가 없으면 코끼리가 온다.

나는 이 사냥 기법을 독일의 커다란 수렵장에서 멧돼지에게 시도해 보았다. 백문이 불여일견 아니던가! 나는 두 번 실패했고 세 번째에 산돼지 한 마리의 앞다리를 잡았지만, 그놈이 나를 물어뜯었다. 그리고 나서야 나는 이 기법을 완벽하게 적용할 수 있는 좋은 방법을 깨달았다. 이것을 고안해 낸 것은 내 경력에서 아주 근사한 일 중 하나다. 그래서 이 간단하지만 천재적인 방법을 자랑스럽게 털어놓고자 한다. 이제 나는 스스로 사냥하지 않는다! 다른 사람이 사냥을 하도록 만든다! 그리고 또 하나 중요한 것은 머리를 완벽하게 위장해서 바깥으로 내놓을 수 있다면 사냥감의 뒷다리를 확실하게 움켜잡을 수 있다는 점이다.

안트예 부르크가 내게 멧돼지를 한 마리 잡아 주겠다고 하기 전까지는 이 방법이 잘 먹혀 들어갔다. 그녀는 배가 고파서 내 경고를 주의 깊게 듣지 않았다. 몸집이 작은 멧돼지라면, 일단 손에만 움켜쥐면 확실한 거 아니냐고 말했다. 그리고 그녀는 작은 멧돼지의 앞다리를 잡았다. 그 녀석은 어처구니없다는 듯이 바라보더니 뒤로 물러서면서 그녀를 손쉽게 물속에서부터 끌어냈다.

안트예는 여전히 배가 고팠기에 그놈을 놓지 않았다. 그러자 멧돼지가 안트예를 물었다. 그때서야 그녀는 포기했다. 그녀는 피가 철철 흐르는 손목을 움켜쥐고 내게 "뤼디거! 이건 내 평생 최고로 끝내주는 경험이었어, 고마워"라고 말했다.

그것은 내 인생의 정점이었다. 안트예는 내게 한 여자를 만족시켜 주는 것이 얼마나 간단한지를 가르쳐 주었다. 고마워, 안트예!

사향뒤쥐는 이런 주의를 기울일 필요가 없다. 이는 순수 채식동물인 데다가 아주 까다로운 미식가다. 그래서 가장 고급스런 먹이만 먹는다. 그러므로 이 쥐의 육질은 산토끼 살코기처럼 전혀 의심할 필요가 없다. 고기 맛도 산토끼와 비슷하다. 더 나아가 생쥐도 맛이 좋다. 죽은 쥐의 꼬리를 떼어 내면 쥐에 대한 혐오감이 훨씬 덜하다. 이 동물들은 중국에서 진미로 취급받고 있다. 그래도 선뜻 먹지 못하는 사람에게는 쥐 고기를 눈에 띄지 않게 음식에 섞어서 먹게 한 다음에 나중에 맛이 좋았는지 물어보라.

이러한 심리적이면서 기술적인 연습에는 여러 가지가 있다. 또 한 가지 예를 들어 보자. 가재를 좋아하는가? 나도 그렇다. 그럼 물벼룩은 어떤가? 싫다고? 왜 싫지? 물벼룩을 확대해 보면 가재와 아주 비슷하게 생겼다. 그러니까 잘 뜯어서 꿀꺽 삼켜라! 물 한 컵과 함께 물벼룩을 산 채로 먹으면 샴페인처럼 입 안에서 톡톡 튀어 오르는 느낌을 받을 수 있다.

이렇게 용기를 줬는데도 아직도 역겨움을 이겨낼 수 없다면 오직 두 가지 이유밖에 없다. 마음이 너무 약하거나 아직 배가 덜 고픈 것이다.


## 72. 동물성 비상 식량

위급한 상황에서 당신 구두를 뜯어먹기 전에 뭔가 먹을 것이 있을지 주변을 둘러보자. 선입견을 버리고 자연이 제공하는 풍부한 육류에 대해 관심을 기울인다면 쉽게 살아남을 수 있을 것이다.

우리가 보통 맛있다고 느끼는 것, 예를 들어 등심 스테이크 등은 위기 상황에서는 구하기 어렵다. 등심, 노루나 사슴 고기 스프, 오리 가슴살 등 이 모든 맛있는 음식들을 먹기 위해서는 영악하고 재빠른 동물들을 잡아야 한다. 그들과 비교하면 인간은 둔하고 무력하다. 무기가 있어야 겨우 그들보다 우월해질 수 있으며, 무기가 없다면 힘들다.

그때는 전 세계적으로 널리 분포되어 있는 곤충에게로 관심을 돌려라. 근거 없는 역겨움만 극복할 수 있다면 곤충들은 동물의 세계에서 가장 귀중한 단백질 제공원이 된다. 그들은 좁다란 우리 안에서 항생제나 단조로운 사료로 키워진 가축과는 다르다.

가장 먼저 찾을 수 있는 것이 파리다. 작은 집파리나 초록색으로 번들거리는 똥파리 등이 있다. 색깔이나 크기를 고려하지 않는다면 체체파리조차 단백질과 지방 보충을 위한 음식이 된다. 그것들이 병원균을 가지고 있다 해도 위 속에 들어가면 위산 때문에 거의 모든 균이 죽는다. 그래도 걱정스럽다면 먹기 전에 익히면 된다. 상처, 고름, 똥, 땀에 파리가 꼬인다. 무엇이건 현재 구하기 쉬운 것을 택한다. 기다렸다가 파리가 충분히 모였다고 생각되면 과감하게 내려쳐서 일망타진한다.

날이 어두워질 무렵이면 파리는 휴식을 취하면서 모기와 교대하게 된다. 모기는 파리보다 잡기가 좀 더 어렵다. 홀로 행동하고 예민한 모기들은 파리처럼 떼지어 다니지 않는다. 모기는 피를 잔뜩 빨아먹은 녀석을 잡았을 때만 잡을 만한 가치가 있다.

다른 단백질 제공원으로는 메뚜기, 불개미와 흰개미, 유충(울긋불긋하지 않고 털도 나지 않은 것. 털은 다 뽑아야 한다), 개구리, 달팽이(등 껍데기가 있는 것), 뱀, 쥐, 거미, 전갈, 새, 물고기, 조개 등이 있다. 꿀벌과 말벌도 침만 뽑아낸다면 맛이 좋다. 곤충을 잡는 두 번째 방법은 불빛으로 유인하는 것이다. 아니면 잠자리채처럼 소형 그물을 만든다.

물고기는 전형적으로 물고기답게 생긴 것들만 먹는 것을 원칙으로 한다. 즉 복어, 동갈양태 등은 먹지 않는다. 물론 메기나 뱀장어도 일반 물고기처럼 생기지는 않았지만 당연히 먹을 수 있다. 비늘이 없는 낯선 물고기도 건드리지 말아라.

뱀, 개구리, 두꺼비, 갑각류 등은 산 채로 보관할 수 있는 휴대용 도시락이라는 장점이 있다.

먹거리를 구할 때 몸이 느려서 쉽게 잡을 수 있는 동물은 대개 독이 있거나 먹을 수 없는 경우가 많다. 예를 들어 붉거나 검은 밤달팽이나 두꺼비가 그렇다. 전자는 대부분이 진득진득하고 후자는 피부에 독선이 있어 피부를 벗겨 내야만 먹을 수 있다. 그러나 파충류는 보호 대상이라는 점을 명심하라. 자연보호 법률을 어겨야 하는 그런 비상사태가 오지 않도록 미리 주의한다. 차라리 며칠 더 굶는 편이 낫다. 아무것도 먹지 않아도 3주 정도는 살 수 있다는 점을 기억하라. 3주라는 기간을 알고 있기만 해도 유사시에는 도움이 된다.

배가 고픈 상태에서 목까지 마르다면 차라리 아무것도 먹지 않는 편이 낫다. 배가 채워지면 목이 더 마르기 때문이다. 갈증이 허기보다 더 무섭다. 물이 없으면 겨우 사흘밖에 살지 못한다.

굶어 죽어가는 사람 중에는 최후의 방법으로 자기의 똥을 먹는 경우도 있다. 오랫동안 굶었어도 아직 배변을 할 수 있다면 그것은 어쨌든 완전히 소화되지 않은 영양분을 가지고 있기 마련이다. 사람의 똥은 적어도 개를 위한 비상 식량이라도 된다.

## 인육을 먹으며 70일 동안 살아남은 사람들

1972년 10월 우루과이 공군의 전세기 이야기는 잊혀지지 않고 있다. 그 비행기에는 승객 45명과 승무원 5명이 타고 있었다.

페어차일드 FH-227 터보프롭이 항로를 잘못 드는 바람에 5천 미터 높이의 안데스 산에 부딪혀 추락했다. 고도 4천3백 미터 지점에서 비행기 오른쪽 날개가 산을 긁으며 날아간 것이다. 항공기는 절벽에 충돌했고 3천6백 미터 지점까지 미끄러져 추락했다. 거기 남은 것은 항공기 잔해와 28명의 생존자뿐이었다.

죽은 사람들은 눈 속 여기저기에 널려 있었다. 공기가 희박했기에 생존자들은 한 걸음을 걷는 데도 괴로움을 느꼈다. 그들은 구조를 기다렸다. 기술자 한 사람이 라디오를 수리하는 데 성공했다. 그래서 구조대가 그들을 대대적으로 찾고 있음을 알게 되었고 이는 커다란 위로가 되었다. 인테리어 전문가인 또 다른 승객은 항공기 잔해의 내부를 고쳐서 밤의 추위를 견뎌 낼 수 있도록 만들었다. 그러나 낮이 지나가고 또 밤이 지나가도 구조대는 오지 않았다.

중상을 입은 사람들이 차례차례 죽어갔지만 여전히 구조대는 오지 않았다.

페어차일드가 항로를 완전히 잘못 잡은 탓에 구조대는 엉뚱한 곳에서 그들을 찾고 있었던 것이다. 여드레가 지난 후 그들은 수색이 중단되었다는 참담한 소식을 들어야 했다. 그리고 이와 함께 전례를 찾아볼 수 없는 생존 투쟁의 드라마가 펼쳐졌다. 생존자들은 이제 스스로 여기서 벗어나기 위해 최선을 다해야 한다는 것을 깨달았다. 그러나 날씨, 눈, 배고픔은 그들을 절망으로 몰아갔다.

항공기에 남아 있던 음식은 며칠 분밖에 되지 않았다. 마침내 마지막 양식도 먹어 치워 버렸다. 공복의 괴로움과 공포가 퍼져 나갔다. 그들은 눈을 헤집고 이끼를 발견해 스프를 끓여 먹었지만, 이는 오래가지 못했다. 이제 17명으로 줄어든 조난자들은 오랜 토론을 거친 끝에 죽은 승객들의 살점을 먹기로 했다. 오직 한 사람만이 이에 대한 거부감을 넘어서지 못했다. 럭비 선수인 누마 투르카티는 결국 굶어 죽었다. 승객들의 시체는 눈과 얼음으로 잘 보존되어 있었다. 남은 사람들은 낯선 사람의 시체부터 먹기 시작했다. 닷새가 지나자 첫 번째 시체를 모두 먹어 치웠다. 인육을 날것으로 삼킬 수 없었던 사람은 포로 떠서 비행기의 알루미늄 몸체에 올려놓고 햇볕에 말렸다.

2개월이 지나서 기상 상태가 조금 호전되자 학생인 카네사와 파라도가 골짜기로 내려갔다. 그들이 그중에서 가장 몸 상태가 좋았던 것이다. 그들은 열흘 간 걸어가다가 목동을 만났다. 목동은 구조대에게 이 사실을 알렸고 구조가 시작되었다. 그리고 안데스 산맥의 소위 빙설*雪 사막에서 16명이 70일 만에 살아서 돌아올 수 있었다.

## 73. (채식주의자에게 특히 도움이 되는) 식물성 비상 식량

우리 사회에서 채식주의자들은 발달한 농업과 저장 산업의 혜택을 누리며 엄청나게 많은 식물을 먹을 수 있다. 크리스마스 때 딸기를 먹을 수 있고 사시사철 곡물을 먹을 수 있다. 그러나 알래스카에서 길을 잃으면 이러한 혜택은 더 이상 없다. 그 지역의 농경지와 그 계절이 제공하는 것만을 무조건 취할 수밖에 없다. 채식주의자에게는 힘든 일이 아닐 수 없다.

그러므로 채식주의 생활방식에 대한 철저한 원칙을 고수하는 사람이라면 그러한 긴급 사태가 발생할 가능성이 높은 여행은 포기해야 한다. 이는 벌레들이 몰려들어 괴롭혀도 동물에 대한 사랑 때문에 방충제를 쓰지 않는 그런 채식주의자에게 해당하는 말이다.

채식주의자들은 영양가 있는 야생식물이 익어 가는 시기에 여행을 하면 살아남을 공산이 크다. 그러니까 야자수 열매나 남미 밀림의 맛있는 카주 열매가 익어 가는 시기에 가면 된다. 탄수화물, 단백질, 지방을 포함하는 식물은 누군가가 소유하고 있는 경작 식물일 것이다. 그리고 이러한 경우는 주인이 근처에 있을 테니 진정한 의미의 비상사태는 아니다.

대부분의 식물은 인간에게 섬유질, 비타민, 향기밖에 제공하지 못한다. 이는 사람이 살아남기 위해서는 충분하지 않다. 위장은 무언가 의미 있는 작업을 했다고 뿌듯한 느낌을 가질지 모르지만 결국 모두 다시 배설하게 된다. 그러다가 실망한 위장은 언젠가 식욕을 잃고 구역질로 반응한다. 인간은 되새김질을 하는 초식동물과는 다르다. 잔디, 클로버, 싱싱한 나뭇잎 등이 맛이 좋을 때도 있다. 그러나 이런 녹색식물들은 드레싱과 섞여야 비로소 영양소로 작용하지, 그렇지 않으면 별 도움이 되지 못한다.

채식주의자라면 이런 경우에 모든 원칙을 내버리고 육식으로 타락하는 수밖에 없다. 왜냐하면 오직 육류만이 필요한 영양분을 일부라도 제공해 주며 또한 비교적 계절에 구애 받지 않고 구할 수 있기 때문이다. 물론 채식주의자가 살아남기 위해 자기가 타고 있던 말을 도살해 먹어야 한다면 어떤 기분일지 충분히 알 수 있다. 그런 사람에게는 인간이 먹지 않고도 3주는 살 수 있다는 사실을 다시 한번 상기시키고자 한다. 그러나 그 기간이 지나면 심각해진다. 그러면 말이 살아남든지 사람이 살아남든지 양단간에 결정을 내려야 한다. 그런 상황이 오면 과연 누가 동물의 참된 친구인지 드러나게 될 것이다

3주 간 단식할 수 있다는 좋은 소식과 함께, 채식주의자와 다른 단식가

들에게 알려 줄 또 하나의 위안거리가 있다. 어떤 식물들은 약간의 영양분을 가지고 있다는 점이다. 그렇지만 어떻게 수천 종의 다양한 식물 중 이를 잘 구분해 낼 수 있을 것인가? 식물학자라고 해도 지구상의 식물 종을 모두 알 수는 없다. 그러므로 먹을 수 있는 식물에 대한 일반적인 상식들을 알아두는 것도 나쁘지 않다. 어린 민들레와 부들, 승아, 해초, 갈색 해조류, 이끼, 지의류, 쐐기풀이 맛있다는 것은 잘 알려져 있다. 그리고 외국에서는 혼자서 길을 떠나기 전에 현지 사람들에게 물어볼 수 있다.

낯선 식물을 먹기 전에 반드시 다음과 같은 테스트를 해 본다. 일단 겉모습이 괜찮아 보인다면 첫 번째 기준을 통과한 셈이다.

가시가 있는 껍질, 끈적끈적함, 점액질, 악취, 그 아래 죽어 있는 곤충 등 때문에 거부감이 생기는 식물은 안 된다. 그리고 위험한 색깔인 빨간색 열매는 피해야 한다. 예를 들어 광대버섯이나 벨라도나 등이 그렇다. 물론 토마토나 빨간 사과는 건강에 좋다. 그리고 대황도 붉은색이지만 먹을 수 있다. 그렇지만 대황의 잎은 독성이 있다. 열매가 다섯 개로 쪼개지는 식물은 피하라. 그런 경우가 아니라면 식물을 잘라 보아라. 줄기나 잎에서 흰 점액질이 흐른다면 포기하라. 물론 예외적으로 민들레처럼 먹을 수 있는 종류도 있기는 하지만, 여기서는 일반적인 규칙을 이야기하고 있다.

흰 점액질이 흐르지 않는다면 냄새를 맡아 보라. 아무 냄새도 나지 않거나 냄새가 좋다면 이것을 손가락으로 문질러 본 다음 다시 냄새를 맡아 보라. 그래도 역겨운 냄새가 나지 않는다면 혀끝으로 신중하게 맛을 보라. 너무 시거나 써서 혐오감을 불러일으키는 것은 먹지 않는 편이 낫다. 맛이 좋다면, 30분이 지난 후에 조금 더 많이, 즉 담배 한 개비 정도의 양을 시식해 보라. 그 후 1시간이 지난 다음 그 양을 이제 담배 2개비 정도로 늘려 보라. 이제 8시간까지 기다렸다가 나쁜 증상이 나타나지 않는지 보아야 한다. 8시간이 지나면 한움큼 쥐어서 먹어 볼 수 있다. 이렇게 먹어도 몸에서 아무런 거부 반응이 생기지 않는다면, 이제는 거의 안전하다고 판단하고 먹어도 좋다. 그리고 이런 테스트는 먹을 것이 아직 남아 있을 때 시작해야 한다.

버섯만은 이런 테스트를 할 필요가 없다. 버섯은 일반적으로 독성이 특히 강하면서 영양가는 별로 없기 때문이다. 중요한 것은 잎에만 집착하지 않는 것이다. 뿌리, 알뿌리, 뿌리 열매, 배아, 껍질, 싹, 이삭, 열매, 씨앗, 꽃 등도 먹을 수 있다. 그리고 때로는 끓여야만 먹을 수 있거나 끓여야 소화가 더 잘 될 수도 있다. 그러나 비상시에는 이런 것도 부차적일 뿐이다. 제비, 비둘기, 원숭이, 쥐 등을 관찰하라. 그들이 먹는 것은 사람도 먹을 수 있다.

식물에 대한 검사는 인내력의 문제기도 하다. 서두를 경우에는 매우 나쁜 결과가 나올 수 있다. 즉 딸꾹질, 복통, 식도 경련, 구토증 등이 생길 수 있다. 의심스러울 경우에는 위장에 들어간 내용물을 즉각 다시 토해 낸다. 진한 소금물을 한 컵 마시고 나서 목 안으로 손가락을 집어넣으면 된다.


## 74. 미끼 구하기

미끼만 제대로 준비해도 사냥의 절반은 성공한 것이나 다름없다. 미끼에는 다섯 종류가 있다. 나무에 사는 동물을 잡으려면 향내 나는 과일을 준비한다. 망고, 바나나, 사과, 기타 현지의 다양한 열매들이다. 땅을 파는 동물에게는 당근, 고구마, 아메리카 방풍나물, 민들레 뿌리, 양파, 벌레, 곤충 등을 마련한다. 육식 동물에게는 고기를 제공한다. 풀을 먹는 동물에게는 향이 좋은 풀, 채소(상치, 샐러리, 당근 잎, 파슬리 등), 옥수수 등이 좋다. 그리고 물고기에게는 작은 물고기, 곤충, 새우, 벌레, 조갯살 등을 미끼로 쓴다. 벌레는 사냥에서 다양하게, 효과적으로 쓰이는 미끼다. 벌레를 잡는 데는 미끼가 필요하지 않다. 땅을 파거나 돌을 들어 보거나 잔디 뗏장을 뜯어 보면 충분히 구할 수 있다.

그리고 이런 방법도 있다. 삽이나 두툼한 지팡이를 땅에 꽂아 놓고 이를 빠르고 힘차게 양쪽으로 흔든다. 마치 삽이나 지팡이의 따귀를 연속해서 때린다는 느낌이면 된다. 그러면 벌레들은 마치 당신을 꼭 만나고 싶다는 듯이 집에서 기어 나온다. 그리고는 혼비백산해서 땅 위의 풀 사이에서 몸을 둥그렇게 만다.

밤에 쓸 수 있는 또 다른 방법이 있다. 어두워지고 이슬이 내리기 시작하면 손전등 불빛을 조금 흐리게 해서 바닥을 비춘다. 이제 통통한 지렁이의 시간이다. 천천히 조심스럽게 걸어가라. 땅을 많이 흔들리게 하거나 불빛을 너무 환하게 비추면 안 된다. 지렁이들은 이를 경고의 의미로 받아들이기 때문에, 몸을 반쯤 빼다 말고 구멍 안으로 순식간에 도망칠 것이다. 그

들은 보통은 깊은 땅 속에서 기어 나온 것이다. 이 벌레는 매우 크고 통통하게 살이 쪄 있다. 이 녀석들은 당신을 갈등에 빠뜨린다. 이놈을 그냥 직접 먹어 버리면 되지, 구태여 힘들게 물고기를 낚으려고 이것을 미끼로 쓸 필요가 있을까라고. 나도 그런 생각을 했다.

미끼를 구하려면 그 미끼로 잡으려는 동물에 대해서 그리고 그 동물의 식성에 대해서 잘 알아야 한다. 당신이 젤리나 담배를 좋아하는 것처럼, 메기는 고름이 묻은 반창고를 좋아한다. 그 부근에서 어떤 동물을 잡을 수 있는지 잘 모른다면 시험을 해 본다. 번호표를 단 막대기들을 여러 개 꽂아 놓고 그 막대기 옆에다 다양한 미끼들을 놓아둔다. 그리고 무엇을 어디에 두었는지 메모해 둔다. 그러면 어떤 미끼가 제일 인기가 좋은지 알게 될

것이다.

테스트할 시간이 없다면 덫에다가 여러 가지 미끼를 함께 달아 둔다. 덫 주위에 미끼 재료들을 흩뿌려 두거나 갈고리에 달지 않은 물고기를 던져 주어서 동물들이 의심하지 않도록 한다.

꼭 필요한 순간에 미끼가 없다면 자기 자신을 미끼로 삼을 수도 있다. 그렇다고 곰을 생포하기 위한 함정에 당신이 들어가라는 말은 아니다. 당신 팔에 상처를 내서 그 피를 받아 이것을 가지고 물고기를 유인할 수 있다. 이미 사용한 탐폰을 미끼로 이용하는 것도 한 방법이다. 물고기들은 탐폰을 좋아한다.

물고기를 잡기 위한 미끼로는 번들거리는 알루미늄 포일, 빨간 천 조각, 울긋불긋한 실, 빨간 열매 종류, 머리카락으로 만든 가짜 곤충, 잔디, 헝겊 등을 쓸 수 있다.

수렵용품 상점에 가면 유인물질(페로몬)을 구할 수 있는데, 이는 교미기에 사용하면 효과적이다. 예를 들어, 봄에 사향노루 수컷을 잡았다면 정관을 잘라 내서 그것을 도수가 높은 알코올에 넣는다. 그러면 페로몬의 향기가 매우 효과적으로 퍼진다. 그것을 과일 미끼 위에 단 한 방울만 뿌려도 그 주변의 사향노루를 모두 유인할 수 있고, 심지어 한낮에 굴로부터 꾀어낼 수도 있다.

그렇지만 아무리 미끼의 전문가라고 해도 사냥에 실패하는 경우가 생긴다. 그것은 동물들에게 이미 먹이가 너무 풍부하기 때문일 수도 있다. 그럴 때면 당신은 고통스럽게 굶어 죽기 전에 마지막 방법을 고려해 보라. 덫을 설치하는 수고를 중단하고, 그 미끼를 당신이 직접 먹으면 된다!

## 75. 물고기 잡기

들짐승은 잡기가 힘들고 그렇다고 아직은 곤충을 먹고 싶은 마음도 없다면, 고기잡이를 해 보는 것도 좋다. 물고기를 낚을 때는 일단 이전에 알고 있던 상식은 깡그리 잊어라. 문명 세계에서 온갖 낚싯바늘과 미끼에 단련이 된 물고기들은 여간해서 당신의 낚싯대를 건드리지 않았을 것이다. 그러나 야생의 물고기들은 속임수에 대해 알지 못한다. 오히려 인간에게 호기심을 갖고 접근하기까지 한다.

갈고리 하나와 1m 정도의 줄만 있으면 충분하다. 이런 도구들은 항상 소중하게 지니고 다녀야 한다. 먼저 갈고리를 철사나 얇은 사슬로 낚싯줄에 고정시켜서 물고기가 갈고리를 떼어 가지 못하게 한다. 갈고리, 철사, 줄은 어차피 서바이벌 세트에 포함되어 있다. 특히 갈고리는 품질이 좋은 것으로 구비해 놓는다. 거기에 파리 한 마리를 꿴 다음 강둑에서 늘어뜨리면 작은 물고기들이 주저 없이 입질을 한다. 이 물고기들을 좀 더 큰 물고기를 잡기 위한 미끼로 사용할 수 있다. 물론 대어를 낚을 수 없는 상황이라면 작은 물고기에 만족해야 한다. 물이 얕은 곳이나 작은 개울에서는 소형 갈고리만 있으면 된다.

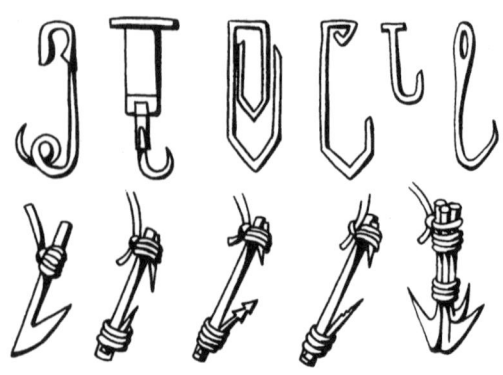

낚싯바늘이 없다면 즉석에서 하나 만들어 보자. 구할 수 있는 것들은 어느 것이나 낚싯바늘로 만들 수 있다. 옷핀, 못, 클립, Y자 모양의 작은 나뭇가지, 철사, 가시, 주사바늘 등을 사용할 수 있다. 바늘을 문 물고기가 빠지지 않도록 작은 미늘을 만들 수 있다면 그날은 양껏 물고기를 먹을 수 있다. 미늘은 생선 가시, 식물의 가시, 철사 등으로 만들 수 있다. 만약 미늘을 만들지 못했다면 물고기가 낚싯바늘을 무는 것과 동시에 재빨리 물에서 낚아채면 된다. 손에 낚싯줄을 잡고 물에서 멀어지는 방향으로 일직선으로 뛰어가면 쉽게 성공할 수 있다.

특히 양 끝을 뾰족하게 깎은 나뭇가지는 훌륭한 낚싯바늘로 쓰인다. 이 낚싯바늘은 어디서나 쉽게 만들 수 있고 효과도 만점이다. 또 철사 조각, 못, 바늘도 낚싯바늘을 만들기에 알맞은 소재다. 이러한 재료를 줄에 잘 꿰고 여기에 미끼를 끼우면 된다. 물고기가 입질을 하면 잠깐 동안 기다린다. 보통 때는 미늘을 단단히 걸어 뒤로 빠지지 않게 하기 위해 즉시 잡아당겨야 하지만, 지금과 같은 경우에는 물고기가 꿀꺽 삼킬 때까지 기다렸다가 낚아채야 한다. 이 갈고리가 물고기의 뼈와 아가미 사이에 끼면 물고기를 낚을 수 있다. 성공 확률은 약 30% 정도.

만일 낚싯줄이 짧다면 끝에다가 물에 뜨는 나뭇가지를 묶는다. 그대로 물 속에 던져두면 낚싯바늘은 물속에, 나뭇가지는 물 위에 뜨게 된다. 이

나뭇가지가 하류로 흘러가게 두었다가 적당한 장소에서 건져 낸다. 고여 있는 물이라면 잎이 붙어 있는 나뭇가지를 사용해 나뭇잎이 돛대 역할을 하도록 한다.

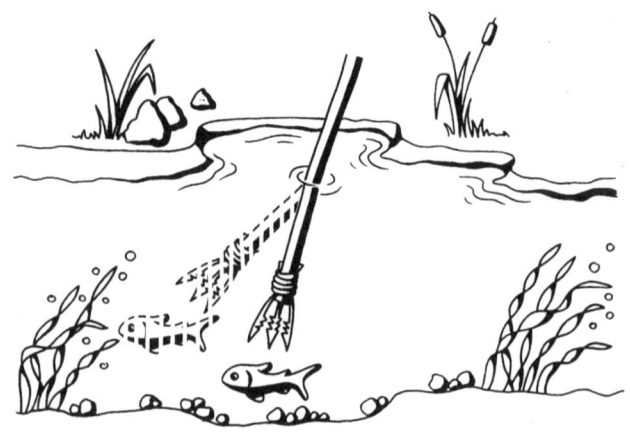

맑은 물에서는 물고기를 작살로 찍어 잡을 수 있다. 찍를 때는 물의 굴절 각에 주의한다. 보이는 것보다 더 깊게 작살을 찔러 넣어야 한다. 또한 수직으로 찍을 때만 굴절이 없다.

또 다른 방법은 어살이다. 어살을 묵직하게 만들어 바닥까지 가라앉게 하고 깔때기 모양의 입구를 물살의 하류로 향하게 한다. 기운 좋은 물고기 들은 물을 거슬러 헤엄치기 때문이다. 물살을 따라 흐르는 것은 죽은 물고 기뿐이다. 깔때기 입구에 돌을 두어 입구를 좁히면 물고기를 잡기가 더욱 쉬워진다. 이제 이 어살을 밤새 그냥 놓아두거나 물고기를 그 방향으로 몰아가면 된다.

페트병으로도 작은 어살을 만들 수 있는데, 이 작은 어살로는 미끼에 쓸 작은 물고기를 잡을 수 있다. 병목과 몸통 부분이 만나는 지점에서 병목 부분은 잘라 낸다. 잘라 낸 병목을 뒤집어 병 안으로 집어넣고 두 부분을 테이프로 고정시킨다.

병의 바닥이 안으로 봉긋 솟은 포도주 병이 있다면 구멍을 뚫어 어살을 만들 수 있다. 바깥에서 봤을 때 오목하게 들어간 밑바닥 부분에 석유를 몇 방울 떨어뜨리고 불을 붙인다. 뜨거워진 부분을 찬물에 식히고 오목하게 들어간 부분 주변을 못으로 가볍게 두드려 떼어낸다. 이때 병 입구는 코르크로 막아야 한다.

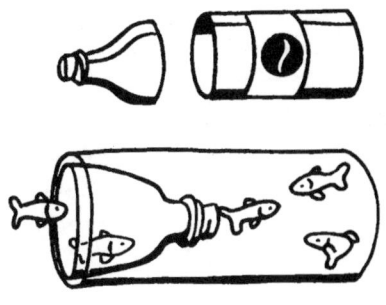

바닥이 밋밋한 유리병으로는 깔때기를 만들 수 있다. 병목에서 몸통으로 넘어가는 부분을 뜨거운 철사로 묶은 뒤 찬물에 넣어 급히 식혀서 부러뜨린다. 병목 부분을 뒤집어 몸통으로 집어넣은 다음 테이프로 봉하면 된다. 어살에 미끼를 넣어 두면 어획 효과가 더 높아진다.

어구를 만들 만한 아무런 도구가 없을 때는 맨손으로 물고기를 잡아 볼수도 있다. 이 방법은 특히 물이 얕고 물살이 거셀 때 성공률이 높다. 물고기는 제자리에서 꼼짝 않고 상류를 바라보며 수면에 곤충이 나타나기를 기다린다. 물고기가 당신을 발견하고 위험을 느끼면 돌 아래로 도망가거나 강변의 구멍 속으로 숨어 버린다. 그러므로 몸을 낮추고 그늘을 드리우지 않도록 주의하며 천천히 개울의 상류를 향해, 즉 물고기 뒤쪽으로 다가간다. 두 손을 물고기 아래쪽으로 천천히 집어넣되 손이 물고기에 닿으면 안 된다. 그러고는 두 손으로 물고기를 들어 물 바깥으로 훌쩍 던져 버린다. 물고기를 손으로 움켜쥐려고 하면 손 안에서 미끄러져 잡기가 힘들다. 만약 물고기를 움켜쥐려면 아가미 속으로 손을 집어넣어야 한다. 물고기를 확실하게 움켜쥘 수 있는 부분은 아가미밖에 없다.

　나뭇가지에 망사를 묶어 만든 그물로 개울 바닥에 큰 덫을 만들 수도 있다. 이것은 해변에서도 할 수 있다. 썰물 때 덫을 설치해 두고 다음 썰물 때 건지면 된다. 이런 방법은 특히 게 종류를 잡을 때 요긴하다.

　상황에 따라서는 개울의 물길을 바꾸거나, 막거나, 말릴 수 있다. 아니면 전기나 폭약을 이용할 수도 있고, 고인 물에는 독을 풀 수도 있다. 원시림의 몇몇 식물은 이럴 때 쓸 수 있는 독을 가지고 있다. 예를 들어 브라질의 팀보$^{Timbo}$가 그렇다. 땅에 구멍을 판 다음 구멍에 대고 이러한 식물을 빻아 흙과 버무려 반죽을 만든다. 이 반죽을 바구니나 천에 담아 고여 있는 물속에서 이리저리 끌고 다닌다. 그런 고여 있는 물에서는 물고기들이 곳곳에 숨을 만한 구멍을 파 놓았기 때문에 독을 퍼뜨려도 도망가지 않는다.

　이 독은 사람에게는 아무런 영향을 미치지 않지만, 물고기가 독을 접하면 입을 벌름거리며 수면으로 모이게 된다. 잠시 후 독성은 물속에서 중화되어 사라지므로 다른 동물의 생명에는 영향을 미치지 않는다. 어떤 식물이 이러한 독성을 가지고 있는지는 그 지역 주민들이 가장 잘 알고 있다. 독을 가진 식물은 지역에 따라 다르므로 제때에 이에 대해 알아 두어야 한다. 관목의 잎이나 열대 덩굴식물도 독초일 수 있다.

불빛으로 물고기를 유혹하는 것도 과소평가해서는 안 되는 방법이다. 손전등이나 물가에서 불을 피워 물고기의 호기심을 자극할 수 있다. 물고기가 다가오면 작살로 찔러 잡거나 낚싯대를 이용해 잡는다.


## 76. 도살

스테이크와 생선 튀김의 원산지가 냉동창고인 줄 아는 사람들이 있다. 그런 얌전한 모습으로 우리를 맞이하기 위해 그것들은 우선 포획되고 도살되어야 한다. 아직 따끈따끈한 짐승의 살코기를 만지고 따뜻한 피 냄새를 맡는 것은 초보자에게는 쉬운 일이 아니다. 그러나 모험에서는 아주 일상적으로 일어나는 일이니 이를 제때 익혀 두어야 한다. 우선은 국도 변에 죽어 있는 동물로 연습해 볼 수 있다. 죽은 지 어느 정도 시간이 지났다면, 이미 피는 흘러 말라 버렸고 살은 식었으며 냄새도 그렇게 지독하지 않을 것이다.

만일 이 짐승이 여전히 살아 있다면 신속하고 너무 고통스럽지 않은 방법으로 불안과 고통에서 해방시켜 주어야 한다. 머리에 자비의 총격을 가하거나 목을 자르면 된다. 이 두 가지 방법 모두 동물이 죽는 순간에 아무것도 느끼지 못하게 한다. 만일 칼 한 자루 없는 상황이라면 뒤통수를 돌이나 묵직한 방망이로 강타해서 죽인다. 목을 완전히 잘라서 피가 다 흘러나오게 한다. 그 피를 받아서 음식물에 섞을 수도 있다. 피가 동물 몸에 그대로 있으면 고기가 더 빨리 부패한다. 그러나 그것이 고기 맛을 나쁘게 하지는 않는다.

작은 네발짐승은 뒷다리 부분을 매달아 배 부분이 당신 쪽으로 향하게 한다. 큰 짐승은 등이 바닥으로 향하게 땅에 내려놓고 가죽을 벗겨 낸다. 짐승을 땅에 내려놓으면 가죽을 한번에 벗길 수 없다. 큰 짐승은 물로 끌고 가서 작업을 할 수도 있다. 물속에서는 그 짐승을 여러 방향으로 쉽게 돌릴 수 있기 때문에 작업하기가 편리하다.

먼저 뒷다리를 빙 둘러서 칼질을 한다. 발이나 발굽 바로 윗부분에 칼자국을 내면 된다. 이때 살 부분은 다치지 않게 한다. 그렇지 않으면 가죽을 깨끗이 벗겨 내기가 힘들고 고기도 떨어져 나갈 수 있기 때문이다. 손가락으로 가죽을 약간 들어올린 상태에서 날카로운 칼을 가죽과 살 사이로 집어넣은 뒤, 칼날을 가죽 쪽으로 향하여 항문 부분까지 가른다. 그러면 발부터 엉덩이까지 가죽이 쭉 벗겨진다. 남은 가죽을 머리까지 벗겨 내면서 꼬리 부분에 가서는 칼을 여러 번 돌려 가며 사용한다. 앞다리 부분도 함께 벗겨 낸다. 그 전에 앞다리에도 발굽을 빙 둘러 칼집을 낸다. 발의 맨 아래 관절 부분은 잘라 떼어 낸다. 이 부분은 어차피 별로 필요하지 않고, 기껏해야 메기나 악어를 잡는 미끼로밖에 쓸 수 없다.

머리 부분도 방해가 되므로 가죽을 벗기면서 머리도 함께 잘라 내 버린다. 그러나 먹을 고기가 충분하지 않다면 귀 뒷부분에서 칼집을 내 머리 위로 해서 가죽을 완전히 벗겨 낸다. 그러고 나면 이 짐승은 가죽이 다 벗겨진 맨몸 상태가 된다.

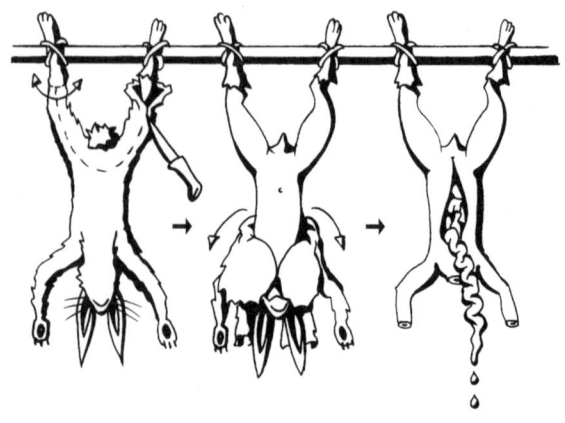

가죽과 머리 부분과 내장은 땅에 묻어야 위험한 짐승들이 꼬이지 않는다. 엉덩이 부분부터 가슴 부위를 거쳐 목까지 가르면 내장이 나온다. 간이 특히 맛이 좋다. 이는 누구나 아는 사실이어서 모두들 다른 사람보다 먼저 간을 찾으려고 한다. 그러나 염통, 콩팥, 위장도 먹을 수 있고, 골이나 눈알, 혀, 허파 등도 먹을 수 있다. 결국 이는 입맛에 달렸고 상황이 얼마나 곤궁한가에 달렸다. 뼈만 따로 발라내서 차가운 물을 부어 맛있는 국을 끓일 수 있다. 온도가 높아지면 골수는 저절로 빠져나온다.

새 역시 비슷한 방법으로 껍질을 벗긴다. 벗겨 낸 껍질을 먹을 수는 없지만 깃털이 달린 박제를 만들어 다른 물새를 잡을 수 있다(234쪽 '수렵 기법' 참조).

(통닭 등에서) 껍질을 좋아한다면 새를 끓는 물에 살짝 데치거나 뜨거운 물을 새 위에 끼얹는다. 그러고 나면 깃털을 깨끗하게 뜯어낼 수 있다.

쓸개즙과 방광액이 고기에 묻지 않도록 주의한다. 만일 묻었다면 고기를 깨끗이 씻어야 한다. 고기를 서늘한 그늘에 놓아 꾸덕꾸덕하게 말리면 파리가 몰려드는 것을 어느 정도 막을 수 있다. 이것이 별로 도움이 안 된다면 깨끗한 천으로 덮어 두어야 한다.

동물의 가죽이 필요하다면 가죽에서 기름과 고기 찌꺼기를 떼어 낸다. 가죽 안쪽을 하늘로 향하게 하여 가죽을 바닥에 놓고 팽팽하게 당긴 다음 작은 못을 여러 개 박는다. 파리와 박테리아를 막기 위해 소금을 뿌려 대강이나마 절인다.

물고기는 잡은 직후 나무 방망이로 머리 부위를 세게 때린다. 그런 다음 등 쪽이나 앞가슴에 칼을 찔러 넣어 완전히 죽인다. 물고기 등이 바닥에 닿게 돌려서 머리를 잡은 다음 아가미에 손을 끼워 넣어 미끄러지지 않게 잡는다. 그 다음에 꼬리 부분에 날카로운 칼을 쑤셔 넣어서, 머리 쪽으로 올라오면서 배를 가른다. 이 일은 어렵지 않다. 비늘이 있는 물고기는 칼로

결의 반대 방향으로 긁어낸다. 가시가 많은 물고기(피라니아, 잉어, 황어 등)는 몸 양편에 이리저리 여러 번 칼집을 낸다.

배를 가르고 나면 내장을 한꺼번에 모두 들어낸다. 내장은 다른 물고기를 잡기 위한 미끼로 사용하면 좋다. 이제 물고기를 씻어 내고 칼도 깨끗하게 닦는다. 물고기 찌꺼기는 아주 빨리 썩고, 혹시나 칼에 묻어 있으면 지독한 패혈증의 원인이 되기 때문이다. 이는 짐승을 도살했을 때도 마찬가지니 유의하도록 한다. 특히 뱀장어의 피는 독성이 매우 강하므로 조심해야 한다. 뱀장어의 피는 신선할 때도 상처에 닿으면 심한 부식 작용을 일으킨다.


## 77. 요리

가능하면 날것보다는 찌거나, 끓이거나, 볶거나, 굽는 등 여러 가지 방식으로 요리해서 먹을 것을 권한다.

'찌기'는 의외로 간단하다. 우선 반구형으로 땅을 움푹 파고 큼직한 돌들로 안을 둥글게 두른다. 그리고 불을 피워 이 돌들이 달궈질 때까지 가열한다. 돌이 충분히 달궈지면 불씨와 재를 치우고 돌들을 싱싱한 나뭇잎이나 풀로 덮은 뒤 그 위에 물을 살짝 뿌린다. 그런 다음 위에 찌려고 하는 음식물을 얹는다. 그 위에 다시 한번 물을 조금 뿌리고 나뭇잎을 촘촘하게 덮은 뒤 그 구덩이를 다시 흙으로 덮고 살살 두드린다.

생선이 가장 먼저 익고(약 1시간) 그 다음에는 야채나 조그만 고기 조각들이 익는다. 작은 짐승을 통째로 찌거나 두꺼운 고기 조각, 곡물, 해초나 해조류 등은 좀 더 시간이 필요하여, 때로는 4시간쯤 걸리기도 한다. 다른 방법으로 찔 수도 있다. 생선, 야채, 육류 조각 등을 나뭇잎으로 여러 번 둘둘 말아 불씨가 살아 있는 숯 속에 넣으면 된다.

'끓이기'를 하려면 물과 냄비가 필요하다. 냄비가 없을 때는 대나무를 사용한다. 높은 산악 지역에서는 물의 비등점이 100℃ 이하기 때문에, 음식물이 푹 익으려면 낮은 지역보다 시간이 더 걸리고 불을 피울 때 장작도 더 많이 필요하다.

　냄비나 대나무가 없을 때는 포일을 이용한다. 적당한 크기로 땅에 구멍을 판 다음 여기에다가 짐승의 가죽(털부분을 아래쪽으로), 알루미늄 포일, 천막 등을 깐다. 이제 훌륭한 냄비가 생겼다. 거기에 물과 음식 재료를 넣는다. 열에 약한 포일이라면 녹아내리지 않도록 자갈로 보완해 주어야 한다. 이렇게 만들어진 냄비 옆에 불을 피우고 그 안에다 깨끗한 돌을 여러 개 달군다. 돌이 다 달궈지면 Y자 모양의 나뭇가지로 돌을 집어 물속에 넣고 다 식으면 다른 돌로 바꿔 준다. 이때 달궈진 돌은 의외로 효과적이다.

　'굽기'는 활활 타는 불꽃과 연기가 아니라 이글거리는 불씨로 한다. 고기를 불씨 위에 직접 놓거나, 꼬챙이에 음식을 꿰어 그것을 불 옆의 땅에 비스듬히 박아서 구워지도록 한다.

　납작한 돌이나 양철 조각(뚜껑을 따거나 잘라 낸 통조림통)은 프라이팬 대신 쓸 수 있다. 통조림통은 사용 전에 불로 그을려 도색한 부분을 태워 내

야 한다.

진흙이 있다면 그것으로 고기를 싼 다음에 불씨 안에 넣는다. 새의 깃털을 미리 뽑을 필요가 없고, 고슴도치의 가시를 미리 떼어 내거나 물고기의 비늘을 벗겨 낼 필요도 없다. 나중에 흙을 뜯어 내면 이러한 것들은 흙에 붙어 자연히 떨어지게 된다.

이제 빵 굽기만 남았다. 가장 간단한 방법은 반죽을 꼬챙이에 끼워 굽는 것이다. 반죽을 한참 동안 주물러 가능한 한 길고 납작하게 만든다. 껍질을 벗긴 두꺼운 나뭇가지 둘레에 말아서 불씨 위에 놓고 천천히 돌린다. 이 방법의 단점은 열이 반죽 외부에만 가해진다는 점이다. 그래서 너무 불이 세면 안쪽은 익지 않게 된다.

돌에다 빵을 구우면 이러한 단점이 없어진다. 납작하게 편 반죽을 달궈진 매끈한 둥근 돌에 감는다. 그러고 나서 불 가장자리의 깨끗한 땅에 놓고 가끔씩 돌려 주기만 하면 이 반죽은 먹음직스런 갈색이 된다.

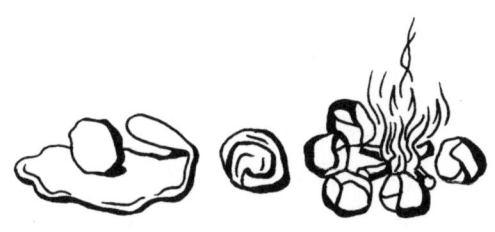

아니면 양동이 깊이의 구덩이를 판다. 거기에 뜨겁게 달궈진 금속 양동이를 넣거나(양동이 겉면은 흙과 맞닿아 있어야 한다), 편편한 돌을 세워 벽을 만든다. 구덩이에 불을 피워서 금속과 흙(또는 돌)이 충분히 열기를 품도록 한다. 그 다음에는 이 '땅 화덕' 중간에 몇 개의 불씨만 남긴다. 벽을 헝겊으로 닦아 내고 납작한 반죽을 이 벽에 붙인다. 마지막으로 이 구멍을 뚜껑으로 닫아서 열이 오래 남아 있게 한다.

한 지역에 오래 머무는 경우에는 화덕을 만들 수 있다. 진흙이나 돌로 지을 수도 있지만 수직으로 서 있는 벽을 이용해 만들 수도 있다. 잘 휘어지는 막대를 땅에 박아 원하는 크기의 둥근 지붕을 만들고 그 사이사이는 가는 나뭇가지로 드문드문 엮는다. 망의 안쪽과 바깥쪽에 부드러운 진흙을 바른다. 이 진흙의 두께는 최소 10cm는 되어야 한다. 진흙이 두툼해야 열을 많이 간직하여 화덕이 오랫동안 뜨겁게 유지된다.

바닥 역시 이렇게 엮고 나서 진흙으로 바른다. 화덕 앞부분에는 접시 크기의 구멍을 내고, 옆으로는 3/4 정도 높이 부분에 작은 구멍을 뚫어 굴뚝

역할을 하도록 한다. 이 구멍을 화덕 윗부분 가운데에 뚫으면 열이 너무 빨리 식기 때문에 좋지 않다.

진흙이 마를 때까지 최소한 24시간 동안 둔다. 그때까지 기다릴 수 없으면 아주 약한 불로 말린다. 마르는 도중 갈라지는 곳이 있으면 다시 진흙을 발라 막는다.

굽기 전에 화덕 안에 장작더미를 두껍게 쌓고 불을 붙인다. 1시간 후에는 진흙이 열을 충분히 품고 있을 것이다. 남은 불씨들을 구석으로 쓸어 내고 바닥을 헝겊 조각으로 닦아 낸다. 이 일을 맨손으로 했다가는 화상을 입으므로, 막대기 끝에 천을 둘둘 말아 사용한다.

빵을 넣고 화덕 문을 닫은 다음 지붕의 구멍만 열어 둔다. 빵이 익는 동안 불씨는 화덕 안에서 서서히 꺼져 간다.

쌓아 올릴 만한 돌들이 있다면 돌 화덕도 만들 수 있다. 수직의 바위벽 앞에 돌을 세우면 더 쉽게 만들 수 있다. 돌벽의 틈새는 풀의 뗏장이나 젖은 흙으로 두툼하게 덮어 막는다.

이런 돌 화덕은 진흙 화덕과 마찬가지로 아궁이와 반죽 넣는 부분을 나누어서 만들 수 있다. 아니면 화덕 아래에 불을 지필 수도 있다. 돌 화덕은 열이 오랫동안 지속되기 때문에 한번에 많은 양의 빵을 구워 낼 수 있다.

마지막으로 흙벽 안에도 화덕을 설치할 수 있다. 땅의 바닥을 화덕 모양으로 둥글게 파내면 된다. 여기에도 어딘가에 굴뚝을 만들어야 한다.

## 78. 저장음식 만들기

내내 굶주리다가 덩치 큰 동물을 잡아서 갑자기 음식이 넘쳐날 수도 있다. 이때 앞으로도 계속해서 음식을 얻을 수 있을지 확실치 않다면 이 음식을 저장해 두어야 한다. 유감스럽게도 음식물은 빨리 부패한다.

물론 북극으로 간다면 이야기는 달라진다. 또한 산의 고지대에 올라가면 '천혜의 냉동고'라는 사치를 누릴 수 있다. 그러나 그런 곳에 필요 이상으로 오래 머물려 하는 사람이 있겠는가? 더운 지역을 여행하는 사람들은 음식물을 익혀야 한다. 그러면 최소한 하루에서 이틀은 두고 먹을 수 있다.

과일, 채소, 육류는 햇볕에 건조시킨다. 신선한 음식은 둥글거나 길쭉한 모양으로 얇게 포를 뜬 다음에 이것들을 가는 줄에 끼우거나, 뜨거운 돌이나 얼기설기 얽은 나무 위에 올려놓고 말린다. 또는 나무 격자 위에 올려놓고 불씨에 말린다. 육류의 경우 파리와 박테리아를 막기 위해 소금을 조금 뿌려 둔다. 골수도 말릴 수 있다. 아니면 뼈를 부스러뜨려서 골수를 끄집어낸 다음에 끓인다. 그러면 골수는 굳은 기름처럼 된다.

말려서 꾸덕꾸덕해진 음식물은 통풍이 잘 되는 그릇에 넣어 그늘에 보관해야 하며, 벌레나 짐승들이 접근하지 못하게 한다. 또 습기를 반드시 제거해 곰팡이가 슬지 않도록 한다. 말린 음식물은 물에 불린 다음 끓여 먹거나 마른 과일처럼 그냥 먹을 수도 있다.

날씨가 흐리거나 비가 와서 말리기 어려울 때는 소금에 절인다. 고기와 생선에 소금을 많이 뿌리고 그릇에 켜켜이 쌓아 절여 두기도 한다. 먹기 전에는 반드시 오랫동안 맑은 물로 소금을 씻어 내야 한다. 이때 흐르는 맑은 시냇물이 있다면 쉽게 소금기를 제거할 수 있다.

훈제는 음식을 보존하는 매우 좋은 방법이다. 훈제된 음식은 즉시 먹을 수 있고 맛있을 뿐 아니라 며칠 동안이나 부패할 염려가 없다. 훈제를 어렵다고 말하는 사람이 많지만 의외로 매우 간단하다. 고기나 생선을 생나뭇가지로 만든 받침대 위에 올려놓고 그 아래 바닥에 불씨를 피워 놓는다. 그리고 불씨 위에 마른 나뭇잎이나 톱밥 등을 뿌려 연기를 낸다.

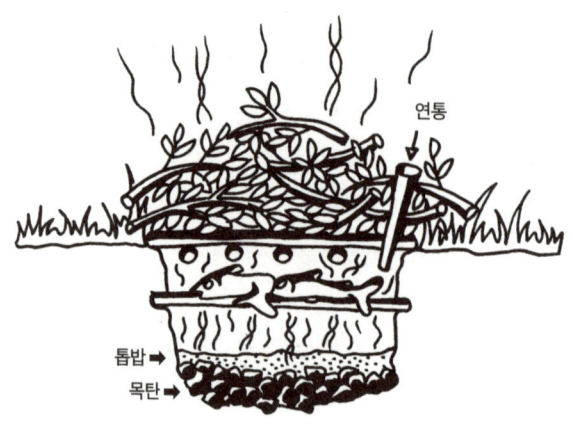

연통

톱밥 ➡
목탄 ➡

　더 간단한 방법은 구덩이에서 훈제하는 것이다. 이를 위해서는 약 30㎝ 깊이의 구덩이를 판 다음, 여기다가 나무를 태워 목탄을 만들면서 다른 한편 빗자루 굵기의 나뭇가지들로 받침살대를 준비한다. 숯이 충분히 준비되었으면 톱밥을 숯 위에 뿌려서, 불꽃이 꺼져 가면서 연기가 피어오르게 한다. 그 위에 미리 준비해 둔 받침살대를 놓고 거기에 생선을 올린다.

　그 구덩이에는 잎이 많이 붙어 있는 나뭇가지들이나 알루미늄 포일을 덮는다. 연기가 빠져나갈 수 있도록 작은 구멍을 하나 남겨 둔다. 마치 풀무로 바람을 불어넣는 것처럼 연기가 구멍을 통해 꿈틀대며 뿜어져 나올 것이다. 45분 정도 지나면 송어 훈제가 끝난다. 훈제된 송어에 소금을 친다. 훈제 음식물들에는 박테리아가 얼씬도 하지 않기 때문에 며칠이 지나도 부패하지 않는다.

## 79. 적들로부터 음식 지키기

많은 동물들이 음식물을 노린다. 이들보다 영악해야 음식을 지킬 수 있다. 음식들을 모두 알루미늄 박스나 입구가 넓은 통에 넣어 잘 밀봉하고 이를 숨긴다. 물론 누구나 볼 수 있는 환한 장소가 아니라 동굴 속이나 돌 아래

숨겨야 한다. 이런 그릇이 없다면 천막이나 덮개 등으로 싸서 구덩이에 묻어 버린다. 그 구덩이를 덤불로 덮어서(필요한 경우에는 풀로 덮을 수도 있다) 어느 정도 통풍이 되도록 한 다음 전체를 흙으로 덮고 단단히 밟아 다진다. 흙은 최소한 30㎝ 두께는 되어야 한다. 만일 원숭이가 음식을 노린다면 그들이 열지 못할 뚜껑은 없다는 점을 명심해라. 원숭이는 매듭을 풀고, 자물쇠를 부수고, 지퍼나 똑딱단추도 열 수 있다. 원숭이를 상대로 안전한 장소는 없다. 이때에는 자동차 안에 음식을 넣고 문을 잠그는 것이 최선이다.

곰이 있는 지역이라면 음식을 자루에 넣어 3~6m 정도 높이의 나무에 매단다. 물론 야영지와는 멀리 떨어진 장소에 매달아 두어야 한다.

다른 사람이 음식을 훔칠 가능성이 있다면 음식을 숨긴 흔적까지 없애야 한다. 불이 꺼진 모닥불 아래에 묻는 방법이 좋다. 아무도 거기에 음식이 있으리라고 상상하지 못하기 때문이다.

## 80. 불

불은 인간에게 필수불가결한 것이다. 축축하고 추운 밤에 불을 피워 본 사람이라면 불이 얼마나 사랑스럽고 소중한지 알고 있을 것이다. 이럴 때 불은 음식 못잖게 귀중하다. 불의 온기는 사람의 몸을 덥혀 주고 영혼을 위로해 준다.

불을 피우는 방법에는 여러 가지가 있는데, 충분한 훈련을 통해서 익숙하게 다룰 줄 알아야만 위급한 상황에서 바로 사용할 수 있다.

기본적인 연습으로는 가늘게 벗겨 낸 나무껍질에 성냥 반 개비로 불을 붙이고 이것을 점점 더 두꺼운 나뭇가지로 옮겨 보는 것이다. 불을 피우려고 마음먹었다면 장작이야 어차피 있을 테고, 장작만 있다면 거기에서 얇은 나무껍질을 떼어 낼 수 있을 것이다. 이 나무껍질을 종이 대용으로 쓴다. 비가 많이 내려도 죽은 나뭇가지는 속이 말라 있기 때문에 이것을 이용해 불을 피울 수 있다.

성냥이 부족하다면 불씨를 다음번 야영지까지 가져갈 수 있는 방법을 고려해 봐야 하다. 천연소재의 굵은 줄을 가지고 있다면, 불꽃을 내지 않고 희미하게 타는 심지로 사용할 수 있다. 너무 빨리 타 들어간다면, 줄을 조금 축축하게 만든다.

깡통에 구멍을 숭숭 뚫고 철사로 만든 손잡이를 달아서 거기에 불씨를 넣어 갈 수도 있다. 윗부분은 막아 버린다. 그래도 구멍을 통해 산소는 공급될 것이다. 깡통 대신에 생나무 가지로 만든 바구니에 나뭇잎들을 두툼하게 깔고 그 안에 불씨를 담아 운반할 수도 있다.

아니면 마지막으로 피웠던 불에서 불꽃이 살아 있는 두꺼운 나뭇가지를 하나 가져간다. 걸어가기 때문에 나무는 계속 타 들어갈 것이다. 불이 꺼지려 하면 멈춰서 중간에 불을 다른 나뭇가지에 옮겨 붙인다.

그러나 성냥 없이 불을 피우는 방법도 알아 두어야 한다. 불을 피울 때 가장 요긴한 방식은 마찰법이다. 이때 필요한 활, 부싯막대, 화상火床은 모두 나무로 만들 수 있다. 부싯막대나 화상으로 쓸 만한 나뭇가지가 없다면 깎아야 한다. 그밖에도 누름자루가 필요한데, 이것은 생나무로 만들면 된다. 그 외의 다른 것들은 모두 마른 상태여야 하고 너무 딱딱하지 않아야 한다.

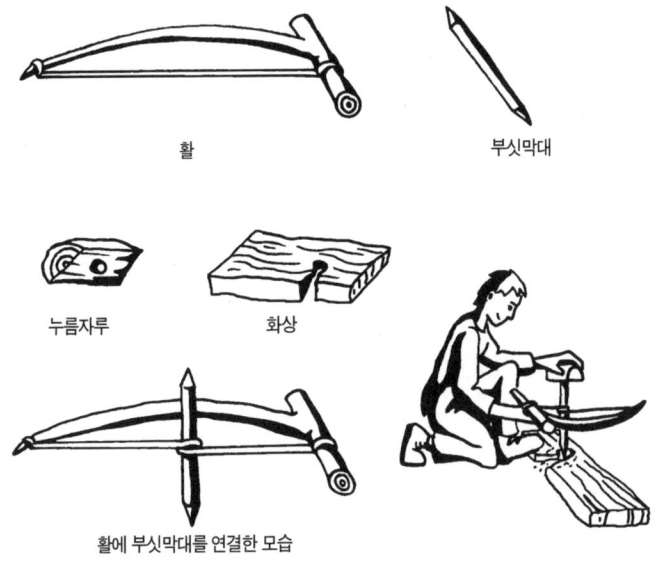

활                                          부싯막대

누름자루                  화상

활에 부싯막대를 연결한 모습

활은 단단한 것이 좋고, 활시위로는 3~5㎜ 두께의 둥근 페를론 줄이 가장 좋다. 또한 포장용 끈 여러 개를 꼬아 만들어 놓은 둥근 줄도 사용할 수 있다. 이런 줄을 미리 준비하지 않았다면 포장용 끈으로 줄을 꼬는 방법을 알아야 한다. 이런 상황이 닥칠 것을 예상하는 여행자라면 짐을 꾸릴 때 페를론 줄로 포장을 할 것이다. 이것은 불을 피울 때뿐 아니라 생명이 위험한 상황에서 무기로 사용할 수 있다. 이것을 가지고 적을 2초 내에 굴복시킬 수 있다(341쪽 '무기 대용품' 참조).

우선 부싯깃<sup>발화된 불꽃을 받아 불을 붙이는 재료</sup>을 준비해야 한다. 여기에 적당한 것은 엉겅퀴 씨, 부들 씨, 면직 섬유, 솜, 탐폰, 자작나무껍질, 합성수지 등으로, 탁구공 크기의 양을 준비한다. 이 재료는 잘 다져서 최대한 크기를 줄여야 불꽃이 잘 피어오른다. 그렇지 않으면 불꽃이 산만하게 피어오르다 꺼져 버린다. 이 부싯깃이 타오르면 축구공 크기의 건초 다발에 넣는다. 건초 대용으로 톱밥이나 종이를 사용할 수도 있다. 그러나 짚은 이런 용도로 쓰이기에 적당치 않다. 그 다음에는 가는 나뭇가지, 굵은 나뭇가지, 두꺼운 재목이 차례로 사용된다. 불을 피우기 시작하기 전에 이 모든 것이 미리 준비되어 있어야 한다.

부싯막대와 화상은 백양나무, 보리수, 버드나무, 낙엽송이나 기타 나무들의 말라죽은 가지로 만드는 것이 좋다. 부싯막대는 빗자루 정도 굵기에 둥글고 길이가 최소한 20㎝는 되어야 한다. 양쪽 끝은 연필 끝처럼 뾰족하게 깎는다. 항상 정해진 한쪽 끝은 위쪽으로 쓰고 다른 쪽 끝은 아래쪽으로 쓴다. 그러므로 이를 표시해 둔다. 위쪽에는 윤활유를 칠하는데, 적당한 것이 없다면 귀에서 빼낸 귀지로 문지른다. 윤활유를 칠한 쪽이 아래쪽으로 향하면 평생 가도 불을 피울 수 없으니 주의한다.

**불은 음식 못잖게 중요하다. 불의 온기는 사람의 몸을 덥혀 주고 영혼을 위로해 준다.**

화상은 두께 약 2㎝, 길이 약 25㎝ 정도여야 한다. 흔들거리지 않도록 땅바닥에 놓는다. 여기서 중요한 것은 화상이 목탄처럼 부스러지면서 열이 발생해야 한다는 점이다. 그러므로 단단한 나무들은 좋지 않다. 화상으로 사용하기에 적당한 재질인지를 알기 위해서는 손톱으로 시험해 본다. 손톱으로 나무를 긁어 패이지 않으면 나무가 너무 단단한 것이고 쉽게 쪼개져 버리면 너무 무른 것이다.

판자의 긴 변에서 안으로 2㎝ 정도 떨어진 곳에 칼로 콩 반쪽 크기의 구멍을 파낸다. 누름자루는 생나무로 만든다. 10㎝ 길이에 삽자루 정도 두께의 나무를 길이 방향으로 이등분을 해서 웊 모양을 만든다. 납작한 면 한 가운데는 화상과 마찬가지로 콩 크기의 구멍을 파낸다. 활시위는 일단 활의 한쪽에 단단히 묶고 다른 쪽에서 팽팽하게 당겨 고정한다.

모든 것이 다 준비되었으면 커피라도 한잔 마시며 마음을 단단히 먹는다. 그 다음 손바닥에 침을 뱉어 문지른 다음 본격적으로 일을 시작한다. 여기서부터는 인내력과 완력이 필요하다. 불 피우기에 성공하기 위해서는 압력과 속도가 관건이다.

화상은 당신 앞 땅바닥에 놓는다. 연기가 많이 나므로 통풍이 잘되는 장소를 고른다. 왼쪽 발을 판자 왼쪽 끝에 놓되 작은 구멍에 최대한 가깝게 발을 둔다. 오른편 무릎을 꿇고 왼쪽 발은 판자 위에 세운다. 활시위에 부싯막대를 대고 360° 돌려서 만다. 부싯막대를 판 위의 구멍에 끼워 넣는다. 부싯막대 위쪽 끝은 누름자루에 꽂는다. 활의 나무 부분은 오른쪽으로 향하고 활시위 부분은 왼쪽으로 향하게 한다. 왼손으로 누름자루 위쪽을 잡아 수직으로 고정시키고, 구부린 상체와 정강이, 무릎, 왼팔이 움직이지 않도록 고정시킨다. 그래야 부싯막대와 누름자루가 흔들리지 않고 화상의 구멍 안에서 움직일 수 있다. 이제 천천히 활을 왕복시키면 부싯대가 화상을 마찰하기 시작한다. 부싯막대가 구멍 안에 제대로 자리를 잡으면 점점 힘을 가하면서 활을 규칙적으로 길게 밀고 당긴다. 언제나 활시위의 길이 전체를 활용하도록 한다.

도와줄 사람이 있다면 두 명이 각각 활의 양쪽 끝 부분을 잡고 왕복운동을 한다. 활시위가 위아래로 오르락내리락하지 않게 같은 높이로 고정시키는 것이 중요하다. 구멍이 점점 커지면서 부싯막대의 직경과 같아질 때까지 비빈다. 그러면 서서히 연기가 나기 시작할 것이다. 이때 활을 내려놓아라.

그 다음에는 날카로운 칼로 화상 끝에서 구멍의 중심 바로 앞까지 나무 한 조각을 잘라 낸다. 이 조각이 떨어지면서 케이크를 잘라 낸 모양으로 원 전체의 1/8 각도 정도가 되어야 한다.

나뭇조각이 잘려 나간 부분에 납작한 나무껍질이나 나뭇잎을 깔아서 떨어지는 나무 가루를 받는다. 그리고 나무 가루가 식어 버리지 않도록 그 앞에 부싯깃을 조금 놓는다. 나뭇조각이 잘려 나간 부분에는 아무것도 놓지 않는다.

이제 다시 마찰을 시작한다. 최대한 세게 누른다. 1분 정도 지나면 연기가 날 것이다. 그러면 이제 젖 먹던 힘까지 다해 빠른 속도로 비벼라. 나뭇조각이 최소한 도토리 크기는 되어야 한다. 이제 마찰을 중단한다. 부싯막대가 화상의 구멍에 꽂혀 있고, 활은 부싯막대에 매달려 있도록 한다. 약 15㎝ 떨어진 곳에서 나무 가루에 공기를 살살 불어넣어라. 이 도토리만한 구멍에서 가는 연기가 피어나고 있다면 제대로 해낸 것이다. 이제 갑자기 불꽃이 튀기 시작할 것이다. 이 불꽃은 저절로 옆으로 퍼져 나간다. 이 불과 부싯깃과 나무껍질을 한움큼 조심스레 들어올려서 이 모든 것을 건초 더미 속에다 뿌려 넣는다. 불씨 주위에 건초를 모아 놓고 입김을 불어넣는데, 제일 좋은 방법은 아래쪽에서 위쪽으로 비스듬히 부는 것이다. 너무 짧거나 세게 불지 말고, 가능한 한 오랫동안 동일한 강도를 유지하면서 분다. 이때 건초를 계속 충분히 넣어 주는 것을 잊어서는 안 된다. 아주 빠르게 연기가 생겨난다. 더 세게 입김을 불어서 건초에 불길이 일도록 한다.

물위(범람 지역, 늪지대 등)에서 불을 피울 때는 두꺼운 생나무로 받침대

를 만들어야 한다.

건전지나 배터리로도 불을 피울 수 있다. 먼저 양 전극을 철사를 이용하여 연결한 뒤 철사가 닿는 부분에 불꽃이 생겨나면 이를 부싯깃에 옮긴다. 여기에는 목탄 가루나 벤진, 탄약 가루나 면화 등이 부싯깃으로 이용될 수 있다. 가장 간단한 방법으로는 전압이 높은 자동차 배터리를 사용하는 것

이다. 그렇지만 양질의 철사만 있다면 3볼트 전류로도 불꽃을 만들 수 있다. 시중에서 구입할 수 있는 가는 철수세미도 괜찮다.

휘발유로 불을 만드는 것은 아주 쉽다. 휘발유 몇 방울과 여기에 폭발을 일으킬 수 있는 극히 작은 불꽃만 있으면 된다. 이러한 불꽃은 쇠붙이를 서로 맞부딪쳐서 만들어 낼 수 있다. 만약에 '많으면 많을수록 좋겠지'라는 생각에서 휘발유를 1ℓ 정도 사용한다면 당신도 함께 날아가 버릴 것이다. 휘발유와 일정 거리를 두고 떨어져서 불꽃을 그쪽으로 던져야 한다.

휘발유가 통 안에 가득 들어 있다면 덜 위험하다. 통 안에 산소가 없기 때문에 불꽃은 저절로 꺼져 버리기 때문이다.

돋보기로 불을 피우는 방법은 모두 알고 있을 것이다. 렌즈 초점에 모여진 열로 종이, 화약, 목탄 가루, 건초 등을 태울 수 있다. 이를 위해서는 통상적인 돋보기뿐 아니라 안경알, 망원경 렌즈를 쓸 수 있고, 자동차 전조등이나 손전등의 반구형 플라스틱도 사용할 수 있다. 또한 안경알 두 개 사이에 물을 넣어 서로 붙이면 알을 하나만 쓸 때보다 더 효과적이다. 북극에서는 바닥이 둥근 용기에 담수를 담아 얼리면 쉽게 렌즈를 만들 수 있다.

부싯돌이 많은 지역에서는 돌을 부딪쳐 불을 만들 수 있다. 이미 한번 불에 태운 면직물이나 노끈을 부싯깃으로 삼아, 부싯돌의 모서리를 내려쳐 불똥을 일으킨 뒤 부싯깃에 옮긴다.

쇠붙이라고 해서 모두 불을 만들 수 있는 것은 아니다! 녹슬지 않는 쇠붙이로는 불가능하다. 줄이나 녹슨 싸구려 주머니칼, 쇠톱 조각 등이 좋다. 쇠붙이를 불로 가열한 다음 식용유나 물에서 급랭시킨다. 이러한 담금질을 통해 쇠붙이는 더욱 단단해진다. 그것으로 부싯돌의 날카로운 모서리를 내려치면 불똥을 만들어 낼 수 있다. 불을 끄기 전에 다음번 불을 피우는 데 필요한 부싯깃을 마련해 두어야 한다.

호주의 오지에서는 과망간산칼륨과 설탕으로 불을 피우는 방법이 많이 쓰인다. 그곳의 카우보이들은 상처를 소독하거나 더러운 물을 식수로 만드는 데 화학 약품을 사용한다. 이 약품들은 약국이나 의약품 취급 상점에서 살 수 있다. 찻숟가락 하나 분량의 과망간산칼륨을 같은 양의 설탕과 섞는다. 이 혼합물을 미끄러운 바닥에 놓고 숟가락이나 칼로 설탕 결정을 약간 비비면서 세게 눌러 곱게 부순다. 그러면 갑자기 불꽃이 일어나면서 활활 타오르기 시작한다.

과망간산칼륨과 글리세린이 있다면 더 간단하게 불을 피울 수 있다. 종

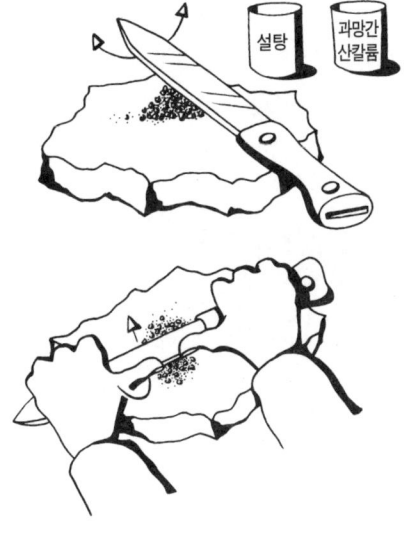

이 조각을 손으로 구긴 다음 가운데를 눌러 움푹 들어가게 한다. 이 안에 찻숟가락 반쯤 되는 분량의 과망간산칼륨을 넣고 그 위에 찻숟가락 하나 분량의 글리세린을 넣는다. 몇 초가 지나면 이 혼합물에서 저절로 불꽃이 일어 종이에 붙는다.

마그네슘은 부드럽고 쉽게 불이 붙는 금속이다. 이 금속을 이용해 불을 피우는 것도 식은 죽 먹기다. 마그네슘을 톱밥처럼 작게 쪼개어 한 무더기를 만든다. 여기에 불을 붙인다. 여행용품 전문점에 가면 마그네슘과 부싯돌을 함께 넣은 세트를 살 수 있다.

합성수지(플라스틱)로는 습도가 매우 높은 곳에서도 불을 피울 수 있다. 비닐봉지나 합성섬유, 석유통, 호스, 플라스틱 관 등이 있다면 잘게 조각낸다. 그러나 불을 붙이기 위해서는 성냥이나 라이터가 있어야 한다. 이것은 습기가 많아 눅눅해진 나무에 불을 붙이기에 좋은 방법이다.

불길을 키우고 싶은데 기름 외에 다른 연료가 없다면 그곳에 물을 부어라. 그러면 엄청난 폭발이 일어난다. 우선 작은 불을 이용해서 철판을 달군다. 그 다음에 관(절반으로 쪼갠 대나무나 서로 직각이 되게 못으로 고정한 두 개의 나무판도 좋다)을 기울여 설치한 다음 물과 기름(사용한 엔진오일 등)

을 3:1의 비율로 철판 위로 흘려보낸다. 혼합 비율을 쉽게 만들고 싶다면 관 위에 똑같은 크기의 구멍을 뚫은 물 깡통 3개와 기름 깡통 1개를 걸어 놓으면 된다. 아니면 물을 넣은 용기의 구멍을 기름을 넣은 용기의 구멍보다 세 배 크게 만들면 된다.

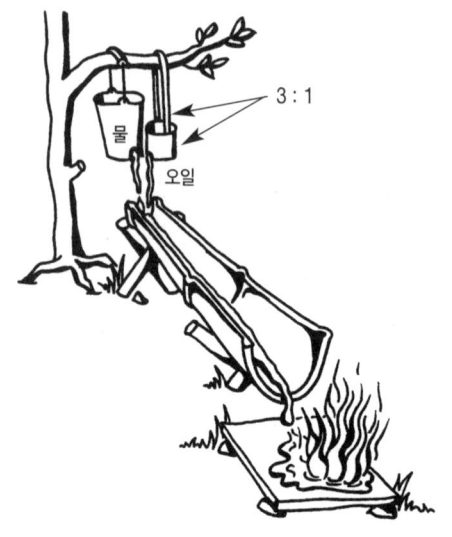

탐폰이나 솜을 불쏘시개로 활용할 수도 있다. 불을 피우기 위해서는 깨끗한 솜이나 탐폰 두 개 그리고 목탄 가루나 약간의 재가 필요하다. 시중에서 흔히 살 수 있는 번쩍이는 솜으로는 불을 피울 수 없다. 이런 솜은 가공 처리된 것이므로 비누로 한번 빨아서 말려야 한다. 탐폰은 이와는 달리 전혀 가공처리 되지 않은 거친 솜으로 되어 있다.

두 개의 탐폰(아니면 이와 비슷한 크기의 솜)을 풀어 헤치면 직사각형의 모양의 솜이 나온다. 이 두 개의 솜조각을 가지런히 놓으면 넓이 5×10㎝, 두께 15㎜ 정도의 쿠션이 된다. 5㎝ 길이 모서리에 재를 약간 뿌린다. 재가 묻은 모서리부터 솜조각을 굴려 화장지처럼 돌돌 만다. 이때 마는 방향을 반드시 기억해야 한다. 이제부터는 오직 이 방향으로만 말아야 한다.

이 솜 두루마리를 표면이 거친 판자 위에서 손으로 눌러 가며 여러 차례 굴린다. 판자가 너무 반들반들하다면 칼이나 뾰족한 돌로 이리저리 긁어서 거칠게 만들어라. 몇 번 반복하다 보면 본래의 탐폰처럼 팽팽해져 있을 것이다. 이 두루마리를 다시 누르고, 굴리고, 잡아당긴다. 그러면 마치 강철관이나 요리하지 않은 마카로니처럼 더욱 팽팽해지면서 완벽하게 쭉 뻗은 모습이 될 것이다.

이제 정말 막노동이 시작된다. 두 개의 판자 사이에 다 만들어진 탐폰을 끼운 뒤 위쪽의 판자에 몸무게를 실어 앞쪽으로 세게 굴린다. 판자의 앞쪽을 기울인 상태에서 하면 조금 쉽다. 앞으로 밀 때만 누르고 뒤로 가져올 때는 압력을 가하면 안 된다. 그렇지 않으면 두루마리가 다시 풀려 버리고 만다.

1백 번쯤 누르고 나면 벌써 불이 지펴지는 냄새가 날 것이다. 그러나 멈추지 말고 계속한다. 그리고 2백 번 정도 하고 나면 타는 냄새가 나는데, 이때 두루마리에서 제일 뜨거워진 곳을 자른다. 대개의 경우 1/3이나 2/3 정도 위치가 제일 뜨겁다. 그러니까 한가운데를 자르면 안 된다. 그러고는 자른 탐폰을 마치 바나나 껍질을 벗기듯 벗겨 낸다. 엄청나게 뜨겁겠지만 참아야 한다. 벗겨진 탐폰의 안쪽 검은 면에 부드럽게 바람을 불어넣으면서 계속해서 한 겹 한 겹 벗긴다. 여기까지 제대로 했다면 불꽃이 일어날 것이다. 이제 불길이 저절로 번질 테니 잠시 쉬어도 좋다. 그리고 불길을 키워서 축구공 크기의 건초 더미에 넣고 태운다.

연기가 일지 않도록 불을 피우면 당신이 있는 위치를 다른 사람에게 들킬 염려가 없다. 이를 위해서는 바짝 마르고 가느다란 나무 땔감이 필요하다. 나무가 너무 크지 않아야 하고 수지가 없어야 한다. 연기는 수 킬로미터 밖에서도 볼 수 있다. 쫓기고 있다면 불을 아예 포기해야 한다. 그럼에도 불구하고 불이 반드시 필요하다면, 굴속에서 피우거나 나무가 무성한 곳에서 피워야 한다. 그러나 만일 구조를 요청하기 위해 불을 피우는 경우라면 불 속에 물이나 기름, 합성수지 등을 넣어서 연기가 더욱 많이 나도록 한다.

이 모든 방법들은 물론 불을 붙이기 위한 다른 수단이 없는 극한 상황에서 필요한 것들이다. 이러한 고생을 자초하고 싶지 않다면 여행시 라이터를 항상 몸에 지니고 다녀야 한다. 라이터는 목숨을 구할 수도 있다. 그러므로 라이터는 얼마나 더 쓸 수 있는지 한눈에 알 수 있도록 몸통이 투명한 것으로, 두 개 이상 지참하는 것이 좋다.


## 81. 열의 반사

밤에는 춥다. 몸을 덥히기 위해 불을 쬐어 보지만, 얼굴은 뜨거운데 등이 춥다. 불은 주변의 공기만 덥힐 뿐 당신의 몸을 덥혀 주지는 못한다. 밤의 냉기가 심해 따뜻한 온기가 절실히 필요한 사람이라면, 몸 전체를 덥힐 수 있도록 불의 위치를 잘 선택해야 한다. 제일 간단한 방법은 불을 수직의 벽면이나 지붕이 있는 벽면 앞에 놓고 불과 벽 사이에서 자는 방법이다.

만일 벽이 없다면 직접 만들 수 있다. 제일 빨리 만드는 방법은 알루미늄 포일을 비스듬히 펼쳐서 만드는 것이다. 그것이 없을 때는 방수천을 쓸 수도 있다. 심지어 판초를 사용하는 것도 없는 것보다는 훨씬 낫다.

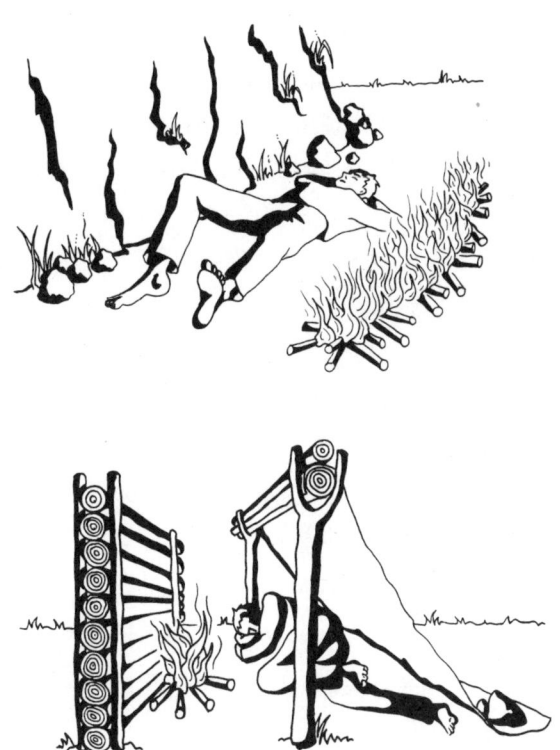

　그렇지만 그것마저 없다면 나무줄기, 장작, 단단한 눈덩이, 얼음조각, 돌 등을 가능한 한 비스듬하게 쌓아 올려 벽을 만들 수 있다. 아니면 동굴을 파고 입구 전방에 불을 피운다. 또한 장작더미를 비스듬하게 쌓아 불에 탈 나무가 자동으로 굴러 오게 만든다.

보온 매트는 몸 전체를 따뜻하게 해 주는 아주 중요한 열 반사판으로, 땅으로부터 올라오는 찬 기운을 막아 준다. 이것이 없다면 그리고 알루미늄 포일도 없다면, 체온을 반사해 주는 보온 매트를 만들어야 한다. 두툼한 잔디, 잎이 무성한 나뭇가지, 부식토는 이러한 기능을 완벽하게 해낸다.

## 82. 마실 물 마련하기

강, 호수, 못, 웅덩이 등에서 구한 더러운 물은 살균 소독해야 한다. 그런 물을 그대로 마셨다면 후에 문명으로 돌아갔을 때 즉각 페스트, 콜레라, 티푸스, 주혈흡충병, 살모넬라 등의 병에 걸리지 않았는지 검사를 받고 치료해야 한다. 이런 물은 화학적으로 오염되어 있을 수도 있다. 화학 약품이 섞여 있는 물은 어떤 방법으로도 정수가 어렵다. 상류에 대규모 거주지나 공업단지가 있다면 어떤 물이든 의심해 봐야 하고 위험한 것으로 간주해야 한다. 그러나 작은 마을들이 강가에 모여 있는 커다란 강물의 경우에는 해당되지 않는다.

맑은 물이라고 해서 오염이 안 되었으리라는 법은 없다. 화학약품과 박테리아는 눈에 보이지 않는다. 우기건 건기건 간에 야생의 흙탕물이 보통은 수돗물보다 먹기에 좋은 상태다. 고인 물보다 흐르는 물이 낫다는 사실을 항상 명심하라. 물살이 빠르면 빠를수록 그리고 바닥에 깔린 자갈에 부딪치면서 힘차게 흐르는 물일수록 더 깨끗하다.

물을 먹을 때는 최소한 끓여야 한다. 가능하다면 15분 정도 끓인다. 그러나 물을 끓인다고 해서 균이 모두 죽는 것은 아니다.

물을 빨리 살균할 수 있는 또 하나의 방법은 체르티질Certisil을 이용하는 것이다. 체르티질을 물 10ℓ에 1㎖만 넣으면 된다. 체르티질은 은 외에도 염소를 포함하고 있어 아메바까지 제거할 수 있다. 채소와 야채를 씻거나 양치질을 할 때도 쓸 수 있다. 이 물은 마실 수도 있긴 하지만 그 맛은 염소 때문에 수영장 물맛과 비슷하다.

미크로푸어Micropur 또한 매우 실용적이다. 이 약품은 수 개월이 지나도 물맛이 변하지 않으며 인체에는 무해하다. 소량만으로도 은 이온을 발생시켜 콜레라, 티푸스, 이성 티푸스, 대장균, 인플루엔자나 그밖의 다양한 박테리아를 제거한다. 물을 마시기 약 1시간 전에 미크로푸어를 넣어 둔다. 그러나 주혈흡충병이나 아메바 등은 제거할 수 없다. 이들을 제거하기 위해서는 정수 필터가 추가적으로 필요하다. 만일 필터가 없다면 물을 끓인다. 또한 불순물을 걸러 내야 하는데, 이때는 깨끗한 천이나 티셔츠를 이용할 수 있다.

또한 과망간산칼륨으로 물을 소독할 수도 있다. 그것은 미국 서부 지역이나 호주에서 예전부터 잘 쓰던 방법이다. 푸른 수정으로도 정수가 가능하다. 물을 마시기 1시간 전에 푸른 수정 몇 조각을 물에 넣는다. 그러면 수정이 붉은색으로 변하고, 그 물을 마실 수 있다. 옥도정기를 가지고 있다면 물 1ℓ 당 최대 6방울을 넣는다. 이 용액이 작용하는 데 필요한 시간 동안 놓아둔다.

물론 가장 좋은 방법은 필터를 이용하는 것이다. 필터로 더러운 물질과 박테리아, 곰팡이, 소독약, 아메바, 벌레, 살충제, 바이러스, 심지어 방사성물질까지 제거할 수 있다. 모든 정수 필터가 이 기능을 다 가지고 있는 것은 아니므로 여행 갈 지역에 가장 잘 맞는 필터를 고른다. 알래스카를 여행할 때는 갠지스 강을 여행할 때와는 다른 필터가 필요하기 때문이다.

가장 작은 필터는 정수용 빨대다. 밀크셰이크에 빨대를 꽂듯이 더러운 물에 이 필터를 꽂은 다음 마신다. 이때 물은 필터와 화학 약품을 통과하게 된다. 이 빨대의 주요 성분은 요오드인데, 이렇게 걸러진 물은 미생물학적으로 볼 때 전혀 문제가 없다. 그러나 바닷물의 경우 염분은 필터로 여과되지 않기 때문에 여전히 짜다. 여과 속도는 1분당 30g이며, 40ℓ 를 거르고 난 후에는 빨대의 기능도 떨어지고 그토록 빨아 댄 당신의 입 근육도 마비될 것이다.

정수 필터가 없다면 즉석에서 쉽게 만들 수 있다. 일단 양동이나 대나무관과 같은 용기가 필요하다. 바닥에 작은 구멍을 뚫어서 그리로 물이 천천히 흘러나오도록 한다.

이 용기의 아래부터 차례차례 자갈, 천이나 종이류(솜, 셀룰로이드, 화장지 등), 모래, 목탄 그리고 다시 자갈을 채워 넣는다. 층 사이마다 천을 넣는다. 그리고 용기 맨 위에 티셔츠를 팽팽하게 씌워서 눈에 보일 정도의 이물질들을 걸러 내는 체로 쓴다. 완전히 타 버린 나무를 목탄으로 쓸 수 있다. 숯은 박테리아를 제거하기 때문에 필터를 만들 때 매우 중요하다. 모래와 천은 체와 마찬가지로 걸러 내는 작용을 한다.

필터를 걸어 두고 위에서부터 더러운 물을 채워 넣는다.

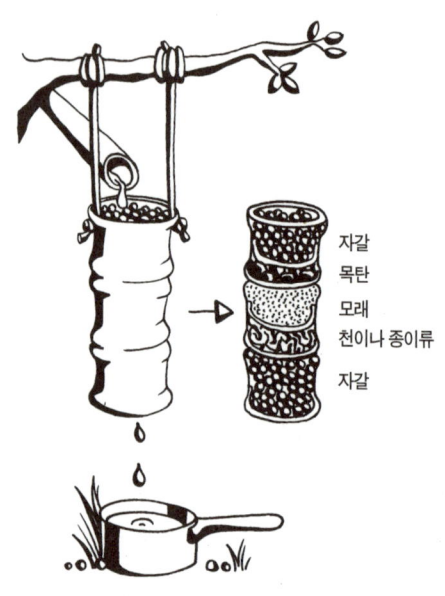

자갈
목탄
모래
천이나 종이류
자갈

## 83. 갖가지 그릇 만들기

오랫동안 한곳에 머물러야 하는 상황에서 그릇, 특히 물통이 부족하다면 이를 대신할 수 있는 것을 만들어야 한다. 강둑에서 순수한 진흙이나 모래가 조금 섞인 진흙을 구할 수 있다면 정말 큰 행운이다. 그러면 진흙에서 큼직한 잡동사니들(작은 돌, 가지 등)을 제거하고, 거기에 건초나 이와 비슷한 재료들을 섞어 반죽한다. 그래야 나중에 그릇이 쉽게 깨지질 않는다.

이 진흙 반죽으로 그릇 형태를 만든다. 큰 그릇 하나를 만들기보다는 작은 것을 여러 개 만드는 편이 낫다. 큰 것은 건조까지 시간이 오래 걸릴 뿐 아니라 잘 부서지기 때문이다. 통풍이 잘되는 응달에서 며칠 동안 말린 다음에 커다란 숯불더미(나무를 태운 숯불이 가장 좋다) 안에 넣는다. 이 숯불더미는 구덩이 안에 마련해 둔다. 그리고 그릇을 넣고 그 위에 다시 숯불을 덮는다. 단단한 오지그릇을 만들려면 수백 도의 온도가 필요하다. 그 후 밤새 식게 둔다. 그 다음날 확인해 보면 몇 개는 부서지고 몇 개는 온전하게 남아 있을 것이다.

사실 꼭 필요할 때 점토를 발견하는 일은 거의 기적에 가깝다. 그러므로 눈을 크게 뜨고 주위를 둘러보아 그때그때 발견할 수 있는 것들을 활용해야 한다. 예를 들어 오지그릇 대신 포일을 깐 구덩이 안에 물을 저장할 수 있다. 또한 합성수지 포일이나 알루미늄 포일로 주머니, 냄비, 접시 등을 만들 수 있다. 아니면 비닐봉지로도 가능하다. 그릇 대용으로 사용할 수 있는 것은 무엇이든 귀중하므로 위급한 상황에서는 깡통 하나라도 함부로 버리지 않는다. 깡통으로는 요리용 냄비를 만들 수 있고, 이것을 잘라서 프라이팬이나 빵 굽는 판을 만들 수도 있다.

호리병박이나 야자열매도 그 자체로 훌륭한 그릇이 된다. 야자열매를 자를 때 뾰족한 돌로 열매의 둘레를 둥글게 쪼아 낸 다음에 큼직한 돌로 그 부위를 강하게 내려치면 절반으로 깨끗하게 쪼개진다.

가죽 중에는 축축한 상태에서도 거의 물이 새지 않는 염소 가죽이 특히 좋다. 또한 짐승의 방광도 사용할 수 있는데, 거기에는 물이 수 리터 들어간다. 아니면 굵은 나무의 속을 파내 사용한다. 생나무는 속을 파내기가 어려우므로 가운데를 숯불로 적당히 태운 뒤 긁어내면 편하다.

밀림에는 커다란 잎들이 많은데, 이 잎들을 여러 차례 잠깐씩 모닥불 위에 그을리면 거의 비닐봉투처럼 부드럽고 신축성이 생긴다.

대나무도 물통으로 쓰기에 좋다. 특히 막 자른 대나무는 오랫동안 갈라지지 않고 모양이 유지된다. 대나무에는 물을 담아 끓일 수도 있다.

이 중에서 아무것도 구할 수가 없다면 고무장화를 물통으로 사용하라. 물에서 치즈나 곰팡이 같은 고약한 맛이 나더라도 목말라 죽는 것보다야 낫지 않은가.

만약에 콘돔을 지참하고 있다면 아무 걱정할 필요가 없다. 품질이 좋은 대형 콘돔은 터지기 직전까지 18ℓ를 담을 수 있다고 한다. 콘돔에 물을 담은 뒤 티셔츠로 싸서 보호한다.


## 84. 비상용 옷과 신발

만일 뜻하지 않게 모든 소지품을 잃었을 경우에는 더 이상 시간을 지체해서는 안 된다. 위험한 상황에 처하기 전에 더위, 추위, 습기로부터 자신의 몸을 지켜야 한다.

젖은 몸이나 물건은 즉각 말려라. 특히 손가락과 발에 신경을 써라. 손과 발을 꾸깃꾸깃한 종이와 천으로 둘둘 말아 두면 곧바로 따뜻해질 것이다. 귀와 코도 민감한 부분이다. 검은색이 열을 흡수하므로 얼굴은 숯가루로 칠한다. 두꺼운 셔츠 한 벌을 입는 것보다 얇은 셔츠 두 벌을 입는 것이 좋으며, 그 두 벌의 셔츠 사이에 구긴 신문지 등을 끼워 넣으면 더 좋다.

망사 셔츠가 있다면 그것을 맨살 위에 입고 그 위에 다른 옷을 입어라. 종이와 티셔츠와 망사 사이의 공기가 기적 같은 효과를 가져온다. 만일 망사 셔츠는 없지만 가느다란 노끈이나 이와 비슷한 덩굴식물이 주변에 충분하다면 망사 셔츠를 직접 만들어라. 시간이 많이 걸리지 않을 것이다. 아니면 신문을 여러 장 겹쳐 보온내의를 만든다.

자동차 타이어로 신발을 만들거나 발을 천으로 둘둘 말아도 좋다. 그보다는 일본식 슬리퍼 스타일이 좋고, 모카신북미 인디언이 신던 굽 없는 부드러운 가죽신 스타일은 더욱 좋다.

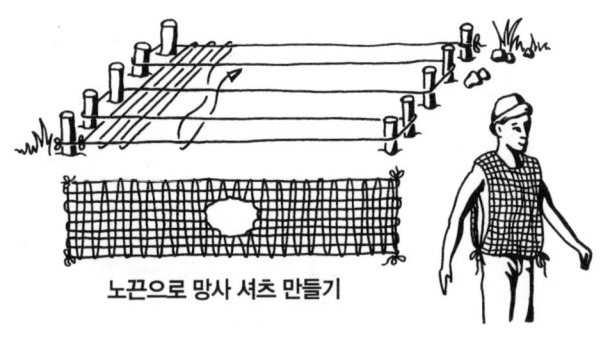

**노끈으로 망사 셔츠 만들기**

신문을 여러 장 겹쳐
보온 내의 만들기

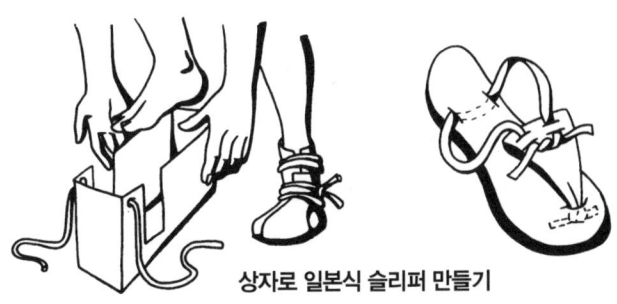

**상자로 일본식 슬리퍼 만들기**

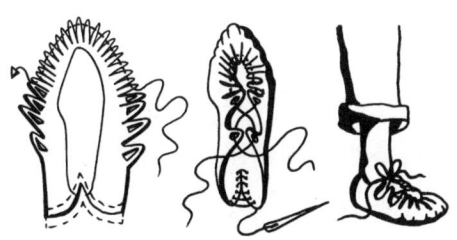

**가죽으로 모카신 만들기**

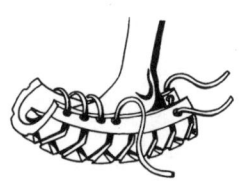

**자동차 타이어로 신발 만들기**

알루미늄 포일이 있으면 모자와 장갑을 만들어라. 신문으로는 판초를 만들고 청바지로는 배낭을 만들어라. 그림들을 보면 내 말을 듣는 것보다 더 잘 이해될 것이다.

**알루미늄 포일로 모자와 장갑 만들기**

## 85. 길을 잃었을 때

등에 식은땀이 흐르고 귓전에서 피가 웅웅거리고 무릎이 와들와들 떨린다. 방향을 전혀 짐작할 수 없다. 길을 잃은 것이다!

그런 상황에 대한 조언을 하기는 쉽지만 이를 따르기는 어렵다. 그렇지만 시도해 보라. 잠시 혹은 조금 오래이다 싶을 정도로 휴식을 취하라. 조급하고 무분별한 태도는 사태를 더욱 걷잡을 수 없게 만들 뿐이다. 차분하게 앉아서 어디서부터 길을 잘못 든 것인지 곰곰이 생각을 가다듬어 보라. 만일 잘 아는 길을 가다가 (짐승을 잡기 위해서 등의 이유로) 덤불로 들어섰고 그 이후로 더 이상 길을 찾을 수 없게 되었다면, 길을 벗어나 걸어온 시간이 어느 정도인지 기억을 더듬어 보라. 20분 정도였다면 아무 방향으로나 직선으로 20분 이상 걸어가라. 출발하기 전에 현재 위치와 가는 길을 명확히 표시해서 나중에 이 자리로 다시 돌아올 수 있게 한다. 만일 직선으로 간 길이 찾는 길과 만나지 않는다면 다시 돌아와서 반대 방향으로 걷는다. 그 길도 아니라면 다시 돌아와서 돌아온 길에서 직각 방향으로 다시 걸어라.

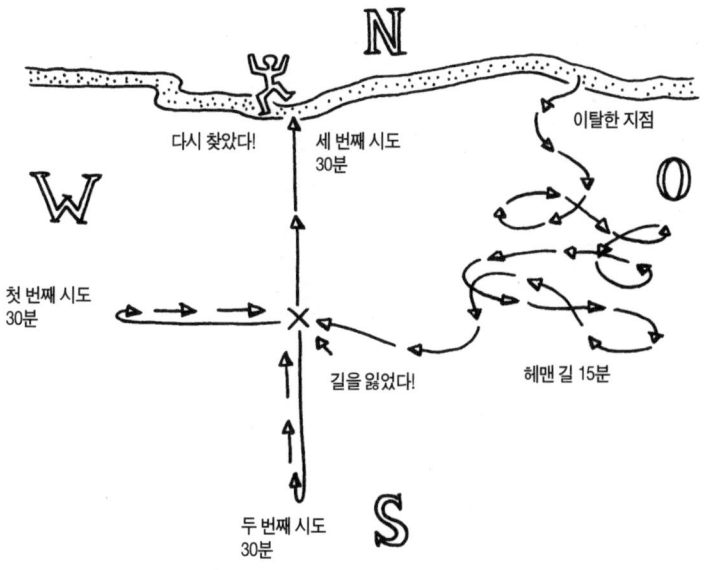

N

W

O

S

다시 찾았다!

세 번째 시도
30분

이탈한 지점

첫 번째 시도
30분

길을 잃었다!

헤맨 길 15분

두 번째 시도
30분

아무리 늦어도 네 번째 시도에서는 반드시 길을 찾게 될 것이다.

걸어가는 길을 대강이라도 머릿속에 그릴 수 있어야 한다. 해안이 남동 방향에 있는지 남북 방향에 있는지, 고속도로가 북동 방향에 있는지 북서 방향에 있는지, 남쪽으로 가면 강에 도착할 수 있는지 등 대략적인 방향을 알고 있어야 한다.

만약 난파나 비행기 추락 등으로 전혀 알지 못하는 지역에 떨어졌다면 부서진 선체나 비행기 잔해에서 멀리 움직이지 말아라. 이러한 잔해는 구조대의 눈에 잘 띈다. 만일 구조대가 나타날 가능성이 없어 이곳을 떠나려 한다면 이 잔해에 메모를 남긴다. 여기에는 당신이 누구인지, 어디로 갈 것인지, 어떤 도움이 필요한지 그리고 더 이상 기다릴 수 없었다는 사실 등을 적는다. 날짜도 잊지 말고 써라. 2개월 후에야 그 메모를 발견하고 구조대가 당신을 찾아 나섰을 때 당신은 더 이상 이 세상 사람이 아닐 수 있다.

돌아가는 길을 혼자 찾기로 결정했다면 무조건 아래 방향으로 내려간다. 개울을 따라가라. 개울을 따라가다 보면 개울은 곧 다른 개울과 만나고 언젠가는 강에 합류할 것이다. 모든 강물은 흘러흘러 결국 사람들이 모

여 사는 곳으로 가게 마련이다. 그러기까지 오랜 시간이 걸리더라도, 강물은 식수와 물고기를 제공하므로 가장 안전한 방법이다. 뗏목을 만들면 아마도 편하게 누워 유유히 집까지 떠내려 갈 수 있을지도 모른다.

그러나 사막에서는 이 원칙이 통하지 않는다. 유유히 흐르는 강물을 발견하기도 어렵거니와 결국 물줄기는 모래 속으로 사라져 버린다. 사막에서는 차라리 높은 쪽으로 가라. 높은 지대로 올라서면 아래를 한눈에 내려다볼 수 있고 사람이 살 만한 곳을 파악할 수 있다. 특히 밤에는 수평선 너머로 불빛을 발견할 수도 있을 것이다. 긴급한 경우에는 밤에 큰 불을 피워라.

만약 밀림 속에서 보일락 말락 이어지던 길이 덤불 앞에서 끝나고 그 덤불을 지나가려면 낫을 휘둘러야 한다면, 당신은 길을 잘못 든 것이다. 갈림길에서 길을 잘못 선택하지는 않았는지 살펴보라. 밀림에서 길을 가는데 앞에 커다란 장애물(넘어진 나무 등)이 놓여 있다면 그것을 넘어가려고 하기보다는 왔던 길로 되돌아간다.

냇물이 길을 가로지르고 있다면 양쪽 냇가를 정확히 관찰하여 그 길이 어디로 이어지고 있는지를 알아내라. 눈썰미가 있다면 그 일은 그리 어렵지 않다.

## 86. 방위 찾기

방위는 감각과 자연의 갖가지 표식들과 당신이 가지고 있는 보조 기기의 도움으로 찾을 수 있다. 나침반과 GPS 사용법을 알아야 하며 지도 읽는 방법을 알아야 한다. 기기 작동법은 사용설명서에 자세히 나와 있다. 또한 방위를 찾기 위해서는, 해와 달과 별과 바람과 식물 등 자연의 갖가지 표식을 읽을 줄 알아야 한다.

우선 해부터 시작하자. 해는 동쪽에서 떠서 북반구에서는 정오쯤에 남쪽 하늘을 지나 서쪽으로 진다. 남반구에서는 정오쯤에 해가 북쪽에 있다.

해가 비친다면 방위를 찾는 것은 매우 쉽다. 손목시계가 있으면 대강이나마 나침반으로 사용할 수 있다. 북반구에서는 시침을 해 쪽으로 향하게 한다. 그러면 이 시침과 숫자 12시 사이의 각도를 절반으로 나누는 선이 북쪽을 가리키게 된다. 만일 전자시계를 가지고 있다면 그 시간에 맞는 시침을 종이에 그려서 똑같은 방식으로 사용한다.

남반구에서는 시계의 12시 숫자가 해 쪽을 향해야 한다. 그러면 숫자 12와 시침 사이의 각도를 절반으로 가르는 선이 북쪽을 향하게 된다.

밤에는 별이 도움이 된다. 북반구에서는 북극성이 있기 때문에 방위를 특히 쉽게 찾을 수 있다. 북극성은 바로 북극 위에 위치하고 있고 매우 밝

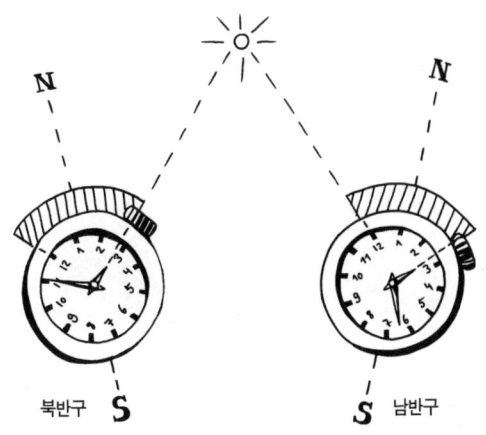

북반구  S                    S  남반구

게 빛난다. 북두칠성 국자 앞부분에 있는 두 개의 별을 연결한 후 그 길이의 5배 정도 떨어진 곳에 북극성이 위치해 있다.

북극성으로 알 수 있는 것이 또 하나 있다. 수평선과 당신 위치와 북극성 간의 각도가 45°라면(당신 위치와 북극성을 잇는 선이 당신 위치를 꼭지점으로 하여 수평선과 45° 각도를 이룬다면) 당신은 북위 45° 위에 있는 것이다.

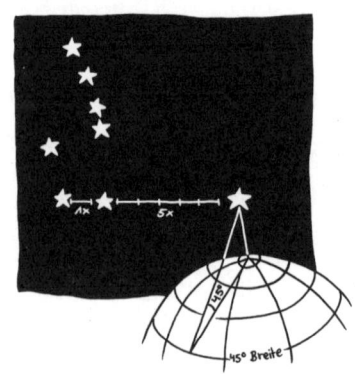

남반구라면 남십자성이 도움이 된다. 이 별자리를 한 번 알아 두면 그 다음부터는 쉽게 다시 찾을 수 있다. 마주보고 있는 두 개의 별을 각각 이으면 십자가 모양이 되는데, 적십자사의 십자가처럼 두 변의 길이가 같은 것이 아니라, 기독교의 십자가처럼 한 쪽 변이 더 길다. 그중 긴 변의 4.5배 떨어진 지점에서 수평선으로 수직선을 긋는다. 그곳이 바로 남극이다.

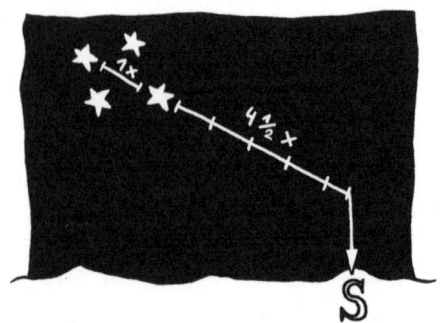

만약 날씨가 흐리다면 천체는 별 도움이 되지 못한다. 고대의 항해사들

은 이럴 때 절망했지만 오늘날에는 GPS<sup>Global Positioning System</sup>라는 위성항법장치가 있다. 이 시스템은 수많은 인공위성의 도움으로 작동하며, 바람이나 날씨의 영향을 받지 않는다는 장점을 가지고 있다. 이것만 있으면 당신이 어디에 있는지 몇 초 이내에 아주 정확하게 알 수 있다. 그리고 현 위치를 지도에 표시해 보면 앞으로 어느 방향으로 가야 할지도 알 수 있을 것이다.

구름이 많이 끼어 있고 GPS나 나침반이 없다면, 나침반을 손수 만들어야 한다. 이를 위해서는 바느질용 바늘을 자석화 한다. 바늘의 두꺼운 부분을 잡고 견직물 위에 한쪽 방향으로 계속 문지른다. 이때 왕복 운동을 해서는 안 되고 반드시 한 방향으로만 비벼야 한다. 그러면 바늘이 자성磁性을 띠게 되는데, 이 바늘을 종이조각이나 작은 코르크 위에 올려놓고 물위에 띄운다. 그러면 바늘의 뾰족한 끝이 북쪽을 가리킨다. 그러나 이 자성은 그리 오래 유지되지 않는다. 자성이 사라지면 다시 문질러야 한다.

만일 자석을 가지고 있다면 바늘을 훨씬 효율적으로 자석화 할 수 있다. 이때는 바늘을 자석에 대고 여러 차례 한쪽 방향으로 문지른다. 바늘 끝에서 바늘귀 쪽으로.

면도날도 나침반으로 쓸 수 있다. 칼날을 엄지 아래 손바닥의 볼록한 근육 부분에 혹은 자석 위에 문질러서 자성을 띠게 한다. 배터리를 이용해서도 극성極性을 부여할 수 있다. 철사로 나선 모양을 만들어 그 안에 바늘이나 면도날을 넣고, 철사의 양쪽 끝을 각각 양극과 음극에 연결한다. 그러면 나선철사 안에 들어 있는 바늘이나 면도날은 자장磁場 안에 있기 때문에 조금 후에 극성을 갖게 된다.

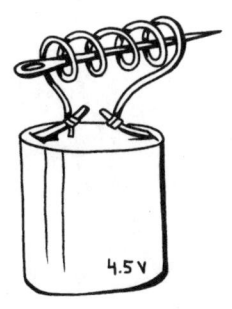

무거운 짐을 피해야 하고, 방위를 그렇게 정확하게 알 필요가 없는 경우 나침반 대신 값싼 자침만 하나 가져간다. 자침은 바느질용 바늘처럼 물 위에 띄우거나 균형을 잘 잡아서 실에 매달아 사용한다. 실이 없다면 소변을 손아귀에 받아 그 위에 띄울 수도 있다.

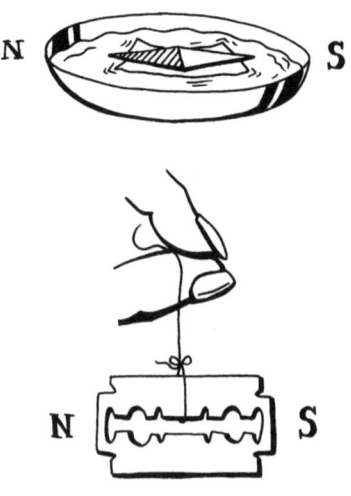

자연을 통해 방위를 알아내는 방법도 있다. 대부분의 지역에서는 계절에 따라 풍향이 일정하다. 예를 들어 무역풍아열대 지방에서 적도를 향해 부는 바람은 북동쪽에서 남서쪽으로 분다.

독일 북부에서처럼 바람이 일년 내내 대체적으로 북서쪽에서 불어온다면 나무들은 약간 남동쪽으로 기울어 서 있고 그 가지들은 바람이 불어오는 쪽의 반대 방향(남동쪽)으로 길게 자라고 있을 것이다. 그리고 그쪽 나무줄기에는 이끼들이 자란다. 풀이나 덤불도 마찬가지다.

아프리카 남부에는 북쪽을 향해 자라는 '북극꽃'이라는 것이 있다. 그 꽃은 가능한 한 많은 햇빛을 받기 위해 북쪽을 향해 기울어진 선인장 위에 핀다.

북미에도 이런 나침반 기능을 하는 식물들이 있다. 남북 방향을 향하고 있는 잎들은 거의 수평으로 펼쳐져 있고 동서 방향을 향하고 있는 잎들은 줄기에 바싹 붙어 있다.

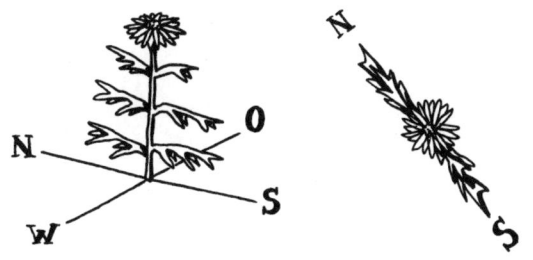

동서남북을 알아내는 것만큼 중요한 것이, 지도 읽는 법과 지도의 정보를 자연에 적용하는 것이다. 제대로 되어 있는 지도에는 도시 이름이 서쪽에서 동쪽으로 쓰여 있다. 만약에 지도의 위쪽이 북쪽이 아니라면 화살표로 방위를 별도 표시한다. 1:50,000의 축적이라면 지도 위의 거리가 실제로는 5만 배 더 길다는 뜻이다. 즉 지도 위의 1cm는 실제로는 5만 센티미터, 즉 5백 미터에 상응한다.

대부분의 경우 지도 위의 표시가 무엇을 의미하는지 해설이 함께 들어 있다. 이를 통해 간선도로가 무엇이고 우물이나 경계는 어디에 있는지 알 수 있다. 그리고 지도에는 위도와 경도가 표시되어 있다. 3백60개의 경도는 극에서 하나의 점으로 정확히 만나고, 극점 부근의 실제 자연에서는 서로 불과 몇 밀리미터 정도씩 떨어져 있다. 경도들은 적도 방향으로 가면서 서로 거리가 멀어진다. 적도 위에서 각 경도와 경도 간의 거리는 약 1백11km 떨어져 있다(지구의 적도 길이는 4만 킬로미터고 이를 3백60으로 나눈다).

경도는 영국의 그리니치에서부터 세기 시작한다. 즉 그리니치에 경도 0° 선이 지나가고, 여기에서부터 동쪽으로 180°, 서쪽으로 180°가 펼쳐진다. 위도들은 경도와 교차하며 적도와 평행하게 지구를 한 바퀴 감고 있다. 적도를 0으로 하여 북쪽으로 90°, 남쪽으로 90°가 된다.

지역 위치를 이야기할 때는 먼저 경도, 그 다음에 위도를 이야기한다(한국에서는 이와는 반대로 위도를 먼저 표시하고 경도를 표시하는 경우가 일반적이다). 이에 따르면, 예를 들어 아테네는 (대략적으로) 말하자면 동경 24°,

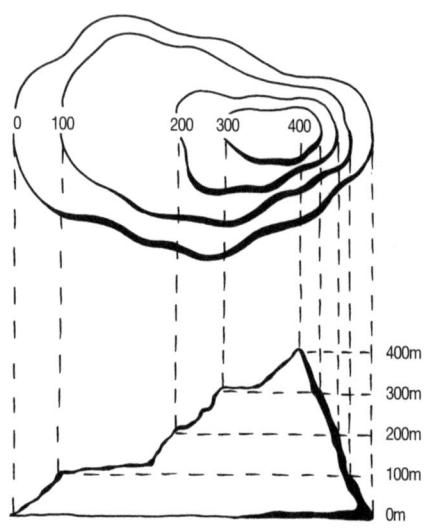

북위 38°에 있다.

지도에 산맥이 표시되어 있을 때, 등고선들이 촘촘하게 서로 가까이 놓여 있다면 경사가 급한 것이다. 구불구불한 하천의 정확한 길이를 알아야 한다면, 지도 위에서 실을 가지고 잴 수 있다.

지도가 없다면 직접 만든다. 이는 특정 장소로 귀환해야 할 경우 요긴하게 쓰일 수 있다. 뒤에 남겨진 동료를 구조하러 돌아와야 하거나 숨겨 놓은 물건들을 찾으러 다시 올 경우 등이 그러하다. 귀로를 찾기 위해 중요한 사항들은 모두 기록한다. 발걸음을 세고 시간을 재고 행군 속도를 추정한다. 큰 나무를 표시하고 산의 모양, 구릉이나 강물 등을 표시한다. 만일 지도를 그릴 도구가 없다면 밀림에서는 나뭇가지를 꺾거나 나무줄기에 금을 긋고, 평지에서는 돌을 세워서 표시한다. 당신 자신의 흔적에만 의지해서는 절대 안 된다. 그것은 비바람이 불면 금방 사라질 수 있다.

나침반을 잘 활용하기 위한 실용적인 예를 하나 들어 보자. 일단 자침이 북극을 둘러싼 자기장에 예민하게 반응한다는 사실을 알아야 한다. 그러나 이 자기장은 변화한다. 그러므로 자기적인 극과 지리적인 극은 서로 다를 수 있다. 좋은 지도에는 그 둘 간에 얼마나 차이가 나는지 표시되어 있다. 이러한 차이는 전 세계 각 지역에서 모두 볼 수 있다. 정말 좋은 지도에는 자기적인 극이 얼마나 빨리 그리고 어느 방향으로 이동하는지에 대해서도 기록되어 있다.

이러한 편차(偏差, 지구의 자축과 자침의 자축이 일치하지 않음으로써 생기는 오차)에 덧붙여서 때때로 (선박이나 자동차 등에서) 자차(自差, 선체의 자기장과 나침반의 자침과의 상관오차)라는 또 다른 오차도 생긴다. 이는 주변에 근접해 있는 금속이나 전기회로에 의한 자기장의 교란 때문에 일어나는 현상이다. 그 정도는 배나 자동차마다 다르기 때문에 사전에 조사해야 한다. 이를 위해서 일단 야외에서 나침반 측정을 먼저 해 보고 그 다음에 나침반이 설치될 곳에서도 해 본다. 도보여행을 할 사람에게는 이런 실험이 필요 없다. 그저 지니고 다니는 칼이나 손전등 따위를 잘 치워 놓기만 하면 된다. 나침반 주위에 금속이 있어서는 절대 안 된다. 지도에 '편차 −15도'라고 표시되어 있다면 나침반은 실제보다 15° 덜 표시한다는 뜻이다. 예를 들어 바늘이 200°를 가리킨다면 그 지역은 사실은 215°인 것이다.

만일 지도가 있고 당신이 어디에 있는지 이미 알고 있다면 다음과 같이 행동하라.

1. 지도 위에서 나침반의 긴 변을 지도상의 현재 지점과 목표 지점을 잇는 가상선에 맞추어 놓는다. 이때 나침반의 방향 지시 화살이 현재 지점 A로부터 목표 지점 B로 정확히 향하도록 손으로 맞춘다.
2. 나침반의 링을 돌려서 N자가 지도의 북쪽을 가리키게 한다. 이는 나침반 북방지시선(N)이 지도의 경도들에 평행으로 되어 있는 상태다.
3. 지도에서 나침반을 들어 수평이 유지되도록 몸 앞에 들고, 붉은색 자침의 끝을 나침반의 N자와 일치시킨다. 방향 지시 화살은 이제 실제에서의 목표 방향을 가리키게 된다. 그 방향선상에서 특정한 목표 지점을 정해서 일단 거기까지 행군한다. 그곳에 도착하면 최종 목표에 도착할 때까지 이 과정을 반복한다.

북극, 당신이 현재 위치한 지점 그리고 목표 지점 간의 각도는 '전진 방향수'다. 그 위에 방향 지시 화살을 맞춘다. 바다 위에서 지향할 지점이 없는 경우, 자침과 북방지시선을 서로 일치시키면 방향 지시 화살이 당신이 나아갈 방향을 가르쳐 줄 것이다.

현재 있는 위치를 알고자 한다면, 지도 위에도 표시되어 있으며 실제로 눈에도 보이는 두 개 이상의 목표물을 선택하라. 나침반 방향 지시 화살이 첫 번째 목표물을 향하게 하고, 나침반의 북방지시선은 붉은 자침 끝과 일치시킨다. 그리고 나서 나침반을 지도 위에 놓되, 방향 지시 화살이 지도상에서 첫 번째 목표물을 향하고 북방지시선은 지도의 북쪽을 향하도록 놓는다. 이는 나침반 북방지시선이 지도의 경도들에 평행으로 되어 있는 상태다. 이제 당신의 위치는 나침반 변 위의 어딘가에 있다. 측정한 목표물 지점에서 자 끝까지 연필로 지도 위에 선을 긋는다. 두 번째 목표물에도 똑같은 과정을 반복한다. 그랬을 때 두 선이 교차하는 지점이 현 위치다.


## 87. 장애물 통과하기

높은 벽, 급류, 유사流沙, 빙판, 적지敵地 그리고 습지가 장애물이 될 수 있다. 당신은 혼자일 수도 있고 파트너와 함께 있을 수도 있고 장비가 있을 수도 있지만, 아무것도 없을 수도 있다. 당신은 장애물 아래로 지나거나 위로 넘어가거나 뚫고 지나가려고 한다. 여기에 몇 가지 도움이 될 만한 사항을 소개한다.

산악등반용 자일을 가지고 있다면 최상의 경우다. 이를 사용하면 현수하강을 할 수 있고, 등반시 확보가 가능하며, 신축성이 있어 추락하더라도 충격을 줄여 준다.

그러나 다리를 만들어야 하거나 무거운 짐을 끌고 가야 한다면 탄력성 없는 빳빳한 밧줄이 더 낫다. 긴급한 상황에서는 이것저것 가릴 것 없이 밧줄 대용으로 쓸 수 있는 게 무엇이라도 있기만 하면 다행이다. 이는 덩굴 식물일 수도 있고, 천 묶음일 수도 있고, 가는 노끈을 여러 겹 꼬아 만든 줄일 수도 있다. 이렇게 끈을 사용할 때는 매듭을 만들면 줄의 강도가 50% 약화된다는 점을 항상 명심해야 한다.

때로는 비스듬히 놓인 큰 각목角木 하나만 있으면 나무나 벽을 기어오를 수 있다. 그리고 밑둥만 조금씩 남겨 놓고 가지들을 쳐 낸 나무는 사다리처럼 딛고 올라갈 수 있다.

야자수에 오르고 싶으면 등반용 매듭을 사용한다. 아니면 걸기 매듭을 이용하여 양쪽 발을 넣을 수 있도록 두 개의 고리를 만든다. 여기에 팽팽하게 당겨진 자일을 위로 끌어당기는 방법을 병행하면 특히 좋다. 올라가기 전에 투척용 닻이 달린 자일을 나무 위로 던져 나뭇가지 사이에 고정시킨다.

또한 줄사다리와 매듭이 많은 자일도 기어오르는 데 쓰일 수 있다. 조그

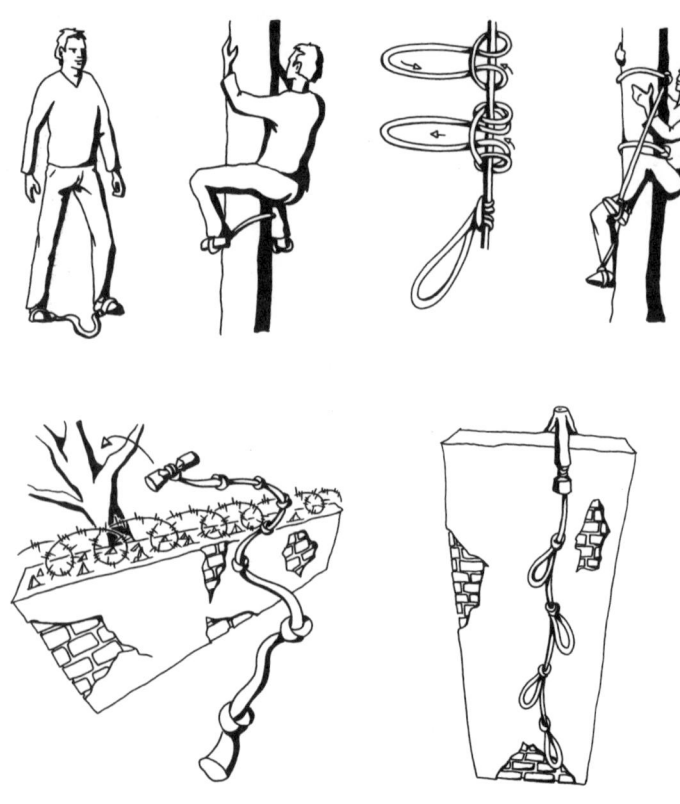

만 고리 끈의 매듭을 좁은 틈 사이에 끼울 수만 있다면, 그 고리 끈은 결정
적인 도움이 된다. 절벽을 내려가려면 현수하강을 할 줄 알아야 한다(145
쪽 '현수하강' 참조).

짐을 가지고 밧줄 위에 엎드려서 좁은 골짜기나 급류를 건널 때 힘을 절
약할 수 있는 방법이 있다. 왼발을 줄에 한 번 돌려 끼우고 오른쪽 다리는
아래로 건들거리면서 균형을 잡는다. 다른 모든 방법들, 예를 들어 줄 아
래로 매달려 가는 방법 등은 힘이 많이 소비된다.

밧줄이 충분하다면 현수교 양쪽에 교각을 설치하고 케이블로 매달아 놓은 다리를 만든다.
이를 위해서는 **뻣뻣한 줄들이** 적당하다. 이런 줄은 도르래를 이용하면 팽
팽하게 당겨진다.

　나무로 다리를 만들어 강을 건너고자 할 때는 길고 묵직한 막대기를 들고 균형을 잡는다. 또는 잘 휘어지는 긴 장대들을 강둑에서부터 수 미터 간격으로 강바닥에 꽂아서, 장대의 탄력을 이용해 다음 장대를 다시 붙드는 방식으로 안전하게 건널 수 있다.

　강이나 협곡의 높낮이가 차이 날 때는, 줄 하나를 팽팽하게 연결하되 기울어지도록 하여 다리를 만들 수 있다. 이렇게 하면 강 건너기가 쉽다. 특히 롤러가 있다면 아주 좋은데, 롤러에는 가는 줄을 달아 다음번 건너는 사람을 위해 매번 다시 돌려 보낼 수 있어야 한다.

만일 강둑 양쪽의 높낮이가 급격하다면 롤러 대신 Y자 모양의 나뭇가지를 사용할 수도 있다. 물론 이 방법을 쓰면 줄이 심하게 닳는다.

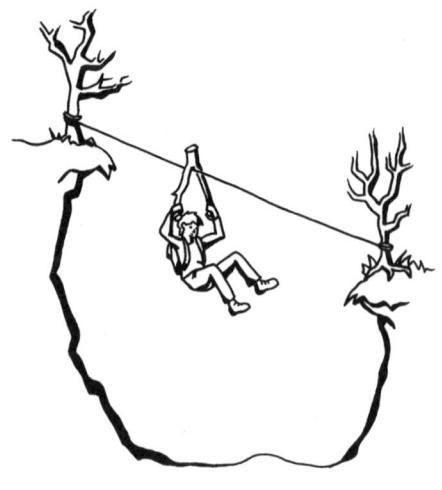

줄이 두 개 있다면 이들을 위아래로 나란히 팽팽하게 당긴다. 위의 줄을 두 팔로 잡고 아래 줄을 밟으며 건넌다. 아니면 줄 두개를 옆으로 나란히 놓고 몇 센티미터마다 나뭇가지를 가로질러 묶어 사다리처럼 고정할 수도 있다.

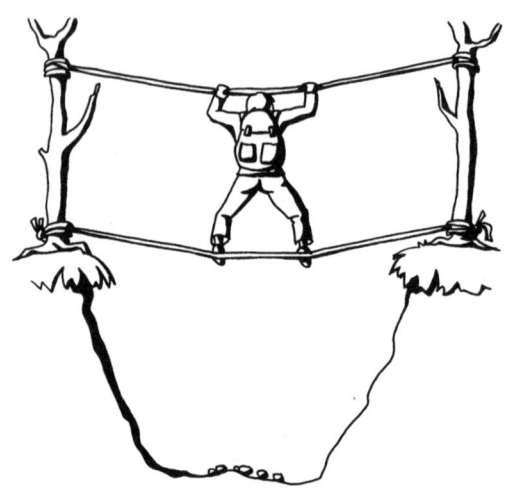

가장 좋은 현수는 밧줄 세 개로 만드는 것이다. 이를 연결하면 V자 모양이 된다. 이 다리는 너무 팽팽하지 않고 약간 늘어지게 만들어야 한다. 아래에 있는 줄은 밟으면서 건너가고, 위쪽에 있는 두 개의 줄은 난간으로 활용한다. 난간과 발아래 줄을 5m마다 끈으로 연결한다.

가지고 있는 줄이 너무 약해서 그 위를 밟고 지나갈 수 없다면, 이 줄을 물위에 평평하게 늘어뜨리고 외줄에 매달려 헤엄을 치면서 강을 건넌다. 다른 줄로 헐렁하게 고리를 만들어 몸을 고정시키면 물에 휩쓸려 떠내려 갈 위험이 줄어든다. 물론 이에 앞서 한 사람이 헤엄쳐 강을 건너서 줄을 반대편에 고정시켜야 한다. 강물이 좁다면 투척용 작은 닻을 이용해 고정할 수도 있다.

줄이 없이 혼자서 급류를 건너는 사람은 튼튼한 작대기를 짚으면서 조심스럽게 건넌다. 개울 바닥을 조심스럽게 발바닥으로 더듬으면서 천천히 앞으로 나아가는 것이 중요하다. 옷을 벗어서 방수 포장하여 목둘레에 걸면 강을 다 건넌 후에도 마른 옷을 입을 수 있다. 신발은 신고 있는 것이 좋은데, 이는 더 안정적으로 걸을 수 있고 부상도 미연에 방지할 수 있기 때문이다.

여러 명이 함께 있을 때는 서로의 손을 잡고 강을 건넌다.

또 다른 방법은 뗏목을 만드는 것이다. 짧은 줄 네 개만 있으면 여러 개의 나무줄기를 엮어서 만들 수 있다.

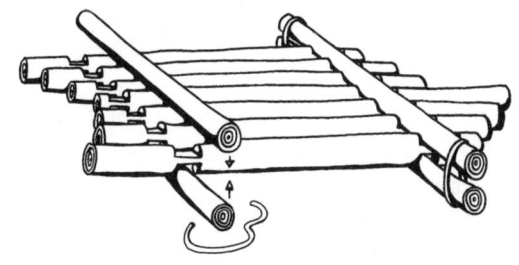

물의 폭이 좁다면 나무줄기를 놓아 외나무다리로 이용한다. 나무가 없다면 물에 뜨는 물건을 이용한다. 바지나 원피스슈트의 다리 부분을 묶어서 공기를 채워 넣으면 별로 힘들이지 않고 수영을 해 건널 수 있다.

비닐이나 텐트가 있다면 잔가지나 풀, 옷 등을 넣어 묶는다. 아니면 튜브 보트를 만든다. 만일 보트나 뗏목이 좁아 인원이 모두 탈 수 없다면 몇 명만 타고 나머지는 물속에서 보트나 뗏목을 붙잡고 건넌다. 이러한 방법으로 훨씬 많은 사람의 목숨을 구할 수 있다.

늪지, 모래 늪, 설원, 빙판 등을 건널 때는 스키나 눈 신발을 만들어야 한다. 이때 신발 바닥을 최대한 넓게 하면 몸무게를 분산시킬 수 있어 쉽게 가라앉지 않는다.

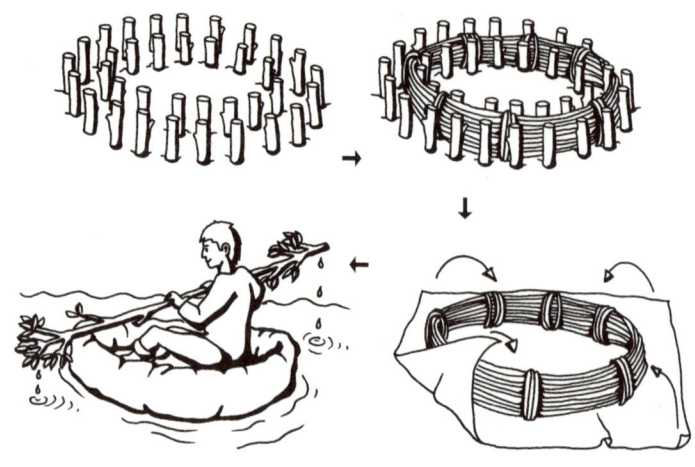

　빙판과 같은 장애물이 있다면 눈 신발이나 스키 비슷한 도구를 만들어야 한다. 얼음의 두께가 너무 얇을 때는 눈과 얼음을 더하고 물을 부어서 길을 두껍게 다진다. 아니면 길에 통나무를 촘촘히 깔아 놓는다.


## 88. 신호

사람들과 멀리 떨어진 곳에서 위급한 상황이 닥치면 도움을 요청해야 한다. 주위에 사람이라고는 한 명도 없으며 혼자서는 이 곤경에서 헤쳐 나올 수도 없다고 하자. 그렇다면 당신이 여기 있다는 것을 알려야 한다.

　장비가 있다면 구조 신호를 보낼 수 있다. 무전이나 기타 방법으로 SOS나 MAYDAY 신호를 보낸다. SOS Save Our Souls는 소리로나 형태로 쉽게 표현할 수 있는 신호다. 짧게 세 번(=S), 길게 세 번(=O), 다시 짧게 세 번(=S). 그리고 이것을 형태로 표현할 수도 있다. 3개의 점, 세 개의 직선, 세 개의 점이다. SOS를 알파벳으로 적을 수 있다면 더 나을 것이다. 땅바닥, 눈밭, 돌담 위 등에 적는다. 그것은 비행기에서도 잘 알아볼 수 있도록 음영이 드리워져야 하고 최대한 커야 한다. 2m 크기보다는 10m 크기가 낫고, 땅에

| | | | | | | |
|---|---|---|---|---|---|---|
| A | •  — | J | •  —  —  — | S | •  •  • | 2 | •  •  —  —  — |
| B | —  •  •  • | K | —  •  — | T | — | 3 | •  •  •  —  — |
| C | —  •  —  • | L | •  —  •  • | U | •  •  — | 4 | •  •  •  •  — |
| D | —  •  • | M | —  — | V | •  •  •  — | 5 | •  •  •  •  • |
| E | • | N | —  • | W | •  —  — | 6 | —  •  •  •  • |
| F | •  •  —  • | O | —  —  — | X | —  •  •  — | 7 | —  —  •  •  • |
| G | —  —  • | P | •  —  —  • | Y | —  •  —  — | 8 | —  —  —  •  • |
| H | •  •  •  • | Q | —  —  •  — | Z | —  —  •  • | 9 | —  —  —  —  • |
| I | •  • | R | •  —  • | 1 | •  —  —  —  — | 0 | —  —  —  —  — |

알았다 •  •  —  •       정정한다 •  •  •  •  •  •  •  •

얕게 긁적여 놓는 것보다는 깊이 1m 정도 파 놓는 것이 낫다는 것이야 두 말하면 잔소리일 것이다.

낮에는 불보다 연기를 피워 올리는 게 효과적이다. 흰 연기를 피우려면 불에다 물을 조금씩 뿌리면 되고, 검은 연기를 피우려면 고무, 플라스틱, 썩은 나무, 이끼, 풀 등을 태우면 된다. 포일이 있다면 불을 덮었다 치웠다 하면서 연기로 신호를 보낼 수 있다. 불은 밤에만 눈에 띈다. 이를 위해서는 지대가 봉긋이 솟아 있고 사방이 트인 곳을 선택한다. 이 불이 모닥불로 치부되지 않게 하려면 불을 세 군데 피워서 정삼각형이나 직선의 형태를 이루도록 한다.

건초, 종이, 휘발유 등에 불이 빨리 붙기 때문에 이런 것을 많이 준비해 놓으면 당신이 구조자의 눈에 띌 기회도 높아진다.

산에서 위급한 상황에 놓이면 1분 간 신호를 6회 보내고, 1분 간 휴식하고, 다시 1분 간 신호를 6회 보낸다. 신호는 총성, 손전등 불빛 또는 그냥 외치는 소리일 수도 있다. 만일 어디선가 1분에 3회 보내는 신호를 듣거나 보게 된다면, 이는 누군가가 당신의 신호를 인식했다고 답을 보내는 것이다.

바다나 산악지역에서는 무엇보다 낙하산이 달린 붉은 조명탄이 이상적이다. 이런 조명탄은 아주 오랫동안 하늘에 떠 있다. 그렇지만 이는 크고 무거워서, 짐의 무게를 줄여야 하는 등반가에게는 별로 추천할 만하지 못하다. 그런 경우에는 볼펜 모양의 작은 조명탄을 가져가는 것이 좋다.

등반가들에게는 신호를 보내는 도구만큼 중요한 것이 또 하나 있다. 여행을 떠나기 전에 친구들에게 여정에 대한 상세한 정보를 주고 무사히 돌아오면 경계령을 해제하는 것이다.

신호를 보내기 위해 알루미늄 포일이나 구명담요를 사용할 수 있다. 이것을 구겨서 8자를 그리면서 깃발처럼 흔든다. 이 소재들은 번쩍거리면서 멀리서도 눈에 띌 것이다. 게다가 이것은 레이더에서도 감지된다. 깃발은 유용한 신호 수단이다. 이왕이면 크고 선명한 색깔의 깃발이 좋다. 바다 위에서는 흰색, 붉은색, 노란색이 효과적이다.

거울 또한 신호를 보내는 도구가 된다. 거울을 태양과 수색대 방향으로 비추는데, 햇빛이 거울 면에 비춰지는 입사각과 반사되어 나가는 반사각이 같도록 한다. 구조대가 걸어서 이동하고 있을 때는 눈으로 광점을 따라갈 수 있기 때문에 빛으로 신호를 보내기가 비교적 쉽다. 거울이 없을 때는 빛을 반사할 수 있는 금속판을 이용한다.

이런 시각적 신호 외에 청각적 신호를 보낼 수도 있다. 탁 트인 곳에 올라가 소리를 지른다. 이때 손이나 다른 도구를 이용해 메가폰을 만들면 소리가 나아가는 각도는 좁아지지만 크기는 놀라울 정도로 커진다. 여러 명이 함께 있다면 입을 모아 한꺼번에 외친다. 바람이 부는 밤이나 아침에 외치면 소리가 더 멀리까지 퍼져 나간다.

동물을 이용해 신호를 전달할 수도 있다. 이런 경우에는 개나 비둘기가 적당하다. 물론 평범한 여행객이라면 개나 비둘기를 데리고 있을 리가 없다. 그러나 특별한 사명을 가지고 여행 중인 사람이라면 이런 방법도 고려해 볼 만하다.

병에 편지를 넣어 전달하는 통신법도 있다. 이는 보통 흐르는 강물에서 이용된다. 병 속에 쪽지를 넣고 1/3 정도 모래를 채운 다음 코르크 마개를 한다. 거기에 깃발을 꽂으면 마치 작은 부표처럼 보인다. 이때 전달하고자 하는 소식이 중요하다면 병을 발견해 전달하는 사람에게 보상금을 지급하겠다고 써라. 바람을 불어넣은 콘돔으로도 이와 비슷한 효과를 낼 수 있다. 그 속에 전달 내용을 집어넣고 눈에 잘 띄는 종이쪽지로 깃발을 만들어 단다.

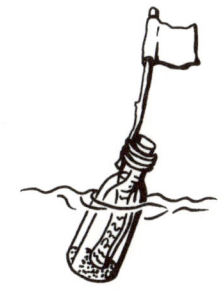

그러나 이것은 한두 개로는 목적을 이룰 수 없다. 물살을 따라 흐르다 강가에 있는 덤불에 걸려 버리거나 돌 틈에 끼이는 일이 흔하기 때문이다. 그러면 아무리 응답을 기다려 봐야 소용이 없는 일이다.


## 89. 수색과 구조

실종자를 찾아 본 경험이 있다면 그것이 건초더미에서 바늘 하나 찾기처럼 어려운 일임을 잘 알 것이다. 이는 항공기나 선박으로 찾아다니든 육지에서 찾아다니든 마찬가지다.

수색자 역시 실종자가 우연히 그곳을 지나갈 경우를 대비해 잘 보이는 장소에 항상 흔적을 남긴다. 돌무더기를 쌓아 놓거나 막대기를 세워 놓는다. 그 꼭대기에는 눈에 잘 띄는 천을 매달고, 메시지를 눈과 비에 젖지 않게 포장해 남긴다. 언제까지 계속 수색할 것이며, 앞으로 어느 방향으로 갈 것인지 적어 놓는다. 실종자에게 소용이 되겠다고 판단되면 식료품, 식수, 의약품 등을 남긴다. 아니면 높은 곳에서도 볼 수 있도록 커다란 신호를 해둔다.

수색자는 실종자의 입장이 되어 보아야 한다. 그는 지름길로 갔을까? 산 위쪽으로 갔을까 아니면 산 아래쪽으로 갔을까? 밤에 불로 신호를 보내면 신호를 이해할 수 있을까? 만일 중상을 입었다면 숨어 있을 만한 피신처

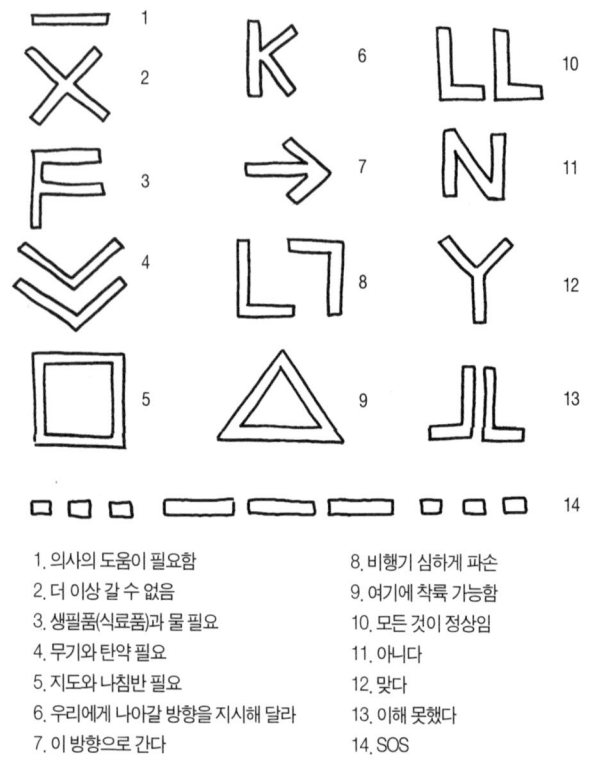

1. 의사의 도움이 필요함
2. 더 이상 갈 수 없음
3. 생필품(식료품)과 물 필요
4. 무기와 탄약 필요
5. 지도와 나침반 필요
6. 우리에게 나아갈 방향을 지시해 달라
7. 이 방향으로 간다
8. 비행기 심하게 파손
9. 여기에 착륙 가능함
10. 모든 것이 정상임
11. 아니다
12. 맞다
13. 이해 못했다
14. SOS

1. 확인!
2. 나에게 소식을 전해달라
3. 착륙하지 말라
4. 이곳에 착륙하라
5. 행군이 곧 속행될 수 있다

6. 이상 무!
7. 나를 데리고 가달라
8. 응급조치 필요
9. 도움 필요

는 어디일까? 수색대를 여러 방향으로 나눠 보내야 할까?

바다에서의 수색 활동은 특히 어렵다. 파도가 조금만 쳐도 실종자를 발견하기가 어려워진다. 폭풍이 친다면 그를 찾을 확률은 더욱 낮아진다. 육지에서의 수색과는 달리 바다에 떠 있는 사람은 흔적을 남길 수도 없다. 구명튜브, 노란 선원용 방수복, 작은 보트, 오렌지색 연기나 조명탄 등 눈에 띄는 색깔의 신호도구를 가지고 있을 경우만 사정이 달라진다.

바다 위에서의 수색은 실종자가 있을 것으로 추정되는 곳에서 시작한다. 그리고 나서 배나 비행기로 풍향과 파도 방향에 따라 여러 차례 왕복하면서 수색한다.

육지에서 수색을 할 때, 실종자가 어느 방향으로 사라졌는지 모를 때는 일단 사각형 형태로 시작해 그 사각형을 점점 넓혀 나가는 방식으로 수색한다. 아니면 한 지역을 원형으로 돌아본 다음에 제자리로 돌아오고, 다시 다른 지역을 원형으로 돌아보는 형식으로 수색한다. 산에서 수색할 때는 나선형으로 찾는다.

비행기로 수색할 때는 땅에서 높이 날수록 한눈에 내려다볼 수 있는 면적은 넓어지지만 보이는 대상들은 작아진다. 낮게 날면 주변 경관들이 너무 빨리 지나가기 때문에 시야가 한정된다. 숙련된 비행사라면 가장 적당한 높이를 알 것이다. 헬기는 높이 떠 있으면서도 느리게 날 수 있기 때문에 가능하다면 헬기로 수색하는 것이 더 효율적이다. 항공기 수색시에는 태양 방향으로 날아갔다가 태양을 등지고 돌아오는 직선 노선을 여러 차례 평행선을 그리며 왕복할 수도 있다. 그래야만 두 방향으로 모두 볼 수가 있다. 태양이 비행기 옆구리 쪽에서 비추면 눈이 부셔서 그쪽은 수색이 어렵기 때문이다.

실종자를 찾았는데 비행기 착륙 지점이 마땅치 않다는 곤란한 상황이 발생한다. 실종자가 프로 서바이버라면 이미 활주로를 준비해 두었을 것이다. 도로와 비슷하게 길을 만들고 거추장스러운 것은 전부 치워 놓았을 것이다. 눈이 있으면 발로 밟아 단단히 다지고, 조종사의 착륙을 돕기 위해 깃발도 세워 놓았을 것이다. 그뿐이겠는가? 모래에는 물을 뿌려서 착륙시에 모래가 날리지 않도록 했을 것이고, 어두울 때는 횃불이나 다른 불들로 활주로를 표시해 놓았을 것이다.

착륙이 불가능하다면 조종사는 일단 메시지와 함께 식료품 등을 던진다. 그리고 연락을 취해 육로로 수색대를 보낸다.

실종자가 헬리콥터에 의해 발견되었을 경우, 실종자는 항상 헬기 조종사가 볼 수 있는 쪽에서 접근해야 한다. 그러니까 정면이나 정면의 약간 옆쪽에서 접근해야 한다. 몸을 숙이고 장비가 날아가지 않게 잘 잡는다. 프로펠러의 힘을 과소평가해서는 안 된다. 헬기 뒤쪽에서 접근하는 것은 특히 위험하다. 꼬리날개는 망나니보다도 더 빠른 솜씨로 사람 목을 잘라버릴 것이다.

헬기가 착륙할 수 없을 때, 실종자는 헬기에서 늘어뜨린 줄을 타고 올라가는 방법도 알아야 한다. 헬기에서는 넓고 둥근 합성섬유 벨트를 늘어뜨린다. 이때 이 줄을 절대로 바로 잡아서는 안 된다! 이 줄에는 전류가 흐를 수 있기 때문에 일단 물이나 땅에 한번 스쳐서 방전이 되도록 한다. 그 다음 손과 머리를 번쩍 치켜들고 벨트 아래쪽으로부터 벨트 안으로 기어든다. 가슴 앞에 있는 줄로 벨트를 몸에 단단히 고정시킨다. 확실하게 묶였으면 뒤로 기대어서 팔을 펼친다. 마치 기지개를 펴고 하품을 하며 한숨 자려는 듯이. 그리고 나서 OK 신호로 엄지손가락을 들어 보이고, 일단 1m를 들어올리게 한다. 그래도 전혀 이상이 없으면 구명보트나 바위에 고정해 둔 확보용 자일을 푼다.

# 인간이라는 적에 맞서서

## 90. 강도의 습격

무장한 강도에 비하면 좀도둑은 양반 축에 속한다. 나는 지금까지 무장 강도의 습격을 22번 겪었고 이렇게 살아남았다. 절반은 운이 좋아서, 나머지 절반은 서바이벌 기법을 알았기 때문에 살 수 있었다. 사람들은 습격을 한번 당하고 나면 다시는 이런 일이 일어나지 않도록 단단히 무장을 한다. 그러나 또다시 공격을 당한다. 그렇게 또 얼마간의 소유물을 잃어 가면서 경험이 늘어난다. 그렇지만 아무리 경험이 쌓인다 해도 언제든 강도를 당할 가능성은 있다.

나일강 횡단을 할 때 동행했던 미하엘 타이히만이 해적들에게 살해된 이후 나는 수없이 같은 질문을 되뇌었다. 그때 내가 어떻게 했어야 했던 것일까?

"그러니까 집에만 있으면 되잖아"라고 영리한 사람들이 충고한다. 그러나 집에도 도둑은 든다. 더군다나 나에게 그런 충고는 말도 안 되는 소리다. 나는 고향의 고요함과 안락함과 매일 반복되는 일상에 만족하며 살 수가 없다. 내게는 여행의 짜릿함이 필요하다.

강도가 갑작스럽게 습격해 오면 즉각 반응해야 한다. 한순간에 모든 것이 결정된다. 총이 있으면 빨리 꺼내 습격자의 발 앞에 경고 사격을 한다. 그 폭음과 함께 일어나는 총구의 불꽃, 화약 냄새, 땅바닥의 울림 등은 강도가 즉각 도망치도록 만들기도 한다. 강도가 당신이 총기를 가졌을 것이라고 전혀 예상하지 못했을 경우에는 더욱 그러하다.

만일 상대방이 여럿인데 탄환이 몇 발 남아 있지 않다면 하는 수 없이 첫 번째부터 사람에게 조준 사격을 해야 한다. 항상 첫 번째 총알이 모든 것을 결정한다. 상대의 무릎을 쏘아서 전투 능력을 상실케 하는 것으로 충분한가? 아니면 상대를 죽일 위험을 각오하고 몸통을 겨누어야 하는가? 그러나 대부분의 경우 모든 일이 엄청나게 빨리 일어나기 때문에 당신은 이런 저런 생각을 할 겨를조차 없을 것이다.

공격자 수가 많다면 우선 도망칠 수 있는 경로를 염두에 둔다. 만일 조준 사격을 한다면 그들 중 우두머리를 맞추도록 하라. 누가 우두머리인지는 언행이나 공격성 등을 통해 분명히 드러날 것이다. 만일 운이 좋아 우두머리가 총에 맞고 쓰러진다면 그 무리들도 의욕이 꺾이게 될 것이다.

무기는 항상 보이지 않게 지니는 것이 좋다. 그렇지 않으면 상대방은 무기에 대해 미리 준비를 할 것이다. 그들이 깨닫지 못하도록 빠르고 능숙하게 겨드랑이 밑이나 모자, 주머니에서 무기를 꺼내 들어라. 그들이 많이 놀랄수록 당신에게는 유리하다. 그들이 당신을 실제보다 훨씬 무력하게 여기게끔 만들어야 한다. 미하엘 타이히만이 살해되었을 때 내 친구 안드레아스와 나를 구한 것이 이 첫 번째 총격이었다. 살인자들은 우리의 반격을 전혀 예상하지 못했던 것이다. 그들은 즉각 그 근처 숲 속으로 삼십육계 줄행랑을 쳤고, 우리는 그들이 재무장해서 다시 나타나기 전에 강으로 도망쳤다. 처음에는 지나가는 배 뒤에 매달려서 물살을 따라 흘러갔고 나중에는 노를 저어서 도망쳤다. 닷새 동안이나. 그리고 이 범인들은 나중에 경찰의 도움으로 잡을 수 있었다.

빠른 총격은 오직 리볼버로만 가능하다. 이것은 안전장치를 풀 필요 없이 즉각 방아쇠를 당길 수 있다. 그렇기 때문에 누구를 상대하든 이길 수 있는 기회가 있다. 그러나 당신이 총을 갖고 있다는 사실을 동료 외에는 아무도 몰라야 한다. 강도들은 총을 빼앗기 위해 당신을 죽이려고 할지도 모른다.

누군가 당신에게 총구를 겨누고 있다면 빠르게 행동하라. 총신이 가까이에 있을 때는 옆으로 차 버리거나 위로 쳐 버릴 수 있다. 그렇지 않으면 순순히 항복하라. 두 손을 들어올리는 것은 어디에서나 항복의 뜻으로 받아들여진다. 아니면 땅바닥에 엎드려라. 그러면 당신은 더 작고 더 무력하게 보일 것이다. 그 자세는 상대방의 힘을 인정하며, 그에게 복종하고 자비를 베풀어 주기를 원한다는 마음을 잘 표현해 준다. 많은 원시민족들은 무력한 자를 죽이는 것을 부끄러운 짓으로 여긴다. 그러나 대도시 깡패들에게는 이런 방법이 통하지 않는다.

인질을 잡는 방법도 있는데, 인질을 담보로 삼거나 총격에 대한 방패로 삼을 수도 있다. 노인이나 여성이 나서서 중재를 하는 경우도 있다.

그러나 가장 기본이 되는 것은 위험한 지역에 머물지 않는 것이다. 부득이하게 위험한 지역에서 잠을 자야 한다면 불침번을 세우거나 개를 보초로 세운다.

개나 보초와는 비교할 수 없을 정도로 매우 안전한 방법은, 그 지역 촌장의 보호 아래 여행을 하는 것이다. 그에게 당신의 여행 계획에 대해 설명하고 보호해 줄 사람을 부탁한다. 그가 허락만 해 준다면 당신은 이제 안전한 것이다. 다음 지역으로 이동하면 자동으로 그곳 촌장에게 인수되고 그렇게 계속해서 보호를 받게 될 것이다. 물론 이에 대해 대가를 치러야 한다. 그렇지만 그것은 생명을 잃는 것보다는 훨씬 저렴한 대가다.

짐을 내줄 것이냐 아니면 총격을 받을 것이냐 하는 선택의 기로에 있다면 절대 우물쭈물하지 말고 모든 것을 서슴없이 내주어라. 여기엔 어떤 예외도 있을 수 없다.

강도질은 대부분 특정한 방식에 따라 이루어진다. 문득 노상강도가 나타나서 소리를 지르며 허공에 총을 쏘거나 목에 흉기를 들이댄다. 당신은 이제는 끝이라고 생각하게 될 것이다. 이때 정신을 가다듬는 것이 무엇보다도 중요하다. 한번 입장 바꿔 생각해 보라. 강도는 당신과 마찬가지로 엄청나게 긴장하고 있는 상태다. 그는 자신의 행동이 실패할 경우 어떤 일이 일어날지를 알고 있다. 그러므로 그의 흥분을 가라앉히기 위해 노력하라. 그가 큰소리로 소리칠수록 흥분되고 신경이 날카로운 상태다. 그는 당신에게 겁을 주고 일을 빨리 마무리하고자 한다. 그의 명령을 모두 따르라. 모든 것을 즉각 내놓는다.

위험한 지역에서는 항상 몇 달러라도 주머니에 소지하라! 힐튼호텔에서는 현금 없이도 왔다 갔다 할 수 있지만 길거리에서는 돈이 없다는 것이 용납되지 않는다. 돈이 없다고 말하면 강도는 오히려 당신이 시간을 벌려고 거짓말을 한다고 받아들인다. 그러면 그는 전혀 예측할 수 없는 행동을 보일 수 있다.

만일 누군가가 목에 흉기를 들이대거나 허공에 총질을 하거나 당신 배에서 내장을 꺼내서 목걸이로 쓰겠다는 듯한 태도를 취한다고 해서, 아직 유서도 쓰지 못했다는 생각에 슬퍼할 필요는 없다. 그의 목적은 당신을 죽이려는 게 아니다. 침착한 태도를 유지하면서 순종하라. 그는 단지 겁을 주고 일을 빨리 진행하려고 할뿐이다. 당신을 정말 죽이려고 했다면 소리 없이 조용히 해치웠지 이렇게 소리를 지르고 있지는 않을 것이다.


## 91. 공갈 협박

공갈 협박은 악독한 범죄다. 굴복할 것인가 대항할 것인가, 혼자 대항할 것인가 경찰과 협력할 것인가. 어떤 방식을 취하든 전부 장단점을 갖고 있다. 협박받는 사람은 그나마 무엇이 더 나을지 판단해 보아야 한다.

굴복한다면 협박범은 곧 더 많은 것을 요구할 수 있다. 거부한다면 앞으로 계속될 위험을 견뎌 낼 자신이 있어야 한다. 이는 육체나 정신에 대한 공격일 수 있다. 당신 자신에 대한 공격일 수도 있고 가까운 사람에 대한 공격일 수도 있다. 비밀을 폭로함으로써 협박받는 사람의 사회생활과 생계에 악영향을 미칠 수도 있다. 어쨌든 공갈 협박은 협박범이 자기 자신이나 제3자에게 이익을 얻게 하기 위해 하는 것이다.

공갈과 협박이 범죄로 성립되는 상황은 나라마다 다르다. 오스트리아에서는 예를 들어 신체에 대한 상해, 자유와 재산, 심지어 명예를 위협한다면 협박으로 간주한다. 스위스에서는 협박을 받는 사람이나 주변 사람에게 해를 미칠 수 있는 그 무엇인가를 공개하거나, 고발하거나, 비밀을 누설하겠다고 말하며 상대방에게 돈을 요구해도 협박이 된다.

한 가지 다행스러운 점은, 여행객에게 공갈 협박은 거의 없다는 것이다. 그러나 외국에서 일하는 근로자, 거주자, 회사를 설립하기를 원하는 이민자에게는 협박이 곧 일상적인 일이 될 수 있다. 온건한 요구라면 어느 정도까지는 받아들일 수 있다. 예를 들어 보호비 명목으로 돈을 내라는 협박은 정말로 당신의 재산을 지키는 데 도움이 될 수도 있다. 이를 보험료나 사회의 빈곤층에 대한 구호금 정도로 생각할 수도 있다. 그러나 이러한 요구가 점점 늘어나 그 사람을 파산 지경까지 몰고 가서는 안 된다.

만일 경찰에 고소를 하더라도 경찰이 이에 대해 무관심하거나 경멸하는 듯한 태도를 보이고, 더 나아가 경찰이 이 일에 관여되어 있는 것 같다면, 이제 이 지역에서 떠나는 것 외에 다른 도리가 없다.

유럽에서는 협박범이 체포되면 강력한 처벌을 받는다. 협박을 하기는 비교적 손쉽고, 그러면서도 이는 밀고나 방화처럼 비열한 짓이기 때문에 엄격하게 처벌되는 것이다.

협박자가 누군지를 알면 어떻게 대처할 것인지 판단하기가 더욱 쉬워진다. 종종 이에 맞서 대항하는 것이 더 좋은 해결 방안일 수 있다. 그렇지 않으면 평생 협박에 시달릴 수 있기 때문이다. 경찰의 도움을 받을 수도 있고 혼자 힘으로 해결할 수도 있다. 어차피 조용하고 평화롭게 살 수 없을 바에야 차라리 비밀을 공표하라고 해라. 협박꾼의 요구를 받아들인다고 하더라도 그는 당신을 조용히 놔두지 않을 것이기 때문이다. 그는 하룻밤 자고 나서 또다시 새로운 요구 사항을 내세울 수 있다.

## 92. 성폭행

남자건 여자건 습격을 받는 이유는 대부분 그들이 돈, 귀금속, 신분증 등을 가지고 있다고 추정되기 때문이다. 게다가 여성은 '여성' 이라는 이유만으로도 충분히 습격의 이유가 된다. 성폭행범은 어디에나 숨어 있다. 길에도, 사무실에도, 가정에도. 특히 밤중에.

여성은 항상 이를 명심하고 있어야 한다. 그러므로 여성은 결코 밤에 어두운 골목을 혼자 가지 않고, 소란을 일으킬 수 있는 도발은 자제하고, 옷은 그 지역에 맞게 입고, 걸음은 당당하고 빠르게 목표를 향해 똑바로 걷도록 한다. 벽에 붙어 걷지 말고 길의 한가운데로 걸어라.

불가피하게 밤에 길을 걸어가야 한다면 이에 대해 준비를 해야 한다. 너클격투시 손가락에 끼우거나 주먹에 감는 금속제 고리, 최루가스, 가스총, 칼 등을 언제든지 꺼내 들 수 있게 지니며 또한 이를 잘 다룰 줄 알아야 한다. 그리고 남자의 성폭행 의도가 분명하다면 이러한 무기를 무자비하게 사용해야 한다. 조금이라도 머뭇거리는 것은 자살행위나 마찬가지다. 대항하다가 실패하면 이는 공격자를 자극하여 더 잔인하게 만들 것이다. 그는 자기 범죄의 가장 중요한 증인인 당신을 없애려 할 것이다. 그렇게 되면 살아서 그에게서 벗어나기 힘들게 된다.

대항하지 못한다면 차라리 고분고분한 태도를 취하며 마지막 기회를 노린다. 최후의 기회가 왔을 때를 절대로 놓쳐서는 안 된다. 그 다음 기회는 없다. 그 다음에는 죽음만 있을 뿐이다. 만일 성폭행범이 법정에 서면 자신이 어떤 처벌을 받을 것인지를 알고 있다면 더욱 그렇다. 성폭행으로 장기간 징역이나 사형까지 받는 나라들이 상당히 있다. 그로 인한 피의 복수는 제외하더라도 그렇다.

여기서 말하는 마지막 기회란 당신의 다리와 손과 치아다. 그를 발로 차거나 온힘을 다해 고환을 잡아라. 성행위를 즐기는 듯 속여 그를 부주의하게 만든 뒤 성기나 귀나 코를 물어뜯어라. 결연하게 그리고 무자비하게 눈을 찔러라. 그러면 그는 더 이상 싸울 수 없게 된다. 이제 당신은 도망칠 수 있다.

작은 무기라도 무시하지 말아라. 그런 무기가 결정적인 순간에는 생명을 구할 수도 있다. 치한이 당신에게 무기가 있는지 조사를 했을지라도 블라우스 옷깃에 꽂아 놓은 옷핀은 결코 발견하지 못할 것이다. 엎치락뒤치락할 때 이것으로 눈을 찔러라.


## 93. 살인

인간은 예측할 수 없는 존재다. 그러므로 낯선 사람에 대한 경계심을 늦추지 말아야 한다. 갑작스런 흥분, 복수심, 물욕, 성적인 동기, 실연 등으로도 살인이 일어날 수 있다.

이럴 때 여행자는 고향에 머물러 있는 사람보다 더 위험에 처하게 된다. 나라가 가난하고 사회가 혼란스러울수록 그들의 희생양이 될 위험이 높다. 이런 일을 피하려면 집에 그냥 머물러 있거나, 그렇지 않으면 주의하는 수밖에 없다. 어두운 곳, 빈민촌이나 사람이 없는 한적한 길거리, 싸구려 호텔 등을 피한다. 무장을 한 채 여러 명이 함께 다닌다. 위험한 상황에 대한 감지 능력을 키워야 하며 그 다음에는 빠르고 결연하게 대응해야 한다. 불안해하거나 양심의 가책을 느낄 필요가 없다. 당신을 공격하는 사람도 불안이나 양심이란 것을 모르기 때문이다.

좀 괜찮은 숙소에서 머물 때도 방을 철저히 봉쇄하고, 경보 장치를 켜 놓고, 무기는 언제든지 쏠 수 있게 준비해 둔다. 침입자가 방으로 습격해 들어오더라도 쉽게 침대로 접근할 수 없도록 배치하며, 그 위치는 정기적으로 바꿔 준다.

살인자는 어디에나 숨어 있다. 물론 고향에서도 그렇다. 그러므로 나는 집에서도 어떤 방식으로든지 무장하고 있다. 간교하거나 월등하게 우세한 상대를 막을 수는 없겠지만 그래도 최소한 완벽한 무방비 상태는 아닌 것이다.

## 94. 반란군

지구상에는 혼란한 국가들이 있다. 여기서는 인간의 생명이 독재자의 셔츠에 내려앉은 먼지보다도 가치가 없다. 그래서 이러한 독재를 종식시키고자 하는 반군들이 있게 마련이다. 그러나 이 반군들 자체도 많은 경우 야만스럽고 군기가 서 있지 않은 집단이어서 독재자보다 별로 나을 게 없다. 정권이 바뀌어 그들이 세력을 잡게 되면 이에 대해 잘 알 수 있게 된다. 물론 정말 순수한 의도를 지닌 자유의 투사들도 있지만 말이다.

반군들은 자신들이 대항하고 있는 정부로부터 무자비하게 쫓기고 있다. 가족들은 인질로 잡히고, 고문당하고, 살해된다. 반군을 잡는 사람은 현상금이나 승진의 기회를 얻지만, 여기에 동참하지 않는 경우에는 반군과 마찬가지로 위험을 겪게 된다. 폭압만이 최고의 법률이다. 그러니까 이러한 반군들의 전투가 얼마나 정당하냐 하는 문제를 떠나서, 그들도 정부와 마찬가지로 매우 강경할 수밖에 없다는 사실은 이해할 만하다. 양편 모두에게 삶과 죽음이 달린 문제기 때문이다.

부득이 반군 지역을 가로질러 가야 하는 여행자는 반군들의 정치적 목적에 대해 정확히 알아야 한다. 그 지역을 안내해 주는 동행자 없이는 절대로 반군들의 '해방구'를 지나가서는 안 된다. 가능하다면 차라리 이 지역을 빙 둘러 우회하는 것이 상책이다.

이와 관련하여 도움을 주거나 안내를 해 줄 수 있는 사람은 정부가 다스리고 있는 지역에서 구할 수 있다. 택시 운전사, 매춘부, 구두닦이, 짐꾼, 암거래를 하는 시장 사람들에게 물어본다. 그곳에 거주하는 유럽인들도 소중한 정보원이 된다. 정부에 대해 비판적이거나 가끔 경멸적인 발언을 하는 사람 역시 반란군에게 어떻게 접근해야 하는지 안다. 그러나 비밀경찰의 함정에 빠지지 말아라! 그들이 정부에 대해 경멸적으로 말하는 것은 당신의 마음을 떠보고 당신을 체포하기 위해 덫일 수 있다. 당신은 단지 호기심이 있는 여행자인 것처럼 처신하고 원칙적으로 정부와 반란군 양쪽 모두의 정치적 상황에 대해 관심을 가지고 있는 것처럼 행동하라. 그러려면 인내심도 많아야 하고 카페에서 수다를 떨고 있을 시간도 있어야 한다. 당신이 시작하기보다는 상대방이 먼저 불평을 늘어놓기를 기다려라.

안내해 줄 사람을 찾았다면 길에서의 검문, 군사지대, 반군 검문소 등을 거쳐 반군 지역까지 어느 정도는 안전하게 통과할 수 있을 것이다.

어떤 이유에서든, 안내인 없이 혼자서 반군 지역으로 가게 되었다면 심부름꾼을 먼저 보내 그곳을 지나갈 수 있도록 허락해 달라고 요청하게 한다. 반군 지역에도 경계선이 있으니 이를 함부로 침해하지 말아라. 그렇지 않으면 스파이로 간주되어 쥐도 새도 모르게 제거될 것이다. 소개장도 유용하지만 이 또한 적에게 발견되면 마찬가지로 위험하다. 차라리 한 사람이 직접 가서 소개해 주거나 암호를 주고받는 편이 낫다.

반군의 '해방구'에서는 그들의 권력을 전적으로 인정하라. 그들에게 친절함, 숙박 장소, 비자, 보호 동반 등을 청하라. 대부분의 경우 그들은 당신을 공정하게 다룰 것이다. 반군 사이에서도 명예를 지키기 위한 원칙이 있다. 결코 의심스러운 짐을 가져가지 말고, 그들의 허락 없이는 사진도 찍지 말아라. 당신이 먼저 몸과 짐을 수색해 보라고 제안하라.

### 세계 최초의 에리트레아 비자

나와 친구들이 1977년 에리트레아와 에티오피아 간의 내전에 말려들었을 당시, 우리는 반군 지휘관에게 사정하여 비자를 부탁했다. 그는 비자가 무언지도 몰랐다. 그렇지만 이러한 우리의 부탁이 그의 허영심을 만족시켜 주었다. 이방인이 와서 그들이 정복한 땅을 독립국으로 인정하는 것이다!

마침내 우리는 여권에 에리트레아 해방전선ELF, 에티오피아 지배로부터 독립운동을 펼친 조직. 1993년 에리트레아 독립 달성이라는 도장을 받았다. 이는 세계 최초의 에리트레아 비자였던 것이다! 물론 우리는 이 여권을 들고는 결코 에티오피아 인들의 영역에 들어가서는 안 되었다. 그러나 그당시에는 그것이 별로 문제가 되지 않았다. 필요하면 여권에서 찢어 버릴 수도 있었으니까.

재수가 없어서 반군과 함께 체포된다면 최악의 일도 각오해야 한다. 즉 같이 잡히면 같이 교수대에 매달리는 것이다. 엄격한 국법이나 제네바 협정도 당신을 궁지에서 구해 낼 수가 없다. 반군은 동정도 받지 못한다.

## 95. 통행 제한

독재국가에서는 여권에 특별히 신경을 써야 한다. 체류 기간을 단 한 시간이라도 넘겨서는 안 된다. 여벌로 따로 마련한 여권, 신분증과 여권 복사본을 반드시 별도로 보관해 둔다. 그렇지 않으면 당신은 의심스러운 무국적자로서 그들 마음대로 다루어질 것이다. 군인과 경찰에게는 당신의 물건을 강탈할 좋은 기회가 된다.

국가의 통치가 잔혹할수록 여행자가 여권을 도난당할 위험도 그만큼 크다. 사람들은 어떻게든 그 나라를 빠져나가려고 혈안이 되어 있기 때문에, 도난 여권은 상당히 비싼 가격에 거래된다.

독재국가를 여행할 때는 이러한 사실을 미리 숙지하고, 여권을 가슴 주머니에 보관하여 언제든지 꺼낼 수 있게 한다. 검문에 걸리면 예의바르게 인사를 하고 신분증을 넘겨준다. 당황하거나 오해받을 수 있는 행동은 무엇이든 삼가라. 특히 경찰이 총을 겨누고 있을 때는 더욱 조심해야 한다. 그들에게 당신의 짐을 기꺼이 보여 준다. 그들에게 길을 물어보고 물 한 잔을 청하라. 그러면 그들이 당신에게 친절한지 적대적인지 금방 알아차릴 수 있다. 이에 따라 당신이 앞으로 어떤 태도를 취해야 할지 결정할 수 있다.

만약 여권에 말썽의 여지가 있거나 검문을 당했을 때 불리할 무언가를 가지고 있다면, 처음 만나는 경찰을 돈으로 매수할 필요가 있다. 뇌물은 은밀히 주어야 한다. 돈을 아끼지 말아라. 옆에 목격자가 없어야 하며, 이것이 서류상으로 처리되어 지울 수 없는 증거로 남아서도 안 된다(364쪽 '돈으로 매수하기' 참조).

반군 지역에는 검문소를 알아차릴 수 있는 안내문이나 차단기 등이 없다. 이런 곳에서는 기관총을 가진 사람들이 불시에 덤불 속에서 뛰쳐나와 강제로 차를 세운다. 아니면 길에 통나무나 돌이 놓여 있다. 길에 타이어를 펑크 낼 만한 조각들을 깔아 놓거나, 철사를 길 위에 팽팽하게 매어 놓았거나, 나무에 큰 돌을 매달아 놓아 이곳을 지나가지 못하도록 방해를 한다. 당신이 우회하려는 순간, 돌연 무장한 사람들이 등장해서 당신을 빙 둘러싼다. 멀리서 그들을 발견했다고 해도 그들에게서 빠져나갈 수가 없다. 뒤쪽에도 이미 그들이 지키고 서 있다. 그들은 차를 돌리는 상황까지 계산에 넣고 기다리고 있다.

군인과 민간인 차림의 사람이 함께 당신을 둘러싸고 심문한다면, 일반적으로 이들 중 민간인이 더 중요한 인물이거나 상관이다. 그들이 여전히 오만하다면 조용하게 처신하고 수동적인 태도를 취하며 그들 말에 순종하라. 그들에게 대사나 변호사, 제네바 협정 따위를 언급하지 말아라. 그들이 의심하는 태도를 보일 때 거짓말을 하지 말아라. 그러면 그들은 분노하여 당신에게 따끔한 맛을 보여 주려 할 것이다. 그들은 눈 하나 깜짝하지 않고 당신을 죽이고 나중에 이를 정당방위라고 강변할 것이다.

## 96. 허위 사고

세계 곳곳에서 이방인을 교통사고에 연루시켜 돈을 갈취해 내는 일이 다반사다. 고물 자동차가 달려와 고의로 충돌했는데, 옆에 있던 사람들은 모두 당신의 잘못이라고 증언한다. 법정에서도 당연히 외국인의 과실로 판정을 내리는 것이 일반적이다.

이러한 법률 시스템 때문에 사고가 일어난 순간에 당신이 할 수 있는 일은 아무것도 없다. 이때는 돈을 준다고 해도 안 통하고 뺑소니를 치는 것도 불가능하다. 사고를 일으킨 현지 사람은 법정에 가면 돈을 훨씬 더 많이 갈취해 낼 수 있음을 알고 있다. 종종 재판관 역시 일정 비율을 상납 받는 대가로 여기에 연루되기도 한다. 게다가 당신은 판결이 날 때까지 오랫동안 갇혀 지내야 한다. 외교공관에 이러한 소식을 알릴 수 있다면 운이 무척 좋은 편이다.

이러한 횡포가 예상되는 나라라면 빙 둘러가는 편이 낫다. 이 나라를 완전히 우회하든지, 아니면 지나가더라도 자신의 차를 가지고 가지 말아라. 대중교통 수단을 이용하거나 렌터카를 빌려 그 지역 사람을 운전사로 고용한다. 그 운전사에게는 그런 장난을 치지 못할 테니 걱정할 필요가 없을 것이다.

## 97. 인질

우연히 당신이 인질이 될 수도 있다. 예를 들어 강도가 당신이 있는 은행을 덮쳐 당신을 인질로 삼은 것이다. 혹은 당신이 부유하거나 정치적으로 중요한 인물이어서 인질로 지목되었을 수도 있다. 그렇게 되면 당신의 가족도 위험에 처하게 된다.

아니면 당신이 인질극을 벌여야 할 수도 있다. 독재국가의 구금에서 벗어나기 위해 혹은 누군가 당신을 극히 악랄하게 학대할 경우.

첫 번째 상황(은행에서 인질이 됨)과 두 번째 상황(학대에 대항하는 인질극)이 현실에서 실제로 일어날 확률은 그리 높지 않다. 그러나 당신이 중요한 인질이 될 수 있다고 생각한다면, 이를 미연에 방지하거나 인질로 잡힌 후에라도 살아남기 위해 다음의 사항을 명심하도록 한다.

인질범은 한 사람을 인질로 정하고 나면 한동안 그 사람을 예의 주시한다. 이들 인질범의 목표는 막대한 몸값이나 정치범 교환 등이다. 그래서 그들은 일을 그르치거나 자신들이 체포될 확률을 최소화하고자 한동안 당신을 관찰한다. 그러므로 항상 주변을 면밀하게 관찰하고, 무언가 수상한 느낌이 든다면 곧바로 가족들에게 주의를 주는 것이 중요하다.

당신 자신이나 당신 회사의 직원들, 집안에서 일하는 피고용인들은 엄격한 규칙에 따라야 한다. 누군가를 고용할 때는 그 사람의 과거 행적에 대해 면밀히 검토하고 평판이 좋은 사람을 선택한다. 자기 가정을 이루고 있고, 가능하다면 가족 내에 성가신 문제들이 없는 사람이어야 한다. 독신자는 가족이 없기 때문에 뇌물이나 외부의 조종에 더 잘 넘어간다. 누군가 문을 두드리면 문을 열어 주기 전에 먼저 누구인지 확인한다. 바깥을 내다볼 수 있는 문구멍, CCTV, 경보 장치, 가택 침입 방지용 문과 창문, 문의 안전 고리 등을 충분히 활용한다.

집안 피고용인들은 어떤 정보도 외부에 누설해서는 안 되고, 집 열쇠를 가져서도 안 된다. 또한 그들은 집안의 어디에 어떠한 경보 장치가 설치되어 있는지를 숙지하고 있어야 하고, 비상사태가 발생하면 즉각 연락을 할 수 있도록 주요 전화번호 목록을 가지고 있어야 한다.

**인질로 잡히는 그 혼란스런 순간에 도망칠 수 없었다면 가장 좋은 기회를 이미 놓쳐 버린 것이다.**

누군가 자신이 공무원이라고 밝힌다면 해당 관청에 전화를 해서 그의 말이 사실인지 확인한다. 이상한 점이 없다면 그때서야 그를 집 안으로 들어오게 하고 그 후에도 계속 관찰한다. 그리고 자신이 청하지 않은 방문 판매자는 절대 집 안에 들여놓아서는 안 된다. 원칙적으로 방문 판매자에게서는 물건을 사지 않도록 한다.

그리고 당신 주변을 잘 관찰하라. 어느 날 갑자기 일정한 자리를 지키고 앉아 있는 거지가 생겼는가? 보름째 집 앞에서 하수구 공사를 하고 있는가? 시야가 미치는 거리 내에서 특정 자동차가 주차해 있는 모습이 자주 보이고 그 안에 사람이 앉아 있는가?

무엇보다도 생활 리듬과 습관을 바꿔야 한다. 같은 시간대에 동일한 행동을 두 번 이상 하지 말아라. 술은 절대로 금물이다.

출퇴근할 때는 늘 새로운 길로 가고, 조깅할 때도 똑같은 길로 달리지 않으며, 달릴 때도 무기를 항상 지니고 있거나 다른 사람과 함께 달린다. 혼자 외출하는 것을 삼가라. 나갈 때는 항상 든든한 보디가드를 데리고 간다.

전화가 오면 자신의 이름을 대지 말고 "여보세요"나 "네" 정도로만 대답한다. 친구나 가족, 가까운 직원들과는 아무 문제가 없다는 것을 의미하는 암호를 하나 정하도록 한다. 당신이 자유롭게 이야기할 수 없으며 커다란 어려움에 처해 있다는 것을 나타내는 암호도 정한다. 이는 어른뿐 아니라 아이들에게도 해당된다. 아이들은 절대로 모르는 사람을 따라가서는 안 되고, 낯선 차에 타서도 안 되며, 등하교시에는 항상 한 사람이 데려가고 데려와야 한다. 교사와도 미리 이야기를 해서 언제나 정해진 사람만이 아이를 데리러 올 것이며, 어떤 이유에서든 아이를 일찍 데려가려고 하는 사람이 있으면 일단 의심해야 한다고 말해 둔다. 예를 들어 "마틴의 엄마가 사고를 당했다. 아이를 즉각 병원으로 데려 가야 한다" 따위의 이유를 댈 수 있다. 그럴 때는 교사가 언제든지 확인 전화를 걸어 볼 수 있도록 하거나 그들과도 암호를 공유한다. 위험하다고 생각되면 아이들이 집 밖에 나가지 않도록 한다. 당신이 이미 인질로 잡혀 있더라도 아이들을 비롯한 다른 사람들은 이러한 암호를 계속 사용한다. 모방범죄가 일어날 수도 있기 때문이다.

전화를 받았을 때 상대편이 전화를 그냥 끊거나 잘못 걸었다고 말하는 경우가 종종 있다면 경각심을 더욱 높여라. 자동응답기나 녹음기를 설치하고, 발신자 번호 표기 신청을 하고, 나아가 경찰서로 직통 연결 장치를 설치한다.

외식을 좋아한다면 단골 식당은 피한다. 특정 식당을 규칙적으로 가지 않도록 한다. 식당에서는 등을 벽 쪽에 댈 수 있고 창문 밖에서 들여다보이지 않는 자리에 앉아서, 당신의 뒤에 들어오는 사람들을 모두 관찰하라. 누군가 식당에 들어와서는 당신을 잘 볼 수 있는 위치에 앉은 뒤 간단한 음식만 주문한 채 시간을 보내고 있다면, 게다가 음식 값을 미리 지불한다면, 그 사람이 바로 당신을 미행하는 사람이다. 당신이 종업원에게 계산서를 청하는 순간 그가 먼저 일어나 식당을 나갈 것이다. 그를 바깥에 세워 두고 당신은 뒷문으로 빠져나가라.

그것이 불가능하다면 그를 따돌려야 한다. 아마도 그는 그 사이 다른 사람과 임무 교대를 했을 것이다. 그러므로 뒤에 따라 오는 모든 사람을 의심하라. 빠르게 걷다가 느리게 걷기를 반복해 보고, 이쪽 길로 갔다가 건

너편 길로도 가 본다. 인파가 북적거리는 대로를 걸으며 진열장 유리에 비
춰진 모습을 살펴보라. 백화점에 들어가 사람들 사이에 파고들었다가 다
른 쪽 출구로 빠져나온다. 대중교통을 이용하고, 문이 막 닫히려고 할 때
내려라. 따라오는 사람의 인상착의와 기타 특이한 점을 기억하라(338쪽
'범인에 대한 서술' 참조). 진열장을 바라볼 때 뒤에 그가 서 있는가? 당신이
진열장에서 돌아서자마자 그가 따라온다면 그는 미행자가 틀림없다.

자가용이 주요 이동 수단이라면 주의해야 할 점이 특히 많다. 자동차는
유리나 문이 모두 방탄 처리되어 있어야 하며, 달리는 동안에도 문을 항상
잠그고 있어야 교차로 등에 서 있을 때 갑자기 습격자가 차 안으로 덮쳐 오
는 일을 방지할 수 있다. 앞차가 정차하거나 장애물이 놓여 있더라도 차의
엔진을 끄지 말아라. 창문은 틈만 보일 정도로 열어서 그들이 하는 말을 들
어라. 만약 당신을 습격하기 위해 교통을 통제하고 있는 것이 확실하다면
액셀러레이터를 밟아라. 무조건 전속력으로 차를 몰아 그들을 따돌린 다
음 핸드폰으로 경찰에게 이 사실을 알려라.

자동차는 절대로 지하 주차장이나 경비원이 없는 곳에 세워 두지 않는
다. 그런 곳에서는 누군가 당신의 자동차에 방향 탐지기를 설치할 수 있
고, 납치도 쉬워진다. 당신 자택의 주차장 문에는 원격 조종 장치가 있어
서 당신이 직접 차에서 내릴 필요가 없도록 한다. 출퇴근시에는 항상 다른
길을 선택한다. 뒤에 따라오는 자동차를 잘 기억해 둔다. 첫 번째 자동차
도 중요하지만 두 번째나 세 번째 자동차를 기억하는 것이 더 중요하다. 너
무 오래 따라온다 싶으면 한번 시험해 보라. 길을 꺾을 때는 갑자기 차선
을 바꿔 간다. 노란색 신호등이 거의 꺼져 갈 때 교차로를 가로질러라. 그
러면 뒤를 밟던 차는 붉은색 신호등에 건너게 된다. 아니면 마지막 순간에
유턴을 한다.

그러나 또 다른 차가 쫓아오지는 않는지 주의하라. 잘 조직된 인질범들
은 여러 대의 자동차로 추격하며, 운전자들은 핸드폰으로 서로 연락을 주
고받는다. 이러한 추격자들을 따돌리는 것은 시내에서는 거의 불가능하
고, 국도나 고속도로에 들어서야 가능하다. 일단 아무 주차장에나 들어간

뒤 창문과 문을 잠그고 바로 뒤에 따라오는 차들을 기억해 둔다. 그러고 나서 다시 달리다가 또 한 번 주차장에 세우고 뒤에 따라오는 차를 관찰하면 어느 차가 미행하고 있는지 알 수 있다.

미심쩍은 우편물을 받으면 되도록 건드리지 말고 그냥 둔다. 수상하다는 느낌이 거의 확실하다면 언제든지 경찰에게 알려라. 인질범이 경찰에게 연락하지 말라고 협박했더라도 당신은 반드시 경찰에 알려야 한다. 경찰에 알리지 않는다면 당신은 완전히 인질범들의 손아귀에 들어 있게 되는 것이며 살아서 빠져 나올 가능성도 그만큼 줄어든다. 통상적으로 경찰은 당신 가족을 보호하기 위해 최선을 다할 것이다.

이렇게 주의했음에도 불구하고 납치를 당할 수 있다. 실제 상황에서는 어려운 일이겠지만, 그래도 침착하도록 최선을 다하라. 납치범들이 아주 거칠게 행동하더라도 아직은 당신을 죽이지 않는다. 그들은 목적을 달성하고 나서야 당신을 죽이거나 석방할 것이다. 당신이 총을 가지고 있거나 당신이 더 강하다는 확신이 설 때만 저항한다.

**도주 계획을 짜라. 그러나 진짜로 탈출하는 것은 확실히 성공할 자신이 있거나 도망치지 않으면 분명히 죽게 될 상황에서만 실행하라.**

인질범들을 자극하지 말아라. 그들은 이미 신경이 곤두서 있다. 그들이 시키는 대로 행동하라. 충격을 받아 어찌할 바를 모르고 두려움에 질려 그들 명령을 따르는 것처럼 행동한다.

인질로 잡히는 그 혼란스런 순간에 도망칠 수 없었다면 가장 좋은 기회를 이미 놓쳐 버린 것이다. 그렇다면 이제 현재 상황에서 최선의 행동을 취해야 한다. 인질범들의 자동차 종류와 그 장치들, 자동차의 주행 속도, 주행 시간, 주행 방향, 지나간 신호등 개수 등 중요하다고 생각되는 것은 모두 기억해 둔다. 눈이 가려져 있더라도 후에 범인 검거에 결정적 단서가 될 만한 것들을 충분히 지각할 수 있다.

여기저기 긁어 놓거나 커튼을 한 조각 뜯어내거나 하는 방식으로 곳곳에 흔적을 남겨라. 인질범들의 은신처에 도착하면 이는 더 용이해진다. 이제 특이한 냄새, 거리의 소음, 비행기 소음 등 뭐든지 기억할 수 있는 시간이 충분히 있다. 시계를 빼앗기더라도 그런 소음이나 냄새의 강도 변화에 따라 시간을 짐작할 수 있다.

무엇보다도 범인들을 기억하도록 한다! 이름이나 별명, 특이한 언행, 신체적 특징 등을 알아챌 수 있을 것이다. 그들이 대화하게 만들어라. 그들의 대화를 주의 깊게 들으면서 각각의 억양과 어투, 말하는 습관 등을 기억한다.

갇혀 있지만 그 안에서나마 자유롭게 움직일 수 있다면 몸의 컨디션을 유지하도록 노력한다. 체조를 하면 좋고, 수갑이 채워져 있어 몸놀림이 자유롭지 못하다면 최소한 긴장을 푸는 운동이라도 하라. 그리고 도주 계획을 짜라. 그래야 당신은 활기를 유지할 수 있다. 그러나 진짜로 탈출하는 것은 확실히 성공할 자신이 있거나 도망치지 않으면 분명히 죽게 될 상황에서만 실행하라.(395쪽 '탈출' 참조)


## 98. 협상

당신이나 친구가 무자비한 사람들에게 잡혀 있다고 하자. 이것이 횡포에 불과하든 정당한 이유가 있든 별로 중요하지 않다. 중요한 것은 납치의 이유가 무엇이냐는 점이다. 정치적 동기는 경제적인 동기보다가 흥정하기가 훨씬 어렵다. 정치적 혹은 종교적 동기를 가졌거나 정신 이상의 요주의 인물들 그리고 기타 여러 미치광이들에 대해 대응하기는 거의 불가능하다. 그들의 증오는 맹목적이고 그들의 사전에 '합리성'이라는 말은 없다고 봐야 한다. 이럴 때는 상황이 과열되고 악화되는 것을 막아야 한다. 그렇지 않으면 그들은 어떤 충동적인 행동을 보이게 될지 모른다. 이런 사람들에게 잡혀 있는 사람에게는 행운을 기원하는 수밖에 없다. 또는 그들에게서 벗어날 가능성이 있을 경우에 한해, 폭력으로 대응할 수도 있을 것이다.

대부분의 납치범은 특정한 목표를 달성하기 위해 그러한 범죄를 저지른다. 그들은 볼모인 당신을 석방하는 대가로 무언가를 요구한다. 그들의 요구가 분명하다면 협상의 기초는 마련된 셈이다.

당신이 만약 분노와 미움과 복수심에 잔뜩 사로잡혀 있다면 냉정한 협상은 어려워진다. 또한 본인이 스스로 무력해져서 협상을 못하는 일이 있어서는 안 되겠다. 그들과 협상하지 않았을 때 그 결과가 오랜 구금과 고통과 죽음뿐이라면 그들의 요구를 수용한다. 이 경우 상대의 입장에서 생각해 봐야 한다. 그들은 체포되지 않으며 요구한 것을 확실히 받을 수 있기를 원한다. 그들은 당신이 자신들을 함정에 빠뜨리지 않을 것이며 다른 속셈도 없다는 것도 보장받고 싶어한다. 그러므로 실현 가능한 제안을 하고 이를 위해 보증, 담보, 볼모 등을 제공하고 그 약속을 지켜라.

제3자가 이런 협상을 이끌면 더 좋다. 양쪽 모두가 중재인으로 인정하고, 양쪽의 이해관계를 모두 고려할 수 있으며, 실현 가능한 해결책을 찾을 수 있는 사람이어야 한다. 중재자에게 필요한 능력은 유능함, 원만한 외교적 능력, 인내심과 감정에 치우치지 않는 태도다. 납치범으로 하여금 자신의 의견이 무시되고 있다는 느낌을 갖게 해서는 안 된다.


## 99. 정당방위

이는 긴급 상황에서의 방어는 정당하다는 것을 의미한다. 다시 말해, 누군가가 당신이나 다른 사람을 위협하는 상황에서 완력으로 대응을 해도 처벌받지 않는다는 것이다. 이러한 권리는 재산, 지적 재산, 명예, 자유 등에 대해 침해를 당한 경우에도 해당된다. 상대의 위협에서 벗어나기 위해 기물을 파손하는 것도 마찬가지다. 예를 들어 누군가 도움을 요청하는 소리를 들었을 때 그 집의 대문을 부수고 들어가도 된다는 말이다. 이를 '긴급 피난' 이라고 한다.

그러나 과잉방어는 법적으로 문제가 된다. 즉, 음식을 훔치는 사람을 총으로 쏴 죽여서는 안 된다. 반면 아동 성추행범이 아이를 찔러 죽이려고 하는 순간을 목격했다면 그의 머리를 날려 버릴 수 있다.

정당방위와 긴급피난은 이미 위험이 제거된 상태에서는 더 이상 정당성이 성립되지 않는다. 범인이 항복하거나 도망친다면 당신의 자기 방어 권리도 사라지는 것이다. 도망가는 자의 등에 총격을 가하는 것은 정당방위로 인정되지 않는다. 그러나 도주하는 현행범을 붙잡을 수는 있다. 그를 잠정적으로 체포할 수 있으며 그 다음에는 즉시 경찰에 넘겨야 한다. 그를 오랫동안 감금해 두어서는 안 된다.

잡은 범인에게는 수갑을 채운다. 합성섬유로 된 끈으로 손과 발목을 묶은 뒤 나중에 필요 없을 때는 잘라 버리면 된다. 범인을 구석방에 감금하고 밖에서 문을 잠가 버리는 방법도 있다. 그는 그 안에서는 자유롭게 활동할 수 있다. 그러나 가장 좋은 방법은 몇 가지를 병용하는 것이다. 즉 손을 등 뒤로 포박하고, 발에는 수갑을 채우며, 팔과 다리를 끈으로 서로 결박한 뒤, 기둥이나 보일러 관 등에 묶어 방에다 감금하는 것이다. 좀도둑에게야 이렇게까지 할 필요는 없겠지만 흉악범에게는 이것으로도 부족하다. 흉악범은 이렇게 해 두고도 계속 감시해야 한다.

몸을 묶더라도 혈액순환에 장애를 가져와서는 안 된다. 그러나 결박된 사람이 피가 통하지 않는다고 말한다 해도 무작정 믿지는 말아라. 정말로 피가 통하지 않는지를 직접 확인해라. 그리고 화장실을 가기 위해 결박을 느슨하게 해달라고 해도 이를 절대 허용해서는 안 된다.

정당방위는 방어하는 사람에게도 엄청난 스트레스 상황이다. 전혀 준비가 되어 있지 않은 상태에서 갑자기 그런 상황에 직면하게 되면 과잉방어를 하게 되는데, 사건의 정도에 따라 과잉방어를 해도 처벌받지 않을 수 있다.

## 100. 구조 불이행

위험에 처해 본 적이 있는 사람이라면 주위에서 비겁하게 가만히 보고만 있던 사람들에 대해서 할 말이 많을 것이다. 그들은 멍하니 바라볼 뿐 팔을 걷어붙이고 나서서 도울 생각은 하지 않는다. 그런 상황이 되면 비굴한 사람들의 모습을 더욱 잘 볼 수가 있다. 때로는 도와주기는커녕 도와주려고 나서는 사람을 가로막고 방해하기도 한다.

엄격하게 따지면 그런 사람들 또한 처벌받을 수 있다. 위험한 상황을 모른 체하거나 방관했다면 그것은 공동사회에서의 의무를 저버린 것과 마찬가지다. 다만 너무 겁에 질려 사시나무처럼 덜덜 떨고 있었던 사람이나, 두려움 때문에 응급조치를 기억해 내지 못했던 사람은 처벌에서 제외된다.

한 가지 기억해야 할 점은, '구조의 의무'가 전 세계에서 공통으로 적용되지는 않는다는 것이다. 아프리카나 아시아 지역에서는 피 흘리며 죽어가고 있는 사람을 지켜보기만 하는 곳도 있다. 그 사람을 마지막으로 건드린 사람에게 죽음에 대한 책임이 돌아가기 때문이다. 즉, 그 사람은 37년간이나 잘 살아왔는데 당신이 손을 대서 죽었다고 생각하는 것이다.

당신이 사고 현장의 목격자로서 다른 사람을 돕고 싶다면 이러한 사실들을 잘 알고 있어야 한다. 가장 확실한 방법은 경찰에 신고하는 것이다. 그러나 상황이 위급하여 경찰이 도착하기 전에 누군가 죽을 것 같다면 어떻게 해야 할까? 그것은 양심과 용기에 대한 문제다. 그런 상황에 직면했을 때 어떻게 할 것인지는 각자 판단해 보라.


## 101. 시민의 용기

'시민의 용기'에 대해 말할 때 사실 우리는 종종 부끄러움을 느낀다. 그것은 성격, 감수성, 도움을 주려는 의지, 자신감, 용기 등의 문제기 때문이다. '시민의 용기'는 외국인이 다른 피부색을 가졌다는 이유로 욕설을 듣고 있을 때, 기차에서 여성이 성희롱을 당하고 있을 때 필요한 것이다.

그러한 상황에서 시민의 참여와 용기는 엄청나게 위대한 것일 필요는 없다. 당신이 그런 짓을 계속하면 내가 가만있지 않겠다는 의사 표현을 명백하게 보여 주면 된다. 도발자들은 종종 처음에는 사소한 조롱이나 시비로 시작하면서, 주변 사람들이 어떤 태도를 보이는지 주의 깊게 체크한다.

그들은 주변 상황을 완전히 장악했다는 확신이 들 때만 공격성을 높인다.

그 정도까지 되면 이제 적극 개입해야 하며, 기차 안에 있는 다른 사람이나 주변에 둘러서 있는 사람들에게 동참해 줄 것을 큰소리로 호소한다. 그러면 충분히 많은 사람이 동참할 것이다. 다른 사람들 또한 누군가 앞장서 주기를 바라고 있었던 것이다.

물론 이렇게 개입할 때는 정말 도움을 줄 수 있어야 한다. 돕는 사람이 희생자가 된다면 무의미하다. 그러한 경우에는 다른 방법을 찾아야 한다. 긴급 제동장치를 잡아당기는 것이 도움이 될까? 경찰에게 알려야 할까? 그 범인을 나중에 어떻게 다시 알아볼 수 있을까?

'정신적 용기'가 필요할 때도 있다. 자기가 다니는 회사의 사장이나 직속상관이 아동 성추행범일 때, 나아가 친한 친구가 위법을 저지르고 있을 때 그들을 고발하기 위해서는 커다란 정신적 용기가 필요하다.


## 102. 범인에 대한 서술

여행 동료였던 미하엘에게 살인자들이 치명적인 총격을 가했을 때 안드레아스와 나는 바로 그들의 코앞에 있었다. 우리는 총신에서 피어오른 화약 냄새까지 맡을 수 있었다. 우리 둘이 사살되지 않았던 것은 순전히 운이 좋았기 때문이다. 그들이 쏜 총알이 빗나갔던 것이다. 나아가 이는 서바이벌 지식의 덕분이기도 했다. 우리는 셔츠 밑에 총을 숨기고 있었던 것이다. 그래서 순식간에 그들을 향해 방아쇠를 당길 수 있었다. 그들은 이를 전혀 예상하지 못하고 있었다. 우리 쪽에서 총을 한 방 발사하자 그들은 금세 근처 숲 속으로 도망쳐 버렸다. 그들이 무장을 하고 다시 나타나기 전에 우리는 나일강으로 뛰어들어 배 뒤에 숨어서 헤엄쳐 가며 위험 지역을 벗어났다.

한숨 돌릴 수 있게 되었을 때, 우리는 범인의 인상착의를 하나도 기억하지 못한다는 것을 알았다. 그들의 공격은 그야말로 갑작스럽게 일어났다.

그러나 우리가 공격자들 중 아무도 기억하지 못한 것은 단지 그 순간이 혼란스러웠기 때문만은 아니다. 그들의 수가 너무 많았고 모두 비슷한 옷을 입고 있었기 때문이기도 했다.

그렇게 갑자기 범죄의 목격자가 되어, 단지 그곳을 벗어나야 한다는 생각과 희생자를 도와야 한다는 생각밖에 할 수 없는 상황에서 범인을 기억하기란 매우 어렵다. 범인의 인상착의를 서술하기 위해서는 행운과 연습이 필요하다. 그러나 범죄가 어둠 속에서 일어났다면 이 두 가지도 별 도움이 안 된다. 이때는 다른 기준이 중요해진다. 예를 들어 범죄의 진행 과정이나 물증 등이다. 목격자의 진술로 만들어지는 일반적인 몽타주가 범인 검거에 결정적인 기여를 하는 일은 드물다. 단 몇 초 간 보았던 얼굴을 정확히 서술하기란 불가능하기 때문이다.

별로 중요하지 않게 생각했던 것들이 의외로 성공을 가져올 수 있다. 나이, 키, 체형 등은 변장으로도 감출 수 없다. 게다가 범인의 짙은 눈썹, 튀어나온 입술, 날카로운 눈매, 사마귀, 흉터, 턱수염이나 문신 등을 기억한다면 진범과 다른 혐의자를 구분하는 데 도움을 준다.

이러한 인상착의 외에 범행 진행 과정, 범인의 도주 방향, 도주에 사용한 자동차 등을 기억해 둔다. 특히 중요한 것은 지문 검사나 DNA 분석을 가능케 하는 흔적이다.

어떤 사람을 쉽게 기억하기 위해서는 당신이 알고 있는 사람과 비교하면 특히 도움이 된다. 당신 주변의 사람이어도 괜찮고 유명인이어도 좋다. "그 사람은 로버트 레드포드처럼 생겼다"고 말할 수 있는 것이다.

## 103. 자기 방어

외부의 위협으로부터 자신을 보호하는 것은 가장 기본적인 권리 중 하나다. 자신을 보호하는 방법에는 크게 세 가지가 있다. 도주, 방어, 공격이 그것이다. 도주가 불가능하다면 방어보다는 공격이 성공 가능성이 더 높다.

공격은 최선의 방어다. 상대의 선제공격에 대응하기보다 먼저 행동하라.

행동은 번개처럼 신속하고도 결연해야 한다. 적의 손가락을 부러뜨리고 눈알을 후벼 파고 코를 물어뜯고 심지어 그를 죽일 각오까지 되어 있어야 한다. 물론 그럴 수밖에 없는 정당한 상황이라면 말이다.

어중간하게 공격한다면 상대는 화가 나서 더 공격적이 될 것이다. 이길 가능성이 있을 때 공격한다. 그리고 이때도 상황 판단을 잘해야 한다. 술 취한 사람이 당신에게 시비를 건다고 해서 그를 총으로 쏴 버릴 수는 없다. 어린아이나 노인이나 장애인에게도 마찬가지다. 그리고 신분증을 보이고 나서 당신을 체포하려고 하는 경찰을 공격해서는 더더욱 안 된다. 항상 당신의 태도에는 책임이 뒤따른다.

공격도 중요하지만 상대를 과소평가하지 않는 것도 중요하다. 상대의 전투 능력은 대부분 쉽게 알아차릴 수가 없다. 그는 군인일 수도 있고, 격투기 선수일 수도 있고, 아니면 능수능란한 범죄자라서 공격이나 살인쯤은 식은 죽 먹기일 수도 있다.

신체의 어느 부분을 무기로 사용할 수 있는지, 상대의 약점은 무엇인지를 알아야 한다. 그러고 나면 싸움은 몇 초 만에 결정 난다. 우리는 주먹, 손가락, 발, 무릎, 치아, 머리 등을 무기로 사용할 수 있다. 이러한 무기를 준비한 상태에서 상대방에게 재빠르게 다가간다. 레슬링 선수들처럼 몸을 밀착하는 정도의 거리도 안 되고, 상대방이 발로 찰 수 있을 정도의 거리도 안 된다. 바로 그 중간 거리에서 상대방이 특히 예민하게 반응하는 급소를 가격해야 한다. 머리부터 시작해 보자. 손바닥으로 전력을 다해 귀를 갈기면 고막이 찢어지고 자연스럽게 싸울 의지도 잃게 될 것이다. 또한 손가락으로 눈을 깊이 찔러도 비슷한 효과가 있다. 물론 자칫하면 자신의 손가락이 부러질 위험도 있다. 그러므로 유사시에는 엄지, 검지와 중지를 함께 사용한다. 코 밑을 손바닥으로 치는 것은 훨씬 간단하다. 아래에서 위로 비스듬히 친다. 마치 그를 들창코로 만들어 주려는 듯이. 마찬가지로 주먹이나 손바닥으로 상대의 턱을 비스듬히 올려 치면 그는 뇌간腦幹에 충격을 받아 쓰러지게 된다. KO로 끝나는 것이다.

손날로 상대방의 후두부를 내려쳐서 의식을 잃고 땅에 쓰러지게 만들 수 있다. 이러한 방어는 상대가 어떤 유형의 사람이든 효과를 볼 수 있다. 그가 말랐거나 뚱뚱하거나 근육질이거나 상관없다.

후두부 양쪽으로는 경동맥이 지나간다. 손가락으로 찌르거나 손으로 강타할 수 있는 민감한 부분은 턱 바로 아래, 목 깊이에 위치한다. 목의 정맥을 누르는 데는 많은 힘이 필요치 않다. 2초 후면 상대방은 벌써 의식을 잃게 된다. 이는 특히 빨치산 올가미(341쪽 '무기 대용품' 참조)로 하면 쉽다.

단단한 물건을 손에 쥐고 있다면 이것으로 상대의 머리를 강하게 내려친다. 어느 부분이든 상관없다. 상대는 뇌진탕과 동시에 순간적으로 전투 능력을 상실하게 될 것이다.

그 다음 공격하기에 유리한 지점은 낭심이다. 손으로 가격하든지, 비틀든지, 무릎으로 차든지 간에 그 급소를 공격당한 사람은 싸움을 할 수 없게 된다.

그 외에 무릎도 민감한 부분이다. 무릎은 접근전을 할 때 특히 좋은데, 이는 방어할 수도 없을뿐더러 언제나 발로 쉽게 찰 수 있는 부분이기 때문이다. 가장 효과적인 방법은 종지뼈보다 손바닥 하나 아래 부분을 앞쪽에서 걷어차거나 관절을 어긋나게 하기 위해 옆에서 차는 것이다. 뒤에서 차는 것도 상대를 단숨에 쓰러뜨린다.

삶과 죽음을 가르는 싸움의 절정은 이러한 타격들을 혼합하여 사용할 때 나타난다. 그러면 곧 평화가 올 것이다. 무릎으로 낭심을 차는 것과 동시에 손바닥으로 코 아래를 쳐 올린다. 또는 손으로 상대방의 머리를 앞으로 내리누르면서 무릎으로 복부를 올려 차기도 한다.


## 104. 무기 대용품

무기는 가장 약한 사람도 위험한 상대로 만들 수 있다. 아무리 철저하게 몸수색을 한다고 해도 찌를 때나 조를 때 쓰는 무기를 들키지 않는 방법들이 있다.

탄소섬유나 합성수지로 만든 칼이 있는데, 이 칼은 트렁크, 핸드백, 화장품 가방 등의 손잡이나 이중 바닥에 숨길 수 있다. 손으로 끄는 여행가방일 경우에는 짐을 끄는 손잡이 속에 넣을 수 있다. T자 지팡이, 목발, 열쇠도 끝을 갈아 놓는다. 볼펜 끝에 바늘처럼 뾰족하고 면도날처럼 날카로운 금속을 부착할 수도 있다. 따로 떼어 놓고 보면 전혀 눈에 띄지 않는 두 부품을 조사가 끝나고 나면 조립해서 사용하는 경우도 있다. 겉에서 보아서는 전혀 찾아낼 수 없도록 허리띠에 감쪽같이 숨기는 '버클 칼'도 공포의 대상이 된다.

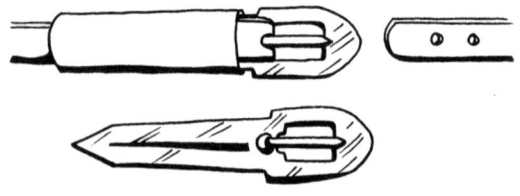

이보다 더 비열한 무기는 발칸 지역에서 많이 사용되는 소위 '빨치산 올가미'다. 이는 50cm 길이의 노끈 양쪽 끝에 두꺼운 매듭을 만들거나 예쁜 나무 구슬을 달아 놓은 것이다. 직경 2~3mm 노끈, 가는 철사, 직경 1mm 낚싯줄 등이 이 용도로 가장 적당하다. 매듭, 고리, 구슬 등은 뒤에서 노끈을 상대의 머리 위로 넘겨 목에 걸고 무자비하게 잡아당길 때 노끈이 손에서 빠져나가지 않게 해 준다. 줄만 튼튼하다면 상대방의 목을 걸어 땅에 내동댕이칠 수도 있다. 훈련된 전사들은 이것으로 적의 목을 부러뜨린다. 훈련이 안 된 경우라도 정맥을 졸라서 몇 초 안에 의식을 잃게 만들 수 있다. 장식품이나 줄넘기인 것처럼 눈속임할 수 있는 줄만 가지고도 이런 용도로 쓸 수 있다. 그럴 때는 줄을 손에 감아서 쓴다.

줄, 노끈, 신발 끈, 철사 등은 어디나 간단하게 가지고 갈 수 있다. 그러나 수색이 아주 철저한 곳에서는 이를 허리띠, 넥타이, 카메라 줄이나 작은 손가방 등에 넣어 간다. 허리띠나 카메라 줄 자체를 무기로 쓸 수도 있다.

중요한 것은 줄을 적의 목에 감을 때의 방법이다. 단순하게 줄을 적의 뒤에서부터 머리 위로 넘겨 목을 감은 뒤에 잡아당겨서는 안 된다. 그러면 공격자의 손이 엇갈리기 때문에 힘을 쓸 수 없다. 오른손을 적의 목 뒤에 두고 왼손으로 줄을 시계 방향으로 돌리며 적의 목에 감는다. 그리고 왼손에 쥔 줄을 오른손의 줄과 교차시키면서 힘껏 잡아당겨 조인다. 그 상태로 길어야 4초만 견디면 된다. 그러면 상대는 싸울 수도 없고 반항할 수도 없다.

스타킹도 강력한 교살 무기다. 게다가 그 안에 열쇠뭉치나 비누 조각 같은 것을 집어넣으면 휘둘러 사용하기에 안성맞춤인 무기가 된다.

화장품 가방은 무기창고나 마찬가지다. 끝을 뾰족하게 갈아 놓은 손톱 손질용 줄, 숨겨 놓은 플라스틱 칼, 핀셋, 발톱 가위, 거울과 향수 병 따위는 훌륭한 비상용 무기가 된다. 립 브러시에는 송곳처럼 날카로운 물건을 꽂아 둘 수 있다.

화장품 가방과 핸드백을 무기로 장식할 수도 있다. 끝이 날카로운 플라

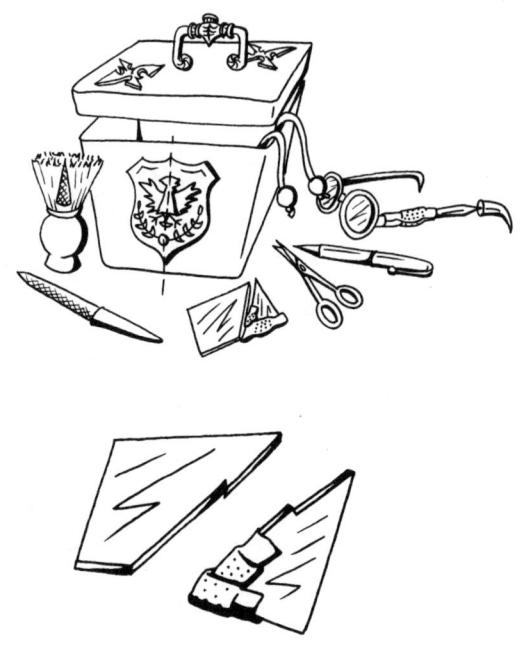

스틱 별 장식이나 용 장식 등이 위험한 무기라고 생각하는 사람은 거의 없을 것이다. 유리, 금속, 자기 등으로 만든 컵이나 잔, 접시, 쟁반, 젓가락, 나이프, 포크 등도 마찬가지다. 또한 안경알과 플라스틱제 여행용 체스도 무기로 사용하기에 적당하다.

발바닥에 반창고를 붙인 뒤 날카로운 차돌 파편을 넣고 다시 한번 반창고를 붙이면 들키지 않고 흉기를 지참할 수 있다.

자연에는 작대기, 방망이, 돌이나 유리 조각 등이 널려 있다. 방망이나 작대기에는 손잡이 고리를 만들어 놓아야 상대방에게 빼앗기지 않는다.

T자 모양의 나뭇가지로 찌르는 무기를 만들 수 있다. 가시 철조망 한 뭉치만 있으면 권투 글러브를 만들 수 있고, 납작하게 두드린 못이나 톱날 한 조각만으로도 흉기가 된다. 투석기, 돌을 달아 던지는 올가미, 창, 활과 화살 등의 무기도 만들 수 있다. 화살에 독을 바르면 특히 위험한 무기가 된다(348쪽 '독극물' 참조).

마지막으로, 탄약을 구할 수 있다면 총기류를 만들 수 있다. 사실 탄약도 임기응변으로 직접 만들 수 있다(350쪽 '폭발물' 참조). 그러나 분명히 알아야 할 것은, 총포류를 직접 제작하는 것은 대부분의 국가에서 엄격히 금지되어 있다는 사실이다. 게다가 이것이 폭발하면 총기 소지자가 다칠 수 있다. 그러므로 이것은 체포되어 감금이나 죽음 외에는 어떠한 다른 가능성이 없는 그런 긴박한 상황에서만 만들어 쓸 만한 무기다. 여기 네 가지 예가 있다. 일단 가장 기본적이고 단순한 방식부터 시작해 보자.

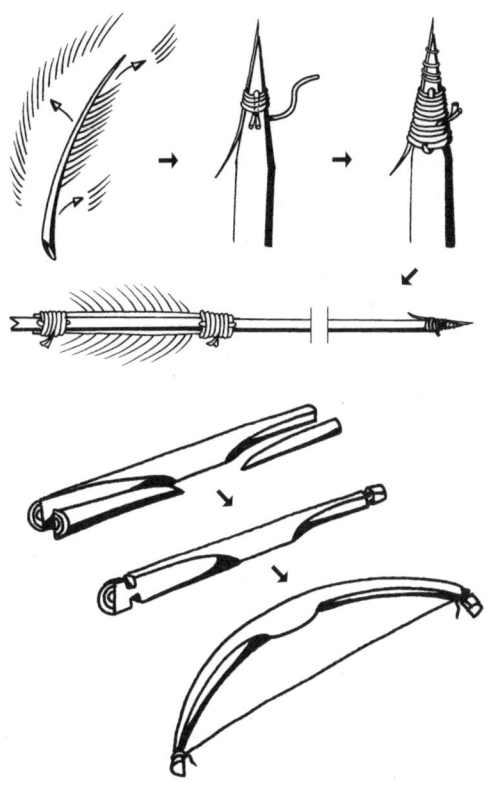

　가급적 튼튼한 관이 하나 필요하다. 끝부분에 나사가 있는 가스관이나 수도관이면 된다. 이 관에 알맞은 산탄 탄약통을 넣되, 화약과 납탄 비율을 줄인다. 그렇지 않으면 관이 터져 버린다. 이 총신에서 탄약이 들어 있는 쪽을 슬리브관으로 끼워 막는다. 이 슬리브관의 가운데에는 작은 구멍이 있는데, 이를 통해 고무밴드로 금속 공이치기를 격발시키는 것이다. 발사시에는 총신을 손으로 잡거나 판에 고정시킨다.

　탄약통은 없고 화약만 가지고 있다면, 총신 위쪽에 화약을 점화시키기 위한 구멍을 깔때기 모양으로 뚫는다. 발포하기 위해서는 우선 총신을 수직으로 세워 찻숟가락 하나 정도의 화약을 집어넣는다. 그러고 나서 나무 막대기를 이용해 화약 위에 솜(혹은 종이나 섬유 등)을 꾹꾹 눌러 넣는다. 이

마개 부분은 두께가 최소한 1cm는 되어야 한다. 그 위에 밥숟가락 하나 분량의 산탄을 넣는다. 이는 납탄이거나, 철사나 못을 집게로 부러뜨린 쇳조각들이면 된다. 그것도 없으면 작은 돌조각이나 유리조각을 넣는다. 이러한 산탄 위에도 솜 마개를 1cm 정도 두께로 눌러 막아 준다. 그러면 이제는 총신을 어느 방향으로 돌려도 그 내용물이 흩어지지 않는다.

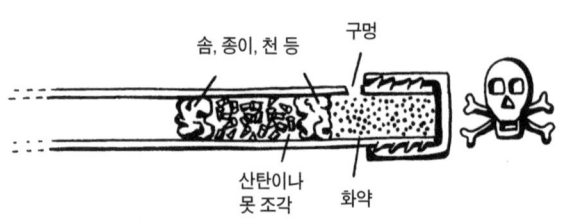

발포하기 위해 점화할 때는 (폭죽용) 도화선을 이용하는데, 이것은 사전에 깔때기 모양의 구멍을 통해 화약에 꽂아 두거나 혹은 옛날에 대포를 점화할 때 하던 것처럼 깔때기 모양의 구멍에 대고 라이터를 켜서 직접 점화한다. 발사시에 총신을 천으로 싸서 잡고 있으면 부상 당할 위험이 크게 줄어든다.

거듭 경고하지만, 이러한 무기를 발사하다가 다칠 수도 있다. 점화 구멍에서 불꽃이나 파편들이 튀어나오고 총신이 터져 버릴 수도 있다. 이렇게 관으로 만드는 총기류는 최후의 비상 무기로만 사용해야 한다. 게다가 이 무기는 상당히 구식이다.

이보다 훨씬 효과가 좋은 것은 총포소지 허가가 필요하지 않은 '폭음탄 자동 발사 경보 장치' 로서, 수렵용품점에서 살 수 있다. 원래 여기에는 16 구경 폭음탄이 들어 있다. 이 장치가 발사되면 폭발음과 같은 엄청난 소리가 난다. 그러면 침입자들은 그 소리에 놀라 허둥지둥 도망치게 된다. 청천벽력 같은 그 폭음을 바로 코앞에서 경험해 본 사람은 다시는 이런 일을 당하고 싶지 않을 것이다.

이 장치에 폭음탄 대신 산탄을 장전하면 생명을 위협하는 무기가 된다.

아니면 산탄으로 개조한 폭음탄을 넣을 수도 있다. 이 장치에는 총신이 없기 때문에 상대가 바로 근처에 있을 때만 효과가 있다. 그러나 그 효과는 압도적이다.

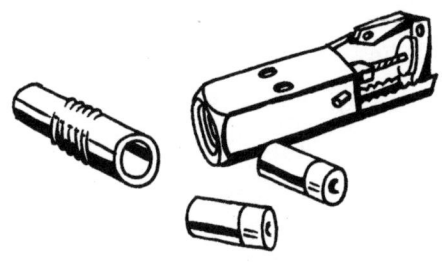

앞서 서술한 무기 대용품들보다 더 낫고 안전한 것은 발광탄 발사기를 개조한 것이다. 이것은 여행용품 전문점에 가면 살 수 있다. 개조하기 위해서는 금속 가공용 선반이 있어야 하고, 강철이나 쇠 한 조각(사각형이나 둥근 모양으로 직경이 최소 15mm, 길이는 최소 4cm), 또는 소구경 총신이나 공기총 총신 조각이 필요하다. 강철이나 공기총 총신의 경우 가운데에 구멍을 파내야 하는데, 그 지름이 소구경 탄약의 지름에 맞아야 한다. 이는 5.6mm 정도다. 이런 짧은 총신의 끝에는 수나사를 만드는데, 그 바깥지름이 신호탄 탄약의 지름과 같아야 신호 발사기에 끼워진다.

모든 것을 제대로 했다면 소구경 탄약을 총신에 넣고 총신은 신호 발사기에 돌려 조인다. 이제 발사 준비가 끝났다. 이 무기는 작고 눈에 잘 띄지 않으며 안전하다는 장점이 있다. 볼펜처럼 셔츠 주머니에 넣고 다닐 수 있다. 중요한 것은 이것과 함께 진짜 볼펜을 하나 더 가지고 다니라는 것이다. 누군가 "볼펜 좀 빌려줘!"라고 할 수도 있으니까.

## 105. 독극물

독약은 찌르거나 쏘는 무기들만큼이나 위험하다. 효과적인 독약일수록 구하기도 어렵다. 그렇지만 어디서든 독을 추출하거나 제조할 수 있다. 겉보기에 독성이 없어 보이는 기체, 액체, 고체 모두 그 양이 충분하다면 독이 될 수 있다. 술은 조금 마시면 유용하지만 너무 많이 마시면 죽는다. 초콜릿을 조금만 먹으면 맛이 있지만 너무 많이 먹으면 몸이 뚱뚱해져 결국 풍선처럼 터지고 말 것이다. 단순화시켜 말하자면 그렇다는 것이다.

이는 많은 경우에 해당된다. 물은 인체에 꼭 필요한 것이지만 그것에 오염 물질을 넣어 혈관에 주사하면 치명적 결과를 가져온다. 혈관에 공기를 주사하면 전색증栓塞症 으로 죽게 된다.

구금된 사람이 자기 방어를 위해 사용하는 독은 아무도 눈치 채지 못하게 효력을 나타내야 한다. 희생자는 독을 먹거나 마시면서도 이를 몰라야 하며 갑자기 효력이 나타나서도 안 된다. 의심을 불러일으키지 않도록 통상적인 질병과 같은 증상이 나타나야 한다. 그래야 이러한 계획을 아무도 모르게 진행시켜 성공할 수 있는 것이다.

구하기 쉽고 먹이기도 쉬운 것이 수면제나 진정제다. 이는 병원에서도 비교적 쉽게 모을 수 있는데, 특히 당신이 환자라면 불면증인 척하기만 하면 된다.

수면제는 중추신경을 공격한다. 이는 심각한 의식불명 상태를 넘어서 호흡 곤란과 사망에까지 이르게 할 수 있다. 일부 진정제는 간에 악영향을 미친다. 적에게 다량의 진정제를 사용하기로 했다면 이에 덧붙여 구토 억제제도 함께 먹여야 한다. 그렇지 않으면 위장이 이를 받아들이지 못하고 대부분을 다시 토해 낼 것이다.

살충제나 쥐약, 농약도 효과적이다. 비소를 함유하는 것도 있고 스트리키니네, 청산, 탈륨, 사이머진을 함유하고 있는 것도 있다. 이러한 것들은 조금만 먹어도 구역질이 나므로 양념을 많이 넣은 음식에 섞거나 조금씩 나누어 넣어야 한다.

자동차 배기관에서는 일산화탄소가 흘러나온다. 그러나 건강한 사람이 이 냄새를 맡으면 피할 테니 이를 독으로 사용하려면 우선 상대를 기절 시키거나 수면제를 먹이거나 혹은 취기를 이용해야 한다.

감옥에서는 빨래를 위해 염화탄소를 구비해 두기도 한다. 이것은 중추 신경계, 간, 콩팥을 공격하고 몽롱한 상태와 무의식 상태를 거쳐 죽음에 이르게 한다.

일부 노동 수용소에서는 독초를 구할 수도 있다. 개정향풀, 디기탈리스, 은방울꽃, 사리풀, 희독말풀, 주목 열매, 벨라도나, 고편도유, 일부 버섯, 서양팥꽃나무, 푸른 개정향풀, 콜히쿰, 금사슬나무 등이 있다. 담배 생잎을 맨몸에 두르는 것도 상당히 치명적인데, 이는 피부가 순수 니코틴을 직접 체내로 받아들이기 때문이다. 담배의 해악이 얼마나 큰지를 보여주기 위해 흡연자들에게 추천할 만한 좋은 실험이다.

썩은 고기에도 맹독성 물질이 들어 있다. 개나 독수리에게는 썩은 고기가 별미겠지만, 인간에게는 상황에 따라 몇 입만 먹어도 치명적이 될 수 있다. 부패할 때 나는 냄새는 구역질날 정도로 고약해서, 아무도 이 음식에 손대려 하지 않을 것이다. 그러나 썩은 고기는 어디서나 쉽게 구할 수 있다는 장점이 있다. 육류나 생선 한 조각을 물속에 넣어 두면 썩어서 악취가 풍긴다. 이를 화살촉에 발라 적의 몸에 쏘거나, 칼에 두툼하게 발라 찌른다. 화살대는 쉽게 부러지도록 미리 칼질을 해 놓고 화살촉도 다시 빠지지 않도록 미늘을 만들어 놓는다. 그러면 이 독성은 피로 번진다. 짐승 시체나 고기를 얻을 수 없다면 자신의 피로 이런 독약을 만들어야 한다.

따뜻한 지역에는 독사, 거미, 전갈 등이 있다. 적이 손을 뻗으면 닿을 정도로 가까운 거리에 이들을 산채로 풀어놓으면 된다. 아니면 이들로부터 독을 짜내서 칼이나 화살촉에 바른 다음 마를 때까지 기다린다. 그렇게 한 겹씩 바르기를 몇 차례 반복한다.

독을 그릇에 모아 담으면 오랫동안 보존할 수 있다. 뱀의 독을 채취하려면 두개골 바로 뒤를 잡아야 뱀이 몸을 돌려 사람을 물지 못한다. 뱀의 입을 유리에 대고 누른다. 뱀은 즉시 유리를 물 것이고 그러면서 두 개의 이

빨에서 독이 나와 컵 안에 떨어질 것이다. 이를 몇 차례 반복하거나 이틀 쯤 후에 다시 반복할 수 있다.

독을 가장 효과적으로 사용하려면 적의 몸속 피와 만나게 해야 한다. 독사의 종류에 따라 몇 초 만에 작용할 수도, 몇 분이 걸릴 수도 있다.

인도에서 화살촉에 바르는 쿠라레 독은 코브라 독처럼 작용한다. 쿠라레는 여러 식물들에서 구할 수 있으며 종족에 따라 그 제조법이 다르다. 원시 부족에게서 쉽게 구할 수 있으니 이를 숨겨서 소지하면 된다.

친구 중 의사나 약사가 있는 사람은 독약을 쉽게 구할 수 있다. 그들은 세상의 모든 독을 쉽게 만들어 낸다. 이는 사진 현상소 기사, 화학자, 동물 표본 제작자, 수의사도 마찬가지다.


## 106. 폭발물

우선 다른 무기에서 화약을 구한다. 이는 탄환(무기보유 허가증이 불필요한 탄환도 포함), 지뢰와 폭죽 등에서 충분히 얻을 수 있다. 그리고 뇌관이나 도화선도 그렇게 구할 수 있다. 구할 수 있는 것이 아무것도 없다면 전통적인 기법으로 흑색 화약을 직접 제조해야 한다.

이것을 만들기 위해서는 다섯 가지 재료가 필요하다. 질산, 목탄, 황, 물, 알코올이 각각 75 : 15 : 10 : 50 : 10의 비율로 있어야 한다. 질산, 목탄, 황은 서로 분리해서 고운 가루가 되도록 빻는다. 매끄럽고 단단한 바닥 위에서 나무 막대로 짓누르며 갈아서 가는 체에 걸러 낸다. 그렇게 모두 밀가루처럼 곱게 만든다.

체가 없으면 이 재료들을 각각 뚜껑을 돌려서 여닫을 수 있는 플라스틱 통에 넣는데, 이때 몇 개의 둥근 자갈도 함께 넣는다. 이 돌들이 서로 부딪히면서 재료들을 고운 가루로 부술 때까지 용기를 잘 흔들어 준다.

그러고 나서 황 가루(10의 양)와 목탄 가루(15의 양)를 한 통에 넣어 서로 잘 섞이도록 한다. 다 섞이고 나면 질산(75의 양)도 함께 넣고 다시 잘 섞는다.

이러한 혼합물을 냄비에 넣고 물(50의 양)을 부은 뒤 나무 수저로 저어서 섞는데, 우선 물을 절반만 넣고 섞다가 나중에 나머지를 넣는다. 이제 끈적끈적한 죽 같은 것이 만들어졌을 것이다. 이것을 불에 올려놓고 계속 저으면서 천천히 가열한다. 냄비 주변에 침전물이 말라붙어 있으면 안 되며 불꽃이 냄비의 내용물과 직접 접촉해서는 더 더욱 안 된다. 흑색 화약 죽을 펄펄 끓게 해서도 안 된다.

그것에 기포가 생기기 시작하면 곧바로 꺼내 큰 용기에 담은 뒤 알코올(10의 양)과 섞는다. 도수가 높은 술을 사용해도 좋다. 이 내용물을 꼼꼼하고, 무엇보다도 빠르게 젓는다. 알코올이 효력을 발휘하면 질산이 다시 가루로 변화하는데, 이때 빨리 저어야 고운 결정체가 만들어진다. 이것이 고우면 고울수록 효과가 좋다.

이 혼합물이 식도록 잠시 놔두었다가 깨끗한 아마나 면으로 된 천에 담는다. 그리고 나서 돌려 짜면 물이 빠질 것이다. 이 혼합물을 단단하게 뭉쳐서 둥근 모양으로 만들 수 있다면 제대로 된 것이다. 마치 피자 반죽처럼 이를 잘 굴려서 약 1cm 두께로 편다.

이 덩어리가 조금 더 식으면 손이나 나무 주걱으로 체에 내린다. 이때 만들어진 고운 알맹이는 작은 탄환 발사용으로 쓰면 좋고, 조금 거친 것들은 대구경 탄환이나 폭발물에 쓰면 된다. 이 알맹이들이 체질 후에 서로 다시 붙는다면 아직 습기가 너무 많은 것이다.

흑색 화약의 알맹이를 신문지 위에 펼쳐 햇볕이나 난방도구를 이용하여 신속하게 말린다. 그러나 불꽃에 직접 닿게 하지는 않는다. 그런 뒤 공기가 통하지 않는 플라스틱 통에 넣고 뚜껑을 덮어 놓는다.

도화선을 써서 화약을 점화하려면 그것도 직접 만들어야 한다. 이를 위해서는 천연 소재의 끈, 양초 심지, 천조각 등을 이용한다. 유사시에는 화장지, 냅킨, 신문 등으로 만든 끈을 사용할 수도 있다. 천조각의 경우 비누나 세제로 잘 빨아 물을 짜낸 다음 질산, 설탕, 물을 각각 1 : 1 : 2로 섞은 용액에 5분 간 담가 둔다. 이것을 그대로 말리면 도화선이 완성된다. 이것은 1분에 5cm 정도가 타 들어간다. 그러나 반드시 미리 시험을 해 보아 그 속도를 정확히 알아 두어야 한다.

좀 더 빨리 타는 도화선을 원한다면 흑색 화약 약간과 물을 섞어 도화선에 바른 뒤 말린다.


## 107. 지뢰밭

세계 곳곳에 지뢰가 매설되어 더 이상 지나갈 수 없는 땅이 늘고 있다. 수많은 지뢰 희생자들이 이를 증언한다. 지뢰를 전쟁 무기로 사용하는 것은 '유행'이다. 지뢰는 값이 비싸지 않고 설치하기 쉬우며 효력도 좋다. 기자나 여행자는 자신도 모르는 사이에 이러한 위험 지대로 들어갈 수 있으므로 이와 관련된 기본적인 사항 몇 가지를 알고 있어야 한다. 우선 두 나라만 예로 들자면, 보스니아나 아프가니스탄이 주요 위험 지역이다.

지뢰 폭발의 희생자가 되지 않는 가장 확실한 방법은 위험한 지역을 피해 가는 것이다. 어느 지역이 위험한지 여부는 현지인을 통해 알 수 있다. 즉, 현지 주민이나 관청에 직접 물어보면 된다. 지뢰 지역에 경고문이 붙어 있는 경우는 드물다. 그보다는 차라리 지뢰로 인해 사지를 잃은 희생자를 만나 보기가 더 쉬울 것이다.

전쟁 지역에서는 여러 가지 징후에 특히 주의해야 한다. 버려진 농경지, 지뢰 포장지, 작고 둥글고 볼록볼록 튀어 올라와 있는 땅(이는 지뢰가 설치된 지 얼마 되지 않았을 경우다), 작고 둥글고 얕은 구덩이(이는 지뢰가 이미 오래 전에 매설되어 땅이 단단해진 경우다)가 곳곳에 보이는 경우 등이 지뢰밭 표시다.

지뢰는 잘 은폐되기 때문에 무시무시한 것이다. 그 치명적인 영향력은 대인지뢰의 경우 사방 50m에 달한다. 장난감, 그냥 아무렇게나 버려진 것처럼 보이는 담배 등이 폭발물일 수도 있다. 의심스러운 것은 건드리지 말고 그 자리에 그대로 두라. 전쟁 중에는 그럴 위험이 더욱 크다. 그런 곳에서는 하룻밤 사이에 특정 지역 전체에 새로 지뢰가 쫙 깔릴 수도 있다. 외길, 다리, 오솔길, 개울, 웅덩이, 빈 집 등은 특히 위험하다.

대인지뢰와 대전차지뢰가 있다. 이들은 건드리거나, 무게가 실리거나, 무게가 실렸다 사라지거나, 다리로 철사를 건드리거나, 음향, 금속, 흔들림 등으로 폭발한다. 집에서는 문을 열거나, 바닥에 깔려 있는 판자를 밟거나, 책상을 옆으로 밀거나, 초인종을 울리기만 해도 폭발할 수 있다. 이들은 모두 폭발물 함정이다.

정확한 지뢰 매설 도면이 있다면 전쟁이 끝난 후에 전문가들로 하여금 지뢰를 제거하도록 해야 한다. 그러나 대부분의 경우 지뢰는 마구잡이로 설치되고 지뢰를 설치한 군대에서도 어떤 종류의 지뢰가 어디에 설치되어 있는지, 자신들이 지뢰를 피해 어느 쪽으로 가야 하는지에 대해서 잘 알지 못한다. 리비아에서는 오늘날까지도 2차대전 당시 묻어 놓은 지뢰로 인한 희생자가 생겨나고 있다. 지뢰는 시간이 지나도 효력을 잃는 법이 없다. 오히려 시간이 흐르면서 지뢰는 산화 과정을 통해 더욱 민감해지기도 한다. 전쟁이 일어난 곳에는 언제나 이러한 위험이 도사리고 있다.

차를 타고 지뢰 매설 지역을 지나가야 한다면 앞서 가는 트럭과 충분한 거리(대전차지뢰의 경우 1백 미터)를 유지하며 따라간다. 앞서 가는 트럭이 없다면 아직도 뚜렷하게 남아 있는 바퀴 자국을 따라가든지, 훼손되지 않고 탄탄하게 포장이 되어 있는 도로로만 간다. 이런 안전한 길을 절대로 벗어나지 않는다.

바로 앞에서 폭발이 발생했다면 지금까지 왔던 흔적을 따라서 차를 타고 혹은 걸어서 되돌아간다. 자동차에서 내려야 한다면 평소에 하듯이 자동차 문을 열고 바로 그 옆을 디뎌서는 안 된다. 문을 연 다음 자동차 지붕이나 보닛을 밟고 넘어가서, 자동차가 왔던 흔적에서 벗어나지 않고 그 길을 그대로 따라가야 한다.

지뢰로 다친 사람을 구출해야 한다면 더욱 낭패가 아닐 수 없다. 부상자는 결코 더 이상 움직여서는 안 된다. 당신 또한 그가 지르는 비명에 당황해서 성급하게 행동해서는 안 된다. 위험 지역에서 벗어날 길을 우선 찾고 나서 그 다음에 부상자에게로 가는 길을 찾는다. 가능한 한 부상자의 발자국을 따라 그에게 접근한다. 그를 등에 업고 자기의 발자국을 되밟아 돌아온다. 발자국 하나하나를 그대로 따라야 한다. 그 지역에서 벗어난 다음에야 부상자에게 응급처치를 할 수 있다.

안전한 길을 찾는 것도 매우 어려운 작업이다. 대부분의 경우 지뢰 매설 도면도 없고 지뢰 탐지기나 폭발물 수색견도 없을 것이다. 가급적 방탄조끼를 입고 철모를 쓴다. 유리섬유, 폴리우레탄 판, 인공수지 등을 샌드위치처럼 겹쳐서 만든 파편 보호 방패로 무장하고, 무릎을 꿇거나 완전히 포복하여 1㎝씩 천천히 앞으로 나아간다. 이때 인내심이 있어야 목숨을 건질 수 있다. 그 외에도 막대기를 덧붙여 길이를 늘인 자전거 바퀴살이나 끝을 뾰족하게 만든 막대기 등이 필요한데, 이것을 가지고 모래를 조심스럽게 더듬는다. 무언가 단단한 것이 느껴지면 이 장애물을 우회해서 가고, 그러한 위험 지대는 표시해 둔다. 더듬거렸을 때 아무것도 만져지지 않은 안전지대도 마찬가지로 표시를 해 놓는다.

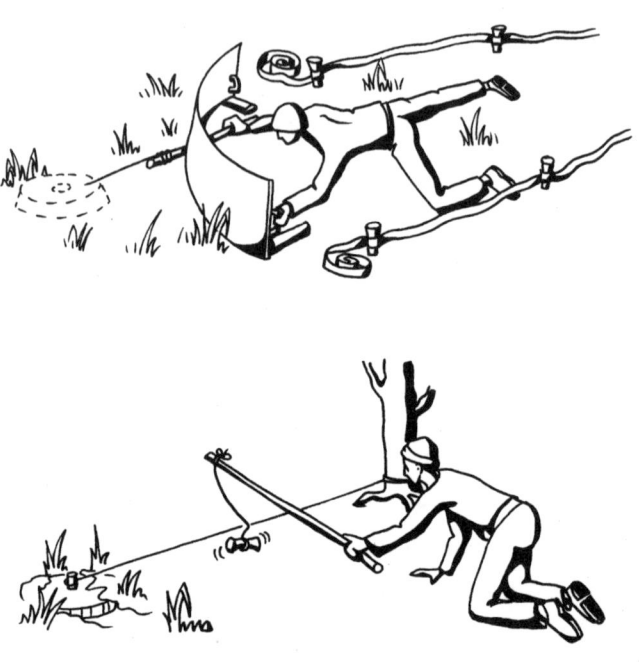

특히 밤에는 지표 위에 팽팽하게 매어 있는 기폭용 와이어를 알아내기 위해 지뢰 낚시를 활용할 수 있다. 이것은 길이 2m의 막대기, 길이 150㎝의 가는 실, 손가락 길이의 가벼운 나뭇조각으로 만든다. 이것을 땅 바로 위에서 흔들면서 간다. 실이 철사를 건드리면 실의 흔들림이 멈출 것이다. 그러나 철사를 너무 세게 건드리면 폭발할 수도 있다. 이 철사는 절대로 잘라서는 안 되며 그것이 있는 자리만 정확히 표시해 둔다.

지뢰 제거는 전문가들만이 할 수 있다. 그들은 뇌관을 제거하는 갖가지 방법을 잘 알고 있다. 충격을 가해 폭발시키거나 또는 지뢰 옆에 폭파용 장탄裝彈을 붙여 폭발시킬 수도 있다. 이때 사람은 폭발 장소로부터 충분히 멀리 떨어져 있는 굴 등에 피신해 있어야 한다.

지뢰를 가장 확실하게 탐색할 수 있는 방법은 탐지견을 이용하는 것이다. 그런 개는 모든 폭발물의 냄새를 맡는다. 특히 버려진 집에 들어갈 때는 탐지견이 반드시 필요하다. 폭발물 탐지기가 전혀 반응을 보이지 않는 곳에도 개를 투입해 본다.

지뢰가 깔려 있는 지역을 다시 안전한 땅으로 되돌리기는 매우 어렵다. 이를 위해서는 특수 차량이 필요한데 이 또한 모든 지역에 투입이 가능한 것은 아니다. 지뢰 제거는 주로 파렴치한 사업가들을 통해 이뤄진다. 그들은 높은 수당을 받아 챙긴 뒤, 이를 지뢰 제거 전문가에게 맡기는 것이 아니라 가난한 사람들에게 맡긴다. 그 사람들은 창 같은 단순한 장비만 가지고 여기저기 찔러 보면서 지뢰를 찾는다. 이 일은 매우 급하게 이루어지기 때문에 종종 사고가 발생한다. 그래도 보수가 상당히 높아서 그들은 이 일을 할 수밖에 없다. 돈과 목숨을 맞바꾸면서까지 말이다.


## 108. 테러리즘

테러에는 두 가지 이유가 있다. 그중 하나는 광신적인 파괴주의자들이 벌이는 전쟁으로, 그들은 자신들의 정치체제 외에는 전 세계의 그 어떤 체제도 인정하지 않는다. 그들은 자신들의 목표를 위해 지하로 숨어들거나 가두로 나서고 자살 테러를 감행한다. 그들의 전략은 밀고, 불안과 공포 조성, 고문과 살해며, 그것도 매우 잔인하고 파렴치한 방법으로, 수백만 명을 대상으로 한다.

또 다른 테러는 독재정권에 의해 억압받는 사람들이 절망적으로 벌이는 행동이다. 이를 더 적절하게 표현하자면 '시민의 저항'이라고 할 수 있다. 정부 쪽에서야 당연히 이에 대해 다른 의견을 가지고 있을 것이고, 그들을 무자비하게 탄압한다.

첫 번째 종류의 테러는 그 어떠한 용기와도 관계가 없다고 나는 생각한다. 그들이 테러 대상으로 삼는 민주주의 국가에서는 최악의 형벌도 징역형이며 사형은 없기 때문에, 테러범들이 감수해야 할 위험 부담은 심각한 것이 아니다.

이에 반해 시민의 저항은 매우 큰 용기를 필요로 한다. 이 테러리스트들을 그런 지경으로까지 내모는 것은 정치적인 과대망상증이 아니라 보다 나은 삶에 대한 추구다. 적어도 최저생계수준은 넘어서는 삶, 인권이 존중받는 삶에 대한 추구다. 이를 위해 테러리스트들은 자신의 목숨뿐 아니라 가족들의 목숨까지 걸고 있다. 전혀 증명되지 않은 단순한 의혹이나 밀고만으로도 그러한 의심을 받은 사람과 그 가족은 곧바로 연행되어 고문받고 살해된다. 여기에는 재판도 필요 없다.

테러에는 고유한 법칙이 있다. 이것을 알면 그런 상황에 대해 올바르게 판단할 수 있고 그러한 위협에 좀 더 적절하게 대응할 수 있다. 이는 심문을 받을 때도 마찬가지다. 심문하는 자들 중에는 악역을 담당하는 사람이 있고 선한 역을 담당하는 사람이 있다. 그들은 자신에게 주어진 역할대로 연기를 하면서 어떻게든 당신을 같은 편으로 끌어들이려 할 것이다(367쪽 '심문' 참조).

물론 당신을 심문하는 그 악랄한 테러리스트들의 편이 되어서 날뛴다면, 그들은 당신을 괴롭히지 않을 것이다. 특히 당신이 단순히 동참하는 것을 넘어서서 그들과 완전히 동화되어 한술 더 뜬다면 그러할 것이다. 그러나 그들에게 협력하지 않는다는 의사를 조금이라도 드러낸다면 그들은 복종을 강요하려 할 것이다.

그러한 국가 시스템 내에서는 서로가 서로의 적일 뿐이다. 그 누구도 신뢰할 수 없다. 친구, 직장 동료, 이웃, 그들 모두가 당신을 노리고 있을 수도 있다.

전화나 집은 도청을 당하고, 편지, 이메일, 팩스도 누군가 감시하고 있을 수 있다. 도청 기기와 전파송신기가 자동차나 서류 가방 등에 설치될 수 있다. 당신의 동지와 만나 이야기할 때는 반드시 야외에서만 만나야 하며 절대로 같은 곳에서 두 번 이상 만나진 말아라. 어떠한 메모도 남겨서는 안 된다. 당신이 하는 행동은 모두 그럴듯한 알리바이를 가져야 한다(370쪽 '알리바이' 참조).

당신은 이동의 자유를 제한받고 여권을 압수당할 수도 있다. 그러면 꼼짝없이 그 나라에 발목이 묶이고 만다. 그들은 당신을 야만적으로 체포하고, 당신의 친구나 친척을 인질로 잡는다. 이제 당신은 국가의 적, 즉 반역자로 선포된다. 그들은 죽음이라는 무

**그들에게 중요한 것은 정의의 실현이 아니라 오로지 당신을 자백하게 만들고 당신을 제거하는 일뿐이다.**

기로 당신을 위협할 것이고, 당신은 그들이 전지전능하다는 것을 느끼게 될 것이다. 그들은 불안과 공포를 극대화시키기 위해 국민들의 일거수일투족이 모두 감시되고 있다고 강조할 것이다. 당신에 대한 재판은 일반 형법대로 처리되지 않을 것이고, 비공개적으로 이루어지며, 때로는 끝없이 지연될 것이다. 물론 어떠한 법률적 보호도 받지 못하며, 당신에 대한 처벌은 지나치게 혹독할 것이다. 여기서 그들에게 중요한 것은 정의의 실현이 아니라 오로지 당신을 자백하게 만들고 당신을 제거하는 일뿐이다. 이 자백이 진실인지 고문으로 이루어진 것인지는 중요하지 않다.

이는 실제로 그 정권에 저항한 사람에게만 일어나는 것도 아니다. 전혀 죄가 없는 사람에게 일어날 수도 있다.

국가는 사보타주에 대해서 더욱 강경하고 자의적으로 대응한다. 당신이 존재하는 것 자체만으로도 또는 그러한 현장 근처에 있었거나 기자와 같

은 의심스러운 직업을 가지고 있다는 것만으로도 충분한 이유가 된다.

이 모든 것을 알아야 당신은 끝없는 무력감에 빠지지 않을 것이다. 당신의 힘을 적극적으로 활용해라. 미움과 분노가 이를 가능하게 할 것이다. 이러한 감정은 불굴의 의지를 갖게 한다. 의심을 완전히 버리지는 말되 당신과 마찬가지로 짓밟힌 동지들과 연대하고, 그들과 힘을 모으고, 외국으로부터의 지원을 구하라. 겉보기에는 절대로 무너지지 않을 것 같던 체제들도 많이 무너졌다는 사실을 기억해 내고, 이로부터 현재의 상황을 전환할 수 있는 힘과 용기를 끌어내도록 하라.

## 109. 전쟁

고대 로마의 사상가 키케로는 "부당한 평화도 정의로운 전쟁보다는 낫다"고 말했다. 그러나 이는 생각하기 나름이다.

전쟁은 두 진영 간에 무기를 가지고 이루어지는 분쟁이다. 경제, 이데올로기, 정치, 군사적인 문제가 그 발단일 수 있다. 선전포고 없이 침공하기도 하고 적에게 미리 전쟁을 공식 선포하기도 한다. 때로는 공격 전쟁이고, 때로는 방어 전쟁이며, 때로는 해방 전쟁이다. 전쟁의 이유는 가져다 붙이기만 하면 된다. 전쟁을 일으키는 자들에게 중요한 것은, 상대를 흉악무도한 적으로 몰아붙인 뒤 국민들을 자발적으로나 강제적으로 전쟁에 동원하는 것이다. 병역의무 제도는 통치자에게는 이를 위한 좋은 도구가 된다. 이제도를 통해 통치자들은 국민을 전선으로 내보내고 마음대로 부려먹을 수가 있다. 독재자들은 국민들의 목숨에는 전혀 신경 쓰지 않는다. 또한 그들이 내세우는 전쟁의 목표와 실질적인 목표는 완전히 다를 수 있다.

전면전에 있어서는 양쪽 당사국들의 기술적, 경제적, 인간적, 도덕적 수단들이 모두 투입되며 자국이 전쟁을 통해 자멸할 수 있다는 위험도 무시된다.

살인은 어디에서나 비난받고 처벌되지만, 전쟁에서 사람을 죽이는 것은 의무가 되며, 용맹스러움을 증명하는 계기가 되고, 조국에 대한 충성과 영웅적 용기 그리고 책임감 등의 미사여구로 찬양받는다.

전쟁 없는 세계는 '모든 사람이 선하다'고 믿는 것만큼이나 비현실적이다. 우리는 인간의 악함을 일상에서 경험하면서 살고 있다. 경쟁자에 대한 불공정한 행위나 파렴치한 사업 방식은 물론이고 이를 넘어서 경쟁자를 심리적, 육체적으로 파멸하게 만드는 일까지 있다. 아이들은 부당한 대우를 받는 정도를 넘어서 고통 받고, 성폭행 당하고, 살해된다.

아무리 위협과 피해를 받더라도, 공정하게 행동해야 하며 피에 굶주린 복수의 화신이 되지 말아야 한다고 말하기는 쉽다. 물론 자기 자신의 일이 아니라면 말이다. 이에 대한 진정한 판단은 고통을 당해 본 사람만이 할 수 있을 것이다. 그럼에도 악을 선으로 갚는 위대함을 보여 주는 사람이 있다면 그는 정말로 대단한 인물이거나 바보다. 모두가 어떠한 관점을 가지고 바라보느냐에 달린 문제다. 그리고 이러한 문제는 가정에서는 개인 차원으로 머물지만 국가로 확대되면 그 규모도 커진다.

인간적인 모든 가치를 짓밟고, 상대방의 타협 의사와 양보를 나약함이나 자비를 구하려고 찔찔 우는 것쯤으로 치부하며 비웃는 범죄자들이 있다. 그들은 피에 굶주렸으며, 자기 자신이 위대하고 우월하다는 착각에 도취해 있다. 스탈린, 히틀러, 사담 후세인, 탈리반, 북아일랜드에서 전쟁을 벌이는 소위 기독교인들은 그런 사람들 중에서도 역사에 남을 만한 인물들이다. 나는 길고 긴 투쟁의 역사를 통해 겨우 얻어 낸 우리의 민주주의 국가를 권력에 굶주리고 과대망상증에 빠진 자가 파괴하는 일을 절대로 용납하지 않을 것이다.

그러나 가난한 자와 부자, 저개발국가와 선진국, 피압박자와 통치자 간의 차이가 있는 한 지구상에서 분쟁의 씨앗이 여전히 남아 있게 된다. 전쟁은 현실의 한 부분인 것이다.

전쟁은 한쪽이 패배하거나 서로 평화조약을 맺는 것으로 끝난다. 이때 가장 바람직한 것은 폭력적 분쟁보다는 정치적 해결이다. 그러나 이를 위해서는 양쪽이 같은 의견을 가지고 있어야 한다(406쪽 '평화 협정' 참조).

이길 공산이 없는 전쟁에 끼어들고 싶지 않은 사람이 살아남을 수 있는 방법은 하나밖에 없다. 적당한 때에 도망치는 것이다. 이러한 피신은 때로는 자신의 전 재산을 포기해야만 가능하다. 그러니 어려운 결정일 수밖에 없다. 그러나 너무 오래 머뭇거리면 도망가기에 적절한 시기를 놓쳐 버리게 된다. 그러면 전쟁터로 끌려가는 것이다. 그리고 군인이 된 후에 적에게 포로로 잡히거나 탈영을 시도하는 사람은 일반적인 전시 법률에 따라 사형에 처해질 수 있다. 그러니까 너무 늦기 전에 도망쳐야 한다.

## 110. 가택 수색

무언가를 완벽하고 안전하게 숨길 수 있는 장소는 없다. 집 안에서는 특히 그렇다. 당신이 숨겨 놓은 것을 수색자들이 찾아내는 건 오로지 시간문제다. 무언가를 숨기거나 찾아내는 데는 일정한 논리가 있다. 이것을 알아야 지만 그나마 몇 가지를 지킬 수 있다.

당신이 살고 있는 곳이 안전이 보장되지 않는 나라라면 이렇게 무언가를 은닉하는 기술은 더욱 중요해진다. 당신에게 불리한 주소, 사진, 무기 등을 찾으려고 수색대가 갑자기 들이닥쳐 집을 다 뒤집어 놓는 일이 생길 수 있기 때문이다. 그들은 밤이든 낮이든 상관하지 않는다.

이때 수색 방법을 알고 있으면, 역으로 숨기기에 좋은 장소를 생각해 낼 수 있고 더욱 신중한 선택을 하게 된다. 그리고 이는 스스로 범죄자를 잡기 위해 가택 수색을 할 때도 도움이 될 것이다.

수색 작전의 중요성에 따라 집 전체를 포위하기도 한다. 혐의자가 증거물을 창밖으로 던져 버리거나 외부로 신호를 보내거나(커튼을 걷는 것도 신호일 수 있다) 도망치는 것을 방지하기 위해서다. 또한 그들은 포위망을 설치하여 누군가가 밖에서부터 갑자기 공격해 오는 일이 없도록 방지한다.

수색팀의 지휘자는 보통 한 사람이다. 그는 수색할 집의 임대계약서를 구해 그 집의 구조와 크기를 상세히 파악한다. 그리고 수색시에는 높이와 길이를 비교해 보아 어딘가에 비밀 공간이 만들어져 있지 않은지 확인한다.

혐의자를 의자에 앉히기 전에 혐의자가 앉는 의자도 꼼꼼히 조사한다. 거기에는 그들이 찾는 물건이 숨겨져 있을 수도 있고, 혐의자가 사용하려는 무기가 들어 있을 수도 있다. 그리고 의자 자체가 무기로 사용될 수도 있다.

수색자들은 모든 것을 철저히 검사한다. 커튼의 솔기, 화덕, 식품 용기 그리고 그 안에 들어 있는 식료품도 검사한다. 빵 안을 들여다보고 치약을 검사하고 꽃병, 화장실에 있는 배수관, 입 속, 때에 따라서는 토하는 약을 먹여 장 속까지 검사한다. 혐의자가 증거물을 삼켰을 것이라고 추정되면 그러한 일도 불사한다. 환자, 아이, 여자, 약, 붕대, 변, 장난감 등 그 어느 것 하나에도 소홀하지 않는다.

수색 도중에 누가 찾아오면 그 역시 체포하고 몸수색을 한다. 전화가 와도 받지 않는데, 이는 혐의자의 동료가 낯선 목소리를 듣고는 이러한 상황을 알아차릴 수 있기 때문이다. 물론 그 집에 사는 누구든 전화를 받지 못하게 해야 한다. 이는 다른 사람은 알아차릴 수 없는 자신들만의 암호로 경고 신호를 보낼 위험이 있기 때문이다.

독재국가에서의 수색은 더욱 철저하게 이루어진다. 이는 수색이 성과를 거두지 못했을 때 수색대가 처벌을 받을 수도 있기 때문이다. 이러한 수색의 철저함을 아는 사람은 정말로 독창적인 방법을 생각해 내야 한다. 집 안에 숨기는 것보다는 집에서 조금 떨어진 곳 어딘가에 땅을 파고 묻는 것이다. 물론 이것이 부패할 소지가 있다면 안 되고, 이를 잊어버리거나 이 위치를 아는 사람으로부터 배신을 당하거나 해서도 안 될 것이다.

그리고 이 사실을 기억하라. 비밀이란 오직 혼자서만 알아야 한다는 것이다. 두 사람이 아는 사실은 더 이상 비밀이 아니다.

## 111. 체포

체포에는 항상 이유가 있다. 당신이 어떤 표시를 못 보고 그냥 지나쳤거나, 종이 한 장을 떨어뜨렸거나, 비우호적인 표정을 지어 보였을 것이다. 그러나 이런 일조차 일어나지 않았을 수도 있다. 단지 많은 사람들에게 보여 주고 싶거나, 상관의 총애를 받고 싶거나 아니면 그저 뇌물을 받고 싶은 권력의 주구가 순간적 기분에 의해 그런 결정을 내릴 수도 있다.

군인이나 경찰과의 첫 대면에서 인내심을 잃으면 이미 패배한 것이다. 이런 직업을 가진 사람은 그들 나라에서 절반은 신이나 다름없다. 그러니 당신이 불리한 입장이라면 신중하게 행동해야 한다.

일단 무조건 머리를 조아리며 사과하라. 그것만으로도 말썽이 해결될 수 있다. 그리고 당신은 이 나라에 처음 왔으며 새로운 것들이 너무 많아 정신을 제대로 차리지 못했다는 사실을 덧붙여라. 그렇지 않고는 당신의 과실을 설명할 길이 없다. 이때 당신이 언론공보관과의 약속이 있다며 공보처가 어딘지 묻는다면 그에게 깊은 인상을 줄 것이다. 공보관의 이름을 빨리 생각해 내라. 당신의 명함을 건네라. 무엇보다도 자신감을 잃지 않도록 하라.

그래도 그가 여전히 고집을 피운다면 돈을 건네라. 만일 그가 바라는 것이 돈이었다면 그는 당신이 그 사실을 알아차리도록 행동할 것이다(364쪽 '돈으로 매수하기' 참조). 그의 동료들이 알아차리기 전에 재빨리 건네야 한다. 당신이 정말로 체포되어야 할 일을 저질렀다면 뇌물은 더욱 중요하다. 처음 이 순간이 결정적이다. 아마도 이는 궁지에서 빠져 나올 수 있는 마지막 기회가 될 것이다. 돈으로든 완력으로든 이 마지막 기회를 이용하다.

체포의 이유가 정치적인 것이며 당신이 실제로 저항 단체에 속해 있다면 최소한 24시간 동안은 진술을 거부하라. 희망컨대, 그때까지 당신의 동료들은 이 사태를 충분히 숙지하였을 것이고 안전한 곳으로 피신한 뒤 그들의 가명을 바꿨을 것이다. 그들이 수갑을 채우려 한다면 손을 약간 비틀어 내밀어라. 어쩌면 나중에 손을 뺄 수 있을지도 모른다.

세관 검사나 불심검문을 당하면 검문자에게 다가가 짐과 여권을 자발적으로 내보여라. 경멸적인 어투로 말하지 말라는 충고는 그 어떤 상황에서든 지켜야 할 원칙이다. 대대적인 검문에 걸렸을 때는 즉각 벽 쪽으로 붙는다. 그들이 이유 없이 때리기 시작한다면 즉각 몸을 둥글게 말아 배 부분을 보호하라. 등이 땅에 닿도록 하여 신장을 보호하면서 손은 머리를 감싼다. 이것이 부상을 최소화할 수 있는 방법이다.

## 112. 조용하고 빠르게 상대를 해치우기

상대를 공격하되, 빠르고 조용히 단번에 해치워야 할 때가 있다. 절호의 기회가 생겼을 때 즉시 공격할 수 있고, 반복되는 하루 일과 중 가장 좋은 때를 정해 치밀한 계획에 따라 공격을 시도할 수도 있다. 후자의 경우에는 주의 깊게 상대의 습관을 관찰해야 한다. 그의 행동에 있어 특이한 점과 보초 교대 시간도 알아야 한다. 상대를 과소평가해서는 절대로 안 된다. 계획의 위험 정도에 따라 폭우, 폭서, 칠흑 같은 어둠이나 혹한을 이용한다.

즉, 상대가 부주의한 틈을 노리는 것이다.

이때 네 가지 가능성이 있다. 가장 좋은 것은 손도끼 공격이다. 손도끼의 둔한 면으로 있는 힘을 다해 상대의 어깨뼈들이 서로 만나는 지점, 즉 목 바로 아래를 내려친다. 그는 소리 없이 쓰러질 것이다. 엉치등뼈와 허리 사이를 가격하는 것도 마찬가지로 매우 효과적이다. 아니면 정수리를 내려친다. 앞의 두 방법이 깔끔한 데 비해 이 경우에는 피가 흐르게 된다. 네 번째 가능성은 '빨치산 올가미'를 이용하는 것이다(341쪽 '무기 대용품' 참조). 이 올가미를 상대의 머리 위로 넘겨 목에 걸고 잡아당기면서 당신의 몸을 돌려 서로 등을 맞댄다. 그리고 그를 어깨로 넘겨 땅으로 내동댕이친다. 그러면 수 초 이내에 상황은 종료된다.

## 113. 돈으로 매수하기

뇌물은 처벌 대상이다. 뇌물 수수나 공여나 마찬가지며, 어느 나라든 그렇다. 전 세계적으로 뇌물은 관행처럼 되어 있다. 가난한 나라일수록 부패의 뿌리가 깊다. 그러한 나라에서는 마치 뇌물이 공무원 봉급의 일부분인 것처럼 확실하게 자리 잡고 있다. 경찰, 관리, 군인에게 그들의 봉급이 얼마나 되는지 물어보라. 그러면 당신 자신이 뇌물 사건에 휘말려 들었을 때 그들을 좀 더 이해할 수 있을 것이다. 그러나 그들의 쥐꼬리 같은 봉급에 대해 알게 되었다고 해서 모든 공무원에게 뇌물을 주려는 만용을 부려서는 안 된다. 그가 당신을 고발하겠다고 협박하면서 더 많은 것을 뜯어내려고 할 수도 있기 때문이다.

그러나 부유한 사람들도 뇌물을 받는다. 그들이 부유할수록 방법이 더 교묘하다. 반부패 조직인 국제투명성위원회(TI)의 조사에 따르면, 91개 조사 대상 국가 중에서 방글라데시가 최악의 국가다. 정직성을 10점으로 보았을 때 방글라데시는 0.4점밖에 얻지 못했다. 나이지리아(1.0), 우간다와 인도네시아(1.9)가 그 뒤를 이었다. 독일은 7.4점으로 20위였다. 가장 정직한 나라는 핀란드로 9.9였고 그 다음이 덴마크(9.5), 뉴질랜드(9.4) 순이었다. 이는 당신이 휴가를 보낼 나라를 선택하는 데 참고가 될 수도 있다. 이 조사는 또한 부패에 대한 통제가 가능하다는 것을 보여 준다. 부패가 만연한 아시아 지역에서 싱가포르는 모범이 되고 있다.

뇌물을 안전하게 주고받는 기술은 비교적 쉽게 배울 수 있다. 대놓고 뇌물을 요구하는 사람들이 있다. 그들은 오랫동안 빙빙 돌려 이야기하지 않고 원하는 금액을 분명하게 밝힌다. 그러한 사람들은 자신의 권력과 지위에 자신이 있으며, 더 높은 사람으로부터 보호받고 있다. 또한 고위층에 고발이 들어가더라도 자신에게는 전혀 성가신 문제가 발생하지 않는다는 것을 잘 아는 사람들이다. 기껏해야 당신에게만 골칫거리가 늘어날 뿐이다. 왜냐하면 뇌물을 주어야 할 사람이 늘어날 것이기 때문이다.

그러나 매수되는 대부분의 사람은 다음의 유형에 속한다. 이들은 당신 앞에서 예의 바르게 웃고, 허리를 숙여 인사하고, 차를 대접한다. 당신은 이들에게 의지해야 하며, 무언가 중요한 부탁을 하러 왔다. 어쩌면 그것은 도장 한 번 찍어 주는 일에 불과할 수도 있다. 이러한 점들을 깨달았다면 돈에 집착하지 말고 재빠르게 행동하라. 그들의 요구를 당신의 부탁에 대한 봉사료쯤으로 생각하거나 가난한 사람에 대한 지원 정도로 생각하라. 그러면 그들은 마침내 당신을 위해 움직이게 될 것이다. 공무원이 당신이 내민 돈을 보고 화를 낸다면, 그는 진짜로 청렴한 사람이거나 액수가 너무 적은 경우다. 그가 불쾌해한다면 돈을 도로 집어넣고 이러한 수속을 위해서 수수료를 내야 하는 줄 알았다고 말하라. 만일 그가 화는 내지 않았지만 계속해서 고집스럽게 돈을 돌려주려고 한다면 이는 돈이 적어서 그런 것이다.

또 다른 유형은 당신이 무언가 잘못을 저질렀을 때 당신을 감옥으로 보낼 수 있는 권한을 가진 사람들이다. 단지 당신은 길바닥에 담배꽁초를 버렸을 수도 있다. 그들은 그 잘못이 마치 중범죄인양 과장하면서 당신을 환경 파괴자로 만들고, 이에 대해 엄청난 처벌이 가해질 것이라고 위협한다. 어쩌면 그들은 당신을 자극해서 당신이 화를 내며 자신들을 모욕하기를 바라는 것일 수도 있다. 그러면 당신은 진짜로 처벌받을 행동을 한 것이 되고, 그들은 담배꽁초를 버린 행위에 대해서보다 더 많은 돈을 당신에게서 갈취해 낼 수 있다.

모든 위협과 으르렁거림은 오로지 한 가지 이유에서 나온다. 당신이 겁을 잔뜩 먹고 물렁물렁해져서 엄청나게 많은 돈도 기꺼이 치를 자세가 되도록 하려는 것이다. 그러니 당신은 이러한 과정에 대해 잘 알아야 한다.

그 사람이 혼자라면 이러한 곤경에서 빠져나올 수 있는 좋은 기회다. 화를 내게 만들어서 미안하다고 백배 사죄하라. 어떻게 이를 보상할 방도가 없겠냐고 둘러 물어보라. 그도 가족이 있을 테고, 당신이 감옥에 들어간다고 해서 그에게 별 도움이 되지는 않을 테니 선물로 이를 대신할 수 없겠느냐고 묻는다.

부패한 자들의 일부는 당신에게 먼저 거래를 제안해 올 것이다. 비록 당신이 말썽을 일으켜서 심각한 어려움에 처해 있지만 사실 그 자신은 당신을 좋아한다고 말할 것이다. 그래서 이 사태는 자신들에게도 큰 유감이라고 말하면서, "그러나……"라고 말꼬리를 흐린다. 또는 그들은 "장관에게 당신을 좋게 말해 줄 수 있을지 한번 보겠다"는 상투적인 수법을 쓴다. 그러면 이제는 당신이 제안할 차례다. 당신도 그들처럼 은근히 돌려 말을 하라. 그렇지 않으면 뇌물공여죄로 고발당할 수도 있다.

"장관에게 말씀을 잘해 주셔서 이 곤란한 상황이 해결될 수 있다면 이에 대해 사의를 표하고 싶습니다"라고 말하라. 아니면 "일이 잘 해결되어서 얼마나 다행인지 모르겠습니다. 변변치 않지만 당신의 자녀들에게 뭔가 보답이라도 할 수 있겠습니까?" 또는 "제게 좋은 조언을 많이 해 주셨습니다. 답례를 할 수 있겠습니까?"라고.

나 역시 당신처럼 이런 부패한 인간들을 혐오한다. 그러나 이러한 충고는 상황이 점점 더 심각해지는 것을 피하기 위한 것이다. 이 게임에서 가장 중요한 규칙을 잊지 말아라. 목격자가 있을 때는 절대로 뇌물을 제공하지 않는다!

## 114. 심문

한밤중에 갑자기 누군가 나타나서 입을 막는다. "심문 받으러 가야겠소."
이때는 가급적 침착성을 유지하라. 고집을 피우거나 빤히 들여다보이는
거짓말을 하면 상황이 더욱 어려워진다. 처음에는 별 감정 없이 당신을 대
했는데, 당신의 거짓말로 인해 그들은 자신이 바보 취급을 당했다고 생각
하게 된다. 그들에게 당신은 임무를 성공적으로 마치지 못하도록 하는 골
칫덩어리가 되고 마는 것이다.

그렇게 끌려갔을 때는 인내심을 가져라. 비록 20번이나 똑같은 질문을
듣게 되더라도. 상대방의 눈을 바라보되 그들을 자극하지는 말아라. 아마
도 당신에게 도움이 될 만한 것을 그들의 눈에서 발견하게 될 수도 있다.
예를 들어 그들이 당신을 동정하고 있는지 증오하고 있는지 등에 대해서.
이런 점들을 확인하고 나면 앞으로 어떻게 행동해야 할지 방향을 잡기가
수월해진다. 여기에서도 당신의 잘못에 대해 먼저 사과하라. 이것이 나쁘
게 작용할 리는 없다.

모든 대화에 있어 상대방의 이름을 아는 것은 매우 중요하다. 이는 심문
에서 뿐 아니라 어떤 경우에도 그렇다. 모든 사람들이 가장 좋아하는 단어
는 다름 아닌 자기 이름이다. 이름이 좋든 극히 평범하든, 이는 누구에게
나 해당된다. 대화 중이라면 상대방의 이름을, 심문 중이라면 심문자의 이
름을 적시에 알아내도록 하라. 알아듣지 못했으면 다시 한번 물어보라. 식
당이나 술집에서 이름표를 달고 있는 종업원에게 "여기, 아가씨"라고 부
르지 않고 이름을 불러 준다면 분위기가 얼마나 좋아지는지 당신도 알고
있을 것이다.

수사관의 계급과 직책을 알고 있는 것도 도움이 된다. 그리고 그들이 가
지고 있는 권력에의 욕구를 존중하라. 사람의 가장 기본적인 욕구 세 가
지, 즉 안전에 대한 욕구와 식욕과 성욕을 충족시키고 나면 그 다음에는 권
력을 추구한다. 직업 세계에서는 이러한 인간의 자연스런 욕구에 맞추어
서 직책과 계급 등의 위계질서를 만들어 놓았다.

직장, 취미, 섹스라는 주제는 상대방과 쉽게 사적인 대화를 나눌 수 있게 해 준다. 이러한 대화를 통해 당신은 곧 그가 어떤 사람인지 알 수 있다. 심리학에 대해 문외한이라고 해도 이는 분명 도움이 될 것이다. 최대한 그의 특성을 고려하여 그의 입장에서 생각하라.

독선적인 사람을 대할 때는 특히 겸손해야 한다. 절대로 그를 가르치려고 하지 말아라. 으스대고 나서기 좋아하는 사람을 대할 때는 조용함과 평정을 유지하라. 그의 말을 가로막지 말고, 그를 흥분시켜서는 안 되며, 반대 의견을 말해 그를 자극하지도 말아라. 불신을 가지고 있고 비판적인 사람에게는 좀 더 솔직한 편이 낫다. 반대 의견을 말하거나 강요하지 말아라. 허영기가 있는 사람에게는 아부를 하고, 변덕스러운 사람에게는 조심스럽고 주의 깊게, 인내심을 가지고 예의 바르게 처신하라.

이제 다른 유형의 심문에 대해 말해 보자. 이것은 범죄적 국가에서의 경우다. 그곳에서는 당신을 체포한 이유를 밝히지 않으며, 외부와의 접촉이 철저히 금지된다. 당신에게 모든 것이 불분명하게 남아 있어야 하기 때문이다. 당신이 증인으로 소환되었는지 아니면 혐의자로 체포되었는지조차 알 수 없다. 그들은 당신의 상세한 이력을 묻고, 지난 몇 주 간 무엇을 했는지 증명해 보일 것을 요구한다.

마침내 심문실로 끌려가게 되면 그들은 일단 당신을 몇 시간 동안 기다리게 한다. 그들은 당신이 안절부절못한 채 불안해하기를 원한다. 이러한 경우 심문은 몇 시간이 아니라 며칠 혹은 몇 주 동안 계속되기도 한다. 그들은 당신이 잠을 못 자게 한다. 당신은 밝은 빛 때문에 눈이 부실 것이다. 그 빛 때문에 심문자는 보이지 않는다. 그들은 소리를 지르다가 친절하게 대하는 과정을 반복할 것이다. 이제 당신을 석방하겠다고 약속하고는 담배를 한 대 주는 데까지 이른다. 마치 죽마고우나 되는 것처럼 다정한 태도로. 심문 과정에는 친절한 사람과 악역을 맡은 사람이 함께 있다는 것을 알아야 한다. 거기 만약 제3의 인물이 있다면 그는 국가나 가족에 대한 당신의 책임감에 호소하는 역할을 맡을 것이다. 그들의 속임수에 빠져들지 말아라. 그들은 모두 자기 배역에 맞춰 연기를 하고 있을 뿐이다.

다시 명령하고, 몇 시간에 걸쳐 으르다지르며, 당신을 지치게 하는 일이 시작된다. 당신은 의자에 묶인 채 몰매를 맞고 물벼락을 맞을 것이다. 그들은 당신에게 밥도 주지 않고, 잠도 재우지 않고, 추위에 떨도록 할 것이다. 당신은 어떠한 질문도 해서는 안 되며 끝없이 반복되는 바보 같은 질문들에 대해서만 대답할 수 있다. 그들의 목표는 당신을 혼란스럽게 만드는 데 있다.

정치범을 다루는 경찰에게 있어서 제일 중요한 것은 반역 활동에 대한 당신의 자백이 아니다. 당신을 체포한 이상 그것은 이미 끝난 일이나 진배없다. 그들은 당신 동지들의 이름을 원한다. 그래서 그들은 당신 앞에서 수사의 성과를 과장하고, 당신 동지들의 자백을 꾸며 내고, 그들이 이미 모든 것을 알고 있는 것처럼 큰소리를 친다. 이렇게 그들은 자신의 권력과 전지전능함을 가장하는 것이다. 이것이 모두 전략에 불과하다는 사실을 안다면 당신은 심리적으로 그들의 영향력에서 어느 정도 벗어날 수 있을 것이며 겁도 덜 먹게 된다. 실제로는 그들이 말하는 것과 정반대다. 그들이 모든 것을 알고 있다면 굳이 이런 심문을 할 필요가 없다. 그래서 그들은 매우 불안하다. 심문자들이 정당한 정권의 대표가 아니라 파렴치한 범죄자들임을 항

**인내심을 가져라. 비록 20번이나 똑같은 질문을 듣게 되더라도, 상대방의 눈을 바라보되 그들을 자극하지는 말아라.**

상 상기하라. 당신에게는 그들에게 거짓말을 하고 헷갈리게 할 권한이 있다. 말은 최대한 아끼고, 말을 하더라도 불명확하게 표현하라.

그들이 화가 머리끝까지 났거나 심술이나 변덕으로 갑자기 덤벼들어 당신을 집단 구타할 수도 있다. 그러면 즉각 방구석으로 도망가라. 거기서는 기껏해야 2명만이 당신을 짓밟을 수 있다.

크게 다친 것처럼 위장하라. 몸을 둥글게 말아서 배를 보호하고 엉덩이는 구석으로 댄다. 그러면 신장을 보호할 수 있다. 머리를 최대한 숙여 손으로 감싸라.

어쩌면 당신은 자신을 희생해야 할 상황에 직면할 수도 있다. 즉, 심문자들이 요구하는 질문을 회피하고 사형이나 무기형을 감수하는 것이다. 그렇게 함으로써 동지들을 보호하고 언젠가 그들의 범죄적 정권이 전복

되기를 희망하는 경우다. 아니면 당신이 동지들을 배반할 수도 있는데, 그렇게 한다고 해도 당신이 거기서 무사히 빠져나오리라는 보장은 없다. 이때 선택은 전적으로 당신 의사에 달렸다. 당신이 어떤 결정을 내리든 그런 경험을 해 보지 않은 사람은 이에 대해 비난할 수 없다. 당신이 이러한 참담한 상황에 빠지지 않기를!

그들이 심문 뒤에 당신을 죽일 것 같다면 그들 중 한 명이라도 저승길 동무로 삼기 위해 최선을 다하라. 그들 중 한 명을 붙들고 높은 층에서 창 밖으로 뛰어내릴 수 있다. 그것이 안 된다면 감시자 중 한 사람을 직접 공격한다. 손가락으로 눈을 찌르고 그의 후두부를 내려쳐라. 그러면 그들은 당신을 그 자리에서 죽일 테고, 덕분에 덜 고통스럽게 저승길로 갈 수 있다.

## 115. 알리바이

금지된 일을 했거나 당국의 관점에서 볼 때 잘못된 일을 계획 중인 사람에게는 알리바이가 매우 중요하다. 예를 들어 친구가 스파이 행위 때문에 체포될 것이라는 말을 들었다고 하자. 스파이 행위는 매우 광범위하게 적용될 수 있고 그래서 흔히 고발의 대상이 된다. 그리고 일단 이러한 혐의를 받으면 당신의 목숨은 위험에 처한 것이다.

당신은 친구에게 경고를 보내고 싶지만 그러다가 들키면 당신도 똑같은 죄를 짓게 되는 것이다. 그럴 때 호텔에서는 절대로 전화하지 않는다. 휴대폰으로 해서도 안 된다. 독재국가에서는 전화, 팩스, 이메일 등이 감시될 수 있음을 항상 명심한다. 공중전화 부스에서 전화를 걸어라. 당신의 뒤를 밟는 사람이 없다는 게 확실할 때 친구의 전화번호를 누르고 용건만 간단히 이야기한 뒤 끊는다. 말할 때 입술의 움직임을 아무도 볼 수 없게 한다. 가능하면 당신의 이름을 말하지 말고 이미 서로 합의되어 있는 암호를 사용한다. 그 다음에 다시 한번 전화를 건다. 예를 들어 여행사에 거는 것이다. 기차 시간을 묻고 이를 적어서 주머니에 넣는다.

공중전화 부스를 나오자마자 당신은 체포된다. 그들은 당신을 계속해서 관찰했던 것이다. 당신이 누구와 대화를 나눴는지 물어볼 것이다.

"여행사에 전화했습니다."

"뭣 때문에?" 그러면 당신은 할 말이 있는 것이다.

"그렇지만 전화를 두 번 걸었잖아. 또 누구랑 통화했어?"

"다른 곳에는 안 했습니다. 처음 걸었을 때는 통화 중이었습니다."

"왜 호텔에서 전화하지 않고?"

"전화기가 망가졌습니다. 그리고 어차피 산책하러 나오려 했고요."

전화기는 정말로 고장 나 있어야 한다. 그들은 이것도 다 조사할 것이기 때문이다. 호텔에서 나오기 전에 전화기를 열어서 접촉 부분을 끊어 놓는다. 그리고 열차 시간표를 왜 문의했는지 둘러댈 말을 준비해 둔다. 예를 들어 일요일에 축구 경기를 보러 가려 한다거나 극장이나 온천에 갈 것이라고 말하라. 여행사 직원이 당신의 알리바이를 증명해 줄 것이다. 물론 호텔 방에는 열차 시간표가 없어야 한다.

알리바이를 위해서는 모든 것을 주의 깊게 미리 점검해 보는 것이 중요하다. 전체 과정을 확인해 보았을 때 모든 것이 서로 일치하고 세세한 것까지 잘 짜여 있어야 한다. 만약 어딘가 허점이 있다면 결국 당신이 꾸며낸 것이 들통나고 당신에게 불리한 증거로 작용할 것이다.


## 116. 위조

때로는 종이 한 장이 기적을 불러일으킬 수 있다. 이를 위해서는 인상적으로 쓰인 편지 서두, 로고, 문장紋章, 도장, 서명 등이 있어야 하는데, 모두 화려하고 고급스러울 필요가 있다. 그러면 당신은 VIP가 되어 장관까지도 직접 알현할 기회를 가지게 된다. 먼 나라에서는 때때로 유스호스텔 회원증이나 사진이 붙어 있는 열차 카드만으로도 존경심을 불러일으킬 수 있다.

상류층의 파티에 입장하고 싶다면 화려하고 고급스러운 명함 외에도 빌려 입은 턱시도, 집사, 이에 상응하는 등급의 렌터카와 섹시한 동행이 있어야 한다. 또한 떡 벌어진 체격에 선글라스를 착용한 두 명의 대머리 보디가드가 필요하다. 그러면 당신은 아무 문제없이 그 파티에 참석할 수 있을 것이다.

오늘날에는 컴퓨터 덕분에 서류를 위조하기가 더욱 쉬워졌다. 이전에는 위조지폐를 제대로 만들려면 디자이너, 조판공, 인쇄공의 도움을 받아야만 했다. 그러나 컴퓨터를 사용할 전기도 없고 빵 봉지를 신분증으로 쓸 수 있을 정도로 허술한 나라에서라면 아직도 수작업으로 만든 위조지폐가 사랑 받는다. 위조 서명은 원본을 대고 그대로 그릴 수 있도록 아래에서 조명을 비춰 주는 책상만 있으면 된다.

명함과 편지지도 마찬가지 효과를 낼 수 있다. 직책을 기입하는 것을 잊지 말자. 국내외의 어느 사람도 그 직책의 진위를 그렇게 빨리 알아낼 수는 없다.

기자임을 보여 주기 위해서는 기자증만으로는 되지 않는다. 거기에는 명함이 필요하고, 프로다운 장비와 그에 상응하는 당신의 태도가 필요하다.

도장은 외국에서 판다. 하루만 기다리면 된다. 이집트에 가면 도장을 솜씨 있게 잘 파는 사람들이 길거리에 앉아 있다. 그들이 파는 글씨 모양이 어떻게 그렇게 원본과 똑같은지 놀라게 될 것이다. 위조한 신분증을 웃옷 깃에 달고 다니면 멀리서도 알아볼 것이다. 당신은 아무것도 숨길 것이 없이 당당하게 활보할 수 있다.

유니폼을 입는 것은 매우 탁월한 선택이다. 물론 상관에게는 어떻게 경례를 붙이고 부하에게는 어떻게 답례를 하는지 잘 알아 두어야 한다. 장교가 등을 구부정하게 있거나, 손을 바지 주머니에 넣고 있거나, 담배를 삐딱하게 물고 있거나, 흐느적흐느적 걸어다니면서 "안녕" 하고 인사한다면 의심을 받게 된다.

무엇을 위조하든 간에, 이것이 성공했을 때의 이익과 들켰을 때의 처벌을 저울질해 볼 필요가 있다.

# 117. 감옥

'설마 내가 감옥에 갈 일이 뭐가 있겠어?' 라고 생각하는가? 그렇다면 당신은 엄청난 착각을 하고 있는 것이다. 누군가 당신 가방에 마약을 집어넣었을 수도 있다. 아니면 당신이 인신매매범이나 부정 선거를 저지른 자들에 대한 조사를 하고, 장기 적출 범죄 집단의 뒤를 쫓고 있는 기자일 수도 있다. 혹은 군인으로서 다른 나라에 파병되었다가 포로가 되었을 수도 있다. 그러면 감옥에 가는 일이 당신에게도 실제로 일어난다.

감방은 좁은 공간에 여러 명이, 정어리 통조림 속의 정어리들처럼 꽉꽉 들어차 있다. 그곳에서는 나름대로의 서열에 따라 앉는 위치 및 잠자리가 정해진다. 누군가가 신호를 주고 밥그릇으로 창살을 드르륵 긁으며 지나가면 이제 모두가 누울 수 있는, 아니 누워야만 하는 시간이 된 것이다. 예외는 없다. 항상 단체 활동이다.

여름에는 찌는 듯이 후텁지근하다. 모기와 파리, 날벌레들이 들어와 윙윙거리지만 마음대로 움직일 수 없기 때문에 그것 하나 때려잡기도 불편하다. 환기가 제대로 이루어지지 않아 공기에서는 지독한 땀냄새가 난다. 화장실은 없고, 깡통 몇 개가 전부다. 소변은 깡통의 용량에 맞춰 눠야 한다. 소변을 보고 나면 깡통을 바깥쪽, 즉 창살 쪽으로 내보내 복도로 쏟아 붓는다. 깡통이 없으면 손에다가 누고 다른 사람들은 이를 바깥으로 전달한다. 서서 다른 사람의 몸에 대고 누거나 아예 누워서 일을 보는 사람도 있다. 그때그때 가능한 방식대로 서서 또는 누워서 일을 본다. 많은 사람들이 설사를 하고 기생충을 가지고 있다. 그들은 그냥 자기 주변에 용변을 보는 수밖에 달리 방법이 없다. 어디에나 배설물이 쌓여 있다. 살갗은 짓무르고, 피가 흐르고, 고름이 난다. 파리는 바닥과 몸에 들끓는다. 그리고 몇 주 동안, 아니 몇 달 동안 그렇게 갇혀 있다.

많은 사람들이 미쳐 버린다. 어제 그들은 또 2명을 목졸라 죽였다. 그 둘은 배고프고 목이 말라 히스테리 증세를 보였다. 그래서 평화가 깨졌던 것이다. 모두가 입을 모아 심장마비사라고 한다. 거짓말은 아니다. 그들이 죽었을 때 심장이 멈췄으니까. 간수들은 시체를 끌어다가 복도에, 분뇨 위에 아무렇게나 버려 둔다. 그러면 다른 죄수들이 와서 이들을 어디론가 끌고 간다. 죄수들끼리 서로 죽이는 것을 간수들은 묵인한다. 혹은 그것을 바라보며 즐긴다.

이것이 전 세계에 있는 많은 감옥의 일상적인 광경이다. 이에 비하면 북유럽에 있는 교도소는 요양소나 마찬가지다. 그러나 브라질, 말레이시아, 니제르, 인도, 중국 등의 나라에 있는 감옥은 대부분이 이러한 현실 아래 있다. 인권이란 존재하지 않는다.

이러한 감옥의 실태를 익히 알고 있는 사람이라면 그곳에 들어가는 일이 없도록 특히 주의할 것이다. 그럼에도 불구하고 위험은 항상 도사리고 있다. 그러한 무단 통치가 지배하는 곳이라면 감옥 바깥도 크게 다를 바 없다.

**개미를 잡아서 라이벌전을 개최하라. 빵 몇 조각을 걸고 내기를 하라. 감옥만큼 상상력과 정신력을 최대한 활용해 볼 수 있는 곳도 드물다.**

이렇게 극단적이지 않은 곳이라 해도, 그저 일반적인 수감만으로도 이를 처음 경험하는 사람에게는 충격이 된다. 매순간 누군가 총살을 당한다. 살아 있다 한들 사람으로 취급 받지 못하고, 오직 수인번호로만 그의 존재가 입증된다. 바깥에서의 활기 넘치는 삶과는 완벽하게 단절된 채 가족이나 친구와도 대화를 나눌 수 없다. 여기에는 절망과 불확실성 그리고 형편없는 식사와 더러운 환경만이 있다.

내일이면 석방될 것이라고 기대해서도 안 된다. 희망이 크면 실망도 그만큼 커지게 마련이다. 물론 희망은 필요하다. 그러나 그 희망은 현실에 기반을 둔 것이라야 한다. 간수가 당신의 육체는 죽일 수 있지만 인간으로서의 존엄성까지 빼앗아 가지는 못한다. 존엄성은 당신이 끝까지 지켜야 하는 것이다. 부당한 대우를 당하면 당신도 생각지 못했던 힘이 생겨난다. 영혼을 포기했을 때 비로소 육체도 죽게 된다.

처음부터 소일거리를 찾고 이에 몰두해야 한다. 나자빠져서 넋 놓고 있으면 안 된다. 노동을 자청하라. 그 일이 굴욕적이고 구역질나더라도 그 일 때문에 하루가 더 빨리 지나가고 몸이 더 피곤해질 것이다. 그리고 이를 통해 다른 사람과도 접촉할 수 있다. 어쩌면 다른 사람과 함께 탈출을 계획할 수 있을지도 모른다. 계획을 가지고 있는 사람은 쉽게 무너지지 않는다. 이는 증오와 복수심도 마찬가지다. 그러나 지나치게 서둘러 탈출을 시도하지는 말아라. 탈출이 실패하면 독방에 갇히거나 형량이 늘어난다. 미래를 제대로, 세심하게, 빈틈없이 계획하라.

자기 관리에 충실하고, 참된 동지애를 보이며, 싸움을 피하고, 간수와의 접촉을 꾀하라. 간수라고 해서 모두가 당신의 적은 아니다. 어디에나 항상 좋은 사람은 있기 마련이다. 그리고 그 좋은 사람으로부터 바깥소식을 들을 수 있다면 또는 담배꽁초 하나라도 얻을 수 있다면 이는 하늘이 내려 준 선물인 것이다.

가능하다면 배우고 쓰고 만들면서 시간을 보내라. 그 나라의 언어를 배우라. 아마도 도주할 때 도움이 될 것이다. 그렇지 않더라도 간수와 재판관에게 점수를 딸 수 있는 기회를 얻을 수 있다. 장기판을 만들어라. 의미 있는 많은 작품들이 감옥에서 만들어졌다. 개미를 잡아서 라이벌전을 개최하라. 빵 몇 조각을 걸고 내기를 하라. 감옥만큼 많은 시간과 상상력과 정신력을 최대한 활용해 볼 수 있는 곳도 드물다.

인도 총리였던 네루는 "모든 사람이 한 번쯤은 감옥에 들어가서 자유의 가치를 깨달아야 한다"고 말했다지 않은가. 일부러 감옥에 들어갈 짓을 할 필요는 없지만, 한편으로는 맞는 말이다. 인간은 갇혀 봐야 자유의 진정한 가치에 대해서 깨닫게 된다. 이와 함께 자유를 방해하는 적에 대항해 필요한 경우에는 물불을 가리지 않고 싸울 수 있는 그러한 강인한 의지를 가지게 된다.

그러나 감옥에서는 스스로 증오를 불러일으키고, 복수를 맹세하고, 광신주의자가 될 수도 있다. 무엇보다도 죄 없이 억울하게 갇힌 수감자들에게 복수심은 예기치 못했던 힘을 부여한다.

바깥에서부터 어떠한 소식도 들려오지 않더라도 절망하지 말아라. 참된 벗들이 있다면 분명 그들은 무슨 일인가를 꾸미고 있을 것이다(395쪽 '탈출' 참조). 그들을 믿어라. 유럽에서도 어떨 때는 수사를 위해 몇 달씩

구치소에 수감되기도 한다. 이러한 경우에 외국인은 자국민보다 더 불리한데, 외국인은 석방시키면 고국으로 도망칠 수 있기 때문이다. 신경이 곤두서고 절망하게 되는 이유는 언제 심문이 있고 언제 재판이 있는지 등에 대해 명확하기 알려 주지 않기 때문이기도 하다. 그러나 결코 그런 것 때문에 흥분해서는 안 된다! 그렇게 되면 독방 신세나 형기 연장이 따를 뿐이다. 간수를 모욕하거나 기물을 파손한다면 어둠 속에 갇혀 말하는 것조차 금지되는 상황에 처할 수 있다.

극단적인 경우에 그들은 당신을 작은 징벌방에 처넣을 수도 있는데, 거기서는 서거나 몸을 펴고 누울 수도 없다. 그것은 1㎥ 크기의 시멘트 구멍에 불과하다. 산 자를 위한 관이다. 창문도 없고 손발은 묶여 있다. 잠을 못 자도록 하고, 혐오스런 말들과 구타를 퍼붓고, 이와 손톱과 발톱을 뽑고, 담뱃불로 지지고, 전기충격을 가한다. 고독과 시멘트벽의 압박감이 당신을 짓누른다. 올가미를 목에 걸었다가 다시 빼는 위장 처형도 있다. 그러고는 처형이 내일로 연기됐다고 말하는 것이다.

당신은 시간 감각을 잃어버리고 곧 이성도 잃어버린다. 자신의 똥오줌 위에 뒹굴면서 정신병자가 되어 간다. 정말 강인한 정신력을 가진 사람만이 견뎌 낼 수 있다.

감옥에서 공포를 주는 또 다른 방식은 독방 수감이다. 누구와도 이야기할 수 없으므로 더욱 견디기 어렵다. 수감 공간은 협소하고, 춥고, 더럽고, 캄캄하거나 눈부시게 밝다. 잠을 못 자게 하면서 당신을 마음대로 심문실로 끌고 가 매번 똑같은 과정을 반복한다. 당신은 한마디도 말해서는 안 되고, 누구와도 접촉하지 못하며, 묶여 있다. 아프고, 배가 고프고, 목이 마르다.

그러나 이러한 고문도 분명히 이겨 낼 수 있다는 것을 넬슨 만델라는 잘 보여 주었다. 그는 30년 간 갇혀 있었다! 게다가 앞으로 호전되리라는 희망도 전혀 없는 상황이었다. 넬슨 만델라는 석방된 후 그 위대함을 유지하고 자신의 적을 공정하게 대했다. 그것은 경외심을 불러일으킬 만한 일이다. 그가 노벨평화상을 받는 것은 당연한 결과였다.

## 118. 석방

그렇게 아무 희망도 없이 갇혀 있는 사람은 든든한 친구들의 신뢰가 얼마나 중요한지를 알게 된다. 시멘트벽과 쇠창살이 수감자를 다른 세계로부터 완전히 격리시키고 있을 때는 더 더욱 설령 친구들로부터 아무 소식도 듣지 못하더라도 그들을 믿어야 한다. 어쩌면 그들이 소식을 전하는 것이 불가능하기 때문일 수도 있다.

아무리 친절한 간수라 해도 자유를 대신할 수는 없다. 인간의 존엄성을 말살하는 환경 속에서 자유의 가치에 대해 제대로 깨닫게 될 것이다. 이제 자유가 건강보다도 소중한 것임을 알게 된다.

당신을 도우려는 사람들이 있다. 비록 많은 숫자는 아니겠지만, 그들은 감옥 안에도 있고 밖에도 있다. 타인의 도움도 필요하지만 일단 당신은 스스로 운명을 개척해 나가야 한다. 탈출과 석방과 복수에 대한 생각만 가지고도 생명을 유지할 수 있다. 이를 위해서는 인내, 상상력, 체력, 노련함 그리고 각종 도구 및 무기가 필요하다. 항상 운동을 하여 컨디션을 최고 상태로 만들어 놓아야 한다. 노동을 자청하고 탈출에 도움이 될 만한 도구를 하나둘 모아들인다.

감옥에서 어떤 도구를 구할 수 있는지 그리고 그 안에서 어떤 일들이 벌어지고 있는지는 신문을 보면 잘 알 수 있다. 탈옥은 어느 나라에서나 일어나는 흔한 일이다. 감시가 철저하기로 유명한 형무소에서도 그런 일은 일어난다. 예를 하나 들어 보자.

미국 뉴멕시코의 감옥에서 25명이 사망했다. 죄수 중 몇몇이 밀주를 만들어 마시다가 간수들에게 들켰는데, 그것은 누군가의 밀고에 의해서였다. 죄수들은 반란을 일으켰고 간수를 살해했다. 그리고 배신자에 대한 무자비한 처벌이 시작되었다. 한 사람은 얼굴이 인두로 지져졌고, 한 사람은 목이 매달렸고, 또 한 사람은 삽으로 목이 잘렸다. 그들이 사용한 무기는 직접 만든 칼, 납관, 드라이버 등이었다.

철사로 열쇠를 만드는 것은 누워서 떡 먹기다. 열쇠를 만들고 나면 사용법을 연습해야 한다.

치고 박고 싸울 때는 너클격투시 손가락에 끼우거나 주먹에 감는 금속제 고리을 주먹에 감으면 유리하다. 이것도 쉽게 만들 수 있다. 스패너는 몽둥이로 쓰고 납작하게 두드린 못은 칼로 쓸 수 있다. 둥근 못 역시 무서운 무기가 된다.

등산가라면 하켄 심지어 도르래도 만들 수 있을 것이다. 그들은 등반용 확보물과 자일 고리 등을 만들어 이를 벽의 작은 틈새에 끼워서 기어오를 수 있다.

줄은 구하기 어렵다. 그러나 인내심을 가지고 차근차근 신발끈을 모아 엮으면 튼튼한 동아줄이 된다. 머리카락으로도 충분히 튼튼한 줄을 만들 수 있다. 줄을 구했다면 투척용 작은 닻도 만들 수 있다. 이를 담 위로 던지거나 나무의 가지에 걸 수 있다.

칼로 무언가를 깎아 만드는 데 소질이 있다면 진짜처럼 보이는 모조 권총을 하나 만들어서 구두약을 바른다. 이미 많은 사람들이 이런 모조품으로 탈출에 성공했다. 그렇지 않으면 공포감을 불러일으키는 무기인 깨진 병목을 사용한다. 그리고 외부로부터 도움을 받아 탈출할 수도 있다.

법치국가에서는 법 절차에 따른 재판을 신뢰할 수 있고, 미리 예정된 날에 재판정에 서서 자신을 변호하고 심문을 받고 법률적 조력도 받으며, 처벌도 일정한 한도 내에서 받게 된다.

그러나 정의와 자유를 거의 누리지 못하는 '혼란스러운 나라'에서는 경우가 다르다. 당신은 수개월 전부터 옥살이를 하고 있다. 그럴 때 믿을 수 있는 것은 가족과 친구뿐이다. 그들은 당신을 위해 백방으로 뛰어다니면서 당신 나라의 외교 공관에 끊임없이 도움을 요청할 것이다. 그러다가 언젠가는 결국 공무원 한 명이 당신을 만나러 올 것이다. 어쩌면 약간의 영치금이 들어오고 그것으로 당신은 식사량을 조금 늘릴 수 있을지도 모른다. 어쩌면 재소자가 조금 적은 감방으로 옮겨질 수도 있다. 친구의 접견이 허락될 수도 있을 것이다.

친구들이 고국의 언론을 움직일 수 있을지도 모른다. 그러나 이는 도움이 될 수도 있지만 악영향을 끼칠 수도 있다. 보도 방식에 달려 있는 문제다. 이러한 사건에 적절하게 대처할 수 있는 신중한 언론인을 찾아야 한다. 이 언론인은 정치인들과도 좋은 관계를 가지고 있어야 한다. 만의 하나라도 보도에 있어 실수를 한다면, 예를 들어 언론이 이 사건에 대해 너무 냉소적이거나 무례한 태도로 보도한다면, 긁어 부스럼이 된다. 지금까지 기울여 온 모든 노력이 오히려 정반대의 결과를 초래할 수도 있는 것이다. 외국의 국민 정서는 이러한 현안에 있어서 매우 민감할 수 있다. 당신에게 (마약 거래 등의 이유로) 감옥에 갇힐 이유가 충분히 있었다면 이는 또 다른 문제다.

대사관에서 변호인을 추천해 줄 것이다. 현지에서 추천한 변호사를 믿지 말아라. 그들은 당신을 거덜낼 만큼 많은 금액을 요구할 수 있다. 그러니 대사관에서 추천한 변호사를 고용하라. 어떤 변호사도 무료 변론을 자청하지는 않을 것이다. 이 사건이 모두 잘 해결될 경우 특별 사례금을 지급하겠다고 하는 것도 좋은 방법이다. 그리고 당신이 고향 땅을 밟게 되면 이를 지불하기로 합의한다.

**대사관에서 추천한 변호사를 고용하라. 이 사건이 모두 잘 해결될 경우 특별 사례금을 지급하겠다고 하는 것도 좋은 방법이다.**

또 다른 방법으로는 뇌물이 있다(364쪽 '돈으로 매수하기' 참조). 재판관과 검사에게는 고액의 뇌물을 주어야 한다. 그 방법이 통하지 않는다면 교도소 당국 그리고 마지막에는 간수에게 직접 시도한다. 그들에게 지불해야 할 뇌물은 훨씬 싸다. 그래도 나름대로 사례가 넉넉해야 그들이 위험을 감수하면서까지 당신을 도울 것이다. 그들이 탈옥을 도운 사실이 들통 난다면 오히려 그들이 당신 대신 콩밥을 먹을 수도 있다. 그러므로 그들에게 비싼 대가를 제시하고, 그에 대한 장밋빛 미래를 분명하게 보여 준다. 당신이 앞으로 몇 년 동안 수감되어 있어야 한다는 생각을 해 보면, 이것 역시 터무니없이 비싸다고 할 수는 없다. 감옥에서의 1년은 사회에서의 10년보다 길게 느껴질 수 있다. 또한 감옥에 갇힌 날이 길어질수록 당신은 불치병을 얻게 되거나 이런저런 이유로 사망할 확률이 높아진다.

몇몇 나라에서는 감옥 바깥에서 무장한 사람들을 조직해 감옥을 부수고 당신의 탈옥을 도울 수 있다. 정국이 어수선한 나라에는 반군이나 지하 저항조직들이 있게 마련인데, 그들에게는 노하우가 있고 파괴적인 무기와 정권에 대한 증오가 있다. 아마도 당신이 뇌물로 준비한 돈은 탐욕스러운 재판관보다는 그들에게서 훨씬 큰 의미를 가질 수 있을 것이다.

또 다른 방법은 병이 들어 병원으로 옮겨지는 것이다. 병원 경비는 종종 허술하다. 그리고 일단 그곳으로 옮겨지면 최소한 좁은 감방에서 벗어날 수 있고 운이 좋으면 침대도 받을 수 있다. 그곳에서는 잘하면 당신에게 도움을 줄 수 있는 의사나 간호사를 만날 수도 있고 또 새로운 간수를 만나 뇌물을 제안할 수 있는 기회를 다시 가질 수도 있다. 의사가 당신 편이라면 약품으로 당신의 병을 악화시키고 허위 사망 진단을 내려서 일단 시체실로 보낸 뒤 관에 넣어 밖으로 빼낼 수도 있다. 파트너만 제대로 만나면 모든 것이 가능하다.

병원으로 가기 위해서는 이러한 상황을 능숙하게 연출해야 한다. 꾀병을 부리는 사람은 간수들의 의심을 받게 된다. 잠깐이라도 좀 나은 형무소 생활을 위해 모든 수형자는 틈만 나면 아프다고 한다. 당신은 그런 사람들과 무언가 다른 모습을 보여야 한다. 사람들이 마지막 남은 밥 한 톨까지 싹싹 긁어 먹을 때 당신은 식사를 거의 할 수 없을 정도로 무기력함을 연기한다. 몸은 점점 약해진다. 그러나 사흘만 참으면 배고픔이 사라지고 당신은 진짜로 무기력해져서 연기를 하기도 훨씬 수월해진다. 그리고 앞으로 수년 간의 감옥 생활이 달려 있는 사안이라면 그까짓 사흘은 어떻게든 참을 수 있어야 한다. 동료 죄수들이 간수에게 당신의 상태를 알리도록 해야지 당신 스스로가 알려서는 안 된다. 어떻게 발작을 일으키고, (전력을 다해 입천장과 잇몸에서 피를 빨아들인 다음) 피를 뱉어 내고, 입에서 거품 (혹은 거품이 이는 침)을 끓게 하는지를 알아야 한다. 경련이나 일시적인 마비 상태를 표현할 수 있어야 한다. 의학 책을 통해 관련 지식을 알아 두라. 예를 들어 간질에 대해 찾아본다. 아니면 의사나 약사에게 그 증상이 어떤지 자세히 물어보라. 아니면 몸이 진짜로 아픈 동료 수형자를 흉내 내라.

만일 당신 친구들도 현지 책임자에게 접근할 수 없다면, 이제 오로지 한

가지 방법만이 남아 있다. 그것은 당신 가족이나 친지가 모국의 주재 외교관을 찾아가도록 하는 것이다. 그들에게 공정한 거래를 제시하라. 당신을 가두고 있는 것은 그들 나라가 돈만 까먹는 꼴이라는 점을 강조한다. 당신으로 인해 생겨난 피해에 대해서는 그 나라에 손해 배상을 할 것이라고 밝혀라. 그러면 당신은 석방될 수 있고 그 나라는 그에 대한 보상으로 실제적인 도움을 받게 된다. 만약 마약 거래가 말썽이 되었다면 그 나라에서의 마약 퇴치 운동을 재정적으로 지원하겠다고 제안해라. 이는 좋은 인상을 남길 것이며 언론에 대한 홍보 효과도 있을 수 있다. 이는 결코 싸구려 속임수가 되어서는 안 되며 진짜 보상이 이루어져야 한다. 힘이 닿는 한 모든 시도를 해 본다.

그러나 이러한 협상은 가능하면 비밀스럽게 이루어져야 한다. 증인이 있어서는 안 된다. 당신이 제공하는 돈은 외교관이 개인적으로 사용할 수도 있다고 말하라. 이 또한 좋은 기회이며, 어쩌면 결정적인 기회가 될 수도 있다. 그리고 또 한 가지 중요한 것은, 가능하면 재판 전에 협상해야 한다는 점이다. 일단 판결이 떨어지면 외교관도 그 나라 국민들, 검찰, 재판부 등 고려해야 할 사람들이 너무 많아진다. 그들의 체면을 유지시켜 줘야 하기 때문에 즉각적 석방은 거의 불가능하고 기껏해야 형량 경감 정도를 받아 낼 수 있을 것이다.

## 119. 포로

형무소에서 주로 갇혀 있는 장소는 감방이다. 그러나 포로수용소나 강제 노동 수용소에서는 천막, 노천, 강당에 수용되기도 하고, 대부분의 경우는 가건물에 갇히게 된다.

통상적으로 노동수용소에서는 재소자들이 자신들 중에서 믿을 만한 사람을 뽑아서 자신들과 수용소 당국 간의 연락 역할을 담당하게 한다. 이를 통해 재소자들은 자신들이 수용소 행정에 다소라도 참여할 수 있다.

이러한 재소자 대표는 각 단위 숙소마다 자신을 도울 수 있는 사람들을 한 명씩 두고 있으므로, 수감자들의 생활환경 개선 사항을 빠르고 꼼꼼하게 찾아내고 이에 대해 토론할 수 있다. 이는 자신들의 불운을 잠시나마 잊게 하고 갇힌 상태를 좀 더 잘 견뎌 낼 수 있게 한다.

수용소 내 규율과 동지애가 무너지지 않도록 하는 것이 중요하다. 밀고자, 범죄자, 반사회적 재소자들은 종종 수용소 측의 끄나풀로서 일부러 투입되기도 하는데 이들을 잘 견제해야 한다.

병약한 사람에게는 음식물을 조금씩 모아 줌으로써 건강을 돌볼 수 있게 한다. 적의 감시가 소홀하다면 노동할 때 그들을 특히 보호하고, 옷을 넉넉히 챙겨 입을 수 있도록 하고, 숙소에서는 계절에 따라 가장 따뜻하거나 시원한 자리를 내준다. 만일 의무실에서 의약품과 붕대를 구할 수 없다면 간단한 방법으로나마 고통을 덜어 줄 수 있고, 또한 심리적 위안을 줄 수 있도록 노력한다. 누군가 자신을 돌봐 주는 사람이 있다는 것 자체가 아픈 사람에게는 많은 위로와 힘이 된다. 땀을 흘리도록 도와주고, 냉찜질이나 가벼운 마사지를 해 주고, 몸을 닦아 주는 것은 누구나 할 수 있는 일이다.

간수와 우호적인 관계를 유지하는 것이 중요하다. 인간적인 성품을 지닌 간수는 갇혀 있는 모든 사람에게 희망을 준다. 간수들이 여럿 모여 있을 때는 전부 야만적이고 아무 생각도 없는 무리처럼, 비인간적인 제도의 노예처럼 보인다. 그러나 좀 더 가까이서 관찰해 보면 그들은, 크게 두 개의 범주로 나뉜다. 즉, 나쁜 사람과 좋은 사람이다.

간수와 당신, 이렇게 둘이 있는 상황에서만 당신 자신과 간수의 이익을 위해서 사적인 대화를 시도해 볼 수 있다. 제3자가 그 대화를 듣거나 볼 수 있는 위치에 있거나 도청 장치가 있을 것으로 의심된다면 그 시도는 당연히 실패할 수밖에 없다. 이는 감옥뿐 아니라 다른 많은 상황에도 똑같이 해당되는 말이다.

친절한 간수의 선의에 대해서는 모범적인 태도로 답례해야 한다. 결코 당신으로 인해 그에게 곤란한 일이 생기도록 해서는 안 된다.

## 120. 고문

갇힌 사람에게 일어날 수 있는 가장 처참한 일은 고문이다. 모든 인권단체와 유엔, 거의 모든 정부로부터 이러한 반인륜적 범죄가 공식적으로 비판을 받고 있음에도 불구하고 고문은 사라지지 않는다. 독방 격리 수감이라는 단순한 형태의 고문에서부터 긴 시간에 걸쳐 서서히 괴롭히는 고문 그리고 고문치사에 이르기까지 그 종류도 다양하다. 자신이 이미 겪었던 부당한 대우에 대한 복수심도 고문의 동기가 된다.

여기 TV 앵커이자 국제사면위원회의 특별 대사인 로저 윌렘슨의 인상적인 보고서가 있다. 이 보고서는 2000년 12월 앰네스티 인터내셔널 저널이라는 잡지에 실린 글이다. 로저 윌렘슨 씨의 허가를 받고 여기에 싣는다.

여러분과는 무관한 일일 수도 있습니다. 여러분이 숨쉬는 공기에는 피비린내나 분뇨 냄새가 섞여 있지 않습니다. 여러분은 고통과 죽음의 비명 소리를 듣지 못합니다. 여러분은 불 위에서 고문 받는 사람의 지방이 녹아 떨어지는 것도, 눈물이 핏빛으로 변하는 것도, 성기의 살이 전기 충격기로 녹아 버리는 것도 보아야 할 의무가 없습니다.

그렇지만 이러한 일들은 여러분이 이 글을 읽고 있는 지금 이 순간에도 벌어지고 있고, 여러분이 곧 책을 덮고 다른 일을 하려고 하는 때 바로 이곳에서 벌어지고 있습니다. 이것은 여러분이 그들로부터 눈길을 돌려 외면해 버리기 때문에 일어나고 있습니다.

이해하시겠습니까? 여러분이 외면하고 있다는 사실 자체가 바로 이 고문의 한 부분입니다. 아직 희생자들의 비명이 충분하지 않다는 듯, 여러분과 전 세계는 그러한 모습을 보이고 있습니다. 모든 고문의 동작 하나하나는 바로 국제사회가 막아 내지 못한 동작 하나하나인 것입니다. 국제사회는 이를 인정해야 합니다. 그리고 이러한 것을 시인함으로써 비록 자신이 고문을 허락하지는 않았지만 다른 나라에서 일어나는 일에 대해서는 묵인하고 있다는 사실을 고백해야 합니다. 마치 고통에 국적이 있는 것처럼.

고문은 교활한 자들이 저지른다는 점이 특징입니다. 그리고 교활한 자들은 우리들이 묵인하기 때문에 고문을 저지르고 있습니다. 만약 우리에게 고문의 장면들이 할리우드 영화 광고만큼이라도 중요하게 받아들여진다면, 아니 브리트니 스피어스의 뮤직비디오만큼만 널리 퍼져 있다면, 그렇다면 고문은 일어나지 않을 것입니다. 그렇다면 고문 희생자들이 내장을 토해 내고, 성대가 망가질 때까지 비명을 지르는 장면들을 보면서 우리의 하루를 망쳐 버리지 않아도 될 것입니다. 고문에 대한 사진들이 발표되는 것은 우리들의 무관심을 질타하기 위해서입니다. 그들에게 좀 더 관심을 가져 달라고 말입니다. 그러나 우리는 애써 그 장면을 외면하면서 의도적으로 다른 장면들을 바라보고 있습니다.

우리들 중 대부분은 평생 고문의 희생자나 목격자가 되지 않을 것입니다. 그러나 고문을 간접적으로나마 경험하도록 하는 자료, 진술, 만남들을 경험할 것입니다. 저는 죽을 때까지 잊지 못할 충격과 경악을 불러일으켰던 장소를 알고 있습니다. 전 세계에서 가장 공포스러운 곳, 한번 발을 디디면 죽을 때까지 잊지 못하는 곳, 들어올 때는 걸어 들어왔다가 나갈 때는 반죽음이 되는 그곳을 말씀드릴 수 있습니다. 그곳은 캄보챠의 프놈펜에 있으며 그곳의 이름은 투올 슬렝입니다.

크메르루즈는 자국 국민의 25%를 살해했다고 추정되고 있습니다. 그들 중 많은 수가 투올 슬렝에서 살해되었습니다. 오늘날 과거의 모습을 그대로 간직한 채 관광객에게 개방되어 있는 그 감옥과 수용소에서 살해되었습니다.

희생자들의 손가락과 고환을 잘라 낸 펜치를 보십시오. 쇠로 된 바이스와 사슬이 있습니다. 사지를 판에 묶고 잡아당기는 이 고문도구들 위에서 격렬하게 몸부림을 쳤던 사람들을 생각해 보십시오. 두개골을 부수고, 다리를 짓누르고, 얼굴을 짓이기던 묵직한 도구를 보십시오. 희생자들의 몸에 있는 구멍이란 구멍 속에 모두 집어넣어서 분화구 모양의 화상을 남기고 그 주변의 살을 녹여 버린 전기 충격 기계들을 보십시오.

여러분은 여기서 인간 상상력의 한계가 어디까지인지 경험할 수 있을 겁니다. 그들은 가장 고통스런 고문 도구를 만들어 내고, 인간의 신체 중 가장 약한 부분을 찾아내었으며, 잠시나마 고통을 느끼지 못하는 혼수상태를 막기 위해 갖가지 방법을 동원하였습니다.

이것은 진실을 자백하게 하기 위해 만들어진 것이 아니었습니다. 인간의 몸과 마음을 파괴하기 위한 것이었고, 고통스럽게 죽어가는 인간을 보며 즐기기 위한 것이었습니다. 이곳을 한번 보게 된다면 여러분은 이 장소를 결코 잊지 못할 것입니다. 그리고 평생 이러한 잔인함에 대항해 싸워야 한다는 책무를 깨닫게 될 것입니다.

한 베트남 기자가 제게 이야기해 주었습니다. 그가 갇혀 있던 감옥 앞에는 닭장이 있었다고 합니다. 그 악독한 자들은 희생자들의 비명에 자극을 받아 수탉이 울기 시작할 때까지 고문을 계속했답니다. 수탉이 빨리 운다면 그 희생자들은 가장 고통스러운 고문까지는 당하지 않을 수도 있었지만, 수탉이 울지 않는다면 그들은 죽을 때까지 고문을 당해야 하는 것입니다.

그 수탉은 바로 우리들입니다. 우리는 어떤 때는 그 비명에 반응하고 어떤 때는 하지 않습니다. 때로는 누군가를 구하고 때로는 이를 소홀히 합니다. 고문당한 사람의 사진을 바라보기가 끔찍하기 때문에 그곳으로부터 고개를 돌린다는 말은 변명이 될 수 없습니다. 우리들은 그 사진만 견디면 됩니다. 정작 그들처럼 고통을 견뎌야 하는 것이 아닙니다. 우리가 할 수 있는 첫 번째 일은 알려고 하는 마음을 갖는 것입니다. 어디에서 어떤 형태로 어떤 사람들에게 고문이 가해지고 있는지를 인식하고자 하는 노력입니다. 그것을 아는 것만으로도 충분합니다. 왜냐하면 고문이 무엇인지를 진정으로 안다면 이에 대해 행동할 수 있기 때문입니다.

고문을 가하는 국가에 대해 정부의 도움은 크게 기대할 바가 없습니다. 우리는 국제적으로 활동하고, 외교적으로 전문성을 가진 기구를 필요로 합니다. 그 기구는 자신의 목소리에 그리고 자신과 같은 생각과 느낌을 가진 동지들의 목소리에 최대한의 무게를 실어 줄 수 있고 결정적인 영향력을 부여할 수 있어야 합니다.

국제사면기구는 여러분과 저의 지원을 필요로 합니다. 전 세계에서 이 순간에도 많은 사람들이 무시무시한 고통 속에서 우리들의 도움을 애원하고 있기 때문입니다. 우리가 이 비명을 외면하고 이 장면들로부터 고개를 돌린다면 우리는 휴머니즘에 위배되는 결정을 내린 것일 뿐 아니라, 고문자의 편에 서는 것이고 또한 누가 살아남을 수 있는지에 대한 결정권을 계속해서 수탉에게 넘겨 주고 있는 것입니다.

여기에 더 덧붙일 말은 없다. 물론 고문은 정치적이거나 가학적인 동기로 이루어지는 게 대부분이다. 그러나 전 세계적으로 많은 나라에서 행해지고 있는 여성할례와 같은 악습도 고문의 한 종류라는 사실을 잊어서는 안 된다.

고문은 자백과 허위 자백을 얻어낼 수 있는 방법 중 가장 저급하고도 인간의 존엄성을 무시하는, 그러나 가장 효과적인 방법이다. 고문 받는 사람은 결국 모든 것을 시인한다. 그가 아는 진실의 모든 세부 사항과 이 고통을 끝내기 위해 고문자가 원하는 대로 어떤 거짓이라도 시인한다. 어떤 인간도 고문을 견딜 수 없다. 그 앞에서 아내나 아이들이 성폭행을 당하고 전기톱으로 조각나 살해되는 것은 그 어떤 고통보다도 더한 고통이다.

고문을 받는 사람의 몸에서 항상 고문의 흔적을 볼 수 있는 것은 아니다. 겉으로 드러나지 않게 깨끗하게 해치울 수 있다. 또한 고문자들은 정체를 드러내지 않기 위해 종종 가면을 쓴다. 아니면 그들은 어둠 속에 숨고 고문을 받는 사람은 밝은 빛 아래 세워 눈이 부시도록 만든다. 몸을 담뱃불로 지지는 일 따위는 고문 축에 끼지도 못한다. 요즘에는 최첨단 방식의 전기 충격이 더 많이 이용된다. 그것은 다루기 쉽고 엄청난 고통을 주지만 겉으로는 흔적을 거의 남기지 않는다. 두 개의 전극을 가늘고 긴 철사로 연결하여 몇 미터 떨어져 있는 희생자에게 전기화살을 쏘는 '테이저 총'이라는 것도 있다.

또한 미리 옵션을 설정해 놓으면 결박된 희생자의 몸을 감고 있는 고문 띠가 불규칙적으로 시차를 두고 다양한 강도의 전기 충격을 주게 할 수도 있다. 심지어 고문자를 위해 리모컨이 달린 전기 충격 기계도 있는데 이것을 가지고 고문자는 다른 일을 하면서도 고문할 수가 있다. 예를 들어 커피를 마시며 고문하는 것이다.

고문을 받아 본 사람들은 '상상할 수 있는 그 어떤 것보다도 참혹한 것'이 고문이라고 말한다. 가장 참담한 경우는 착오로 붙잡혀 왔거나, 상대가 아무나 죄인을 필요로 하기 때문에 붙잡혀 왔거나, 상부로부터 칭찬받기 위해 밀고한 사람 때문에 아무 죄 없이 잡혀 와서 고문을 받은 사람이다. 정치범은 최소한 자신의 활동에 대한 신념을 가지고 있고, 때로는 많은 힘을 불어넣어 주는 정치적 광신주의자일 수도 있다.

고문을 받고 풀려난 사람들은 고문을 가한 정권에게는 위험한 존재다. 그는 자신의 경험에 대해 술회할 수 있고 지하로 잠적하여 극단적인 정적이 될 수도 있다. 그래서 그들은 살해되어 석방되거나 석방된 직후 살해되기도 한다. 다행히 무사하게 석방된다고 해도 평생 침묵을 지킬 것을 선서하고 또 이를 지켜야 한다. 고문에 의한 후유증은 평생 그를 따라다닌다.

종교적인 동기를 가지고 있는 사람에게는 신에 대한 믿음과 육체적 사망 이후 영생에 대한 믿음이 도움이 되기도 한다. 그 외의 사람들에게는 이미 많은 사람들이 더 참혹한 고통도 견디어 냈다는 것을 상기하는 것이 도움이 될 것이다. 어떤 사람들은 가족을 지키기 위해 고통을 견뎌 낸다. 또 어떤 사람들은 충격과 공포와 불안 때문에 그리고 뇌로 피가 충분히 공급되지 않아서 잠시 의식을 잃는 선물을 받기도 한다. 그

**고문, 화학, 심리학, 생물학 분야의 전문가들로 구성된 세뇌 전담 팀은 사람을 정신적, 육체적으로 파괴하여 껍데기만 빼고는 예전의 것을 깡그리 바꿔 버린다.**

러나 유감스럽게도 이 상태는 불과 몇 분밖에 유지되지 않는다. 차라리 외부의 충격을 받아 뇌진탕을 겪거나 오랫동안 혈액순환이 중단되어 기절하거나 심지어 혼수상태에 빠지는 경우가 더 나을 것이다.

고문이 시작될 때 울음으로 동정심과 관대함을 얻을 수 있다고 생각하는 사람도 있는데, 이는 오히려 정반대 결과를 가져오기도 한다. 그들은 울음이 속임수나 히스테리라고 생각해서 더 가혹하게 대응한다. 고문자는 자신의 고문 기술 앞에서는 그 누구도 대항할 수 없다는 것을 확인하고 싶어한다.

풀려 날 희망이라고는 전혀 없이 극심한 고문을 받는 자는 차라리 죽음을 원한다. 그러나 죽음을 빨리 맞이할 수 있는 기회도 적다. 그렇다면 고문자를 흥분시켜라. 그에게 침을 뱉거나 조롱하거나 기습적으로 덮치면

더 빨리 맞아 죽을 수 있을 것이다.

자신을 고문했던 자를 나중에 붙잡았을 때 이제는 자신이 그를 고문하고 싶은 마음을 억제하려면 상상할 수 없을 정도의 인내심을 필요로 한다. 고문은 보통 복수심, 고문을 고문으로 갚고자 하는 억제하기 어려운 욕구를 불러온다. '눈에는 눈, 이에는 이'인 것이다. 그래서 전 세계에서 고문을 없애는 것은 아직도 요원한 일이 아닐 수 없다.

## 121. 강제 교육과 세뇌

강제 교육은 독재국가의 많은 징벌 방법 중 하나다. 그리고 세뇌는 살해 바로 직전에 이뤄지는 최후의 단계다. 이는 체포된 자가 명망 있는 사람이어서 그의 생각을 바꾸는 것이 무언가 도움이 될 때, 아니면 그들이 전향자를 몇 명 더 필요로 할 때 행해진다.

정치범에게 강제 교육은 고문이나 세뇌와 비교하면 덜 잔혹한 것이다. 여행자는 반정부주의자들과 연대했거나 반군들과 함께 체포되었을 경우에 이러한 상황에 휘말릴 수 있다.

두들겨 패는 대신 대화를 시작한다. 수개월 간의 그런 과정을 통해 잡혀온 사람에게는 새로운 이데올로기가 주입될 것이다. 그는 담배를 피울 수도 있고 매일매일 새로운 역사를 배우게 된다.

내적으로나 외적으로 강제 교육에 반항하는 수인은 우선 굴욕과 모욕을 경험하게 된다. 그러한 반항이 아주 사소한 경우라고 해도, 그의 동지들이나 가까운 동료 수인들이 처벌받는다. 그렇게 하여 동료들 사이에서 갈등과 분쟁이 빠르게 생겨난다. 밀고자도 번성한다. 강제 교육 대상자는 모든 사람 앞에서 반복해서 사과해야 한다. 이러한 과정은 여러 차례에 걸쳐 반복될 것이며 당신을 지치게 할 것이다. 이는 수인들의 자존심과 단결의식을 허물어뜨린다. 그것이 바로 그들의 목표였던 것이다. 그러면 이제부터 당신은 그들의 이론을 모두 수용할 준비가 된다. 그들은 시간을 많이 들여서 한 발 한 발 이를 실천에 옮겨 간다.

수인으로서 이러한 과정에 대해 알고 있다면 이를 견디는 것도 다소 쉬워진다. 함께 잡혀 있는 동지들에게도 이에 대한 확신을 심어 주어 그들이 모욕을 당해도 좀 더 쉽게 견디고, 배신자가 되어 적의 진영으로 넘어가지 않도록 할 수도 있을 것이다. 그러나 이는 쉬운 일이 아니다. 비슷한 유형의 수인들을 한 감방에 넣는 일은 거의 없으며 정치범, 일반수감자, 끄나풀, 죄 없는 사람 등을 한데 몰아넣는다. 이렇게 수인들 간의 갈등이 고조되도록 만든다. 그리고 이러한 상태가 지속되고 동료 수인이 공격적으로 되는 점이 강제 교육을 받는 사람에게 가장 고통스러운 것 중 하나다. 그러니 언젠가는 나가떨어질 수밖에 없다. 더 이상 견딜 수가 없는 것이다. 그러면 그는 석방되고 공개적으로나 가까운 사람들 사이에서 그들이 원하는 구호를 퍼뜨려야 한다. 물론 당신은 그들로부터 늘 은밀한 감시를 받게 된다.

그렇지만 그들이 원하는 구호를 앵무새처럼 따라한다고 일이 끝나는 것은 아니다. 형량 경감이나 자유를 얻기 위해서라면 누구나 거짓으로 그런 행동을 할 수 있다는 사실을 그들은 잘 알고 있다. 그들은 깊이 잠들어 있는 당신을 갑자기 깨워 질문을 던졌을 때도 당신이 그들이 원하는 대답을 즉석에서 내놓을 수 있을 때 비로소 사상개조가 제대로 되었다고 생각한다.

만약 이런 방식으로 상대방을 속이는 데 성공했거나 아니면 정말로 '전향' 되었다면, 이제 당신은 자유의 몸이 될 수 있다. 그럼에도 불구하고 당신은 자유롭지 못하다. 그들은 당신이 해외로 도망칠 것을 염두에 두고 있다. 그래서 이것을 방지하기 위해 당신 가족을 볼모로 잡을 것이다. "네가 잠적하면 아이들에게 보복하겠다"라고 협박하면서.

강제 교육은 사실 일시적인 효과에서 그치는 수가 많다. 교육을 받은 사람이 다시 과거의 환경으로 돌아가고 예전의 영향 속에 빠져들면, 강제 교육으로 주입된 사상이 서서히 사라져 가기 때문이다. 그러나 이러한 복귀는 세뇌를 받았을 때는 불가능하다. 여행자가 이를 경험하는 일은 거의 없겠지만 제3세계 지원 활동가, 사회참여 운동가, 선교사, 기자, 외국인 부부 등에게는 충분히 일어날 수 있다. 영리하고 지적인 사람에게 이런 일은 더 빨리 닥칠 수 있다. 그들은 체포될 때 범죄자처럼, 간첩이나 전쟁포로처럼 취급당한다. 그러고는 곧바로 '머리를 세탁하는' 일이 시작된다.

그 세탁소에는 고문, 화학, 심리학, 생물학 분야의 전문가들로 구성된 팀이 잡혀 오는 사람을 기다리고 있다. 그들은 사람을 정신적, 육체적으로 파괴하여 껍데기만 빼고는 예전의 것을 깡그리 바꿔 버린다. 완벽하게 새로운 인간으로 만들어 낸다. 이 새로운 존재의 껍데기는 꼭두각시 그 이상도 이하도 아니다. 무엇보다 약품을 이용한 이러한 강제 요법에서는 도저히 빠져 나갈 방법이 없다. 오직 자살 외에는.


## 122. 쪽지 전달

적지에서 글로 전달된 내용을 보관하고 있는 것은 위험하다. 그것은 적이 원하는 증거를 제공할 뿐이다. 그렇지만 때때로 이러한 서면 자료가 반드시 필요할 수 있다.

이런 자료는 원칙적으로 사람과 사람이 직접 만나 전달해야 한다. 개인적으로 아는 사람이든지 아니면 암호로 자신을 증명할 수 있는 사람이어야 한다. 신문을 주고받으면서, 메시지를 전달할 수도 있다. 전달 내용은 알아볼 수 없게 되어 있어야 한다. 서로 신문을 주고받는 것을 적에게 들켰더라도 전달하는 메시지가 무엇인지 찾아낼 수 없어야 한다. 그러니까 신문에 쪽지를 넣는 것이 아니라, 신문 표제의 검은 글씨 위에 연필이나 가는 잉크로 글씨를 써서 메시지가 발견되지 않도록 하는 것이다. 이는 특정한 각도에서 보았을 때만 발견할 수 있고 그렇게 읽을 수 있게 하는 것이다.

또한 똑같은 신문을 두 개 준비하여 하나의 신문에서 임의의 광고를 오려 낸다. 오려 낸 광고와 똑같은 광고를 남아 있는 또 하나의 신문에서 오려 내 정확히 일치하게 붙인다. 이로 인해 그 둘 사이에 공간이 생겨나고 그 안에 쪽지를 숨길 수 있다. 담뱃갑이나 성냥갑의 이중 바닥 사이에 숨기는 방법도 있다.

항상 누군가가 자신을 관찰하고 있을지도 모른다는 생각을 잊어서는 안 된다. 그러므로 결코 거리에서 만나서는 안 되고, 메시지 전달은 '우연하게' 이루어져야 한다. 카페 등에서 전달자와 만나 마치 오래 전부터 아는 사이인데 우연히 만난 것처럼 이야기를 나누고 같이 담배를 피우며 각자 따로 신문도 읽는다. 두 사람이 마주보고 이야기를 나눌 때 성냥갑이나 신문은 '별 생각 없이' 테이블 위에 놓여 있어야 한다. 그러다 한 사람이 먼저 일어나 가고 다른 사람도 일어난다. 이때 메시지도 함께 가지고 간다.

직접 건네주는 대신 간접적으로 비밀 우편함에다가 남겨 두는 방법도 있다.

## 123. 비밀 우편함

이는 쪽지를 직접 건네주는 대신 쓰이는 방법이다. 이것의 장점은 이에 관련된 두 사람이 서로 얼굴을 볼 필요가 없으므로 한 사람이 체포되어도 다른 사람은 안전할 수 있다는 것이다.

이러한 비밀 우편함은 공중화장실, 공중전화, 계단 등에 있다. 바깥에서 보이지 않을수록 좋다. 거기에 자신의 메시지를 숨겨두는 것이다. 쪽지를 숨기거나 찾을 때는 눈에 띄지 않게 빠르게 이루어져야 한다. 그 장소에 오래 머물러 있으면 좋지 않다. 또한 쪽지가 그곳에 오랫동안 감춰져 있어야 한다면, 포장을 잘해서 빗물 등에 젖지 않게 한다.

비밀 우편함에는 쪽지 도착 표시를 해야 한다. 이는 쪽지를 숨겨 두었다는 사실을 수령자에게 알려 주는 것이다. 그래야 그가 그 장소에서 불필요하게 어슬렁거리는 일이 없다. 쪽지 도착 표시 역시 다른 사람의 눈에는 전혀 띄지 않아야 하며, 우연하게 사라지거나 날씨 때문에 지워지지 않아야 한다. 이 표시는 눈에 잘 띄지 않으면서도 사정을 아는 사람에게는 매우 분명하게 보여야 한다. 즉, 우연히 지나치는 것처럼 하면서도 한눈에 알아볼 수 있어야 한다. 색깔 있는 압핀을 꽂아 두거나 커튼을 걷어 놓는 것이 추천할 만하다. 분필 표시나 담뱃갑 등은 적당하지 않은데, 부지런한 건물 관리인이라면 즉각 치워 버릴 것이기 때문이다.

더 나아가 주의 표시도 중요하다. 이는 우편함에서 멀리 위치한 곳에 쪽지 도착 표시와 비슷한 방식으로 표시한다. 그것은 쪽지 수신자에게 경고를 할 경우, 즉 편지함이 발각되었거나 적의 감시하에 있는 경우 등에 사용된다.


## 124. 도청 방지

오늘날은 어디에서나 당신을 엿듣고 도청할 수 있으며 당신의 대화를 편집하여 이용할 수도 있다. 그러므로 신변의 위협을 느끼고 있는 독재국가에서는 항상 도청되고 있다는 전제에서 출발하라. 적에게 당신이 의심스런 존재라면 그들은 당신을 지목해 항상 도청을 할 것이다. 그러나 무작위로 몇 명을 추출하여 시험 삼아 도청할 가능성도 있으니 조심하라. 자신이 도청되고 있다는 사실은 깨닫기가 매우 어렵기 때문이다.

그러므로 꼬투리가 잡힐 만한 것에 대해서는 결코 집 전화나 휴대폰으로 이야기해서는 안 된다. 쇼핑하러 갔다가 공중전화 부스를 찾아 1분 내로 자신의 용건을 모두 이야기하고 끊어라. 1분 이내라면 엿듣는 사람은 당신이 전화를 거는 위치를 찾아낼 수 없을 것이다. 그리고 결코 두 번 다시 같은 장소를 이용하지 말아라.

좀 더 많은 것을 이야기해야 한다면 여러 군데의 전화를 옮겨 다니며 통화하라. 전화를 연달아 걸 때 그 시간 간격은 불규칙해야 한다. 결코 12시, 13시, 14시, 15시 정각에 전화하지 말라는 말이다. 그리고 30분 간격이나 15분 간격도 안 된다. 완전히 불규칙한 시간, 즉 14시 19분이나 15시 11분 같은 시간을 택하라.

부득이하게 당신의 전화로 통화해야 한다면 우선 처음에 당신이 전할 말이 있다는 사실을 상대방에게 암호로 밝혀라. 그 메시지는 일부러 말을 많이 하고 상투적인 수다를 나누는 중에 은밀하게 전해져야 한다. 이는 엿듣는 사람을 피곤하게 한다. 본래의 짤막한 메시지는 마지막 부분에 암호화해서 말하라.

대화 상대를 직접 만날 때도 마찬가지로 누군가 엿들을 수 있다. 지향성 마이크, 집 안에 숨겨 놓은 마이크, 벽을 통한 엿듣기 등의 위험은 항상 존재한다. 집에서는 옆집 벽과 바로 맞붙어 있는 공간에서는 절대로 이야기하지 않으며, 창문과 문은 닫고, 라디오나 텔레비전을 켜서 음악 때문에 대화 소리가 잘 들리지 않게 하라.

당신과 당신의 집이 감시당하고 있을 수 있다. 조심스럽게 행동하며 결코 눈에 띄는 행동을 하지 말아라. 당신의 옷차림, 하루 일과, 이웃과의 대화에서도 철저히 평범하게 보이도록 하라. 주위를 둘러보아 누군가 계속 쫓아오지 않는지 살펴보라. 낯선 사람을 너무 유심히 훑어보지는 말아라. 이는 당신이 위험을 감지했고 불안감을 갖고 있다는 사실을 그들에게 알려 주게 된다. 누군가 따라오고 있다는 의심이 든다면 길 건너편으로 건너가거나 걷는 방향을 바꿔 보라. 그러나 인도 양쪽을 왔다 갔다 하면서 걸으면 안 된다. 길을 건넜으면 그럴 만한 이유가 있어야 한다. 건너편 진열장에 흥미로운 것이 있을 수도 있다. 거기 유리창에서는 또한 당신을 따라온 당신의 '그림자'가 어떻게 행동하는지를 잘 볼 수 있다. 그의 얼굴을 기억하는 것은 멀리서는 어려울 것이다.

미행자에게 친구와 만나는 모습을 보이고 싶지 않다면 먼 길로 돌아가라. 그것도 합리적인 이유가 있어야 한다. 여행사를 찾아 들어가 아무것이나 문의하라. 아니면 아무데서나 찾아볼 수 없는 특별한 음식점을 찾아가라. 대중교통을 이용한다면 차가 떠나기 직전에 올라탄다. 그리고 누군가 당신 뒤를 따라 급하게 올라탄다면 그를 의심하라. 그리고 다음 정거장에서 곧바로 내려라.

파트너가 낯선 사람과 동행하고 있다면 모르는 체 그냥 지나쳐 가라. 약속 시간은 반드시 엄수한다. 상대방을 결코 2분 이상 기다리지 말아라. 레스토랑에서 만날 때는 등을 벽 쪽에 대고 앉아 전체 공간이 한눈에 들어오는 자리를 택하라. 이야기 내용을 종이에 메모해서는 안 된다. 전부 머릿속에 기억해야 한다. 헤어지기 전에 다음 만남을 약속하고 두 사람 중 더 중요한 사람이 먼저 떠난다.

## 125. 배신자

정권의 시스템이 야만적일수록 밀고자, 배신자, 정권 협력자들이 많아진다. 그렇지만 일반적인 수준의 정치가 이뤄지는 나라에서도 그리고 대기업 내에서도 교활한 자, 아첨하는 자, 상관의 침도 핥으려는 자 등을 엄청나게 많이 볼 수 있다. 원칙적으로 그 누구도 믿어서는 안 된다. 기본적으로 만인의 적은 만인이다. 부유하고, 명망 있고, 무언가를 더 많이 소유하고 있는 사람일수록 자신의 특권을 유지하기 위해서라면 악독한 술책도 사용할 용의가 있고 불구대천의 원수와도 협력할 준비가 되어 있다. 그들의 적은 이런 점을 최대한 활용할 줄 안다. 그들은 밀고자는 경멸하지만 밀고는 사랑한다.

누구나 배신자가 될 수 있다. 그것은 성격과 유혹과 증오와 정치적 광신 등에 달린 문제다. 9.11 테러와 관련하여 소위 '숨은 테러범'이라고 하는 사람들을 생각해 보라. 이웃 사람들은 그들을 예의 바른 시민이라고 말했다. 그러니 이제 우리는 예의 바른 시민을 더 이상 믿을 수 없는 것이다. 예의 바를수록 더 의심스럽다. 그러므로 주의해야 한다.

유감스럽게도 인간은 다른 사람의 도움을 필요로 한다. 하지만 탈출 작전을 펼칠 때는 함께 활동하는 사람의 수를 최소화한다. 기억하라. 이미 말했듯이 참된 비밀은 오직 혼자서만 알아야 하는 것이다. 두 사람 이상이 되면 비밀은 더 이상 안전하지 않다.

그러므로 믿을 만한 사람을 고르는 데 있어서는 아무리 주의를 해도 충분치 않다. 누군가를 완전히 믿기 전에 그의 신뢰도를 테스트하라. 그에게 어떤 사실들을 털어놓고 오직 그 사람만이 알게 한 다음 그것이 비밀로 지켜지는지를 본다. 아니면 그에게 계획의 일부만 이야기한다. 당신이 그리 좋지 않은 상황에 처해 있을 때도 가능하다면 그를 테스트하라. 그때가 되면 쥐들은 가라앉는 배를 떠나게 되고 참된 친구들은 제자리에 남아 자기 모습을 드러낸다. 함께 활동하는 사람의 수가 훨씬 줄어들더라도 그것은 문제가 되지 않는다. 그때 떠나는 사람은 어차피 위급한 상황이 닥치면 떠날 사람들이다.

당신이 그들에게 타격을 가할 능력과 수단이 있거나, 그들에게 커다란 이익을 보장해 줄 수 있거나, 그들과 당신이 같은 배를 타고 있을 때라야 그들은 당신을 배반하지 않을 것이다. 이러한 상황이 되도록 모든 것을 신중하고 꼼꼼하게 준비해 놓아야 한다. 함께 모의하고 있는 일이 수포로 돌아가거나 당신이 체포되거나 죽게 된다면, 그들로서도 손해가 되도록 만들어야 한다.


## 126. 탈출

탈출은 종종 자유를 되찾는 유일한 방법이 되기도 한다. 그것은 독재로부터일 수도 있고, 감옥으로부터일 수도 있고, 포로 생활로부터의 자유일 수도 있다. 자유에 대한 갈망은 피구금자가 삶에 대한 의욕을 유지하도록 해 준다. 탈출 작전이 없었다면 갇혀 있는 많은 사람들, 특히 죄 없이 갇혀 있는 사람들은 정신적으로나 육체적으로 곧 파멸하고 말았을 것이다.

개중에는 갇혀 있으면 몇 시간 내에 절명하는 사람이나 짐승들도 있다. 예를 들어, 마사이족이나 부시맨들은 사흘 이상 갇혀 있으면 죽는다. 넓은 초원에 익숙한 그들이기에 감옥에서는 죽을 수밖에 없다. 과거 케냐를 지배하던 영국 식민지 당국은 이를 깨닫고 마사이족에게 구속 대신 다른 처벌 방법을 고안해 냈다. 즉, 체벌이나 소를 몰수하는 것이다. 동물 가운데서는, 썰매 개인 시베리안 허스키가 우리에 가두면 한두 시간 만에 죽어 버린다. 그들은 좁은 공간을 견디지 못한다.

전쟁포로들은 탈출할 권리가 있을 뿐 아니라, 어떻게든 자신의 부대에 원대복귀하기 위해 노력해야 할 의무도 가지고 있다. 이러한 탈출은 처벌받지 않는다. 어쨌든 제네바 협정에 따르면 그러하다는 이야기다. 물론 이러한 규정들은 쉽게 무시되고, 독재자가 마음대로 정한 규정대로 일이 처리된다.

2차대전 중에 전쟁포로로 잡혀 있다가 탈출하였으나 곧 다시 붙잡힌 영국인들은 대부분 처벌받지 않았다. 이와 마찬가지로 어느 독일 감옥에서 탈옥했던 한 죄수도 다시 잡혔을 때 처벌을 받지는 않았다. 그러나 그는 탈옥 행위에 대한 보복을 당했다. 모욕감을 느낀 간수들, 체면을 구긴 감옥 소장은 이에 대해 분풀이할 방법을 찾은 것이다. 즉, 더 엄격해진 감시, 텔레비전 시청 금지, 면회 금지, 노동량 늘이기 또는 노동 금지 등이 그것이었다.

대부분의 경우 탈출을 할 때는 무언가 손상을 입히게 된다. 간수를 때려눕히거나 심지어 사람을 죽게 했다면 이러한 탈출은 어떤 관용도 기대할 수 없게 된다. 혼자 탈출하지 않고 다른 수인들을 거기에 연루시킨 탈출자에게는 반란 선동죄가 부여된다. 감옥 바깥의 조력자들은 탈옥 방조죄에 의거한 고발을 감수해야 한다. 그러니까 이러한 시도를 할 때는 언제나 어떤 장점과 단점이 있는지 견주어 본 뒤 최종적으로 판단해야 한다.

성공한 모든 일이 그렇듯이 계획을 최대한 철저하게 세우는 것이 무엇보다 중요하다. 무엇 하나도 우연에 맡겨서는 안 된다. 탈출에 한 번 실패하면 이를 다시 시도하기란 거의 불가능하기 때문이다.

재수가 없으면 탈출 사실이 너무 빨리 들통 나게 된다. 그러면 곧 인간 사냥이 시작된다. 개, 자동차, 헬기, 수많은 수색대원과 장비가 동원되어 당신을 찾는다. 그렇게 되면 당신이 그들보다 조금 먼저 출발했다는 사실, 자유에의 갈망, 다시 갇히게 될지도 모른다는 불안, 탈출 기회는 다시 돌아오지 않을 것이라는 판단 등이 당신이 가진 재산의 전부다. 여기에 복수심이나 증오도 포함될 수 있을 것이다. 이 모든 감정이 당신을 강하게 만든다.

오로지 살아남기 위해 질주한다. 두개골이 흔들리고, 모든 감각을 잃어 가는 것처럼 느껴지고, 입 안은 가루처럼 퍼석퍼석 말라 간다. 장과 신장이 담고 있던 내용물을 모두 쏟아 낸다. 그래도 어찌할 도리가 없다.

상황이 허락할 때마다 달리는 속도를 줄이고 힘을 절약하라. 세 번 깊은 숨을 쉰다. 밤의 어둠 속으로, 빗속으로, 바람 속으로, 눈 속으로 도망간다. 물을 건너거나 바위 위를 지나가라. 흔적을 남기지 않아야 쫓아오는 자들의 추적을 따돌릴 수 있다. 개가 가장 위험하다(214쪽 '동물의 위협' 참조). 개는 토끼몰이에만 이용되는 것이 아니다. 단 한 마리의 개가 당신의 탈출을 수포로 만들 수도 있다.

추적자들 중 한 명이 당신에게 다가오면 죽기살기로 대응하라. 이제는 '모 아니면 도'다. 그야말로 '죽어도 살아남아야' 한다. 최소한 빨치산 올가미는 가지고 있어야 한다. 이는 눈에 잘 띄지 않기 때문에 언제나 몸에 지니고 다니는 게 좋다. 몽둥이, 돌, 모래 한 줌이 마지막 순간에 결정적 무기가 될 수도 있다. 치아도 잊지 말아라. 추적자의 코를 물어뜯고 목의 동맥을 끊어 버려라.

그가 당신을 부둥켜안는다면, 수상 인명구조 강습에서 배운, 물에 빠진 사람이 매달릴 때 쓰는 최후의 수단을 상기하라. 그가 끌어안고 손가락으로 깍지를 끼면 손가락 하나를 부러뜨린다. 손가락 모두를 부러뜨릴 필요는 없다. 그건 너무 힘이 든다. 손가락 하나로 족하다. 정강이 촛대뼈를 발로 차고, 낭심을 걷어차고, 무릎을 옆에서 비스듬히 걷어차고, 박치기 공격을 가하라. 두 손으로 양쪽 귀를 동시에 갈긴다. 처음 한 방은 두 번째 타격이 불필요할 정도로 필살의 위력을 가져야 한다.

그러고는 계속 도망쳐라. 그들은 당신이 곧바로 강, 국경, 동조자가 있는 곳, 피신할 곳이 많은 산 쪽으로 가리라고 생각한다. 어쩌면 그런 곳에는 이미 그들이 잠복하고 있을지도 모른다. 그들이 예상치 못하는 곳으로 가라. 도망자라면 누구나 숨을 만한 뻔한 곳, 즉 나무 위, 풀숲, 구덩이같은 곳으로 가는 것보다는 차라리 그들의 본거지로 가는 편이 낫다. 모래를 파고 그 안으로 들어가 작은 관을 이용해 숨을 쉬어라. 아니면 물 위에 떠 있는 잡동사니 바로 밑에 숨어라. 그 잡동사니의 흐름을 따라 도망하라. 한 손으로는 큰 돌을 잡아 몸이 떠오르지 않게 하라. 돌을 허리에 매달 수도 있다. 다른 손으로는 숨대롱을 든다. 숨대롱의 길이는 30㎝ 이상이 되어서는 안 된다.

그들이 무서워하거나 구역질이 나서 접근하지 못할 곳으로 도망가라. 예를 들어 악어들이 있는 호수나 재래식 화장실의 분뇨 안으로 들어간다. 그것이 당신의 몸 냄새보다 강하기 때문에 개들은 더 이상 추적할 수가 없다. 피신처에 오래 머물러 있어라. 언젠가 그들은 당신이 이미 멀리 도망쳤다고 믿게 될 것이다. 그러면 그때 정말로 바람처럼 사라지는 것이다.

무엇보다도 추적자를 과소평가해서는 안 된다. 차라리 그들을 과대평가했다가 나중에 기분 좋게 웃는 편이 낫다. 항상 그들의 입장에서 생각하라. 당신이라면 당신이 쫓는 사람을 찾아 제일 먼저 어디로 갈 것인가? 지금 도망 중인 당신은 어떤 일이 있어도 그곳으로 가서는 안 된다. 집에 숨어들어 온 절도범이라면 누구나 벽에 걸린 그림 뒤에 숨겨 놓은 돈을 찾아낼 것이다. 그러나 테이블 위에 놓인 돈은 지나치고 만다. 이 원리에 따라 숨어야 한다.

도시에서 은신하는 것은 더 쉽다. 특히 그 도시에 대해 잘 알고 있을 경우에는 더욱 쉽다. 그곳을 잘 모른다면 미리 알아 두어야 한다. 같이 갇혀 있는 수인들 중 그 도시를 아는 사람이 있을 것이다. 여러 갈래로 나뉜 하수도 시설을 이용하자. 이는 마치 강처럼 본류와 지류들로 이루어져 있다. 그리고 낮에 숨느냐 밤에 숨느냐에 따라 수위가 높을 수도 있고 낮을 수도 있다. 지도도 미리 공부해 두어 머릿속에 정보가 빼곡히 들어 있어야 한다. 이 지역에 정통한 수인들이 도와줄 것이다.

하수도관은 사람 키 이상으로 넓을 수도 있고, 기어서 지나가야 할 정도로 좁을 수도 있다. 길의 방향만 잃지 않는다면 어떻게든 전진할 수 있다. 찻길처럼 표지판이 붙어 있는 하수도도 많다. 그렇다면 이를 읽기 위해 불빛이 필요하다. 또한 냄새에 너무 민감해도 안 된다. 하수도관에는 지상으로부터 내려온 온갖 종류의 쓰레기들이 흐르고 있다.

이곳에서 길의 방향을 잡는 데는, 밀림에서 강물의 흐름으로 방향을 찾는 방법이 도움이 된다. 수로는 모두 다른 수로와 연결되어 있다. 하수도관은 하류 방향으로 갈수록 반드시 커진다. 그래서 당신은 더 빨리 앞으로 나아갈 수 있고 더 이상 구부리고 걷지 않아도 된다. 심지어 수영도 할 수 있다. 하수도는 밤 12시부터 아침 7시 사이가 가장 한가하다. 이는 사람들이 모두 잠들어 있어 화장실이나 욕실에서 나오는 생활용수나 공업용수 등이 적기 때문이다. 그 시간이 지나면 수위가 다시 올라온다. 마치 밀물과 썰물 같다. 거리를 재기 위해서는 걸음걸이 횟수나 수영할 때 팔다리를 저은 횟수를 센다.

하수도 안은 따뜻해서 오래 버틸 수 있다는 것이 장점이다. 게다가 당신은 혼자가 아니다. 어둠 속에서 쥐들이 찍찍거리고, 무언가 부스럭거리고, 쩝쩝거리고, 후닥닥 움직이는 소리가 나고, 삑삑거리고, 삐걱거린다. 아메바, 부식균, 박테리아 수십 억 마리가 열심히 분뇨를 분해하면서 만들어 내는 소음이다. 그리고 곳곳에 기생충이 기어 다닌다.

하수관에서는 소리가 공명되어서 더욱 크게 들린다. 관이 비어 있을수록 소리는 더 울리게 마련이다. 도망자는 이를 명심하고 어떠한 소리도 내지 않도록 해야 한다. 이곳에서는 수백 미터 밖에서도 당신의 소리를 들을 수 있다.

따뜻한 것은 좋지만 따뜻한 공기 중에서 형성되는 부패 가스는 위험하다. 독가스가 느껴지는 즉시 출구로 기어올라서 이 가스층 위로 피해야 한다.

지하 하수도를 통한 도주의 어려움은 들어오고 나가는 것이다. 하수도를 덮고 있는 뚜껑이 매우 무겁기 때문이다. 힘이 약한 사람은 지렛대로 열도록 한다. 그렇지 않으면 하수도로 들어오고 나가는 것을 도울 수 있는 친구가 있어야 한다. 이때는 어둠과 악천후를 보호막으로 이용할 수 있다. 그런 친구가 없다면 반정부 운동가 한 사람을 미리 찾아 둔다. 대강의 규칙을 말하자면, 아무리 강력한 정권이라도 정적과 천적이 있고 또한 아킬레스건도 가지고 있다는 사실이다. 오랜 수감 생활을 통해 이런 것들을 찾아낼 시간이 충분히 있었을 것이다. 그들 중 도움이 될 만한 사람을 찾아내라. 그들은 당신이 도망 중에 며칠 간 먹을 음식이나 축축하게 젖지 않고 잠잘 수 있을 장소 등도 제공할 수 있을 것이다. 그러나 하수도에서 아주 오랫동안 지낼 각오를 해야 한다.

계속해서 추적과 체포에 대한 불안감을 가지고 있어야 하는 사람은 자연스럽게 그리고 눈에 띄지 않게 군중 속에서 섞여 움직이는 것이 힘들게 느껴질 것이다. 수천 개의 눈들이 당신을 관찰하고 있는 것처럼 느껴지겠지만, 그럼에도 불구하고 당신은 아주 자연스럽고 여유 있는 모습으로 사라져야 한다. 허둥거리며 주위를 두리번거려서는 안 된다. 저 멀리 파란 스웨터 입은 녀석이 10분 전부터 쫓아오고 있기 때문에 신경이 몹시 날카롭더라도.


## 127. 사형

복수, 특히 피의 복수는 자신이 당한 부당함에 대해서 보상받으려는 오래

된 극단적 형태다. 이러한 억울한 사정은 자신이 실제로 당했을 수도 있지만 자신이 당했다고 억측하는 것일 수도 있다. 어쨌든 이러한 보복은 사형을 금지하는 현대의 법 정신에 더 이상 어울리지 않는다. 범죄자에 대한 처벌은 국가의 몫이다. 그런데 국가는 법적 규정들에 의거해야 하고, 증거물이 반드시 제시되어야 하고, 나아가 피의자의 처벌을 경감시켜 줄 수 있는 변호사들이 엄청나게 많기 때문에 많은 수의 범죄자들이 응분의 처벌을 받지 않을 때도 있다. 그렇게 풀려난 범죄자가 계속해서 피해자를 조롱하는 일도 드물지 않다. 그러면 정의를 위해 피해자는 직접 도끼를 들고 자신의 분노와 무력감에 대한 보상을 스스로 찾을 수밖에 없게 된다.

매우 많은 국가들에서 사형은 아직도 횡행하고 있다. 심지어 인민재판까지 일어난다. 살인을 살인으로 복수하는 것은 많은 부족과 민족에게는 명예로운 의무에 속한다. 여기서 복수의 대상은 살인자뿐만 아니다. 그저 단순한 모욕이나 파혼, 결혼한 여성과의 시시덕거림이나 간통 등이 모두 죽음으로 처벌받을 만한 일이 된다.

사형이 금지되었든 아니든, '스스로 복수를 해야 하는가' 라는 질문을 던질 일이 생길 수 있다. 상대로부터 자신의 삶이나 가족의 삶이 결정적인 피해를 당했거나, 그 부당함이 지금까지도 계속되고 있고, 결국 한 사람이 파멸될 위기에 처해 있다면 더욱 그러하다. 이러한 욕구는 가해자가 경멸의 웃음을 보내며 또다시 다음번 공격을 계획하고 있는 그런 정의롭지 못한 국가에서 살면 더욱 강하게 느끼게 된다.

보복의 대상은 살인과 같은 엄청난 범죄에 해당하는 것만은 아니다. 그것은 계속되는 음모나 잘 계산된 언론 플레이 등으로 앞으로의 삶을 못 견디게 만드는 것이면 족하다. 그렇지만 복수를 결심했다면 치밀하게 계획해야 하고 또 효과적이어야 한다. 장기에서 한 수 한 수 두어 나가는 것처럼, 그래서 결국 장군을 불러 외통수로 끝내 버리는 것처럼.

## 128. 무장해제

적을 결박하지 않았다면 조심하라. 무기를 숨기고 있을 수 있다. 이를 빼앗아야 한다. 그가 항복했고 손을 머리 뒤로 올렸더라도, 목 뒤나 모자 속에서 무기를 끄집어 낼 수도 있다. 그러므로 엄호를 계속 받으면서 무장해제를 한다. 무기를 아주 천천히 내려놓게 한다. 그 어떤 빠른 동작에도 무자비하게 총격을 가할 것이며, 이러한 경고가 진심이라고 분명히 알린다. 그는 자신의 목숨을 구하기 위해 호시탐탐 기회를 노리고 있을 것이다. 당신이 조금이라도 주의를 소홀히 하면 그 순간 당신은 이 세상 사람이 아니게 된다. 그가 스스로를 엄폐할 수 있는 곳으로 들어가지 못하도록 주의하라. 그의 무기를 절대로 손으로 건네받지 않는다.

무기를 수색할 때는 그가 배를 땅에 대고 눕도록 하고 팔을 머리 뒤로 돌린 뒤 두 다리를 벌리게 해야 한다. 안전장치를 푼 총을 겨눠 그를 견제하되 총을 그의 몸에 대고 누르지는 않는다. 순간적으로 그가 몸을 홱 돌리면 오발을 하게 된다. 등 뒤부터 더듬어 수색하고 나서 몸을 앞으로 돌리게 한다. 앞을 더듬는 것은 위험하므로 총구를 그의 입 안에 집어넣는다. 상대로서는 몸을 조금만 움직여도 방아쇠가 당겨질 수 있기 때문에 공포심에 꼼짝도 하지 못할 것이다

옆에서 도와주는 사람이 있으면 일이 더 쉽다. 그러나 그가 당신과 상대방 사이에 있지 않도록 하라. 무기 하나를 찾았다고 해서 그가 무장해제된 것은 아니다. 무기는 여러 개 있을 수 있다. 상대가 옷을 완전히 벗었을 때 그에게 더 이상 무기가 없다는 것을 확실히 알 수 있다.

수갑을 가지고 있으면 최대한 신속하게 그의 손을 등 뒤로 돌려 포박한다. 손을 묶을 때 관절이 비틀어지지 않도록 주의한다. 그렇지 않으면 그는 나중에 수갑 내의 공간을 이용해 손을 뺄 수 있다.

수갑이 없으면 전선, 실, 천으로 된 끈, 테이프 등을 이용한다. 중요한 것은 두 손이 엇갈리게 묶여야 한다는 것이다. 팔을 묶은 끈과 발을 묶은 끈을 서로 연결한다. 그 범죄자의 위험 정도에 따라서 손발을 묶은 뒤 눈과 입을 봉하고 그를 기둥에 묶어 둘 수 있다.

그가 결박이 너무 **빡빡**하다거나 피가 통하지 않는다고 불평하면 조심스럽게 사실인지 확인하라. 그가 화장실에 가야 할 때 특히 주의할 필요가 있다. 그의 바지를 직접 풀어 주어 묶인 상태에서 일을 보게 하라. 뒤까지 깨끗하게 닦아 줄 필요는 없다. 몸단장은 나중에 감방에 들어가서 해도 충분하다.

## 129. 국제법

독재가 무엇인지 아는 사람이라면, 독재 치하에서 얼마나 쉽게 사람이 체포되고 구금되고 판결을 받는지 알 것이다. 보통은 외국인이 체포되었을 때 그들의 외교공관에 사실을 알릴 의무가 있다. 그러나 그런 일은 드물다. 당사자가 이를 직접 전하는 편이 더 확실한 방법이다.

외교공관은 그를 위해 최선을 다할 것이다. 고향에서 돈이 도착할 때까지 쓸 수 있는 돈을 마련해 주거나 고향으로 돌아가기 위한 여비도 어느 정도 마련해 준다. 또한 급성 질병이나 사고에 대한 치료비, 그곳에서 사망한 가까운 가족이나 친지를 위한 장례비를 지원받을 수도 있다. 이것이 전부다. 고향에 돌아가면 모두 되갚아야 한다.

이러한 서비스는 국제적으로 이뤄지고 있는 국제법의 일부다. 이는 국제관습법의 일환이거나 국가 간에 함께 합의한 조약에 근거한 권리사항이다. 오늘날 거의 모든 국가는 UN헌장에 명시된 보편적 국제법에 따르고 있다. 어쨌든 '서면상'으로는 그렇다. 그러나 실제로는 유감스럽게도 종종 상황이 완전히 다를 때도 있다.

이러한 합의는 상호주의 원칙에 따라 준수된다. 주는 대로 받는 것이다. 이를 위반했다고 해서 처벌할 수 있는 국제재판소는 없다. 국가를 초월한 절대적인 집행권을 갖는 기구는 없다. 기껏해야 '권장' 정도의 성격만을 갖는 기구들이 대부분이다. 사실 국제법은 각 국가의 법보다 높은 지위를 가진다. 그러나 이는 그 국가가 국제법을 수용했을 때에 한한다.

국제법은 예를 들어 영토권 관련법, 해양법, 전쟁법, 중립에 대한 권리나 인권 관련 조항, 우주 공간 관련법, 국제기구 관련법, 폭력 및 개입 금지 등의 규정을 포함하고 있다. 많은 국제법상의 내용이 제네바 협정에 명시되어 있다. 여기서는 무엇보다도 부상자, 포로, 난민, 조난자 등 전쟁 희생자의 상황을 개선시키는 것이 주목적이다. 이는 또한 '적십자'에 대한 존중과 인간성 회복이라는 기본 원칙을 준수하는 데 목적이 있다.

인간 생명에 대한 공격, 특히 살인이나 신체 일부의 절단, 잔인한 행위, 고문, 인질, 인간 존엄성 침해, 재판 없는 판결과 처형 등은 언제 어디서나 금지되어 있다.

국제법상 침략 전쟁은 생물학무기, 화학무기 투입과 마찬가지로 범죄

행위다. 많은 나라가 이에 서명했다. 그러나 서명하지 않은 나라도 많이 있다. 이 사안이 최종적으로 어떻게 결정될지는 아직 알 수 없다.

신문을 펼쳐 보면 이러한 법들이 종종 한낱 종이조각에 불과하다는 것을 알 수 있다. 그럼에도 불구하고 이런 법이 있다는 사실은 중요하다. 이는 억압받는 사람, 짓밟히고 권리를 빼앗긴 사람들에게는 희망과도 같다.

기자, 세계여행자, 외국 원조기구 직원 등은 그들이 반정부단체에 동조하고 그들과 함께 싸우고 있다는 정부 측의 의혹을 받기 쉽다. 즉, 반정부 인사들과 한 배를 타는 꼴이다. 당신은 외국인으로서 그리고 그 나라의 손님으로서 가끔은 특혜를 받을 수도 있다. 그러나 다른 피부색과 국적 때문에 불구대천의 원수로 간주되어 더 강경한 처벌을 받거나 국민들로부터 린치를 당할 수도 있다. 예를 들어 이라크나 팔레스타인에서 미국인이 그런 대우를 받을 수 있다.

포로와 관련된 제네바 협정의 규정들에 적용받기를 원한다면 자신이 군인이라는 것을 분명히 드러내야 한다. 평상복을 입은 용병은 범죄자 취급을 받는다. 군인은 무기를 항상 드러내 놓고 있어야 한다. 그는 민간인, 구급차, 병원, 의료진 등을 보호해야 한다.

**이러한 국제법들은 종종 한낱 종이조각에 지나지 않는다. 그럼에도 불구하고 이런 법이 있다는 사실은 중요하다.**

의무병은 무기를 소지해서는 안 되고, 구급차로 군용 물품을 수송하는 따위의 행동으로 적십자 표식을 오용해서도 안 된다. 군인들은 조난자를 쏘아서는 안 되고, 비행기가 추락해서 낙하산을 타고 내려오는 사람을 쏘아도 안 된다. 그러나 만일 어차피 착륙한 후 싸움을 벌이게 될 정규 공수부대 소속 군인이라면 공중에 떠 있을 때도 쏠 수 있다.

항복한 사람에게 총격을 가해서는 안 된다. 보복을 해서도 안 된다. 포로들을 자기 부대원처럼 다루어야 한다. 그들은 식사, 의약품, 의복 등과 함께 문화생활도 누릴 수 있어야 한다. 그들은 자신의 국민들에게 불리하게 될 적대 행위, 예를 들어 참호 파기 등에 억지로 내몰려서도 안 된다. 그들의 수용소에는 포로수용소라는 표시로 PW나 POW<sup>Prisoner of War</sup>가 분명하게 쓰여 있어야 한다. 포로에게는 자신의 인적 사항과 계급 이외의 다른 진술이 강요되어서는 안 된다. 그는 정신적·육체적인 고문을 당해서는 안 되며, 모욕을 받아서도 안 된다.

점령군은 문화유적, 문화재, 종교 시설, 적과 가족의 재산을 존중해야 한다. 다만 적이 가지고 있는 무기, 통신 기기 및 수송 차량 등은 확인증을 발행한 뒤 압수한다. 수상한 태도를 보이거나 군복 없이 싸우는 민간인들은 범죄자나 스파이와 마찬가지로 판결을 받게 된다.

포로수용소에서 도망치는 사람은 처벌받지 않는다. 그리고 탈출을 위해 식료품이나 기구를 훔쳤어도 심한 처벌은 받지 않는다. 그는 기껏해야 군기 위반으로 다루어질 뿐이다. 그러나 도망친 사람이 간수를 죽였다면 살인 행위로 처벌할 수 있다.

진정한 군인은 인질을 자기 앞에 끌고 다니면서 총알받이로 이용하지 않고, 백기를 들고 나온 협상 상대자를 존중한다. 또한 사격 중지를 해야 하는 경우를 엄격히 지키는데, 이는 부상자들을 전선에서 데리고 나오기 위해 자주 필요하다.

매일매일 전쟁의 참상을 겪고 있는 사람들에게는 이런 전쟁에서의 규칙들이 동화책에나 나오는 듯한 비현실적인 이야기처럼 들릴지도 모른다. 사방에서 피가 튀는 현실은 일단 한쪽에서 고문을 시작하면 그 적도 이를 주저하지 않게 되고, 그러면 모든 협정들은 손바닥 뒤집듯이 쉽게 효력을 잃게 된다. 권리는 자신의 의무를 제대로 이행했을 때 비로소 요구할 수 있는 것이다.


## 130. 평화 협정

사람들은 이런저런 이유로 서로 충돌하고 갈등을 빚으며 살아가게 마련이다. 당신은 하드락을 좋아하는데, 이웃집 사람은 그 소리 때문에 고막이 터질 것 같고 몇 시간째 잠도 못 잤다면서 당신 집의 벽을 쿵쿵 두드린다. 이때 해결책은 타협이다. 한 사람은 음악을 줄이고, 다른 한 사람은 "좋아요. 오늘은 내가 귀마개를 하고 자죠"라고 하는 것이다.

사람들이 서로 입장을 바꿔 생각해 보면 불화는 생기지 않을 것이다. 그리고 분쟁으로 발전하기 전에 상대를 찾아가 충고, 협력, 이해, 협조를 부탁하는 슬기와 용기를 가졌다면 골칫거리가 평화롭게 해결될 수 있다.

그렇게 작은 것에서부터 평화를 유지하는 능력을 키우면 가족이나 학교, 직장 등 공동생활 어디에든 이를 적용해 실천할 수 있다. 그러나 지속적인 평화를 위해 가장 중요한 것은 양쪽이 모두 선의를 가지고 관용의 위대성을 보여야 한다는 점이다. 그렇게만 되면 양쪽의 삶은 더 평화로워질 수 있다. 그렇지 않으면 조그만 전쟁들과 증오와 계략 속에서 삶은 점점 무너지게 된다. 삶의 질은 최악이 된다.

그러나 아무리 선한 사람이라도 악한 이웃의 마음에 들지 않으면 평화롭게 살 수 없다. 그러면 우선 중재자를 찾아야 한다. 예를 들어 지방자치단체나 직업단체에서 중재자를 소개해 준다. 때로는 전문가에게 의뢰하여 그의 판정을 전적으로 따를 것이라는 의사 표명만으로도 상대방은 꼬리를 내린다.

분쟁 상황에서 잊지 말아야 할 점은, 너무 흥분하지 말고 냉정함을 유지하는 것이다. 감정에 치우친 비판을 해서는 안 된다. 그럴수록 효과가 떨어진다. 누구나 한번쯤은 잘못을 저지르고, 누구나 운이 따르지 않는 날이 있다. 상대방이 사과를 하거나 타협안을 찾았다면 가급적 이를 군말 없이 받아들이는 아량을 보이자.

더 이상 다른 방안이 보이지 않는다면 상대방의 경쟁자를 당신의 동맹자로 만들어라. 이는 상업, 수공업, 정치 등 많은 분야에서 가장 쉽고 빠른 방법이다. 아무리 막강한 사람도 어딘가에 적이 있게 마련이다. 그 적을 당신의 아군으로 끌어들이는 것이다.

중재자를 통해 별로 효과를 보지 못했다면 언론에 호소해 볼 수 있다. 무엇보다도 당신의 사건이 대중의 흥미를 끌고 세상의 이목을 집중시킬 수 있다면 효과가 있을 것이다.

그 다음에는 법원, 청원위원회, 구호단체 등의 도움을 받을 수 있다. 더 나아가 직접 시민단체를 구성하고 협회를 설립할 수도 있다. 민주적 정당에 입당하여 당신의 일을 더 높은 차원에서 관철시킬 수도 있다.

그렇게 사방을 뛰어다니며 노력을 했는데도 당신이 원하던 결과를 얻지 못했다면 어쩔 수 없이 민주주의적 제약에 따라야 한다. 당신이 그 상황을 너무 주관적으로 판단했을 수도 있고 상대방의 논리가 더 나을 수도 있다. 더불어 산다는 것은 타협하면서 사는 것이고, 당신의 권리는 다른 사람의 권리가 시작될 때 끝나게 된다. 누군가가 이렇게 말했다. "당신이 원하는 것은 무엇이든지 다 할 수 있다. 단지 이에 대한 책임만 지면 된다"라고.

화해는 종종 당신에게 익숙한 방식을 훌쩍 뛰어넘을 때 이루어지기도 한다. 상대방이 예상치 못했을 획기적인 제안을 해라. 그가 체면을 잃는 일이 없도록 주의한다. 그와 단둘이서 이야기를 나누어라. 물론 그는 당신이 양보하는 것을 당신의 약점으로 해석할 수도 있으나, 그것도 감수하라. 당신에게 있어 이러한 '약점'은 결코 패배가 아니라 강인함과 내적 위대함을 증명하는 것이다.

# 노화와 죽음을 바라보며

## 131. 노화

노화는 출생과 함께 시작된다. 우리는 하루하루 죽음을 향해 한 발 한 발 다가가고 있다. 그러나 어리거나 젊을 때는 그것에 대해 깊게 생각하지 않는다. 그럴 이유도 없다. 몸은 계속 성장하고, 지식은 늘어나고, 삶은 하루하루 오르막길이다. 생일을 맞은 대부분의 사람들은 마치 좋은 성적표를 받은 것처럼 기뻐한다.

건강한 사람이라면 30세 즈음부터 '그 어떤 생명체도 영원히 살지 못한다'는 엄연한 사실에 대해 생각하게 된다. 그때부터 10년 터울로 그 생각들이 깊어진다. 세월이 흘러 퇴직하게 되면 하루아침에 할 일이 없어지고, 삶의 만족감도 사라지고, 경우에 따라서는 더 이상 인생의 목표가 없어지면서 병을 앓게 된다.

노화는 회피하거나 연기할 수 없는 일이다. 늙는다는 것은 화학적, 물리학적, 수학적으로 일관성 있는 과정이다. 좋은 옷과 운동, 다양한 관심, 책임, 건강한 습관과 미용법을 통해 노화를 다소 감춰 볼 수는 있다. 그러나 수학적으로만 보자면 60대는 이미 지구상에 60년 간 존재했다는 것이고, 통계적으로 보면 인생은 60세에서 90세 사이 어디에선가 끝나게 마련이다.

사람이 언젠가는 죽게 되는 이유를 현대 과학은 아직 밝히지 못하고 있다. 신체 기관이 낡아서 죽는 것은 아니다. 신체 기관을 비롯해 몸속의 모든 것은 날마다 새로워지기 때문이다. 말을 꼬치꼬치 따지기 좋아하는 과학자들은 인간이 '나이' 때문에 죽는 것이 아니라 '노화에 따른 결과' 때문에 죽는다고 말한다.

사람의 세포는 7년마다 갱신된다. 그러므로 수명이 다한다는 것은 생명이 없는 조직체에서만 일어나는 일이다. 그와 반대로 인간의 신체 조직은 쓸수록 더욱 기능이 향상되며, 쓰지 않으면 기능이 약화된다. 그러나 신체는 계속 갱신되는 가운데 점차 낡아 간다는 사실을 숨길 수 없다. 가장 눈에 잘 띄는 현상은 몸이 수축하는 것이다. 육체는 기관들에서 필요로하는 수분을 더 이상 이전만큼 충족시켜 주지 못한다. 육체에 곡선미와 팽팽함을 선사하는 것은 바로 물이다. 물론 실리콘으로 곡선을 만든 여자들은 여기서 제외된다. 설사 때문에 탈수된 사람은 쉽게 쓰러지거나 갑자기 창백해지고 늙어 보인다. 그러나 물을 마시면 타이어에 바람을 넣듯이 복원되어 다시 이전처럼 둥글고 건강하게 보인다.

**통계적으로 보면 인생은 60세에서 90세 사이 어디에선가 끝나게 마련이다.**

이러한 기능은 나이가 들면서 점차 약화된다. 신체에서 수분이 줄어들고 이 때문에 고체 함유 비율이 높아진다.

또 다른 노화 현상은 뼈가 푸석푸석해지는 것이다. 나이가 많아지면 뼈가 더 잘 부러지고 잘 낫지도 않는다. 60대의 상처는 10대에 비해 회복되는 데 5배나 오래 걸린다. 눈과 귀의 기능도 떨어진다. 피부에는 소위 노인 반점이 생긴다. 피부는 얇아지고 손톱도 푸석해지고 머리카락과 이가 빠진다. 폐는 젊을 때보다 절반의 기능밖에 하지 못한다. 특히 뇌가 절전 모드로 들어간다.

나이가 들면서 갖게 되는 이점은 정신적으로 성숙해지는 것이다. 공부,

결혼, 자식, 재산 형성 등의 생물학적이고 사회적인 의무와 압박들로부터 벗어나면서 여유가 생기고, 이 여유를 다른 목적을 위해 쓸 수 있다. 그래서 위대한 대가들의 주요 작품들은 나이가 지긋할 때 탄생되었다. 노년의 작품은 종종 천재성과 깊은 통찰력을 보여 준다. 비판적 사고력도 증가한다.

이에 반해서 젊음은 역동성, 활발한 상상력 그리고 다양한 것을 결부시키는 능력들이 탁월하다. 그렇지만 나이가 들면서 역동성이 줄어들고 감성의 영역 역시 부분적으로 침체된다. 정열의 파도는 점점 낮아지고 사소한 일에 집착하게 된다. 정신은 조화를 잃게 된다. 주의력이 약화되면서 건망증이 심해지기도 한다. 냉장고 문을 열고는 왜 열었는지 잊게 된다. 결국 최악의 경우에는 행위 무능력자 판정을 받기도 한다.

어쨌든 노화는 질병이 아니며, 나이가 들어 약화되는 것을 악몽으로 받아들여서도 안 된다. 건전한 생활을 유지하고, 몸과 마음을 계속 움직이게 할 새로운 목표를 설정한다면 최고의 상태를 유지할 수 있다. 퇴직을 하면 드디어 편히 쉴 수 있겠다고 생각하는 사람은 곧 낡고 녹슨 쇳덩어리가 될 것이다. 그는 아마도 창가에 편히 기대어 행인들을 관찰할 수 있도록 창가에 베개를 가져다 놓을 것이다.

노인들에게는 의미 있는 과제가 필요하다. 주변 사람들이 자신을 더 이상 온전하게 여기지 않고, 자신이 더 이상 필요 없는 존재이며, 자신의 충고가 아무짝에도 쓸모없게 되었다는 느낌보다 더 심각한 고뇌는 없다. 그러므로 꼭 해야 할 일이 없더라도 하루하루의 리듬을 지켜 나간다. 8시간 일하고, 8시간 쉬고, 8시간 잠을 잔다. 먹는 양과 잠이 줄어드는 것은 통상적인 일이다. 몸이 작아지고 신체 기관이 활발하게 움직이지 않으니 영양분이나 휴식도 덜 필요하게 된 것이다. 격언에 따르면, 늙어 가는 사람에게 가장 좋은 약은 일하고 운동하면서 흘리는 땀이라고 했다.

당신 곁의 노인들을 관찰해 보라! 괴팍하고 잘난 체하고 나이를 내세우는 사람들이 있다. 그러나 80세가 되어서도 존경받는 활동을 하는 정치인이나 근사한 콘서트 무대에 서는 음악가도 있다. 바로 이런 사람들이 당신의 미래에 희망을 준다.

그러나 채 40도 못 되어 마치 인생을 다 살아 버린 듯 '노인네'처럼 구는 사람을 발견할 수 있다. 그들이 당신에게 똑똑한 척 말을 늘어놓는다면 한 귀로 듣고 다른 귀로 흘려보내라. 그리고 속으로 '불쌍한 녀석'이라고 혀를 끌끌 차 주면 된다.

노화는 반드시 물질과 숫자의 문제만이 아니라 인격의 문제기도 하다. 그러니 항상 최선을 다하며 살자. 바로 오늘, 우리의 남은 인생이 시작된다!

## 132. 죽음의 과정

모든 사람이 죽음을 두려워한다. 살고자 하는 의지는 모든 생명체의 가장 깊은 곳에 잠재해 있으면서, 자신을 발전시키고 종족을 유지시키는 원초적인 힘이 된다. 그럼에도 불구하고 언젠가 삶이 끝나는 순간을 피할 수 있는 사람 또한 없다.

여기서 죽음의 과정은 사망하기 직전의 과정을 의미한다. 의학적으로 이미 사망 선고를 받았다가 회생한 사람의 말을 들어 보면, 자신이 사망 선고를 받고 상속자들이 다투는 소리까지 다 들을 수 있었다고 한다. 이 경우 죽은 사람은 흥분한다. 그러나 그것은 마치 꿈속의 일처럼 몽롱해서 이에 대해 어떠한 행위를 할 수 없다. 자신이 아무것도 할 수 없다는 것을 깨닫고 나면 오히려 차분해지고 마치 관찰하듯이 자신의 육체 바깥에서 벌어지는 일을 살핀다. 그들은 더 이상 고통을 느끼지 못할 뿐 아니라 편안한 느낌마저 갖는다. 회생한 사람 중 일부는 자신을 다시 살려 보기 위해 의사가 심폐소생술을 하는 게 귀찮았다고 말하기도 한다. 또한 그 누구도 죽어가는 순간에 소위 '죽음의 공포'라는 것을 느끼지 못했다고 전한다. 이것은 정말 위로가 되는 말이다.

그러나 사형 선고를 받은 사람들은 완전히 다르다. 그들 중에는 체포되어 사형 선고를 받자마자 곧바로 처형되는 경우도 있다. 예를 들어 전쟁 중 처형된 탈영병이나, 인민재판의 희생자가 그렇다. 그들이 고통을 겪는 시간은 매우 짧다. 그들의 태도는 사람에 따라 매우 다르다. 어떤 사람은 즉시 그 판결에 승복하는가 하면 어떤 사람은 쓰라린 종말에 이르기까지 저항한다. 그리고 1년 내내 사형 집행을 기다려야 하는 사람도 있다.

죽음이 이미 결정되었고 도망도 갈 수 없다면 인간의 육체는 혁신적인 변화를 겪게 된다. 완전히 절망에 빠져 있거나, 이미 끝난 것 같은 상황에서도 꼿꼿하게 저항하고, 자신의 무력함과 공포를 소리를 질러 발산한다. 자신의 존재가 이렇게 갑자기 끝나게 된다는 사실을 납득하지 못한다. 만일 그가 무고함에도 불구하고 처형되어야 한다면 더욱더 납득하지 못할 것이다.

그는 울고 애걸하고 용서를 빌고 그 판결을 되돌려서 목숨을 구하기 위해 그 어떤 일이라도 할 준비가 되어 있다. 납득이 가지 않는 이러한 상황에서의 극단적인 절망감은 며칠 혹은 몇 주 동안 계속될 수 있다. 그 후에는 포기한다. 소리를 질러도 도움이 되지 않고 어쨌거나 이러한 종말을 받아들여야 한다는 것을 알게 된다. 그는 완전히 탈진하고 몸도 정상이 아니다. 이제 좀 더 조용해지고 신에게 기도하면서 기적을 기대한다. 그러고는 마침내 그 상황에 완전히 굴복한다. 이를 더 이상 바꿀 수 없는 사실로 받아들인다. 그러한 평정은 그를 무감각하게 만들고, 이 모든 게 신의 뜻이라고 받아들이도록 한다. 그 상태에서 교수대로 가게 되는 것이다.

빠르게 판결을 받고 처형되는 경우는 이러한 과정을 겪지 않는다. 그는 계속해서 저항하고 묶인 상태에서도 몸을 비틀며 목에 밧줄이 걸리거나 총이 자신을 명중시킬 때까지 계속 투쟁한다.


## 133. 죽음

심장과 폐가 평생 해 오던 일이 지겨워져 활동을 중단하면 삶도 중단된다. 이때 폐와 심장 중 누가 먼저 파업을 감행하느냐는 전혀 중요하지 않다. 하나가 멈추면 다른 것도 따라서 멈추게 된다. 죽은 것처럼 보이지만 실제로는 멀쩡히 살아 있는 사람을 묻어 버리는 일이 발생하지 않도록 하기 위하여, 확실한 죽음의 표식을 알고 있어야 한다. 그것은 몸이 경직되고 반점이 생기는 것이다. 반점은 사람이 죽은 후 30분쯤 지나면서부터 생겨나기 시작한다. 죽은 사람이 등을 땅에 대고 누워 있으면 등에 반점이 생긴다. 이는 피가 몰려서 발생하는 것이다.

몸이 굳는 것은 1시간 반 정도가 지난 후 얼굴에서부터 일어나고, 24시간이 지나면 다시 사라진다.

사망을 확인하는 또 다른 표시가 있다. 그러나 보조 도구 없이 이것만으로 판단하거나, 그 기준을 종합적으로 적용하지 않고 별도로 적용하는 것은 불충분하다는 점을 명심하라.

1. 숨이 멈춘다. 입과 코 앞에 거울을 대 보면 그 표면이 더 이상 흐려지지 않는다.
2. 심장과 맥박의 박동이 사라진다.
3. 동공이 확장되고 경직된다.
4. 근육이 이완된다.
5. 눈망울이 연해지고 광채를 잃는다.
6. 체온이 33℃ 아래로 떨어진다.

한 가지 단서로만 판단을 내려서는 곤란하다. 일례로, 사막에서 목숨을 잃는다면 시신은 식지 않고 오히려 더 뜨거워질 것이다. 그렇다고 해서 그가 아직 살아 있다고 할 수는 없다. 점차 그의 몸이 썩기 시작할 테니 말이다.


## 134. 새로운 세계 윤리

우리가 하나밖에 없는 이 지구에 대해 그리고 약소민족에 대해, 아니 세상에 존재하는 모든 것에 대해 만족할 줄 모르는 약탈욕과 뻔뻔스러움을 과시하고, 소비를 위한 광란의 축제에서 식인종처럼 설치고 물질적 착취를 계속해 나간다면, 이 지구가 산산조각이 나는 것은 시간문제일 것이다.

지금 나는 세상을 송두리째 바꿔 놓아야 한다는 식의 불평을 늘어놓고 있는 것이 아니다. 이것은 엄밀한 수학적 계산이 가능한 예측이며 이미 많은 현명한 사람들이 경고한 바이다. 물질뿐 아니라 최소한의 교양도 자신의 자산임을 아는 사람이라면, 다음과 같은 사실을 깨닫고 있을 것이다. 기후 변화, 몇몇 생물 종의 멸종, 물 부족, 인구 과잉, 테러리즘, ABC 무기(핵과 생화학 무기), 민족 갈등, 유전자 조작 등 많은 것들이 우리 아이들에게 고통을 안겨 줄 것이며, 훗날 아이들은 이 재난을 해결하기 위해 자신의 자유와 안전과 복지를 희생해야 할 것이다. 어쩌면 생명을 희생해야 할지도 모른다.

당신은 경제 성장과 진보, 세계화, 국민총생산 등이 모든 곤란한 문제들을 해결할 수 있으리라고 믿는가? 천만의 소리다. 오히려 이러한 문제들을 더욱 악화시키고 가속화시킬 뿐이다. 게다가 도덕적 가치 또한 점점 상실되어 가고 있다. 극단적 쾌락과 과잉, 무절제와 퇴폐, 이들은 과거에도 거대 제국들을 멸망의 구렁텅이로 빠뜨린 바 있다.

코피 아난 유엔 사무총장, 호세 루첸베르거 브라질 전 환경장관, 현자 클럽5인의 학자로 구성된 독일 최고 경제자문 위원회 등과 같은 지도자들과 각 분야의 현명한 사람들은 끊임없이 경고를 보내고 있다. 턱시도와 비단옷을 입은 경제계 인사들과 정치인들은 겉보기에는 그들의 충고를 듣는 것 같다. 그들은 다른 사람의 이익과 연대를 추구하는 듯 원대한 포부와 약속을 내세우며, 각종 상과 훈장을 수여한다. 그렇지만 이는 모두 공염불일 뿐이다. 그들은 집에 도착하기도 전에 이미 모든 것을 잊어버린다. 그리고 그들은 삶의 참된 가치, 즉 주식 가치와 콜레스테롤 수치에 다시 몰두한다.

이 세계는 새로운 윤리를 필요로 한다. 그리고 그러한 윤리는 누구도 가능하다고 보지 않았던 인권 선언이나 유럽공동체가 이루어졌던 것처럼, 반드시 생겨날 것이다.

이러한 새로운 윤리를 실현하기 위해서 모두가 자신의 몫을 실천해야 한다. 우리 같은 일반 시민들이 참여해야 한다. 참여는 빠를수록 좋다. 우리가 누리는 부유함의 일부는 다른 사람의 빈곤에 기반하고 있기에 우리에게는 그럴 의무가 있다. 물론 완전히 새로운 세계 운동을 시작하는 것은 할 수 있는 일이 아니다. 그러나 누구나 작은 범위에서는 누구나 영향을 미칠 수 있다. 일관성 있게 환경 친화적인 삶을 꾸려 나가는 것일 수도 있고 아니면 제3세계에 있는 한 아이를 지원해 교육을 받을 수 있도록 하는 것일 수도 있다.

이런 일을 직접 할 수 없다면, 믿을 만한 단체를 찾아서 정기적으로 후원할 수도 있다. 그러나 그 누구도 맹목적으로 신뢰해서는 안 되며, "신뢰는 좋으나 확인은 더 좋다"라는 경구대로 불시에 확인을 하라. 기부금 착복은 뇌물과 마찬가지로 널리 퍼져 있는 일이다. 그래서 나는 자기만의 프로젝트를 해 나가는 쪽을 더 좋아한다.

한 달에 3만5천 원 정도만 있으면 에티오피아의 어린이 한 명이 배부르게 먹고 학교 교육까지 받을 수 있다. 그것은 많은 아이들의 인생을 바꿀 수 있는 일이다.

새로운 세계 윤리 안에서 스스로 찾아낸 과제에 몰두하는 사람은 삶의 새로운 차원과 질을 경험하게 될 것이다. 그리고 또 다른 행복감을 느끼게 될 것이다. 이는 의미 있는 삶이다. 모든 것이 계획대로 되고 모든 것을 성취할 수는 없으리라. 가끔은 실패도 할 수 있다. 그렇다고 무기력해지면 안 된다. 수동적인 자세도 그렇지만, 아무 일도 하지 않거나 불평만 하는 것은 더욱 나쁘기 때문이다. 당신이 새로운 세계 윤리에 관심을 갖고 실천해 나간다면 나는 무척 기쁠 것이다.

# 응급조치

응급 조치는 갑작스런 사고나 질병으로 환자가 발생했을 때 의료 서비스를 받기 전까지 일차적인 도움이나 적절한 조치를 제공하는 것을 말한다. 위급한 상황에서 일시적이기는 하지만, 즉각적인 응급 처치는 인간의 생명을 구하고 더 큰 위험에서 보호해 주는 중요한 역할을 담당한다. 그러므로 언제 어디서 일어날지 모르는 응급 상황에 대한 간단한 조치 방법을 미리 알고 있는 것이 좋다.

## 응급조치의 기본 사항

### » » 드레싱 – 상처의 소독, 보호

드레싱은 상처를 덮어 주어 균으로부터 보호하고 지혈 과정을 돕는다. 가능하면 소독붕대를 사용한다. 만일 소독된 것이 없으면 깨끗하고 보풀이 없는 삼각건이나 손수건으로 붕대를 대신할 수 있다. 보풀이 있는 천은 상처에 붙어 오염시킬 수 있으므로 사용하지 않는 것이 좋다.

## 일반수칙

1. 상처 부위에 소독거즈를 두텁게 덮어야 한다.

2. 거즈는 상처 위에 직접 놓는다.

3. 만일 소독된 붕대가 하나밖에 없으면 그것을 상처 위에 놓고 다른 깨끗한 물품으로 덧댄다.

▶▶ 시술자의 호흡이나 손에서 상처 부위로 균이 옮는 것을 최소화하기 위해서는 다음 사항을 지키는 것이 좋다.

– 가능하면 1회용 장갑을 착용한다.

– 처치 전 손을 깨끗이 씻는다.

– 상처에 손이 닿았을 때는 붕대를 건드리지 않는다.

– 상처에 대고 이야기하거나 기침을 하지 않는다.

## 드레싱 방법

● **멸균 드레싱** 이 드레싱은 붕대가 달린 드레싱 패드를 말한다. 멸균 드레싱의 크기는 다양하고 낱개로 잘 포장되어 있다. 만일 포장이 파손되면 그 드레싱은 더 이상 무균 상태가 아니다.

1. 포장을 벗기고 붕대 끝을 찾아 들어 놓는다. 멸균된 패드를 펴 놓되 과정 중 손이나 다른 데 닿아서 오염되지 않게 조심한다.

2. 패드 양쪽의 붕대를 잡고 상처 위에 바로 패드를 놓는다.

3. 붕대의 짧은 쪽을 팔이나 다리에 한 번 돌려 잘 고정한다.

4. 붕대의 긴 쪽으로, 상처 부위를 감싸고 있는 거즈를 고정시키며 감는다.

5. 붕대 끝을 매듭으로 묶고 고정한다. 매듭은 상처 부위 위에 묶어 압력을 더 하고 만일 출혈이 새어 나오면 그 위에 다른 드레싱을 덧댄다.

6. 피가 잘 통하는지 점검한다.

● **거즈 드레싱** 멸균된 드레싱이 없으면 거즈 패드를 사용할 수 있다. 이것은 거즈를 몇 겹으로 접어서 만들며, 부드럽고 유연하게 상처를 감쌀 수 있다.

1. 거즈 패드의 가장자리를 잡고 상처 위에 곧바로 놓는다.

2. 거즈 위에 몇 겹을 덧댄다.

3. 반창고로 고정하거나 붕대로 감는다.

● **접착 드레싱** 흔히 반창고(밴드)를 이용하는 것으로, 작은 상처에 사용한다.

1. 포장을 벗기고 패드를 아래로 향하게 하여 보호대를 잡는다.

2. 보호막을 벗기되 완전하게 떼어내지 않는다.

3. 보호막을 떼어 내어 끝을 눌러 붙인다.

### »» 붕대 감기

붕대를 감는 데는 여러 가지 목적이 있다. 붕대는 드레싱을 제자리에 고정시키고, 출혈을 억제하며, 부상 부위를 지지 고정시키고, 붓기를 감소시키는 역할을 한다.

### 붕대 감기 전

1. 부상자에게 무엇을 하려는지 설명한다.

2. 가능하면 앉거나 눕는 자세로 부상자를 편하게 한다.

3. 항상 부상자 앞에, 가능하면 부상 입은 쪽에 서 있는다.

### 붕대 감을 때

1. 드레싱을 고정시킬 수 있도록 단단히 감아야 하지만 혈액순환에 지장이 있으면 안 된다.

2. 다친 부위를 받쳐 준다.

3. 가능하면 손가락이나 발가락이 붕대 끝으로 나오게 하여 혈액순환 상태를 점검한다.

● **다리를 고정하기 위한 붕대 감기** 다리 사이에 부드러운 패드를 대 준다. 넓은 붕대로 무릎 위를 고정하고, 폭이 좁은 붕대로는 발과 발목을 팔자로 감아 고정한다.

## ▶▶ 혈액순환 상태를 식별하는 법

다음과 같은 경우에는 혈액순환 상태가 좋지 않을 가능성이 있다. 물론 신경, 근육 등이 같이 손상되었을 수도 있다.

– 손발의 피부가 차고 창백하다.

– 나중에는 피부가 거무스레한 회색이나 푸른색을 띤다.

– 저리거나 따끔거린다.

– 그 부위를 움직일 수 없다.


## »» 냉찜질

타박상이나 삔 곳은 욱신거리면서 열이 난다. 이때 다친 부위를 차갑게 하면 붓기와 통증을 줄일 수 있다. 쉽게는 흐르는 찬물에 대고 있거나 물 안에 담글 수 있지만, 상처 부위가 머리나 가슴처럼 다루기 힘든 부위거나 장시간 냉각시켜야 하는 경우는 얼음주머니나 냉습포를 이용한다.


### 얼음주머니 사용법

1. 비닐주머니에 절반 이상 얼음을 채운다. 주머니 끝을 묶고 수건 같은 천으로 싼다.

2. 부상 부위에 얼음주머니를 놓는다.

3. 20~30분 간 상처 부위를 냉찜질하고 얼음을 보충한다.


### 냉습포 대기

1. 수건이나 천을 아주 찬물에 담갔다가 건져 찬 기운과 물기가 남아 있을 만큼만 짜내고 상처 부위에 가져다 댄다.

2. 같은 방법을 5분 동안 반복하여 냉기를 유지시킨다.


## »» 호흡 재기

1. 가슴의 오르내림을 1분 간 헤아려 본다. 직접 손을 가슴이나 배에 얹고 헤아려도 좋다.

2. 호흡이 약하여 측정하기 어려울 경우에는 손을 환자의 콧구멍 가까이 가져가 알아본다. 종이끝을 대 보는 것도 좋다.

### » » 맥박 재기
1. 둘째, 셋째, 넷째 손가락을 환자 손목의 바깥쪽 동맥에 가볍게 댄다.
2. 목젖에서 외측으로 약 3cm 떨어진 부위에 손가락을 대고 맥을 잰다.
3. 유아의 경우 왼쪽 가슴에 가볍게 손을 대 직접 심장 박동을 느껴 본다.

### » » 체온 재기
1. 체온계 수은주를 겨드랑이 밑에 넣고 팔로 감싼다.
2. 체온계 수은주를 물로 적셔서 혀 밑에 넣고 입을 가볍게 닫게 한다.

### » » 환자의 체온을 내려 줄 때(차게 해 주어야 할 때)
1. 얼음을 호두크기로 쪼개 얼음 베개(속이 빈 고무 소재의 베개)에 넣는다. 물을 넣어 높이를 조절한 뒤 안에 있는 공기를 빼낸다. 얼음 베개 밑에 비닐을 깔고 환자가 베는 부분은 수건을 덧댄다.
2. 잘게 깬 얼음을 주머니에 넣는다. 물을 조금씩 넣으면서 공기를 빼낸다. 터진 쪽을 끝으로 묶고 물기를 닦아 낸다. 얼음주머니를 천으로 싸서 수건 위에 댄다.
3. 이러한 얼음주머니를 환자의 상태에 따라 목 뒤, 양쪽 겨드랑이, 사타구니 등에 댄다.

### » » 환자의 체온을 유지시켜 줄 때(따뜻하게 해 주어야 할 때)
고무, 사기, 놋쇠 등의 용기에 70℃ 정도의 물을 채운 뒤 수건이나 모포로 감싼다. 그것을 환자가 안고 있도록 하면서 이불을 덮어 준다.

## »» 머리 외상

머리를 다쳤을 경우에는 가장 먼저 의식 상태를 살펴보아야 하는데, 환자가 축 늘어져 있을 경우에는 큰 소리로 이름을 불러 본다. 그러나 이때 의식이 있는지를 알아보기 위해 몸을 흔들어서는 절대 안 된다.

1. 의식이 있는 경우에는 출혈이 있는지를 살펴보고, 상처 부위가 감염되지 않도록 주의하면서 두껍고 깨끗한 천으로 상처를 덮고 그 위에 압박 붕대를 감아 지혈한다.
2. 의식이 없을 경우에는 기도가 확보될 수 있는 자세로 눕히고(구토가 있을 시에는 토사물로 인한 질식사의 위험이 있으므로 옆으로 눕혀야 함) 호흡이 정지하였거나 약하고 불규칙할 경우에는 인공호흡법을 시행한다.
3. 의식이 없으면서 출혈이 있을 경우에는 의식이 있는 경우와 마찬가지의 처치를 한 후 숨을 쉴 수 있는 자세로 눕혀 놓는다.
4. 이때 경추가 함께 손상되었을 수 있으므로 환자의 머리 부분을 최대한 움직이지 않도록 하고 머리를 약간 높여서 눕힌다.

▶▶ 의식이 없을 경우에는 물 등의 마실 것을 주어서는 안 된다. 머리에 상처를 입은 환자에게는 안정과 보온이 특히 중요하다.

## »» 목뼈 손상

목뼈 부상으로 인한 손상은 주로 두통, 목의 통증, 손의 마비 등인데 보통은 몇 시간 후, 때로는 수일 후에 이 증상이 나타나기도 한다.

1. 일단 목뼈를 다쳤을 경우에는 함부로 환자를 움직이면 안 된다.
2. 수족 마비 상태에서 통증을 호소할 때는 일단 담요 등으로 환자의 체온을 유지시켜 주고 부상 부위가 흔들리거나 충격 받지 않도록 양쪽에 베

개 등을 고인다.

➤ 환자가 머리에 헬멧 등을 착용하고 있는 경우에는 절대 벗기려고 해서는 안 된다.

## »» 타박상

타박상은 피부나 피하 조직에 손상을 주기 때문에 피하출혈로 검푸른 반점
이 생기고, 심한 경우에는 골절이 되며, 복부에 충격이 가해졌을 경우 피하
조직이 파열되는 수가 있다. 이외에도 붓거나 열이 나고 통증이 수반된다.

1. 만약 피부에 상처가 없을 경우에는 환부를 찬 물수건으로 습포하면 통
   증이 줄어든다.
2. 상처가 있을시에는 상처 부위의 소독이 첫째다. 상처 부위를 흐르는 물
   로 잘 씻고 나서 소독한 후, 항생물질 연고와 거즈 등으로 처치하고 습포
   약 등을 그 위에 붙인 뒤 붕대로 감는다.
3. 환부가 움직이거나 고정되지 않으면 내출혈이 많아지고 통증도 더해지
   므로 안정을 취하는 것이 좋다.
4. 부기가 빠지고 통증이 완화된 후에는 더운 물수건으로 습포한다.

## »» 근육 경직

근육 경직은 우리가 흔히 '쥐가 난다' 라고 표현하는 현상이다. 이것은 근
육이 강하고 빨리 수축돼 근육이 정도 이상으로 흥분됐을 때 나타나는 일
종의 근피로 현상이다.
관절이 수동적으로 움직이게 되거나 피부 자극을 받는 경우, 감정적으로
긴장한 경우에 잘 나타난다. 그리고 근육의 피로, 발한에 의한 혈액과 근육
중의 탈수 현상, 근육의 냉각 상태, 국소적인 순환기계의 기능 장애, 비타
민 B₁이 부족할 때 발생한다.

1. 근육을 펴 주는 것이 중요하다. 예를 들어 장딴지 근육이 경직을 일으킨
   경우 무릎을 쭉 펴고 엄지발가락을 발등 쪽으로 당김으로써 장딴지 근

육을 펴 주면 통증을 빨리 줄일 수 있다.

2. 근육 경직이 자주 일어나는 사람들은 평소에 마사지를 하는 것이 예방책이다. 부분적인 근육 경직은 큰 문제가 없지만 전신에 광범위하게 나타나는 근육 경직은 생명의 위협까지 가져오므로 평상시에 마사지, 스트레칭, 온냉교체욕 등으로 근육을 풀어 주는 게 좋다.

## »» 아킬레스건 손상

아킬레스건은 쉽게 손상을 받지 않는 부위지만 추위, 건의 노화 혹은 피로 등으로 인해서 자칫 파열되는 경우가 있다. 또 30세가 넘어 갑자기 격렬한 운동을 했을 때 일어나기 쉽다.

대개는 아킬레스건이 뼈에 부착하는 위치보다 위쪽인 2~4cm 부위에서 일어나며 끊어짐과 동시에 힘줄 부위에 심한 통증을 느끼고 보행이 어려워진다.

1. 아킬레스건이 손상 받았다고 생각될 때는 발가락 끝을 뻗친 채, 도중에 일어서거나 환부에 부담이 가는 일은 절대적으로 피하고 정형외과의의 진찰을 받는다.

▶ 아킬레스건의 손상을 예방하기 위해서는 추위가 심할 때와 신체가 과도하게 피곤할 때 운동을 피해야 한다. 또한 무엇보다도 쿠션이 적당한 신발을 착용하고 운동 전 준비운동을 철저히 하는 것이 중요하다.

## »» 지혈

몸에서 피가 나면 혈소판은 즉각 지혈 시스템을 가동한다. 따라서 시간이 지나면 웬만한 출혈은 가만히 두어도 멈춘다. 주의해야 할 것은 동맥이나 굵은 정맥으로부터의 출혈이다. 이런 종류의 출혈을 방치하면 짧은 시간에 많은 피를 잃어 생명이 위태로울 수 있기 때문이다. 인체 혈액량의 1/3 이상을 한꺼번에 잃게 되면 사망할 수 있으므로 지혈은 꼭 시급하게 처치돼야 한다.

## 출혈 판별하기

– 동맥 출혈 : 선홍색의 피가 맥박에 맞추어 강약에 따라 솟아오른다. 큰 동
 맥을 다친 경우에는 피가 분수처럼 솟아오를 수도 있다.

– 정맥 출혈 : 비교적 어두운 색의 피가 천천히 일정한 속도로 흐른다.

– 모세혈관 출혈 : 혈액이 번지듯이 스며 나온다.


1. 출혈이 있는 상처 위에 소독된 거즈나 깨끗한 천을 대고 세게 누른다(손
 으로 직접 시행하면 세균 등에 감염되어 심각한 결과를 초래할 수 있다).

2. 자상이나 팔다리가 잘려 출혈이 심한 경우 상처 부위보다 심장에 가까
 운 부위를 고무줄이나 끈으로 세게 묶어 출혈을 막는다.


## 의식을 잃었을 때


### 호흡하기 편한 자세로 해 준다

1. 호흡이 멈추었는가 어떤가를 알기 위해서는 환자 가슴의 움직임을 바로
 살펴봐야 한다. 잘 모르겠으면, 뺨을 환자의 입 근처에 대 보고 숨소리를
 감지해 본다. 만약 호흡이 없다면 곧바로 인공호흡을 실시한다.

2. 질식을 피하기 위한 자세로 해 준다. 옆으로 눕혀 몸이 흔들리지 않도록
 베개 등으로 고정시키고 위로 향한 쪽의 무릎을 약간 앞으로 굽혀 준다.
 팔은 자연스런 위치에 놓는다. 턱을 가볍게 당겨 앞으로 나오게 해 준다.
 만일 상처를 입었다면 그 부위를 고려하여 자세를 바꾸어 준다.


### 혀가 기도를 막는 것을 방지한다

1. 한쪽 손은 이마에 놓고 다른 손은 목뒤에 넣어 턱을 들어 올려 머리를 뒤
 로 젖힌다. 어깨 밑에 두께 20㎝ 정도 되는 베개(쿠션이나 수건을 둘둘 말
 아 사용해도 좋다)를 놓고 머리를 뒤로 젖혀도 좋다. 단, 경추(목뼈)에 골절
 을 입었을 경우에는 이 방법을 피한다.

2. 경추골절 환자에게 적당한 방법은, 두 손으로 환자의 아래턱을 가볍게 앞으로당기는 것이다.

## 호흡과 맥박이 멈추었을 때(소생술)

### » » 인공호흡

**코로 하는 인공호흡**

1. 입을 통한 인공호흡이 어려운 경우에 실시한다. 환자의 턱을 앞으로 잡아당겨 기도를 연 뒤 아래턱을 들어올려 입술을 닫는다.
2. 숨을 크게 들이마신 다음 환자의 코를 입술로 둘러싸면서 덮어 세게 숨을 불어넣는다.
3. 입을 코에서 떼고 환자의 닫힌 입을 연다.
4. 환자의 가슴이 내려가는 것을 보고 뺨으로 환자의 내쉬는 숨을 확인한다.
5. 이것을 계속 반복한다.

**입과 입의 인공호흡**

1. 한 손을 이마에 얹고 다른 손을 목 밑에 넣어서 턱을 치켜올리듯이 하면서 머리를 뒤로 젖혀 기도를 확보한다. 필요하면 손가락이나 손수건으로 입 안의 피, 침이나 기타 이물질을 제거한다.
2. 이마에 얹고 있던 손의 엄지와 검지로 환자의 코를 잡는다(이때 환자의 코를 잡는 이유는 불어넣은 숨이 코를 통해 새는 것을 방지하기 위해서다).
3. 입을 크게 벌려 환자의 입 주위를 덮어씌우듯 밀착시켜, 환자의 가슴이 가볍게 부풀어 오를 때까지 숨을 불어넣는다(입을 맞대는 것이 내키지 않을 때는 손수건을 얹고 해도 된다).
4. 입을 떼 눈으로 환자의 가슴이 내려가는 것을 보고 환자가 내쉬는 숨을 확인한다. 5초에 1회씩 환자의 호흡이 되돌아올 때까지 반복한다.

## »» 심장 마사지

1. 환자를 똑바로 눕히고 겨드랑이 근처에 무릎을 꿇고 앉는다. 손바닥을 환자 가슴의 중앙보다 약간 아래쪽에 놓고 위에 다른 손바닥을 포갠다.

2. 허리를 펴고 체중을 실어 환자의 흉골을 3~5㎝ 정도 내리누른다.

3. 압박하고 나서 곧 늦추어 준다. 이 동작을 1분 간 약 60~80회, 심박동이 확인될 때까지 계속한다.

## »» 심폐소생술

환자가 심장마비를 일으키거나 호흡이 멈춰 심장이 멎었을 때 심장을 강제로 압박하여 박동이 재개되도록 하는 방법이다.

1. 환자의 오른쪽에 무릎을 꿇고 앉는다.

2. 두 손을 겹쳐 잡은 다음 심장 부위에 대고 수직으로 압박한다.

3. 압박의 깊이는 4~5㎝ 정도, 속도는 10초에 15회 정도가 적당하다.

4. 한 손으로 코를 쥔 다음 입을 환자의 입에 대고 풍선에 바람을 불어넣듯이 두 번 불기를 한다.

5. 위의 과정(15회 압박, 2회 불기)을 1분(4회) 정도 반복한다.

6. 경동맥에 엄지와 검지를 대고 맥박 여부를 확인한다.

7. 환자의 가슴이 오르내림을 계속 관찰하면서 심폐소생술을 반복한다.

▶ 심폐소생술을 실시하는 도중 환자가 구토를 할 경우 환자의 머리를 옆으로 돌려서 구토물을 제거한다. 그리고 부드럽게 머리를 뒤로 더 젖혀서 기도를 확보한 뒤 2회 불기를 한다.

### 출혈을 멈추는 방법

### 손으로 강하게 동맥을 압박한다(동맥지압법)

상처가 있는 곳보다도 심장에 가까운 쪽의 지혈점을 손가락 끝이나 손바닥으로 세게 누른다. 이때 지혈점의 핵심을 찾아 누르는 것이 무엇보다 중요하다. 잘 찾아 누르면 제법 효과가 있다.

- **이마·관자놀이 출혈** : 새끼손가락 쪽의 손바닥으로 압박한다.
- **얼굴·턱·목 앞부위의 출혈** : 경동맥(목젖 밖 약 3㎝ 지점)을 찾아 압박한다. 장시간 압박하면 의식장애를 일으킬 수 있으며 양쪽을 한꺼번에 압박하면 위험하므로 금물.
- **상지 출혈** : 상완 가운데를 아래에서 눌러 압박하면서 동시에 잡은 부분을 아래로 끌어당기듯이 힘을 준다.
- **넓적다리·정강이 출혈** : 주먹이나 손바닥에 체중을 실어 압박한다.
- **뺨·턱 출혈** : 아래턱 밑 약간 앞에 맥이 느껴지는 부분을 손가락이나 손 가장자리로 압박한다.
- **어깨·상완·팔 출혈** : 쇄골 위의 움푹 들어간 부위를 아래로 힘을 주면서 누른다. 다른 손으로는 피가 나는 쪽으로 목을 기울이도록 하면 지혈이 잘 된다.
- **손가락 출혈** : 상처가 난 손가락 아래를 양쪽에서 누른다. 손가락을 심장보다 높게 들어도 좋다(발가락 출혈도 마찬가지).
- **무릎 출혈** : 무릎 뒤에서 박동이 느껴지는 부위를 무릎을 거머쥐듯이 하면서 양손 엄지로 지혈점을 누른다.

## 상처를 직접 압박한다(직접압박지혈법)

1. 상처 부위에 깨끗한 거즈나 천을 직접 대고 위에서 손으로 세게 누른다. 가제는 상처를 덮기에 충분한 크기여야 한다.
2. 가제로 압박하면 대개는 지혈된다. 거즈를 댄 후 탄력붕대로 감아 준다.
3. 피가 많이 스며 나오면 거즈와 탄력붕대로 더 감아 준다.
4. 상처를 입은 팔이나 발은 심장보다 높게 올린다.
5. 붕대를 감은 지점의 약간 앞 쪽에서 맥을 조사해 본다. 만약 맥이 느껴지지 않으면 붕대를 느슨하게 해 맥이 느껴질 수 있도록 한다.

## 다리와 발의 심한 출혈

1. 지혈대는 폭 5cm 정도의 튼튼한 천을 사용한다. 응급인 경우에는 수건, 넥타이, 보자기 등을 사용한다.
2. 바지 등의 옷은 출혈 부위까지 가위로 자른다.
3. 출혈 부위의 약간 위까지(심장 쪽) 지혈대 천을 말아 올린다.
4. 묶음눈을 만들고 그 밑에 막대(지혈봉)를 넣어 끌어올리듯이 돌린다.
5. 피가 멈추었다면 막대가 움직이지 않도록 고정한다. 지혈대 위쪽에 잘 보이게끔 지혈 시각을 적어 놓는다. 이것은 지혈된 시각을 알아 조직이 손상되는 것을 방지하기 위해서다.

## 팔과 손의 큰 출혈

1. 5cm 정도의 천을 출혈 부위보다 약간 위쪽에서 감는다(이 사이에 관절이 있으면 관절보다 위쪽에 감고 얇은 옷이라면 피부에 바로 감는 것보다 옷 위에다 감는 게 좋다). 천을 이중으로 감아서 매듭을 짓는다.
2. 짧고 튼튼한 막대(지혈봉)를 매듭 밑으로 넣는다.
3. 막대를 끌어올리듯이 돌리면서 피가 멈출 때까지 죈다.
4. 피가 멈추었다면 천의 양끝을 막대로 감고 고정시킨다. 지혈대 위에 지혈 시각을 적어 놓는다.

## 쇼크

## 쇼크 증상

• 눈앞이 깜깜해진다.
• 얼굴과 입술이 창백해지고 손발에 식은땀이 흘러내린다.
• 하품이 나오고 속이 메슥거리거나 구토를 한다.

- 동공이 커진다.
- 맥이 빠르면서 약해지거나 잘 잡히지 않는다.
- 호흡이 불규칙해지면서 점점 약해진다.

### 쇼크를 예방하는 방법

1. 모포로 목에서 발끝까지 둘러싸는 것이 보온하는 데 가장 좋고, 안정을 유지하는 데도 효과적이다. 이렇게 하고 발 쪽을 높게 하여 눕힌다(쇼크 자세).
2. 환자에게 상처를 보여 주지 말고 "걱정마세요"라고 안심시키며 힘을 북돋아 준다. 특히 어린이나 노인에게는 정신적인 힘의 영향이 크다.

### 쇼크가 생겼을 때의 처치

1. 심장이나 뇌에 피가 많이 가도록 머리를 약간 낮추고 발 쪽을 올리는 자세로 눕힌다(쇼크 자세).
2. 쇼크 자세에서 호흡을 잘 못하거나 머리나 목에 상처가 있을 때는 환자 몸을 수평으로 해 주거나 머리를 약간 높게 해 준다.
3. 구토할 때는 토사물이 폐로 흘러들지 않도록 얼굴을 모로 보게 하고 토사물은 곧바로 깨끗이 닦아 준다.
4. 쇼크가 생기면 혈액 순환 장애가 오고, 그로 인해 체온이 매우 빠르게 내려간다. 체온을 정상으로 유지시키는 일은 쇼크 진행을 방지하는 데 무척 중요하다.

## 증상에 맞는 체위

### 호흡이 곤란할 때(전색, 심장쇠약)

전색은 혈관에 생긴 혈전이 떨어져 작은 혈관을 막는 증상을 말한다. 이때는 상반신을 일으킨 뒤 등을 기대고 앉는다. 호흡이 곤란할 때 호흡을 편하

게 해 주는 가장 기본적인 체위다. 급성심장병(심장쇠약)이나 전색이 일어
났을 때 적합하다.

### 의식이 없을 때(가슴이나 얼굴에 상처가 있다)

의식이 없을 때는 옆으로 눕힌다. 이 체위에서 턱을 약간 앞으로 잡아당겨
주면 기도를 쉽게 확보할 수 있다. 이 체위로 분비물이 폐로 흘러 들어가는
것을 예방할 수 있다. 얼굴이나 입 안에 상처가 있을 때도 이 체위가 바람
직하다. 가슴 한쪽에 외상을 입어 폐나 흉막에 상처가 있을 때는 상처 쪽을
밑으로 가게 눕힌다.

### 의식이 있을 때

1. 몸통에 상처가 있을 때는 베개 없이 수평으로 눕힌다. 의식이 있을 때 취
   하는 가장 기본적인 체위다. 이 체위는 몸통에 상처가 있을 때 이외에도
   손발에 상처가 있을 때도 적절하다.
2. 복통이 있거나 배에 상처가 있을 때는 수평으로 눕혀 양 무릎을 세우고,
   그 밑에 모포 따위를 둘둘 말아 끼운다. 복부에 상처가 있거나 복통이 심
   할 때, 이 체위는 복벽 근육을 느슨하게 풀어 줘 통증을 줄여 준다.

## 보온하는 법

### 땅에 쓰러졌을 때

1. 환자가 움직일 수 없을 때 직접 바닥에 눕히면 등을 통해 바닥으로 체온
   을 뺏기게 된다. 그러므로 널빤지, 신문지, 시트 등을 환자의 등 밑에 대
   체온 소실을 방지한다.
2. 옷이 젖어 있을 때는 곧바로 갈아 입혀야 옳지만, 환자가 움직일 수 없을
   때는 피부와 옷 사이에 수건이나 삼각건 등을 대 준다.

**의식이 없을 때**

1. 체온이 점점 내려가서 보온해 줘야 할 때는 전기 모포 등으로 전신을 덮어 준다.

2. 화로 등을 사용할 때는 발 끝처럼 몸의 일부만 해 줄 것이 아니라 옆구리, 양 발 사이에 넣어 열이 전신에 미치도록 한다(장시간 보온해야 할 때는 화로 등을 몸에서 약간 떨어지게 둔다. 체온이 점점 내려가서 급하게 보온해 줘야 할 때는 전기 모포 등으로 전신을 덮어 준다).

## 마실 것을 주는 방법

1. 정수된 물이나 미지근한 물을 마시도록 하는 게 좋다. 가능하다면 물 1ℓ에 찻숟저로 소금 1스푼과 중조 ½스푼을 섞어 준다. 이렇게 하면 수분과 손실된 전해질 성분을 함께 보충할 수 있다.

2. 주는 양은 원인과 증상에 따라 다르지만 많은 양을 공급해 줄 필요가 있을지라도 조금씩 나누어 마시게 하는 것이 좋다.

### 누워서 마시게 하는 방법

1. 윗몸을 약간 일으켜 세운 다음 팔로 지지해 준다.

2. 조금씩, 흘러넘치지 않게 환자에게 물을 주기 위해서는 작은 주전자를 사용하는 게 좋다. 환자의 입 끝에서 흘러내리는 물은 부지런히 닦아 준다.

### 마실 것을 주면 안 되는 경우

- **의식이 없을 때** : 의식이 없는 환자에게는 마실 것을 주지 않는다. 목 반사 기능이 저하되어 있어서 잘못하면 기관으로 흘러 들어가 질식을 일으킬 위험이 있다.

- **메스껍거나 구토할 때** : 매우 메스꺼워하거나 구토를 할 때는 마실 것을 주지 않는다.

- **배의 상처, 복통** : 배를 깊이 찔렸거나 심한 복통이 있을 때, 배를 얻어 맞았을 때, 겉으로 아무 이상이 없다 하더라도 내장 손상이 있을 수 있으므로 마실 것을 주지 않는다.
- **수술 전** : 곧 수술을 받을 가능성이 있을 때는 마시게 해선 안 된다. 수술시 구토를 일으키는 원인이 된다.
- **쇼크 상태** : 심한 쇼크 상태거나 의식이 있더라도 몽롱한 상태일 때 마시게 하면 목의 이상 반응으로 잘못 삼킬 위험이 있다.

## 상처(벤 상처, 생채기, 찔린 상처)

### 벤 상처
1. 상처가 오염되었다면 수돗물로 씻어 내린다.
2. 소독한 가제로 압박하여 지혈시킨다.
3. 상처 부위를 소독한다.
4. 소독한 거즈를 대고 붕대를 감는다.

### 찔린 상처
1. 가시, 못이나 침에 찔렸을 때는 족집게로 뽑아 낸다. 매우 작은 가시는 침보다 뽑아 내기 어려운 경우가 있다.
2. 상처 주위를 눌러 피와 함께 세균을 짜낸다.
3. 소독한 거즈를 대고 붕대를 감는다.

### 타박상(내출혈)
1. 냉수를 적신 수건으로 차게 하여 통증을 완화시켜 준다.
2. 상처를 심장보다 높게 해 주면 통증이 완화된다.
3. 심한 타박상으로 인해 내출혈이 생겼을 때는 쇼크가 오기 쉽다. 몸을 따뜻하게 보온하고 안정시켜 준다.

## 물집

1. 발뒤꿈치에 물집이 생겼을 때는 발을 물로 씻고 물집을 바늘로 따 준다.
2. 소독하고 거즈를 댄 뒤 반창고로 붙인다.

## 부상을 입었을 때(창상)

1. 환자에게 손을 대기 전에 반드시 손을 씻는다. 멸균 장갑이 있다면 착용하는 게 좋다.
2. 출혈이 많을 때는 상처를 압박하여 곧바로 지혈한다. 그래도 계속 나올 때는 동맥을 누른다. 큰 출혈일 때는 지혈대로 묶어도 지혈되지 않을 수 있다.
3. 거즈에 소독약을 묻혀 살짝 씻어 낸다. 때로는 수돗물로 씻어 낸다. 씻기지 않는 작은 이물질은 핀셋으로 집어낸다. 상처에 기름이 묻어 있을 때는 벤젠으로 주위를 씻어 낸다.
4. 소독은 상처를 중심으로 시작하여 점점 주위로 넓혀 가면서 한다.
5. 소독된 거즈를 대고 붕대를 감는다. 거즈 위를 반창고로 고정해도 좋다.

## 상처가 감염되었을 때

1. 소독약을 사용하여 상처를 차게 해 준다.
2. 오염된 상처가 작지만 깊을 때는 자기가 처치할 수 있더라도 의사의 치료를 받아야 한다. 특히 파상풍 예방접종을 받지 않은 사람은 예방접종을 받아야 한다.

## 머리나 얼굴의 상처

● 머리를 부딪쳤을 때

1. 환자를 눕힐 때는 얼굴이 위를 향하게 하는 것이 기본이다. 안정시킨 뒤 의식 상태가 어떤지, 별다른 증상은 없는지 주의깊게 살펴본다.
2. 거즈를 사용하여 상처를 가볍게 압박하며 지혈시킨다.
3. 두피 아래로 출혈이 있을 때는 냉수를 적신 수건으로 차게 해 준다.

4. 의식이 없을 때는 어깨 밑에 베개를 넣어 머리를 뒤로 젖혀 호흡이 수월하게 해 준다.

5. 오심, 구토가 있을 때는 얼굴을 옆으로 돌려 주고 턱을 앞으로 나오게 당겨 준다. 이어 거즈를 손가락에 말아서 환자의 입 안을 씻어 준다.

6. 착란, 경련이 있다면 방을 어둡게 하여 외부로부터의 자극을 될 수 있는 한 적게 해 준다.

7. 고열이 있을 때는 목 주위, 겨드랑이 밑, 넓적다리를 얼음주머니로 차갑게 해 주는 것이 좋다.

8. 귀, 코에서 피가 흘러내릴 때는 그쪽을 밑으로 하여 눕힌다.

9. 환자를 운반할 때는 머리와 목이 움직이지 않도록 고정시킨다.


● 얼굴에 상처가 났을 때

1. 뺨에서 피날 경우에는 거즈를 뺨의 안쪽에 틀어막아 압박하고 입술, 혀, 귀 등에서 피가 날 때는 거즈를 사용하여 손가락으로 집어 압박한다.

2. 상처를 직접 압박하여도 계속 피가 날 경우에는 출혈 부위 인접 동맥(지혈점)을 손바닥이나 손가락으로 세게 눌러 지혈시킨다.


## 토했을 때


### 폐출혈(객혈)

1. 객혈시 가장 위험한 것은 질식이다. 얼굴을 옆으로 향하게 하고 아래턱을 약간 앞으로 당겨 주면 좋다.

2. 만약 출혈 부위를 알고 자기 스스로가 피를 토해 내고 싶다면, 출혈 쪽을 위로 하고 허리께를 베개 등으로 괴어 높게 하면 토해 내기가 수월하다.

3. 출혈 쪽을 알고 있다면 그쪽에, 모른다면 심장이나 흉부 위에 얼음주머니를 대면 진정 효과가 있다.

4. 만일 출혈이 멈추지 않아 질식할 위험이 높으면 엎드려 눕게 하는 것도

좋은 방법이다.

## 위장 출혈(토혈)

1. 호흡하기 편하게 옷을 느슨하게 해 준다. 머리를 낮게 하고 발을 베개 등으로 괴어 높게 한 후 몸을 보온해서 쇼크를 예방한다.
2. 토혈이 지속되면 얼굴을 옆으로 돌려 놓아, 토한 것이 기관지로 흘러들지 않도록 한다.
3. 위장 주위를 차게 해 주면 어느 정도 기분이 안정된다. 얼음주머니는 무겁지 않도록 조절한다.
4. 구취는 구토를 유발하고 구토시 다른 출혈을 일으키는 원인이 될 수 있으므로 적당한 시기에 입가심을 시킨다.

## 토했을 때(구토)

1. 옷을 느슨하게 해 주고 옆으로 눕힌다. 토한 것에 의하여 기도가 막히지 않도록 한다.
2. 원인에 따라서 적절한 체위를 해 줄 필요가 있다. 뇌출혈일 때는 상반신을 약간 높게 해 준다.
3. 검지손가락에 손수건을 말아 토사물을 닦아 낸다. 입 주위와 코 안의 토사물도 깨끗이 닦아 낸다.
4. 의식이 있으면 시기를 보아 입가심을 시켜 환자가 불쾌감을 덜 느끼게 해 준다.
5. 식사와의 관계, 발열, 복통과 설사, 두통, 의식과 호흡 상태 등 구토 이외의 상태에도 주목한다.
6. 갈증을 호소할 때는 얼음 조각을 입 안에 넣어 주면 환자의 기분이 안정을 찾게 된다.
7. 위장 주위에 얼음주머니를 대면 기분이 좋아지는 수가 있는데, 이때 너무 오래 두어 몸을 차게 하지는 말아라.
8. 토사물은 보존하여 의사에게 보이는데, 환자 눈에 띄지 않게 한다. 토한

횟수와 모습도 보고한다.

## 독극물을 잘못 먹었을 때

### 곧바로 토해 내야 할 것들

- **담배** : 니코틴의 체내 흡수는 빠르다. 곧바로 입 안에 있는 것을 빼내고 다량의 물이나 우유를 마시게 한 다음, 처치자의 손가락으로 입 안을 자극하여 토해 내게 한다.
- **체온계의 수은** : 체온계의 수은은 금속 수은이므로 특별히 유해하지 않다. 우유나 달걀을 먹이는 것만으로 효과가 있다. 이보다는 체온계가 깨지면서 유리 조각에 상처를 입지 않았는지 주의한다.
- **크레용, 구두약, 잉크** : 물을 먹여 토해 내게 한다. 이 속에 포함된 아닐린 색소는 신경이나 혈액에 들어가 유독한 해를 끼치는 수가 있으므로 다량 먹었을 때는 즉시 병원으로 간다.
- **쥐약** : 수단과 방법을 가리지 말고 먼저 토하게 한다. 이때 우유나 계란을 마시게 해서는 안 된다. 만일 마시게 하면 쥐약에 포함된 인이 녹아 체내에 쉽게 흡수된다.
- **농약** : 역시 토하는 게 우선책이다. 구토를 하다가 자칫 폐에 들어가는 수가 있으므로 주의한다. 호흡 곤란이 있으면 인공호흡을 실시한다.
- **수면제** : 물을 먹여 반복해서 토하게 한다. 그러나 의식이 없을 때 물을 먹이는 것은 절대 삼간다. 약병이나 약, 구토물을 의사에게 함께 보인다.

### 토하게 해선 안 될 것들

- **산(세제 등)** : 백묵이나 석회를 갈아 물에 타서 마시게 한다. 중화시키기 위하여 사용하는 중조는 위를 더부룩하게 하는 수가 있다. 나중에 우유나 계란을 마시게 한다.
- **알칼리(표백제 등)** : 알칼리를 중화시키기 위하여 3배 정도 묽게 희석한 식

용산이나 레몬수를 마시게 한다. 이후에 우유나 계란을 마시게 한다.

- **가솔린, 등유** : 식용유(올리브유 등)를 마시게 한다. 이어 미지근한 물을 마셔 계속 토해 내게 한다.
- **소독약** : 으깬 쌀이나 밀가루를 물에 타 조금씩 먹게 하여 요오드를 중화시킨다. 충분한 주의를 기울인다면 물을 먹여 토해 내게 해도 좋다.

## 의식이 없을 때

1. 호흡이 있으면 옆으로 눕혀 호흡하기 편하게 턱을 약간 앞으로 당겨 준다. 이 체위는 침이나 구토물이 폐로 흘러들어가지 않도록 해 준다.
2. 호흡이 없으면서 심장이 뛰고 있을 때는 곧바로 인공 호흡을 실시한다. 심장이 멈춰 있을 때는 인공호흡과 동시에 심장마사지도 실시한다.

### 의식이 있을 때(독극물을 마셨다)

1. 곧바로 미지근한 물을 마셔 독극물(약품류)을 묽게 희석한다. 입 안에 둘째, 셋째손가락을 넣고 자극하여 토해 낸다. 머리를 낮춘 자세에서 몇 번이라도 계속 반복한다.
2. 토한 후에는 우유나 계란을 마셔 위벽을 보호하고 독극물의 흡수를 늦춘다.
3. 유아의 경우는 심하게 움직여서 물을 먹이기가 매우 힘들다. 이때는 모포 등으로 온몸을 둘둘 싸서 손발을 움직이지 못하도록 할 필요가 있다.

## 눈 상처, 눈 이물질

### 눈을 찔렸다

1. 안정을 취하게 한 후 눈에 거즈를 대고 양 눈에 가볍게 붕대를 한다.

2. 공에 눈을 맞았을 때는 깨끗한 거즈를 적셔서 눈에 대고 냉습포를 하여 안정시켜 준다.

## 눈에 약품이나 뜨거운 것이 들어갔다

1. 화학약품 등의 액체가 눈에 들어갔을 때는 무리하게 눈꺼풀을 열지 말고 약하게 흐르는 물로 곧바로 씻어 내린다. 이때 눈 앞쪽에서 눈꼬리 쪽으로 물을 흘려 준다. 세척이 끝나면 거즈나 천을 대고 반창고로 고정시켜 준다.
2. 불똥, 뜨거운 기름이나 물이 눈에 들어갔을 때는 수돗물로 충분히 눈을 차게 해 주어야 한다.

## 눈에 먼지가 들어갔다

1. 물에 얼굴을 담그고 눈을 반복하여 깜빡거린다. 절대로 뜨거운 물은 사용하지 않는다. 주전자에 물을 담아 천천히 흘리면서 눈을 깜박거리게 해도 좋다.
2. 아래 눈꺼풀 밑에 먼지가 있을 때는 아래 눈꺼풀을 엄지손가락으로 가볍게 당긴 뒤 먼지가 보이면 면봉이나 거즈의 끝을 물로 적셔 닦아 낸다. 먼지가 위 눈꺼풀에 있을 때는 면봉을 지레로 하여 윗눈꺼풀을 뒤집은 다음 같은 식으로 먼지를 닦아 낸다.

### 귀와 코의 통증, 이물질, 출혈

## 귀가 아프다

1. 귓불을 가볍게 끌어당기거나 귀 주위를 누를 때 아파하면 외이염이나 중이염을, 열이 있으면 중이염을 의심한다. 이때는 귓불 주위를 차게 해 준다.
2. 귀에서 피나 고름이 나올 때는 귀를 거즈로 덮어 준다. 귀 안으로 면이나 거즈를 밀어 넣는 것은 좋지 않다.

- **귀에 콩이 들어갔을 때** 이물질이 들어간 쪽의 귀를 바닥을 향해 기울이고 한 발로 쿵쿵 뛴다. 콩 등은 그냥 놔두면, 부풀어올라 끄집어 내기가 어려워진다. 그러므로 쉽사리 빠지지 않으면 곧장 병원으로 간다.

- **뜨거운 것이 들어갔을 때** 이물질이 들어간 쪽의 귀를 바닥을 향해 기울이고 한 발로 쿵쿵 뛴다. 그래도 나오지 않을 때는 가늘게 꼰 종이나 면봉을 귀에 넣고 물을 닦아 낸다. 종이나 면봉이 젖으면 바꿔 준다.

- **곤충이 들어갔을 때** 어두운 곳에서 손전등의 빛을 귀 가까이에서 비추면 곤충이 스스로 나오는 경우가 있다. 그러나 오히려 깊숙이 들어가는 수도 있으므로 이 방법은 바람직하지 않다. 이보다는 에테르나 알콜을 귀 안으로 조금 흘려 넣어 곤충을 죽이거나 마취시킨 후 핀셋으로 빼낸다.

## 코에 이물질이 들어갔을 때

한쪽 콧구멍을 손가락으로 눌러 막은 다음, 세게 코를 푸는 것처럼 한다. 이때 나오지 않는다고 해서 코에 손가락을 넣어 빼내려고 하면 안 된다.

## 코피가 날 때

1. 콧방울 약간 윗쪽을 손가락으로 세게 쥔다. 코피가 목으로 흐르지 않도록 턱을 당기고 입으로 숨쉬도록 한다. 가벼운 코피라면 콧방울을 쥐고 있는 것만으로도 멈춘다.

2. 탈지면을 가로 세로 5㎝ 정도의 거즈로 싼다. 가능하면 그 표면에 지혈연고나 붕산연고를 발라 코를 틀어막는다.

3. 거즈로 틀어막은 후 콧방울의 약간 윗쪽을 손가락으로 압박한다. 틀어막은 거즈는 자주 갈지 말고 피가 멈출 때까지 그대로 둔다.

4. 피가 멈추지 않거나 피가 많이 날 때는 콧잔등에서 양눈 사이에 찬 수건이나 얼음주머니를 얹어 차게 해 준다. 머리를 높게 하고 질식하지 않도록 얼굴을 옆으로 돌려 눕힌다.

## 턱이 빠졌을 때

양손 엄지를 환자의 양쪽 어금니에 대고 나머지 손가락으로는 아래턱을 잡는다. 아래턱 전체를 후방과 하방으로 밀 듯이 힘을 준다. 이때 환자는 자기가 입을 닫는 동작을 한다.

## 치통이 있을 때

1. 미지근한 물이나 식염수, 붕산수 등으로 양치질을 하여 음식물 찌꺼기를 없앤다.
2. 치아 사이에 중조 분말을 채워 넣으면 치통을 덜 느끼게 된다.
3. 뺨에 얼음주머니를 대 환부를 차게 하면 치통을 덜 느끼게 된다. 얼음을 입 안에 넣어 주어도 좋다.

## 혀에 상처가 생겼을 때

1. 혀에 상처가 생기면 피를 많이 흘리게 된다. 이렇게 흘린 피를 삼키지 않도록 토해 내게 한다(흘린 피를 도로 삼키면 몸에 좋지 않다).
2. 깨끗한 거즈를 사용하여 혀를 위아래로 거머쥐듯이 잡아 지혈을 한다.

## 입에 상처가 생겼을 때

1. 입술에 상처가 생겼을 때는 깨끗한 거즈를 대 입술 양측(안팎)에서 압박하여 지혈한다.
2. 입 안에 상처가 생겼을 때는 깨끗한 거즈로 상처를 직접 압박하여 지혈시킨다. 흘린 피를 삼키지 않도록 몸을 조금 앞으로 구부린다.

## 배탈이 났다(설사)

1. 등을 바닥에 대고 똑바로 눕힌 다음 무릎을 세워 준다. 모포를 덮어 따뜻하게 해 준다.

2. 설사시 수분이 부족하여 탈수 현상을 보일 수 있다. 그러므로 정수한 물을 마시게 하거나 주스를 물과 섞어 준다.

3. 환자가 배고프다고 해도 섣불리 먹을 것을 줘서는 안 된다. 토하지 않는다면 미지근한 물에 소금을 약간 타서 조금씩 준다.

## 배가 아프다(복통)

1. 배 근육의 긴장을 풀어 주기 위하여 환자를 똑바로 눕힌 뒤 무릎을 굽힌다. 환자의 옷을 느슨하게 해 준다.

2. 그러나 환자가 똑바로 눕는 것이 불편하다고 호소하면 환자가 편한 자세로 있도록 배려한다. 예를 들어 배를 감싸듯이 하고 몸을 구부려 통증을 완화시켜 준다.

3. 토하려고 할 때는 용기에 토하게 하고, 토한 것은 곧바로 치워서 환자가 불쾌하지 않도록 한다.

4. 조용히 배를 만져 보고 환자가 아파하는 부위를 확인한다. 아파하는 부위를 보고 병의 종류와 심한 정도를 알 수 있다.

5. 체온을 재고 소변이나 변의 상태를 조사한다.

## 상한 음식을 먹고 탈이 났다(식중독)

1. 식후 얼마 지나지 않았다면 미지근한 물이나 소금물 등을 곧 먹인다. 검지와 중지를 환자의 입 안에 넣고 자극하여 토해 내게 한다. 이것을 여러 번 반복한다.

2. 어느 정도 시간(3시간 이상)이 지났다면 설사약을 먹여 본다. 이때 가급적이면 의사나 약사의 처방을 받는다.

3. 위급한 상황이라면 관장을 시킨다.

4. 독소에 의한 중독(세균, 독 등)으로 호흡 곤란이 나타났다면 곧바로 인공 호흡을 실시한다.

5. 경련을 일으키면 혀를 깨물지 않도록 나무젓가락이나 수저에 거즈를 말아 환자의 입에 물린다.

6. 보리차나 정수한 물로 수분을 공급한다. 환자가 탈수 증상을 보인다면 몸에 필요한 중요한 다른 성분도 이미 잃은 상태이므로 가능한 빨리 의사를 찾아간다.

7. 머리를 낮게 하고 발 쪽을 높혀서 쇼크를 방지하고 몸을 보온한다.

## 스모그, 일산화탄소 중독

### 광화학 스모그

1. 환자를 깨끗한 실내에 옮기고, 눈의 통증을 호소하면 수돗물이나 붕산수로 씻은 뒤 거즈에 붕산수를 묻혀 아픈 눈에 댄다. 목에 통증이 있다고 하면 미지근한 물이나 엽차, 묽은 식염수로 양치질이나 입가심을 시킨다.

2. 조용히 눕혀 안정시킨다. 구토가 있으면 엎드려 눕힌다. 호흡이 곤란하면 옷을 느슨하게 하여 기도를 확보한다.

### 일산화탄소 중독

1. 가스가 유출된 곳에 그냥 뛰어들어 가서는 안 된다. 물을 적신 수건으로 입과 코를 막고 심호흡을 한 다음 들어간다. 곧바로 가스가 새는 곳을 차단하고 창을 열어 환기시킨다.

2. 환자를 안아 올려서 신선한 공기가 있는 곳으로 조용히 끌어낸다. 1초라도 빨리 신선한 공기를 들이마시게 하는 것이 무엇보다 중요하다. 의식 장애가 없고 두통만 있는 중독 초기에는 대체적으로 이 조치만으로도 회복되지만 될 수 있는 한 오래 안정을 취하는 게 좋다.

3. 신선한 공기가 있는 곳으로 운반했다면 필요에 따라 기도를 확보해야 하는데, 이때 목 부분을 난폭하게 움직여서는 안 된다. 옷을 느슨하게 하여 호흡하기 편하게 해 주고 몸을 보온해 준다.

4. 의식이 없고 호흡과 심박동이 있으면 엎드려 눕힌다. 그래야 질식을 방지할 수 있다.

5. 호흡이 약하거나 끊길 때는 인공호흡을 실시한다. 기도를 확보한 뒤 한 손으로 환자의 코를 잡고 처치자가 숨을 충분히 들이쉰 다음 입을 크게 연다. 처치자의 입으로 환자 입 주위를 덮고 가슴이 가볍게 움직일 때까지 숨을 불어넣는다. 입을 떼 환자 가슴이 내려가는지 확인한다. 인공호흡시 처음에는 5초에 1회 꼴로 약간 빠르게 실시한다.

## 골절

### 골절 판정

• 골절이 있으면 출혈 때문에 부어오르고 내출혈로 피부가 변색된다.

• 해당 부위가 몹시 아프고 약간만 손이 닿아도 아프다.

• 좌우를 비교해 보면 외형상 변형이 있을 수 있다. 골절이 되면서 외부에 상처가 났다면 상처면에 골절된 뼈가 돌출되어 있는 경우도 있다. 관절이 아닌데도 흔들흔들 움직일 때는 골절이 확실하다.

• 부러진 곳을 움직이면 뼈가 부딪쳐 똑똑소리가 난다.

• 통증 때문에 움직일 수가 없다.

▶▶ 이상하게 움직인다고 해서 일부러 확인하려고 움직여서는 안 된다.

### 골절을 입었을 때

1. 쇼크 증상은 없는지 중요한 손상은 없는지를 보면서 호흡하기 편하도록 옷을 느슨하게 해 준다.

2. 골절 부위 뿐만 아니라 부근 관절도 움직이지 않게 고정시킨다. 팔 골절

시는 일으켜 앉혀도 좋다.

3. 출혈이 있으면 상처에 거즈를 대고 탄력붕대로 지혈시킨다.

4. 부목 위에 천(수건) 등을 놓고 고정시킨다. 몸과 부목 사이에 간격이 있
   으면 적당한 것을 끼워 넣는다.

## 팔 · 손을 고정하는 방법

- **쇄골(어깨뼈)** 부러진 팔 쪽에서 삼각건을 반대쪽 어깨에 멘다. 다른 삼각건
  으로 팔꿈치에서 몸에 묶어 고정시킨다.

- **상완** L자형 부목을 대고 팔꿈치는 직각으로 고정하여 팔을 어깨에 멘다.
  팔과 몸을 함 께 묶으면 보다 잘 고정된다.

- **팔꿈치** 손가락에서 상완까지 이르는 부목을 이용하여 팔꿈치의 위아래를
  묶는다. 팔을 구부린 채 고정할 때는 손가락을 팔꿈치보다 높이 든다.

- **전완 · 손목** 팔꿈치를 직각으로 굽히고 팔꿈치에서 손가락까지 부목을 댄
  다. 묶을 때는 손바닥을 자기 쪽으로 향하게 한다.

- **손바닥** 부목을 손바닥 면으로 둔 후 손끝에서 팔꿈치까지 댄다. 이때 손바
  닥은 밑을 향하게 한다.

- **손가락** 나무젓가락 등으로 부목을 만들어 고정시킨다. 손가락을 따라 부
  목을 댄다. 화장지 심을 이용해 고정해도 된다.

## 다리 · 발을 고정하는 방법

- **대퇴(넓적다리)** 다리의 바깥쪽, 골반에서부터 발끝까지 부목을 댄다. 이어
  양 발 사이에 모포를 넣은 뒤 양쪽 발을 함께 묶는다.

- **하퇴(정강이)** 발목, 무릎관절 모두 움직이지 않게 부목을 댄다.

- **무릎** 발목에서 엉덩이까지 부목을 댄다.

- **발목** 가능하면 신을 벗기든가 가위로 오려 낸다. 방석이나 수건으로 고정
  시킨다.

## 감기

**기침을 할 때**

1. **기침, 고열, 몸을 떤다(폐렴, 기관지염 의심)** 충분히 보온해 주고 안정시킨다. 방에 수분을 유지시켜서 기도가 건조해지는 것을 방지한다. 열이 있는 경우에는 발한으로 수분이 소실되므로 탈수에 주의한다.

2. **목에서 거렁거렁 소리가 나면서 괴로워한다(기관지 천식을 의심)** 상체를 일으켜세워 앞으로 기대도록 한다. 창을 열어 공기를 환기시키면 기분이 편안해진다.

3. **갑자기 기침을 하면서 호흡이 곤란해진다(기도에 이물질이 들어갔음을 의심)** 환자를 일으켜 세워 상체를 숙이게 한 뒤 손바닥으로 등을 세게 두드려 이물질을 토하게 한다. 뒤에서 껴안는 자세로 배와 상복부를 급히 죄어도 좋다.


**고열이 있을 때**

1. **조용히 눕힌다** 먼저 안정을 취하도록 한다. 추위나 오한이 있다고 말할 때는 몸을 덥혀 주어도 좋다.

2. **체온을 잰다** 체온계의 수은 부분을 겨드랑이 밑에 댄다. 입으로 체온을 잴 때는 혀 밑에 넣고 입을 다문다.

3. **다른 증상이 있는가 관찰한다** 먼저 안정을 취하게 해야 한다. 추위나 오한이 있다고 말할 때는 몸을 덥혀 주어도 좋다.

4. **이마를 차게 해 준다** 38℃ 이상의 발열이 있는 경우 얼음주머니를 대 준다.

5. **땀으로 젖은 옷을 갈아 입힌다** 열이 높아지면 땀으로 온몸이 흠뻑 젖게 된다. 이때는 마른 수건으로 닦아 주고 옷을 갈아 입힌다.

6. **보리차를 먹인다** 열이 계속되어 갈증을 느낄 때는 보리차나 냉수를 마시게 한다

## 목, 등, 가슴의 상처

**목을 얻어맞았을 때**

1. 모포를 둥글게 말아 어깨까지 완전히 대고 머리와 목이 움직이지 않도록 고정시킨다.
2. 신문이나 골판지 등을 대 고정시킨다.
3. 호흡이 마비되었을 때는 인공호흡을 실시한다. 기도를 확보하기 위해 머리를 뒤로 젖히는 것은 부적절하다. 아래턱을 앞으로 당겨 주어 기도를 확보한다. 이 자세에서 들이마신 숨을 불어넣는 식의 인공호흡을 실시한다.

**등을 얻어맞았을 때**

1. 딱딱한 판자에 위를 보게 하여 눕히고 움직이지 않도록 안정시킨다.
2. 판자가 없으면 땅에 그냥 눕혀도 되지만, 이때는 땅의 냉기를 방지하는 데 신경 써야 한다.

**가슴을 얻어맞았을 때**

1. 상반신을 반쯤 일으켜세운 뒤 등을 기대고 앉도록 한다.
2. 가슴에 얼음주머니를 대 차게 해 주고 통증을 완화시킨다.
3. 강하게 맞아 쇼크 상태일 때는 모포로 잘 보온해 준다.

**갈비뼈 골절상**

- **삼각건으로 고정한다** 삼각건 중앙을 골절 부위에 대고 반매듭을 한다. 매듭 부위에 천을 넣어 환자가 숨을 내쉴 때 단단히 묶는다.
- **반창고로 고정한다** 숨을 내쉴 때 아픈 갈비뼈 부위에 반창고를 대고 지붕 기와 놓는 식으로 몸 전면에서 후면에 이르기까지 길게 붙인다.

## 가슴이 째졌거나 칼에 찔렸을 때

1. 깨끗한 천으로 상처를 눌러 막는다. 반창고와 삼각건으로 움직이지 않게 고정시킨다.
2. 상처가 폐에까지 미쳐 의식 상태가 불명료할 때는 상처 입은 쪽이 밑으로 가게 눕히는 것이 좋다(건강한 폐가 압박을 받지 않아 호흡을 편하게 할 수 있고, 출혈시 혈액이 상처가 난 폐 쪽으로 흘러 들어갈 수 있기 때문).

## 흉통(자협심증, 폐경색증, 심근경색)

### 자연 기흉

환자가 편안하게 느끼는 자세를 유지시켜 준다. 일반적으로 기흉이 일어난 쪽을 밑으로 가게 하여 눕히는 것을 환자가 편하게 느낀다.

### 폐경색

폐경색이라고 생각될 때는 수평으로 눕히는 것이 기본이다. 쇼크 상태라면 발을 높이고, 보온해 주며, 절대 안정이 필요하다.

### 협심증(심발작)

의자에 앉히고 옷을 느슨하게 해 준다. 추위를 느끼지 않게 잘 보온해 준다. 의식을 잃었을 때는 위를 보도록 반듯하게 눕히고 머리를 뒤로 젖혀 호흡하기 편하게 해 준다. 호흡 상태를 주의 깊게 잘 관찰한다.

### 심근경색(심발작)

1. **절대 안정** 절대 안정이 필요하다. 곧바로 환자의 호흡, 심박동, 의식과 쇼크 상태 등을 체크한다. 옷을 느슨하게 해 주고 자세를 편하게 유지시켜 준다. 호흡 곤란을 호소하면 윗몸을 일으켜 등을 기대게 한다. 잘 보온해 준다.

2. **심리적으로 힘을 북돋아 준다** 환자는 죽음에 대한 공포를 느낄 수 있다. 이 때 환자의 상태가 더욱 악화될 수 있으므로, 기분을 편하게 해 줄 수 있도록 정신적인 간호를 잘해 준다.

3. **발작에 대비한 상비약을 준비해 둔다** 과거에 발작이 있어서 의사에게서 발작 시에 대비한 약(니크로글리세린 등)을 처방 받아 가지고 있다면, 환자가 토하지 않을 것처럼 보일 때 먹여 본다.

## 감전

### 고압전류

전기가 중단된 것이 공식적으로 확인되기 전까지 부상자에게 접근해서는 안 되며, 특히 주위 사람들을 현장으로부터 18m 반경 안에는 얼씬거리지 못하도록 거리를 유지한다.

1. 즉시 구조대에 도움을 청한다.
2. 부상자는 대부분 거의 무의식 상태다. 현장의 안전이 확보된 후 호흡과 맥박을 확인하고 필요하면 소생술을 시행하도록 준비한다.
3. 고압전류에 감전되면 순간 근육이 수축되면서 몸이 멀찌감치 튕겨 나가 므로 화상과 더불어 골절 등의 부상을 살펴 치료한다.
4. 쇼크를 최소화하도록 처치한다.

### 저압전류

1. 우선 스위치를 꺼서 전류를 중단시키거나, 전기 프러그를 빼거나, 전선 을 잘라 버린다.
2. 전류를 차단하기가 어려울 때는 나무박스, 고무 바닥 또는 두꺼운 신문 지 등의 전기 비전도체를 깔고 위에 서서 빗자루나 나무의자 등을 이용 해서 부상자의 감전 부위를 전선으로부터 떼어 놓는다.

3. 환자를 전선으로부터 떼어 낸 후 환자의 의식 상태를 확인한다. 환자가 의식이 없으면 호흡과 맥박을 측정하면서, 필요하면 즉시 소생술을 시행할 수 있도록 준비한다. 화상 부위에는 찬물을 계속 붓는다. 환자의 상태에 별 이상이 없어도 일단 환자는 몹시 놀란 상태이므로 휴식을 취하도록 한다.

## 익수환자의 구조(물에 빠진 사람의 구조)

모든 물이 마찬가지지만 찬물에 빠지면 더욱 위험하다. 예를 들면 5~15℃의 찬물은 환자, 구조자 모두에게 위험하다.

1. 물에 빠지면 물을 들이마셔서 폐에 물이 찰 가능성이 많다.
2. 갑자기 혈압이 올라서 심장마비가 잘 온다.
3. 당황하면 수영을 잘하는 젊은 사람도 익사할 수 있다.
4. 물에 오래 있으면 체온이 떨어진다.

### 구조

1. 가장 안전한 구조 방법을 생각한다. 가능하면 땅에서 손이나 지팡이, 나뭇가지, 로프 등을 이용해서 구조하는 것이 좋다.
▶ 절대로 필요한 경우가 아니면 물속으로 들어가지 않는다.
2. 훈련을 받은 해상 구조요원이거나 또는 익수자의 의식이 없을 때만 물속에 들어가 끌고 나온다. 가능하면 익수자의 뒤에서 접근한다.
3. 익수자를 물 밖으로 끌어낼 때 구토할 위험이 있으므로 환자의 머리를 가슴보다 밑으로 유지하면서 나온다.
4. 익수와 추위에 대한 치료를 한다.

## »» 모기

모기에 물린 자리는 비눗물로 깨끗이 씻어 청결하게 해 주는 것이 좋다. 모기에 물리면 알레르기 반응에 의해서 가렵고 부어오르게 되는데, 이때는 바르는 약을 사용하거나 냉찜질을 하는 것이 좋다. 무의식중에라도 가려워서 긁으면 세균에 감염되므로 손을 깨끗이 씻고 손톱을 짧게 깎는 것이 좋다. 물린 자리에 침을 발라 주는 것은 오히려 염증이 생길 수 있으므로 좋은 방법이 아니다.

▶▶ 모기에 물리지 않으려면?

사람의 피부에서 나오는 화학물질의 냄새를 맡고 모기가 모여들게 되는데 특히 땀 냄새, 향냄새, 열, 이산화탄소, 젖산 등이 있으면 잘 모인다.

- 몸을 깨끗이 씻고 덥지 않게 한다.
- 향수, 로션 등을 사용하지 않는다.
- 적색, 청색, 검은색의 옷을 피한다.
- 모기 활동이 활발한 초저녁과 새벽에는 외출을 삼가고 외출시에는 긴 바지와 긴 소매 옷을 입는 것이 좋다.

## »» 벌

보통은 쏘인 자리가 아프고 붓는 정도지만, 만약 벌독 알레르기가 있다면 쇼크에 빠져 생명을 잃을 수 있으므로 특히 조심해야 한다. 실제로 개에 물려서 사망하는 경우보다는 벌에 쏘여서 사망하는 경우가 훨씬 더 많다.

1. 벌침이 남아 있는 경우 핀셋 등을 이용하기보다는 면적이 넓은 칼 등이나 플라스틱 주걱등으로 밀어서 빼낸다.
2. 통증과 부기를 가라앉히기 위해 찬물 찜질을 해 준다.
3. 스테로이드 연고를 해당 부위에 발라 준다.
4. 하루가 지나도 통증과 부기가 계속되면 의사의 도움을 받는다.

## »» 거미

대개의 경우 개미는 별 문제를 일으키지 않는다. 문제는 독거미인데, 흔한 일은 아니지만 독거미에게 물렸을 때는 다양한 방법을 이용할 수 있다.

- **식초** 거미에게 물린 부위에 식초를 바른다.
- **염소젖** 따끈한 염소젖을 한 컵씩 매일 3~5회 마시면 독기운이 사라진다.
- **명반** 독거미에게 물리면 명반가루를 달걀 흰자위로 반죽해서 붙인다.
- **질경이잎** 질경이잎에서 즙을 짜서 180㎖ 정도 마시면 독이 사라진다.
- **지렁이(구인)** 독거미에게 물려 온몸에 종기가 생긴 데는 큰 파잎 속에 지렁이를 넣고 파잎 끝을 꼭 맨 뒤 흔들어 준다. 그러면 지렁이가 녹아 물이 되는데, 이 물을 환부에 바른다.

## »» 낯선 곤충

낯선 곤충에게 물렸을 때는 즉시 5~6분 동안 입으로 세게 **빤** 다음 다음의 방법을 쓴다.

- **나팔꽃잎** 나팔꽃잎을 비벼서 즙을 짜내어 벌레에게 물린 자리에 바르고, 얇은 종이 한 장을 그 위에 덮은 뒤 붕대를 감아 두면 이튿날 아픔이 없어진다.
- **여뀌의 잎** 여뀌의 잎을 으깨어 즙을 내서 벌레에게 물린 자리에 바른다.
- **부추즙** 부추를 짓찧어 바르면 그날 밤으로 낫는다.
- **지네기름** 지네를 병에 넣고 참기름이나 들깨기름을 넣어 두었다가 벌레에게 물렸을 때 바른다. 화상에도 효과가 있다.
- **머루** 머루의 잎을 불에 그을려서 겉껍질을 벗기고 소금을 버무려서 벌레에게 물린 자리에 붙인다.
- **흑설탕** 흑설탕을 침으로 버무려서 벌레에게 물린 자리에 바른다.
- **장뇌, 참기름** 장뇌를 가루 내어 참기름으로 반죽한 뒤 벌레에게 물린 자리에 바르면 아픔이 사라진다.
- **식물의 잎** 독벌레에게 물렸을 때는 나팔꽃, 산초, 메꽃, 토란, 머루, 연꽃

등의 잎을 비벼서 그 즙을 바르면 낫는다.

- **결명의 잎** 독벌레에게 물렸을 때는 결명의 잎을 비벼서 즙을 짜내어 물린 자리에 바르면 아픔이 사라지고 붓지도 않는다.
- **비파의 씨** 비파의 씨를 으깨어서 재빨리 독벌레에게 물린 자리에 바른다.
- **생강차** 생강차를 달여 마시고 생강을 썰어 물레에게 물린 자리에 붙인다.
- **피마자기름** 독충에게 물렸거나 벌에게 쏘였을 때 피마자기름을 솜에 묻혀 환부에 바른다.
- **산초** 벌레에게 물렸을 때는 산초의 잎이나 열매를 소금으로 비벼서 물린 곳에 붙인다.

## 동물에게 물렸을 때

### » » 개

미친 개에게 물렸을 때 광견병 예방접종을 하지 않으면 광견병이라는 치명적인 병에 걸려 사망한다. 광견병 바이러스에 감염되면 보통 4~8주 간의 잠복기를 거치는데, 잠복기는 길게는 수개월 심지어 1년 후에 발병하는 수가 있다.

1. 미친 개에 물렸을 때는 즉각 광견병 예방접종을 해야 한다. 발병하면 생명을 유지할 수 없다.
2. 피부에 상처를 주지 않고 개가 핥은 것은 예방접종을 할 필요가 없다. 상처가 없으면 감염이 안 된다.
3. 옷 위로 물렸을 때 옷이 전혀 찢어지지 않고 속으로 상처만 있을 때는 안전하다고 할 수 있다.

▶▶ 일단 개에 물렸을 때 상처를 흐르는 물에서 비눗물로 5회 이상 되풀이해서 씻는 것이 제일 중요하다. 미친 개에게 물린 개가 발병해서 광견병의 병세가 나타나면 눈빛이 달라지고 물을 핥지 못해 미친 것을 한눈에 확인할 수 있다. 이런 증세가 나타나기 5일 전부터 벌써 타액 속에는 광견병 바이러스가 나타난다.

병에 걸리지 않은 개에게 물렸다고 해도 그 개를 잡아 두고 10일 정도 관찰하면서, 환자의 몸에 이상 유무를 확인한다.

## »» 뱀

머리가 삼각형이고 목이 가늘게 생긴 독사에게 물리면 2개의 이빨자국이 남고 즉시 부어오르며 피하출혈이 생긴다.

1. 흥분하거나 걷거나 뛰면 독이 더 빨리 퍼지므로 절대 안정을 취한다. 팔을 물렸을 때는 반지와 시계를 제거한다.
2. 물린 부위를 움직이지 않게 고정하고 심장보다 아래에 둔다.
3. 환자에게 먹거나 마실 것을 절대 주어서는 안 된다.
4. 물린 부위에서 5~10㎝ 정도 심장 쪽에 가까운 부위를 넓은 끈이나 고무줄, 손수건으로 묶어서 독이 퍼지는 것을 지연시킨다. 묶은 아래 부위에 맥박이 잘 뛰는지 수시로 검사해 보아야 한다. 물린 지 30분이 경과한 후에는 묶어도 효과가 적다.
5. 물린 지 15분이 안 되면 입으로 상처를 빨아 내어 독을 최대한 제거한다. 특히 병원이 1시간 거리 이상 떨어져 있으면 반드시 빨아 내야 한다. 단, 입에 상처가 있는 사람은 절대 입으로 빨아서는 안 된다.
6. 냉찜질을 하면 통증을 완화시키고, 적으나마 독이 퍼지는 것을 지연시키는 효과도 있다. 하지만 직접 얼음을 상처에 대거나 얼음물에 팔다리를 담그면 안 되고, 얼음을 수건에 싸서 부위에 댄다.

## »» 야생동물

개 말고도 이리, 고양이, 박쥐, 스컹크 등 가축이나 야생동물에 물렸을 때 그 타액(침) 속에 광견병 바이러스가 병원체로 잠복해 있으면 광견병에 걸린다. 광견병 바이러스에 감염되면 보통 4~8주 간의 잠복기 후에 발병하는데 잠복기는 길게는 수개월 심지어 1년이나 되어 발병하는 수가 있다. 개에 물렸을 때 처치법을 함께 참고한다.

## 일사병

일사병은 직사광선에 오랫동안 노출되어 발한 중추에 문제가 생김으로써 체온을 방출할 수 없어 생기는 병이다. 두통, 구토, 현기증, 권태감 등의 증상이 오는데 심하면 시력이 감퇴하고 의식을 잃게 된다. 체온은 40℃ 정도로 올라가고, 맥박은 빠르고 커지며, 피부는 건조하고, 얼굴은 붉어진다.

1. 통풍이 잘되는 그늘로 옮기고 머리를 높여 준다.
2. 구토할 기미가 보이면 얼굴을 옆으로 돌려 기도를 확보한다.
3. 옷을 벗기고 물을 끼얹는다.
4. 알코올로 몸을 닦아 주거나 흐르는 물에 환자의 몸을 담그는 등, 체온을 떨어뜨리기 위해 최선을 다한다.
5. 찬물을 마시도록 하면 효과가 더욱 좋다.


## 동상

한랭한 곳에서 국소 부위에 혈액순환이 잘되지 않아 국소 변화가 생긴 것을 동상이라고 한다. 동상은 같은 조건에 있는 사람들이라도 몸이 약하거나 피곤할 때, 빈혈, 비타민 부족증 등이 있으면 더 잘 온다. 동상은 언 정도에 따라 4도로 나눈다.

### 증상

**제1도** 언 자리가 벌개지고 부으며 쓰리고 아프다가 감각이 둔해진다.
**제2도** 언 자리에 물집이 생기며 그 속에 붉그스름한 물이 차고 며칠 뒤에 언 자리가 곪을 수도 있다.
**제3도** 언 자리가 썩고 자청색으로 변하면서 감각이 없어진다.
**제4도** 살뿐 아니라 뼈까지 상한 것이다. 온몸에 동상을 입었을 경우에는 몸에 피가 잘 통하지 않으므로 빈혈이 오고 심장쇠약, 심장마비 등이 올 수 있다.

**응급조치**

1. 몸을 녹이고 언 자리를 가볍게 비벼 준다.
2. 손발가락이 얼었을 때는 미지근한 물이나 비눗물에 담갔다가 점차 37~38℃ 되는 물에 담그고 그 다음에 깨끗한 천이나 솜으로 비벼 주는 것이 좋다.
3. 동상을 입은 환자는 갑자기 더운 물이나 방에서 몸을 녹이는 것을 피해야 하며 점차적으로 몸을 덥혀 주어야 한다.

옮긴이의 말

# 떠나든, 또는 떠나지 않든

현대 사회에서 여가 시간은 매우 중요한 요소 중 하나가 되었다. 그로 인해 여가 시간을 보내는 방법도 매우 다양해졌지만, 여가 활동의 꽃은 그래도 여행을 떠나는 것이 아닌가 싶다.

나는 한국과 유럽은 물론 중국, 필리핀 등 이곳저곳 적잖이 다녀 보았지만, 그래도 기억에 오래 남아 있는 여행은 역시 가장 고생했던 여행이 아닌가 싶다.

한 번은 눈이 많이 내린 지리산에 올라갔던 적이 있다. 입산금지였는데 사람들 눈을 피해 몰래 올라간 것이다. 처음에는 별일 있겠냐며 웃으면서 출발했다. 몇 시간을 그렇게 올라갔는데 위로 갈수록 눈은 더욱 많이 쌓여 있었고 길을 구분하기도 힘들어졌다. 결국에는 안 되겠다 싶어 등산을 포기하고 내려오기로 했는데, 그만 길을 잃은 것이다. 늦은 오후라 날도 곧 어두워질 것이기에 서서히 겁이 나기 시작했다.

그때 갑자기 나와 동행했던 친구가 멈춰 서서 울기 시작했다. 그때의 막막함은 지금까지도 잊혀지지 않는다. 친구의 울음이 어느 정도 진정되었을 때, 우리는 둘 다 매우 예민한 상태가 되어 있었으며 거의 말 한마디 나누지 않은 채 무작정 걷기 시작했다. 얼마 동안을 헤맸는지 잘 기억나지 않지만, 그렇게 한참을 헤맨 뒤 우리는 정말 운 좋게 길을 찾을 수 있었다. 그때 행운의 여신이 우리를 도와주지 않았다면 정말 끔찍한 일을 당했을지도 모르겠다는 생각을 종종 한다.

그때의 일 외에도 이 책을 번역하면서 '여기 적힌 방법을 그때도 알았다면……' 하는 생각을 갖게끔 하는 상황들이 수없이 많았다. 우리는 살아가

458 죽어도 살아남기

면서 항상 크고 작은 사고들을 겪게 된다. 이 책은 그런 상황을 다양하고 구체적으로 설정해 보이고 있으며, 그러한 상황에 현명하게 대처하는 법을 알려 주고 있다. 나는 이 작가의 풍부한 경험과 지식에 진심으로 감탄할 수밖에 없었다. 이 책은 가히 '여행 백과사전'이라고 할 수 있겠다.

여러분이 이제 어느 곳으로 떠나든 또는 떠나지 않든, 이 책이 항상 여러분 곁에 있기를 바란다.

**지은이 | 뤼디거 네베르크** 독일 제1의 서바이벌 전문가이자 서바이벌 분야 베스트셀러 작가. 1935년에 태어나 1951년부터 오늘날까지 모래사막과 얼음사막, 열대우림과 극지방, 해양과 산맥을 찾아다니며 서바이벌 모험을 계속하고 있다. 감옥에 갇힌 적도 있고, 해적에게 동료를 잃은 적 있으며, 쫄쫄 굶은 채 1000킬로미터를 행군한 적도 있다. 이러한 모든 체험을 담은 서바이벌 지침서를 내놓아 독일어권에서 큰 반향을 불러일으켰다. 그의 글은 매우 실용적이면서도 감동적이고, 거기에 블랙코미디를 더했다는 점에서 많은 독자들의 찬사를 받고 있다.

**옮긴이 | 윤진희** 숭실대학교 독어독문과를 졸업하고 독일 본Bonn 대학에서 번역학 석사 과정을 수료했다. 현재 전문번역가로 일하며 번역학 공부를 계속하고 있다. 옮긴 책으로 〈내 아이 마초로 키울 수 없다〉 〈7가지 역사적 대결〉 등이 있다.

Original title 'überleben ums Verrecken' by Rüdiger Nehberg
© Piper Verlag GmbH, München 2002
Korean Translation copyright © 2003 by Hanmunhwa Multimedia Co., Seoul
The Korean edition was published by arrangement with Piper Verlag GmbH, München,
Germany through Literary Y. R. J, Seoul.

## 죽어도 살아남기

초판 1쇄 인쇄 2004년 7월 16일
초판 1쇄 발행 2004년 7월 19일

지은이 · 뤼디거 네베르크
펴낸이 · 심정숙
펴낸곳 · (주)한문화멀티미디어
등 록 · 1990. 11. 28. 제 21-209호
주 소 · 서울시 강남구 삼성동 154-11 단월드빌딩 7층 (135-090)
전 화 · 영업부 2016-3500 편집부 2016-3533
http://www.hanmunhwa.com E-mail : book@hanmunhwa.com

편집자문 · 강무성
편집팀 · 이미향 양정인 김은하
디자인 · 이정희 이은경 박은정
마케팅 · 김은주 이연경
영업 · 이광우 김문철 장은주
물류 · 장재창 이영한
출력 · 테크미디어
인쇄 · 대흥문화 | 제본 · 성림제본

만든 사람들
책임편집 · 김은하 | 교정 · 박종례 | 디자인 · 이은경

© 한문화, 2004. Printed in Seoul, Korea

값 18,500원
ISBN 89-5699-019-0  03850

### 젠골프

조셉 패런트 지음 | 강주헌 옮김 | 값 10,000원

골프와 비즈니스 그리고 인생을 위한 멘탈게임 정복법. 이 책은 선의 가르침과 골프를 잘 치는 법, 그리고 인생을 즐기는 법이 별개가 아님을 재치와 지혜로써 알려준다. 저자에게 지도를 받았던 비제이 싱(2002년 마스터스 챔피언)은 "멘탈게임의 승자가 되려는 모든 이들에게 큰 도움을 줄 것"이라며 이 책을 격찬했다.

### 달리기와 존재하기

조지 쉬언 지음 | 김연수 옮김 | 값 12,000원

출간되자마자 〈뉴욕 타임즈〉 베스트셀러에 14주 동안 오르는 등 전 세계 러너들을 매료시켜 온 화제의 책. 지은이 조지 쉬언은 달리기를 통해, '땀을 넘어선 또 다른 세계'가 존재한다는 것을 알게 되었다고 고백한다. 육체적, 정신적, 그리고 영적 경험으로서의 달리기를 말해주는 희귀한 책.

### 야생 거위와 보낸 일년

콘라트 로렌츠 지음 | 유영미 옮김 | 값 10,000원

"일흔을 넘긴 노학자가 몸을 굽히고, 일일이 눈을 맞추며 만난 거위 이야기 그리고 생명 이야기" 세계적인 과학자 콘라트 로렌츠의 아름다운 이 에세이는, 읽는이로 하여금 생명의 감각의 회복시키는 명저로 유명하다. 또한 로렌츠 박사의 최대 업적인 '각인' 행동을 발견하는 과정이 상세히 밝혀져 있어 한결 흥미를 더한다.

## 여성의 몸 여성의 지혜

크리스티안 노스럽 지음 | 강현주 옮김 | 홍성환 감수
값 20,000원

여성의 몸을 문화인류학적, 심리학적, 의학적으로 해석한다. 여성 질병의 숨겨진 원인과 구조를 밝히고 몸과 마음을 하나로 아우르는 종합적인 여성 건강서. 월경의 시작에서 폐경까지 여성 질환 속에 담긴 메시지와 치유의 길을 알아본다.

## 숨쉬는 평화학

일지 이승헌 지음 | 값 9,000원

우리의 숨쉬기가 그러하듯 이 세상에 평화만큼 쉬운 것도 없고 평화만큼 간절한 것도 없다. 깨달음은 생명의 자연스러움을 터득하는 것이다. 일지 이승헌 박사가 전하는 건강, 깨달음, 인류 평화로 가는 길. 평범한 우리 모두가 실현하는 평화의 메시지를 듣는다.

## 삶이 내게 말을 걸어올 때

파커 J. 파머 지음 | 값 6,800원

"이것이 정말 나의 길일까?" 답을 찾지 못해 이리저리 끌려 다니는 삶에 아파하는 이들을 위한 지혜와 해답. 저자는 특유의 따뜻함과 통찰력으로 우리가 인생에서 반드시 찾아야 할 무엇인가를 보여준다.

### 새벽산책

김수덕 지음 | 값 6,000원

새벽에 길어올린 샘물처럼 맑고 깨끗한 영혼의 에세이. 일상 속에서 삶의 진정한 가치를 발견해 가는 과정을 철학자의 눈과 시인의 언어로 풀어낸 에세이 모음집. 여지껏 느껴보지 못한 평화와 깊은 명상의 상태로 이끌어 준다.

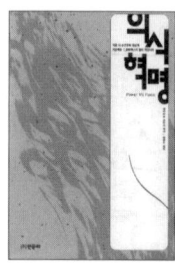

### 의식혁명

데이비드 호킨스 지음 | 이종수 옮김 | 값 10,000원

운동역학에 바탕을 둔 의식레벨측정법으로 잠재의식은 모든 것을 알고 있음을 설득력 있게 제시한다. 행동을 지배하는 의식을 제대로 돌아보게 하고, 비약적인 의식의 발전을 체험하게 하는 책. 아마존 장기 베스트셀러.

### 영혼의 해부

캐롤라인 미스 지음 | 정현숙 옮김 | 값 20,000원

뉴욕타임스 베스트셀러. 고대의 지혜에서 발견한 직관의 기술을 만난다. 누구나가 가지고 있는 7가지 힘의 중심, 이를 통해 상처받은 에너지를 진단하고 치유한다. 그리고 인생의 숨은 목표와 영혼의 성장으로 안내한다.